はじめに

現代アメリカ文学ポップコーン「超」大盛、お待ち！

現代アメリカ文学は豊かで広い。様々な作家が多種多様な作品を発表し、多くの潮流が同時多発的に渦巻いている。ゆえに複雑で、全体像を示すことは困難である。それならばいっそのこと、専門領域も、執筆方法も、趣味嗜好もバラバラなアメリカ文学研究者８名が、テーマを統一することなく、各自の好奇心と知的関心のみを頼りとし、書いて、書いて、書きまくればいい――そのようにして、**ポップコーン**バケットは満たされた。

未邦訳の話題作を古典との比較を交え次々と紹介する里内、独自のアンテナで新人作家を発掘し続ける加藤、人気作家の最新作を報告する青木。文学における「身体」記述を日野原は一貫して追い続け、佐々木はLGBTQの観点から文学の現在地を示そうと試みる。吉田はクリエイティヴ・ライティングと翻訳の現在地を文字通り最前線からレポートし、藤井はアメリカそして英語の覇権そのものに疑義を投げかけ、矢倉はゲームや映像作品に「文学」を見出し縦横無尽に論じて見せる。どこから手をつけてくれてもかまわない、一つとして同じ味はない、全てのフレーバーがオススメだ。

本書は同名ウェブ連載を基としているが、多くの書き下ろしだけでなく、特別ゲストに柴田元幸氏を招いた座談会を**特別トッピング**として追加した、まさに現代アメリカ文学ポップコーン**超大盛**である。さぁほら、コーラを用意して、お腹いっぱい召し上がれ！

青木耕平

青木耕平《あおき・こうへい》

1984年生まれ。出版社勤務を経て、一橋大学大学院に進学、1990年代のアメリカ小説／文化を研究する。現在、東京都立大学・武蔵野美術大学非常勤講師。主な論考に「アメリカの裏切り者」（「アステイオン」93号）、「神話を書き換え、高く翔べ——ジェスミン・ウォードとアメリカの十年」（『歌え、葬られぬ者たちよ、歌え』付属解説）、「『ビラヴド』と、その時代」（「ユリイカ」2019年9月号）。

加藤有佳織《かとう・ゆかり》

慶應義塾大学文学部助教。アメリカやカナダの文学、世界各地のカッパ（的な存在）に関心がある。翻訳にトミー・オレンジ『ゼアゼア』（五月書房新社、2020年、近刊）。

佐々木楓《ささき・かえで》

関西大学他非常勤講師。セクシュアルマイノリティとされる人たちの小説や映画を中心に、個人と社会の性のあり方について研究中。

里内克巳《さとうち・かつみ》

大阪大学言語文化研究科に勤める。著作は『多文化アメリカの萌芽』（彩流社、2017年、単著）、マーク・トウェイン『それはどっちだったか』（彩流社、2015年、翻訳）、『〈連載版〉マーク・トウェイン自伝』（彩流社、2020年、翻訳）、『バラク・オバマの言葉と文学』（彩流社、2011年、編著）など。

日野原慶《ひのはら・けい》

大東文化大学にてアメリカ文学を研究。特に現代のアメリカ小説を対象にエコクリティシズムと呼ばれる環境に焦点を当てた文学批評をおこなっている。ごく最近のアメリカ小説などにも関心をひろげ研究対象としている。

藤井光《ふじい・ひかる》

1980年大阪生まれ。北海道大学大学院文学研究科博士課程修了。同志社大学文学部英文学科教授。主要訳書にD・ジョンソン『煙の樹』、S・プラセンシア『紙の民』、R・カリー・ジュニア『神は死んだ』、H・ブラーシム『死体展覧会』、M・ペンコフ『西欧の東』(以上、白水社)、D・アラルコン『ロスト・シティ・レディオ』、T・オブレヒト『タイガーズ・ワイフ』、S・フリード『大いなる不満』、A・ドーア『すべての見えない光』(第3回日本翻訳大賞受賞)、R・マカーイ『戦時の音楽』(以上、新潮社)、N・ドルナソ『サブリナ』(早川書房)など。

矢倉喬士《やぐら・たかし》

西南学院大学で現代アメリカ文学を研究。ドン・デリーロの作品を中心的に扱った博士論文を執筆後、小説、映画、グラフィック・ノベル、ドラマなどを対象に現代アメリカを多角的に考察している。ドン・デリーロ『アンダーワールド』論で2015年度日本アメリカ文学会関西支部奨励賞受賞。翻訳にタナハシ・コーツ『僕の大統領は黒人だった』(慶應義塾大学出版、2020年、池田年穂・長岡真吾との共訳)がある。

吉田恭子《よしだ・きょうこ》

1969年福岡県生まれ。立命館大学教授。英語で小説を書く傍ら、英語小説を日本語に、日本の現代詩や戯曲を英語に翻訳している。短編集『Disorientalism』(Vagabond Press、2014年)、翻訳にデイヴ・エガーズ『ザ・サークル』(早川書房、2014年)、『王様のためのホログラム』(早川書房、2016年)、野村喜和夫『Spectacle & Pigsty』(OmniDawn、2011年、Forrest Ganderとの共訳)など。

目次

CHAPTER

1

AMERICAN LITERATURE NOW

現代アメリカ文学のおもしろさ

ひげを生やしたハックとトム

ロバート・クーヴァー『西部のハック』

里内克巳
SATOUCHI Katsumi

今の時代に書かれた文学について書くこと

ひと昔前のアメリカ文学が仕事の真ん中にあるわたしにとって、今の時代に書かれた文学について書くことは、ちょっとした勇気がいる。読んだ冊数からしてたいへんお粗末なものだから。とはいっても、研究の必要にせまられて読む作品とはちがう本に、読みたい気持ちはいつも向かう。わたしの仕事をすいすいと前に進ませてくれない、やっかいな好奇心ではあるけれど、それが良い本に出会うための自分なりのアンテナだから、大切に育てなければと思っている。

学術書や論文や書評を書くときには、何カ月も、ときには何年もかけてこれぞと決めた作品をたんねんに読む。書き上げた文章も時間をかけて手入れし、批判されないよう、スキがないものにしておく。やりすぎると文章はハリネズミのようになって、息苦しくなる。だからこの本では、身構えすぎないようにしたい。予備知識はあまり持たず、手ぶらで、知らない人の知らない作品に気軽に入っていき、自分のなかに湧きあがってきたものを言葉にする。そこには楽しみがあるだろうし、読む人がそれを少しでも共有してくだされればもっと嬉しい。

今はインターネットで調べれば、新刊であってもかの国の長い立派な書評を読むことができる。わたしもそういうものを横目で見ながら本を選ぶことになるけれど、プロの批評家の書いたものやネット書店での読者の書き込みなどには、なるべく左右されず、本それ自体に向き合いたい。誤解や勘違いがあるかもしれない。どうしても理解できない部分も当然あるだろう。だが、〈分からなかった〉ということは読書という体験にはつきもの。一読者と作品とのおつきあいの次第を、かざらず気負わず綴ることができれば、と考えている。

『ハック・フィン』の続きを書くという大胆な試み

まず最初に、自分にいちばん縁のあるマーク・トウェインに関係した現代小説を取り上げたい。トウェインはわたしをアメリカ文学の研究に導いてくれた作家だが、存在を知ったのは、小さいときに翻訳本を読んだことが始まりになる。岩波少年文庫の『トム・ソーヤーの冒険』は、上下巻に分かれた鮮やかな緑色の本で、小学生のころに布団のなかで横になりながら読んだ記憶がある。トムが悪さをして、罰として柵のペンキ塗りをさせられるけれど、それを楽しんでいるふりをして、まんまと悪友たちにその仕事をやらせることに成功するエピソード。それから、トムが恋するベッキー・サッチャーが、先生の持っていた解剖学だか何かの本を盗み見て、誤って破いてしまい、それを目撃した彼が代わりに罰を受けてあげる場面に胸ときめかせた。

続編の『ハックルベリー・フィンの冒険』は、旺文社文庫版で中学生のあたりで読んだが、これは自分には難しかった。白人少年ハックが黒人奴隷ジムとミシシッピ川をいかだで南に下りながら自由を目指す（のだが、皮肉なことにその自由からは逆に遠ざかっていく）、その歴史的な背景がよく分からなかったのだ。それでも、ゆうぜんと流れる広大なミシシッピ川の光景が鮮やかに目に浮かび、雰囲気はつかまえられた。ハックの一人称「俺」のくだけた語りにも惹きつけられた。この旺文社文庫版の訳者は刈田元司さん。原著の挿絵も添えられた立派な翻訳書で、まだわたしの書棚にある。

それから40年近くたった今、『ハックルベリー・フィンの冒険』の続きを読むことができるとは、思いもよらないことだった。『***Huck Out West***』（W. W. Norton, 2017）というこの小説は、翻訳が出たらどのようなタイトルになるか分からないが、ここでは『西部のハック』としておきたい。書いたのはもちろんトウェインではなく、現役の小説家ロバート・クーヴァー。ポストモダン文学の大御所として知られる作家で、日本でも『ユニヴァーサル野球協会』『老ピノッキオ、ヴェネツィアに帰る』など多くが訳されているが、この作品で彼はなんと『ハック・フィン』の続きを書くという大胆な試みをしている。しかも原作と同じようにハックの一人語りでだ。

まず簡単に原作『ハック・フィン』のおさらいをすると、この物語の背景となる時代は1840年前後で、ハックの年齢は10代前半。南北戦争はまだ始まっておらず、アメリカは奴隷制の有無で南北がくっきりと二分されているけれど、双方の激しい対立は描かれず、総じてまだのどかで牧歌的な時代背景のなか、ハックとジム、そしてトムの〈冒険〉が展開していく。物語の終わりでトムは、インディアンがたくさんいる西部の未開の地（テリトリー）に行って冒険しようよ、と言い出す。それに対してハックはこう思う──そりゃいいけど、俺は誰よりも先にテリトリーに行かなきゃ、だって俺を「文明化」しようってサリーおばさんが躍起になってるもの。そんな原作の結末部を受けるかのように『西部のハック』の物語はつくられている。

時代が少しくだって、1860年代の南北戦争前後の時期から、アメリカが建国100周年を迎える1876年あたりまでの西部がクーヴァーの小説の舞台となる。ハックは成長し、あごひげを生やし、銃を携行するカウボーイとなっている。そして、無法者たちが跋扈《ばっこ》しインディアンと白人たちとの血みどろの抗争がやまない西部の地を流浪する毎日を送っている。いちどは〈ハードアス将軍〉が率いる軍隊に雇われるハックだが、その冷酷無情さに嫌気がさして逃亡する。トウェインの原作では、飲んだくれの父親がふるう暴力がハックの逃亡を後押ししていたわけだが、このクーヴァーの小説においては、この軍人の不気味で非情な暴力が彼をどこまでも追いかけていくことになる。

偶然にインディアンの集落を発見したハックは慌てて逃げようとするが、運悪く毒蛇に噛まれてしまう。だがインディアンの若者イーテーが彼の命を救う。争いを好まず部族のなかでもアウトサイダーになっているイーテー。彼とハックは意気投合し、ふたりの間に友情が芽生える。原作でのハックと黒人奴隷ジムとの友情に代わって、この小説では、ハックとインディアン青年との友情物語という趣向が前面に出ている。

ハックはインディアンたちと一定の関係を保ちながら、デッドウッド・ガルチなる小集落でひとり暮らしを始める。しばらくは平穏な日々が続くが、やがてゴールドラッシュで荒くれ者たちが街に押し寄せて、静寂は破られる。縛り首にされそうになるハック。だがそこに、口ひげをはやしたトム・ソーヤーが白馬にまたがり颯爽と現れて救出する。それからのハックは、〈市長〉となって君臨し街に秩序をもたらそうとするトムと、インディアンであるイーテーとのあいだで板挟みになっていく。インディアンを差別し激しく憎むトムは、イーテーが隠れ暮らしている洞窟を爆破し、殺そうとまでする。争いごとのない場所に行きたい――そんなハックの願望が高まるなか、この小説は終幕に向かって進んでいく。

Robert Coover,
Huck Out West,
W. W. Norton

実はトウェインは生前に、『ハック・フィン』の続編ものを幾つか書いていて、そのなかには西部を舞台とした「インディアンたちのなかのハック・フィンとトム・ソーヤー」という作品もある。残念ながら、さほど進展しないうちに未完に終わった。それは結局のところトウェインには――というよりも19世紀の主流作家には――高貴なる野蛮人か残忍きわまりない殺戮者か、どちらかの選択肢をとるしかアメリカ先住民を描くすべがなかったことに起因するのではないか。どちらも紋切型のイメージで、これでは人間としての厚みをもった先住民を物語のなかで自在に動かすことはできない。

『西部のハック』を書くにあたってクーヴァーは、トウェインが書きあぐねた部分を埋め、この先行作家の文学世界をよく咀嚼しながら独自の物語を紡ごうとしている。クーヴァーは先住民とその習俗を作中でかなり踏み込んで描いている。インディアンたちはさして美化されず、醜悪な一面も見せる。けれども一方、彼らの野蛮さは、西部に乗り込んでインディアンと見れば女だろうと子供だろうと殺しまくる白人たちの粗暴さと比べればまだまし、といった感もある。ともあれハックがインディアンの世界になじんでいくというのは、原作でのハックの自然児としての人物造形を考えれば、さほど無理のない展開と思える。そして、物語の進展と共にハックとトムとの亀裂が深まっていくのも、トウェイン作品のなかでのふたりの本質的な違いをうまく生かしている。

文明批判というテーマ

文明批判という大きなテーマも、クーヴァーはトウェインから巧みに受け継いでいる。原作では西部という地は、文明の影響がまだ及ぶことのない自由の地だった。だが『西部のハック』は、その地にも文明が暴力的な形で入り込み、徹底的に汚染していくさまを描き出す。ここでの「文明」は、秩序という名を借りた暴力と言い換えてもいい。ハードアス将軍も、市長となるトムも、その暴力の体現者であり、その点で一見して接点のないふたりは奇妙に似通ってくる。ハックはそんな文明の暴力から身をかわそうとするが、容易なことではない。監視され、逃げ道を断たれた彼の姿が痛々しい。

『西部のハック』は、『ハック・フィン』から1世紀以上の時を隔てて書かれた本格的な続編として読める。クーヴァーは『トム・ソーヤー』や『ハック・フィン』を入念に読み込んで、そこでの主題や人物や出来事をじょうずに自作で活用している。トウェインの作品に親しんでいればいるほど、ここで言及されているのは原作のあそこのことか、などと思いあたるはずで、その分だけ多くこのクーヴァー作品を楽しめることだろう。たとえば、「俺の知ってる女たちにはロマンチックなところなんか何も感じなかったよ、たぶんひとりだけを除いてはね」とハックが言う場面がある。『ハック・フィン』を読んでいる人なら、これはペテン師ふたり組の餌食になってしまうメアリー・ジェーン・ウィルクスのことか、などと想像をめぐらすだろう。そうした旧作へのさり気ない振り返りが『西部のハック』には数多く見つかる。

だが同時に、この小説は単純な続編ではなく、『ハック・フィン』を下敷きにした一種のパロディでもある。原作の作品世界のねじ曲げ方が相当にグロテスクで、毒があるのだ。トウェインなら描かなかったはずの過剰な暴力や猥雑さが、『西部のハック』にはあふれている。ハックと親しくなり、これから重要な役割を果たすことになるかと思わせた人物が、数ページ後にはインディアンから無数の矢を射られてあっさり死んでしまう。荒くれ者たちに襲われ、命はとりとめるものの、手足がまっすぐに戻らずぎくしゃくした動きをいつもするようになる老人もいる。娼婦まがいのなりわいをしているベッキー・サッチャーが、ハックと一緒にお風呂に入る場面もあるから、原作に対する冒涜だ、と怒る真面目な読み手もいるかもしれない —— わたしは笑ってしまったけれど。続編という体裁をとりながら、違う作家の手になる作品だという感触も強烈に残している。

その違和感はもちろん、トウェインとクーヴァーというふたりの作家の資質の違いに由来するものなのだが、彼らが生きた19世紀と現代との隔たりに帰せられるところも大きいのではないか。物質的な豊かさが広がる一方で、しばりもきつく、おおらかさを失い、言いしれない不安に苛まれて生きる人が多い時代に、『ハック・フィン』と同じようなタイプの小説を書くことは難しい。『西部のハック』のなかでのハックの身の置きどころのなさは、今という時代を生きるわたしたちのそれにも通じるように思われる。突飛な連想かもしれないが、わたしのなかでは、暴力に満ちた荒涼たる西部の地を愛馬のトンゴと共にさまようハックの姿が、ずっと以前に読んだコーマック・マッカーシー『越境』(1994)の、狼を連れて旅をする主人公の少年と重なってくる。読んだ感触も思いのほかに似ている。荒れ果てた西部の地は、今のアメリカの——ひいては世界の——行き着く果てに思いをはせるのに、格好の場であるのかもしれない。

クーヴァー流の〈ハック語〉

こんなふうに作品の基調はダークなものではあるけれど、カネには興味がなく、女には臆病で、暴力をふるうのが嫌いなハックのとぼけた優しさが、この小説をより明るいものにしている。それは彼の語り口についても言える。この小説から、わたしが気に入っているハックの独白をひとつご紹介しよう。

> 夕暮れどきには悲しくてふわっとした輝きがあって、そいつがとげとけしたところをなめらかにしてくれるし、考えもものごとも、いっしょくたにすりつぶしてくれる。思い出がひとりでに湧きあがってくるようなときも、ちょうどそんな具合になる。1日が終わってこの時間になると、きまって俺は考えごとをしている。俺がまだガキだった頃に暮らしてた、はるか遠い川沿いの町のこと。それから自分がそこでしたことの一切合切について。知り合った人たちのことも考える。トム・ソーヤーのことは特にそうだ。あいつはいつだって、次にやらかすどでかい冒険のアイデアをもっていた。大昔の話だ。もう100年、いやもっと前のことのように思えた。あの時からほんとに恐ろしいことがいっぱい起きた。嫌なことがもうほんとにたくさん。年を重ねるってことには何か良くないことがある、みたいな感じだった。(13ページ、翻訳は里内)

この引用の最後のあたりは、二重の読み方ができる。ハックは昔のことを思い出して、もう100年以上経ったように感じられると言っているのだけれど、そう思うのも無理はない。なにせ前作から120年以上も経っているのだから。そういうわけで、ここでは作者クーヴァーがジョークを仕掛けているわけだが、同時に、時代が過ぎていくにつれてどんどん悪くなっていくばかりの世界に対する作者のため息が聞こえるところでもある。

原作『ハック・フィン』を英語で読むうえで、語り手ハックの使う独特の言葉づかいは、内容を理解する際のハードルであると同時に、作品としての魅力の源泉でもあった。『西部のハック』の場合も同じこと。クーヴァー流の〈ハック語〉と言ってもよい珍妙な表記で書かれた言葉をメモしながら、わたしはこの小説を読み進めていった。いくつか拾い上げてみよう。

- **hurry-cane** (→ hurricane ハリケーン)
- **seegar** (→ cigar 葉巻)
- **porkypine** (→ porcupine ヤマアラシ)
- **sinteenery** (→ centenary 100 年祭。アメリカ建国 100 年を記念するこの言葉に、〈罪〉(sin) という語を組み込むところに、自国の歴史に対する書き手の批判意識が読めるかもしれない。)
- **shandy-leers** (→ chandeliers シャンデリア。これはすぐには分からなかった。)

「恐怖の雨」(rain of terror) という言葉も出てきて、これも理解するのに少し時間がかかった。正しい表記は「reign of terror」で、つまり「恐怖政治」のこと。そんな言葉遊びのユーモアに満ちたハックの語りが、この物語の読み心地を相当に柔らかいものにしている。トウェインもクーヴァーも評価が高いので、この小説はいつか日本語で読めるようになるだろう。そのとき、こうした奇妙な言葉たちはどんなふうに翻訳されるのか。楽しみにして待ちたい。

蚊が語るアフリカ100年の人間模様

ナムワリ・サーペル『オールド・ドリフト』

里内克巳

SATOUCHI Katsumi

活字になった初めての作品「ムズング」

日本の大きな書店の洋書売り場に行った人なら、ホートン・ミフリン社が出している『ベスト・アメリカン・ショート・ストーリーズ』という年間傑作選を手に取ったり、買ったりしたことがあるだろう。今このシリーズは、エッセイやミステリーやトラベル・ライティングなど、細かいジャンル分けがされていて、毎年複数冊が出版されているが、最初は短編小説のジャンルだけだったと記憶している。わたしもある程度英語の本が読めるようになり、洋書店に足を運ぶようになって以来、毎年出るこの本を楽しみにしてきた。とはいっても通読することはなく、読みやすそうなものを何編か読むくらいなのだが。

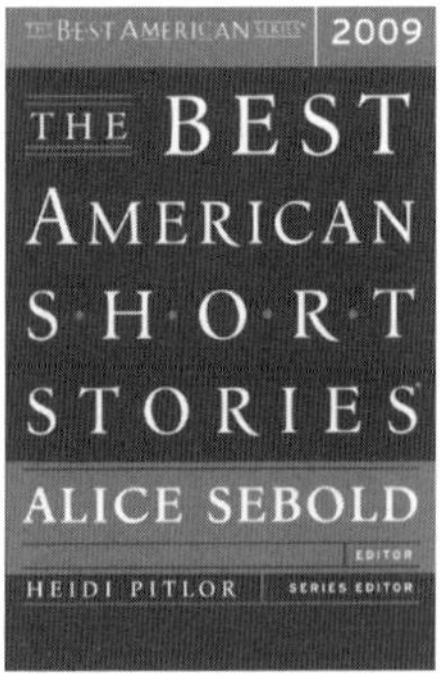

Alice Sebold and Heidi Pitlor (eds.), *The Best American Short Stories 2009*, Houghton Mifflin

毎回、最新版の目次を開くと、そのほとんどの作家の名前を自分が知らないことに、いつも愕然とする。だが、後で振り返ると〈この人が書いていたのか〉と知ることも多い。これからどんな作家が力をつけて成長していくのかを予測するレーダーの役割を、この選集は果たしてきたと言える。たとえば今から11年前、つまり2009年度版の『ベスト・アメリカン〜』の執筆者を振り返ってみると、リチャード・パワーズ、アニー・プルー、イーユン・リー、ダニエル・アラルコン、レベッカ・マカーイなど、いま日本で訳書が出ていて知名度もある作家がずらりと並ぶ。

その2009年度版選集の最後に置かれた短編「ムズング」(Muzungu)を書いたナムワリ・サーペル(Namwali Serpell)というアフリカ系の女性作家のことを、今回は紹介してみたい。遅まきながらではあっても、豊かな才能を持った長編小説の書き手として頭角を現した人なのだ。

白人少女イザベラの通過儀礼の物語

サーペルは1980年にアフリカ南部のザ

ンビアに生まれ、9歳のときにアメリカ合衆国に移住した。イエール大、ハーバード大で文学の学位を取り、現在はカリフォルニア大学バークレー校で教壇に立っている。活字になった初めての作品である「ムズング」は、（時代は1980年代とおぼしき）ザンビアを舞台にした、小ぶりではあっても印象的な短編なので、まずはそこから入っていこう。主人公イザベラはイタリア人の両親をもつ白人少女。家庭は裕福で、海外からの移住者仲間の家族を集めてしきりにパーティーを開いている。

イザベラはある週末のパーティーの途中で屋敷を抜け出し、アフリカ人の庭師サイモンの娘チャンダに導かれ、その家族が居住している建物に入り込む。自分たちとは対照的な貧しさへの驚きと怖れ。そこにいた赤ん坊はなぜか彼女の姿を見て泣き出し、その母親は「ムズング」という知らない言葉を投げかけてくる。「白人」を意味する現地の侮蔑語だ。チャンダと親しく付き合うことは両親から厳しく禁じられているので、イザベラはパーティーに戻ってからも、この体験を周囲に打ち明けることをしない。だが、ムズングって何なの？　と庭師のサイモンにはこっそりと尋ねる。彼は少しためらった後、こんな風に言いつくろう――ムズングってのは人のいい幽霊のことさ、あのアニメのキャスパーみたいな奴のことだよ、と。ほっと安心したイザベラが家へと駆けこんでいくところでこの短編は終わる。

小説の視点は一貫してイザベラに据えられており、結末だけは、彼女の気持ちを思いやる庭師のサイモンの視点が混じる。植民者である西洋白人に対して、アフリカの現地人はどんな視線を向けているのか――その肝心なところはイザベラにはわからない。そんな限界があるけれども、自足した世界で生きてきた白人少女が、人種・階層・言語などで亀裂が入ったアフリカ社会の不安定な様相に触れる、ある種の通過儀礼の物語として、この短編を理解することができる。

選集の巻末に付けられた自作解説によると、作者サーペルの父は白人で、ザンビアの田舎にいたとき、お遊びで地元の子供たちを怖がらせる役をさせられたことがあった。黒い肌の人が恐れられたり警戒されたりするのは、サーペル自身も経験したことがあり、よくわかっている。だがその逆もあるのだと聞いて興味を覚えたことから、この短編を着想したという。肌の色という点では、イザベラと書き手サーペルとは重ならない。だが、サーペル自身がアメリカ合衆国に移住したのと同じ9歳という年齢にイザベラの年齢を設定したことに注目するなら、ザンビアでの白人少女の体験を描いたこの作品には、合衆国内での作者自身の有色女性としての体験が何がしか反映されているとも読める。

「ムズング」に盛られたメッセージは、比較的読み取りやすいが、物語の背景には謎が多い。イザベラの父親であるコルサール大佐が酒浸りになって身を持ち崩しているのは、どういう事情があってのことか。また、母親のシビラが、顔ばかりか全身が毛でおおわれているように描かれているのはどういうことなのか。「ムズング」を読む者は、この物語の背後に、語られざる多くの〈物語〉がうごめいているのを感じるだろう。

それらの〈物語〉は、2019年の春にようやく出版されたサーペルの第1長編『オールド・ドリフト』（*The Old Drift*、Hogarth、2019年）で明らかにされている。そこには短編「ムズング」が、ほぼ原型のままで組み込まれている。ただしそれは、560ページを超えるこの大長編の1コマを成すにすぎない。長い年月をかけてサーペルは、「ムズング」で描いた小さな文学世界を途方もなく大きな規模に広げていき、ザンビアという自分の出身国の過去・現在・未来を一望する、ユニークな小説をつくりあげた。

サーペルの第1長編
『オールド・ドリフト』

『オールド・ドリフト』のように、数多くの人物が入れ代わり立ち代わり登場し、皆がそれぞれ同じくらいの重みを持つ作品を説明するのは難しい。アフリカの長い歴史を背景に、3組の家族（特に女性たち）が3世代にわたって繰り広げる人生の悲喜劇を描いた小説と、ひとまずは言えるだろうか。作品は、世代ごとに「祖母たち」「母たち」「子供たち」というパートに分かれており、19世紀末の西洋白人によるアフリカ探検から直近の未来に至るまでの時の流れを背景に、群像劇が展開する。さしあたって、〈祖母〉にあたる3人の主要人物を軸にして、3組の家族の歩みを駆け足でたどっておきたい。

【シビラ】イタリア出身のコルサール家は、短編「ムズング」で取り上げられた、あの一族。ヴィクトリア瀑布の近くに建てられた由緒あるホテルの支配人を祖父にもつシビラは、イタリアで1939年に生まれた。彼女は異常な速さで全身に長い毛が生える体質を持っており、生まれた時から人目を避ける生活をしなければならなかった。そんな彼女を軍人のフェデリコ・コルサールが見初め、2人は恋に落ちる。フェデリコはシビラの体を奪った兄のジュゼッペを刺殺し、兄になりすましてアフリカに渡り、ダム建設の事業に関わる。彼はそこでシビラと結婚するが、兄を殺した罪の意識に悩まされて次第に酒におぼれていく。2人の間に生まれたイザベラは、カツラ製品の輸入に携わるインド人男性のバラジと結婚し、やがて娘ナイラを出産することになる。

【マサ】1948年に北ローデシア（後のザンビア）で生まれたマサ・ムワンバは、反政府活動家として知られていたエドワード・ムクカ・ンコロソにその聡明さと元気の良さを見出され、彼と活動を共にするようになる。1964年にイギリスから独立したザンビアでは、冷戦のさなかにンコロソの指揮のもと、米ソに先んじて宇宙に乗り出すべく有人ロケットの打ち上げ計画が企てられた。マサはアフリカ人初の宇宙飛行士（アフロノート）になるべく訓練に嬉々として精を出す。だが結局この計画は、アポロ11号の月面着陸に先を越されて頓挫する。マサは宇宙飛行

Namwali Serpell,
The Old Drift,
Hogarth

士の訓練を共にしたゴッドフリーという男と付き合うようになり、妊娠するが、彼が行方をくらますことで絶えず涙を流し続け、廃人同然になってしまう。1970年に生まれた娘シルヴィアは、身を売る商売に足を踏み入れることになるが、やがて女友だちと共に、首都ルサカの貧困地区カリンガリンガで、ヘアサロンの経営に乗り出す。

【アグネス】イギリスの下院議員を父にもつ少女アグネス（1943年生まれ）はテニス好きの少女だったが、やがて失明という不運に見舞われる。視力をなくした彼女の前に、ロンドン大学に留学中のロナルド・バンダというアフリカ人の若者が現れる。体を交える仲になったふたりは婚約するが、人種的な偏見をもつアグネスの両親の反対にあう。アフリカへと駆け落ちし、ロナルドの故郷である北ローデシアで家庭を構えることになったふたりだが、歳月が経つうちに軋轢が生じていく。ふたりの間に生まれた男の子に、アグネスはライオネルという名を付けるが、この名前は実は、彼女がひそかに思いを寄せていた、左翼思想を信奉する大学講師の名前なのだった。成人してHIV感染者の治療に携わる医師となった息子のライオネル・バンダは、ザンビア航空の乗務員をしていたジンバブエ出身の女性サンディと結婚し、息子ジョゼフをもうける。だがライオネルは、先に紹介したシルヴィアとも関係を持ち、ジェイコブという名の非嫡出子をつくる。

上に挙げた〈祖母たち〉、つまりシビラとマサとアグネスのそれぞれの祖父にあたる男たちは、1904年に、ヴィクトリア瀑布をのぞむホテルで偶然出会っている。そこでの出来事が『オールド・ドリフト』のプロローグで語られ、これが物語のいわば源流。そこから発した3本の支流は、さらに細かい枝分かれや蛇行を繰り返しながら、やがて1本に合流する。つまり、3組の家族の物語はまずばらばらに語られていくが、ありえない偶然が積み重なり、人間関係の接点が増えてくる。そして第2部の終わりのヘアサロンの場面でいったん収斂し、まとまりのある物語としての姿を現すことになる。行き当たりばったりで先の読めない展開と見えながら、きれいな形をもった作品であることが次第にわかってくる。

視点人物は次々に交代する。ある物語でスポットライトを浴びた人物が、後の物語では脇役へと退く。やがてまた光が当たることになるが、その時にはひとまわり年を取っている。そういったことを繰り返しながら、小説は少しずつ前に進む。多くの人々の生の移ろいを語ることを通して、サーペルは、リヴィングストンによるアフリカ探検に始まる西洋白人の入植の時代から、第二次大戦後の独立、ネオコロニアリズムとの格闘を経て、HIV感染者の急増という新たな問題を抱えるようになった現代までのザンビアの歴史をたどろうとする。

特異な〈語り手たち〉

実はこの長編には、個々の登場人物の歩みを俯瞰する、特異な〈語り手たち〉がいる。その〈語り手たち〉は、なんと人間ではなく、その周囲をうろつきまわり、気の遠くなるような年月を生きてきた蚊の一群なのだ。この小説では随所に、古代ギリシア劇の合唱隊よろしく、蚊たちが読み手に対して語りかける。彼らは奇妙なくらいに博学で饒舌だ。たとえばこんな風に——

> しからば我らは何者か？　やせこけた吟遊詩人、飾りのない卑しき聖歌隊、うわさ好きな小動物の合唱隊。殻のごとき器官から発する不気味な歌。神でもなく幽霊でもなく精霊でもなく妖精でもない。我らはひとつの基本原理の産物——すなわち、時間がたっぷりあるならば、群れは意識を形成する。かくして我らは地上いっぱいに広がる狡猾な蜘蛛の巣（a worldly wily web）を編みあげた。ミツバチの巣箱のごとき意識を作りあげたと言ってもよい。錘のような体から紡がれる時空間の網。好奇心に導かれて。ブーンと鼻歌うたいながら。（19ページ、翻訳は里内）

このように『オールド・ドリフト』では、人間ならざる存在が顔を見せ、登場人物たちの行動に論評を加える。「過ちを犯すことこそ人間というもの。それこそが運命でもあり楽しみのもとでもある」という蚊たちの言葉は、シニカルではあっても、同時に人間に対するある種の理解を示してもいる。それは小説の登場人物たちに向ける書き手サーペル自身の眼差しにも通じる。シビラ、マサ、アグネス、シルヴィア、サンディ、ナイラといった女性を描くとき、作者の文章はとりわけ精彩を放つ。彼女らはほぼ一様に、男性のパートナーにめぐり合うことで人生の舵を大きく切る。だが、やがては関係をこじらせて壁にぶつかる。〈こんなはずではなかった〉という鬱屈を抱えながらも、自身が置かれた状況となんとか折り合いをつけて歩んでいく女たちの人生を、サーペルはある時は冷徹に、ある時はユーモアを交えつつ生き生きと描いている。

テクノロジーによる人間の変容という主題

この小説は第2部まで、ポストコロニアル文学にも通じる要素を持った歴史小説という趣をもつ。ところが最後のパートの「子供たち」に入ると、作品全体の印象がかなり変わる。近未来小説・SF小説でよく取り上げられる、テクノロジーによる人間の変容という主題がせり出してくるのだ。この小説世界では2019年の現在、アフリカやインドにくまなくインターネットが張り巡らされている（現実には、アフリカのインターネット普及率はまだまだ低い）。そしていわゆる第三世界では、誰もが指先にビーズ（Beads）と呼ばれるチップを埋め込んでいる。人々はスマートフォンの代わりに自分の手をコントローラーのように操作して、連絡やID確認やチケット発券などさまざまなことを行っている。

便利である一方、このビーズは、独裁的な政府による管理や監視に利用される危険を孕む。そんな不安を抱えた〈もうひとつの現代世界〉が第3部の舞台となる。亡き父ロナルド・バンダの研究を推し進めて、ヒトの免疫遺伝子に手を加えようとするジョゼフ。超小型ドローンの開発に夢中になるシルヴィアの息子ジェイコブ。そして、イザベラの娘であり役所に勤めているナイラ。この3人の若者たちが、祖母たちの政治意識を受け継いで立ち上げたある突拍子もない計画――それが小説のクライマックスとなる。そしてこの小説の〈語り手〉である蚊たちの正体についても、驚くべき真相が明かされる……。

はたしてアメリカ文学なのか、アフリカ文学なのか

『オールド・ドリフト』を取り上げた海外の書評に目を通すと、ガルシア・マルケス『百年の孤独』やサルマン・ラシュディ『真夜中の子供たち』の後継作品という評価が目につく。サーペル自身、おそらくそうした先行作品を意識して書いたに違いない。長い歴史の流れのなかで人間たちが織り成す悲喜劇。それを通して浮き彫りにされる、周縁に位置する（と見なされがちな）地域や国の歴史。細部をおろそかにしない目のつんだ文章でありながら、突飛な人物や設定が大胆に導入されるマジックリアリズムの手法。そうした点でこの小説は、確かにマルケスやラシュディの作品に通じるものがある。

だが、この作品ならではの独自性もたっぷりある。先に触れた、女性の生に向ける温かいまなざしがそのひとつ。そして、ひとつに繋がろうとしている世界の未来に向ける目や、人間の歴史の枠組みを大きく踏み越えた次元から、個としての人の生を眺めようとする姿勢も。ちなみにタイトルになっている〈オールド・ドリフト〉とは、後にザンビアとなる土地に最初に入植した西洋白人たちが築いた集落の名前だが、それはヒトという種がかりそめに生かされている〈悠久の時間の流れ〉、という意味合いも込められている。

ともあれこの小説を読むと、アフリカやザンビアという国に対する書き手の思い入れが伝わる。行ったこともないのに、ルサカという街やそこにあるカリンガリンガという庶民的な地区がとても身近に感じられてくる。読みながら時々頭をよぎったのは、これははたしてアメリカ文学なのか、アフリカ文学なのかという疑問。だが、文学作品をそんな風に地域的なカテゴリーに無理にはめ込む時代は、もう終わっている。グローバルな時代のなかで創られる〈文学〉の力を実感させてくれるこの小説が、広く読まれるようになってほしい。

竜の風と共に去りぬ

ル＝グウィン遺稿『ゲド戦記』真の最終章「Firelight」を読む

青木耕平

AOKI Kohei

はじめまして、青木耕平です。私は小説が好きだという人に出会うとすぐ興奮して「最も好きな作品は何ですか？　一番好きな作家は誰ですか？」と尋ねてしまうのですが、先日とある作家のインタビューを読んでいたところ、このようにたしなめられました。

「“最も好きな○○は？”といった類の質問をされるのは好きじゃない。なぜって、いつも咄嗟には思いつかず、家に帰ってから“○○を挙げるのを忘れてた！”って自分に蹴りをいれる羽目になるんだから」[*1]

この発言者こそが、私が“最も敬愛するアメリカ作家”アーシュラ・K・ル＝グウィンです。彼女の代表作『ゲド戦記』のファンという人は多いでしょうし、ル＝グウィンが2018年に逝去したことで、もう新作が読めないと、今も悲しみに暮れている方も多いのではないでしょうか？

そんな方に、嬉しいニュースです。未邦訳ゆえ日本語読者にはまだ届いていませんが、ル＝グウィンは生前最期に『ゲド戦記』最後の短編「Firelight」を書き、私たちに遺してくれました。

「Firelight」——「炉火の明り」を意味します——は、ゲド戦記を愛する読者に届けられた、美しく、儚く、完璧な最終章です。私、青木耕平のポップコーン連載は、この「Firelight」を紹介することから始めたいと思います。

「私の竜は、もっと美しい」

2006年、スタジオ・ジブリによるアニメーション映画『ゲド戦記』を観たル＝グウィンは、自らの公式HP上[*2]で宮崎吾朗監督に対してこんなメッセージを送りました。「優雅に羽を畳む吾朗の竜は、称賛に値します」

ただし、この賛辞には以下の前置きがありました。「私のアースシーの竜は、もっと美しいと思うけれど——」

ゲド戦記（原題「アースシー」）第1巻は、1968年に出版されました。その出版50周年を記念して、作者ル＝グウィン自らイラストレーターに細かく注文を出し、彼女の望んだ通りに美しい竜のイラストに彩られた、『ザ・ブックス・オブ・アースシー　イラスト付き完全版』が、2018年末に出版されました。

単行本全6冊が1冊に収められた、

1000ページを超える、厚く重く巨大な（なんと2.3キロ!）、それでいて大変に美しい書籍です。“完全版”と名付けられているように、既存の単行本だけではなく、アースシー世界を舞台とした短編全て、講演録、ル＝グウィン自らが新たに書き下ろした長い序文、各巻へのあとがきも収録されています。しかし、この完全版最大の目玉は、なんと言っても最後の短編「Firelight」が収録されていることでした。

「私はこの夢を夢見ることをやめてはいない」

現在の視点から読み直せば、「アースシー」という原題が『ゲド戦記』と日本語に訳されてしまったのは不自然というだけでなく不当なことのように思えます。とりわけ第4巻以降、物語の中心はゲドから他の人物に移り、テナーやテハヌーといった女性たちが戦争を調停するため大活躍するというのに。しかし、これには仕方のない理由がありました。1973年に第3巻『さいはての島へ』が刊行された時、ル＝グウィンは同年のエッセイのなかで、「三部作は完結した」と宣言し、当時、世界中の誰もがそれを信じたのです――ただ一人、その作者を除いて。完結宣言の続くセンテンスで、ル＝グウィンはこう語っていました。――「三部作は終結した。だが、これは夢であり、わたしはいまだにこの夢を夢見ることをやめてはいない」[*3]

そして17年後、ル＝グウィンは「今でもまだ私は夢見ることをやめていない」と突如宣言、第4巻『テハヌー：アースシー最後の書』が発表されました。副題に「最後の

Ursula K. Le Guin and Charles Vess, *The Books of Earthsea: The Complete Illustrated Edition*, Saga Press

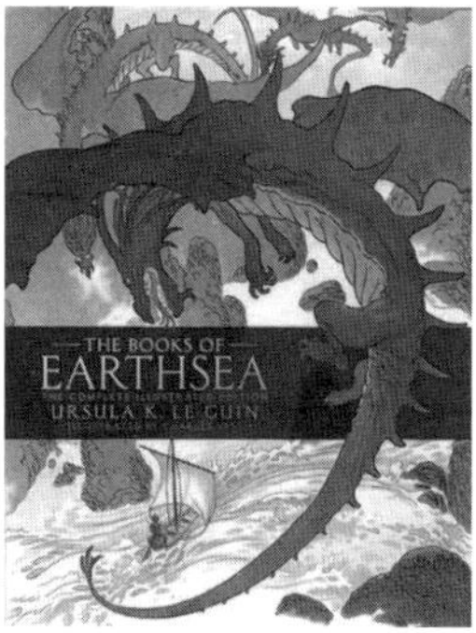

書」とつけたにもかかわらず、それから11年後の2001年、ル＝グウィンはまたまた前言を翻し、短編集『アースシーの物語』を、そしてついに完結編である第6巻『もう一つの風』を立て続けに発表し、読者を驚かせました。

2014年に雑誌のスピンオフ企画として過去のアースシー世界を舞台にした「オドゥレンの娘」（こちらも未邦訳。『完全版』に収録されている）が書かれましたが、もうアースシー世界の時計の針が進むことはないと、誰もが思っていました。そして2018年1月22日、ル＝グウィンは永眠しました。

そんななか逝去から半年後、文芸誌「パリ・レヴュー」225号に、「Firelight」が掲載されたのです。

「Firelight」は、第6巻の「その後」を描いた掌編です。つまり、私たち読者の「今度こそアースシーは完結したのだ」という3度目の思い込みは、「Firelight」によって、またまたまた覆されたのです。

50年続いた長大なアースシーの物語を締めくくる真のフィナーレ、その中心に作者が選んだのは、第4巻の主人公テナーで

も、第5巻のドラゴンフライでも、最終巻のレバンネンやテハヌーでもなく、ゲドまさにその人でした。

（ここから先は「Firelight」の内容に踏み込みますので、「ネタバレを読みたくない！」という方はここで次の記事に行ってください！）

「Firelight」

わずか9ページという短さですが、「Firelight」は今までル＝グウィンが著した中で最も濃密なテクストのひとつです。以下に冒頭3センテンスを訳出します。

> 彼は遠い昔セリダーの岸に捨てたルックファーのことを考えていた。船体はもうほとんど残っていないだろう、1枚か2枚の板は砂の下に埋もれたり、西の海に流木として漂っていたりするのかもしれないが。眠りへと落ちていきながら、彼はカラスノエンドウとともにその小さな船で西の海ではなく東の方角へ、ファートーリーを越え、アーキペラゴの外へと漕ぎ出したことを思い出し始めた。

簡単に解説をします。最初のセンテンス、「セリダー」とは「さいはての島」を意味し、「ルックファー」は邦訳では「はてみ丸」と訳された船の名です。第3巻で、ゲドとレバンネン王子はルックファーに乗ってセリダーに赴くので、この人称代名詞「彼」はゲドもしくはレバンネンのどちらか、ということになります。そして次のセンテンスで、時がかなり経ったことを、船が朽ちていく様を通して描いています。続くセンテンスに登場する「カラスノエンドウ」は第1巻に登場するゲドの友人であり、ここで「彼」がゲドであると断定できる仕掛けになっていますが、過去の冒険の記憶を思い出しているゲドはどうやら「眠りに落ちる」寸前です——このように、冒頭わずか3センテンスだけで、読者は過去のアースシーの物語全体を思い出すよう仕向けられると同時に、時間が大分経過しており、どうやらゲドの意識はクリアではないことが明示されます。実に見事な書き出しです。

ただ、どうでしょうか、アースシーシリーズの読者ならば、その見事さ云々以前に、この冒頭部だけで胸が高鳴って仕方がないのではないでしょうか？　私たちはアースシーをゲドと共に旅しました。カラスノエンドウの優しさに救われ、影と抱き合い、暗闇の巫女テナーを解放し、ルックファーに乗ってレバンネンと「さいはての島」で死の門を封じ、ルックファーを捨て、太古の竜カレシンに運ばれて、魔法の力を失い、テナーとともに生き、テハヌーが竜となって飛び去る様を見届けてきました。アースシーでのゲドの冒険の行程は、そのまま読者である私たちの歳月です。

そんなゲドの人生最後の旅が、「Firelight」で描かれます。

ページが進むと、ゲドは、炉火の前で横たわっていることがわかります。猫がやってきて、彼の足元で丸くなります。そして、台所ではテナーが、ゲドのために食事を作っています。「ふた口だけでも食べなきゃダメ」と差し出しますが、ゲドはひと口も食べることが出来ません。ふたりの会話と仕草から、ゲドはどうやら近頃テナーに介護をしてもらっているらしいことが明らかとなり、今夜はさらに微熱まであります。彼の意識は混濁し、眠りへと落ちていき、闇が彼を襲い、囚われた暗闇の中で彼は動けず、息がつけず、石牢に押し潰され、ついに彼は起きることが出来なくなってしまいます――

眩しい朝の日差しに照らされ目が覚めると、ゲドは大洋の真ん中で、自分がルックファーに乗っていることに気づきます。

ルックファーは朽ちておらず、ゲドはまだ若く、彼の口からは魔法の言葉が出てきます。強く吹け、と彼が命ずると、風はルックファーを西へと力強く進めます。すると、西の水平線の彼方から竜が飛来し、彼を歓迎し、太古の言葉でこう呼びかけました。
「わたしのよろこび！　ときはなたれた　おそれるものなど　なにもない」

それを聞いたゲドは笑い出します。以下、それに続く物語のラストシーンの一部を訳出します。

> 「でも、あるじゃないか！」と彼は飛び去った竜に向かって叫び返した。そう、実際たしかにあったのだ。黒い山々があちらに。しかしこの輝ける瞬間、彼は一切の恐怖を感じることなく、やって来るであろうものを受け入れ、それに出会うのが待てないほどだった。風に命じ、帆がそれを受ける。ルックファーが西へと走ると、波は白く泡立ち、島々が遠く過ぎ去っていく。彼は進み続けるつもりだ、今回は、「もう一つの風」へと漕ぎ出だすまで。

少しだけ解説をします。「黒い山々」は第3巻『さいはての島』における黄泉の国に聳えていることから死の世界を意味します。最終第6巻で、保護して育てた最愛の娘テハヌーは竜となり、「もう一つの風」に乗って西に飛び立ちました。「わたしのよろこび！　ときはなたれた」とは、娘テハヌーを思いながらテナーが口ずさんだ、アースシー世界に伝わる「竜の歌」です。その結末部でゲドは「次にテハヌーに会う時、あの子は西の海から飛んでくる」と予言していました。

その地上の天命を全うし終える日に、それまでの人生が走馬灯のように思い出され、最後に再び竜＝テハヌーと出会い、ゲドは“あちら側”へと旅立つ――「Firelight」は、そのような物語として読者に差し出されています。

最後のインタビュー

ル＝グウィン逝去の1年後、生前最後のインタビュー集が刊行されました。

最後のインタビューは2015年から数回にわたり定期的に自宅で行われました。その時のル=グウィンの様子を、インタビュアーは以下のように記しています。

> 私たちはそれぞれアームチェアに深く腰掛け、暖炉の近くに座った。黒と白の毛の猫が、いつも横柄にまとわりついてきた。夫のチャールズは、いつも家の中にいながらにして、決してインタビュー中は姿を現さなかった。「夫はシャイなの」と彼女は言った。

炉火、懐っこい猫、配慮する優しいパートナー。「Firelight」のなかのゲドは、最晩年のル=グウィンそのものです。2016年2月の時点で、ル=グウィンは「アースシーはすでに完結し、続編はない」と断言しています。それから数カ月後の2016年夏に、ル=グウィンは持病の心雑音を悪化させ入院しました。その時すでに85歳であった彼女が、残された人生の時間を意識したことは想像に難くありません。そのような中で「Firelight」は執筆されたのでしょう。

ル=グウィンは、エッセイやインタビューでホルヘ・ルイス・ボルヘスそして『ドン・キホーテ』に言及することを好みました。「Firelight」を読み、今私は、その理由が少しだけわかったような気がします。『ドン・キホーテ』をお読みになった方は、ぜひそのラストシーンを思い出してください。作者セルバンテスはその長い物語の幕に、ドン・キホーテに安らかな死を与えます。理由は、「彼はわたしの愛する主人公だから」

以下、ボルヘスの書いた卓抜なドン・キホーテ論を引用します。

> 夢みた者と夢みられた者にとって、この物語の核は、騎士道本の非現実的な世界と十七世紀の平凡な日常の世界という、二つの世界の対立だった。〔……〕文学の始まりには神話があり、同様に、終わりにもそれがあるのだ。
>
> ——J. L. ボルヘス「セルバンテスとドン・キホーテの寓話」*4

アースシーの4巻以降をル=グウィンは自ら「第2の3部作」と呼び、男性性の神話を解体した、と述べました。その神話の解体の素晴らしさゆえに、ゲドが主人公を降りてからのアースシーは、現代アメリカ文学の最も重要なフェミニズム文学のひとつとなりました。でももちろん、常にゲドはアースシーの物語の中で、ル=グウィンの心の中で、生きていました。そんなル=グウィンが自らの死を見つめた時、ゲドにも最後の旅立ちを与えることとしたと考えるのは、感傷的にすぎるでしょうか？

ル=グウィンは言語を使ってフィクションを創り、ゲドは言葉を使って魔法を操り、そうしてふたりは、作者と登場人物は、夢見たものと夢見られたものは、その始めに神話を創生し、神話を解体し、人生の終わりに、ともに旅立ちました——文学の始まりには神話があり、同様に、終わりにもそれがあるかのように。「Firelight」は、以下の言葉とともに幕を閉じます。

> 竜は真実を語ったのだ、恐れるものなど何もない。

竜の風に乗ったふたつの偉大な魂に、乾杯。

David Streitfeld ed, *Ursula K. Le Guin: the Last Interview and Other Conversations*, Melville House

単行本化にあたっての特別追記

私が上記記事を執筆しウェブ連載として公開した時はまだ、「Firelight」がいつどのように執筆されたのか、その詳細は明らかにされていなかった。何箇所かにメールを送り発表経緯を尋ねたが、唯一「パリ・レビュー」から、「担当編集者が退職してしまい、ル＝グウィンの遺族により遺稿として持ち込まれたという以上の情報はない」という返信があるのみだった。

しかし、幸いなことに、本記事をウェブ公開した直後の2019年4月、ル＝グウィンの息子であり、著作権を管理しているTheodore Downes-LeGuin氏より回答があった。以下は、氏とのメールのやり取りの一部である。

──2016年2月に書かれた『アースシー完全版』に寄せられた序文で、ル＝グウィンは「オドレンの娘」が最後のアースシー作品であると書いていますが、この時は「Firelight」の構想はなかったということでしょうか？

「その時点ではその通りです」

──では、「Firelight」はいつ書かれたのでしょうか？

「彼女が草稿を私に送ってきたのは2017年初頭でした」

──「Firelight」の発表経緯はどのようなものでしょう？

「アーシュラ本人が、「Firelight」の発表は自身の死後にする、と決めたのです」

──現状、日本では「Firelight」が翻訳出版される予定はないそうです。

「エージェントを通して、日本の出版社に働きかけてみます」

──このメールのやり取りを公開してもよろしいでしょうか？

「もちろん、ぜひしてください」

あらためて、メールの掲載を快諾してくれたTheodore Downes-LeGuin氏に深く感謝する。

*1　ニック・ジヴァーズによるインタビュー、2001年。「The Last Interview」に再録。

*2　https://www.ursulakleguin.com/gedo-senki-1?rq=studio

*3　ル＝グウィン『夜の言葉』山田和子訳、岩波現代文庫50ページ。

*4　ボルヘス『創造者』鼓直訳、岩波文庫、67ページ。

人はテロリストに生まれるのではない

カラン・マハジャン『小さな爆弾たちの連合』あるいは我らの時代

青木耕平

AOKI Kohei

①テロの時代に育った作家、カラン・マハジャン

テロリズム実行犯たちは、テロリストになるために生まれてきたのだろうか。テロリストは、生まれ落ちたときから、テロリストだったのだろうか。もしそうでないのならば、なぜ人はテロリストになるのか。何が人をテロリズム実行犯に変えるのだろうか。

「それを説明する際に用いられる最も単純な言葉は、ジハード（聖戦）とラディカリズム（急進主義）だ。この言葉はあまりにも多用され、過剰な意味を付与されてきた。問題の根源は宗教、狂信、はい終わり、というわけだ」

Karan Mahajan, *The Association of Small Bombs*, Viking

こう答えるのはカラン・マハジャン（Karan Mahajan）。若きインド系アメリカ人作家であり、今回の記事の主役だ。マハジャンはこう続ける。

「私はこう考える、若きテロリスト実行犯たちは、その計画のさなかに自己懐疑に陥り、混乱し、恐怖を抱え、実行の直前までそれらと格闘していたはずだ、と。実際にここ近年のテロリズムの歴史を参照すれば、その多くが不首尾に終わっていることに気付くだろう。多くのテロは計画通りいかなかった。なかには、その時間と場所にいながら、最後の数分で尻込みし、誰ひとり傷つけることなく、自分自身だけを吹き飛ばしたケースも有る……

私が思うに、テロの時代を象徴するのは、911や2611といった成功したテロよりむしろ、このような失敗したテロなのではないだろうか」（FYE Conference 2018にて）

このスピーチにおける「911」とは、2001年9月11日にアメリカ合衆国ニューヨークで起こった同時多発テロであり、「2611」とは、2008年11月26日にインドのムンバイで起こった同時多発テロである。

2019年に日本でも劇場公開された『ホテル・ムンバイ』は、2008年のムンバイ同時多発テロを扱った最新の映画である。21世紀インド最悪のテロ事件のその襲撃地のひとつは、ムンバイを代表し海外富裕層が多く利用する老舗高級ホテルだった。犯行に及んだのは、パキスタンに本拠を置くイスラム過激派組織。多くの史料や関係者証言を参照して作られた映画のなかで、実行犯たちはその高級ホテルに泊まっている観光客、とりわけアメリカ人を捕虜にすることを目標として動く。首謀者は、電話越しで若き実行犯たちにこう指示する。

> 「躊躇うな。奴らがお前たちのものを奪ったんだ」
> 「さあ、ワシントンに悲鳴を聞かせてやれ」

カラン・マハジャンは1984年にアメリカで生まれ、幼い頃すぐにインドに渡りニューデリーで育つ。大学進学にともない再びアメリカへと赴いたのは、911同時多発テロの1週間後であった。彼はそこで経済学そして英文学を学び、クリエイティヴ・ライティングを修め、アメリカに留まりつつ、ニューデリーを舞台にした小説『ファミリー・プランニング』(未邦訳)で作家デビューを果たす。『ファミリー・プランニング』発売の日付は2008年11月18日。ムンバイ同時多発テロ発生の約1週間前である。

ムンバイ同時多発テロ後のインドと、911後のアメリカは似通っていた、とマハジャンは回想する。そこで彼が経験したのは、熱狂するナショナリズムとイスラム教への憎悪感情の爆発であった。マハジャンは、この2008年ムンバイ同時多発テロを契機として『小さな爆弾たちの連合』(*The Association of Small Bombs*)執筆を思い立ち、2016年に刊行した。

『小さな爆弾たちの連合』は、実際にインドのニューデリーで1996年と2003年に起こったふたつの爆破テロ事件をベースとした長編小説である。1996年のテロ被害者は2003年のテロ幇助者となり、1996年の爆弾テロで子を失ったリベラルな母親は死刑支持に転向し、その父親は夢の中でその爆弾として炸裂し、無神論者は神を信じ始め、神を信じていた者は信仰を失い、理想に燃えていた1996年の非暴力主義者は2003年に爆弾を抱えて死ぬ。

② The Association of Small Bombs

2000年代、イスラム教徒はテロリストと同一視され、そのようなイメージを前提とした作品が多く登場した。たとえばパール・エイブラハムは、小説『アメリカン・タリバン』を2010年に発表、小説のモデルは米国籍を持つタリバン義勇兵ジョン・ウォーカー・リンドという実在の人物で、彼は911勃発以前に18歳の若さでタリバンに入っていた。題材のスキャンダラスさから話題となったこの小説を、マハジャンは辛辣に批判している。

> 「作者は物語を2000年に設定することによって、イスラムとテロリストが同義語となる以前、アメリカでは単なる人種の坩堝のエキゾチックな一要素に過ぎなかったことを思い出させてくれる。(中略)リンドをモデルに創作された主人公は好奇心あふれる人気者

> で、彼の転向劇はまるで巡礼のようだ。実際のリンドはトラブルを抱えたティーンエイジャーで、その転向は急進的なものだったのに（中略）……作者は、なぜ彼が周りに溢れるサブカルチャーに目を向けずにイスラムにのめり込まなくてはならないのか全く説明しない」（ウェブサイト「Book Forum」より）

今読み返すと、この批判文はそのまま『小さな爆弾たちの連合』創作宣言として読める。つまるところ本作の中心的なテーマは「なぜ人はテロリストになるのか」であり、「なぜテロは起こったのか」そして「テロは人を——加害者、被害者、遺族を——どう変えるのか」が追求されていく。

1996年5月2日、インドのニューデリーにある小さなマーケットで爆破事件が起こり、13名が死亡、多くの負傷者を出した。犯人はパキスタンに本拠を置くイスラム過激派で、全員がカシミール人、後に3名全員が死刑を執行された。この事件の実行犯、生き延びた被害者、遺族、死刑囚が本作の登場人物たちであり、彼らのこの連関（Association）こそが、「小さな爆弾たちの連合」（The Association of Small Bombs）に他ならない。

群像劇として構成されている『小さな爆弾たちの連合』の中心に位置するのはマンスアー・アフメドという少年だ。国民の8割がヒンドゥー教徒のインドにおいて、アフメド家はムスリム一家だった。そんなアフメド家が唯一仲良く家族づきあいするヒンドゥー教徒であるクーラナー家の息子たちに誘われ、1996年、マンスアーは彼らとともにマーケットでテロに巻き込まれ、マンスアーのみが生き残る。

兄弟たちは即死だったにもかかわらず、マンスアーが負傷したのは手首のみだった。両親は喜び、医者は奇跡だというが、死んだクーラナ兄弟とその遺族であるクーラナ夫妻に責任を感じ、学校では「お前はムスリムだから殺されなかった」と迫害を受け続けるマンスアーは、自室にこもり、TVゲームやPCプログラミングに明け暮れる。

そんな息子を見かねた両親は、マンスアーをアメリカの大学に進学させる。新天地に胸が躍るマンスアーを待っていたのは、911同時多発テロだった。インドだけではなく、アメリカもまた、ムスリムである彼を敵だと見なすようになる。アメリカでも自室に引きこもる彼が最も自由を感じたのはポルノ動画を閲覧している時だった。高速ランでブロンドの女性の媚態を鑑賞する時、彼は高揚感とともに罪を感じていた。

2年後の2003年、爆弾によって負った古傷である右手首が激しく痛み出す。プログラミングはおろかタイピングもできず治療のためにインドに一時帰国をしたマンスアーに、医者は無情にも回復の見込みがないことを告げる——「コンピューターを使わない仕事につきなさい」。どうやって？すべてがコンピューターを使用する現代で、これからどうやって生きていけばいい？

失意に暮れるマンスアーに声をかけたのは、同じくムスリムのアユブだった。アユブは知性と教養に溢れる博愛主義者で、インド国内でのムスリム迫害に対し、非暴力で抗っていた。マンスアーはアユブに心酔するが、アユブはインドの現状を知っていくうちに徐々に理想に躓きはじめ、「結局のところアメリカ型資本主義を打倒せねばならないのだ」と、自らが爆弾を抱えて2003年の爆破テロを実行することを決意する。しかし彼は最後の最後に躊躇い、迷い、苦悩するうちに、自ら抱えた爆弾が爆発してしまう——。

最後に、タイトルについて触れておきたい。1996年爆破テロで息子ふたりを失ったクーラナ夫妻は、参加している「被害者の会」（The Association of Victims）を裏で「小さな爆弾たちの会合」（The Association of Small Bombs）と呼んでいる。「大きなテロ事件は報道され、皆に共有され、それの対策がなされる。小さなテロは、それさえないという意味で、より悲劇なのだ」夫妻はそう考える。かつてリベラルな思想を有していた夫妻であったが、911同時多発テロをどう思うか？　というTVインタビューに対して「アメリカはタリバンを皆殺しにするべき。そして、泥沼になればいい」と答えた——。

③ポスト911小説の新たな展開

本作は2016年全米図書賞小説部門の最終選考作品である。全米図書賞は、アメリカの問題を扱う小説のみをその選考対象としているが、『小さな爆弾たちの連合』はたしかに、そのほとんどの舞台をインドとしながらも、冷戦体制崩壊以後の世界を書くという意味で、紛れもなくアメリカの一側面を描いている。マハジャンはインタビューでこう語っている。

> 「1991年からインドはアメリカの強大な影響下に入った。僕たち若者はアメリカ文化を愛好した」（「Writing on the Air」）

1990年代、冷戦体制による東西の壁がなくなり本格化したグローバル化／資本主義化／アメリカ化の波によって、インドは大きな方向転換を余儀なくされる。

1991年当時、ソヴィエト連邦の崩壊は社会主義の敗北として理解され捉えられた。同年、インドは自由経済化を果たすが、それは、身分階級制度すなわちカースト制度による最下層被差別階級「不可触民」に「格差は是正されないのだ、社会的平等は遠くなったのだ」という心理的なショックを植え付けるものだった。そしてそれを機にヒンドゥー・ナショナリストが勢力を拡大していった[*1]。その時、アメリカは湾岸戦争で中東に爆弾の雨を降らせていた。

911実行組織であるアルカイダに対して、アメリカが対ソヴィエトの冷戦戦略として後方支援をし、その勢力拡大に大きく寄与していた過去を、いまや世界中が知っている。21世紀冒頭に宣言された「テロとの戦い」とは、イデオロギー上はイスラムとの戦いにすぎなかった。そして、911を待つまでもなく、すでに90年代にインドではイスラムとの戦いが起こっていた。911は始まりでも終わりでもなく、そのグローバルな顕在化、転換点としてあったのかもしれない——この仮説は、マンスアーが経験するサバイヴァーズギルトと突き合わせて考えると興味深い。彼の負った傷は、戦地で戦った帰還兵のトラウマとは似て非なるものだ。彼が経験したのは、ホロコーストや広島のような大規模殺戮ではなく、それはあまり語られることがない。彼が爆破事件で負った傷は、彼の身体／手首に現れ、それを契機として彼はインドでテロに加担することになるわけだが、911がその潜伏していたものを顕在化するトリガーになっている。
『小さな爆弾たちの連合』のなかで、マンスアーの911体験はあくまでアクセントのようなものであるが、しかしそれによって911は「テロの時代」のひとつに矮小化されるのではなく、むしろ911をインド国内の語られない小規模テロから語り直すことによって、911が持つ真にグローバルな連関(Association)を提示したと言えるだろう。

④テロの時代は過去のものか？

911実行犯であるモハメド・アタはドン・デリーロの『堕ちていく男』(2007年)をはじめ、様々な911小説の中に描かれてきた。実行犯のトップであったモハメド・アタは、他者化／神秘化され表象されることが多い。『小さな爆弾たちの連合』のなかで、2003年爆弾テロを実行／失敗するアユブは、アタがツインタワーに衝突した際の心境に思いを馳せるが、ここでマハジャンは、厳格なイスラム教徒としてアタを表象することを拒否する。

> モハメド・アタは自らの名を歴史に残すことを望んだのか？　アメリカにアルカイダを意識させるには大規模テロしかないとアタは考えたのだろうか？　それとも彼はその報復行動によってアメリカの経済支配が終わると感じていたのだろうか？（中略）……アタはタワーの中の人々に性的憎悪を感じていたに違いない。硬く隆起した棒となった飛行機に挿入されるヴァギナがタワーとタワーとの間に開いているのを彼は見た。操縦室に座り、捩れ毛を頭に貼り付け、寝不足の目で飛行機を旋回させているとき、彼はツインタワーの窓際に現れ彼を見つめる人影を見たに違いない——それはひとりの女性、おそらく、ブロンドのアメリカ人女性だったはずだ。その瞬間、彼は勃起した。次の瞬間、彼はその女の驚いた顔に射精した。(226-227ページ)

アメリカへの憎悪は、セクシャルなものとして現れる。ツインタワーの間隙をヴァギナとみなすアタは、宗教的／文明的対立としてアメリカの資本主義にジハードを仕掛けるのではなく、アメリカの覇権／文化への倒錯した憎悪としてブロンドの女性に精液をぶっかける。

> 「モハメド・アタは都市計画を学んでいた。シリアのアレッポに、完璧なイスラム都市を建設する論文を書いた。しかし、実際に彼が実行した都市計画は、マンハッタンのふたつのタワーを破壊することだった」(226)

この一節は、シリアのアレッポが廃墟と化してしまった現在への、強烈なアイロニーである。
テロの時代は終わった、のではない。911の後に、ブッシュ政権下のアメリカはアフガニスタンを侵攻し、「大量破壊兵器を隠し持っている」と真っ赤な嘘をついて、イラク戦争を開始した。その虚偽が明るみに出て、国際社会の反発が強まり、ビン・ラディンとサダム・フセインを暗殺すると、オバマ政権下でアメリカは中東から撤退した。そして、弱体化しパワーバランスが崩れた中東に、ISIS（イスラム国）が出現した。イスラム国による中東の混乱、それに伴う難民危機、移民の増大とそれを憎悪する先進諸国、世界的な極右の台頭――カラン・マハジャンは、失敗したテロを主題に、テロの時代を捉えようとしたが、それは結局のところ、悲劇の連続体としての現在を生きる、我らの時代の一側面を描くことに他ならなかった。

最後に、少しだけ私的なことを書かせてください。私は、カラン・マハジャンと同じ1984年生まれです。今でも私は、911同時多発テロを、その混乱したTVの報道を覚えており、2機目の飛行機がサウスタワーに突入する瞬間そして崩落し巨大な煙の柱となっていくツインタワーの映像は、私の瞼の裏に煤のようにこびりついたままです。

2001年当時に総理大臣であった小泉純一郎首相はブッシュ大統領と大変仲が良く、一緒にゴルフをし、イギリスのブレア首相とともにイラク戦争を支持し、自衛隊派兵を決めました。一時期、小泉純一郎総理は80％という空前の支持率を誇っていました。私が生まれ育った群馬県は、歴代総理大臣を何人も輩出した自民党の一大支持基盤です。強いキリスト教信仰を持つ父は、ブッシュ大統領が「イラクに平和をもたらせ、という神の声が聞こえる」と神の名を騙った時、「一理あるかもしれないな」と言いました。

でも、それらは全て、大嘘だったのです。イラクに大量破壊兵器がある、というのは、アメリカが戦争を正当化するために捏造されたフェイクニュースでした。その嘘によってイラクへと派兵された自衛隊員は、帰国後に、54人が自殺しました。

日本に生きる私に、インド国内で迫害される911以降のイスラム教徒の人の苦しみなどわかるはずがありません。しかし、インドにとって911が大きな転換点であったように、日本国にとっても911――正確に言えばその後のアメリカの対応――は現在を規定する大きな出来事でした。

私は文学研究者であって、論じる作家や作品へは個人的感情からというよりも学問的観点から関心と敬意を抱いています。しかし、本作『小さな爆弾たちの連合』とその著者である同年齢のカラン・マハジャンに対して、私は個人的な共感と羨望、そして嫉妬を禁じ得ません。

マハジャンは、911をアメリカ固有のものとして描くことを拒否し、インドの現状を示すためにそれを語り、そのことに躊躇いがありません。「アメリカの属国」と国際社会に揶揄される日本で暮らす者として、私は、日本文学でそのようなものが読みたい。そこに一切の躊躇いは不要です、なぜなら、それは私たちの現代史でもあるのですから。私は強く、そのような日本文学が書かれることを切望します。

もしすでに書かれていると言うのなら、どなたかそっと、私にそれを教えてください。

*1 志賀美和子「セキュラリズムと「カースト問題」の変容 タミル・ナードゥ州の場合」、龍谷大学アジア仏教文科研究センター、ワーキング・ペーパー no.12-13.

取り残された人たちへの回路
ルシア・ベルリンの作品をめぐって

日野原慶
HINOHARA Kei

小説家ルシア・ベルリンの名は、2015年のアメリカで広く知れ渡ることとなった。死後10年余りの時を経て全短編から選んだ43編を収録して出版された作品集『*A Manual for Cleaning Women*』が、大きな評判を呼んだからだ。それ以前はほぼ無名であった彼女の生涯と作品を語るために、大手メディアでの書評から個人ブログに至るまで、実に多くの言葉が費やされてきた。

作者の実人生に題材をとって書かれた作品だということも注目された。三度の結婚と離婚、シングルマザーとして4人の子育て、家計のために従事した様々な仕事、アルコール依存症との戦い。20代のころから小説の執筆、1980年代に入ると作品集を何冊か小出版社から出版（しかし初版200部だったりした）、1990年代になってチャールズ・ブコウスキーやポール・ボウルズらとの関わりがあった中規模出版社ブラック・スパロウ・プレスより3冊の短編集を出版するも、マイナー作家の位置に留まる――『*A Manual*』の出版が再評価をもたらすまでは。アメリカでは2018年に新たな短編集とメモワールが出版され、この作家への注目はますます高まっている。

ルシア・ベルリン『掃除婦のための手引き書　ルシア・ベルリン作品集』岸本佐知子訳、講談社

2019年に、『*A Manual*』を底本として翻訳出版された『掃除婦のための手引き書』（岸本佐知子訳）を手にとる日本の読者も、「再発見」された小説家の作品であることを多少なりとも意識するだろう。どうしてベルリンはかつては見過ごされ、いま光を当てられているのだろうか。この論考では、「再発見」される以前のルシア・ベルリン、つまり作家として現役であったころの彼女のアメリカ文学における位置づけを手掛かりにして、考えてみたい。

ルシア・ベルリンの追悼記事

ルシア・ベルリンが亡くなったのは、2004年の11月12日。彼女の68回目の誕生日のことだった。雑誌や新聞などのメディアが当時どう反応したのか探してみたが、見つかった資料はひとつだけだった。2005年8月4日の「ロンドン・レビュー・オブ・ブックス」に掲載された追悼記事だ。

彼女の生涯をたどったあと、親しかった詩人オーガスト・クラインザーラーに宛てた何通かの手紙を断片的に引用した、変わった形式の記事だ。ある手紙の引用では、印象的なできごとが晩年のベルリンによってつづられている。肺疾患のためにつねに彼女の傍らにあった酸素ボンベの管が、髪をとかしていると外れてしまう。ふいにかつての恋人のことが頭をよぎる。「あぁ、と鏡にうつる自分につぶやいたの……どうしてあのひとのことを考えるのかって？　酸素ボンベからの風が首にあたって、まるでキスのようだったから」言葉が目の前の状況からとつぜん遊離して、そこにはいない、手のとどかないだれかのもとへと向かう——彼女の小説に繰り返しあらわれるそういう瞬間と共鳴するようなエピソードだ。

引用された別の手紙には、次のような興味深い一節もある。「再発見」の後、比較の対象として名前が挙がる作家のひとりにレイモンド・カーヴァーがいる。日常をありのままにつづったかのような作風、そして作品のそこここにただようアルコール依存症の影など、両者に通ずる点は多いが、ベルリンはカーヴァーについて次のような言葉を残している——「ええレイモンド・カーヴァーの作品は好き——彼がシラフにもどって物語の終わりを甘ったるくしてしまう前までなら……わたしは彼の作品を読むまえから彼みたいな書き方をしていた」

物語の終わり方についての言葉が、具体的にどのカーヴァー作品に向けられているのかは分からない。だが、例えば「大聖堂」のエンディングなどを考えてみてもいいのかもしれない。語り手と盲人が手を重ねてひとつの大聖堂を描くラストシーンには、共感とまではいかなくても、ひとつの小説の終わりにいかにもふさわしい両者の交わりが描かれていると言える。対照的にベルリンの物語は何らかの解決や和解や共感に行きつかずに終わることが多い。

例として『掃除婦のための手引き書』の中から「喪の仕事」を見てみよう。語り手である掃除婦の「わたし」は、住人が死んだ家の整理をおこなう。亡くなったばかりの父親、そして10年前に亡くなった母親の遺品整理を通して、子どもたちの和解を、部外者である「わたし」はときに冷たい視線を投げかけられながらも演出しようとする。姉弟間にあったわだかまりが、掃除婦が「ある遺品」を見つけ出したことをきっかけに解けそうになる。そのいちばん肝心な瞬間に、彼女はその場をはずす——「息子も泣いていて、彼女のほうに立っていった。彼は姉を抱きしめ、姉もこんどは腕の中でゆらゆら揺られるに任せていた。わたしはそっとキッチンを出て、裏口から外に出た」彼女は目の前で展開する和解の物語からすっと身を引く。姉弟についてそこから先は描かれず、掃除婦が戻るときには家のなかはしんとして空っぽになっている。

もしも、掃除婦がその場に残っていたら、姉弟と掃除婦の間に最後のやりとりがあったとしたら、と考えると、もっと甘かったかもしれない別ヴァージョンの物語が思い浮かぶ。だが、ルシア・ベルリンの読者は、そうではない彼女特有の物語の突き放されたような結末にこそ、魅了されるのだ。

地域主義作家というカテゴリー

追悼記事の例からも分かるように、「再発見」される以前ルシア・ベルリンがメディアで取り上げられることは多くなかった。現役時代の評価、特にアメリカ文学における位置づけについて知ることも簡単ではない。ゆえに1990年に出版された「Gargoyle Magazine」と翌年に出版された「Western American Literature」は貴重な資料である。

前者は無名の作家を扱うしゃれたデザインの文芸誌で、小出版社から作品を出していたころのベルリンのインタビューを掲載している。後者はアメリカの西部文学に特化した比較的メジャーな学術誌で、1990年12月にブラック・スパロウ・プレスから出版された『*Homesick: New & Selected Stories*』の書評を掲載している。いわば、無名からマイナーへと移行する時期の彼女への評価をこれらから知ることができる。

興味深いのは、これらふたつの資料においてルシア・ベルリンが地域主義作家として評価されている点である。地域主義作家とは、大都市ではない特定の場所を詳細に描きだし、作品を通してその風土や人々の暮らしを伝える点に価値が見出される作家の総称だ。後者の書評の記事では、地域主義という言葉は用いられてはいないものの、方言や地方特有の慣習を描きだすことでアメリカ西部の文化的多様性を伝える作家という評価をベルリンは与えられている。

一方のインタビュー記事では「何らかの点であなたは自身を地域主義の作家だと考えていますか?」という質問をされている。ベルリンは次のように返している――「またその言葉が来た!　ユードラ・ウェルティから引用させてください:〈地域主義、それは不注意な、作家を見下すような言葉だとわたしは考えます。なぜならそれは特定の地域に根差した生活を芸術の題材としているという事実と、それが芸術としてあらわれた際の成果そのものとを混同しているからです〉わたしは自分が地域主義の作家だなんて考えていない」

ベルリンは自身が地域主義作家であることを否定した後、場所が自身の作品の根幹をなす重要な要素だと述べる。そして場所や町や家が主人公であるとすら考えることもあると付け加える。つまり、物語における場所の役割は地方色を伝えることなどではない。場所が物語を形作る核になり、場所が物語を駆動する原動力になるというのがベルリンの主張なのである。

ベルリンに対する地域主義という評価は、果たして適切なものだったのだろうか。すくなくとも彼女がそれを自認していなかったのはたしかだ。もしかするとこの分類が、生前の彼女に光が当てられなかったひとつの要因であったとも言えるのではないか。

筆者がそう考えるのは、地域主義作家《リージョナリスト》という分類自体に女性作家を貶める暗黙のバイアスがかかっているというジョアナ・ラスの1983年の指摘を思いださずにはいられないからだ。今は亡きこのSF作家/フェミニズム批評家は「リージョナリストというレッテルが女性作家にたいして乱用されるのは、問題の作家が特定の地域を舞台にして物を書いているというだけでなく、それゆえに作品には限界があり（つまり「普遍的な」価値がない）、文学的価値以前に、せいぜい社会学的、疑似歴史学的興味をかき立てるものでしかない、という意識があるからに違いない」（強調は原文のとおり）と主張した。

もちろん、ルシア・ベルリンに対してもそのバイアスが作用していたと証明はできない。ゆえに「暗黙の」としか言えないのだが、地域主義という分類が女性作家の真の評価を遅らせるというラスの見立ては、奇しくもベルリンのケースと重なるように見える。

取り残された場所

作品の根幹に場所があるというベルリンの言葉を念頭におき、彼女の作品の特徴を見ていきたい。幼少期を過ごしたテキサス、そしてチリ、成人してから暮らしたニューヨーク、ニューメキシコ、カリフォルニア、メキシコ——様々な場所が描かれる。

「いいと悪い」の例を見てみよう。語り手の「わたし」は、1950年代、鉱山技師である父の仕事のために一家でチリで暮らした経験を回想する。父親はアメリカ主導の鉱山開発の中枢にいる。裕福なアメリカ人はここでは少数派だ。歴史を教えるミス・ドーソンに連れ出され、高校生の彼女は貧困がはびこるチリの実状を目の当たりにする。ボランティアにも加わり、ドーソン先生が掲げる貧しさの救済という理想に共感しはじめる一方で、アメリカがその原因かもしれないと感じながら参加する。純粋さゆえに正義感から空回りするだけの先生は、滑稽でもある。「わたし」は先生を疎ましく思いつつも、惹きつけられる。あるできごとがきっかけとなり先生はとつぜん学校を去ってしまう——というのがおおまかな内容だ。チリにおけるアメリカ資本の流入と貧しさの増大が背景にはある。焦点は「わたし」と先生の関係に当てられているが、政治的な主題をはらむ物語でもある。

彼女たちが足を踏み入れる貧民街の描写の中で、とりわけ鮮烈なのはゴミ捨て場——いや、「ゴミの山」を描いた部分である。

> 最初のうち、見渡すかぎりの山のどこにも人の姿は見えなかった。鼻が曲がるほど臭い、煙のくすぶるゴミの山があるだけ。しばらく土埃や煙を透かして見ているうちに、ゴミ山にびっしり人がいるのが見えてきた。肌は糞便の色、着ているボロは足元のゴミと大差なかった。立っている人はいなかった。みんな濡れネズミみたいに四つんばいで動きまわり、背中の麻袋にいろんなものを放りこみ、瘤《こぶ》のある獣みたいな姿でぐるぐる回り、突進し、鉢合わせして鼻と鼻をくっつけ、するりと別れ、イグアナみたいに山の岩陰に消えた。

ここでの描写はこの倍以上続き、非常に強い印象を残す。まるで、語り手を差し置いて、作者ルシア・ベルリン自身の声がとつぜん前面に出てきたかのようにすら感じさせる。

ベルリンが語る「ゴミの山」は、1997年に出版されたドン・デリーロの小説『アンダーワールド』に登場するゴミ処理場を想起させる。デリーロにとって、ゴミ処理場を描くこととは、進歩や発展などの理想から取り残され、共同体の周縁へと、時にその外部へと追いやられる存在に光を当てる行為であった。これに沿って考えると、「いいと悪い」に描かれるゴミ山とは、アメリカの繁栄という理想の裏で取り残されていた、語り手が回想する1950年代のチリの苦境が可視化された場所であると言える。

北カリフォルニアのオークランドやバークレーを舞台にした表題作「掃除婦のための手引き書」にもゴミ捨て場は描かれている。語り手マギー・メイはアルコール依存症の夫に先立たれ4人の子どもを育てなければならない状況でこの仕事に飛び込んだ。おそらく他の仕事仲間とはちがい、一時しのぎの掃除婦だ。ゆえに掃除婦たちのなかでも少し浮いている――「わたしは古株の掃除婦たちからなかなか打ち解けてもらえない。掃除の仕事もなかなかもらえない。わたしが“学がある”からだ」彼女は雇い主の家から家へとバスで移動していくが、突然スイッチが切り替わるように、死んだ夫ターの断片的な回想もつづられる。

夫を追想するなかで、マギー・メイは彼をゴミ捨て場になぞらえる。

> ターはバークレーのゴミ捨て場に似ていた。あのゴミ捨て場に行くバスがあればいいのに。ニューメキシコが恋しくなると、二人でよくあそこに行った。殺風景で吹きっさらしで、カモメが砂漠のヨタカみたいに舞っている。どっちを向いても、上を見ても、空がある。ゴミのトラックがもうもうと土埃をあげてごとごと過ぎる。灰色の恐竜だ。

ターがどういう人物であったのかという点について、詳細は殆ど語られない。だが、読者がおぼろげながらも彼の生き方を思い描けるのは、ゴミ捨て場という場所がなによりも彼のことを教えてくれるからだ。ゴミ捨て場こそが、マギー・メイにとっても、社会からつねに取り残される存在であった彼を近くに感じるための回路なのである。

ルシア・ベルリンについて、2018年、「Granta Magazine」ウェブ版でNina Ellisはダーティー・リアリズムとの近さを指摘している。ダーティー・リアリズムとはそもそも1983年の「Granta」第8号の特集で、アルコールやドラッグ依存が蔓延する貧困層の人々の日常を描くミニマリズムの作品群を指し示す言葉として生みだされたものだ。たしかに彼女の作品は、この階層の人々に光を当てている。そして、彼女がくりかえし描いた数々の場所――場末のコインランドリー、酒におぼれた人たちが集まるデトックス病棟、主人公が創作を教えに出かける刑務所――は、貧困層という取り残された存在の居場所であると言える。

ただ、この分類に納得しつつ、エリス同様、筆者が違和感を感じるのは、あまりにも多様な側面を持つ彼女の作品の数々を、「貧困層の生活」というひとつの文脈に限定してしまうことは、無理のある試みだと考えるからだ。「ガーゴイル・マガジン」に収録されたインタビューで、彼女は次のようにも語っている――「しかし、わたしの物語の多くを動かすもっとも大きな力は、まさに[人と場所とが]ひとつになっているという感覚です。それは、人々が時間の外側に存在しているかのように見える瞬間、ただそこに存在することで、人が場所の一部に、場所が人の一部になる、あの瞬間の感覚なのです」（補足と強調は筆者による）。直線的に進む時間の流れから放り出されたかのような場所と人は、彼女の作品のいたるところに見つかる。

アメリカでも、日本でも、現代の読者を魅了してやまないルシア・ベルリンの作品には、時代を越えて人々の心をつかむ普遍的な魅力がそなわっている。場所を手掛かりに彼女の作品の普遍性に言葉を与えるのであれば、彼女の描く場所は、あらゆる時代のあらゆる社会が生みだしうる「取り残されている」存在へとつながる回路である、というのが最も適切かもしれない。

■ **参考文献**

- Amy Clarke “Homesick: New & Selected Stories by Lucia Berlin (review)” *Western American Literature*, vol.26:3 1991.
- “A Strong Sense of Place: Lucia Berlin talks with Peggy Pfeiffer and Richard Peabody” *Gargoyle Magazine*, issues 37/38 1990.
- “Love, Lucia” *London Review of Books*, August 24 2005.
- Nina Ellis “Lucia Berlin Writes Home” *Granta Magazine*, Granta.com, October 9 2018.
- ジョアナ・ラス『テクスチュアル・ハラスメント』小谷真理編・訳、インスクリプト、2001年
- ルシア・ベルリン『掃除婦のための手引き書』岸本佐知子訳、講談社、2019年

※この文章は、「群像」2020年1月号（講談社）に掲載されたものです。

ルイーズ・グリュック

「わたし」と対峙する詩人

吉田恭子
YOSHIDA Kyoko

2020年のノーベル文学賞はアメリカの詩人ルイーズ・グリュック（Louise Glück, 1943- ）に決まった。1968年若くして『第一子』（*Firstborn*）でデビューして以来、12冊の詩集を出版し、約半世紀のキャリアを誇る。「妥協なく切りつめた美しさで個の存在を普遍化させるまぎれもない詩の声」と選考委員会が表現する通り、グリュックの詩の言葉は、ひとつひとつは平易なアメリカ口語由来の単語でありながら、他に比べるものなく研ぎ澄まされ屹立した印象を与える。そしてきわめて自伝的な詩風でありながら、決して芸術家としての自己神格化や自己愛の吐露に堕すことがない。詩人ダン・チェイスンの言葉を借りれば、「その自伝性は自己表現というより自己解剖」であり、グリュックは「一人称を科学捜査する詩人」なのである。

Louise Glück, *Poems 1962-2012*, Farrar, Straus and Giroux

息子ノアへの愛情表現の苦悩を描いた詩「茶色い円」（「Brown Circle」,『*Ararat*』所収）で、家族への憎悪を母親に問い詰められた「わたし」は自省する。

わたしは息子を愛したい
ように愛していない。
わたしは蘭の愛好家で、
松の木陰に生えた
赤い延齢草を見つけても
手に触れず、自分のものにする
ことはないと
思い描いていた。実は
わたしは科学者で、
拡大鏡を手に
その花に近寄り
その場を離れない、そうする間にも
花のまわりの草を太陽が
焼いて茶色い円を
作る。わたしに対する
母の愛もほぼ
同じだった。　（*Poems*, 222）

グリュックが扱う題材は重い。若い頃の拒食症、妊娠人工中絶にはじまり、離婚、家族との葛藤、死別、そして自らの老いといった喪失・失望・拒絶・孤独・疎外を扱う。彼女が「トラウマの詩人」と呼ばれるゆえんだが、決して嘆きの詩人ではない。グリュックの詩に際立つのは、あくまでも「わたし」と対峙する姿勢である。

1985年出版の『アキレスの勝利』（全米批評家協会賞）以来、息子ノアとの関係を見つめた『アララト』（1990）、庭の花々が詩人に語りかける『野菖蒲』（1992）、オデュッセウスとペネロペの物語を現代の夫婦の姿に重ね合わせる『牧草地』（1996）など、聖書や古代ギリシャ・ローマの神話と個人の経験を重ね合わせることで詩集全体にひとつの物語性をもたせる技法を積極的に用いるようになった。神話を経由することで「個人」の苦悩に普遍性をあぶり出す手法は、後続の詩人らに大きな影響を与えた。叙情詩は、感情を詠う一人称の詩型であり、声のある「話し手」である詩の中の「わたし」は、詩人に限りなく重なる人格とみなされがちだ。けれども、叙情詩の妙味は感情を表現する音声の調音であり、それは詩人自身の「わたし」と詩中の「わたし」との微妙な距離感を必要とする。グリュックの詩にはそのような叙情詩の自己言及的精妙さが巧みに生かされている。その技巧的音韻のセンスはしばしば「才気縦横」「超絶技巧的」と形容される。

その精神性がゆえにニューイングランドの隠遁詩人エミリ・ディキンスン（1830-86）、自伝的作風がゆえにシルヴィア・プラス（1932-63）と比較されることも多い。アメリカにはウォルト・ホイットマン（1819-92）を筆頭に、アメリカの「わたしたち」を声高に詠う詩の伝統がある。それに対して、グリュックは、ディキンソン以来の声の小さな詩人たちの系譜に属するといえるだろう。コロナ禍と法統治の危機の時代、アトウッドのような声の大きな小説家のノーベル賞受賞を期待する雰囲気もあった中、詩人の静かな声に耳を傾けよ、という選考委員会のメッセージが感じ取れる。

ノーベル文学賞は1901年、近代文学と国民国家とが互いの輪郭を規定しあうことが当然であった時代、西洋由来の人文主義が普遍的価値であるという前提が厳しい批判を受けることのない時代に始まった。今日ノーベル賞は過渡期にある。活字文化から映像文化の時代へ、国民文学から世界文学の時代へ。「移民が広がる世界で国籍や出自で文学を論じることも、地域バランスを正確に論じることも難しくなってきている」とオルソン選考委員長は認める。「より強固で体系的な専門家との対話を確立し、世界文学の幅広い方向性を捉える新しいモデル」を模索する文学賞は、今後、生涯的な功績を重視する選考ではなく、文学の「世界性」を開くキュレーション的選考へと移り変わっていくのではないか。

■ 参考文献

・ Chiasson, Dan. “The Body Artist.” *The New Yorker* November 12, 2012.

- Diehl, Joanne Feit. Ed. *On Louise Glück: Change What You See*. U of Michigan P, 2005.
- Glück, Louise. *Poems 1962-2012*. Farrar, Straus and Giroux, 2012.
- Morris, Daniel. *The Poetry of Louise Glück: A Thematic Introduction*. U of Missouri P, 2006.
- "Louise Glück." http://poetryfoundation.org/poets/louise-gluck
- 共同通信「地域的不均衡解消へ選考過程さらに改革：ノーベル文学賞で選考委員長」京都新聞（2020年10月27日朝刊）
- ノーベル賞公式ウェブサイト

  https://www.nobelprize.org/prizes/literature/2020

CHAPTER

2

LITERARY PORTRAIT OF AMERICA

浮かび上がるアメリカ社会

“America” feat. Elvis Presley, 2018 Remix

藤井光

FUJII Hikaru

反抗とエルヴィス

2018年は、エルヴィス・プレスリーをめぐるふたつの傑作小説が世に出た年でもあった（もちろんその背後には、スティーヴ・エリクソンの忘れがたき傑作『シャドウバーン』がある）。そして、その2作はいずれもフィクションという武器を駆使し、偉大なミュージシャンの姿を描くという次元をはるかに超えた広がりを持っている。

2017年に67歳で世を去ったデニス・ジョンソンの遺作となった短編集『海の乙女の惜しみなさ』（*The Largesse of the Sea Maiden*）は、「ドッペルゲンガー、ポルターガイスト」（Doppelgänger, Poltergeist）という作品で締めくくられる。エルヴィスとアメリカの絡み合いを背景に展開していくこの短編は、どこから見ても、ジョンソンという稀代の作家の最後を締めくくるにふさわしい作品といっていい。

Denis Johnson,
The Largesse of the Sea Maiden,
Random House

物語は、ふたりの詩人の30年以上にわたる友情をたどっていく。語り手となるケヴィン・ハリントン（Kevin Harrington）は、1980年代のコロンビア大学で授業を担当していたときに、圧倒的な才能をもつ学生マーカス・エイハーン（Marcus Ahearn）と出会う。授業中に詩の言葉をどう紡ぎ出すのかを学生たちに説明しようとするハリントンは、まずはフランク・シナトラの毒舌ぶりを紹介し、その流れでエルヴィスの陸軍入隊前後の変化について語り始め、ついにはこう口にする。

「アメリカの世紀の根幹を打ち砕いたのは、1963年のケネディ暗殺ではない――1958年、エルヴィスの陸軍入隊なんだ」――その瞬間、世界はエルヴィスの消滅を目撃した。剃られたもみあげ、輝く金ボタンのついた軍服をまとった彼の写真、『監獄ロック』の細身で炎がくすぶる両性具有者が空手を習い始めたという発表。（156-157ページ）

ジョン・F・ケネディの暗殺は、アメリカの20世紀の歩みに暗い影を落とすことになった出来事として広く認知されている。スティーヴン・キングが『22/11/63』でケネディ暗殺を止めようと奮闘する男の物語を書いたように、「アメリカ」を描こうとする作家にとっては、避けて通れない出来事だと言っていい。ジョンソンもまた、ベトナム戦争小説『煙の樹』（*Tree of Smoke*, 2007年）ではケネディ暗殺を小説の冒頭に据え、それに続く登場人物たちの迷走を予告していた。それをさらに超えるほどの出来事として、ここではエルヴィスの陸軍入隊が語られる。

ハリントンは、アメリカの精神史のなかでエルヴィスをとらえていると思われる。デビューしたときの「反抗的」なエルヴィスは、アメリカが何かに変化しうる可能性を象徴する存在だった。その彼が、軍隊に入って規律と訓練を施されて「反抗」の要素を抜き取られ、その後は無害な歌い手として自己パロディを反復するだけの存在になったことにより、アメリカは手にしようとしていた可能性を失ったのだ。その5年後に起きたケネディ暗殺事件は、こうしてすでに始まっていた行き詰まりを確認するものでしかない。おそらく、これがハリントンの説である。

それを聞いた学生エイハーンは、若くして死んだ彼の兄が抱えていたエルヴィスについての説をハリントンに説明する。エイハーンと彼の兄によれば、公式には死産だったとされるエルヴィスの双子の兄弟ジェシー・ガーロン・プレスリーは、実は生きて養母に育てられていた。エルヴィスのマネージャーだった「大佐」ことトム・パーカーはジェシーの存在を知り、計略を練る。エルヴィスをより広く売れるスターに改造するべく、反抗的だったエルヴィスを軍隊に入隊させ、殺害し、その後釜にジェシーを据えてエルヴィスを演じさせたのだ。それ以降の、デビュー当時のキレを失った抜け殻のようなエルヴィスは、要するに別人であり、その替え玉エルヴィスが、1977年にグレイスランドで死去することになる。

この仮説を信じ、証明するために、エイハーンは私費を投じてさまざまな書類をかき集め、果ては深夜の墓暴きにまで乗り出す。エルヴィスの分身という名の亡霊を追って。

ところで、どうしてエルヴィスを形容する言葉に、「両性具有者」が使われるのか。その表現によって、あのもみあげとリーゼントで固めた髪型が現代でもパロディー化されるスター像に、「男性性」と「女性性」の共存、あるいは性的アイデンティティの揺らぎが見出される、ということになるだろう。その揺らぎが、後の「男性的」エルヴィスによって裏切られたことをハリントンは嘆く。彼にとっては、カテゴリー化を拒む曖昧さ、雑多さを含みこむ「アメリカ」にこそ、大きな可能性があるのだ。

反乱とエルヴィス

ハリントンとエイハーンのコンビからすれば、『アロハ・フロム・ハワイ』（1973）に登場したエルヴィスなど、ロック好きにとっての紅白歌合戦のように、見るに堪えないエピソードのひとつに過ぎないかもしれない。ただし、『アロハ・フロム・ハワイ』が、合衆国の外で公演することを極度に嫌ったこのスターを世界に見せるための番組であったことを考えるとき、アメリカと世界との関わりのなかで、もうひとつのエルヴィス像が浮かび上がってくる。

アメリカが生み出したスターが、世界中を熱狂させる。それ自体を抜き出せば、1950年代から60年代前半にかけて、合衆国が自由と民主主義という価値観のみならず、文化面でも世界を牽引していくのだという自負に裏打ちされた、冷戦下の西側の国際秩序の1コマに思えなくもない。ただし、それを単純に受け入れるほど、「世界」の歴史と権力関係は単純ではない。そのことを、2018年に出たもうひとつのエルヴィス物語、フィリピンの作家ジーナ・アポストル（Gina Apostol）の長編小説『反乱者』（*Insurrecto*、未邦訳）は教えてくれる。

小説の冒頭で、フィリピン出身の作家兼翻訳者である女性のマグサリン

Gina Apostol,
Insurrecto,
Soho Press

（Magsalin）は、登場人物としてキアラ・ブラージ（Chiara Brasi）という女性映画監督を創り出す。ところが、架空の人物であるはずのキアラからマグサリンにEメールが届き、フィリピンに行くので会ってほしいと言われる。これを皮切りに、現実と虚構の境界線は何重にも引かれ、やがて破られていく。

キアラの父親ルード・ブラージ（Ludo Brasi）も映画監督だったが、ベトナム戦争で発生した虐殺事件をめぐる映画を1970年代に完成させたあと失踪してしまう。その父親がロケ地に選んだのはフィリピンであり（となると、フランシス・コッポラの『地獄の黙示録』を連想させないわけにはいかない）、その撮影のため、当時は幼かったキアラもマニラに滞在していた。そうした子供時代と父親のことを調べようとしたキアラのインターネット検索画面には、1901年、米比戦争のさなかにサマール島で起きたバランギガの虐殺という出来事が繰り返し出てくる。島の住民たちの蜂起によって米兵48人が死亡、その報復として、アメリカ軍は3万人を超える島の住民を虐殺したとされる。合衆国による統治時代のなかでもひときわ凄惨な出来事である。その現場であるサマール島に行きたいというキアラに、マグサリンは同行することになる。

キアラが構想する映画は、監督であるキアラの創造物だと言っていい。しかし、この小説においては、映画監督であるキアラは作家マグサリンの創り出した被創造物である。もちろん、マグサリンも小説の登場

人物にすぎないのだから、キアラとマグサリンを創り出した何者かがその背後にいる……。創造者と被創造者の構図が何重にも仕掛けられる背景にはもちろん、フィリピンという土地をめぐる支配と被支配の問題がある。そして、アポストルはその構図の中心に、サマール島で起きた後、記憶から消去された虐殺と、エルヴィスの『アロハ・フロム・ハワイ』の衛星中継というふたつの出来事を配した。「フィリピン」というアイデンティティがアメリカとの関わりのなかでどのように作られていったかを問うために。

フィリピンにおける英語文学の「先輩」ともいうべきニック・ホアキン（Nick Joaquin）の作品集が2017年にペンギン・クラシックスから復刊されたとき、アポストルは序文を寄せ、アメリカとの関係を決定づけたその出来事について、次のように書いている。

> 1899年～1904年の米比戦争は盲点である。私たちは、その戦争を記憶していない。勇猛な反帝国主義の戦争は、フィリピンの生まれながらの権利なのだ——1898年の米西戦争の直後に、スペインに対抗する同盟国であるフィリピンをアメリカ合衆国が解放するのではなく占領すると決定したとき、帝国主義的アメリカに対する蜂起によって、フィリピンという国は創られた。（Nick Joaquin, *The Woman Who Had Two Navels and Tales of The Tropical Gothic*, xiページ）

3世紀にわたるスペインの植民地支配、そして火種を抱えたままのアメリカの統治、続く日本軍による占領統治が終わったとき、マニラ市街は瓦礫の山と化していた（ワルシャワの次に徹底的に破壊された街とも言われる）。独立国となったフィリピンは、この大量の死者の記憶とともに歩むことになる。戦後、合衆国のポップカルチャーが人気を集めることになるこの島国は、陰に陽に貼り付いた支配とその記憶から自由になることはない。

『反乱者』で、エルヴィスの1973年の『アロハ・フロム・ハワイ』が幾度となく取り上げられ、あるいはマグサリンのおじたちがカラオケでエルヴィスを熱唱するとき、その背後には、フィリピンとアメリカをめぐる何重にもなった権力関係がある。

アポストルが作り出した物語の迷宮において、登場人物はすべて、そうした絡み合う権力関係のなかを動き回る。彼らは常に何らかの権力関係を背負い、支配と被支配のあいだを揺れ動く。小説の作者であるアポストルにも、それは当てはまる。

アポストルは『反乱者』を英語で書いた。フィリピン社会で、米国統治時代は支配者の言語であり、第二次世界対戦後もエリートの言語であり続けた英語を使用し、さらには物語を創作すること。その行為自体に、支配と被支配の関係は刻み込まれている。英語による小説で、「フィリピンとは何か？」を問うことは、死者の上に立っているみずからの姿を問い直すことでもある。そして、その困難に、アポストルは果敢に立ち向かい、錯綜して重なり合う物語の層を生み出した。

小説の登場人物がいて、それを創り出した別の登場人物がいる。その外に、『反乱者』を書いた作者アポストルがいる。そして、それをアポストルに書かせたフィリピンという共同体が、さらに外側に位置している。では、そうした層のさらに外側に位置する「アメリカ」について考えることはできるだろうか。つまるところ、合衆国だけは、純然たる支配者の位置を確保しているのだろうか?

またもや、エルヴィスの「女性性」がここでふと顔を出す。アポストルは、テディベアを抱えたエルヴィスのアルバムジャケットの写真を取り上げ、こう書きつけているのだ。

> スチール写真においてすら、エルヴィスは二重の意識を表現している。彼は誘惑される女性であり、同時に誘惑する者でもあるのだ。(84ページ)

植民地と宗主国の関係が男性と女性の非対称な関係性をしばしば想起させるなら(これは温又柔さんに教えていただいた)、ここでもエルヴィスの抱え込んだ両性具有的な両面性からは、「アメリカ」が抱え込んだ曖昧さが、ふたたび浮上してくる。それは、フィリピンというアイデンティティが、支配と被支配を切り分けられない複雑さをもつことを証言するとともに、アメリカという支配者もまた、他者からの視線と承認を必要とする依存的な存在であることも暴き出す。エルヴィスの醸し出す脆さは、アメリカの脆さでもある。

アウトソースされた苦しみ
ふたつの短編小説から

藤井光
FUJII Hikaru

1. 共感する自己というブランド

> 男性の若さは「将来有望」という意味を持つのに対して、女性の若さは「未熟」であって、もっと経験を積まなければだめだと思われる。(「American Theatre」のインタビュー)

こう発言する作家であれば当然のこととして、ジェン・シルヴァーマン(Jen Silverman)は、ジェンダーをめぐる固定観念にしばしば挑戦してみせる。そして、こう発言する作家であれば当然のこととして、彼女はみずからの生年を公表していない。僕にわかるのは、彼女が多作な劇作家であるということ、そして、幼少期と大学卒業後に日本に滞在していた経験を投入するようにして、2018年に短編集『島に住む人々』(*The Island Dwellers*、未邦訳)を発表して小説家としてのデビューを飾ったということだけだ。

Jen Silverman, *The Island Dwellers*, Random House

悲劇と喜劇が順番に登場する形で、この短編集は構成されている。悲劇はいずれも日本、喜劇はアメリカを舞台とするという、きっぱりとした色分けがなされ、本全体の輪郭を作り上げている。ニューヨークを中心とする芸術や文学界隈の人々や、東京で生活する外国人たちが取り上げられ、現代の人間関係にまつわるさまざまな問題が切り取られていく。

そのなかに、「白人たち」(White People)という作品がある。白人夫婦であるシンシアとセスの関係が迷走する様子をコミカルに描き出しているこの短編は、他者を都合よく消費する「私たち」のあり方を痛烈に風刺する物語である。

プロット構成は単純そのものだといっていい。語り手を務めるシンシアは、現代のニューヨークに暮らすアッパーミドル階級の白人女性である。物語の冒頭で夫に離婚を切り出し、ベネズエラからの移民だというモダンダンサーのイライアスと交際を始めるもうまくいかず、結局は夫とよりを戻すことになる。それだけの展開にありったけの皮肉を投入し、今の小説の書き手と読み手をめぐる文化的状況をあぶり出すのが、シルヴァーマンの狙いである。

「白人みたいな」会話をしすぎたせいだ。結婚生活が終わりを迎えたとき、わたしはセスにそう言った。(93ページ)

これが離婚の理由である。白人としての自分に飽きたシンシアは、別の自己を獲得することを望む。となれば、非白人を恋人にするのが、彼女にとって「正しさ」の最適解となる。発展途上国出身で貧しい子供時代を経験しているであろう移民のイライアスは、シンシアからすれば、みずからの寛容性を証明する絶好の手段になるのだ。

この時点ですでに、他者に寄り添うというシンシアの姿勢が、結局のところ自己ブランディングの手段にすぎないことは暴かれているのだが、シルヴァーマンの皮肉はここで終わりはしない。

モダンダンサーであるイライアスと暮らすうちに、シンシアは自分も「クリエイティブ」なことをしてみたいと思うようになる。そして日記をつけ始め、それがやがて創作に発展していく。イライアスの幼少期について想像というか妄想を膨らませた彼女は、みずからを語り手に据えた一人称から、イライアスの一人称での物語に移行してみせる。

私は自分の声で書き始めたけれど、気がつけば彼の声に入り込んでいた。「ぼくの足の下の地面は硬く干からびていて、お祖母さんの小屋の窓から姉さんがぼくを見つめている」そうか、私はこんなこともちゃんと知っていたのか。(102ページ)

当然ながら、シンシアはそれらを実際に目にしたわけではなく、刷り込まれたイメージを再生しているにすぎない。貧しい農村、子ヤギ、舗装のない道路、粗末なつくりの家……ここで総動員される発展途上国のイメージの貧困たるや、驚くべきものである。

かくして、イライアスの荒れた少年時代から、子供を置いて合衆国に出稼ぎに行った親、そしてイライアス自身の夢を求めての移住、という(どことなくジュノ・ディアス作品を思わせもする)移民の物語を、シンシアは書きに書く。

ここでのシンシアは、「共感」の権化と化している。みずからが経験してはいない他者の出来事を、あたかも自分自身に起きたことであるかのように感じること。それを物語として、広く読み手に差し出すこと。その物語に登場する他者とは、寛容であるアメリカ的マジョリティをまったく脅かすことなく、むしろマジョリティの自己満足感を増幅してくれる存在でしかない。なにしろ、その物語におけるアメリカとは、世界中の恵まれない人々に夢とチャンスを提供する国家なのだから。

だからこそ、イライアスがベネズエラの農村からアメリカ合衆国に旅立つ物語の冒頭に置く献辞として、書き手であるシンシアは次のような文言を夢想する。

> こういう献辞になるだろうか。「イライアスへ、あなたの物語は私たちみんなの物語でもある」。あるいは、「私に霊感を与えてくれて、アメリカン・ドリームを体現したイライアスに捧げる」。いや、「私のアメリカン・ドリームであるイライアスに捧げる」でもいいかもしれない。（105ページ）

物語そのものは、書き手シンシアが作家という自己実現を成し遂げるための材料にすぎない。その自己実現に際して引き合いに出されるのが、「自分の知っていることを書く」（Write what you know）という、アメリカで創作科という制度を支えるひとつの柱とされるスローガンである。そしてシンシアが書き始めると、あら不思議、まさに今の作家の間で流行している現在形の時制が選ばれている。創作ってこの程度のものだったっけ？　と挑発するかのように。

もちろん、こうしてシンシアが築く自己肯定感に満ちた世界は、物語においては完膚無きまでに叩き潰されることになる。そもそも、イライアスはベネズエラ出身の移民などではなく、クイーンズ出身のユダヤ系アメリカ人だったのだ。

どうしてそんな簡単な事実に気がつかなかったのか？　シンシアが一度もイライアスの話を聞こうとしなかったからだ。寛容なる自分の姿を追い求めた彼女は、最後まで自分の聞きたい言葉しか聞いてはいなかった。その事実を突きつけられ、シンシアは自分のアパートメントに逃げ帰ることになる。そこには、「クイア」な大学生と交際していることを自慢していたセスが、まったく同じ理由で破局して舞い戻っている。そうして、ふたりはオーガニック食品で作ったとおぼしきサンドイッチを分け合い、リベラルな「私たち」の世界を完結させるのだ。

2. 戦争という博物館

> 過去をしっかり調べて、現在をよく観察して、未来を想像してみなさい。学生には、しょっちゅうそう言い聞かせている。（「Aster（ix）」のインタビュー）

こう発言する作家であれば当然のこととして、トルコ系作家のアイシェ・パパトヤ・ブチャク（Ayşe Papatya Bucak）のどの短編も、歴史や神話に関してのリサーチと作家としての豊かな想像力の幸福な出会いを物語っている。イスタンブールに生まれ、幼少期からフィラデルフィアの外れで過ごし、教育はすべてアメリカで受けた英語作家である彼女は、2019年に短編集『トロイア戦争博物館』でデビューを果たした。

レベッカ・マカーイの『戦時の音楽』をお気に入りの短編集に挙げるだけあって、『トロイア戦争博物館』には、トロイア戦争や19世紀のパリから現代のアパラチア山脈まで、実に幅広い舞台が登場する。その設定に奇想と歴史への視線が奇妙に混じり合いつつ、トルコ系というエスニシティが何らかの形で紛れ込むという多彩な語り口が展開される。

なかでも「死者たち」(The Dead)という短編は、タイトルからして名作の風格をたたえた一編である(ジェイムズ・ジョイスやジョイス・キャロル・オーツに同名の短編があることを思い出せば、あえて同じ土俵に立ってみせるブチャクの自負のほどがわかる)。1918年、フロリダのキーウェスト、コンスタンティノープル出身でスポンジ産業で財を成したアルメニア人、エドワード・アラピアンの邸宅が舞台となる。アラピアンが68歳を迎える誕生日パーティーを、妻ハリエットは張り切って取り仕切る。戦争中とはいえ、ハリエットにはどうしてもパーティーを開いて客を招く必要があった。アメリカに逃れてきた、ある少女のことを耳にしたからだ。

アメリカに到着したそのときから、アナヒドはもはや、生身の存在ではなかった。彼女は物語だった。1917年から1919年まで、アメリカ最高の苦しみの天使だったのだ。(138ページ)

Ayşe Papatya Bucak, *The Trojan War Museum and Other Stories*, W. W. Norton

第一次世界大戦中に起きた、アルメニア人の虐殺や強制移住。それを生き延びた19歳の少女アナヒドは、自身の体験を本に書いてベストセラー作家となり、体験講演ツアーで全米を回る最中である。そのアナヒドにキーウェストまで足を延ばしてもらい、「近東救済」のための寄付を集める。それがハリエットの願いである。アナヒドと同じくアルメニア人である夫アラピアンのために。

講演ツアーでのアナヒドは、わたしは家族ともども売り飛ばされました、シリアまで砂漠を歩かされました、そのあとアメリカ人に買い取ってもらって救われました、と語り、聴衆の拍手を浴びている。ブチャクの短編集のタイトルを比喩として拝借するなら、アナヒドは「博物館」の展示品であり、その物語に触れるアメリカ人たちは、安全な距離から彼女を鑑賞している。

パーティーでも同じ要領で体験談を披露するはずの日、アナヒドはホテルのベッドから出られなくなっている。戦争の記憶に苦しめられたせいか、家族を失ったせいか、誰ひとりとして知り合いのいないアメリカにいるせいか、講演ツアーからの休息を求めたとたん、契約書を突きつけられたせいか。

体調不良、だがショーは続けねばならない。ショーとはすなわち金なのだから。そこで付き添いの女性はふとひらめく。毎回アナヒドに付き添って通訳を務めているアルメニア系アメリカ人のルーシーに代役を務めてもらう、というのはどうだろう？

こうしてアナヒドを演じるべく駆り出されたルーシーは、パーティー会場で心の準備ができないまま話し始める。しかも、あとからこっそりと到着して聴衆に紛れ込んだアナヒド本人を前にして。

「私たちが君の立場だったらどうなっていたのか」を聞かせてほしいという老人アラピアンの求めに応じて、ルーシーは語り始める。あなたたち一家はきっと殺されたりレイプされたり、死ぬまで行進させられたことでしょう、と。

> 「もしかしたら、あなたたちは幸運で、うまく逃げることができて、洞窟に隠れるか、同情してかくまってくれる一家を見つけることができたかもしれない」彼女はそこで言葉を切る。「でも、きっとそうはならない。きっとあなたたちは、自分で思っているほど幸運じゃない。あるいは、あなたの孫息子は孤児のひとりになって、一家のほかの人たちがどうなったのかは知らないままかもしれない――」（152-153ページ）

アナヒドのいつもの語りとはまるで違う言葉が、そこにはある。ルーシーが迷走するように繰り出す言葉は、アメリカ人の聴衆たちの世界に深く侵入し、安全な場所にいる「私たち」の欺瞞を暴いてしまう。

パーティーの聴衆は、アナヒドがいかに悲惨な体験をしたかを聞きたいと思っている。そして彼女に共感したいと思っている。ただし、悲惨さと自分との間に確固とした境界線を引いたうえで。「あの人たち」に起こりうるさまざまな惨事を知り、そこから生き延びて救われた人を迎え入れることで、「私たち」の優位性を確認できるからだ。ここでも、共感は、最後は自己肯定への欲望として姿を表すことになる。

> 人々が覚えていたのは、ハリエットががりがりに痩せていたこと、彼女の病が長引いたこと、彼女にとっては非常に辛い状況だったこと、そして、彼女のような思いをせずにすんでよかったということだった。それと、料理のこと。（158ページ）

それでも、ルーシー＝アナヒドの物語は、しっかりと寄付金を獲得する。同情を与える自分、というアイデンティティが、この聴衆にとっては大事なのだから。料理が豪華かどうかが、その次に大事なことになる。「料理」の一言で物語を締めくくってみせるブチャクの皮肉に、胸をえぐられるように感じるのは僕だけではないだろう。

アナヒドの体験談を演じようとするルーシーと、トルコ系というエスニシティを物語に組み込む作家本人は、どこからどこまでが違っているだろう。悲惨な物語を食事のスパイスに期待する1918年の招待客と、紛争地域を舞台とする物語を手に取る現代の「私たち」は、どこまで違っているだろうか。

切り離されるもの
リン・マー『断絶』をめぐって

藤井光
FUJII Hikaru

単に小説のストーリーを楽しむだけでは物足りない。物語として面白く、かつ、その「面白さ」を支えている価値観そのものを冷徹に問うような、批評的な視線があってほしい。「この小説が好きだ」と言えば、こいつは一味違うな、と思ってもらえるような……。

そんな身勝手な期待を抱く読み手がいるとすれば、それはまさに僕に当てはまる。そして、その期待に応えるだけでなく、さらに上を行く書き手には、純粋に憧れを抱く。

アメリカ小説における新星のなかでは、リン・マーがそんなひとりだ。

リン・マーは中国福建省の三明市に生まれ、ユタ州、ネブラスカ州、カンザス州で育った。ジャーナリストや編集の仕事を経て、コーネル大学の創作科を卒業した。2018年夏に発表した『断絶』(*Severance*)が、彼女のデビュー作に当たる。マー本人によると、働いていたオフィスを解雇される見込みになり、それに対する当てつけとして冗談半分に書き始めた短編がそのまま膨らんでいき、4年越しで長編として完成させたのだという。

刊行後の評判は上々。文学専門の有力ウェブサイトのひとつ「Electric Literature」の寄稿者ブラッドリー・サイズは、2019年のピューリッツァー賞が発表される直前、小説部門の予想記事のなかでこの『断絶』を第6位に挙げて、こう述べている。

> そりゃまあ、気まぐれで風刺的な黙示録小説というのはピューリッツァー賞向きじゃない。でも……この本はチャーミングだし、独創的で、そうそう忘れられるものじゃない。

もちろん、この年のピューリッツァー賞はマーに与えられはしなかった。サイズが同記事で1位に推したレベッカ・マカーイの『*The Great Believers*』も受賞には至らなかった(受賞作はアンドリュー・ショーン・グリアの『レス』)。とはいえ、マーの小説は2019年ニューヨーク公共図書館若獅子賞を獲得し、ピューリッツァー賞が代表する「王道」とは一味違う物語を求める読者に支持されていることを見せつけたのだ。ちなみに、若獅子賞にその年ノミネートされていたのは、ナナ・クワミ・アジェイ＝ブレニヤーの『フライデー・ブラック』やニック・ドルナソの『サブリナ』という、本書にも登場する顔ぶれである。そうした新世代の作家たちにひょっこり仲間入りを果たしたマーの小説は、何重にも仕掛けが行き届いた「面白さ」に満ちている。たとえば……。

1、読者を「引き込む」罠

> 〈終わり〉のあとに、〈始まり〉があった。そして、〈始まり〉にいたのは8人、そこに私が入ったから9人。その数は減っていくしかない。のどかで安全な田舎の地を目指してニューヨークから脱出したあと、私たちはおたがいを見つけた。映画でそんな場面を見たことがあるけど、どの映画だったかは誰にもわからなかった。いろいろなことが、スクリーンでの出来事とはちがっていた。（9ページ）

この文章から、小説のプロローグは開始される。世界の終末と、その出来事を生き延びた登場人物たちという劇的な設定は、それ自体ではお約束でしかない。しかし、かれらが「映画」というメディアを経由して事態を理解しようとするも、なおかつそれがうまくはいかないという、ユーモアの予感を漂わせつつ批評的に突き放す語り口がその直後に続くのだ。冒頭からこう切り出されれば、僕のような読者はたちまち乗せられてしまう。

ここでの〈終わり〉とは、世界を襲った熱病の大流行を指す。そして、その事態を語る生存者のひとりである「私」ことキャンディス・チェンは、中国の福建省生まれの移民であり、マンハッタンの職場から車に乗ってニューヨークを逃れてくる途中で、8人の生き残りに合流したのだ。9人になった生存者たちは、リーダーを買って出たボブに率いられ、シカゴ郊外にあるというショッピングモールを新たな生活の場とするべく旅に出る。

こうして、物語はいくつかに分かれて進行することになる。マンハッタンのオフィスで働くキャンディスがいかにして〈終わり〉を迎えたのかというオフィス小説とパンデミックのプロットがあり、〈終わり〉のあとにシカゴを目指す9人の旅路とその過程での衝突という、ロード・ナラティヴとサバイバルもののプロットがある。さらに、キャンディス自身が幼少期に中国からユタ州に移住して両親に合流したという移民と家族のプロットが交錯し、なおかつ、熱病の感染者が延々と感染前の生活のある動作のみを反復するという、ゾンビものの変形プロットが全体を引き締める。

ここまで多数のジャンルが、しかも定型との「ずれ」が提示されつつ放り込まれているのだから、小説としてのハイライトには事欠かない。たいていの材料は呑み込んでしまう長編小説という容れ物の特性をいかんなく発揮したこの物語は、否定しようもなく「面白い」のだ。

2、ニューヨーク、ニューヨーク、アウトソーシング

2011年、夏のニューヨークで、小説本体

は幕を開ける。キャンディスは恋人と別れ話になったあと、寝坊して出勤する。タイムズ・スクエア近くで地下鉄を降り、悲しげな顔でサックスを吹く男の「ニューヨーク、ニューヨーク」と雑踏をBGMにオフィスに向かう。その出社風景には、無数の映画やドラマから借りてきたような既視感がつきまとうし、小説はそれを隠そうともしない。主人公キャンディス自身、ニューヨークの風景を写真に収めてブログ「NYゴースト」に投稿していたが、非常階段にせよラッシュアワーの地下鉄にせよ、ありきたりな写真でしかないと悟り、ブログは数年間放置している。

この小説で〈終わり〉によって崩壊する世界とは、メディアを通して作り上げられたイメージの集積なのだ。

出社してすぐ、「シェン熱」という熱病への対策が話し合われる。深圳を発生源とし、真菌の胞子によって伝染するというこの病は、しばらく前からアメリカ合衆国にも上陸していたのだが、ここにきて本格的に流行し始めたのだという。おそらくは、日々大量に合衆国に流れ込む物流に紛れ込んで。となると、グローバルな分業体制とこの熱病は無縁ではありえない。

キャンディスは出版コンサルティング会社で聖書を担当している。上級製品コーディネーター、という肩書きのもと、材料調達などの出版社と現場の仲介業者として、製造過程を管理するのが彼女の仕事であり、書籍そのものは彼女から遠く離れたところで製造されていく。

表紙には、人造皮革を専門とするイタリアの会社にポリウレタン素材のものを注文してあった。その会社は同じ素材をフォーエバー21とＨ＆Ｍにも納品している。〔……〕特製の聖書用の紙には、スイスの製紙工場から注文を受けることになるのが何ロールになるのかを計算してあったけど、具体的な数はもう忘れてしまった。スイス製の聖書の紙は〔……〕注文を受けてから作るまでに数カ月かかり、懸濁液が近くの河川を窒息させ、そして香港の港に出荷され、そこで香港支社のスタッフが中国本土との国境を越えて深圳にある不死鳥有限公司に運ぶ。（67ページ）

こうして、「毎年ベストセラーの1位」たる聖書は、まったく内容を変えることなく、あらゆる組み合わせの製本によって市場に送り出されることになる。目下、キャンディスの抱える目玉商品は、9〜12歳の「プレティーン」の女の子を対象として、宝石の原石を使ったキラキラバージョンの聖書である。最強の商品として聖書を持ってくるマーの風刺的なギャグセンスは、さすがのチョイスと言わざるをえない。

マーケティングとアウトソーシングを詰め込んだ製本過程を管理するなかで、キャンディスはグローバル分業体制をつぶさに目撃することになる。原石の仕入れの過程で、中国の加工工場で肺の疾患が発生すれば、「人が死にかけている」のもかまわず別の地域の仕入先を探すよう指示され、商品価値が最優先ですべてを進行するほかない。

だが、小説そのものは不正義を告発するといった視点を持ち込むことはない。ここでは聖書が商品として取り上げられ、ドライな風刺を効かしてはいるが、それを「小説」に置き換えても、やはりこのマーケティングとアウトソーシングという論理は生き残るからだ。現代のアメリカにおいて、物語を書き、出版される小説家もまた、このグローバルな生産体制から切り離されているはずがない。キャンディスに込められた自虐性は、作家であるマー自身への鋭いコメンタリーでもあるのだし、もちろん、僕のような読み手もその図式のなかには組み込まれている。

そして、この末端にはコストの都合でいつでも遺棄される生産現場があり、その末端に至るどこかの地点に、英語で出版された小説を売り込む先としての翻訳出版社・翻訳者がいる。そのついでに書いておけば、ニューヨークやロンドンに本社を構える学術出版社も、校正などの編集作業の相当な部分はインドなど低コスト地域にアウトソースしているのであり、何を批評し批判するにしても、キャンディスが目撃するこの生産システムから無縁ではいられない。その意味では、「私たち」はみな共犯者なのだ。

中国出身の移民、というキャンディスの生い立ちが、ここで皮肉さを増してくる。香港オフィスに出張し、深圳の工場を視察する彼女は、立場的にはアメリカの本社と中国の工場を「つないで」いるように見える。福建で生まれ、アメリカで教育を受けたがゆえに、米中の相互理解に貢献できるようなグローバル人材……と見せかけておいて、実際にはキャンディスは、工場で福建出身の労働者と出会っても、自身につけられた中国名の漢字すら説明できはしない。まともにコミュニケーションが成立しないまま、彼女は香港でリアルもフェイクも取り揃えたブランド品の買い物に喜びを見出すしかないのだ。「共犯者」という位置から抜け出すことのないキャンディスを、小説は自虐的に直視し続ける。

仕事をして得た収入は、資生堂の洗顔料、ブルーボトルのコーヒー、ユニクロのカシミヤニットに使うというキャンディスの生活風景には、ブレット・イーストン・エリスの『アメリカン・サイコ』ばりにブランド名や商品名が頻出する。そのなかをキャンディスは生きていき、消費に喜びを見出しもする一方で、消費社会を嫌ってフリーランスであることにこだわる恋人とは小説冒頭であっさり別れている。エリスによる「ミレニアル世代」への批判をリン・マーは引き受け、「被害者」ではなく「共犯者」としての自分たちを見つめることによって見事に小説に昇華してみせている。

3、ゾンビものの再利用

この小説における熱病は、感染者の命を即座に奪うことはない。そのかわり、感染者は脳の機能が一気に縮小し、感染前の生活の習慣的な動作を延々と反復するだけの存在になってしまう。

感染すれば、行動原理がひとつのみの存在と化す人間たち。となると、「ゾンビもの」だろうか。実際、小説の登場人物たちも、感染者とゾンビがどう違うのかを話し合いもする。そこで指摘されているように、熱病の感染者には攻撃性というものがない。生き残りを襲うわけではなく、日常のある1コマを繰り返すだけの存在なのだ。

たとえば、生存者の9人が道中で見かける一家。

> 私たちが見つめているなか、母親はテーブルに皿を並べ始める。縁に紺色の模様の入った白い皿を、マッチングの木目模様になったサクラ材の棚から出してくる、その動きは機械的で無駄がない。まずはディナープレート、その上にサラダ皿を置き、その上にスープ皿を置く。それを並べ終えると、食器類を配っていく。4人分の食卓をセットする。
> 母親が腰を下ろすと、一家はテーブルの上で両手を合わせて首を垂れる。父親が口を開いて、閉じる。(61ページ)

料理は不在のまま、食事の前の祈りが終われば、一家は食べる動作を始める。この「エア食事」が終わると母親が皿を棚にしまい、即座にまた皿を並べ始め、まったく同じ光景が繰り返される。

自分たちだけで完結したこの感染者たちの世界に、キャンディスたち生存者は侵入し、リーダーのボブの主張によって感染者の頭を撃ち抜いて「解放」する。ゾンビものにおいては、人間は襲われる被害者であり、食われるという脅威から自衛するためにゾンビを殺すという、暴力を正当化する論理が用意されている。『断絶』におけるキャンディスたちは、攻撃されてもいないのに感染者たちの活動を暴力的に終了させるという、暴力の主体であるみずからの姿を見せつけられる。その行為を支持するかどうかをめぐって、生存者たちのグループは分裂の危機を迎えることになる。

ゾンビもののお約束からの逸脱だけでなく、定番である「誰かが感染している疑惑」が浮上することで、物語は前に動かされていく。キャンディスを含めて4人が離脱しようと考えていたところ、そのひとりが熱病を発症し、かつ離脱計画も密告され、キャンディスは孤立して囚われの身となり、ボブが目的地としていたショッピングモール(ゾンビの物語では定番の舞台)に到着すると、ロクシタンの店舗に監禁されることになる。

この展開にかぎらず、ゾンビものの物語における消費社会批判への目配せと、キャンディスの日常は、繰り返し重ね合される。ひたすら日常の動作を繰り返す感染者を描写しながら、物語の終盤には、ニューヨークが無人のゴーストタウンとなっていくなかで、オフィスに誰もいなくても毎朝規則正しく出勤して契約を全うしようとするキャンディスの様子が何度も描写される。その行動は、感染者とどう違うのか。

その皮肉が繰り出されるタイミングが完璧であることには疑いようがない。そのタイミングの完璧さは、物語の「面白さ」を倍加させる。何しろ、読み手にとってはジャンルのお約束やそことのずれを楽しみつつ、自分自身もよく知る社会での日常について「批評」している気分になれるのだから。労働とは一種の反復運動であり、それはある種の病ではなかろうか、という具合に。そしてもちろん、それは小説が意図的に仕掛けた罠である。こういう展開を読んでみたいと思っているでしょう？　こういう批評性が込められていれば最高だと思っているでしょう？　と。もちろん、読み手である僕はイエスと答える。最高に面白い小説です、と。自分は罠にかかったのだと気づいたところで、もう遅いのだ。

ニューヨークで過ごす最後の数週間、キャンディスはブログを再開している。街を歩き回り、おなじみだったはずの、今では別物になった風景を写真に収めては投稿していく。ある日、〈ジューシークチュール〉の前を通りかかると、荒廃した周囲とは完璧に隔絶した、タイムカプセルのように無傷な店舗に彼女は目を奪われる。その店が略奪を逃れているのは、店員が感染者であり、服をたたむ動作を延々と反復しているからだ。

> そのあとのブログの記事に、Tシャツをたたむその女性の30秒の動画を載せた。遠くからの映像にして、あまり生々しくならないようにした。彼女のあごは半分なくなっていた。でも、無駄のない動きで、ペースをけっして乱さずに服を1枚1枚たたんでいく手つきは、落ち着きと安心感を醸し出していた。
> （258ページ）

きらびやかな消費空間、パステルカラーの服。そこにふと紛れ込んだゾンビ的人物。周囲に広がる終末との圧倒的なコントラスト。その形でかろうじて生き残る平穏な日常に対する悲しみと憐れみ。そうした情感をたったひとつの店舗に凝縮してみせるという、小説家としての技量には舌を巻くほかない。それと同時に、この店舗の光景を記録し、世界に公開するという行為には、侵入や窃盗にも似た後ろめたさがつきまとう。そして、キャンディスのブログの全投稿のなかで、それがもっともアクセス数を稼いでしまうのだ。彼女は災害に乗じて、世界から注目されるアーティストになってしまう。

もちろん、その姿には、『断絶』という抜群に「面白い」小説によってスターになろうとしている小説家自身が描きこまれているにちがいない。物語のクオリティーに対する圧倒的自信と、物語に対する疑念や醒めた視線を同居させながら、それが現代社会に対する「批評」を求める読者のニーズに完璧に応えるものにしてしまう、冷徹な計算。この小説は、誰もが声を与えらえるユートピア空間などではない。書き手も読み手も、誰もが物語を共有するなかで居心地のよくない「私」の場所を発見しつつ、それを楽しんでしまうという罠なのだ。そこから自分を切り離すことなどできるのだろうか。僕はずっと自問を続けている。

スティル・ナンバー・ワン・アメリカン・サイコ

ブレット・イーストン・エリス、9年ぶりの帰還

青木耕平

AOKI Kohei

1、トランプ時代のアメリカン・サイコ

現代アメリカ文学きってのトラブル・メーカー、ブレット・イーストン・エリス。2019年4月下旬、『ホワイト』(*White*)が刊行された。1985年『レス・ザン・ゼロ』(*Less Than Zero*)で華々しいデビューを飾って以来、6冊の長編小説と2冊の小説集を出版しているエリスにとって、キャリア初のノン・フィクションである。

発売以来、『ホワイト』は多くの英米主要紙に書評が掲載され、様々な媒体の雑誌がインタビューを敢行、テレビにも出演し、公開イベント等も広く開かれるなど、大きな注目を集めた。『ホワイト』への評価は——彼の小説が常にそうであったように——強烈な否定と、熱烈な肯定に引き裂かれている。

Bret Easton Ellis,
White,
Knopf

『ホワイト』に対する強烈な拒否反応は刊行前から起きた。老舗雑誌「ニューヨーカー」が、誌上インタビューでエリスに対して強い不快感を示したのだ。記事タイトルは「"あなた達はドナルド・トランプに過剰反応している"とB.E.エリスは考えている」であり、記者はほとんど本の内容に触れず、エリスの過去の問題発言や政治的スタンスを責めることに終止した。この記事はネット上で物議を醸し、結果として『ホワイト』への注目度を高めることになった。

そもそも「ニューヨーカー」が問題視したエリスの政治的スタンスとはいかなるものなのか? 『ホワイト』の内容に触れる前に、ここ10年の彼の主な活動を、その問題発言の数々と共に整理しよう。

2009年にツイッターアカウントを取得したエリスは、2010年1月、『ライ麦畑でつかまえて』の著者J.D.サリンジャー逝去が伝えられた夜に、こうツイートした。

> 「イェー!! 神様ありがとう、やっとアイツがくたばったぜ。俺はこの日をファッキン永遠に待ってたんだ。今夜はパーティー

> だ!!」(2010年1月28日)

また2012年、エリスは以下のようなツイートをした。

> 「最も過大評価されている現代文学作品は何か？　トニ・モリスン『ビラヴド』だよ。そう思うだろ?」(2012年5月17日)

トニ・モリスンはアメリカの黒人作家として初めてノーベル文学賞を受賞し、彼女の代表作『ビラヴド』は、2006年に「ニューヨーク・タイムズ」紙上で「過去25 年で最も偉大なアメリカ小説」に選ばれている。

同2012年末、彼はアカデミー史上初の女性監督賞を受賞した『ハート・ロッカー』のキャスリン・ビグロー監督をこう揶揄した。

> 「思うに『ハート・ロッカー』の監督が男だったらここまで評価はされていない。
>
> キャスリン・ビグローがオスカーを獲った理由は、彼女がホットな女性だからだと、私は今も信じている」(2012年12月6日)

このツイートに謝罪する形で、エリスは「親愛なるキャスリン・ビグローへ。本当に悪かったと思っている」と題したネット記事を「デイリー・ビースト」に投稿。その上で自身がゲイであることを公にした。

2013年、エリスは自身のポッドキャストチャンネルを開設、第1回のゲストは当時キャリアの絶頂を迎えていたカニエ・ウェストだった。カニエはアルバムの発売プロモーションとして映画版『アメリカン・サイコ』の殺害シーンをパロディにし、エリスと共に映画を企画するという話が出るほど2人は意気投合した（結局は立ち消えとなったが)。

カニエ・ウェストの圧倒的な人気と影響力は、ドナルド・トランプ登場と共に坂道を転げ落ちるかのように陰り始める。2016年、大統領選挙で黒人蔑視発言を連発するトランプ候補を支持するかのような発言をカニエはツアー中に度々口にし、黒人コミュニティはじめヒップホップ業界からも大きな顰蹙を買うと、精神状態に問題が生じたとアナウンスし、ツアーをキャンセルした。2018年、カニエはホワイトハウスを電撃訪問し「Make America Great Again」の赤キャップを被りトランプと熱烈なハグを交わして周囲を唖然とさせると、大統領を称賛するツイートを連発、ついには「奴隷制は強制ではなく選択だった」と発言し、壮絶なバッシングを浴び、再度の精神面での不調を訴え今後はあまりツイートしないと宣言した。誰もがカニエの行動に呆れる中、ただエリスだけが、カニエを全面擁護し、彼を称賛するツイートをした。

> 「全ての者よ、カニエを讃えよ」(2018年4月23日)

もちろんこの10年間、エリスはツイートとポッドキャストのみに勤しんでいたわけではない。エリスは2008年に自らの同名小説を基とした『ザ・インフォーマーズ』(*The Informers*) で映画脚本家デビューを果たすと、2013年にはポール・シュレイダー監督とタッグを組んで『ザ・ハリウッド』(*The Canyons*) 制作に深く関わり、2016年のウェブドラマ『*The Deleted*』（日本未公開）では監督業もこなした。
『ホワイト』は、そのようなエリスの実に9年ぶりとなる書籍だ。発売直後のポッドキャストにゲストとして招かれたのはチャック・パラニューク。『ファイト・クラブ』の著者であり長年の盟友である彼に、エリスは対談開始と同時にこのように問いかけた。

> 「君は57歳で、白人で、男性で、シス・ジェンダー[*1]だけど、それについてどう思う？　白人男性の特権が減りつつあると感じるかい？　この時代において白人男性であることを悔やむかい？　俺たちは俺たちが白人男性であるがゆえに時代遅れになるのだろうか？」

出版社の判断で『ホワイト』と変更されたが、本書のオリジナル・タイトルは『*White Privileged Male*』すなわち「白人特権を享受する男性」だった。

2、エリス（著者）はトランプ支持者ではない vs ベイトマン（キャラクター）はトランプ崇拝者である

もしあなたがエリス作品を今まで読んでおらず、上述したような彼の問題発言ばかりを目にしていたら、きっとあなたは「あー、日本にもそういう炎上商法のネトウヨ作家っているよね。どうせトランプ支持者のオルタナ右翼で、本の内容はコピペと捏造ばかりなんでしょ？」と思うだろう。しかし、彼自身は、一切、全く、そうではない。
彼はトランプ支持者ではない。2016年時点でサンダースを評価し、大統領選でトランプに投票せず、それどころか生まれてから一度も共和党支持だったことはなく、自らを保守と最も遠いものとみなし、「2020年の大統領選でトランプが退場することを望んで」さえいる。このことは、先の「ニューヨーカー」の記事をはじめ、いたるところで彼は公言し強調してきた。「トランプはレイシストだと思うか？」と執拗に問われたエリスは、「ああ、多分そうだろうね。私は過去、入念に彼のことをリサーチしてきたから」と答えた。
なぜ人々はこれほどまでにエリスにトランプのことを語らせたいのか？　それを端的に示す象徴的なエピソードがある。歯に衣着せぬ発言をツイッターで繰り返し、謝罪は基本的にポーズだけであるエリスは、たとえば『ハート・ロッカー』の揶揄ツイートを削除していない。しかし、その彼は、ドナルド・トランプ大統領が勝利した夜に、ひとつのツイートを投稿、それをすぐさま削除したのだ。そのツイートはこうだ。

> 「パトリック・ベイトマンがどこかでほくそ笑んでいる」（2016年11月9日）

パトリック・ベイトマンとは、1991年発表の代表作『アメリカン・サイコ』の主人公であり、彼は熱烈なドナルド・トランプ信奉者だった。『ホワイト』そして現在のエリスに対して拒否感を抱く者は——カニエに対してのように——エリスとトランプの思想信条が似通っていると思っている人々が多い。だが、はたして、本当にそうなのだろうか？『ホワイト』の内容に入る前に、まずは『アメリカン・サイコ』の内容を振り返りたい。

『アメリカン・サイコ』の舞台は1980年代が終わろうとするレーガン政権末期のウォール街である。主人公であるパトリック・ベイトマンは一流金融企業に勤めているが、親がその経営者ゆえに働きもせず大金持ちで、ファッションや音楽や新規レストラン開拓などトレンドを追いかけ消費することばかり四六時中考えている。そんな彼の夜の顔はシリアル・キラーであり、殺害対象は主に女性や黒人、浮浪者で、その殺害方法は残虐を極めるものだった――そのベイトマンの最大の憧れが、マンハッタンの不動産王ドナルド・トランプであった。

（直接的にその名が挙がるのは15回程度なのだが）「妻やトランプタワー等のロケーションまで含めると、約40回」もトランプは小説の中で言及されるとエリスは言う。ベイトマンは実際の父親と健全な絆を結ぶことが出来ず、語りの時点でもそれに悩まされている。「トランプは、実人生でベイトマンが持つことが出来なかった父親の代わりだ。だからベイトマンはトランプのことを常に考え、知り合いになりたいと望み、手本としている」（「Vogue」インタビュー、2019年4月16日）

ここにおいて、小説タイトルが『アメリカン・サイコ』であることが決定的に重要だ。つまり著者は、この大金持ちで快楽殺人者で女性嫌悪のホモフォビアでレイシズムに満ち溢れた白人男性を「サイコ野郎」だと示しているのである。そのサイコ野郎の憧れとして描かれるトランプ――逆説的に、これほどトランプをコケにした小説はないとも言える。

Bret Easton Ellis,
White,
Picador

女性蔑視的で、性差別的で、残虐で、人種差別的な表現に満ち溢れていると発売前から非難され、1989年に完成していたにもかかわらず、『アメリカン・サイコ』は発売中止に追い込まれた。しかし1991年の発売後、『アメリカン・サイコ』は当時のウォール街がいかに差別的であり、消費主義がいかに暴力的でアメリカの病理となっているかを暴き告発するテクストとして高く評価された。

ただもちろん、あまりに過激でショッキングな内容を含む、暴力に満ち溢れた、（人によっては）不快な小説であることは間違いない。それでもなお、私をはじめ多くの人間が『アメリカン・サイコ』は時代を抉り取った傑作であると信じている。ただ、ドナルド・トランプ政権下のアメリカで、声高に『アメリカン・サイコ』が最高であると叫ぶのは、あまりに危うい。

2016年にエリスはネット番組に出演し、「『アメリカン・サイコ』はモラル的な小説だ。もし、正しく読むのなら」と語り、2019年の討論会で聴衆から「もし『アメリカン・サイコ』が現在書かれたとしたら出版されるか？」と問われ、「絶対にありえないだろう、悲しいことだが」と答えた（Larry King Now, 2019年4月11日）。

そして事実、アンジェラ・ネイグル『普通の奴らは皆殺せ――4チャンとタンブラーからトランプとオルト・ライトへと至るオンライン文化戦争』*2 によれば、トランプ支持のオルタナ右翼たちは、映画版『アメリカン・サイコ』をアンチ・フェミニズム映画として好んで鑑賞しているという。想像されうる限り、最悪の受容のされ方である。

そして、彼はしばしば本当に暴走して、差別的なことを口走る。ビグローとモリスンへのツイートは、発話の意図と関係なく、ミソジニーとしか言いようがない。だからといって、エリスは加減をすることをしない。それを彼の「誠実さ」と取るかは、受け手次第であることは確かである。この分断とヘイトに満ちたトランプ時代に、エリスの「本音」は危険すぎる。

以下、ポッドキャストと『ホワイト』のなかで書かれ、議論を生んでいる箇所を紹介していこう。またここで、本記事は前後編に分かれることを断っておきたい。

3、「芸術は民主主義によっては作られない」

『ホワイト』が刊行されると英国「タイムズ」は「彼の近年の最高傑作」と称賛、「ニューヨーク・タイムズ」はエリスを招いた公開討論イベントを開催、オーディエンスは好意的に彼を迎え、英国「ザ・ガーディアン」は雑誌のポッドキャスト番組に彼を招き、その毒舌に耳を傾け、本の内容を真摯に検討した。

自身の幼少期から作家としてのキャリアを形成するに至るまで、『アメリカン・サイコ』刊行時の狂騒、そして近年のアメリカ文化と、『ホワイト』の内容は多岐にわたるのだが、ロサンゼルス在住でハリウッドを舞台にした小説を書き、実際に映画に携わっているエリスの批判は、主に文学作品ではなく映画作品そして映画産業そのものに向けられている。

エリスの映画産業批判を一言で要約すると「ハリウッドは、リベラル・ファンタジーに囚われている」というものだ。彼は「芸術は民主主義によっては作られない」（Art is not created by democracy）というテーゼを折りに触れ繰り返し述べる。たとえば2018年のアカデミー賞作品賞『シェイプ・オブ・ウォーター』に対しては、

> 「誰かひとりでも『シェイプ・オブ・ウォーター』が今年のベストだと熱っぽく語っていた人間がいたか？　皆が熱っぽく語ったのは、『スリー・ビルボード』や『ダンケルク』だっただろう？　しかしこれらの作品は、その政治性に問題があると見なされ、評価されなかった。今やハリウッドは美学よりもイデオロギーを優先している。彼らが選ぶのは優れた作品ではなく、問題を起こさない、行儀のいい映画だ。ハリウッドは、リベラル・ファンタジーに侵されている」

と批判した。一見するとこの手の批判は、ネット上に溢れている「反ポリティカル・コレクトネス」（Anti-Political Correctness）と変わらず、リベラル嫌いの保守反動に過ぎないように見える。しかし、エリスはその先にある資本主義と巨大企業

の癒着を常に見ている。現状の保守にとっては「リベラルな多様性＝邪魔な革新」であるが、エリスの言う「リベラル・ファンタジー」とは「資本主義に媚を売った企業文化」（コーポレート・カルチャー）を指している。エリスはこう述べる、「コーポレート・カルチャーは、最終的に均質なものを生み出すことを夢想している」。

2017年にドナルド・トランプ率いる共和党が政権を奪取する以前は、アメリカの大統領はバラク・オバマであり政権を担っていたのは民主党だった。その時の知識人たちは、リベラルの多様性の旗印のもとに拡大する新自由主義的資本主義と戦っていたのだった。その勢力図は、トランプの登場により一変した。現状アメリカ左派は団結してトランプ的なるものに対抗しようとしているが、ただひとり、エリスだけは文化とその美学にのみフォーカスし、決してブレることがない。エリスは一貫しているが、それは受け手と時代によって、「野蛮な勇敢さ」にも「危険な鈍感さ」にもなりえる。

4、「ミレニアルズは腰抜け世代だ」
―― ポスト・エンパイア

『ホワイト』をめぐる批判の最大の原因は、エリスがミレニアル世代を「ジェネレーション・ウス」（Generation Wuss）と呼んだことにより起こった。「Wuss」とは「腰抜け、臆病者、弱虫」を意味する侮蔑語である。

1980年代序盤から1990年代中盤までに生まれた世代を呼称する「ミレニアル世代」とは、「Y世代」の別名でもある。Yの前にはXがある。「X世代」と呼び習わされた一連の作家の中で最も著名な作家、それは、当時も、現在も、未来も、エリスである。つまり『ホワイト』は、「ジェネレーションX」を代表する作家からのY世代／ジェネレーション・ウス／ミレニアルズへの批判なのだ。

エリスの批評には、「エンパイア」「ポスト・エンパイア」という独自の造語が頻出する。911までの文化ヘゲモニーを彼は「帝国」（Empire）と呼び、それ以後を「帝国以後」（Post Empire）と呼び区分する。ミレニアルズはまさにこの「ポスト・エンパイア」の文化の主体であるが、彼は実は批判一辺倒なわけではない。ポスト・エンパイアには、いくつかの記念碑的モーメントがある。2010年前後、離婚騒動に揺れたチャーリー・シーン、そしてトランプを擁護したカニエ・ウェストがまさにそれだ。そして、トランプこそが、エリスの言う「ポスト・エンパイア大統領」なのである。

ポスト・エンパイアとは一体なんなのか？ その詳細を、後編「ウェルカム・トゥー・（ポスト）エンパイア」（P64～）でお届けします！

*1　生まれ持った性自認が同一であること。エリスのポッドキャストは2017年以降にサイトを移動、有料登録会員のみ公開となった。

*2　当書籍については『ファイト・クラブ2』記事（P300～）にて詳しく書いている。

ウェルカム・トゥー・(ポスト) エンパイア
B.E.エリス『ホワイト』part 2

青木耕平
AOKI Kohei

ブレット・イーストン・エリス9年ぶりの新刊にして初のノンフィクション『ホワイト』の記事、後編をお届けする。まず簡単に、前回の論点を整理しよう。

① エリスの政治的位置

エリスはドナルド・トランプ支持者ではない。彼はオルタナ右翼(Alt-Right)ではない。彼は2016年にトランプに投票していないし、2020年にトランプが退場することさえ望んでいる。しかし、そのような彼自身の“思想・信条”とは別に、映画版『アメリカン・サイコ』はオルタナ右翼達に崇められており、トランプ支持を表明したカニエ・ウェストをエリスは全面的に擁護し、反トランプ運動の主体であるミレニアルズを糾弾するなどの“結果・行動”から、エリスはトランプ支持であると思われている。

そして、そのような理解にエリスは苛立っている。

② イデオロギーよりも美学が重要だ

エリスは政治など興味が無い、と繰り返し主張する。彼が興味を抱くのは、アートであり文化だ。エリスの批評は、(彼がそこに住み、その業界の中にいる)ハリウッドに向けられている。彼の批判の要諦は、「ハリウッドはリベラル・ファンタジーに侵されており、美学よりもイデオロギーを重視している」というもので、彼の主張は「芸術において最も重要なものは美学であり、スタイルである。イデオロギーや政治的主張は二の次である」と要約される。

このエリスの批評スタンスがクリアに出ている彼の発言を、『ホワイト』刊行後の「The Spectator」誌のインタビューから引用しよう。

> 美学よりもイデオロギーを重視してる批評家たちは、奇妙なことばかり言う――「私たちには、ラティーノを、トランスジェンダーを、ハンディキャップを持つ人々を描いた映画がもっと必要だ。私たちは切にそれを求めている」。私は彼らにこう言いたい――アンタら、アホほどイカれてんのか? それが本心じゃないって、アンタら自分でわかってるだろ。本当にアンタらが観たいのはマーティン・スコセッシの新作だよ。アンタらが本当に必要で、アンタらが本当に観たいのは、『タクシー・ドライバー2』であり『サタデー・ナイト・フィーバー2』だよ(2019年5月4日)

エリスの批評は、身も蓋もない。この批判は一見すると「反ポリティカル・コレクトネス、反リベラル、反多様性」にすぎない。しかし、エリスのこのスタンスの裏には③がある。

③企業文化批判

ある俳優がエリスのポッドキャストに出演した際、感情をむき出しにし、現状への不満等を捲し立て、様々なことを忌憚なく喋った。エリスはその録音を気に入り、すぐ公開しようとしたところ、俳優が「もう一度撮り直しさせろ」と強硬に主張、撮り直したそれは、打って変わってリラックスし、彼を雇ったスタジオを褒めるものだった。このように、俳優や業界人たちが本音を呑み込み、不満をぶちまけるのを尻込みするところを数年にわたり見てきた彼は、以下のように結論付ける。

> ファック、一体全体何を皆は守ってるんだ？……後でわかった、彼らが守ってるのは、企業（corporation）だ。（『ホワイト』52ページ）

エリスによれば「リベラルな多様性の称揚を求めているのは、企業」であり、「ハリウッドは巨大企業に支配され」ている。エリスはそのような現状を「企業文化」（コーポレート・カルチャー）と呼ぶ。企業文化が夢想するものは、「最終的に皆が同じで、何の問題も起こさない」作品である。

たとえばエリスは、2009年にディズニーに買収されたマーヴェル・スタジオが制作する『MCU マーヴェル・シネマティック・ユニヴァース』のことを、「子供に配慮した、血が流れることのない虐殺映画」と評す。そして『ブラック・パンサー』がアカデミー賞作品賞に特撮映画として初めてノミネートされたことに対して「どう考えても、『ダーク・ナイト』（2008年、クリストファー・ノーラン監督）のほうが傑作だろ?」と述べる。エリスは暗に仄めかしている、『ブラック・パンサー』が絶賛されるのは「黒人映画」であるからで、『ダークナイト』がアカデミー賞を獲らなかったのは、ノーランが「白人男性」だったからだ――。

④ 資本主義批判、アイデンティティ政治批判

業界を牛耳る企業を敵視するエリスの批評はつねに反・資本主義、反・新自由主義の様相を帯びる。そしてまた、エリスの映画批評の特色の大きなひとつに、自らをゲイであると公言しているがゆえの、独自のLGBTQ作品への視座がある。近年のハリウッド映画は多くのLGBTQ映画が作られてきた。それを、私達は通常、「それまでの異性愛規範を打破する革新的な出来事」であると理解しているが、しかし、エリスはそのように理解しない。ゲイである彼は、それらを「LGBTQは、ハリウッドのマーケットに組み込まれた」と認識する。

『ホワイト』では夥しい数の映画が言及され分析されるのだが、最もページが割かれているものに、2016年公開作品の２本、『ムーンライト』と『キング・コブラ』との比較分析がある。『ムーンライト』の主人公である黒人少年のシャロンはゲイで、父親がおらず、貧困地区で育ち、母親はドラッグ中毒の娼婦で、学校で苛められている。様々なテーマが詰め込まれた『ムーンライト』は批評家に絶賛され、アカデミー作品賞を獲得した。しかし、エリスは同作を評価しない。「『ムーンライト』の同性愛シーンに一切のリアリティはない……。『ムーンライト』は、アイデンティティ・ポリティクスに固執するハリウッドによる、異性愛者が生み出したフィクションにすぎない」(88ページ)
『ムーンライト』の絶賛に比して、『キング・コブラ』は酷評され日本で劇場公開されることもなかった。『キング・コブラ』は実際に起こった米国の人気ゲイポルノ男優が巻き込まれた殺人事件を基にした映画であり、そこには物語レベルでも心情レベルでもリアリティがあるとエリスは言う——。

あなたは今こう思っただろう、「エリスは自身をゲイであるとアイデンティファイ(自己同一化)し、そこから美醜の判断を行っているので、エリスもアイデンティティ・ポリティクスを行使しているのではないか?」と。そうではない、エリスは何も多様性を嫌っているわけではない。エリスは、アイデンティティに価値を置いていないが、アイデンティティを抑圧しているわけではない。エリスにとって最も許せないもの、それは「自己を被害者とする語り」である。

わずか250ページの『ホワイト』の中で、「被害者」(victim, victimization, victimized)という用語は実に50回も多用され批判される。そして、「被害者面」しているとエリスに最も批判される者たちこそが、ミレニアルズ世代であり、彼らの登場とともに覇権を握ったのが、ポスト・エンパイアの文化である。

以上で前提の確認は終わりだ。後半の記事は、『ホワイト』におけるエリスの批評の妥当性を検討する。

先んじて言おう、今回の記事に、なんらかの解決はない。エリスの批評に付き添い、その批評の限界点を示すことが本記事の目的だ。エリスのすべての小説と同様に、それは特定の読者にとって、不快なものとなるだろう。そのことにエリスは自覚的である。だから『アメリカン・サイコ』の冒頭、彼はダンテ『神曲』の著名な一文から物語を始めたのだ——
「この門をくぐるものは、一切の望みを捨てよ」

1、ジェネレーションX vs ジェネレーションY

X世代(Generation X)とは、広くは1960年代以降に生まれた世代を指す。1980年代後半より、アメリカの文化面で彼らは大きく台頭した。1964年に生まれ1985年にデビューを果たしたエリスは、今なおその最大のアイコンである。
『ホワイト』は、そんなエリス初めてのノンフィクションであり、夥しい数の作品名、個人名、個別具体の事例を——アメリカン・サイコの語り手のように——彼は語り尽くす。『ホワイト』はエリス個人の半自伝でありながら、半世紀にわたる優れたアメリカ文化批評史ともなっている。

刊行後に録音された「Spectator Books」誌のポッドキャストインタビューで、「現在の反響を予測していたか」と問われたエリスは「いや、全く。読者はもっと私の幼少期や『アメリカン・サイコ』の執筆背景について興味を持つと思っていたよ。でも皆政治ばかりに着目するんだ」と苦笑い気味に述べている。

『ホワイト』のなかで、エリスは何度も繰り返し自身はトランプ支持者ではないことを言明する。しかし、彼は同時にトランプを批判もしない。彼の批判はむしろ、トランプを執拗に批判する者たちへと向かう。そして、その批判対象の最たるものが、ミレニアルズである。1980年代以降に生まれたY世代（Generation Y）に属する彼らを、エリスは執拗に「腰抜け世代」（Generation Wuss）と呼ぶ。

> 我々X世代は、人生がいかに辛いものであるか、自身でそれを学んできた――他人は君を好きにはならない、君が好きになった人は君を好きにはならない、子どもたちは本当に残酷だ、仕事はクソだ、何かを身につけるのは本当に骨が折れる、失敗と絶望が君の日々を作るだろう、君は才能に恵まれない、人は苦しむ、人は老いる、人は死ぬ、世界は君の存在など全く気にかけはしない――。しかし、腰抜け世代（Generation Wuss）はこの冷たい現実を受け入れて前に進む代わりに、自らを被害者にでっちあげ、センチメンタルな自己愛に浸かっている。（『ホワイト』131ページ）

「なぜトランプを批判しないのか？」と問われたエリスは「ミレニアルズは彼のことを“アメリカ史上最悪の大統領”だと言うが、私は単純にそう思わないだけだ。私は、レーガンを、ブッシュを、ブッシュジュニアを見てきた。クリントンが経済格差を広げ、オバマがウォールストリートと手を組んだのを見てきた」と述べた。

この厳しい人生認識と深い諦念は、そのままエリスの小説の世界観と重なっている。エリスによれば、変わったのは社会ではなく、文化である。アメリカの文化は、エンパイアからポスト・エンパイアへと移行したのだ――。

２、Empire（帝国）からPost-Empire（帝国以後）へ

『ホワイト』でエリスはことあるごとに自身が同居する若きボーイフレンドについて言及する。エリスいわく恋人は「社会主義者のミレニアル」である。エリスの腰抜け世代＝ミレニアルへの批判や、「ポスト・エンパイア」概念を語る際、彼は多く引きあいに語られる。「エンパイア」とはエリスが敬愛する作家ゴア・ヴィダルが使用した概念であるが、「ポスト・エンパイア」は完全なるエリスの批評造語であり、彼はこの語を多用する。以下、簡単に整理してみよう。

エンパイアの文化は、第二次大戦によるアメリカの台頭から始まり、冷戦下で黄金期を迎え、911まで続いた。それはつまり、覇権国家として君臨したアメリカ帝国の文化であり、「自身が君臨していることを知り、弱みを見せず、超然と振る舞う」文化である。

エリスによればエンパイアの文化を端的に表すものはフランク・シナトラであり、ジム・モリソンであり、マドンナであり、ボブ・ディランであり、『ゴッドファーザー』である。

エンパイアは、冷戦の崩壊によるグローバル化、インターネットの爆発的な普及によ

り陰りを見せ始める。ポスト・エンパイアの最初の兆しを、90年代後半のエミネムにエリスは見出している。それまでのスターたちも自身の私生活を曲の中で歌ったが、エミネムは2000年リリースの『マーシャル・マザーズ・LP』で、元妻キムへの呪詛をラップに乗せ、全てを曝け出して見せた。

そして2001年9月11日、マンハッタンで起こった同時多発テロによって、エンパイアの文化は覇権を失った。「アメリカこそが世界の中心であり、世界に君臨している」という感覚が失われたポスト・エンパイアの文化とは「自らの弱みを隠さず、そのままの自分自身を曝け出す」ものとなる。つまりそれは、リアリティー・ショーの、そして、SNSの文化である。

（エリスの文化批評はアメリカに特化したものであるが、1990年代からグローバル資本主義が加速したことを鑑みれば、ある程度日本にもこの批評の枠組みは適用できる。たとえば、ブランキー・ジェット・シティ時代の浅井健一や、ミッシェル・ガン・エレファント時代のチバユウスケが、SNS上にセルフィーを上げファンと楽しく交流している様をあなたは思い描けるだろうか？　それはありえない空想であり、実際に起こり得るはずもなかった。なぜならBJCは2000年に、TMGEは2003年に解散しているためで、彼らはSNS前時代の文化の象徴だからだ）

ポスト・エンパイアの文化を、エリスはある意味で興味深く注視してもいる。エンパイアとポスト・エンパイアは何も断絶しているわけではない。彼は俳優チャーリー・シーンの中にその変遷を見ている。80年代トレンディ映画の主役だった彼は、1990年以降ドラッグ中毒や精神不安定でゴシップの的となり、徐々に仕事が減っていった。しかし、2010年の離婚騒動時にテレビカメラに囲まれ「Fuck You」と叫ぶと一転注目の的になり、2011年ツイッターアカウント開設、当時のフォロワー数世界一となった。

そしてまた、エンパイアの文化が全てなくなったわけではない。シーンと対照的に様々なゴシップに見舞われながらも決して人前で弱味を見せないトム・クルーズがその好例である。映画『アメリカン・サイコ』の主人公パトリック・ベイトマンを演じたクリスチャン・ベイルは、トム・クルーズを役作りの参考にしたと『ホワイト』には書かれている。

そう、ベイトマンこそまさに、完璧な人間として見られたいと振る舞うエンパイアの主体である。しかし、彼はその内面に精神的不安定なサイコを抱えていた。そんな彼が尊敬するドナルド・トランプを、エリスは「ポスト・エンパイア時代の大統領」と呼ぶ。

エリスはトランプ支持者ではない。エリスはベイトマンではない。本人はこれをクドいほどに繰り返し言明する。しかし同時に、エリスはベイトマンを否定しない。ベイトマンは作者エリスの写し鏡ではないが、それでもベイトマンはエリスから出てきたのだ。ゆえに、エリスはポスト・エンパイアの文化を全面否定しない。彼が否定しているのは、ポスト・エンパイアの文化にどっぷりつかって成人した「腰抜け世代」が持つ、その「自己を被害者とする語り」（Self-Victimization／Victimized Narrative）だ。

3、ブレット・イーストン・エリス vs 世界

　エリスとカニエ・ウェストとの関係性について前編（P58～）で触れた。エリスはポスト・エンパイアの文化事象としてカニエを好意的に注視している節があり、なんと『ホワイト』の締めくくりもカニエについての考察で閉められる。
　カニエが「俺はトランプのドラゴン・エネルギーが好きだ」とツイートし壮絶なバッシングをくらうなか、エリスは「カニエを讃えよ！」と彼のとあるツイートを引用RTして擁護した。そのカニエのツイートとは

「自己を被害者化するのは病気だ」（self victimization is a disease）

　というものだった。エリスにとって、このツイートはまさに彼が考えるアイデンティティ・ポリティクスの問題点や、ミレニアルズの弱さそのものを的確に表した1文であったのだろう。では、「自らを被害者の位置に置くな」と述べるエリスは、一体どこにいるのだろう？
　エリスは言う、「サドの暴力性も、セリーヌの反ユダヤ主義も、ポランスキーの小児性愛も、メイラーの女性嫌悪も、作品を読む際には関係がない。作者と作品は別個のものだ」（124ページ）。なるほど、作者と作品を切り離す批評スタンスは、きわめてエリスと親和性が高い。しかし、ここで当たり前の事実を思い出そう。『ホワイト』は、ノンフィクションである、と。つまり、本書はそのまま作者の思想として読まれるべきである。

　あらためて問おう。ブレット・イーストン・エリスとは、何者なのか？
　エリスの批評は、常にその対立項を必要とする。X世代とY世代、エンパイアとポスト・エンパイア、政治と芸術、イデオロギーと美学・・・・・・etc. この二項対立の枠組はしかし、その外部を抑圧し、忘却することでなりたっている。
「私が興味があるのは芸術や文化だけだ、政治には一切ない」とエクスキューズするわりには、『ホワイト』は政治の話が多すぎる。トランプ、ヒラリー、オバマ、ブッシュ、レーガンなどの名前が繰り返されるなか、そしてミレニアルズを「腰抜け」と呼び嘲笑するなか、トランプと舌戦を繰り広げ、ミレニアルズの精神的支柱となった、本書でもっと多く言及されるべき名前が、たった二度しか登場しない――バーニー・サンダースである。
　エリスはサンダースを「彼の政策に実現可能性がない」「あまりにユートピア的」と2センテンスだけ触れる、しかも、最初のセンテンスはわざわざ括弧にいれて、控えめに。
　ウォール街や巨大企業に戦いを挑みミレニアルズを団結させた「60年代からやってきた白人男性＝サンダース」を、エリスは本当に考慮するに値しないと考えているの

だろうか？

エリスが代表するジェネレーションXは、60年代のラディカリズムが終焉した後に思春期を迎えた、日本で言えば「シラケ世代」に該当する。「人生が不条理だと受け入れろ」というテーゼの裏側には「現実は変えられない」という諦念があるのだが、X世代は実際に変革の運動を行っていない。テレビにうつる抵抗運動を、生まれたての目でぼんやりと眺めていただけである。60年代のラディカリズムが戦っていたものこそ、帝国主義だった。ベトナム戦争を起こしたエンパイアとしてのアメリカに、若者たちは団結して戦ったのだ。そしてその苛烈な時代に、多くの優れた音楽、映画、文学は生まれた。そのさなかに戦っていたのが1941年生まれのサンダースであり、60年代の終焉とともに、70年代に実業家として世に登場したのが1946年生まれのトランプである。

その先行する大人たちを見て育ち、80年代以降の文化を担ったのがジェネレーションXである。彼らは「空虚な世代」とも「新たなロスト・ジェネレーション」とも呼ばれた。新たなリアリティの担い手とされたエリスは今、後続の世代を攻撃している。サンダースを精神的支柱とするミレニアルズに対して、「政治と芸術は違う。イデオロギーと美学は分けろ。世界は変わらない。被害者ヅラをするな」と。

自ら作り上げた二項対立の図式からミレニアルズを攻撃したエリスは、その当然予期されるべき反動として、トランプサポーターたちから支持を得て、トランプ支持のフォックス・ニュース等にも出演を果たした。

エリスの苛立ちの背後には、60年代の忘却と抑圧がある――そう指摘するのは、あまりに精神分析的すぎるかもしれない。しかし、エリスの凄さは、読者をこのような思考まで運ぶところにこそある。それは常にこの社会の限界点であり、行き詰まり／行き止まりである。行き着いた先のドアには、こう書かれているだろう――「これは出口ではない」

４、では、文学は？

> 私は切に揺さぶられたかった。私は曖昧さを愛した。私は考えを変えたかった、様々な事柄、つまりは全てに関して。私は取り乱すことを、芸術によって傷つくことさえ望んだ。それがシェイクスピアであろうが、スコセッシであろうが、ジョーン・ディディオンであろうが、デニス・クーパーであろうが、誰かの世界観の残酷さによって、私は消し去られたかった。これらの全てが私に計り知れない影響を与えた。それは私に共感をもたらした。それは私に、私の世界の向こうに、異なる視点、背景、傾向をもった別の世界があるのだと認識することを手助けし、間違いなく、それが私を大人にした。それは私を、少年時代のナルシシズムから遠ざけ、世界の謎――説明され得ないもの、タブー、他者――へ導き、理解と受容の場へ私を向かわせた。（125ページ）

上記引用は、本記事執筆者が最も感動した『ホワイト』の1節である。多感な少年時代に出会ったアートへの、これはもはや、信仰告白である。エリスのこの芸術への信仰は、過ぎ去った時代へのノスタルジーと混ざり合い、変わり行く現在文化への呪詛へと変わっていったことを本稿で確認した。しかし、このエリスの芸術への愛、自分の人生が変わってしまうような作品に出会いたいという欲望を、私は否定できない。

『ホワイト』の冒頭章で、エリスは2009年に『帝国のベッドルーム』（*Imperial Bedroom*）を書き上げてから、自身が小説というフォーマットに対する興味を以前ほど抱けなくなったと告白する。そうして彼の2010年代は映画とテレビの脚本、ポッドキャスト、そして『ホワイト』の執筆に費やされることとなった。だがしかし、彼は小説の持つ力を信じなくなったわけではない。『ホワイト』刊行より1年ほど前のインタビューのなかで、エリスはインタビュアーと以下のようなやり取りを交わしている。

> インタビュアー「そういう意味では、文学はしばしば人間個人の最も醜い部分を描き出しますよね」
>
> B.E.エリス「これは言わなければいけないけれど、最近私が読んだ最も偉大な文学は、黒人の苦難に関するものだった。ジェスミン・ウォードの『歌え、葬られぬ者たちよ、歌え』とコルソン・ホワイトヘッド『地下鉄道』だ。どちらも奴隷制を巡る恐るべき描写に満ちて、本当に素晴らしかった」

ここまで読んできた読者は、もしかして意外に思うかもしれない。「黒人作家の書いた奴隷制をめぐる全米図書賞受賞作⁉ まったく、エリスが嫌いな要素ばかりじゃないか！」

そう思ったあなたは、エリスを完全に誤解している。彼は、彼の批評は、肌の色やアイデンティティやメッセージ性や政治性に関係がなく、ただ優れた作品を擁護するのだ。彼は『ホワイト』刊行時のポッドキャストでこう語った。

> 「小説には、読む喜び／快楽（pleasure）だけでなく、語る喜び／快楽もある。私はそれを愛している」（2019年4月18日）

私もまた、その快楽を愛する者のひとりだ。だからこそ、この書籍企画に参加したのだ。エリスは小説からもう10年遠ざかっている。近い将来、エリスの新作小説が出て、それを語る日が来ることを、心の底から待ち望んでいる。

謝辞

ブレット・イーストン・エリス『ホワイト』前後編を書くにあたり、文芸評論家の川本直氏から多大なアドバイスをいただいた。また専修大学教授の越智博美先生には、ともすれば危険なこの記事を、世に問う勇気をいただいた。ありがとうございました。

本日限定のセール

21世紀の暴力とゾンビ文化と翻訳と

藤井光

FUJII Hikaru

21世紀の暴力と

All we wanted was a chance to talk
'Stead we only got outlined in chalk (D'Angelo)

2010年代に多発した、アフリカ系市民に対する警察の暴力事件と、その後の司法による判決（多くのケースで警察官は不起訴となった）は、全米のアフリカ系の表現者からさまざまな反応を呼び起こした。ジャーナリストのタナハシ・コーツは『世界と僕のあいだに』を、ミュージシャンのディアンジェロは長い沈黙を破って『ブラック・メサイア』を発表し、アメリカ社会に埋め込まれたまま消えようとしない暴力の「いま」を見つめ、自分たちの声はどうすれば届くのかと訴えた。あるいは、小説家コルソン・ホワイトヘッドを一気にスターダムへと押し上げた名作『地下鉄道』は、現代にいたるアメリカの暴力の源泉たる奴隷制と、それを現代から想像して物語として蘇らせる際の「虚構」の役割を鋭く問いかけるものだった。そうした文脈を背負って登場した文学の新星が、ナナ・クワミ・アジェイ＝ブレニヤーである。

D'Angelo and the Vanguard,
Black Messiah, RCA

アジェイ＝ブレニヤーはニューヨーク州スプリングヴァレーで育ち、ニューヨーク州立大学オールバニー校を卒業後、シラキュース大学大学院創作科で学位を取得している。2018年に刊行した短編集『フライデー・ブラック』はアジェイ＝ブレニヤーのデビュー作であり、刊行にあたっては、創作科の指導教員であるジョージ・ソーンダーズだけでなく、ロクサーヌ・ゲイやリン・ティルマンなどが推薦文を寄せている。また、同じく2018年にデビューして絶賛されたトミー・オレンジも、「ニューヨーク・タイムズ」に寄せた書評で「パワフルで、重要で、奇妙で、美しい」と同書への賛辞を惜しんでいない。その他のメディアからもおしなべて高評価を獲得し、アジェイ＝ブレニヤーは2018年でもっとも注目すべき新人となった。

本書のエピグラフには、ケンドリック・ラマーの「Anything you imagine, you possess」というリリックが引用されている。さらに、その直後に置かれた短編「The Finkelstein 5」が、黒人の少年少女に対して無差別な暴力をふるった白人男性が裁判で無罪となったという出来事の余波を語る作品となっていることからも、『フライデー・ブラック』において、暴力をはじめとする人種問題が重要な柱になっていることは明らかである。ただし、アジェイ＝ブレニヤーはその問題を語るにあたり、「我々アフリカ系の現状」を語るという枠組みを設定するのではなく、「ある社会において暴力にさらされた人間はどう感じ、どう行動するのか」を探求する視点を崩していない。それが、アジェイ＝ブレニヤーの物語を貫く強さだと言っていいだろう。みずからが生きる現在を語る視点と、それを少し離れたところから眺め、何が起きているのかを的確に分析する視点が、そこには共存しているのだ。単なる「抗議」にとどまらない強靭さが、この短編集を支えている。

おそらくはそれがゆえに、彼の物語はディストピア的な近未来という設定に繰り返し立ち戻ってくる。遺伝子操作を受けた生徒と受けていない生徒、戦争下で住民たちがすべての記憶を消去される都市など、現代のアメリカにおいて潜在的に生命が操作される状況を、彼の短編は好んで舞台と

Nana Kwame Adjei-Brenyah,
Friday Black,
Mariner

する。現代のアフリカ系市民が直面せざるをえない社会の暴力は、アジェイ＝ブレニヤーの描き出す世界においては、いつ誰に転嫁されてもおかしくないのだ。したがって、レイシズムという次元だけでなく、生命や暴力をめぐる倫理的な問いと、経済やテクノロジーがどう関わっているのかという点が、彼の物語では中心的な問いとなる。堕胎された胎児が、父親の枕元に現れて話しかけてくる。テーマパークでは、従業員演じる「不審者」に対して客が発砲を選択できるアトラクションが人気を博している。銃乱射事件を起こした若者の魂は被害者の魂と出会い、ケンカしながら珍道中を続ける。アメリカ的な光景がもう一回り突き詰められた舞台で、登場人物たちはある状況に否応なしに投げ込まれ、そこで暴力の行使を許すかどうかの決断を迫られる。

ここで、独特の文体にも触れておくべきだろう。ジョージ・ソーンダーズが指導したというだけあり、各短編は丁寧に状況を描写する文章ではなく、意図的に圧縮されぶつ切りになったセンテンスが積み重ねられ、ディストピア化した日常を切り取ったスナッ

プのようにして構成されている。ただし、そのなかに巧みに心理描写やプロット展開を忍び込ませるアジェイ＝ブレニヤーの手つきは、いたるところで確認することができる。人間不在でも成立するソーンダーズ的な空気感と、人間を抜きには語ることのできない人種と「生命」の問題がかろうじて交錯する、そんな危うい バランスを、『フライデー・ブラック』は実現している。

ゾンビ文化と

Today is the day when the evil creatures overrun the mall. (Manuel Gonzales)

ゾンビの物語は常に安定した人気を誇っている。ジョージ・ロメロ作品によって1960年代後半からカルト的に支持を得たゾンビの物語は、さまざまなヴァリエーションを発達させつつ、アメリカ文化の一部として定着したといっていい。文学においても、2009年にセス・グレアム＝スミスが『高慢と偏見とゾンビ』を発表し、ジェーン・オースティンの描くイングランドの社交の風景にゾンビとの戦いという要素を投入した物語を作り上げた。古典の文章をある程度そのまま残しつつ、新たな要素を混ぜ込む「マッシュアップ」という小説の形式が、一時的なブームとなるきっかけを作った作品でもある（このジャンルについての情報は、小澤英実さんのご教示による）。あるいは、マヌエル・ゴンザレスのように、オフィスで働く内向的なゾンビが人妻に恋をしてしまったというちぐはぐな設定にユーモアを発揮してみせる作家もいる。

ゾンビ物語においては、ショッピングモールが舞台としてしばしば選ばれる。大小さまざまな店が多数入居する巨大空間でありながら、出入口が限られているという閉塞感も併せ持つ矛盾が、物語の雰囲気を作るにあたっては効果的に使われている。それに加えて、ゾンビという、人間の肉を食うという欲望のみが残された存在が、資本主義社会において商品を買い、消費するという欲望のみを煽られた人間を戯画化しているという点は、批評においてしばしば指摘されてきた。それを象徴するのが、「売る」「買う」という行為のみに特化したショッピングモールという社会なのだ。

アジェイ＝ブレニヤーがデビュー作の表題作として選んだ短編「フライデー・ブラック」は、その王道を行くようにして、アメリカのどこかのショッピングモールに店を構える衣料品店を舞台として展開する。主人公となる語り手は、その店のアルバイトの若者であり、店で売上がトップであることを誇りとしている。そして、客は全員ゾンビである。商品を求める欲求以外はすべて消え去ったかれらは、お互いを踏み潰すことも店員に襲いかかることも厭わない。そんなゾンビたちが何を欲しがっているのか、そのうめき声やわめき声から察知し、望みの商品を渡すのが、主人公の特技である。物語は、そんな店でのクリスマスシーズン期間中、「ブラック・フライデー」と呼ばれる特売日の半日間に凝縮されている。日付が変わる真夜中に店が開くと、ゾンビたちが一斉になだれ込み、そして次々に商品を手に取ってレジに向かう。そのなかで、死者が次々に出ていく。

ゾンビに襲いかかられる危険と直面しながら、時給はわずか8.5ドル。そんな店で働きたいと思う者が、はたしているだろうか。2010年代には“Fight for $15”という、時給15ドルを求める労働者の運動が、ファストフード業界を皮切りに広がりつつあるというのに。しかし、主人公には明確な「やりがい」がある。店で売上がトップだった店員は、どの服でも一着自分のものにできる。ならば、Lサイズのダウンコートを手に入れて、失業中の母親にプレゼントしてやりたい。それだけではなく、1カ月で100万ドルを超える売上を達成するという目標を掲げている店で、誰よりも優秀な店員が彼なのだ。かくして、低賃金などものともせず、主人公は獅子奮迅の活躍を披露するのだ。典型的な「やりがい搾取」の構図が、ここにはある。

商品を求めて群がり、わめく人間たち。商品を売り続けることにしか存在意義を見出せない店員。ゾンビと形容すべきなのはどちらなのか。

翻訳と

その問いを抱え、2019年2月2日に、京都の書店Montag Booksellersにて、同志社大学と神戸市外国語大学、および一般の参加者とともに、この短編の冒頭の翻訳を持ち寄って話し合うという場を得ることができた。以下は、実にさまざまな疑問や訳案が飛び出した濃密な3時間を、3つの文章をめぐる問いに凝縮したハイライト版である(ただし、本書は押野素子さんによる優れた翻訳が出版されているため、この文章自体は周回遅れの戯言であることをお断りしておく)。

1. “I get it; I get it. Eye of the tiger! I like it,” Richard says. (104)

——開店直前、この地域を統括するマネージャーのリチャードは、主人公に向かって「準備はいいか?」と尋ねる。準備できているに決まっているだろ、と言いたげに片目だけを開け、何も言わずにまた目を閉じる主人公に対して、リチャードが口にするのが、このセリフである。さて、“eye of the tiger”はどう訳せばいいのか。

もちろん、「虎の目」と翻訳することもできる。ただし、物語においてはすでに主人公は両目を閉じているため、「〜の目」という表現を使用すると、場面とのかみ合いは悪くなってしまう。「アイ・オブ・ザ・タイガー」では何が言いたいのかわからない。文学作品において唐突に出てくる一見奇妙なフレーズは、どこかから引用されている可能性が高いので、その元ネタを探したほうがよさそうだ。

このフレーズを検索すれば、それが1982年にアメリカのロックバンド、サバイバーによって発表された曲であることはすぐに確認できる。いかにも80年代のロックチューンというつくりの、リズムもアレンジもメロディーもきわめて直球の、2019年ともなれば赤面せずに聴くことは難しい曲であるが、当時はイケてる音だったのも事実である。「アイ・オブ・ザ・タイガー」はシルヴェスター・スタローンの直球熱血本気スポ根映画『ロッキー3』で使用され、大ヒットを記録した。

そうなると、「フライデー・ブラック」とのそれなりのつながりも見えてくる。特売セール日に客の殺到に備える店員（短編の主人公）が、一大決戦を前にしたボクサーの姿（スタローン）と重ね合わされているのだ、と。

合衆国の文化に精通している読者でなければ、このポピュラーカルチャーへの言及は意味に直接結びつかない。したがって、苦肉の策ではあるが、この箇所は引用元を示すなどの工夫や「字面」の意味を活かすよりも、「心情」を汲み取って翻訳するのが無難な箇所のように思われる。つまりここは、「目」や「虎」という情報ではなく、「場面における主人公の心持ち」をマネージャーのリチャードが察して肯定している場面なのだ。そうすると、「かかってこい」「やる気」「受けて立つ」といったあたりが候補となるだろうか。

——「わかった、わかった。受けて立つってことだな！　いいぞ」

2. “What’s she wear, medium or large?” (105)

——続く会話のなかで、リチャードは店の奥に1着のダウンコートが取ってあることに気がつき、主人公にこう質問する。これだけでは唐突な発言だが、数行後に、主人公は店での売り上げ競争に勝つ気でいて、そのときのためにすでに1着を確保していることと、主人公がそれを母親にプレゼントするつもりだとリチャードが聞いていたことが語られ、何のやりとりなのかがはっきりする。そうした情報を踏まえるなら、「お母さんの服のサイズは、MなのかLなのか？」といったセリフとして訳出することもできる。そのほうが読者には親切かもしれない。

とはいえ、ここでアジェイ＝ブレニヤーの文体というものを考える必要が出てくる。彼の指導をしたのはジョージ・ソーンダーズ。最初に原稿を150ページ近く書き、それを40ページほどにまで削りに削り、なおかつ物語としてはまったく同じ内容を保つ、という執筆スタイルの持ち主である（これは同じくソーンダーズに師事したサルバドール・プラセンシアに教えてもらった）。ソーンダーズは前置きや説明なくいきなり物語を始め、最初はよくわからなかった主人公の周囲の状況が、物語が進むにつれて少しずつ見えてくる、というスタイルをしばしば用いる。

弟子であるアジェイ＝ブレニヤーもまた、本作で似たスタイルを採用している。物語は開店直前に店のスタッフが“Get to your sections!”と叫ぶ一言から始まるが、その言葉がどのような状況で発せられているのか、読み手にはまだわからない。戦場なのか、近未来なのか、さまざまな可能性を考えながら読み進めるうちに、現代のショッピングモールという設定に舞台は絞られてくる。

それと同じく、この会話の場面でも、まずはリチャードの発言“What’s she wear,

medium or large?”が飛び出すが、その“she”が誰のことを指しているのかはまだ明らかにされない。やがて、話に出ているのは主人公の母親なのだという情報があとから明らかにされ、読者の頭のなかでパズルのピースがひとつはまる。

あとから状況がわかる、というこの文体的な特徴に、翻訳も忠実についていくほうがよさそうだ。したがって、“she”は誰か明かさない書き方にすることになる。そうなると、「彼女に」としてもいいのだが、日本語の会話では、誰かの母親を「彼女」と言うのはなじみが薄いと思われる。そこで、日本語の特徴のひとつ、主語を省略してしまう傾向を使い、主語となるのは「誰」なのかという情報があとで埋まるようにするという手がありえる。

——「着てもらうのはMかLか?」

3. Nobody will touch it because I’m me. (105)

——店で売り上げをめぐる競争があること、それに勝ってダウンコートを母親に持って帰るつもりでいること。それをひとしきり説明したあと、主人公はこう断言する。俺が絶対に勝つ、という宣言である。直訳すれば、「俺は俺だ、だからそのコートには誰にも触らせない」となるだろうか。この形でも言いたいことは十分に伝わる。

この箇所を翻訳するうえで考慮してもいいだろうと思われるのは、物語の主題となる「やりがい搾取」という側面である。明らかに待遇の悪い職場でありながら、「自分がナンバーワンだ」というアイデンティティを得ていることで、猛烈な勢いで働き続けることを誇りとしてしまう主人公の心情と、それに対する作品自体の醒めた視線を、このセリフは凝縮して提示しているからだ。つまり、“I’m me”という宣言には、「俺こそが最高の店員だ」という自負と、「競争で与えられるアイデンティティによって搾取が可能になるという構造の歪み」という批判のふたつが同居している。それがゆえに、リチャードとの会話、店での競争、母親に対するプレゼントという情報が次々に語られるこの段落は、“Nobody will touch it because I’m me.”というこの主人公の語りで締めくくられているのである。

それを翻訳にも活かす方法があるとすれば、それはまず語順のレベルにおいてだろう。すなわち、文末の情報“I’m me”を、日本語でも文末に持っていきたい。そのために、“Nobody will touch it”と“I’m me”をそれぞれ1文に分けることになる。そのうえで、「俺は俺だ」という情報のなかに、そのアイデンティティの根幹には競争という要素があるのだと仄めかしてもいいかもしれない。

——「誰にも指一本触れさせはしない。相手になるのは俺だからだ」

本日限定のセール

セールに押し寄せる客。必死でそれに対応する店員。大量に発生する死者たち。すべてが低価格の空間。アジェイ＝ブレニヤー自身がそうした店で数年間アルバイトをしていた経験から、この物語は生まれたという。この空間で幸せになるのは誰なのだろうか、と「フライデー・ブラック」は問いかけてくる。ゾンビと格闘する戦場でアルバイトをしていた店員が、やがて作家に転身し、デビュー作で一気に話題をさらう。ある意味では、アジェイ＝ブレニヤーは典型的なサクセスストーリーを実現したとも言える。それでは、彼はあの低価格空間を完全に過去のものとして語っているのだろうか。

2017年、アメリカのフルタイムの作家の平均収入は2万ドルを少し超える程度でしかない。兼業作家も計算に入れれば、その数字は6000ドル少々にまで下落する。これは2009年に比べると42%の落ち込みである（以上の数字は2019年1月5日の「ニューヨーク・タイムズ」の報道記事による）。要するに、ほとんどの作家は本を書くだけでは食べていけない状況になった。同じことは音楽業界にも当てはまる。「ローリング・ストーン」誌が指摘したのは、現在レコード会社と契約するミュージシャンのうち、契約時に貸してもらう金を返済できるのは20人に1人にすぎないという現状だった。ほとんどのミュージシャンは、キャリアのすべての期間において借金を背負う形で活動を続けることになる。ストリーミングサービスにせよアマゾンにせよ、インターネット時代の販売形態は価格を押し下げて常時セール状態を作り出し、消費者に利便性をもたらした。その一方で、製品としての作品を安く売り続けねばならない「作り手」は確実に体力を奪われつつある。

クリエーターや表現者になるという憧れは、いまだに強く共有されている。だが、それを支える体制はどこまで整っているだろうか。下積みの日々を経て晴れの舞台へ、という物語がほぼ成立できない状況になっているとすれば、それを変え、優れた表現がそれにふさわしいサポートを受けられるような社会が出現する可能性は、どこに見出されるべきなのか。ショッピングモールで始まり、ショッピングモールで終わるこの物語は、モールの「外」とは何なのか、そこに出る方法は何なのかを問いかけてもいる。

『ビラウド（愛されし者）』から『アンベリード（葬られぬ者）』へ
ジェスミン・ウォードとアメリカの10年

青木耕平
AOKI Kohei

ジェスミン・ウォード『歌え、葬られぬ者たちよ、歌え』（*Sing, Unburied, Sing*）は、雑誌「タイム」そして「エンターテイメント・ウィークリー」それぞれが発表した「2010年代最高の小説10冊」の1冊に選ばれている。両誌は違う選定基準を有しており、それぞれ違う評が寄せられているのだが、あるひとつの見解を完璧に共有していた――「ジェスミン・ウォード以上の充実度でこの10年間を駆け抜けた作家は他になかなかいない」。

そう、2010年代のアメリカ文学は、ジェスミン・ウォードと本書を抜きにして語ることは出来ない。2011年、当時34歳のウォードは第2長編『骨を引き上げろ』（*Salvage the Bones*）で全米図書賞を受賞した。全米図書賞はアメリカで最も歴史と権威ある賞であるが、同時に大変保守的な文学賞でもあり、複数回受賞している8名の作家はソール・ベローやジョン・アップダイクなど、その全員が白人そして男性だった。その旧習を打破した作家こそジェスミン・ウォードであり、その作品こそ、『歌え、葬られぬ者たちよ、歌え』である。2017年、アフリカン・アメリカンの女性であるウォードは本作で史上初めて女性、加えて史上初の非白人の全米図書賞複数回受賞者となり、文字通りの意味においてアメリカ文学史を書き換えた。偶発的な出来事でも政治的な配慮でもなく、これが必然の受賞と栄冠であるということに、一読したものは同意せざるを得ないだろう。プロットの面白さ、構成の見事さ、語りの巧みさ、現代を抉る見事なジャーナリズムと現在へ突き刺さる歴史からの視座――その全てを併せ持つ本作は、小説としての強度が違う。

なによりもまず、読者を摑んで離さない物語がある。プロットの中心には不和を抱えたひとつの家族と解き明かされないひとつの謎があり、家族が再会し合流するとともにその謎が明らかになっていく。語りの技法の見事さが、その面白さを倍増させ

Jesmyn Ward,
Sing, Unburied, Sing,
Scribner

る。13歳の黒人少年ジョジョと、心が通い合わないその母親レオニ、そして中盤から加わる第3の語り手が、それぞれの視点から物語を紡ぎ、お互いの章が緊張感を孕みつつダイナミズムを生んで、複数の伏線がラストへと向かって加速しながら収束していく構成に、読者は舌を巻くだろう。これだけですでに小説として傑作であるが、現代のアメリカ南部を舞台とする本作は、アメリカが現在抱える様々な問題を炙り出す。人種差別、階級格差、貧困の蔓延、ドラッグと民営化された監獄、憎悪による暴力の連鎖、未だ根強いジェンダーや性に対する偏見等々が、まるでルポルタージュ文学を読んでいるかのように、それでいて物語の必然として描き出される。現代アメリカの病理を活写するこの小説の奥底に流れるのは、悲劇としてのアメリカ史である。建国の精神として憲法で自由と平等をその初めから明記しながら、アメリカ合衆国はアフリカ大陸より黒人を強制輸送し、彼らの人権を剥奪し、尊厳を踏みにじり、自由を奪って奴隷として強制労働させることによって発展を遂げてきた。世界で最も豊かな国となりながら、いまなお人種差別が根強く存在するアメリカで、「アンベリード(葬られぬ者)」は歌う。

このレベルの傑作は、偶然たまたま思いつきで書けるものではない。この小説は、ウォードの作家としての10年間のキャリアの集大成であり、彼女のそれまでの40年間の人生そのものの結晶にほかならない。まずは、『葬られぬ者たち』に至るまでのウォードのキャリアを時系列に沿って概観しよう。

ミシシッピ州デ・ライル、弟の死、ハリケーン・カトリーナ

ジェスミン・ウォードは1977年、カリフォルニア州バークレーに生まれ、3歳の時にミシシッピ州デ・ライル(DeLisle)に移り住んだ。そこは、ウォード一族が数世紀にわたって生活を営む湾岸の街であった。デ・ライルは黒人コミュニティだけでなく、様々な出自を持つ低所得層たちが多く住むエリアであり、ウォードは最初に通った公立学校で同じ黒人の生徒たちからイジメにあう。ウォードの母親は裕福な白人家庭で働くメイドであり、彼女の雇い主が学費を払う形でウォードは私立学校へと転入するが、今度はそこで白人生徒たちからもイジメられてしまう。家族からの愛やコミュニティの連帯といった美しいものだけでなく、貧困やドラッグ等の社会的な問題、そして人種差別をデ・ライルで彼女は身を以て経験した。

そのような境遇であったにもかかわらず、ウォードは一族で初めて大学に進学することとなった。西海岸カリフォルニアに位置するアメリカ屈指の名門校スタンフォード大学でウォードは英文学の学位を取り、同大学院に進学すると、2000年10月にメディア・コミュニケーション学で修士号を取得する。その直後に、彼女の愛する弟ジョシュアが、デ・ライルにて泥酔した白人の運転する車に巻き込まれ死亡する。享年わずか19歳。ウォードは言う、「弟の死によって、私は、私たちについての物語を語りたい、という強い欲望を抱いた」。小説家ウォードの誕生には弟ジョシュアの死が深く関わり、後に彼女が描く小説全てにジョシュアの死は描かれることとなる。

2005年、ミシガン大学の創作文芸科《クリエイティヴ・ライティング》を修了し、作家としてのキャリアを始めるべくデ・ライルに戻ったウォードを待ち受けていたものは、アメリカ史上最悪の天災、ハリケーン・カトリーナであった。ウォード一家の家も被災し、地域の教会に避難すべく急いだが、多くの車が打ち捨てられ座礁し辿り着くことができなかった。一家は白人地主のもとに避難しようとしたが、白人地主はウォードらの持ち物を検分した挙げ句、「あまりに混み合っているから」という理由でウォード一家の保護を拒否した。ハリケーン・カトリーナという人智を超えた巨大な天災、辿り着けなかった聖なる場所、非常時にこそ表出する人種差別と人間の愚かさ——これら一連の体験がウォードの心を深く傷つけ、生活的にも精神的にもしばらく小説を書くことが出来なくなってしまう。

「粗野な森《ボワ・ソバージュ》」サーガの誕生

弟、家、自分の育った故郷——殺され、流され、失われた大切なもの。これらはもう二度と元通りになることはない。この喪失の経験が、創造へと転化する。

「ハリケーン・カトリーナが過ぎ去ったあと、私は、私の育った街がもうどこにも存在しないという事に気づいた。私の小説は全てカトリーナ以降に書かれたものである。ある意味で、私は自分が失った故郷を書き直《リライト》そうとしているのかもしれない。小説のページの中であったとしても、あの街を生き返らせたいと願っているのかもしれない」（エドウィージ・ダンティカとの対話、2015年）

このようにして、ウォードはデ・ライルを基として、小説世界に架空の街“Bois Sauvage”を創り上げた。“Bois Sauvage”はフランス語で、英語に直せば“Savage Woods”となり、日本語ならば「粗野な森」、とでも訳されるのだろうか。デビュー作『線が血を流すところ』、『骨を引き上げろ』、そして本作『歌え、葬られぬ者たちよ、歌え』に至るまで、ウォードの全小説は全てこの「粗野な森」を舞台としている。

ミシシッピを舞台とする架空の街で一連のサーガを綴った偉大なる先人として、ウィリアム・フォークナーがいる。フォークナーもまたミシシッピを舞台としてヨクナパトーファ郡という架空の舞台を創り上げ、そこで人種問題をテーマとした一連の小説群を著していった。ウォードにとってフォークナーは文学的英雄のひとりであり、彼女は数々のインタビューでフォークナーからの影響を公言し、本作『葬られぬ者たちよ』の直接的な先行作品としてフォークナーの『死の床に横たわりて』（*As I Lay Dying*）があることを認めている。フォークナーはアメリカ南部の負の遺産としての南北戦争を白人男性の立場から描いたが、ウォードはそこに生きる黒人女性としてフォークナーの文学的遺産を引き継ぎ、21世紀の新たなサーガを創生した。

2005年、ハリケーン・カトリーナがミシシッピを襲った当時の大統領ジョージ・W・ブッシュは、被災後の対応が人種差別的とりわけ黒人差別的であると大きな非難を浴びた。カトリーナが暴いたのは人種差別だけではない。ナオミ・クラインは

『ショック・ドクトリン』のなかで、カトリーナ以前にそこにあった黒人や低所得階級のコミュニティーが街の再建を口実として一掃され、そこに巨大資本が流入し、結果的にそれまでのコミュニティーが排除される様を「惨事便乗型資本主義《ディザスター・キャピタリズム》」として厳しく批判した。自然災害、人種差別、資本主義の蹂躙――カトリーナ以降のデ・ライル＝粗野な森《Bois Sauvage》を舞台に、現代アメリカに蔓延る暴力が、ウォードの作品世界に記述されていく。

人種問題のない《ポスト・レイシャル》アメリカ → 人種問題が激化《モスト・レイシャル》するアメリカ

2008年、大統領選挙におけるバラク・オバマの勝利によって、史上初の黒人大統領が誕生することが確定し、アメリカ全土が歓喜に湧いた。その時に使われだした言葉に、「ポスト・レイシャル・アメリカ」(Post-Racial-America)というものがある。オバマ大統領誕生をもって、アメリカの人種問題は過去のものとなった、という意味だ。チェンジ、という選挙キャンペーンのスローガンそのままに、アメリカはこれからチェンジする、いやもうすでにチェンジしたのだ、という楽観論である。

同2008年に、カトリーナの惨事から立ち直ったウォードは、デビュー作『線が血を流すところ』(*Where the Line Bleeds*)を発表する。「粗野な森」を舞台に、ひとりは立派な就職先を見つけるも、もうひとりは就職先が見つからず違法薬物の売人になるしか生きる術がない、対照的な人生を歩むことになるアフリカン・アメリカンの双子の兄弟の物語だ。彼らの母親は幼い時に育児を放棄し、父親も無職で家に寄り付かず、双子は祖母に育てられるが、祖母は病床に臥せっている。物語における家族の設定は、『葬られぬ者たちよ』と多くのものを共有している。作品ごとにテーマや作風をガラリと変える多彩な小説家とは対照的に、ウォードはひとつのテーマを深化させていく作家である。

『線が血を流すところ』のテーマを引き継ぎながら、ハリケーン・カトリーナに翻弄される数日間を正面から描いた第2長編『骨を引き上げろ』で、ウォードは一度目の全米図書賞を手にする。小説の主人公であり語り手は、ティーンエイジャーの黒人の女の子エシュである。エシュには兄がふたりと弟がひとりいる。母は弟を産んですぐ亡くなり、父親はアルコール中毒で、一家の暮らしは極貧そのものである。エシュは12歳から性的な経験を持ち、物語の中で兄の友人と性交渉を持った挙げ句に望まない妊娠をしてしまう。ウォードはこの作品で神話の要素を意識的に取り入れた。エシュのモデルとなっているのは、ギリシャ神話『王女メディア』のメディアである。夫に裏切られ、社会から追放され、その恨みを復讐によって果たすメディアは、男性中心主義社会における女性の苦難を描いたフェミニズム的な神話である。このようなモティーフを用いた理由を、ウォードはこう説明している。

「私が激しい怒りを覚えるのは、白人アメリカ人の書いた小説だけが普遍的な価値があると見做され古典と比較され、黒人や女性の作家の作品は常にゲットー化されて“他者”のものとされることだ。私はエシュとギリシャ悲劇のアンチ・ヒーローであるメディアを併置し、西洋古典文学の中に私の小説を位置づけたかった。たしかに私の書くものは、私の属するコミュニティ、私の知る黒人たち、地域の荒廃などに固有の経験であるけれど、それ以上に、生き残った人々や、野生なるものを含んだより広い物語であって、本質的には普遍的な、人間の物語だ」(「パリ・レビュー」2011年8月号)

ウォードはこのようにして、既存の保守的な権威に、黒人作家として、女性作家として、ハリケーン・カトリーナに蹂躙されたミシシッピの作家として挑み、見事にそれを打ち倒していく。受賞後に行われたインタビューでウォードはこう述べている。

「ポスト・レイシャル・アメリカという言葉を人々が口にするのを聞くのが辛い。私は、人種問題のないアメリカ、そんな場所を見たことがない。いつか、そのような語を口にする人たちが、私の小説を読んでくれることを望んでいる」(BBCテレビでのインタビュー、2011年)

はたしてウォードが言うように、「人種問題のないアメリカ《ポスト・レイシャル》」なる語が幻想に過ぎないことをアメリカはすぐに知ることとなる。それどころか、真逆の言葉を口にする者さえ出始めた――「今のアメリカの人種問題は過去最悪だ《モスト・レイシャル・アメリカ》」。

ブラック・ライヴズ・マター、『私たちが刈り取った男たち』、『今が火だ』

第1期オバマ政権の最後の年、2012年2月、フロリダで当時17歳だったアフリカン・アメリカンの少年トレイボン・マーティンが自警団に射殺され、射撃犯が無罪で釈放されるという事件が起こった。全米各地で抗議運動が起こり、翌2013年には「ブラック・ライヴズ・マター(黒人の命を軽んじるな)」というスローガンを掲げるムーブメントが巻き起こった。

ブラック・ライヴズ・マターと奇しくも同じ2013年、ウォードは回想録『私たちが刈り取った男たち』(*Men We Reaped*)を発表する。2000年から2004年のわずか4年あまりの期間のデ・ライルで、自殺、殺人、事故等の理由で、ウォードは親族や親しい友人を5人も失う。メモワールでありながら自伝のようでもあるこの本をウォードのベストに推す批評家もいるほどに、美しい散文と構成を持ったノンフィクションである。最も悲しく、最も辛く、最も胸を打つのはやはり、最終章に配置された、弟ジョシュアの章だ。後のインタビューで、ウォードはこう答えている――「ときどき弟に対する罪悪感に苛まれることがある。彼は20歳にもなれなかったのに、私は今もこうして生きている」。

ジョシュアのように、誤って射殺され、命を落とした黒人ティーンエイジャーが、アメリカを大きく動かす。2014年、ミズーリ州に於いて無防備の18歳の黒人少年が白人警察官に射殺された。のちにファーガソン事件と呼ばれるこの射殺事件によってブラック・ライヴズ・マター運動が全米に波及するに伴い、人種差別それ自体も激化、オバマ政権2期下で人種対立の緊張は最悪なものとなる。

ウォードはこのような人種問題に対して一石を投じるべく、『今が火だ――新世代が人種を語る』（*The Fire This Time: A New Generation Speaks about Race*）という詩や散文そしてエッセイが収められた書籍を自ら編纂して2016年に出版した。『今が火だ』のタイトルは、偉大な作家であり活動家であったジェイムズ・ボードルウィンの『次は火だ』（*The Fire Next Time*, 1963年）を意識して名付けられている。ボールドウィンのこの書籍タイトルは、旧約聖書『創世記』において神が洪水で世界を滅ぼした際、方舟をつくったノアに虹を見せ、「水で世界を滅ぼすことはもうしない。次は火だ」と語った、という聖書由来の黒人霊歌からの引用である。半世紀前に公民権運動で揺れるアメリカにおいて、作家として、小説家として、黒人の知識人として声をあげ行動を起こしたボールドウィン。彼に倣い、ウォードもまた傍観者でいることを選ばず、作家として声をあげることを選んだ。

以上、駆け足でジェスミン・ウォードのキャリアを概観してきたが、彼女が著してきた2冊の長編小説と2冊のノンフィクションのエッセンスの全てが本書『歌え、葬られぬ者たちよ、歌え』には詰まっている。テーマは深化し、語りの技術は向上し、構成は唸りたくなるほど見事だ。本書は、紛れもなくウォードの最高傑作である――。

さて、ここまでの文章は、作品社から2020年3月に石川由美子訳で邦訳刊行された『歌え、葬られぬ者たちよ、歌え』に私が寄稿した付属解説文「神話を書き換え、高く翔べ――ジェスミン・ウォードとアメリカの10年」前半部の抜粋転載である。本書掲載を許可してくれた作品社の青木誠也社長に感謝を記したい。作品世界に特化した解説の後半部はぜひ邦訳書を手にして確かめていただくとして、本稿では本作の重要な先行作品について述べたいと思う。

『ビラヴド（愛されし者）』から『アンベリード（葬られぬ者）』へ

先行作品としてフォークナー『死の床に横たわりて』があることはすでに述べたとおりだ。しかし、アメリカで本書が刊行された際、最も比較として名指された小説は、フォークナーのものではなかった。

> ウォードの新たな傑作は、トニ・モリスンの作品を、とりわけ『ビラヴド』を想起させる――「New Statesman America」

> 小説のトーン、雰囲気、悲しみにあふれるクライマックスはトニ・モリソン作品を、特に『ビラヴド』を思い起こさせる――「The New Yorker」

> 読者は先日刊行されたジョージ・ソーンダース『リンカーンとさまよえる霊魂たち』との類似に思い至るだろうが、より直接的な先行作品は『ビラヴド』だろう――「The Washington Post」

> モリスンの『ビラヴド』がウォードの先行作品であることは明らかだ――「The Atlantic」

トニ・モリスンの最も著名な作品『ビラヴ

ド』(*Beloved*)は1987年に刊行された。タイトルである“Beloved”とは、その名詞的用法において「愛しい人」という意味を、形容詞的用法において「愛されている」という意味を持つ。小説の物語は奴隷制の傷跡が深く残る南北戦争後のアメリカ南部。物語の中心人物である元奴隷の女性は、2 歳にも満たない自分の娘を、自分の手で殺した。憎しみから殺したのではない、白人の逃亡スレイヴ・ハンターが迫る極限状態の中、幼き娘が嬲られ苦しむことがないよう、愛ゆえに喉を切ったのである。母親は、娘を心から愛していた。ゆえに、その娘の墓に、“Beloved”と彫った。

そして18年後、解放されて自由に末娘と暮らす彼女の前に、「ビラヴド」と名乗る20歳の女性が現れる。母はかつて自分が殺した娘のゴーストであるとビラヴドの正体を見抜き、娘もそれが死んだ姉であると理解しつつ、母と娘とビラヴドは共同生活を営んでいく――以上が『ビラヴド』の基本的な設定である。

後のTVインタビューで、ウォードは本作における『ビラヴド』の影響に自ら言及し、こう語った:「子供のゴーストを書こうとした時、真っ先にトニ・モリスンの『ビラヴド』が心に浮かんだ。『ビラヴド』で現れる子供のゴーストは、文学史上最もパワフルで、最もインタラスティングで、最も複雑なゴーストのひとつだ」

『葬られぬ者』は、現代アメリカ南部を生きる生者たちの物語だ、しかし、物語には死者たちが霊となって現れる。とくに、ふたりの霊の存在が物語の鍵だ。

第1の幽霊ギヴン、レオニー、そしてビラヴド

『歌え、葬られぬ者たちよ、歌え』において登場する第1の霊は、その名をギヴンという。英語表記で“Given”、「与えられた」という意味で、命名の由来は、両親ともに子供を諦めていた末の高齢出産で、「神より授かった given」子供だからだ。しかし、ギヴンは高校生の時に、白人により背後から銃で撃たれて死ぬ。明らかなヘイトクライムでの殺人だが、レイシストの白人保安官により事故死と認定され、犯人が裁かれることはなかった。このように、物語の舞台は、未だ強い人種差別の残る、現代の南部だ。

ビラヴドは一見すると生身の人間であり、誰もが彼女を認識するのに対して、ギヴンを見ることができるのは、ギヴンの妹レオニーただひとりだ。『葬られぬ者』は3人の語り手がいるが、レオニーはそのひとりだ。物語が語られる時間軸において、レオニーは結婚し、13歳の息子ジョジョと幼い娘ケイラもいるのだが、その夫はギヴン殺害犯を無罪放免した白人レイシスト保安官の息子だ。その白人の夫も小説冒頭時点で、(おそらく薬物で)刑務所に入っている。

現実から逃避するために、レオニーはドラッグとアルコールに溺れる、そして、彼女がハイなときだけ、ギヴンは妹の前に現れる。彼は一言も喋らず、悲しげな顔で妹を見つめる。ビラヴドとギヴン、名前の相似だけでなく、姉妹/兄妹の姉/兄が過去の時点で殺され、生き残った妹がその霊を認識する、という構造も一致している。

ギヴンにウォードの亡くなった弟が重ねら

れているのは明らかだ。対して『ビラヴド』は、小説の献辞が「6千万人もしくはそれ以上」と、奴隷制で犠牲になった6千万人その全てに捧げられている。ギヴンが、作者ウォードの個人的な過去からの霊であるとしたら、『ビラヴド』に登場するビラヴドは、奴隷制の被害者全ての霊である。そして、『葬られぬ者』にも、その苦難の歴史を背負うゴーストが登場する。

第2の霊リッチー、ジョジョ、そして3番目の語り手

『葬られぬ者』には3人の語り手がいる。ギヴンの妹レオニーがそのひとり、そして、レオニーの息子であるジョジョもそうだ。ジョジョの母レオニーは黒人だが、父親は白人である。妹ケイラはまだ幼いのに、育児を半ば放棄している両親に反発し、彼は黒人の祖父リヴァーになつき、妹を保護している。祖父リヴァーも、ジョジョを孫というより息子のように育てる（リヴァーの息子ギヴンが射殺されてすぐに、レオニーはジョジョを妊娠した）。

祖父はかつて不当な理由によって、長期間投獄された過去を持ち、刑務所での話を折に触れて語る。祖父の話には必ず“リッチー”という名の刑務所で出会った黒人少年が登場する。刑務所のなかで、リッチーはリヴァーを実の父のように慕い、リヴァーは懸命にリッチーを保護した。しかし、祖父リヴァーの話は最後のほうになると歯切れが悪くなり、要領を得ず、リッチーが最終的にどうなったのかはいつも明かされない。

物語中盤、母レオニーとジョジョと妹ケイラは、祖父とリッチーが以前投獄されていた刑務所を車で訪れる。車の後部座席に座る兄ジョジョと妹ケイラはその時、車のそばにひとりの黒人少年が立っているのに気付く――リッチーのゴーストである。第1の霊ギヴンが母レオニーにしか見えないように、第2の霊リッチーもまたジョジョとケイラの兄妹にしか見えない。だが、兄ジョジョと妹ケイラでは、リッチーの見え方が違う。ジョジョにとってリッチーは痩せ細った黒人の少年であるが、ケイラには、リッチーは鳥（The Bird）にしか見えない：

> ……その時、短いアフロヘアに長い首の、痩せ細った黒人少年が、僕たちの車の横に立って、ケイラを、そして僕（ジョジョ）を見ていた。ケイラは大声を出し、メソメソと泣き出した。
> 「とり、とり」そうケイラは言った。
> 少年は窓から車内を覗き込み、こう言った。「僕、うちに帰るんだ（I'm going home.）」
> （拙訳、原著ペーパーバック131ページ）

上記シーン、幽霊としてのリッチー登場は第5章のラストページ。それまで物語はジョジョとレオニーの語りが交互に続いていたのだが、ページをめくると、続く第6章では、語り手がリッチーに移り変わっている。そう、なんと幽霊リッチーこそが第3の語り手であり、それはページ数にして本全体のちょうど真ん中に置かれている（「構成が見事すぎる!!!!!!!!!」と、最初に読んだときは空に向かって叫びました）。

リッチーは、なぜ自らが死んだのかをどうしても思い出せない。ジョジョの祖父リ

ヴァーとともに刑務所から逃げてきたはずなのに、気づけば自分は死んでいた。巨大な鳥が彼に「連れて行ってほしいか?」と尋ね、ここにいる。リッチーはジョジョを見ると、（実際は孫なのだが）ジョジョをリヴァーの息子であると見抜き、どうしてもリヴァーに会いたいから、と兄妹に帯同する。リッチーは道中、気付くといつも歌を口ずさんでいた。ジョジョたちとともに家に帰り、リヴァーとの再会に歓喜するリッチー。しかし、祖父リヴァーは、リッチーを見ることができない。

「ねえ、なんで僕が見えないの?　ジョジョは僕を見ることができるのに?」

「ねえ、あなたは刑務所で僕を庇護してくれた。僕はあなたを本当の親のように慕っているんだよ」

「ジョジョを愛するように、僕のことも愛してくれよ」

　ジョジョは、リッチーがいるその側で、「ちゃんと最後までリッチーの顚末を話してほしい」と祖父にせがむ。リッチーが見えない祖父は、ついにその重い口を開く——。

　このリッチーの死の謎こそが、ビラヴドと最も重なりあう箇所だ。愛する娘がスレイヴ・ハンターに嬲り殺されるくらいならば、いっそこの手で、とビラヴドを自ら殺した母親のように、とある惨たらしい最期がリッチーに迫ったとき、リッチーが苦しむことがないように、リヴァーは彼を殺した。それしか、方法がなかったと、祖父はジョジョに涙ながらに初めて語る。

　自分を殺したのは、最愛のリヴァーだった——リッチーは叫びだし、彼は徐々に漆黒の闇になり、ジョジョの前から消える。その時、ジョジョは周りのすべての動物がこう歌っているのを耳にする——“Thank you. Thank you. Thank you.”

　場面が変わり、ケイラの前に突如として現れたリッチーは、巨大な黒い鳥と化している。

　物語はまだまだ終わらない。憎しみと哀しみの黒い鳥と化したリヴァーの前に、第1の霊ギヴンが現れる。リヴァーの実の息子でありながらヘイトクライムで殺されたギヴンと、リヴァーの息子になりたかった少年リッチー、ふたりのゴーストがついに直接対峙し、物語は大団円に向かって速度を上げていく——。

アンベリード（葬られぬ者）、とは誰なのか

　小説タイトルの『*Sing, Unburied, Sing*』における「Unburied」もまた、「ビラヴド」そして「ギヴン」同様に、動詞の過去分詞形容詞用法だ。動詞「bury」は「遺体を埋葬する」というニュアンスを持つ。つまり、「Unburied 埋葬されぬ者」とは、リッチーのように、墓石もなく、ただ打ち捨てられ、朽ちていった遺体のことを示している、と解釈できる。ここにおいて、『ビラヴド』が奴隷制そのものを扱ったことと本書が重なっていく。

　物語が一応の解決を見た後に、ジョジョとケイラは、大樹にぎっしりと止まる鳥の大群を目にする。しかし、よく目をこらすと、それらはすべて、アンベリードな、埋葬されない者たちの霊だった。ケイラが「おうちにおかえり（Go home）」と言うと、霊たちは悲しそうな顔をし、ケイラが歌を歌うと、霊た

ちはそれに嬉しそうに耳を傾け、「うち、うち（home, home）」と歌う。

最後にひとつ、興味深い解釈を紹介しておこう。刊行後インタビューの中で、「アンベリード」とはどういう意味か？　と読者に問われ、「アンベリードとは、無残な死に方をしたゴーストだけを指すわけではない。そこには生者も含まれている」とウォードは答えた。リッチーは劇中よく歌を口ずさむが、なぜ、最後に歌うのは幼きケイラなのか？　この小説は、タイトルから最後の1行に至るまで、面白さしかないのだ。

トニ・モリスンからジェスミン・ウォードへ

『ビラヴド』でも、母がビラヴドの正体に気付くきっかけは、ビラヴドの口ずさむ歌であったし、なにより物語を締めくくるのは、女性たちの合唱だった。『ビラヴド』だけでなく、トニ・モリスン『ソロモンの歌』も本作の重要な先行作品と言える。なぜと言って、『ソロモンの歌』は、「埋葬されぬ白骨死体」の謎がその中心にあり、兄と妹の確執が語られ、その兄妹の前に現れる父親が、謎掛けのように「シング！　シング！」と叫ぶのだ。また、『ソロモンの歌』は、「飛翔」のモティーフが大変重要であるが、ウォードもまた全ての小説で「飛ぶこと」は特別なイメージを与えられている。

トニ・モリスンは2019年8月5日に亡くなった。多くの新聞メディアがモリスンを悼むなか、全米最大手の新聞の1つであ「ニューヨーク・タイムズ」は、ジェスミン・ウォードに追悼記事の執筆を依頼した。そこでウォードはこう語っている、「作家として、私はずっと迷っていた。そんな私を、トニ・モリスンが見つけてくれた」。

ジェスミン・ウォードはトニ・モリスン以降最高のアメリカ黒人女性作家のひとりであり、『歌え、葬られぬ者たちよ、歌え』は、2010年代最高の小説の1冊である。

謝辞

本作を共に読み、掲載前の記事にコメントをくれた中田勝猛氏に感謝する。中田氏による本作のレビューはブログ「未邦訳小説を日々頑張って読んでいる日記」上で確認できる。また、本記事における「ポスト・レイシャル・アメリカからモスト・レイシャル・アメリカへ」の項は、早稲田大学准教授である佐久間由梨氏の口頭発表「"Harmony of Difference"——カマシ・ワシントンに聴くジャズの今」に多大な影響を受けた。ここに感謝を記したい。

文学を成功作と失敗作に分けてみよう

リチャード・グレイが提唱するフィクションの好ましきあり方

矢倉喬士
YAGURA Takashi

個人的なトラウマを描いたら失敗？

文学に成功や失敗はあるのだろうか。エセックス大学教授のリチャード・グレイ（Richard Gray）は、2011年に出された『崩落の後で——9.11以降のアメリカ文学』（*After the Fall: American Literature Since 9/11*, 未邦訳）という本の中で、9.11同時多発テロ事件以降に出された文学作品を成功と失敗に分けるという大胆な試みを行った。

グレイによれば、9.11の被害者のトラウマ描写に拘泥し、男女や家族が結ばれる展開を通して危機を飼いならすような作品は失敗とみなされる（Gray 30）。グレイが失敗作として挙げた作品を以下に列挙してみよう。

- クレア・メスード（Claire Messud）『ニューヨーク・チルドレン』（2006年）
- ケン・カルファス（Ken Kalfus）『その国に特有の病』（2006年、未邦訳）
- ジェイ・マキナニー（Jay McInerney）『グッド・ライフ』（2006年、未邦訳）
- ジョナサン・サフラン・フォア（Jonathan Safran Foer）『ものすごくうるさくて、ありえないほど近い』（2005年）
- ジョン・アップダイク（John Updike）『テロリスト』（2006年、未邦訳）
- ドン・デリーロ（Don DeLillo）『墜ちてゆく男』（2007年）
- フレデリック・ベイグベダー（Frédéric Beigbeder）『世界の窓』（2003年、未邦訳）

逆にグレイが考える成功作とは、アメリカ内部の亀裂や「異種混淆性」に注目し、テロリストと犠牲者の境界を揺るがし、国家間・文化間・宗教間の相互影響と変化を描き出すような作品である（Gray 32,83, 89）。成功作には以下のようなものが挙げられている。

- アンドレ・デビュース3世（Andre Dubus III）『最後の日々の庭』（2008年、未邦訳）
- ジョセフ・オニール（Joseph O'Neill）『ネザーランド』（2008年）
- デニス・ジョンソン（Denis Johnson）『煙の樹』（2007年）
- デボラ・アイゼンバーグ（Deborah Eisenberg）『スーパーヒーローたちの黄昏』（2006年、未邦訳）
- モーシン・ハミッド（Mohsin Hamid）『コ

ウモリの見た夢』（2007年）

なぜ今になってリチャード・グレイによる成功作と失敗作の仕分けを採りあげているかというと、ドン・デリーロの『ポイント・オメガ』（2010年）の批評においてグレイの文学仕分け作業を引き継ぎ、『墜ちてゆく男』は危機をアメリカ国内の犠牲者のトラウマに貶めて解釈した失敗作だったが、『ポイント・オメガ』はその欠点を克服し、国際的視点すらも飛び越えて宇宙規模の問題を扱うことに成功していると評したピーター・ヴァーミューレンの論考に出会ったからだ（Vermeulen 66-67）。ヴァーミューレンは、何か事件が起こったときに犠牲者のトラウマ・内的葛藤・自己憐憫に執着する作品を失敗とみなすグレイの視点を引き継ぐだけでなくさらに発展させ、国際規模すらも超えて人間性がもはや問題にならない惑星規模の時空感覚に触れることで現実認識を更新するような作品を評価している。ひとりの人間を中心とする視点を離れて、違ったスケールを、とりわけ大きなスケールを提示する作品が偉いという価値観である。

このような基準を設定して文学を成功と失敗に分けるグレイやヴァーミューレンの考えを2019年2月8日に福岡天神にある本屋兼カフェの「本のあるところajiro」で紹介したところ、当日お越しくださったお客様からそうした基準には必ずしも賛同できないという声を頂戴した。そのうちのおひとりは、「自分を離れたところで物事を考えよというのは半分程度賛同できるが、国際規模や惑星規模で物事を考えるといっても結局自分という中心的視点がなければ惑星規模の問題などどうでも良いとしか思えないのではないか」という問題提起をくださり、もう一方は「作品に出てくる食べ物がおいしそうに描写されているかどうかといったキャラクターにとっての身の周りのものへの感覚を読む楽しみもあるし、自己中心主義や人間中心主義すら脱した作品があったとしても読者に訴えかけるものが少ないのではないか」という主旨であったように思う。

さらに、3月17日に福岡天神の「酒場のシャトル」で行われた福岡文化系読書会でも同じ内容を紹介してみた。場所と参加者が違えば出てくる意見も違うもので、「商業的に成功したかどうかなど何らかの尺度で作品の成功と失敗を判定すること自体はよくあるし、作者本人が失敗作と断定しているケースもあるので、何か基準を設定して成功・失敗と断じることは別にかまわない」、「自分の琴線に触れたかどうかが自分にとっては成功作の基準」、「何らかの基準に沿って成功と失敗を分けても良いけ

福岡文化系読書会の様子

れど、画一的に成功と判定される作品だけになってしまうとつまらない」などの意見を頂戴した（天神の「酒場のシャトル」で開催された福岡文化系読書会。課題図書は設定せず、参加者が好きな本を1冊ずつ紹介していくスタイル。毎月開催で20～30人程度が参加しており、参加者の年齢層も10代から70代までと幅広い）。

「成功作と失敗作の仕分け」自体は成功しているか

さて、ここまではリチャード・グレイによる文学的成功と失敗の仕分け作業を紹介してきたが、そのグレイの評価基準自体にはどのような問題があるだろうか。

まず、『崩落の後で』（*After the Fall*）という本のタイトルから明らかなように、9.11をそれ以前とそれ以降という時間的亀裂を設けるにふさわしい重大事件と位置づけ、さらにはアメリカの例外主義的自己認識を揺るがす限りにおいて文学的成功を判定するグレイの評価基準自体が、グレイの意に反してアメリカの特権的な立場を強化する懸念がある。マスメディアの報道や人々の反応が9.11を一大イベントに仕立てあげ、数で上回るカンボジア・ルワンダ・パレスチナ・イラクの犠牲者よりもマンハッタンの犠牲者の方がより悼むべき価値を持っているかのような印象が作られていった過程についてのジャック・デリダの批判的考察（『テロルの時代と哲学の使命』137）はここでも一考に値するように思われる。

また、グレイの個々の作品の読解精度が粗いことも気にかかる。失敗作に割り振られたフォア・デリーロ・メスード・アップダイクらの作品には、グレイが成功作の条件とみなす異種混淆性や、「我々と奴ら」という二項対立図式を崩す要素が含まれている。たとえば、デリーロ『墜ちてゆく男』の邦訳書巻末に付された上岡伸雄の訳者あとがきで指摘されているように、デリーロはテロリスト側の意識に踏み込んだ断章を設けているだけでなく、同一パラグラフ内でハイジャック機内にいるテロリストのハマドとワールドトレードセンター内部にいる犠牲者のキースの意識をいつの間にか交代させ、ハイジャック犯と犠牲者が容易に判別できない異様な描写によって人種・国籍・文化・宗教の境界を揺るがそうと試みている。しかし、その試みが成功しているとも言えないことはサーシャ・ポールマンが指摘しており、彼女によればイスラム世界やコーランについての表層的な理解しか持たないデリーロによるテロリストの内面描写には偏見が見られる（Pöhlmann 63）。このポールマンによる指摘は少なくとも、デリーロの作品が危機を家庭問題や国内問題に留めて描写するところから踏み出そうとした上での失敗に言及しているのであって、作品の緻密な読解者であるとはさほど感じさせないグレイの言及とは質的に異なっており、ポールマンの方がデリーロへの優れた批判を行っている。さらに、デリーロの作品が興味深いのは、「我々と奴ら」という人間どうしの境界を揺るがしているのみならず、人と物の境界をも不分明にしているところだ。ハイジャック機がタワーに衝突するパラグラフではテロリストと犠牲者と水の入ったボトルが「落ちる」という動作によって等しく結びつけられており、作品のラストでも人とモノが等価的に「落ちる」という動作を共有している。

> 「すべてが崩れ落ちていた――彼のまわりじゅうで――道路標識が、人々が、そして彼が名前も知らないようなものが。／そのとき、空からシャツが落ちてきた。彼は歩きながらそれを見た。シャツは腕を懸命に振りながら落ちてきた」（デリーロ 330）

この描写において、デリーロは犠牲者という人間に紐づけられたトラウマに拘泥しているわけではなく、ただシャツが落ちることを描いている。この部分を大学の授業で読んでいた（読まされていた）ときに、「このシャツに人間は入っていると思いますか」と質問されたことを覚えている。シャツを着た人間が落ちてきたことを「シャツが落ちてきた」と書いているのかもしれないし、シャツのみが空を舞いながら落ちてきているのかもしれない。どちらにせよ、この描写においてデリーロは人間ではない主語「シャツ」を選択している。そもそも『墜ちてゆく男』（*Falling Man*）というタイトルには冠詞がついていない。この作品を大学の授業で読んでいた（読まされていた）ときには「なぜ冠詞がついていないのか」という質問もなされた。このタイトルで表現されているものは、人間の形をしていて、容易に想像できるひとりの男性ではない。冠詞によって性質を捕捉されず、人ですらないボトルやシャツや道路標識や灰のような事物と「落ちる」という行為によってつながる異質で不気味な何かが描かれているはずだが、グレイはこの作品の異質さと不気味さを安易に犠牲者のトラウマに拘泥していると解釈し、手懐けてしまったようだ（『墜ちてゆく男』の原題に冠詞がないこと、墜ちるのは人だけではなくシャツなどの物体として「脱受肉化」されていることについては渡邉克昭著『楽園に死す――アメリカ的想像力と<死>のアポリア』に収録された「9・11と『灰』のエクリチュール――『フォーリングマン』における“nots”の亡霊」という論考を参照のこと）。

加えて、リチャード・グレイ自身が、自ら提出した成功作と失敗作の基準を維持することができずにいる点も問題だろう。アメリカ演劇研究者の岡本太助は、『崩落の後で』の書評において、グレイの議論が「奇妙な転回」（a curious turn）を見せていることを鋭く指摘している（Okamoto 157-58）。9.11以降の創作の方向性についてグレイが再三主張したのは、個人のトラウマにとらわれることなく、既存の認識論的枠組みを突き崩すような境界侵犯的な新しい言語の必要性であったが、彼の著書の最終部における9.11以降の米詩の議論では、驚くべきことに古くからのアメリカ詩の伝統に即して個人的なトラウマを自分なりに言語化するカーサ・ポリットやアドリエンヌ・リッチらの詩を肯定的に評価しているのだ（Gray 191-92）。それまで個人的なトラウマに拘泥する作品を失敗作に分類していたにもかかわらず、「危機との向き合い方がどういうものであれ、これらの詩は確かに危機と向き合っている。そうした数々の詩は個人が抱えることになったトラウマを言い表せるだけの言語を提出しているのだ」(Gray 192)と述べ、グレイは突如として個人的なトラウマの言語化を肯定する。9.11以降のフィクション作品を成功作と失敗作に分別した必殺仕分け人がどういうわけか「みんなちがって、みんないい」という金子みすゞのようなことを言い始めるのは驚きである。

詩は素早いレスキュー隊、小説は遅れてやってくる

かくして、崩落以降の文学を成功作と失敗作に分けてみせたグレイの議論は彼自身の手によって崩落していくわけだが、まさにその議論が崩れていく過程で彼の議論は深まり、別の論点を提示している。グレイは小説媒体のみならず劇や詩を幅広く渉猟した上で『崩落の後で』という1冊にまとめたのだが、9.11直後に出た演劇には沈黙を効果的に使った良作が見られ、同じく9.11以降に出た詩は個人的なトラウマを巧みに言語化する良作に恵まれたことを彼は評価している。ここで思い出したのは、昨年神戸女学院大学で開催されたコルソン・ホワイトヘッド『地下鉄道』のトークイベントでお会いした詩人・文学研究者の古村敏明氏の「詩は混乱する現場に素早く駆けつけるレスキュー隊」という言葉だった。小説や映画といった他の表現形式に比べれば、詩は何か事件があったときに素早く現れる。このように、「現場に素早く駆けつける言葉」と「現場に遅れてやってくる言葉」といった時間の論点を導入すれば、グレイの著作の最終部に見られた矛盾はむしろ彼の議論をより深める強みになっていくのではないだろうか。事件直後、トラウマに寄り添うような言葉がなければその日の生活が立ちゆかない人々を前にして、「被害者としてのトラウマに拘泥するな。国際的な視野に立ち、アメリカの境界を揺るがす言葉を受け入れよ」といってみたところでそれほど効果があるとは思えない。まず個人として経験を咀嚼する段階を経た上で、受け入れられる言葉も発される言葉が変わっていくこともあるはずだ。

時間が経つうちに、段階的に、現場にやってくる言葉や表現形式は変わっていく。グレイが事件直後に個人的なトラウマを言語化するべく素早く駆けつけた詩を評価せざるを得なかったことは、彼がいうところの「成功作」だけがあれば良いわけではないことを意味している。それどころか、彼が「失敗作」と呼んだものが犠牲者のトラウマに拘泥しない境界侵犯的な「成功作」が受け入れられるようになる下地を用意しているとも言える。そうであれば、グレイが彼の著作において成功と失敗を明瞭に分けようとしたようには両者を分けることは難しく、むしろ両者の結びつきが見えてくる。

対象が何であれ、成功と失敗を判定する行為は波風を立てる。最初から「みんなちがって、みんないい」と言っていれば誰も嫌な思いをせずに穏やかに過ごせる可能性が高まるのかもしれない。しかし、リチャード・グレイはリスクをとって文学の仕分けを試み、その過程で「みんなちがって、みんないい」と言わざるを得ない瞬間を迎えた。そのおかげで、「現場に早く駆けつ

ける言葉」と「遅れてやってくる言葉」の相互影響という表現形式と時間の論点から議論を深め、「成功作」と「失敗作」というカテゴリーが互いを必要とする状況を分析する機会が生まれた。個々の作品の読解精度がさほど高くなくとも、漠然と広い領域を見る力に優れている場合もあるし(「大局」(big picture)という語をグレイは好む)、成功と失敗を整理する試み自体が失敗したときでさえそれが新たな発想のヒントをもたらすことがある。自分とは異なる読解や評価基準に接したとき、単に切り捨ててしまうことなく、その読解だからこそ得られるものと失われるものが何なのか、立ち止まって考えてみたいと思う。

■ 参考文献

- 上岡伸雄「訳者あとがき」、『墜ちてゆく男』ドン・デリーロ、新潮社、2009年。
- 古村敏明「口頭発言」、鼎談『創作とは何か II』古村敏明・高村峰生・谷崎由依、神戸女学院大学英語英文研究会エッジウッド、2018年6月2日。
- 渡邉克昭『楽園に死す——アメリカ的想像力と<死>のアポリア』、大阪大学出版会、2016年。
- ジャック・デリダ、ユルゲン・ハーバーマス、ジョヴァンナ・ボッラドリ『テロルの時代と哲学の使命』藤本一勇・澤里岳史訳、岩波書店、2004年。
- ドン・デリーロ『墜ちてゆく男』、上岡伸雄訳、新潮社、2009年。
- Gray, Richard. *After the Fall: American Literature Since 9/11*. Wiley-Blackwell, 2011.
- Okamoto, Tasuke. “Review: *After the Fall: American Literature Since 9/11.*” *Studies in English Literature* English Number 55 (2014): 153-58.
- Pöhlmann, Sascha. “Collapsing Identities: The Representation and Imagination of the Terrorist in *Falling Man.*” *Terrorism, Media, and the Ethics of Fiction: Transatlantic Perspectives on Don DeLillo*. Ed. Peter Schneck. Continuum, 2010. 51-64.
- Vermeulen, Pieter. “Don DeLillo’s *Point Omega*, the Anthropocene, and the Scales of Literature.” *The Future of the Present: New Directions in (American) Literature*. Ed. Danuta Fjellestad and David Watson. Routledge, 2017.

分断されたアメリカにようこそ
T.ジェロニモ・ジョンソンの小説

里内克巳
SATOUCHI Katsumi

今回ご紹介するのはT. ジェロニモ・ジョンソン（T. Geronimo Johnson）の『ブラッグズヴィルにようこそ』（*Welcome to Braggsville*, William Morrow, 2015）という小説。この作家のことも作品も、何も知らなかったが、あるシンポがきっかけで手に取ることになったのだ。調べてみると、この小説は全米図書賞のロングリスト入りを果たしている。つまり最終候補には選ばれなかったけれども健闘したね、というのがアメリカ国内での評価だった。さらに上に食い込めなかったのは、ひとつには書き方が破格に過ぎたからかもしれない。俗語・隠語のたぐいがやたら多いし、章数の書き方がヘンだし（“Chapter Twenty-4”や“Chapter Thirty-0”など）、途中で学生の課題レポートめいたものが挟まっていたり、最後には怪しげな注釈がついていたり……とにかく正統な小説の書き方からはずれている。理解が及ばないところがあるものの、ストーリーは強烈に頭に焼きつけられたし、書き手の野心も感じられた。今回はこのニューオーリンズ出身のアフリカ系男性作家の特異な小説に光を当ててみたい。

T. Geronimo Johnson, *Welcome to Braggsville*, William Morrow

『ブラッグズヴィルにようこそ』の筋立て

まずは『ブラッグズヴィルにようこそ』のストーリーを追ってみよう。南部のブルーカラーの家庭で生まれ育ったダロン・デヴンポートは、故郷を離れてカリフォルニア大学バークレー校で学ぶ白人男子学生。彼は入学してから3人の学生と親しくなり、いつもグループで行動している。マレーシア出身のルームメイトでジョーク好きのルイス。アイオワ出身で先住民の血もひいた勝気な白人女子学生キャンディス。そして、シカゴ出身でフットボール選手のような体軀を持つ、内省的な黒人男子学生チャーリー。4人はリベラルで多文化的なバークレー特有の雰囲気にどっぷり浸りながら学生生活を楽しんでいる。

2年生になった秋学期のある日。アメリカ史の授業を受けたとき、自分の出身地であるジョージア州ブラッグズヴィルでは毎年の恒例行事として、町の大人が全員参加して南北戦争を再現する一種のお祭りを行なうのだ、とダロンが明かすと、クラス中が騒然となる。あなたの故郷では今でも、奴隷制を当然に思っていた頃の南部を懐かしむイヴェントをしているの?——正義感の強いキャンディスらは立腹する。ある教授の示唆を受け、4人はブラッグズヴィルに乗り込んで、イヴェントに反対する〈パフォーマンス的介入〉をやろうと計画する。吊るされてリンチされる黒人奴隷と、鞭をふるう無慈悲な農園主を演じてみせることで、町の人々の目を覚まさせてやろう、というわけだ。

大学の休みを利用して、ダロンは3人の学友たちを連れてブラッグズヴィルに帰省し、パフォーマンスの準備をこっそりと進める。何か企んでいることを両親に悟られ、ダロンは父親のデヴンポート氏からイヴェントに行くことを禁じられる。チャーリーもまた直前になって気が挫け、デヴンポート家に留まる。パフォーマンスを行なうのは結局残るふたりだけとなり、黒人奴隷役はルイスが、そして奴隷所有主の役はキャンディスが行なうことになる。

だが当日、思いがけないことが起こる。裸足で衣服がぼろぼろに裂け、レイプされたと見まがうばかりのキャンディスがデヴンポート家の裏庭に現れて、ダロンとチャーリーを驚愕させる。途切れ途切れで要領を得ない彼女の話によれば、パフォーマンスの準備中に、南北戦争時の軍服を着た町の人々が大挙して現れ、何をしているのかと問い詰めてきた。そのやり取りの最中に、首に巻きつけた縄がしまりルイスが窒息してしまった、というのだ。ダロンは慌てて警察を呼び、やがてルイスの死が確認される。

南部の田舎町で起こったこの悲劇はSNSなどによって増幅・拡散され、ヘイトクライムではないかという疑いも生じることで、全米が注目する事件となる。地元の保安官だけでなくFBIの捜査官からも、3人は繰り返し執拗な尋問を受ける。皮肉にも3人は、〈パフォーマンス的介入〉を企画したそもそもの意図を理解してもらえないのだった。やがてKKKや戦闘的黒人団体などのグループも町に乗り込んで互いにいがみ合う事態に。静かだった田舎町がこうして騒然となるなか、事件の中心人物と目されたダロンは外出ができなくなり、罪悪感を抱えながらデヴンポート家に引きこもる毎日を送る。友を喪った悲しみで取り乱したキャンディスも、自分は同性愛者だという秘密を打ち明けてくれたチャーリーも帰っていき、連絡が取れなくなる。

町の一部でありながら独自の市長を擁する黒人地区にも足を踏み入れることで、ブラッグズヴィルという町の複雑な成り立ちについて知っていくダロンに、事件の深層が次第に明らかになっていく。実はこの町では、自分以外のほとんどすべての大人は、名目上は州の権利を擁護することを目的としながらも実質的には人種差別（ないしは反オバマ）の思想を有する民兵組織に、秘密裏に参加していた。一見すると政治的に無害な南北戦争の恒例行事も、その意味では南部（ひいては合衆国）の極右的伝統を継承する役割を担っていたことになる。民兵組織の拠点に連れていかれたダロンは、そのことを知らされて啞然となる。そして……。

アメリカの深刻な分断をリアルタイムに映し出す

こんな筋立ての『ブラッグズヴィルにようこそ』は、受動的で優柔不断なところのあるダロンが、生まれ育った南部の町の真の姿を知る体験を通して、彼なりの自立を果たしていく物語だと言える。最後に紹介したどんでん返し的な趣向は、イニシエーション・ストーリーとしてのこの物語のなかでとても重要な部分になっている。ただ、町の人々のほぼ全員が武装した民兵で、知らぬはダロンひとりなり、というオチは少々無理してつくった感がないではない。これについては、ペーパーバック版の巻末に付けられた作者ジョンソンへのインタビュー記事が参考になる。それによると初め作者は、自分と同じアフリカ系の若者を主人公に据えることを考えていた。だが、黒人ならば必然的に幼いうちから、自分が暮らす地域に潜伏する暴力に気づくことになるので、主人公を白人に変更して設定に説得力を持たせようとしたという。南部白人の若者を主人公に据えて書いていくのは、この書き手にとってかなりのチャレンジだったのではないだろうか。

少々無理をしてでもジョンソンがこのどんでん返しを書いたのは、小説を通して現今の社会や政治のおっかない動きに対して一石を投じてみたい、という衝動があったからに違いない。連邦政府から独立した民兵組織はジョージア州に実際に存在しているが、同様の組織は全米中に広がっており、必ずしも南部だけの現象ではない。だが作者はあえて舞台を南部に置き、19世紀の南北戦争と結びつけることで、昔から存在してきた白人至上主義に民兵組織の本質があることを暴露しようとしている。政治小説として捉えると、『ブラッグズヴィルにようこそ』は、2016年の大統領選挙での泥仕合や、その後のヴァージニア州シャーロッツヴィルで起きた南北戦争がらみの悲劇に端的に示された、現代アメリカの深刻な分断をほとんどリアルタイムに映し出した小説だ。オバマ政権誕生後、それに反発する形で急増した暴力的な動きの、建て前に隠された本音を抉り出すことが作品のひとつの狙いであると言える。

多様な読み手を迎え入れ、自ら考えさせるよう誘いかける

ただし、レイシズムと繋がる形で浮上してきたアメリカの右傾化に対する糾弾という作者の意図は、きわめて慎重に示されていて、小説をかなり先まで読み進めないと見えてこない。南北戦争の再演は南部の伝統ないしは文化を称揚する一種のお祭りであり、人種や奴隷制とは無関係だ——ブラッグズヴィルの住民たちが対外的に示すそんな主張を、終盤に至るまで読者もうっ

かり受け入れてしまいかねない危うさがこの小説にはある。

ここで、この小説がアメリカの右傾化に警鐘を鳴らすだけでなく、そのような動向に対する〈左〉の側からの反撃が無力であることも同様に浮き彫りにしていることにも、注目しなければならないだろう。ダロンが在籍するUCバークレーが体現するリベラル多文化主義と、それに基づく教育が、象牙の塔だけで通用する用語をふりまわした一種のゲームと化し、市井の人々、とりわけブルーカラーの白人たちに理解されず影響を与えることもない現状に、作者は鋭く目を向けている。そちらの方向の風刺もなかなかパンチが利いていて、大学に勤めているわが身に刺さるところが大いにあった。ここで展開されているアカデミズム批判は、アメリカだけの話ではないだろうから。

たとえば、ルイスの窒息死の直後、保安官はダロンたちにいろいろと事情を訊くのだが、学生たちがやろうとした〈パフォーマンス的介入〉とはそもそも何なのか、この保安官にはさっぱり理解できない。学生たちが心酔する、『ジェンダー・トラブル』などの著作で知られるジュディス・バトラーの名前も知らない。ここでは、大学の外にいる人々が批評理論なるものに対して抱いている不信が、あからさまに描かれている。話がもう少し進んだところで、ダロンの父親が息子に対してするお説教も同様だ。人は普通、自分と違う立場にいる人を好きになれないものなんだ、という頑固な考えを持つこの父親は、息子が学んでいる大学のシラバスを読んで仰天し、こき下ろす。ここには、いわゆる進歩的な大学人が取る〈多様性の称揚〉というスタンスへの痛烈な揶揄がある。

このような場面には、もちろん風刺的なユーモアが漂うわけだが、その風刺のターゲットが誰なのかは判断しづらいところでもある。保安官や父親の、偏見や無知を嗤うべきか、それともバークレー的な大学教育に影響された学生たちを嗤うべきか、それはひとえに読み手次第——そんなスタンスをこの小説は基本的にとっている。読みようによっては、大学の左翼的な傾向への風刺が前面に出た小説だ、という受け取り方もあるかもしれない。作者はこの小説を通して、ダロンに政治的な〈左〉と〈右〉の両極を行きつ戻りつさせながら、どちらかのスタンスを最初から一方的にサポートするようなことをせず、それぞれの言い分に耳傾けながら物語を前に進める。多様なイデオロギーをもった読み手を迎え入れ、自ら考えさせるような誘いかけをする小説であり、だからこそ、「ようこそ」“Welcome”という呼びかけの言葉が作品タイトルに選ばれたのだとも言える。

アメリカの現実全体を
がっちりと捉えたい

『ブラッグズヴィルにようこそ』は、ジョンソンの長編第2作だが、第1作の『*Hold It 'Til It Hurts*』(Coffee House Press, 2012) も力作なので、あわせて紹介しておきたい。この小説は、アフリカ系で黒い肌をもった22歳の青年アキレスが、行方をくらました弟のトロイを捜してニューオーリンズやアトランタなど、南部の都市を転々とさまよう物語だ。ふたりは共に志願して9.11後のアフガニスタンに従軍した経験を持つ。戦友たちが無惨に死んでいったアフガニスタンでの出来事が、アキレスの回想として何度も繰り返され、小説の〈現在〉であるトロイ探索のプロセスと同じくらいの重みをもっていく。小説のクライマックスは2005年の夏、大型台風カトリーナに襲われたニューオーリンズにアキレスが取って返し、救助活動にのめり込んでいく姿を描いている。

アキレスとトロイとは実は血がつながっておらず、ふたりともある白人夫婦の養子だ。そんな家庭での親子関係やアフガニスタンで行動を共にした戦友のグループなど、白人・黒人といった人種の枠を超えた人間どうしの親密な結びつきが、この小説では多く描かれる。そのような関係にも微妙に（肌の色の違いに起因する）人種差別の影が落ちていることにアキレスが気づいていく過程が、本書のひとつの読みどころだ。アフリカ系作家の作品にはよく見られる、白人中心の社会に対する黒人側からの異議申し立て、という要素をこの小説にもある程度見出すことができる。

ただし実のところ人種の問題は、アメリカ社会にひろがった貧困、不平等、対外的な戦争の影といった互いに複雑に絡み合った総体の一要素にすぎない、という感もある。この小説では、きれいごとではない世の中の在りようがありのままに描かれる。その現実を受け止め、もがきながら前に進んでいこうとするひとりの若者の姿が、綿密な描写を通して生き生きと、力強く立ち上がってくる。〈痛みを感じるまでに強く、アメリカの現実全体をがっちりと捉えたい〉——そのような作者ジョンソンの意志が、やや意味がつかみにくい作品タイトルには込められているのではないか。

ジョンソンがこれまでに書いた2編の長編小説は、どちらも若者を主人公にした苦みのある小説であり、読み手は主人公の感情の揺れや痛みにありありと触れることができる。同時に、アメリカ社会の直近の動きに鋭い目を向ける部分にも魅力があり、そのふたつの方向性をうまく両立させているのがジョンソンの持ち味であると言える。これからどんなものを書くのか分からないが、この作家が『ブラッグズヴィルにようこそ』で開花させた社会風刺にますます磨きをかけていくことは、大いに予想できる。

COLUMN

文学の現場はどこにあるのか
イギリスからみた文学創作

吉田恭子

2019年秋から1年間、在外研究でイギリスに滞在し、英国最古のオックスフォード大学と、1963年に設立されたイーストアングリア大学でお世話になった。

オックスフォードでは、アリス・オズワルドが新しく詩学教授に着任したことを会う人ごと興奮気味に知らせてくれた。女性が選出されるのは、1708年にこの役職が創設されて以来初。詩人が4年間の任期中に年3回の講義をする。それだけが職務だ。11月の最初の講義で、笏を持った教授らに先導され登壇したオズワルドは、庭師としての詩人の歴史を遡り、庭の音に耳を傾け、声の小さな「マイナー・ポエット」を読み返す意義について語った。オズワルド自身もトゥリーハウスに暮らす庭師である。朗読会では、俳優とギタリストを従え、詩の声と音楽を闇と沈黙が圧倒するラディカルなパフォーマンスを披露した。

詩人が実にしばしば大学を訪問する。講演、朗読のほか、研究者との共同研究、学生文学コンテストの審査など、単なる訪問以上のダイナミックな協働体制が日常となっている。教員も実際に創作をしている作家や詩人が少なくない。自分たちが文学作品と文学的価値とを創り出しているという自負と活気が感じられたが、この作業に参加することができるのは、カレッジの狭い門を通ることを許される人々のみである。

2020年3月23日、イギリスはコロナウィルス感染症蔓延阻止のための第1次ロックダウンに突入した。その直前、オックスフォードのカレッジはまるで中世に戻ったかのように、どこも門を閉じてしまった。その後のオズワルドの講義はオンラインで視聴することができる。

史上初の創作科出身のノーベル文学賞受賞者カズオ・イシグロが学んだイーストアングリア大学の英文科は、文学研究と創作教育と文芸翻訳研究を分担している。イギリス文芸翻訳研究所（BCLT）を擁し、外部組織のイギリス文芸センターとも連携しながら、大学の中だけでなく、外にも向けて、組織的に活動している。中世は北海貿易で栄えイギリス第2の都市だったノリッジは、ユネスコ文学都市でもある。市立図書館はイギリスで最も貸出件数が多く、魅力的な独立書店があり、街のそこかしこに「物語の町」の気風が感じられる。

オックスフォード大学に正規の創作科はない。創作科の勃興は、文学批評が創作同等に価値ある営みとして発展した経緯や文学理論の台頭と連動しているのではないか。つまり「作者の死」とともに、作者と批評家は別人格になってしまったのではないか。中世からの大学は外界を隔てる壁は高いが、創作と研究を分かつ壁は低く、それがわたしにとっては新鮮だった。

CHAPTER

3

"AMERICAN" LITERATURE OUTSIDE AMERICA

世界中を旅しながら

九龍に充実するオルタナティヴなリアル

香港バプテスト大学国際作家ワークショップ滞在記1

吉田恭子
YOSHIDA Kyoko

国際作家工作坊
国際作家ワークショップ（IWW）

先週（2019年）2月17日から香港バプテスト大学に滞在している。先週から咳が止まらない。喉の腫れ用に京都でもらった抗生物質を飲み切っても変化はなく、フランスで買ったアルファアミラーゼの錠剤とアメリカで買ったナイキル咳用シロップを持って先週の日曜日に入港。翌日学生に案内されてのキャンパスツアーでも、その次の日の学部長主催の歓迎昼食会でも、突然咳き込みだすと止まらず、あらゆる人に心配され、中国漢方の顆粒剤とインドのヨード入りチューイングタブレットをもらった。徐々に治まり、水曜夜のオープニング・イベントで壇上に座っているころには、喉に違和感がある程度で無事に朗読もできたのだが、最後に隣に座っているバーナリが朗読する番になって咳が押し寄せ、必死に腹筋を痙攣させ我慢していると涙が出てきて、それに鼻水まで加わり、壇上なので手元には原稿とペンと水しかなく、涙も鼻水も流れるままの姿を満場に晒しながら、詩と詩の合間に小出しに咳をしつつ、バーナリの朗読を聞いていた。後で参加者のみんなに、ごめんね咳き込んじゃって、と謝ると、気づいてなかったと言いはるので、みなさん人の恥は見なかったことにする大人の方々なのか、いったん詩の朗読が始まると他に何も耳に入らない方々なのかのどちらか、もしくは両方なのだろう。理想郷か。

おかげさまで今では一日に何度か咳払いをする程度だ。上記の薬はどれもひと通り飲んだ。いったいどれが効いたのかはよくわからない。

今回わたしが参加しているのは、香港バプテスト大学（中国語では香港浸会大学……ありのまますぎて改めて漢字の威力を感じる）の人文学部創作科が主催する「国際作家工作坊」国際作家ワークショップという4週間の文学レジデンシーだ。アイオワ大学の国際創作プログラムに触発されて始まった本プログラムも15年目である（ちなみにアイオワの国際創作プログラムは一昨年2017年に50周年を迎え、ワークショップこと創作科の方はもうすぐ設立90年になる）。文学レジデンシーは作家や詩人に滞在する場所と創作時間を与えて、執筆に集中する環境を提供する。レジデンシーによっては文学祭や授業参加や相互交流などが付随する。要するに積極的な缶詰である。文学レジデンシーは世界各地にあるが、アメリカに限れば、ヤッドゥというニューヨーク州中部の大型レジデンシーが有名で、ここでは作家や詩人は業績によりランク分けされていて、交通費を含めてすべての参加費を免除される最上位の参加者を筆頭に様々なレベルに細分化されており、中には施設の食堂やカフェで給仕として働くことで参加費が減額されるという仕組まであることでも知られている。

今年のテーマは「新しい想像力《オルタナティヴ》」

香港バプテスト大学の国際創作ワークショップの今年のテーマは「新しい想像力《オルタナティヴ》」。オープニング・イベントでは、司会の詩人ジェイムズ・シェイがジョン・アシュベリー（1927-2017）の長編詩「Flow Chart」（1991）を引用していた。

> But at times such as these late ones, a moaning in copper beeches is heard, of regret, not for what happened, or even for what could conceivably have happened, but for what never happened and which therefore exists, as dark and transparent as a dream.
>
> けれど昨今のような時代には、ムラサキブナの林から嘆き声が聞こえてくる、後悔するのは、起こってしまったことではなく、可能性として起こりえたことでさえもなく、決して起こらなかったがゆえに実在すること、夢のように暗々として透き通って。

2017年に90歳で亡くなったニューヨーク派を代表する詩人アシュベリーは難解という印象が先行しているためか、日本で広く読まれていないのがもったいないのだが、詩そのものの内的な論理に支えられた瞑想的で魔法のように流れる言葉を紡ぎ、自己言及的な言葉の世界に生きる詩人たちに絶大な支持を得てきた。ここでも流石の手さばきで単なる夢こそがなによりもリアルであるという直感的感触を描き出している。夢は単に夢であると同時に夢見る者にとっては現実よりはるかに鮮やかに知覚されるまた別の《オルタナティヴ》現実でもあるのだ。4週間の最後の週は「SFの多層世界」というテーマで文学祭が予定されていて、リアリズム的文学表象の見直しを促すことが今年のプログラムの一貫した姿勢だといえる。文学祭については次回で詳細をお知らせしたい。

レジデンシーにはわたしを含めて6人が参加している。キャンパスツアーで丸半日を一緒に過ごし自己紹介は済んでいたものの、あらためて5人の朗読を聞くと、ようやく本当の自己紹介を果たしたような、単なる社会的な知り合いから文学的な友人への扉が開けたような、そんな気持ちになって、壇上で必死に咳を抑えて涙と鼻水を流しながら、なんだか子どものようにわくわくして、これからの4週間に胸躍る思いがした。

サラ・リペットはロンドン拠点のグラフィックノヴェリスト。祖父母の若い頃を描いた『*Stan and Nan*』（2016）が英紙「ガーディアン」を筆頭に評価されベストセラーになった。2019年の秋にはもやもや病の闘病経験をふり返った長編『*A Puff of Smoke*』

が出る予定（ちなみに「もやもや病」は英語でも「Moyamoya disease」だと今回学習した）。アジア滞在ははじめてだそうで、とにかく好奇心の赴くまま積極的にあちこち歩き回っている。マーラ・ゲンシェルはベルリンとシュトゥットガルト拠点の前衛詩人。彼女の詩は推敲され磨き抜かれた完成品を目指すのではなく、創作のプロセスを再現する詩の青写真のようだ。手作り本の制作など本の形をめぐる実験も行っている。バーナリ・レイ・シュクラはムンバイが拠点の英語詩人で映画監督。アマゾン配信のコメディ映画でデビュー、最近はユニークな人生を追うドキュメンタリーを作っている。ソウル大学の大学院で比較文学を研究している小説家ハン・ユジュは、トーマス・ベルンハルトやサミュエル・ベケットなどヨーロッパの前衛作家の影響を自認しているが、その小説世界は独特だ。第1長編『*The Impossible Fairy Tale*』（英訳2018）は小学生の日常と幻想が入り交じる残酷な世界を描くメタフィクションである。実験作家のグループRUEで活動し、ウリポプレスという文芸出版社を運営している。ニコラ・マヅィロフはマケドニアのストルミツァでバルカン紛争難民の両親のもとに生まれた。現在も北マケドニアが拠点とはいえ、常に世界中の詩祭や文学レジデンシーを転々とする生活をしていて、今回の4週間の滞在中にもフランクフルトの文学祭に飛んで行って戻ってくる予定だ。彼の詩は移動し逃亡し流浪する人々を描いている。

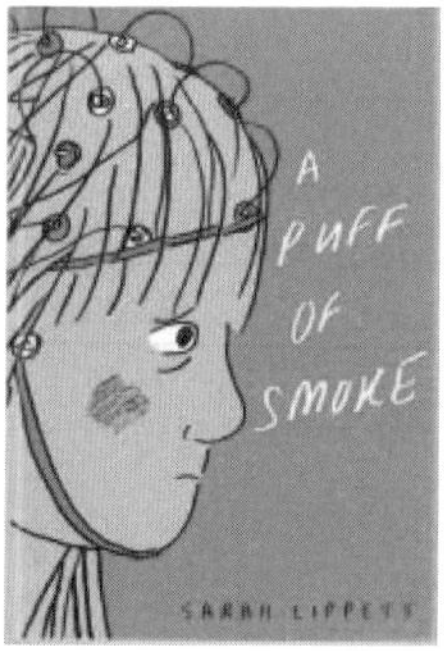

Sarah Lippett,
A Puff of Smoke,
Jonathan Cape

共通点は翻訳

イベントの後、巨大な円卓を囲んでの懇親会が終わり、それでも話し足りずマーラとニコラとわたしは大学の近くのバー、ビリー・ブーザーに飲みに行くことにした。道すがら、3人ともアイオワ大学の国際創作プログラム経験者、とりわけマーラは柴崎友香さんと同期だと判明し、共通の知り合い――ディレクターで詩人のクリス・メリル、ワークショップ出身の小説家で副ディレクターのヒュー・ファーラー、翻訳プログラムと編集担当の映画史研究者ナターシャ・ドゥロヴィコヴァ――についての話題で盛り上がり、異国で同郷の人に出会ったような気持ちになった。

この3人のもうひとつの共通点は翻訳だった。マーラはスマホのテクスト入力自動修正機能やGoogle翻訳を使った詩的実験の話をしてくれた。アメリカでスマホにドイツ語を入れると親切にも勝手に英語に「直して」くれることを逆手に取って、アイオワではAIと共作を試みたそうだ。ニコラは移動しているときは翻訳をするそうで、谷川俊太郎や大岡信の詩も英語から翻訳したとか。ニコラは2003年から2008年にかけて、「Mravka」（マケドニア語で蟻）というマケドニア唯一の俳句雑誌を主宰し、スウェーデンのノーベル賞詩人トーマス・トランストロンメル（1931-2015）、ホルヘ・ルイス・ボルヘス（1899-1986）、オクタヴィオ・パス（1914-1998）、正岡子規国際俳句賞を受賞しているフランスの詩人イヴ・ボヌフォワ（1923-2016）からソビエトの映画監督アンドレイ・タルコフスキー（1932-1986）やセルゲイ・エイゼンシュテイン（1898-1948）まで、俳句に影響を受けたモダニストたちの詩論を翻訳紹介してきた。話を聞いているととにかくかたっぱしから世界中の気に入った詩を翻訳している様子である。翻訳は彼の読書・執筆生活に欠かせない営みで、出版もするが、多くは友人と分かち合うためだそうだ。詩は友情を最も重んずる文学形態だとわたしは信じているので、ニコラの翻訳哲学は詩人同士を個人的に結んでいく細い糸のような役割を演じていると感じた。それは彼が世界を旅しながら執筆を続けることと関係があるに違いない。翻訳すると非定型になってしまうが、ここでニコラの句をふたつ。

テレビが
壊れてしまい――スクリーンの中には
僕らの顔が見える

壊れたボタンが
薔薇の庭に
棘に絡まる糸

マーラもわたしも宿舎のデスクがとても気に入っている。ふたりとも10階の並びの部屋で、南向きの出窓があり、そこにちょうどぴったり嵌め込む形で小さな木製の台形デスクが設置されていて、窓の左右を覗き込むと隣りの出窓の横側がわずかに見える。右側がバーナリの窓、左側がユジュの窓。デスクからまっすぐ前を見れば、遠くに九龍半島南端の摩天楼が、雲が晴れると湾の向こうのヴィクトリア・ピークも見える。わたしたちは「百万弗の夜景」を裏側から遠く望み見ていることになる。

ポスト国民文学時代のアメリカ文学

近隣は低層アパートや一軒家が並ぶ高級住宅街の風情で、香港城市大学など学校も多い文教地区だ。そしてキャンパスの東を通るわずか幅5メートルほどの聯福道《レンフロー・ロード》を隔てて人民解放軍東九龍駐屯地がある。大学図書館近くの正面入口には昼夜を問わず人民兵がふたり機関銃を携えて大学に対峙している。年頃は大学生と同じぐらいに見えるが、大陸のどこからやってきたのだろうか？　鉄条網越しに見るリア充大学生の日常は彼らの目にどう映っているのか？　ふたりの背後には赤い壁に簡体字のスローガンが叫んでいて、すっかり繁体字に慣れた目で見ると少しぎょっとする。道路を挟んで向かい合うふたつの漢字と一国二制度はどちらも夢じゃないリアルだ。ここで日々ソフトに銃を突きつけられ人文学を学ぶとはどういうことなのだろうか？　何を自問し、何から目を背け、何に気づかないふりをすることになるのか？　そしてわたしは日本で何に気づかないふりをしているのか、図書館に向かいながら考える。

この連載では、クリエイティヴ・ライティング・プログラムとその周辺について、行く先々から報告していく。行く先はアメリカとは限らないので今回みたいにアメリカ文学そのものの話にはならないかもしれない。けれどもどの場所もわたしにとってはアメリカ由来の文学教授法であるクリエイティヴ・ライティングが縁となって繋いでくれる場所なので、英語を執筆言語、翻訳中継言語、文学的交友言語とした現代文学のひとつの光景として読んでいただけたら、と思う。そして英語一強時代の問題も含めて、ポスト国民文学時代のアメリカ文学、英語文学、翻訳文学について考えてみたい。

よろしくおつきあいください。げほんげほん。

後記

香港での文学レジデンシーで始まった本連載をふり返っている今、わたしはシンガポールの文学交流レジデンシー（WrICE）に参加中である——とはいえ、今回は「ヴァーチャル・レジデンシー」、スリランカにインド、マレーシア、シンガポール、フィリピン、インドネシア、日本、オーストラリアからの参加者が毎日決まった時間にzoom上で会合し、互いの執筆プロジェクトについて意見を交換しあう。当初は日常業務の狭間にレジデンシーの時間を融通させる形式に懐疑的であったが、実際メンバーと「顔合わせ」をしてからは、各々の言語・文化・歴史的事情を越えて、時代性やテーマや技巧上の問題がいかに共有されてわたしたちを駆り立てているのか痛感している。毎日3時間の討論の後、日が落ちる前に外の空気を吸おうと慌てて外に出る。そこで日常が異化されて見えるのは、コロナで目の前の光景が変わってしまったからだけではない。

ロックダウンにはそれぞれのお国柄が表れるし、国境を越えた移動もパンデミック前ほど気軽にできなくなって、国家間の壁は前にもまして高くなったように見える。その一方で、オンライン上での作家・詩人・翻訳者の交流が草の根レベルから大学・文学祭まで広がり、参加者も激増した。今回のレジデンシーはシンガポール文学祭と連動しており、文学祭の看板のひとりは今や華文SFのスーパースター劉慈欣である。

連載の1年、各地を旅した1年をふり返るとき、その出発点は香港バプテスト大学の風景であり、香港と台湾と大陸の作家が集うSF文学祭だった。この1年で香港ではいつも通りの詩の朗読会を開くことさえ、その意味合いがすっかり変わってしまった。

（2020年11月6日）

三首の女子がスペキュラティヴ・フィクションをスペキュレイトする

香港バプテスト大学国際作家ワークショップ滞在記2

吉田恭子
YOSHIDA Kyoko

はじめて出会った訪問作家ダイベック

香港バプテスト大学国際作家プログラム（IWW）のレジデンシーも後半に入った3月5日、油麻地《ヤウマテイ》の映画館＋書店＋カフェKubrickでグラフィックノヴェリスト3名のトークイベントを見学した。映画館では話題の中華ＳＦ大作『流浪地球』を上映していた。

IWWの参加者でロンドン拠点のサラ・リペットと、香港拠点の黄照達《ジャスティン・ウォン》と江記《コン・キー》が、香港での“One City, One Book” プロジェクト始動に伴い、最初の選定図書であるショーン・タン作『アライバル』（原書2006年, 日本版2011年）について語るという企画だ。

“One City, One Book”（中国語で“我城我書”）とは、一説にシアトルで始まったとされる読書運動で、町を挙げて1冊の本を読んでみよう、というプログラム。ちなみに温帯雨林地帯のシアトルは雨がちなことで有名で、ひとりあたりの読書時間が全米で最も長い町である。

“One City, One Book”といえば、シカゴのプログラムで2004年にスチュアート・ダイベックの短編集『シカゴ育ち』（原書1990年, 翻訳2003年）が選ばれたのが思い出深い。

ダイベックはわたしがウィスコンシン大学ミルウォーキー校の創作科に入ってはじめて出会った訪問作家だった。当時創作科には外部から作家を呼ぶ予算がなかったから、院生総出で手作り菓子を売るベークセールを開いたりと涙ぐましい努力をして700ドルをかき集めて、ミルウォーキーからミシガン湖を挟んでちょうど対岸、カラマズーのウェスタンミシガン大学創作科教授だったダイベックに2日間来てもらったのだ。

短期訪問作家を招聘するには普通2、3千ドルから数万ドルかかるのだが、ダイベックは学生からの呼びかけに応じてカラマズーから車を運転してやって来た。飾り気のない人柄で、授業の後もバーで遅くまで学生の話に耳を傾けてくれた。

それから数年、就職してアメリカ創作科学会（AWP）に参加するため久々に訪れた

2004年のシカゴで、メインイベントはダイベックの朗読会だった。今は大学で創作を教えている元教え子が恩師ダイベックを紹介したのだが、その時の逸話がおかしくて、自分たちのバンドに「スチュアート・ダイベック」という名前をつけようとする高校生の話を短編小説にして提出してきた学生がいたという話だった。主人公はダイベックの短編「僕たちはしなかった」にすっかりマイってしまい、バンド仲間を説得しようとする。「写真を見てみろよ!　この70年代まんまのメガネ!　口髭!　今どきこの顔!　イカすだろ!?」

そこへダイベック御大が「イカすだろ……」と実に申し訳なさそうにつぶやきながら登壇し、朗読が始まる前から会場は爆笑だった。その夜に朗読してくれたのは短編「ドリームズヴィルからライブで」だった(「僕たちはしなかった」とともに『僕はマゼランと旅した』所収。原書2003年, 翻訳2006年)。シカゴのサウスサイドの慎ましいアパートでひとつの子供部屋に眠る幼い兄弟のやりとりを描いた作品に、数千人が笑い、ダイベックは劇中歌まで「ライブで」披露してくれて、シカゴ・ヒルトンの大ホールは一体となって盛り上がった。まるで聴衆みんながダイベックのベッドサイドストーリーに聞き入る小さな子供になったように……。

小説とは違う沈黙のレトリック

ここらでシカゴから香港に戻ってこよう。イベントでの課題図書『アライバル』は「字のない大人の絵本」として話題になりアングレーム国際漫画祭最優秀作品賞を受賞したグラフィックノヴェルである。架空の文字を使う架空の世界が舞台だが、セピア色の柔らかで緻密な鉛筆画が描く風景や人々はなんとなく懐かしい。本書の主人公は様々な場所から架空の都市にたどり着き上陸してくる移民たちだ。彼らの不安、希望、大きな落胆や小さな喜び、人と人、場所と人のつながりがことばを一切使わずに描かれる。

作者のショーン・タンは中国系オーストラリア人で、漫画『ロスト・シング』(原書2000年, 翻訳2012年)の同名アニメ化作品ではアカデミー短編アニメ賞を受賞している。

移民の視点で上陸を描く文字のない本は多言語多文化移民都市香港にふさわしい作品に思える。けれども実際に本を開いてみると、「絵を読む」ことは「文字を読む」以上に手探りの作業であることにすぐに気がつく。『アライバル』の世界に入っていくには、このゆっくりと流れる時間に慎重に身を浸していくことが求められる。そうすることができてはじめて移民たちの視点で作品世界に入っていくことができる。香港は日本の都市を遥かに凌ぐハイペースの街だから、「ゆっくり読む」ことはなかなかの挑戦なのだ。

ディスカッションでは漫画やグラフィックノヴェルにおけることばと絵の相互補完的な関係や、ことばを使う・使わない各作家の戦略が話題の中心となった。サラ・リペットは闘病記『*A Puff of Smoke*』から病床を描いた場面で、説明的キャプションを消したことで却って雄弁になったコマを例に見せてくれて、なるほどまったくそのとおり、グラフィックノヴェルには小説とは違う沈黙のレトリックが存在することがよく実感できた。

グラフィックノヴェルで文学を「ハイジャック」

続くディスカッションでは、江記（当時は「江康泉」名義）が同じく1977年生まれの智海《チー・ホイ》とのデュオで制作した『大騎劫』（英題『*Hijacking*』,2007）上下2巻の話になった。モダニズム風の意匠が印象的な本書の副題は“漫画香港文學”で、香港の現代作家12人の作品を2編ずつ江記と智海がそれぞれ「漫画化」したという趣向なのだが、なんと当の作家らに許可を求めずに勝手に刊行したのだという。つまりグラフィックノヴェルで文学を「ハイジャック」してやろうというのだ。

江康泉＆智海，『大騎劫：漫画香港文學 下冊』，三聯書店

新進気鋭の芸術家らしい無謀な勢い、そして文化海賊を原動力にしてきた香港ならではの活気が感じられて、がぜん興味をそそられた。

たまたま数日後の3月9日、バプテスト大学教授で小説家の羅貴祥《ロー・クワイチェン》が、自作の短編が智海によって「ハイジャック」されグラフィックノヴェルとして生まれ変わった経緯について別のシンポジウムで語ってくれた。

羅によると、できあがった本が送られてくるまで漫画化されていることなどまるで知らなかったという。案の定アメリカ人参加者から、著作権的にそれってどうなの、大丈夫なの、という質問の手が挙がった。羅は香港における著作権の曖昧な取扱いの歴史に触れ、そして作家側は誰も勝手に漫画化されたことを問題にはしなかった、と笑ってつけ加えた。

それどころか、智海版「兩個半我」は、作者羅貴祥が思いもよらない大胆な解釈と表現によって新たな作品に生まれ変わっていたのだ。

羅貴祥の短編「北行101公路上的我和他和Chris」（101号線を北上する僕と彼とChris）は、ヴェトナム人の恋人 Huynh（中国語原文でもローマ字表記）をカローラに乗せ、101号線沿いに北カリフォルニアの海岸線を北上するひと時を、ハンドルを握る香港人の語り手の意識を通して切り取った掌編である。

外は干ばつが続いた北カリフォルニア6年ぶりの大雨が降っている。ケンカの後なのか、語り手はなにがなんでも恋人に話しかけたくない。互いにだんまりを決め込む車中で、語り手はHuynhの腹の中を読み取ろうとする。短編前半はヘソを曲げた恋人同士のマインドゲームが語り手の視点から語られる。ほどなくHuynhがひとりでしゃべり始める。相槌を打ちたくない語り手の意識はHuynhのことばからの連想や回想へと繋がり、ふたりの共通の友人であるフィリピン人Chrisの思い出が蘇る。どうやらChrisとふたりはある種の三角関係にあったらしい。そうしてHuynhと語り手がそれぞれにChrisのことを思い返した瞬間、後部座席にChrisの姿が現れる……とまるで能舞台のような短編である。

雨の中の車中という密室にたち現れる、想像と実在のどちらでもありどちらでもない存在。グラフィックノヴェルはそれをどのように表現するのか。

智海は語り手とHuynhを「異心同体」とでもいうべき二首一体の人物として造形している。そうすることで、ふたりの意識が違った波長でありながらもシンクロすることで後部座席にChrisが召喚されるという現象を画像化しているのだ。

作品末尾のコメントで智海は、小説を読んで「僕と彼とChris」がまるで一個の人格であるかのような印象を受けた、と記している。たしかにこの短編の魅力は、一方で海岸沿いのドライヴというありふれた出来事があり、もう一方では互いに刻印を残してきた3人の男たちのもつれた関係を鮮やかに思い返す語り手の意識というふたつの重ね合わせにある。

羅貴祥自身も、アメリカでアジア人ゲイはみな一緒くたにされるが、漫画版はそれをある意味うまく戯画化してくれた気がする、とコメントしていた。

舞台を干ばつ明けの北カリフォルニアから数十年に一度の大豪雨の香港に移した智海作「兩個半我」は、原作の「ものがたり」の忠実な漫画化ではなく、大胆なアダプテーション、羅貴祥のことばが創り出した世界を画像に翻訳し、グラフィックノヴェル側から原作者さえ驚きの挑戦状を突きつけた「ハイジャック」作品なのだ。

「異心同体」な多頭世界

『大騎劫』再会から2日後、第1回IWW文学祭「ＳＦの多層世界」が幕を開けた。オープニングのパネルは「中国ＳＦの多層世界」。同時通訳付きで大陸と香港と台湾の作家が登壇するという、華文ＳＦ三頭会談とでもいうべき香港でもなければ容易に実現しない豪華趣向である。ところが蓋を開けてみると政治形態・言語・世代を超えた対話の難しさをあらためて痛感する90分となった。

北京からは映画業界で働く若手ＳＦ作家呉霜《アナ・ウー》が普通話《プゥトンホア》で近年の大陸における華文ＳＦの躍進ぶりを滔々と総括した。続いてチャーミングな眼鏡ギーク君といった風情の香港代表陳浩基《サイモン・チェン》が、普通話と英語だったらボクは英語のほうがまだマシなので……、と恥じらいがちに断って、本格推理小説界におけるＳＦ的潮流といういかにもワタクシ好みのニッチな話題を提供。

最後に重鎮という趣きの台湾文人賀景濱《ホー・チンピン》がＳＦの背後にある哲学・世界観について難しい理論を語った。三者三様にそれぞれの話を終えたところで時間切れとなりお開きになってしまった。

パネルを数カ月前から楽しみにしていたわたしはその生煮え具合に悶絶した。小説好きの人間は概ね各論好きであり総括的な話が嫌いどころか憎んでさえいると思うが（と勝手に総括してしまっているが）、呉女史は数字データを挙げながら、華文ＳＦ（いわゆるハードＳＦのジャンルに属するもの）が質・量ともに近年目覚ましい発展を遂げ、内外で様々な出版物やイベントが行政との協働によって実現しすばらしい成功を収め、各方面の並々ならぬ情熱の賜物が旧正月に公開され大陸では記録的ヒットを飛ばしている劉慈欣《リュウ・シーチン》の中編が原作のＳＦ超大作映画『流浪地球』である、と中国のソフトパワー戦略の成果をまとめ上げた。

彼女の話から察せられたことはふたつある。近年の華文ＳＦブームは文学界と政府の協働の側面があるが、それはあくまで、従来はＳＦを否定していた中国政府が「空想科学未来小説」としての側面を受け入れ奨励するよう方針転換したがゆえということ。アメリカ在住のケン・リュウ編纂による『折りたたみ北京――現代中国ＳＦアンソロジー』（2018）は幽霊譚から歴史ファンタジーまで実に多様、幻想色豊かで目を見張ったが、大陸側の看板は少し様子が違う印象を与える。

そしてもうひとつは、文学会議は壇上では終わらない、ということである。

ASEAN文学祭で政治形態の違う国々の作家詩人が集まった際にも感じたことだった。カンボジアやヴェトナムの作家から「あなたはどの国の代表なの？」と訊かれると（いや、どの国も代表してないんですけど……）と思いつつ、「日本カラ来マシタ」と答える。彼らは自国文学の代表であると自覚している。作家組合の推薦によって国際会議に参加する国柄の場合、壇上の発言も国を代表する総括となりがちだ。そこから対話は生まれにくい。ひとりの書き手としてのこの人たちの声を聞くためには、ステージから降りたところでしばらく時間を過ごし、一緒に食事をし、とりとめのない世間話もしなければならない。そこが交流の本番なのだ。

おそらく世代的に呉霜に近いと思われる陳浩基があえて英語で発表をしたのも思わせぶりだった。はたして呉と陳はステージから降りてどんな話をしたのだろうか。中国ＳＦ世界は多層世界どころか、まさしく「異心同体」な多頭世界なのだった。そして文学祭最終日には「香港のＳＦ文学――少数派意見」と題して広東語オンリーのパネルが通訳抜きで開催された。通訳や翻訳は必ずしも自由で創造的な意見交換を促すわけではない、とでも言うように。翻訳の不在こそが表現や思想の独自性を保証する場合もあるということなのだろうか。

スペキュラティヴ・フィクションの異世界性こそがフェミニスト的

わたしが登壇したのは「スペキュラティヴ・フィクションへのフェミニスト的視点」というパネルだった。韓国の小説家ハン・ユジュに加え、イギリスからナターシャ・プーリーをスペシャルゲストとして迎えた。彼女のデビュー長編『フィリグリー街の時計師』（原書2015年，翻訳2017年）は、19世紀ロンドンを舞台に予知能力のある日本人天才時計師が活躍するスチームパンクテイストの歴史ファンタジーである。本書執筆のために東京に長期滞在しているプーリーだが、第2作、19世紀のペルーを舞台にマラリアの治療薬キニーネの材料キナノキ盗奪作戦を巡る冒険譚『*The Bedlam Stacks*』（2017年，未邦訳）執筆の際もペルーでスペイン語を学び文献調査を行ったとか。「日本語を勉強するのにくらべたら、スペイン語は楽勝でしょ！」と言ってのける、才気煥発、想像力と行動力に満ちあふれ、好奇心のかたまりのような人である。

さて学生に引率されて会場に向かう道すがら、わたしたち3人はぶーぶー文句をたれていた。

Natasha Pulley, *The Bedlam Stacks*, Bloomsbury Publishing

「『スペキュラティヴ・フィクションへのフェミニスト的視点』て、はあ？　それ何やねん！　知らんがな！」というのが我々の共通見解であった。「文学祭とかでねー、女性から見たなんちゃらみたいなパネルにすぐ女まとめて放り込むおっさんのセンスの悪さどうにかならないのー（棒読）」

我々はフェミニストであるが、修養文学を生み出す気が毛頭ないこととで意見が一致。「ホントそうよね！　主催者は顔ぶれの違う3人を集めたつもりだけど、実はこの3人、同じひとりの人物だったってことね？」といたずらっぽく笑うナターシャ。

自分にとっては、英語で書くこと自体が観測的《スペキュラティヴ》な行為で、だからそれは共同体や社会に根ざした言語というよりむしろ空想的な言語だ。90年代後半、クリエイティヴ・ライティングの大学院生だったころ、ミニマリスト的リアリズムがいまだ主流な中、「ヘンな小説」を書く女性作家に励まされた。エイミー・ベンダーをはじめて読んだときの安堵と興奮は忘れられない。アメリカの大学ではアジア人、女性といった属性でタコツボに入れられがちなので、それに創造的に反発するエネルギーが必要だ。わたしが動物を主体に据えた小説へ傾いていったのも、それが男性女性すべての読者にとっての他者だからだ……といった話をした。

ハン・ユジュのスピーチは一見相矛盾する作家の内的動機を積み重ねながら突

破口を目指すスタイルがすばらしくカッコよかった。

#MeToo運動に先立ってオンラインで展開した韓国のフェミニスト運動と社会の変化に触れつつ、自身の文学的軌跡を振り返る。

長編『不可能な童話』執筆にあたっては、立派な女性や被害者の女性ではなく、悪意ある女性登場人物を描きたかったし、それが自分の役割だとも感じたという。そこで女性の犯罪史についてかなり調査をした。また、ジェンダーを消した代名詞を使うことに苦心した、とも。小中学校生活の閉塞した残酷さが殺人という惨劇を生み出す本作が発表されて、10代の読者からは心理的に同様の経験をしたという反響が届いた。

けれどもハン自身は小説は社会運動のためにあるのではないと断言する。実験的文学を志向する彼女は「小説の死」を夢見て書き続けている。だが、平等が実現するまでは小説を死なせない、とも決意しているのだ。

ナターシャ・プーリーの文学的忠誠心は「魔法」に捧げられている。彼女はトークの中で「マジック」ということばを何度となく使ったが、それはファンタジー小説世界内の「魔法」と、ことばが虚構世界を紡ぎ出すという文学の「魔法」の双方を指している。

魔法はファンタジー世界だけでなく、古典文学、外国文学を筆頭に文学という異世界で読者を待っている。異性の文学もその中に入るだろう。異世界を翻訳するのが書き手の役割なのだ。たとえばアーサー・ウェイリー訳『源氏物語』、あるいはエミリー・ウィルソンによる『オデュッセイア』の新訳（2017年）。この女性初の英訳は武勲の栄光を謳う従来の英雄譚とはガラリと趣の違う『オデュッセイア』に仕上がっている。

わたしたちは「女として」の経験を足がかりに書くのではなく、「人類として」書かなければならないとプーリーは主張する。人類が共有する9割の部分に向けて、1割の立場、すなわち異世界的視点から世界を翻訳するのだ。

スペキュラティヴ・フィクションの定義には諸説ある。けれども、ＳＦやファンタジーといったリアリズムではないジャンル小説のお約束を援用した純文学寄りの小説という前提に立った場合、実はスペキュラティヴ・フィクションは、現代に話を絞ってもアンジェラ・カーターを筆頭にマーガレット・アトウッド、カレン・ラッセル、ケリー・リンクなどなど女性作家の独壇場といっても過言ではない。スペキュラティヴ・フィクションにフェミニスト的視点を持ち込むのではなく、スペキュラティヴ・フィクションの異世界性こそがフェミニスト的なのだ。

「ほら！ 3人とも違う頭だけど、同一人物だったというわけよ！」とナターシャは微笑んだ。三首の女子が運転する車の後部座席でどんな魔法がたち現れるやら。

コルソン・ホワイトヘッドの基調講演中は日本庭園を回遊していました

ポートランドAWP19参戦記

吉田恭子
YOSHIDA Kyoko

作家創作科協会（AWP）へようこそ

巨大会議場が4日間満員、総勢1万5千人。その1万5千人がすべて詩人と作家だとしたら？

AWPこと作家創作科協会へようこそ。

2019年は3月27日から30日まで4日間、ヒップスターの聖地、活字中毒者には全米最大の古書店パウェルズ・ブックスで知られるオレゴン州ポートランドで開催された。

基調講演は『地下鉄道』（原書2016年、翻訳2017年）のコルソン・ホワイトヘッド、他にも『飛ぶのが怖い』（原書1973年、翻訳1976年）のエリカ・ジョングに『チャイナタウンの女武者』（原書1976年、翻訳1978年）のマキシーン・ホン・キングストン、詩人のテス・ギャラガーといった大御所から、劇薬みたいな風刺小説『*The Sellout*』（2015年）でアメリカ初のブッカー賞を射止めたポール・ベイティ、西部女子小説ともいえる新境地を開拓（？）したパム・ヒューストン、ここしばらく常連のケリー・リンクに、レベッカ・マカーイ、ダンジー・セナ、エズメ・ウェイジュン・ワン、ジェスミン・ウォード、ミッチェル・S・ジャクソン……と豪華な顔ぶれ、総計561パネルで2千名が発表する。

橋の町ポートランドを縦断するウィラメット川

パネルはあらゆる側面を網羅する。

①創作技法に関するもの

「人生はハイブリッド——回想録でジャンルの境界を超える」

「テクスチュアリティのセクシュアリティ」

「自らの鏡を見つける——YA小説におけるアジア系アメリカ人表象」

「歴史小説のための斬新な調査方法」など

②創作教授法をめぐる話

「危ない橋——分断されたアメリカの政

治、詩とワークショップ」
「学生の職業力育成の場としての文芸誌」
「非排他的空間としての共感的教室」など
③実務的助言
「フェローシップ獲得のコツ」
「ひとり親作家のための知恵」
「エージェント獲得からデヴューまで」など

参加者1万5千名のほとんどは北米の創作科で教鞭をとる作家・詩人たちと創作科の大学院生だ。800件の書籍展示は今や北米最大級である。

AWPは毎年春に大会が開催される、創作科の大学関係者にとって最大のイベント、学会と呼ぶのは生ぬるい、まさしく祭典である。書籍展示の大ホールも会議場のロビーもターミナル駅のような人波でごった返す。休憩時間のトイレは長蛇の列。この人たちがみ〜んな詩人、み〜んな作家。元気なときはこれほど刺激的なことはないが、弱気なときに足を踏み入れるとけっこうしんどく、正直キモチワルイ。AWP参加者の多くはそんなアンビバレントな感情を抱いているのではないか。そしてそれはそのままクリエイティヴ・ライティング・プログラムというアメリカの制度化された文学生産教育体制に対する葛藤を反映している。

北米最大級のAWP書籍展示スペース

創作科の拡大増殖が止まらない

大学で人文学が縮小の圧力と戦っているのはアメリカも同様で、自虐ジョークとして「英文科卒」がネタになるほどなのだが、こと創作科に限っては拡大増殖が止まらない。1975年にはMFA（芸術修士号）を授与するプログラムは全米で5つのみだったが、20世紀末に100を超え、現在200に迫る勢いである。クリエイティヴ・ライティングは大学のドル箱なのだ。100年近い歴史にもかかわらず「大学で詩人・作家の育成ができるのか」という疑問がくすぶり続ける一方で、書き手志望と読み手志望の不均等には目を見張る。

はじめてAWPに参加したのは2000年、ミズーリ州カンザスシティでの大会で、そのころAWPはまだ「創作科協会」と呼ばれていた。わたしはウィスコンシン大学ミルウォーキー校英文科の創作専攻院生で、大学が発行している文芸誌「The Cream City Review」の共同編集長だったので、文芸誌を展示するために雑誌スタッフ一同でバンに乗って片道8時間の道のりをカンザスシティへ向かった。

当時登録参加者総数は今の3分の1ぐらいだっただろう。はるかに規模が小さく、アットホームな雰囲気があった。日本の大学に就職してからも、数年に一度はパネルを組んでAWPに参加すると、書籍展示ホールを歩いているだけで、会場入り口前で一服しているだけで、懐かしい顔に出会えたものだった。そして夜ともなれば学会会場はディスコ会場に変わる。高校の体育館でやるダンスパーティみたいで、しかも踊っているのは、くり返すが、み〜んな詩人で作家なので、身のこなしはお世辞にも優雅とはいえず、でもそのぎこちなさこそがAWPの魅力だった。ちなみにディスコは今でも続くAWP の「伝統」のひとつだが、ミレニアル世代が台頭してきた現在、「ダサいはカッコいい」的美学は過去のものとなったのか、くわえて学会の規模も大きくなりすぎて、ダンスパーティはかつての華やかさはない様子。今アツいのは後述するオフサイト・イベントである。

創作科の発展拡大に伴い、2010年頃から会場がホテルに収まりきれなくなってコンベンションセンターで開催されるようになってから、事前に待ち合わせの時間と場所を決めない限りいつまでも友人に遭遇することもできず、現地入りするずっと前に予約をとっておかなければ食事もままならない。巨大化するAWPに戸惑い、一時はもう来るのをやめようかとも思ったことがあったが、ここ2、3年変化が見られAWPはさらにパワーアップしたように感じる。昔は白人が大多数を占めた創作科は多様化し、もっぱらアメリカ国民文学の生産ばかりが関心事で極めて内向きだったAWPの国際化も進んだ。しかも現在イギリスとアメリカはちょっとした文芸翻訳ブームで、創作科の中に翻訳コースを併設する大学も増えた。海外滞在を経た若い詩人が言語を習得して詩の翻訳を始めるのだ。AWP でも創作の一環、創作のインスピレーションとしての翻訳にフォーカスするパネルが登場するようになった(「他者を訳す、自己を訳す——翻訳家としての創作家」「トランスナショナルなバイリンガル創作ワークショップの困難と成果」「アカデミアにおける翻訳の居場所を創り出すには」など)。翻訳だけではない。老舗のアイオワ大学ではスペイン語創作の大学院プログラムも始まったという。アイオワがメキシコ国境からどれだけ離れているかを考えれば、スペイン語創作が全米に広まりつつあることが想像できる。

今年度ははじめて海外からの参加者を招待しての会合も開催され、アイオワの国際創作プログラム(IWP)ディレクターのクリス・メリルが歓迎のスピーチを行った。

IWPは学会期間中、会場近くのホテルのホールを借り切って、アフリカ出身の若い女性作家らを国務省の予算で招待しメンターシッププログラムを展開していた。そこでメンターを務めていたケニアの小説家イヴォンヌ・アディアンボ・オウワーと14年ぶりに再会を果たし(IWP2005年)、誘われてプログラムを覗いてみると、エージェントや編集者によるアドバイスセッションがみっちりと組まれていた。若い参加者たちは、書きたくてたまらないという好奇心と自分の作品を世に出す野望ではじけそうなほどに元気いっぱいだった。

200を超えるオフサイト・イベント

このような会場外で開催される非正規の

ジェフリーが参加した翻訳朗読会

「オフサイト」イベントの目覚ましい増大こそが近年のAWPのトレンドだ。今年は大会ウェブサイトに登録されたものだけでも優に200を超えていた。学会に参加するには高額の参加費を支払わねばならず、無料のオフサイト・イベントのみ参加する人々も加えると、参加者総数はさらに増えるだろう。編集・印刷テクノロジーの刷新で小さな文芸出版社が増え、大手出版社が手を出さないような冒険的な本をきわめて洗練された意匠で出版するようになった。センスのいい若手が、ホテルのバーやヒップなカフェ、独立系書店を会場にイベントを仕切り、ネットワークの場となっている。

今回AWP初体験の日本語詩人で翻訳家ジェフリー・アングルスは、翻訳朗読決起集会ともいうべき「世界の肥溜めよ、団結せよ!」（某大統領がハイチを「肥溜め」呼ばわりしたことを逆手に取ってのスローガン）に参加し、最高の熱気だったと興奮していた。

さて今回はパネル「ムラカミはアメリカ作家か?」のために辛島デイヴィッド氏と小野正嗣氏と3人でチームを組んでの参加である。ふたりともはじめてのAWPとは思えないほどリラックスしている。おかげで今までになく楽しい学会となった。司会も兼ねるわたしが「アメリカ作家」としてのハルキ・ムラカミという見方を提示した上で、小野さんが「近代日本の文学的伝統につながる日本作家としての春樹像」を提示し、辛島さんが日本文学の翻訳紹介という文脈におけるハルキの需要を補足する、という展開だった。辛島さんの本『Haruki Murakamiを読んでいるときに我々が読んでいる者たち』（みすず書房、2018）は、アメリカの出版事情を詳述しており、現代アメリカ小説の背景に興味がある人は必読の書だ。くわえて、村上アメリカデビューに至るドラマがすべて実名で展開、映画化できるんじゃないか、と思えるほどスリリングなのだ。語り手はアンダードッグの味方だし、村上パスティーシュまで堪能でき、しかもデザートみたいなあとがきもついている。

AWPで外国語作家をもっぱら論じるパネルはほぼ例のないことだ。個人的には村上春樹そのものを語るよりも、「日本語で書かれたアメリカ文学」としての村上をネタとすることで、会場の参加者に世界中の類似のケースに思いを馳せ、「アメリカ文学」を解体してほしい、という野望があったのだが、ほぼ満員の会場からの質問は、村上文学に関するまっとうかつまじめな問いばかりで、あらためて村上春樹の影響力を痛感した。

コルソン・ホワイトヘッドの基調講演

ホワイトヘッドの基調講演は1年前から楽しみにしていた。けれどもその時間帯、我々はポートランド日本庭園を回遊しておりました……。日本国外では5本の指に入ると言われる本格的かつ広大な日本庭園はポートランドの見どころのひとつ。隈研吾が北米で初めて設計した建物での朗読とトークセッションに参加した。「周辺から書く」小野さんと吉田というアプローチで、翻訳や執筆や作品世界について辛島さんも交えての座談会。

ポートランド
日本庭園

そのころホワイトヘッドは満場の大ホールでどんな話をしていたのか？『現代アメリカ文学ポップコーン大盛』であるからには、詳細が気になるのは当然こちらである。ありがたいことに今年はライヴキャストされた基調講演の映像がウェブで見られる。

フライドチキンのメタファー満載の講演だった。山場の多い話だったが、ここではふたつのことに触れておきたい。

ひとつはジャンルの問題である。書き手にとってジャンル分けをすることがいかにつまらないことか。ホワイトヘッドはそのナンセンスさを食べものの好みに重ねてこう表現した。

There're only two kinds of books: the stuff you like, and the stuff you don't like.

この世には本は2種類しかない。自分の好きなものと自分の嫌いなもの。

今年のAWPは昨年度にも増してスペキュラティヴ・フィクションを話題にしたパネルが多かった。

「スペキュラティヴ小説教授法」
「新しいスペキュラティヴ」
「カオス時代の読書」
「クイアなスペキュラティヴ」
「アフロフューチャーリズムとスペキュラティヴ」
「QTPOC（有色クイア＆トランス）の感情労働とスペキュラティヴ文学」
「アジア系アメリカ文学のディストピアとユートピア」
「ブラック・スペキュラティヴ」
「先住民のスペキュラティヴ小説」
「Latinx（ラテン系）スペキュラティヴ小説」
などなど

周辺性を空想的創作の原動力としてオルタナティヴな現実を描き出す多様な動きが見て取れた。

カルメン・マリア・マチャド（P207～参照）が登壇したパネル「非リアリズム――空想

小説の真の技巧」では、マチャドのスタイルについて「純文学全開なのにジャンル度も全開。どっちも全開でズルすぎる」という痛快なコメントがあった。

伝統的に創作ワークショップはジャンルを蔑むと同時に物怖じする傾向があり、literary fiction（文学的小説、日本の純文学に近い概念）の書き手が探偵小説やSF、ファンタジーのジャンル的要素を取り入れる際も、お行儀良さが抜けないことにこのコメントは言及している。その一方で、ジャンル小説にはさまざまな内輪的「お約束」があり、それを意識しすぎるとジャンルの枠に収まったまま終わってしまう。そして日本でも当てはまることだろうが、出版側は書棚のどこに置くか、どういう看板で売るかにこだわりすぎるあまり、文学的冒険に水を差す。この三すくみ状態をいかに突破するか、が最大の課題だろう。ホワイトヘッドもマチャドも自分にとって面白いか、どこまで面白くできるかが肝心で、その結果どれだけヘンな小説世界になっても結果上等！なのである。

もうひとつは書き手へのアドバイス。

> Write what you don't know.
> 自分の知らないことを書け。

これはもはやクリシェとなった創作科の金科玉条“Write what you know.”「自分の知っていることを書け」の逆説ヴァージョンである。怖くて踏み出せない未知の世界のことこそを書くべきなのだ。

> You can write about anything. Just don't fuck it up.
> どんなことについて書いてもいい。ただヘマをしないように。

これは「知らないこと」を書くに伴う政治的リスクの話、すなわち第2次文化戦争とでもいうべき文化アプロプリエーションをめぐる論争への言及である。シェイクスピアの『オセロ』は文化アプロプリエーションなのか？　そのような咎を受けるのは凡作のみ、とホワイトヘッドは断言しているのだ。

だが、これは言うは易しで、いや先生、我々凡人はどうやったらヘマをしないですむか知りたいのですが、と突っ込みたいところ。すると彼は自分が創作科教師としては凡庸であったことを告白し、こう締めくくる。

> Read and read to find out what kind of writer you want to be, and write and write to find what kind of writer you are. They are often very different.
> 自分がどんな書き手になりたいか知るために、読んで読んで読みまくれ。自分がどんな書き手なのか知るために、書いて書いて書きまくれ。ふたつはたいがい別物だから。

そんな彼の次々作の構想は「ロシア革命を舞台にしたロマンス小説」もしくは「スター・ウォーズ世界の中で展開する小説」らしい。ホワイトヘッドの口から出ると、たしかにどちらも「知らない世界」すぎて、唸ってしまった。はたしてどこまで本気なのか。

AWPの夜

最終日は詩人のフォレスト・ガンダーと食事の予定だった。AWPの夜は大変だ。1万5千人の詩人と作家が一斉に街に放たれるわけだから、どの酒場も食堂も人が溢れ出ていて、うかうかしていると瞬く間に食いあぶれて夜が更けていく。例によって行き場が見つからず結局会場近くのホテルの屋上で食事をしたあと、「ベロイト・フィクション・ジャーナル」編集長の小説家クリス・フィンクも一緒に、3人でオフサイトの朗読演奏会へ向かうことになった。マリサ・アンダーソンというギタリストの演奏をどうしても聞きたいのだとフォレストが言う。一度耳にしてからずっと忘れられないのだ、と。

ウーバーに乗って会場のギャラリーへ向かう。車は市街地を抜け、郊外に入っていく。ギャラリーがあるような街並みには見えない。まもなく街灯もなくなり、しんと静かな夜の住宅街になる。フェンスのない芝生の前庭がある小ぶりの白い家が並んでい

ギャラリーでの朗読会

民家の車庫が
ギャラリー

る。星空が広くて、家々の屋根は地面に張り付いているように見える。コンベンションセンターのお祭り騒ぎから遠ざかり、まだ肌寒い春の闇に浮かびあがる、アメリカの地味な日常が感じられて、もの寂しい気持ちになった。車が角を曲がると1軒、少しだけ明るい家があった。きっとあそこだね、と口々に言う。

ごく普通のつつましい白い家だった。

前庭の芝の奥には車が1台収まる質素な白いガレージがあって、車庫にしてはずいぶん強い灯りがともっている。わたしたち3人は車から降りると灯りの方向へ吸い寄せられていった。

ガレージの前に人が集まっている。その手前には丸っこい携帯バーベキューグリルに焚火が燃えていた。その小さな火をゆるやかに囲むように、人々が立ち並んでいる。手に手に瓶ビールを持っているが、談笑することはなく、静かに闇を背負ってガレージの方を向いていた。明るく輝く小さ

なガレージの中で朗読会が進行中なのだ。びっしり並んだ折りたたみ椅子は満席で、ベニヤ製の演台で女性が朗読している。まるでテレビもラジオもない人里離れた町を巡回劇団が訪れたような、そんなガレージの様子を見て、目まぐるしかった文学祭、この1週間の終着地にたどりついたような気がした。この光景のためにポートランドに来たのだ。

ここは誰かの家で、この家のガレージ、あえて言うなら他の家よりは片付いているかもしれないが、それでも何ら変哲のないアメリカのガレージが、ギャラリーなのだった。白塗りの壁には絵が額縁もなくむき出しのままピンで留めて飾ってある。

母屋の裏、台所脇にあったクーラーからビールを取って、焚火に近寄る。昼間サタデーマーケットでにぎわっていたウィラメット川河畔の陽気からは信じられないほどに夜は冷え込んでいた。焚火は小さすぎて寒くてたまらない。ガレージでは若い詩人が朗読を終えようとしていた。

お目当てのギタリスト、マリサ・アンダーソンがアコスティックギターを取り出し準備を始める。詩人エレニ・シケリアノスとのセッションだ。アンゲロス・シケリアノスの曾孫であるエレニはパートナーのレアード・ハントとともに最近コロラド大学からブラウン大学へ移籍したばかりだった。

折りたたみ椅子の席が空いたので、ガレージの中に入って腰掛ける。寒くて体が震える。

アンダーソンのギターはクラッシックとフォークとが入り交じり層をなす、暖かくて、でもどこか遠くの果てから届いてくるような音色だった。

補遺

亡き妻詩人のC.D.ライトに捧げられたフォレスト・ガンダーの詩集『*Be With*』の2019年ピューリッツアー賞詩部門受賞が決まった。AWPの終了間もない4月16日のことだった。英語、スペイン語、日本語の森を横断するフォレストの詩業にあらためて敬意を表したい。

Forrest Gander,
Be With,
New Directions

今回滞在したホテルはハーヴェイ・ミルク通りに面していた（青木耕平「ショーン・ペンよ、ペンを置け」本書P211〜参照）。

哲学者と文学者を同じ部屋に2日間閉じ込めてみた
ラトガース大学翻訳ワークショップ報告

吉田恭子
YOSHIDA Kyoko

哲学者と文学者が
2日間カンヅメになった

巨大コンベンションセンターに詩人と作家が1万5千人集まった話に続いて、今回は会議室に哲学者と文学者が2日間カンヅメになったお話。

ラトガース大学英文科教授レベッカ・ウォルコウィッツの証言によるとことの起こりはこうだった。

哲学者と文学者、違う学問分野の住人同士はなかなか話をする機会がないけど、結構共通点はあるんじゃないかな、もっとお互い知り合おうよ——と哲学科の重鎮アーネスト・ルポアに声をかけられた。そこ

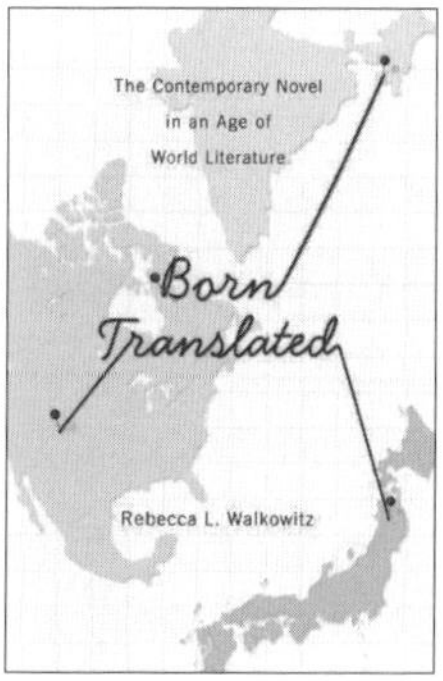

Rebecca L. Walkowitz, *Born Translated: The Contemporary Novel in an Age of World Literature*, Columbia University Press

で非公開のワークショップを開催することにした、というのだ。

お題は「翻訳」である。

翻訳について語るときに我々の語ること——哲学者が翻訳について語るとき、文学者が翻訳について語るとき、どのように語るのか——それぞれが翻訳について語ることで、お互いの理論や記述手法の差異を確認し合おうということが趣旨なのだ、と。

そんなわけでニューアーク市街のバーンズアンドノーブル書店5階にある哲学科の会議室に哲学者と文学者約20人が招待され、2019年5月9日から10日にかけ丸々2日間非公開の翻訳ワークショップが開催されることとなった。哲学研究の学術会議はしばしば非公開で行うのだという。

確かにディシプリンが微妙に違う専門家の話を聞いていて、外国語とまで言わなくても、半分しか理解できない方言を聞いているような感覚を覚えることはある。わたしは修士課程で言語横断的な人文学研究を行う学科で学んだ。修士論文の中間報

告会などでフランス文学やドイツ文学の研究発表を聞くと、どれも日本語による現代文学についての報告であるにもかかわらず、異言語のように聞こえてしまう。二重の媒介を経たような感覚。同じ文学研究でも対象言語が違っただけでこのありさまなのだ。つくづく術語《ジャーゴン》というものは便利かつ恐ろしい。同じ術語を共有する者同士で得られた合意は果たして明晰かつ微妙で高度な理解なのか、それとも同一言語を共有する者同士特有の「わかりあったつもり感」なのか。

つまり、今回の翻訳ワークショップは、翻訳について語る会合であると同時に、哲学と文学というふたつのディシプリンが用いる言語の相互翻訳可能性について探り合う場でもあるのだ。

朝食から夕食まで食事はすべてケータリングで、哲学科会議室にこもって翻訳について語り合う。90分のセッションが2日間で計8回。発表者は文学者が5名、哲学者2名、そしてコンピュータサイエンティストが1名。夢のように楽しい企画であり、同時にかなりのプレッシャーでもあった。

生まれつき翻訳の小説

90年代から台頭してきた翻訳理論は、アメリカでは2001年の同時多発テロをきっかけとした外国語学習の要請にも後押しされてきた。グローバル化の波にも押され、また、世界文学研究という比較文学界での新たなアプローチと手に手を取ってますます盛んである。今日英語圏ではちょっとした文芸翻訳ブームであることは前でも触れたが、今日の文芸翻訳を牽引しているのはクリエイティヴ・ライティングの芸術修士号をもつ詩人たちであり、アメリカやイギリスの大学院では翻訳研究に学術的修士号ではなく芸術修士号を与えるプログラムも多い。その中でもとりわけ実験的な詩人たちにとって翻訳は単に外国語文学の紹介に留まらない。複数言語間のピストン運動そのものが創作の原動力となっている。

また非英語圏から英語圏に移住して英語で創作を始める作家が増えつつある。その背景にはノマド的人の移動の加速、新自由主義台頭による国民文学要請の終焉、移住者の受け皿としての高等教育機関、とりわけ文芸リテラシー習得の場としての創作科大学院の拡大発展が指摘できるが、このような作家たちにとって複言語的創作活動は内面化・身体化されたプロセスであると同時に、翻訳とは執筆行為のメタファーでもある。

レベッカ・ウォルコウィッツが著書『生まれつき翻訳——世界文学の時代の現代小説』(2021年日本語訳出版予定)で「生まれつき翻訳の小説」(born translated novels)に着目するのは、隠喩としての翻訳がポスト国民文学時代の文学創作の現実を浮き彫りにするのと同時に、文学史を遡れば、そもそも翻訳的でない文学テクストが例外的だったという事実を我々に思い起こさせるためでもある。その結果、『生まれつき翻訳』は母語と執筆言語が一致する単言語的国民文学の時代こそが長い文学の歴史における例外的な時代であったことを明らかにする。

『生まれつき翻訳』に続くウォルコウィッツの研究対象は、精通していない言語、あるいは忘れられた言葉を彷彿とさせる言語で執筆をする現代作家たちである。イタリア語で執筆するようになったベンガル系アメリカ人の移民作家ジュンパ・ラヒリ、そして多和田葉子とカズオ・イシグロについての彼女の講演が今回の翻訳ワークショップの最初のセッションとなった。

超国家的言語の可能性

文学者はメタファーとしての翻訳に興味を持っていた。ダートマス大学でフランス文学を研究する超ダンディ、ヤッサー・エルハリリーは「翻訳の耳」と題して、彼が積極的バベル化と呼ぶ翻訳としての朗読パフォーマンスについて語った。視覚コミュニケーションの中心メディアが活字から画像・映像へとシフトしたことが決定的となった今日、文学の聴覚性に着目する研究が増えている。これもまた国民文学の時代が終わりつつあることの徴だろう。小説こそ国民文学を代表する文学形式だったが、活字中心主義的だった文学がふたたび音声を意識した形式に舵を切りつつあることは、詩の復権を意味する。実際、先日マンチェスターの編集者マーティン・ディメロからイギリスでは詩集の出版件数が大幅に伸びているという話も聞いた。ボブ・ディランのノーベル賞受賞も活字文学の終わりの始まりの徴候にほかならない。

ジョルジュ・ペレックの翻訳や評伝で知られているプリンストン大学の大御所デイヴィッド・ベロスも、文字言語は言語表象の手段として欠陥があるという指摘から話を始めた。その最たる部分は発話行為を文字記録することの難しさである。ニュアンスや文脈や発声が意味をシフトさせる発話をどのように翻訳するのか、ユーモラスなベロスの「話芸」は名人芸の域だった。

（面白かった逸話をひとつ。昔ベロスがペレックを訳していて、原文にどう見ても左右を取り違えている箇所があったので修正して翻訳したところ、世界中のペレック研究者らから非難を浴びた。実はペレックは左右識別困難の傾向があったそうで、その誤りを修正せずに訳すことこそが、ペレックの個性を尊重しそのテクスト上の痕跡を保持することになるというのだ。そこで次の版から再修正したとか）

シカゴ大学で詩作と文学理論と翻訳を教えている前衛という名がふさわしい詩人のジェニファー・スカッペトーネ（Jennifer Scappettone）は、祖国も母語もない詩人の詩学について語ることで、翻訳のない翻訳テクストとでもいえるような超国家的言語の可能性を提起した。

アメーリア・ロッセッリ（1930～1996）は、イタリアの反ファシスト闘士カルロ・ロッセッリとイギリスの政治活動家マリオン・ケイヴの娘として亡命先フランスで生まれ、9歳までフランス語で育った。父親が暗殺され、フランスの占領に伴い、イギリス経由でアメリカに渡り16歳まで英語教育を受けることになる。戦後、紆余曲折の後、ローマに移るが、そこで音楽研究と翻訳の傍ら英語で詩作を始め、後にイタリア語でも創作を始める。

> 数えきれない死体を数えましょう。わたしたちは最後の人類。
> わたしたちは腐臭を放ち漂う人類の情熱の死体!
> 平穏はわたしを育みはしなかった獅子座がわたしののぞみだった。
> わたしの虚しいのぞみは闘いに勝つこと、悪に
> 悲しみに、作り話に、無意識に、悪人たちの絶対多数作り話ほら話無意識無神経供給支給
> あらゆる悪の、あらゆる善の、あらゆる闘いの、あらゆる義務の、
> あらゆる作り話の。残酷さに勝つこと、無意識のうすい膜のむこうから
> かえされる戯れは別として。あおむけに倒れる愛しい愛しい
> ひと、あんたの小屋がわたしのねぐら。
> (アメーリア・ロッセッリ『闘いの変奏曲《ヴァリエーション》』より、和田忠彦訳)

フランス語と英語とイタリア語の狭間で紡がれるロッセッリの壮絶な詩的言語は3つの言語が互いを異化し、インターナショナルであり同時にナショナルな言語空間を作り出す。時には英語とイタリア語が並置され、慣用的言い回しから逸脱する言葉遣いは翻訳が難しい。けれども、言語間の橋渡しであるはずの翻訳行為の隙間からこぼれ落ちていく部分こそが、ロッセッリの詩学がわたしたちに翻訳を呼びかける部分なのではないだろうか。ロッセッリの英訳は死後ようやく始まったばかりだ。

ポスト国民文学時代の創作と翻訳

最後にわたしは「ポスト国民文学時代の創作と翻訳」と題して、国民国家以前の時代、帝国はすべてを翻訳する必要にかられていたという話からはじめ、メタファーとしての翻訳を創作に取り入れることで翻訳に抵抗する詩人の作品をいくつか紹介した。

そのひとりアイリス・ファンはもともと詩作には興味がなかった。だが、マカオ大学で翻訳を学び、英詩を中国語に翻訳するようになって、自分で詩作を始めるようになる。ファンの詩は、左ページに英語、右ページに中国語という対訳見開きページの体裁を取っており、一見典型的な翻訳詩に見える。だが、読んでみると、英語と中国語が微妙にずれていたり、表題は忠実な翻訳だが、詩の内容が違っていたり、英語の詩に中国語が別の詩で応答したりと、英語と中国語は相互補完的な関係にあることに気づく。

けれどもファンの詩には英語と中国語が読める者だけを読者に限定するような閉塞性は感じられない。英語で言いたかったことは英語が読める読者へ、中国語で表現したかったことは中国語が読める読者へ届けられ、時にはふたつの声はきれいに一致することもある。けれども閉じられていないがゆえにファンの詩を翻訳することは難しい。たとえばすべてを日本語に訳すことは

誠実な翻訳と言えるのか。だが他にどのような手立てがあるのか。たとえば片方のみを訳してみる。あるいはもう片方のみを。そうすることで、片方しか読めない読者の立場を追体験する。あるいは、翻訳してしまったものを翻訳しなかったことにできることは可能だろうか？　もしそれが可能であれば、それは英語の単言語ヘゲモニーへの対抗手段となりうるのではないか？　これが今のところわたしの結論のない問いでもある。

文学者はメタファーとしての翻訳を語ることで翻訳という写し鏡の影となる部分に光を当てようとする。けれども影は光を当てると消えてしまう。だからこそ理論という名の隠喩で語るのだ。そんな文学者の言説に哲学者は容赦なく質問を浴びせる。哲学者の質問は直截で詳細である。

哲学者たちは、翻訳としてのメタファーに興味を持っていた。つまり、比喩→イメージといったA→Bという認知プロセスを徹底的に水も漏らさぬ言語で記述することが哲学者の思考実験なのである。アーネスト・レポアは、日常の言語活動においてはA→A'という言い換えが可能なのに対して、モダニズム詩学において詩の言語が他の言葉に置き換え不可能、つまり詩の言葉は要約できないという命題を分析哲学の手法によって証明をしてみせようとした。エリザベス・キャンプは、物語を語るメディアである映画と小説の違いを共通前提ゼロのレベルから徹底的に言語でくどいほどに記述する試みを披露した。コンピュータサイエンティストのディミトリス・メタクサスは、AIの視覚認知学習プロセス、たとえばAIがいかにして居間を居間と認識するか、ある室内空間の画像を居間と認知（＝翻訳）できるようにするにはどのようなプログラミングが必要か、という話をした。

文学者は一言一言の言葉遣いが勝負だから練りに練った原稿を読み上げるが、哲学者は話をする。メモも手にせず、前提から結論へと思考を言語化するプロセスそのものが彼らのパフォーマンスだ。哲学者はアクロニム（頭文字を繋げて作られた頭字語）好きであることも発見で、デイヴィッド・フォスター・ウォレスのアクロニム好きの理由がひとつ、あと、あの強迫的でくどいほどの記述欲の背景も判明した。しかも話の途中で他の哲学者が質問の手を上げる。質問には大質問と小質問があるらしく、大質問は思考の流れを滞らせてしまう可能性があるので場合によっては遠慮しなければならない。そこで小質問をしたいときは人差し指を鉤型に曲げた手を挙げて合図をする、ということをまことしやかに言っていたが、果たして本当なのだろうか。何も知らない文学者はだまされているのではないかと今でも不安だ。

CHAPTER

4

AUTHORS YOU CAN'T MISS!

魅力的な作家たち

居心地のわるい読書
ハニャ・ヤナギハラ『あるささやかな人生』

加藤有佳織
KATO Yukari

「ささやか」とは呼べない大作

ハニャ・ヤナギハラ（Hanya Yanagihara；1975年生まれ）の小説『あるささやかな人生』（*A Little Life*；未邦訳）は、おしゃれな見かけ以上に切実で重みのある作品だ。それぞれの受け止め方があるけれども、すみずみまで愉快な娯楽作ではないし、善良な読後感をもたらしてくれるわけでもない。それでも読んでしまう引力のある作品である。

雑誌編集者であるヤナギハラは、2013年に『森の人々』（*The People in the Trees*）とともに小説家としてデビューした。2017年には「衝撃のデビュー作」という帯文句をまとった日本語訳が出版されているので、お手にとられた方も多いだろう。20世紀、南洋の非接触民を研究し、多くの児童を養子に迎え入れた著名な免疫学者エイブラハム・ノートン・ペリーナが、児童虐待の有罪判決を受ける。『森の人々』は彼が獄中で執筆した手記、という体裁である。非接触民に接するペリーナの物腰やその傲慢で赤裸々な手記は、決して快いものではないが、その読書の手ざわりのわるさは見事で、体験の価値がある。そして2015年、小説第2作『あるささやかな人生』が出版される。18カ月で書き上げられた本作は、「ささやか」とは呼べない大作である。本人曰く「中年のギャップイヤー」として15カ月の休暇を取り（Symonds）、世界各地でインタビューを受け自ら作品について積極的に語り、本作は2015年カーカス賞フィクション部門を受賞し、2015年マン・ブッカー賞および2015年全米図書賞の最終候補作となった。ヤナギハラは、その後「T: ニューヨークタイムズ・スタイルマガジン」の副編集長、2017年4月からは編集長を務めている。商用誌ではあるものの文化や文芸にも目配りの行き届いた特集を組み、編集長として「いま起きていることへの意識」と「遊び心」を大切にする姿勢を見せている（Symonds）。ちなみに彼女が好

Hanya Yanagihara, *The People in the Trees*, Anchor

きな雑誌が日本の「POPEYE」だと知ると、少し身近に感じられるかもしれない。最近では、2018年12月号「アメリカの声――黒人男性による実に多彩な作品がわたしたちについて語ること」がとくに印象的で、アフリカンアメリカンの男性の書き手32名を集め、彼らが敬愛するアフリカンアメリカンの女性の作品についておおいに語らせている。

こうしたヤナギハラの雑誌編集者としての仕事と小説家としてのそれは、きれいな因果関係にあるわけではないだろう。それでも、ジャーナリズムの世界で書くことを学び、創作科で学んだ経歴を持たないことを、彼女は自分の特色のひとつととらえている（“Novelist and T Editor”）。吉田恭子さんが教えてくれる心躍るような創作科の活況を考えると、もう少し根ほり葉ほり、ヤナギハラにその意味を尋ねてみたいところだ。いまひとつの特色は、指摘することそれ自体が無粋かもしれないが、いわゆるアジア系アメリカ人作家というカテゴリーや、そのカテゴリーの作家にしばしば期待されてきた物語から自由であることだろう。これまでの2作は、作家の出自や人種的アイデンティティを感じさせず、また問うことをさせない。ヤナギハラは、もちろん生きている時代と場所に規定されているけれども、人生と作品を慎重に切り分け、獲得した言語のみによって作品を構築しようとする意志を持った作家なのだ。

いたたまれない読書体験

自由なフィクションとして構築された『あるささやかな人生』について、ヤナギハラ自身は「決してよくなることのない人物」を描こうとしたとくり返し述べている（“Hanya Yanagihara, No Escape”; “New Fiction”; “Hanya Yanagihara and Matthew Specktor”; “Hanya Yanagihara on A Little Life”; “Hanya Yanagihara”）。その言葉のとおり、中心人物のジュード・セントフランシスにとって、すべてはすでに確定していて、これから「よくなる」ことはない。孤児として虐待の連鎖につながれていた彼は、ひとさじの好運と懸命の努力と周囲の支えによって弁護士として活躍するまでになる。その来歴は、過去や現在を克服していく未来志向を体現するように映るかもしれない。20代から50代まで時間を共有する友人たち――俳優として活躍するウィレム・ラグナルソン、建築家として成功するマルコム・アーヴィン、画家として大成するジャン＝バプティスト・マリオン――も愛と敬意をもって、彼のよりよい未来としあわせを願っている。ところが、ジュード自身はすでに絶望していて、「よくなる」ことを信じていない。

それゆえか、泣ける作品という、どこかにカタルシスを期待する惹句は、『あるささやかな人生』には似合わない。たしかに涙なしには読めないけれど、泣いても救いは訪れない。7部構成の本作では「最大量の感情」を描き、「不躾な」ほどの長さ（アンカー・ブックスのペーパーバックで800ページほど！）をもって読者に対し「感情的降伏」を求めたというヤナギハラの目論見どおり、この作品を読む者は、ジュードや友人たちの姿に心動かされ、かき立てられた感情にのみ込まれそうになる（“Hanya Yanagihara on A Little Life", "New Fiction")。同時に、「よくなる」ことを期待しないジュードの冷静な絶望が、「よくなる」ことを期待し、悲しみはしあわせで贖われてほしいと祈るような心持ちにブレーキをかける。感情の大渦のなかで、涙と洟まみれになりながら、そのように共感する意味を問われると、とてもいたたまれない。このいたたまれない読書体験をもたらしてくれるという点は、デビュー作『森の人々』にも共通する魅力である。音響もなく単調に黒インクの活字が連なるだけの本が、これほどの居心地のわるさを生じさせることに驚きつつ、作品へもぐり込んでみたい。

第1部「リスペナード通り」では、ボストンの大学寮に暮らす4人それぞれにスポットライトがあたる。彼らはさまざまなことを語り合うが、ジュードだけは自らについてほとんど何も語らない。親はないこと、交通事故の後遺症で右脚が少し不自由であり、ときおり痛みの発作に見舞われること。それ以外のことをジュードが明かすことはなく、ウィレムたちは、彼の過去には何かがある気配を感じ取りつつ、そこに立ち入る勇気と厚かましさを発揮することはなかった。

第2部「ポストマン」以降、小説の焦点はジュードにしぼられる。大学を卒業した4人はニューヨークへ移り、それぞれのキャリアを追いかけながら、近しい友人であり続けたが、第3部「虚栄」と第4部「等号の公理」では、20年の経過とともに関係は変化する。弁護士として容赦のない仕事をこなすジュードは、11歳からリストカットを続けている。彼にとって自傷は「ふつうである」ために必要なものであり、友人たちは案じながらも介入することはできなかった (Yanagihara, ***A Little Life*** 412)。しかし、とりわけ仲の良かったウィレムに恋人ができ、ジュードはアパレルメーカーCEOであるケイレブ・ポーターと関係を持つようになると、自傷は頻度と度合いを増す。ケイレブは彼に暴力をふるい続け、ある日激しい暴行におよぶ。打撲や骨折を含む身体的怪我からは回復するが、事件から1年後、42歳のジュードは両腕の動静脈を切り自殺を試みる。

暴行事件と自殺未遂ののち、ウィレムはふたたびジュードと暮らし始め、パートナーとなる決意をする。祝福されたしあわせな時が流れ始めるが、ジュードは自傷を止めない。ウィレムへの信頼と愛情を深める一方で、セックスに対して嫌悪と恐怖を抱くほかない彼にとって、自傷は、醜悪な記憶や感情を浄化するある種の救済であるが、ウィレムはそれを受け入れられない。おたがいを必要とするパートナーとしての関係は、およそ2年のうちに少しずつ、治療の必要な病者と治癒の手助けをしたい者のそれにも似るようになり、感謝祭休暇のある日、激しい口論となる。ジュードは、ウィレムがいつか自分を捨てるかもしれないことを恐れながら、自分の醜悪さにおびえている。ウィレムは、ジュードを救おうとしながら、何が救いとなるのか分からない。双方の誤解とずれを自覚したその夜、ジュードははじめて過去について語る。サウス・ダコタの修道院、ルーク修道士、養護施設、トレイラー博士と名乗る男。その間数えきれないほどくり返された精神的、身体的、性的虐待。彼の過去は、木曜の夜から土曜日の午後までかけて語られた。

不可能な共有

第2部以降の中心人物となるジュードは、消えることのない痛みとともに生きている。小説は、ジュードの心身に課される痛みを、細密かつ執拗に、明晰な言葉によって表す。鞭打たれる痛み、火傷を負う痛み、レイプされる痛み、殴打され突き落とされる痛み、自らを傷つける痛み。親を持たない痛み、虐待の記憶の痛み。その筆致は、ジュードの痛みを読者に疑似体験させようとするかのような意志と熱量を感じさせるけれど、描かれる痛みは誰もその身に引き受けることのできないものであり続ける。

たとえば、こんな場面がある。ジュードは自宅のバスルームで静かに、両手首に何度もカミソリを滑らせる。それをウィレムが見ている。見られたことに気づいた衝撃は大きく、ジュードは呆然とする。ウィレムは何も言わずにカミソリを取り、自らの胸を切りつける。我に返ったジュードは止めようとするが、ウィレムは手を止めず、「どんな感じがするか分かるだろう?」と応える（490）。ジュード自身が課してきた酷く痛い自傷の痛みを体験すると同時に、自分が抱えてきた自傷を目撃することの動揺をジュードに体験させようとする。ふたりが自傷の痛みだけでなく、パートナーの自傷行為を見る痛みも共有しているように見える。けれども、幾筋もの胸の切り傷を手当てしようとするジュードを遮り、ウィレムは言う。

> これはふたりで共有するようなものじゃない、自分で切った傷を手当てし合うなんて。
> （491）

ジュードの手首の傷の痛みは、ウィレムの胸の傷の痛みと同じではないし、ウィレムの葛藤は、ジュードの動揺と同じではない。ふたりだけのこの場面はむしろ、痛みというものは個人的なものであって、いかに親しいふたりであっても共有できるたぐいのものではないことを明らかにしてしまう。

ジュードの痛みを倦むことなく列挙する小説は、読者にも痛みを共有させようとするかのようでありながら、それが物語の始まりから終わりまで彼ひとりのものであって決して共有できないことを読む者に突きつける。不可能な共有を求める作品に、読者は戸惑うだろう。そして、いつまでも痛いことにも戸惑う。回復したと安堵すると、すぐにまた暴力がくり返され、痛む。暴力が反復されると、矢倉喬士さんが論じていたスローモーションの効果（P178～）にも似て、今まで見えていなかった何かに視線が届くことがあるかもしれない。『あるささやかな人生』における痛みの表象は、共有できないことを前提にしているがために、かえって痛いのだ。

こうして、作品半ば第4部、すでに居心地がわるい。なぜ、ジュードはこれほど苛烈な暴力に曝され続けなければならないのか。それを説明する手がかりを、この作品は与えてくれない。たとえば、彼の痛みに何かしらの社会的・歴史的な解釈を施すためのコンテクストがない。たしかにジュードは人種的に「白くはない」し、「男性とも女性ともつかない」曖昧な存在で、右脚に障がいを抱えているけれど、それらは彼の心身に執拗に加えられる暴力を何も説明しない（3, 173)。彼に向けられた暴力には理由がなく、終わりがない。2018年秋、インターナショナル・シアター・アムステルダムで上演された際、ルーク修道士、トレイラー博士、ケイレブの三者をハンス・ケスティングひとりが演じたそうだ（改稿時、2018年の上演についてのウェブサイトは閉鎖された模様で、劇場の公式インスタグラムで上演を確認できる。ほぼ同じキャストで2020年12月に上演される)。舞台を観に行くことはできなかったためここでは想像するよりほかないけれど、同じ俳優が演じると、三者それぞれの異なる属性よりも、ジュードを虐待する者としての類似性がより際立つのだろう。暴力をふるう理由を三者それぞれに求めることは説得力を失い、彼らだから虐待したのだという因果が立ち消えてしまう。そして、ジュードが終わりない暴力に曝される理由を与えられない居心地のわるさは、次の問いへつながる。暴力をふるわれることについて理由を求められるのか。ジュードの終わりなき痛みについて読むときに、そこに始まりと終わりと腑に落ちる原因と結果を期待することはできるのか。『あるささやかな人生』が、紙幅の範囲で涙することの横暴と滑稽さを味わわせてくれる作品だと気づけば、これから先の300ページは、いたたまれなくもスリリングな時間になる。

しあわせのあと

第5部「しあわせな歳月」では、40代後半を迎えたジュードとウィレムがふたりの暮らしを築いていく。それぞれの仕事は順調にすすみ、ロンドンや郊外に住まいを構え、休暇には旅行を楽しんでいる。ジュードは気が進まないながら精神科にも定期的に通う。穏やかな日々は長くは続かず、47歳のジュードは両脚の骨の感染症により、膝下を切断しなければならなくなる。1年後、義肢を着け歩くことができるようになったものの、ジュードの自傷は続き、ウィレムは注意深く見守っている。毎週末を郊外の自宅で過ごすふたりと友人たちは平穏なしあわせを味わう。そんなある週末、マルコムと彼の配偶者ソフィーを迎えて戻るウィレムの車が、飲酒運転のトラックに衝突される。ウィレムとソフィーは即死、マルコムも脳死期を経て亡くなる。

第6部「親愛なる友へ」は、最愛の人を亡くしたジュードの喪失感を描く。遺言実行や事故訴訟などの手続きを行ううちに数カ月が過ぎたある日、生きるのはすでに困難で無意味になったことをジュードは悟る。食べるのをやめ、平日は極限まで眠りを切り詰めて仕事に没頭し、週末は夢のなかにウィレムの幻像を探そうと眠り続け、ゆるやかな自死へと歩み始める。自殺未遂のあとに養父ハロルドと交わした約束——二度と自殺は試みない——のためだけに生き延びているようであり、友人たちの心配さえ重荷に感じてしまう。ときおり意識を失うほどに衰弱しながら仕事を続けるが、友人たちに説き伏せられて入院する。自分の身体、自分の生について自分で決定できないことに怒るジュードは、自分を子どものように世話しようとする養父母に激しく反発する。しかし、彼自身よりも彼の生を願い、決して自分を拒絶することのないふたりを前に、自分にもあり得たかもしれない、「ふつう」の子どもとして守られ成長していく人生の可能性を感じ、「とどまることにする」（700）。

第7部「リスペナード通り」はすべてハロルドが語る。「きみ」と呼びかけながら語るのは、食餌療法やモニタリングによって快復の兆しをみせるジュードの姿である。ウィレムの死から2年後にはローマを訪れ、その翌年には、あと半年ほど体重を維持すれば食餌療法やモニタリングを終えられる見込みとなる。そしてその頃、退職を考えているとジュードから打ち明けられる。ハロルドは考え直してほしいと伝えるが、責任感のつよいジュードは仕事があればもう少し生き延びてくれるのではないかとひそかに願ったからだった。けれども5カ月後、ジュード自死の知らせを受ける。動脈に空気を注射し、亡くなったという。住まいはきちんと片づけられ、ダイニングテーブルには遺書と各人宛の手紙がきれいに並べられていた。6年前のこのジュードとの別れを想いやるハロルドは、肖像画のウィレムに、ジュードはしあわせであったのだろうかと問いかけ続けている。

身体は誰のものか

しあわせと喪失のジェットコースターのような第5部に続いて、第6部では、ジュードが抱え込んでいた苦しみや怒りの輪郭が明確になる。彼は、自分の身体をどのように使うか自分で決めることは不可能なのか、自分の身体は自分のものではないのか、と叫ぶように問うている。身体は誰のものかというのは、日野原慶さんが論じている「FATをめぐるものがたり」にもつながる問題でもあるだろう（本書　Chapter 6）。ルーク修道士や無数の男性たち、トレイラー博士、そしてケイレブによって蹂躙されるとき、ジュードのものであるはずの身体が、彼らによって占有されている。身体的暴力から解放されても、その記憶になお占領されている。このような身体的・精神的占有に対して、ジュードは自傷によって対処しようとする。第2部では、自傷を止めるようそっと助言（ときには懇願）されるたびに、ジュードは拒んでいた。彼にとってそれは「ふつう」でいるために必要な行為であって、病として治療されるべきものではない。そして突き詰めれば、自分の身体は自分のものであり、その使い方は「自分で決められるはずである」という訴えとなる（380; 傍点は原文斜体）。彼の訴えは「子どもっぽく強情で」傲慢であるけれども（380）、ジュードをよく知る者にとっては、悲しい説得力を帯びるだろう。理由のない暴力に曝されてきた身体を取り戻そうとする彼の格闘は、まったくほんとうに正当なものだ。しかし、取り戻した先に自傷や自死があるとき、素直に頷くことはできなくなる。

ウィレムを亡くして生きる意味を喪失したジュードは、食べることをやめ、衰弱していく。静かに涙をこぼしながら自分を見つめるハロルドに懇願する。

> あの約束から解放してほしい。また同じことをさせないでほしい。続けさせようとしないでほしい。（692）

ここはほんとうに、つらい場面。ハロルドたちに抵抗しながらジュードは、ハロルドがルーク修道士やトレイラー博士と同じように自分を殴り見捨てることさえ空想する(695-7)。ところが、ハロルドは殴るのではなく抱きしめ、その両腕でジュードを監禁し、治療と生存を願うという暴力をふるう(697)。このときのジュードにとって、自分の身体を暴力に組み敷かれたことも、自分の身体を慈しみ大切にされることも、自分の思いのままにならないという点において等しい。自分の身体をどのように使おうと自由であるという傲慢さと、生きることをやめたい者にそれでもなお生きてほしいと願う暴力がぶつかり、ジュードの身体は誰のものでもなく、同時にすべての人のものである、そのようなものになる。

「とどまること」を決意したジュードは、自分の身体をハロルドたちへ明け渡し、彼らのために生き延びていく。第三者の語り手がジュードの内面に焦点をあてるときは、心の機微は冷静に分析され、論理的に破綻しない説明が施されてきた一方で、ハロルドが語る第7部では、ジュードが何を考えどのように感じていたのか明かされずに終わる。ここで一切を語る彼にはジュードの内面は知り得ないものであるから(もちろんこれまでの第三者の語り手もすべてを知っているとはかぎらないけれど)。ジュードが最後に何をおもっていたか示されないままハロルドの問いかけが響くオープンエンドは、ページが終わっても、身体は誰のものかというジュードの問いかけに決着はつかないことを教えてくれる。そういえば「不躾な」作品とヤナギハラ自ら評していたのは、読むための時間と気力だけでなく、読み終えたあとの時間もしっかりと占領することを意味していたのか。本を置いてもまだ居心地のわるい時間が続き、少なくともわたしは、脈絡と解釈を得てすっきりしたい欲望と、たぶんいつまでも分からないままかもしれないという予感を抱えている。ジュードの問いかけも、彼を描き尽くそうとしたこの作品も、楽しくきれいに消化できるものではないのだろう、とおもう。

この小説は、密度の高い感情に時間と精神を明け渡す「感情的降伏」を読者に求めた。そうして読み進めながら、この降伏が最後には報われることをわたしは期待していたかもしれない。ジュードの問いかけに何か答えが与えられ、何かカタルシスをもって作品が終わることを待っていたかもしれない。けれどもそんなことは起きず、読み終えてなおもやもやとしたままの気分をぴったりと言葉に表すことができずにいる。

肖像の転用と共感

少し視点をずらすと、『あるささやかな人生』は、感情や感覚から遠いところに立たされている者が、理性や論理だけで処することのできないものとどのように対峙するかをつぶさに描いていることが見えてくる。ジュードは自分の感情を冷徹に分析し、友人たちと共有することはほとんどなかった。感情を密閉する彼の内面を、読者は第三者の語り手を介して覗き込んでいた。そして、第7部(とここまでのいくつかの箇所)では、「きみ」に語りかけ問い続けるハロルドから、彼も冷静に分析しきれないものを抱えていることがうかがわれる。ジュードと同じように、ハロルドもまた努めて平静に文脈を編み上げ、明快に説明しようとするけれども、小説の最後まで彼はつじつまと意義を見つけられないでいる。

問い続ける彼を黙って受け止めるのは、「ジュードの話に耳を傾けるウィレム、グリーン・ストリートにて」と題されたJBの作品である。JBが回顧展で発表した作品で、いまはハロルドの手元にある。ジュードの言葉を借りれば、画家JBには「深い共感と聡明さと洞察力のある一面が隠れて」いる（169）。この肖像画もまた、ウィレムの死に深く落ち込むジュードを思って描かれたものであった（677）。その一方で、友人としてのJBは、ジュードにつよく惹かれ、わがままな執着を見せる。ウィレムの思慮深い愛情とは違って、ジュードへの配慮よりも、彼への憧憬と彼を描きたいという欲望を尊重することが多い。

第2部へ戻ってみたい。大学卒業から数年後、個展の機会を得たJBは、3人の友人たちの何気ない姿を描く連作「ボーイズ」を発表する。それは、かつて、題材とする写真の選択も含めて事前に相談することを条件に、躊躇する3人を説得して制作した24点の肖像画だった（167）。個展会場を訪れたジュードは、「強度とうつくしさ」のあふれる作品に、「まるでJBがすっかりあたらしい色彩の言語を編み上げたかのようだ」とおもう（169）。ところが、事前の相談なく描かれた作品を見つけてしまう。火の点いていない煙草を右手に持つ大学生のジュードを描く「ジュードと煙草」と、痛みの発作が治まるのを待つ姿を写した「ジュード、青ざめて」の2点である。どちらも、ジュードは撮られたことさえ知らない写真をもとにしている。無断で撮られた写真を素材として無断で制作された自分の肖像画を前に、当然ジュードは「自分の人生のみじめなふたつの瞬間の記録を人々に見られるのだと、侵害された思い」を抱く（170）。これらの作品においてJBは、ルーク修道士やトレイラー博士たちと同じように、ただし別の方法で、ジュードの身体を奪い、彼の人生の瞬間を盗用している。

「ジュードと煙草」は、JBにとって「ボーイズ」のすべてを表現している。願わくは「ラブレターであり、記録であり、大河小説であり、JBのもの」であってほしいと言う（34; 傍点は原文斜体）。「ジュードと煙草」の素材となった写真のなかで、ジュードは半ばカメラの方を向き、左腕を胸に回し、右手には煙草を所在なさそうに持っている。青と白のストライプの大きすぎる長袖のTシャツを着て、顎のあたりまで髪をのばしていて、いつものように「疲れ切った表情」を浮かべている（34）。個展作品の制作に際して数年ぶりにこの写真を見たとき、JBは「なぜなのかはっきりと言葉にできないような、がらんとした気持ちになる」（34）。理由を説明できない「がらんとした気持ち」を抱かせた写真を翻案し、「あたらしい色彩の言語」によって、「ラブレターであり、記録であり、大河小説であり、JBのもの」として表現したのが「ジュードと煙草」であった。

自分の一瞬間が切り取られ、知らないうちに「JBのもの」になっている。盗まれた一瞬の自分が、文脈を失って人目に晒されていく。このことに「苦痛」を覚えながらも、ジュードは自分の感情を冷静に解剖処理し、「苦痛」は作品に向けられるべきものではないと考え、自分の気持ちを明かさずにおく（170）。画家であり友人であるJBの表現の方法は、ジュードのそれとは大きくずれていて、彼が想いを表現するほどにジュードの気持ちを踏み荒らしてしまう。

「ジュードの話に耳を傾けるウィレム」も、JBの想いとは裏腹に、ジュードをなぐさめない。ウィレム亡き喪失感にもがくジュードは、回顧展を準備するJBを訪ねる。画面の奥を振り返るウィレムの姿が写真のように描き出されている作品に、ジュードは生前のウィレムをあざやかに思い出すが、そのタイトルを見たとき、「息が止まるのを感じ」、めまいを覚える(677)。あまりにも写実的に描かれたウィレムは、彼と一緒に過ごした日々を思い起こさせ、耐えられないほど緻密な文脈を浮かび上がらせる。ジュードのために描いたと告げるJBの目の前で、ジュードはありがとうと応えながらも青ざめていく。だからJBは、ジュードの肩を突然に抱き寄せキスをする。悲しそうだったからと謝るJBを振り切り、「どうかかまわないで」と言ってジュードは立ち去る(678-9)。カンバスのなかで「自分が話をすることを待ち続けている」かのようなウィレムには、「どうか許して、いまはここにはいられない」と言い残すしかできない(679)。

やがてハロルドの手元に置かれると、JBの描いた肖像は「ウィレムそのもので、その表情もそのままに正確に表現している」ゆえに(709)、あたかもそこにいるかのように、ハロルドの語りに耳を傾ける。亡くなった家族や友人を想い、冷静な言葉だけでは語りきれない内面を告白し、癒えることのない喪失感と後悔の気持ちを明かす彼の、やさしい聞き手となる。JBのもともとの意図から逸れて、ジュードのために描かれたものがハロルドのものになり、ジュードの話を聞くウィレムにハロルドが語りかける。そのとき、JBの「聡明さと洞察力のある一面」が表れ、ジュードやウィレムだけでなくハロルドにも「深い共感」が届く。転用された「ジュードの話に耳を傾けるウィレム」は、愛する人たちに先立たれてきたハロルドの思索を受け止める。彼が、きれいな答えはないと何となく知りながらも、ジュードはしあわせであったのかと問いかけ続けることを可能にする。ジュードの痛みを徹底的に描写することでむしろ痛みは共有できないことをあらわにした一方で、そして、感情に文脈を与えようとするほど文脈を失いそうになることを綴ってきた一方で、ハロルドの手元に置かれたウィレムの肖像画のように思いがけない共感の可能性を示してもいる。

ここからたぶん、表紙の持つ意味が少し見えてくる。使用されているのはピーター・ヒュージャーの「Orgasmic Man」という作品で、そのことを知らなければ、悲しく嘆いているような表情に見える。そう誤解されたままでも、無防備な表情を写したものだと明かされたあとでも、このモノクロ写真は作品と見事に共鳴する。そして、おおよそ多くの人目にふれることを前提にしない表情が、こうして多くの人目を集めるための表紙に転用されたとき、何が起きるか。たとえば『あるささやかな人生』を読んだ者たちがその読書体験を共有する所作のひとつとして、表紙を使ったポートレイトを撮っていたりする。ヒュージャーによる肖像写真とヤナギハラの小説を転用するポートレイトの集団は、SNS上に現れては消えていきながら、どのような共感をもたらし得るのだろう。

■ **参考文献**

- "Hanya Yanagihara and Matthew Specktor: *A Little Life: A Novel.*" *Aloud*, Los Angeles Public Library, Feb 23, 2016.
- "Hanya Yanagihara," Interview by Jason Steger, *Wheeler Center*, May 23, 2016.
- "Hanya Yanagihara, No Escape, Site-Specific Theatre, Boy Meets Girl." *BBC Radio Front Row*, Aug. 29, 2015.
- "Hanya Yanagihara on *A Little Life,*" *Slate's Live at Politics & Prose*, Feb. 26, 2016.
- Hujar, Peter. "Orgasmic Man." Peter Hujar Archive.
- "A Little Life, 09 Dec '20 to 24 Dec '20." Internationaal Theater Amsterdam.
- "New Fiction with Hanya Yanagihara and Andrew Miller," *The Guardian Books Podcast*, Aug. 28, 2015.
- "Novelist and T Editor Hanya Yanagihara on the 'Slap-You-in-the-Face' Power of Magazines." *Ad Lib Podcast*, Apr 26, 2018.
- Symonds, Alexandria. "T Magazine's New Editor: From Glossies to Global Vision." *The New York Times*, Aug. 21, 2017.
- *Voice of America: What the Extraordinary Range of Contemporary Literature by Black Men Says about Us*. Holiday issue of *T: New York Times Style Magazine*, Dec. 2, 2018.
- Yanagihara, Hanya. *A Little Life*. Anchor, 2015. Kindle.
- ---. *The People in the Trees*. 2013.『森の人々』(山田美明訳、光文社、2016年)
- @internationaalthteateramsterdam (Internationaal Theater Amsterdam). "Vanavond de laatste try-out van Een klein leven . . ." *Instagram*, Sept. 22, 2018,
- ---. "Vanmiddag gaat Een klein leven in première. Toitoitoi aan de cast en crew! . . ." *Instagram*, Sept. 23 2018,
- ---. "Vanavond: An evening with @HanyaYanagihara. De schrijfster van het boek Een klein leven. . . ." Instagram, Sept. 24 2018,
- @hanyayanagihara (Hanya Yanagihara). "Made @ramseynasr (who plays Jude) reclaim his throne after tonight's premiere of #alittlelifebook, adapted for the stage by the always-brilliant #ivovanhove. Thank you to @itaensemble and all the cast members for their mesmerizing performances and an out-of-body experience. #itaensemble #eenkleinleven #amsterdam." *Instagram*, Sept. 24, 2018,
- ---. "One of the things I told director #ivovanhove in our discussions about his interpretation of #alittlelifebook was that I wanted him to use the possibilities of the medium—in this case, the stage—as much as he could, and indeed, my favorite parts of the production were the ones that delivered the particular thrills that only a live performance can. One of Ivo's earliest suggestions, which I'd loved, is that the same actor play Brother Luke, Caleb, and Dr. Traylor. Here's the arresting Hans Kesting (@hanszszsz), who moved from character to character with minimal, subtle costume changes, as Caleb and @ramseynasr as Jude.//Also: thank you to everyone for all your kind comments. The play is only being produced in Dutch (some performances are subtitled in English: check website below) and will only be performed in two runs: the first ends Sept 29 and then moves to Antwerp for three additional performances, but these are all sold out. Then it'll run again in mid-April 2019 (again, Amsterdam only, and there are currently no plans for it to move to London or NYC). For more information, go to tga.nl. Amsterdam readers, see you tonight at the Q and A at @internationaaltheateramsterdam. Photo courtesy @itaensemble #eenkleinleven." *Instagram*, Sept. 24, 2018,

こわかわいい創造の物語

モナ・アワド『バニー』

加藤有佳織

KATO Yukari

ガールズ喧嘩譚の向こうに

モナ・アワド（Mona Awad, 1978年-）の最新作『バニー』（*Bunny*、未邦訳、2019年）の舞台は、ニューイングランドにあるウォレン大学（「warren」には養兎場の意味もある）の創作科。その物語コースに通う25歳の大学院生サマンサ・ヘザー・マッキー（ヘザーは『ヘザーズ――ベロニカの熱い日』から。ウィノナ・ライダー！）が語り手である。彼女は強靭な翼のある想像力の持ち主で、子どもの頃から物語をつくるのが好きで、とくにホラーを愛している。ところが今はライターズブロックに苦しみ、文字通り一言も書けない。大学の雰囲気が、なんと言うか、合わないのである。裕福な家庭出身の学生が多く、美容師の母が亡くなってからずっと父と暮らしてきた彼女は、どこか疎外感を抱いている。エイヴァという素敵にとんがった女性と、詩・韻文コースに通うジョナというふんわりやさしい男性のほかには、友だちと呼べる（呼びたい）人はいない。同期の大学院生たちは異様に仲が良く、お互いをバニーと呼び合い（つまり養兎場のうさぎたち）、四六時中くっついてハグしている。その様子は、サマンサの目には獰猛にすら映る。修了創作のためのワークショップでも彼女たちは前向きに建設的なコメントを交わすけれど、サマンサに言わせれば陳腐で薄っぺらくて既視感のある作品をご丁寧に褒め合っているだけ。

Mona Awad,
Bunny,
Viking

サマンサがバニーたちに向ける辛辣すぎる視線には、バニーたちの表面的な親密さや見かけだけの信頼関係に対する不信感というか苛立ちが透けて見える。あの人たちのようにただ群れているのではなくて、自分はもっと本質的な作品を書こうとしているし、エイヴァとほんとうの友情でつながっているとおもっているからこそ、そうではない（ように見える）バニーたちに手厳しい。その一方で、大学のマジョリティのなかでも目立って中心にいるバニーたちへの羨望も滲んでいる。だから読者は、語り手サマンサとの距離感の調整に少してこずるかもしれない。冒頭は、密かに感じているのに自分の邪悪さを暴露する勇気がないから言えない悪口を誰かが言ってくれているときのような、快感を覚えるかもしれない。でもすぐに、彼女のバニー批判に深く食い込んで離れない憧憬に気づくはず。そうすると、サマンサのややこしい気分にとことん共感できるときもあれば、彼女の語ることを額面どおりに受け取っていいのかなとおもうときもあって、『バニー』という作品は、ガールズ喧嘩譚として魅せるだけでなく、語る行為それ自体を意識するいたずらっぽいおもしろさに満ちているのだと感じる。

モナ・アワドは、ヴェロニカ・タートリー（Veronica Tartley）名義で2005年にモントリオールの季刊誌「メゾンヌーヴ」（Maisonneuve: A Quarterly of Arts, Opinion & Ideas）にコラムを寄せていた。2020年9月現在、すべて（2020年改稿時）オンラインで読むことができるそれらコラムは、レストランやバーを紹介するものだが、食べることや料理することに対するひとくせあるアプローチには、その後の作品にも共通する雰囲気がただよう。そしてフィクションのデビュー作は、2016年の短編集『*13 Ways of Looking at a Fat Girl*』である（本書P259）。タイトルのとおり、自分は太っていると感じている（ことを強いられている）エリザベスという女の子について、その人生のいろいろなステージを切り取る短編が並んでいて、かわいくてさわやかなだけではないガールズストーリーを探している方にぜひおすすめしたい作品である。『*13 Ways of Looking at a Fat Girl*』には『バニー』にもつながる要素もあり、アワドは女性たちの砂糖づけされた敵愾心を描くのが得意（に見えるだけでほんとうはいやいや書いているのかもしれないけど）で、キュルンとしたやりとりをしながら心の中ではニヒルだったりダークだったりする女の子たちの姿は風味絶佳の一言。どうしてそれが素敵なのかというと、そこに視線のやりとりが見事に描き出されているからだとおもう。誰が誰を見ているのか、誰に見られているのか。アワドの語り手や人物たちは、視線の暴力をよく知っている。それらと上手に付き合う術を持っている。でも同時に、誰かの視線がなければ、自分の存在を確かめられないから、自分を見てくれる人を探し求める。ときには誰かの視線を自分自身のものだと勘違いする。それで、こんがらがる。

『バニー』のサマンサは、最高にクールな親友エイヴァを捨て、苦々しくも憧れていたバニーたちの一員になる。そうして彼女が巻き込まれるドラマには、ちょっとした仕掛けが用意されている。その仕掛けが分かる前と後、物語をつくるのが好きな主人公サマンサとどんな関係を作るか、彼女の視線をどう見つめるかによって、『バニー』は見事に表情を変えてしまう。だから今回は、その仕掛けを明かさないように気をつけながら、アワドのかわいくてこわい不思議な物語を紹介してみたい。ちなみにこの『バニー』は、AMCネットワークによるTVドラマ化も決定している（Chapman; Petski）。どんなドラマになるんだろう？

群れからはぐれた女性

女性が女性へ向ける視線、それもとりわ

け意地悪な視線を描くとき、アワドの筆致はとにかく生き生きとする。たとえばサマンサは、お互いをバニーと呼び合い、過剰なほどの親密さを発揮する同期の女性たちを忌々しそうに見つめている。力強いハグでお互い破裂してしまえばいいのにと願い、鼻や頬をくっつけ、こめかみを合わせる姿に「ボノボが唇を擦り合わせる姿やホラー映画のうつくしい殺人鬼の子どものテレパシー」を連想し、「甘ったるくて青臭い香水でみんな窒息すればいいのに」と望む（*Bunny* 3-4）。でも、この容赦ない視線はバニーたちに届いていないようで、彼女たちはサマンサという「同期の大学院生が向ける軽蔑をまったく感じることがない」（*Bunny* 4）。群れるバニーたちへのとげとげしい視線はどこかで屈折して、群れからはぐれて孤独なサマンサへ返ってくる。

群れる女性たちと、そこからはぐれた女性の視線は、『バニー』の2年前に発表された短編「なだれる女」（「ロサンゼルス・レビュー・オブ・ブックス・クオータリー・ジャーナル」13号）にも現れる。この短編は、ガーリー（Girly）という女性が、知人と友人のあいだくらいの親しさであるエキゾティックな美女たち（girlies）とともに、宇宙と一体化するために山男たちとセックスしようと雪山へ出かける物語。こうまとめるとみるみるつまらなそうになってしまうけれど、いくつになってもキュートでティーンな所作が神秘主義のヴェールを被っているようなアワドの作品の雰囲気をよく表していて、『バニー』のコンパニオンピースとしても味わい深い。

少しだけ寄り道してのぞいてみよう。語り手が、山を登る3人の女性たちを描写しながら、美女を観察するガーリーの視点に寄っていく一節がある。

> ガーリーとふたりの美女たちは山道を登る。狭い道であったため、ガーリーが前を歩いたり、他のふたりの後ろを歩いたりする。ふたりはいつも並んで歩き、ガーリーにはほとんどぴったり一致しているように見える。均整のとれた同じ歩幅で、かかととつま先は同じリズムを刻み、ブレスレットをした腕をからませ、恋人のような雰囲気を醸し出す。ガーリーにこういう友だちはいない。同じように腕をふり、同じ歩調で歩く友だちはいない。とりあえず今は考えないでおく。

アワドは、一心同体となる女性たちを揶揄するとき、そこからはぐれる存在を描き、その者の孤独感も描き出す。「なだれる女」の場合、ガーリーの孤独はガーリーたち（あぁややこしい！）と別行動をすることで、浮ついたガーリーたちのお目当てだった山男気取りではなく、むしろ熊と「ひとつになる」ことでガーリーの孤独感が表情を変える。

それにしても急に熊？　と思うはず。アワドにはこういうところがあって、ふいに異質な存在を紛れ込ませてにっこりほほえむのだ。うさぎモチーフにあふれる『バニー』では、うさぎ男が登場する。

バニーとうさぎ男

バニーの女の子たちは自宅でワークショップを行っている。それは特別なワークショップで、彼女たちが認めた者しか参加できない。ある日サマンサはそこへ招待され、自分を納得させる理屈を練り上げながら、参加する。あまり美味しくはなさそうなオリジナルカクテルでもてなされ、ひどく酔いが回ってくると、サマンサは不可解な叫び声を耳にする。記憶はおぼろで、ふたたびワークショップに誘われて参加してみると、またカクテルのあとに不思議なことが起こる。17歳のときに好きだったロブ・バレンシアが現れ、そしてその頭が爆発するのを見る。これは一体何なのだろう？

バニーたちのワークショップを比喩的にとらえてみるのもいい。でも、文字通り書かれていることを整理すると、そこではバニーたちの語る物語とうさぎから、うさぎ男が創り出されている。うさぎの頭部を持ち、首から下はきれいなスーツに身を包み、革の手袋はいびつな手を隠しているうさぎ男たち。彼らはバニーたちに熱っぽく甘い言葉を捧げるが、もしも何か気に障ることを言ったり、何か欠けていたりすれば、容赦なくその身に斧が振り下ろされる。

でも、この作品はサマンサが語っていることを忘れてはいけない。ロブの頭部爆発を見て大混乱するサマンサに、バニーたちは「それはあなたが見たとおもってることなの。いい？」と説得のような脅迫のような説明をする。そしてサマンサは、「見た（saw）」から「物を切断する銀色の目の立った刃」を連想する（*Bunny* 96）。サマンサの混乱そのものとホラー愛を体現するような場面で、こんな言葉が反響する。

> 物事はいつも見たとおりってわけじゃないでしょ？（*Bunny* 97）

混乱したサマンサの語りは、バニーたちのワークショップで何を見たのか、ワークショップで何が行なわれているのかうやむやにしたまま、禍々しさと不可解さだけは鮮やかに印象づけてくれる。

やがてサマンサが「わたし」ではなく「わたしたち」を使い始め（*Bunny* 123）、嫌悪していたはずのバニーの一員になっていく様子が描かれる。バニーらしい装いとふるまいを身に着け、修了創作のための授業も彼女たちと協力して切り抜ける。そして、何回目かのワークショップで初めて、サマンサはうさぎ男を創り出すことになる（*Bunny* 166-70）。

おとぎ話リミックス

『バニー』に関するいくつかのインタビューのなかで、アワドは「うさぎの花嫁」に着想を得た部分があると明かしている（Nechamkin）。もともとおとぎ話には関心と愛着があったアワドは（エディンバラ大学ではおとぎ話における恐怖についての論文で修士号を取得している）、不思議な後味の「うさぎの花嫁」は、アメリカのポップカルチャーにおけるうさぎの両義性とともに（Meyer）、『バニー』の源泉になったと語る。

アワドがおとぎ話をアレンジするのは、『バニー』が最初ではない。『モダン・グリモワール――現代のおとぎ話と寓話と民話』（*Modern Grimmoire: A Contemporary Anthology of Fairy Tales, Fables & Folklore*、未邦訳、2013年）に「狼男のあたらしい仕事」（「The Wolfman's New Gig」）という短編を寄せている。狼男と赤ずきんを翻案した作品で、ロックスターの夢半ばというかとっくに破れ、おばけ屋敷で狼男を演じている中年男性フロイド・アッカーマンが主人公である。とある夜、お客の少女を驚かせすぎて、怪我をさせてしまう。彼は少女を病院へ運び、マニュアル通りの対応をする。ところが、狼を愛する少女は彼に、狼男として自分を怖がらせるという仕事を依頼する。フロイドは少女の風変わりな依頼にもちろん戸惑う。けれどもやはり高額の謝礼に惹かれて依頼を受けることにする。少女の指示どおり、狼男業に邁進するアッカーマン。おばけ屋敷を辞め、少女専属の狼男を演じるが、やがてマンネリ化していく。飽きている少女と失いそうな仕事をつなぎとめるべく、少女が祖母と暮らす大邸宅に勝手に忍びこみ、驚かそうとすると……気づけば脚を撃たれ、目の前にはライフルを構えた祖母と、狼のドキュメンタリー番組に夢中でこちらには無関心な少女の姿があった。かわいい者が見せる残虐さは、なかなかおそろしい。

「狼男のあたらしい仕事」の始まりはとてもコミカルだった。少女の治療を待つあいだ、フロイドは狼男のマスクを外そうとするものの、しっかり接着されているため簡単には外せない。そこで仕方なく待合室の「ピープル」誌で顔を隠しながら少女の治療が終わるのを待つ（“The Wolfman’s” 151）。しかし気づくと、フロイドの分別と保身をよく描き出すちょっと意地悪なユーモアは転調していく。少女の奇妙な申し出に直感的な恐怖を抱いたフロイド。嫌な予感を打ち消しながら少女の仕事を引き受けた彼は、けっきょく妻アンバーに逃げられ、謎だらけの大邸宅で少女に見捨てられ、老婦人に勝ち誇ったような笑顔と銃口を向けられることになる。フロイドにしてみれば踏んだり蹴ったり撃たれたりである。

Mona Awad,
Modern Grimmoire: A Contemporary Anthology of Fairy Tales, Fables & Folklore,
Indigo Ink Press

愉快そうな見かけから血まみれの暴力譚に変容する。この手つきは『バニー』にも見出される。作品冒頭は群れる女性たちを揶揄する辛辣なユーモアを味わわせてくれるが、批判者サマンサが可愛らしい優等生のバニーたちの輪に加わると、そこには忌まわしき暴力と恍惚の世界が広がっている。「うさぎの花嫁」の少女は、藁人形で自分の死を擬装してうさぎとの婚姻を免れた一方、『バニー』の女性たちはむしろ従順なる花婿候補たちを創り出し、いとも簡単に殺してしまう。そして『バニー』は、大学構内での連続殺人事件にもさらりと言及し、彼女たちのワークショップの謎はおとぎ話と現実のあいだに宙づりにされる。

創造／想像されたもの

『バニー』におけるおとぎ話の翻案には、もうひとひねり加えられている。物語とうさぎからうさぎ男を創り出しては殺していくワークショップ。そこから逃げ出したのが、サマンサの中途半端な物語とうさぎによって創造されたうさぎ男であった。森と血の匂いを漂わせるその男はマックスと名乗り、サマンサの周辺に出没する。パフォーマンスアーティストだという彼は、いつのまにかエイヴァのアパートに間借りし、やがて恋人となる。さらにはバニーたちの（うさぎ男ではなく、創作科における）創作についてアドバイスしながら、彼女たちの連帯を脆くも崩壊させる。バニーたちが向け合う悪意はエイヴァにさえ及び……。マックスの正体も狙いも不可解なまま、物語は結末へとなだれ込む。マックスはほんとうにサマンサの創り出したうさぎ男なのか？　その正体が何であれ、自分が創造／想像したものが、意志と欲望を持って目の前に現れたときに何が起こるのか、その顚末を描く『バニー』は、創作科の戯画という意味においてだけではなく、語ること、物語を創ることをめぐる物語なのである。だいじょうぶ、ネタバレはしていません。

■ **参考文献**

- Awad, Mona. *Bunny*. Viking, 2019.
- ---.*13 Ways of Looking at a Fat Girl*. Penguin, 2016.
- ---. “The Wolfman’s New Gig.” *Modern Grimmoire: A Contemporary Anthology of Fairy Tales, Fables & Folklore*, Indigo Ink Press, 2013, pp. 150-64.
- ---. “Woman Causes Avalanche.” *Los Angeles Review of Books Quarterly Journal*, no.13, March 2017. LARB Lit, March 26, 2017.
- --- (Veronica Tartley). “Guillotining Bambi and Other Good Works: Absolutely Starving at Jamie Oliver’s Fifteen.” *Maisonneuve: A Quarterly of Arts, Opinion & Ideas*, Dec. 8, 2005.
- Chapman, Tamara. “Alumna’s New Novel Lands a TV Deal with AMC.” News, August 5, 2019. University of Denver.
- Meyer, Lily. “Time to Kill the Rabbit?” *Longreads*, June 2019.
- Nechamkin, Sarah. “Mona Awad, Author of “Bunny,” Is Kind of Terrified of Bunnies.” Interview Magazine, June 11, 2019.
- Petski, Daniel. “AMC To Adapt Mona Awad’s ‘Bunny’ Novel For TV; Megan Mostyn-Brown To Pen Pilot.” *DEADLINE*, June 7, 2019.

3日目のアザの色みたいにきれいだ

パトリック・デウィットによる4つの小説

加藤有佳織

KATO Yukari

趣味のよい悪趣味

もし、趣味のよい悪趣味というものがあるなら、パトリック・デウィットの小説がそれかなとおもう。アルコールでアルコールを漱ぐとか、シスターズ兄弟とか、筆頭執事《メイジャードウモ》配下のマイナー青年とか、フランシスがフランスへ逃亡するとか、真顔の駄洒落のようなタイトルが何これあら素敵である。その上、語りの視点を自在に操りながら、物心両方の各種排泄物にまみれた人間たちを描き出し、酸いも甘いも噛みしめ重くて軽い着地を決めてみせる。

パトリック・デウィット（Patrick DeWitt；1975年生まれ）の小説のうち日本語で読むことができるのは、2009年『みんなバーに帰る』（*Ablutions: Notes for A Novel*、茂木健訳、東京創元社、2015年）と2011年『シスターズ・ブラザーズ』（*The Sisters Brothers*、茂木健訳、東京創元社、2013年）で、2015年『筆頭執事《メイジャードウモ》配下マイナー青年』（*Undermajordomo Minor*）と2018年『フランシスの出立』（*French Exit*）は未邦訳。デウィットが書いたものということくらいしか明確な共通点は見つからないほど、それぞれ舞台設定が異なる。『みんなバーに帰る』はおそらく1990年代のハリウッド、『シスターズ・ブラザーズ』は1851年のオレゴンやサンフランシスコ、『筆頭執事《メイジャードウモ》配下マイナー青年』は封建制ヨーロッパをおもわせるどこかの村、『フランシスの出立』は20世紀ニューヨークとパリ。これら多様な設定の物語は、おもしろいのかおもしろくないのかぎりぎりのユーモアとともに、生きること（つまり死ぬこと）に格闘する人物たちを描き出す。ということで今回は、彼の4つの小説をご紹介したい（ちょっと長いです、ごめんなさい）。

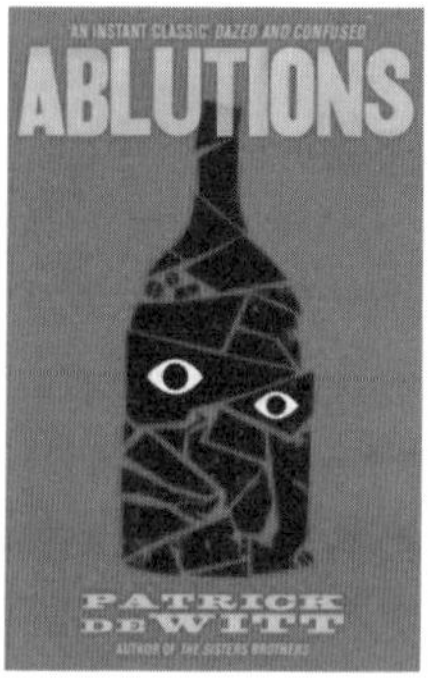

Patrick DeWitt,
Ablutions: Notes for a Novel,
Granta Books

素面で泥酔

中島らもを敬愛する方にはとりわけおすすめしたい作品でもある『みんなバーに帰る』については、日本語訳の帯文句「泥酔文学の金字塔」が見事にすべてを語っている。そう、まさしく、そのとおり。ハリウッドの吹き溜まりのようなバーに勤める「きみ」は、自分自身もお酒とドラッグにおぼれながら、人間たちがくり広げるみっともない日々を「検討する」けれども、おそらくそうした「検討」は断片的すぎて、どこかに辿り着きそうにない（*Ablutions* 3／日本語訳は引用者によるもの、以下同様）。たとえば、店長のサイモンには禁酒の誓いを立てるという特技があることについてだったり、「きみ」が関係を持った女性客たちについてだったり。アルコール依存から帰還するための「きみ」のグランドキャニオンへの旅についてだったり、もしくは縺れて冷え固まった「きみ」と妻との関係についてだったり。『みんなバーに帰る』はモザイク画のような景色を見せてくれるが、サブタイトルの「長編小説のための覚書」がほのめかしているように、それはちょっと茫漠としている。この作品それ自体が、禊のような敬虔さと同時に、入浴洗面設備（これもablutions）のような即物性をもって、それだけでは起承転結のある物語には仕立てられないことがらを洗い流すのである。

目を細めて眺めると何かに見えそうなこの作品は、その「きみ」語りが秀逸で、泥酔した本人にはできないそこそこ折り目正しい描写と、「きみ」のアセトアルデヒドとかそういう感じのものが薫る吐息にむせそうな距離の近さが、混在する。素面で泥酔しているような不思議な文章は、二人称がなせる妙であろう。やがて酔いに酔いが重なり、「きみ」と読んでいる自分が限りなく近くなるような感覚をもたらす文章が、とても味わい深く、うつくしい。たとえばでろんでろんの「きみ」が帰宅するべく店を出る5時30分。

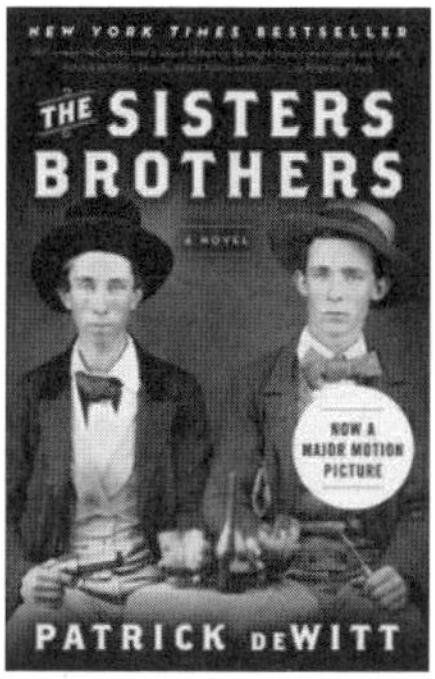

Patrick DeWitt,
The Sisters Brothers,
HarperCollins

> 空は3日目のアザの色をしている。うつくしい。（34）

うっかりぐっときてしまった。運悪く二日酔いになったときに読むと、よりいっそう泥酔感を満喫できるかもしれない。でも、お酒はどうかほどよく。

ガンマンのおうち

第2作、1851年のオレゴンやカリフォルニアを舞台にした西部劇『シスターズ・ブラザーズ』は、マン・ブッカー賞候補作ともなり、2018年にはジャック・オーディアール監督、ジョン・ライリーとホアキン・フェニックス主演で映画化され（ヒュー！）、日本では『ゴールデン・リバー』と題され公開されている（当日ぎりぎりにチケットを取ったため最前列で見ることになった。一言でまとめれば最高だったのだけれど、この映画について考えると、いつも首の鈍い痛みを思い出す）。ペーパーバックの惹句にもなっている「ロサンゼルス・タイムズ」（2011年5月1日付）キャロリン・ケロッグによる書評の言葉——「もし、コーマック・マッカーシーにユーモアのセンスがあったら、パトリック・デウィットの血まみれでどことなく笑える西部劇『シスターズ・ブラザーズ』みたいな物語を作るだろう」——はまあまあ的確だとおもう。『シスターズ・ブラザーズ』は、ごく手短にまとめるなら、凄腕の粗暴なガンマンとして名高いシスターズ兄弟が、いかにして殺し屋稼業から足を洗い、やさしい母の暮らす家へと帰っていくかを綴る。血まみれな感じはたしかにマッカーシー的だとしても、彼らがおうちへ帰るこの結末のほっこり感はいったい何なのだろう。

カリフォルニアのある町を牛耳るメイフィールドに報復するときも、サンフランシスコでハーマン・カーミット・ウォームという男を追うときも、提督のたくらみを悟り彼を殺めるときも、食堂で感じの悪いウェイターにすごむときも、兄チャーリーと弟イーライは人を人ともおもわぬ修羅の顔を見せる。メイフィールドの町の娼婦たちにも、横柄な態度をとる。この荒くれ兄弟は、しかし、いつもどこか冷静である。語り手でもあるイーライは、キレると恐ろしいと言われているけれども、語りを放棄するほど激高することはあまりない。『みんなバーに帰る』の語り手よりも勤勉だと言ってもいい。そんな彼らの冷静な暴力は、カッカと騒がしい暴力よりも、寒気を呼び起こす。たとえばメイフィールドに雇われた4人の猟師たちに囲まれたとき、チャーリーは悠然と応じる。金を渡さないのなら殺すと執拗な猟師たちに、弟に3まで数えさせるから早撃ち勝負をしようと持ちかける。いかにも西部劇的な言葉の応酬に続いて、イーライが数え始める。彼が1と言った瞬間に兄弟は拳銃を抜き、毛皮猟師4人の頭に銃弾を撃ち込む。

> われながら完璧な仕事であり、今までにやった数多くの仕事のなかでも、手際のよさという点では最高だった。四人が倒れたとたんチャーリーはげらげら笑いだし、おれも腹を抱えて笑った。おれは、命びろいした安堵感から笑っていたのだが、チャーリーは純粋にこの結末を面白がっているようだった。おれは思った。運のよさだけで、ここまでやれるものではない。おれたちは、普通の男が取り乱してしまうような状況でも冷静さを保ち、正確に行動できるのだ。
> （『シスターズ・ブラザーズ』199-200）

「冷静さを保」って4人の猟師を撃ち殺す兄弟の笑い声は、ブラッディでダークである。

だから、そんなふたりが、大金と砂金をごっそり手に入れながら、またごっそり失い、けっきょく100ドル金貨2枚とともに母の前に現れる結末は意外なのだ。血まみれのガンマンたちにも家族がいて、帰るおうちがあるのは別におかしいことではないのに、何だか新鮮に感じてしまう。名うてのガンマンたちはたいてい流れ者で、ジャンゴもハーモニカもシェーンもどこかからやって来て、どこかへ去って行く。でも、おうちへ帰るガンマンがいたっていいのかもしれない。右手を失ったチャーリーが湯舟で身体を洗う音を聞きながら、イーライは「そんなにわるくない結末だなとおれはおもう」

Patrick DeWitt, *Undermajordomo Minor*, Granta Books

と言う（*The Sisters Brothers* 325／日本語訳は引用者によるもの）。うん、わるくない。だってランボーも帰るし。

未来のための言葉

封建制の小さな村ベリー（Bury；イングランドにある町ベリーを想定しているのかは定かではない）から始まる『筆頭執事《メイジャードウモ》配下マイナー青年』は、ルシアン・マイナーという青年のビルドゥングスロマンである。ジュリアン・ソレルを愛する方は、このルーシーに一瞬で惹かれるかものすごく嫌いになるかどちらかだとおもう。父の死、より広い世界への旅立ち、厳しくも温かい先達との出会い、うつくしい娘との胸高鳴る恋、恋のライバル、信頼する友人たち、そして命がけの冒険。青年の成長物語に必要なものはすべてそろっているようにみえる。それでも何だか少しちがう気がするのは、ほとんどいつも憂鬱なルーシーが、立派な大人へ成長することを信じていないところだろう。人間は成長せず、生まれたときから死に向かう。そんなことを骨身に感じさせながら、だからといってどうしようもなく仕方ないと1周まわって開き直った気分をもたらす作品である。

深夜2時、肺炎に苦しむルーシーの枕元へ見知らぬ男がやって来る。クテっとした麻袋のようなものを着て、あごひげと長髪、すねまで泥汚れの固まる裸足の男は、もし生きることが出来るなら人生に何を望むかと尋ねる。謎めいた問いかけにぼんやりとした頭で考えたルーシーが、「何かが起きてほしい」と答えると、麻袋の男は人生に満足していないのかとたたみかけ、ルーシーは「退屈だ」と言い、力なく涙をこぼす。明け方、ルーシーの頬に血色が戻り始めると、それまで元気だった父が青白く衰弱し始める。翌日、すっかり快復したルーシーは、父が肺炎で亡くなったことを知る（*Undermajordomo Minor* 6-7）。肺炎からの快復は、いわばルーシーの生まれなおしと同時に父殺しであった。それから6カ月後、父の死後いっそう冷淡になった母に素っ気なく見送られ、ルーシー・マイナーは、東の山間にあるフォン=オー男爵の城へと旅立つ。信仰心のない町ベリー唯一の教会を守るレイモンド牧師を介して、男爵に仕える筆頭執事のマイロン・オルダーグロウ氏より、「筆頭執事配下」という役職を与えられたのである。

心変わりしたかつての恋人マリーナには、フォン=オー城での立派な職を得たので支給された1等車チケットで出発すると告げ、そしてほとんど無関心な彼女に一矢報いるべく、恋人のトールは本気ではないようだねと、嘘に嘘を重ねて旅立つルーシー。出発の遅れた列車の3等車の窓辺に座るルーシーは、仲睦まじく手をつないでやって来たクララとトールに恭しく見送られることになる。

東へ向かう列車では、車上スリに遭う。旅立つにあたり手に入れたパイプを、メーメルという初老の男と相方の少年ミューに盗まれる（これから彼は、このメーメルにパイプを盗まれ続けることになる）。こうして、ルーシーの幸先のそれほどよくない旅は始まり、フォン＝オー城へ向かう途中では、どこかの国と何らかの理由で戦争を続けている兵士たちに出くわす。ぼろぼろの兵士たちのなか、リーダーとおぼしき「とびぬけてハンサムな男」に、所持金すべてを奪われる（48）。

ようやく到着したフォン＝オー城では、60歳は超えているであろう「エレガントな骸骨のような紳士」に出迎えられる（55）。仕立てはよかったけれどもぼろぼろになった黒い別珍の揃いに身を包み、その白髪は「梳かしていないか拙く梳かした」ようにぼさぼさで、右腕は三角巾で吊られて、手にはかさぶたとアザがのぞく人物こそ、オルダーグロウ氏であった（55）。今朝は、ウナギの悪夢を見て最低の目覚めだったものでね、とだけ弁明し、冬の寒さにもかかわらず暖炉を灯さない城をおざなりに案内していく彼に、ルーシーも読者も、ここ大丈夫かなと不安を抱くだろう。その不安は見事に裏切られない。

城主のフォン＝オー男爵は、夫人の出奔以来、領主としての仕事は手につかず、ひたすらに夫人へ宛てた手紙をしたためている。オルダーグロウ氏の取り計らいにより、それらは毎日列車車掌に手渡され、夫人へと届けられる。駅まで運ぶ役目を与えられたルーシーは、決して見てはいけないと注意されたにもかかわらず盗み読み、その流麗で切ない愛の言葉に、まだ見ぬ男爵の優雅な姿を思い描く。

けれども、夜眠るときには必ず自室ドアに鍵をかけること、というオルダーグロウ氏より与えられたもうひとつの注意は、男爵の隠れた一面ゆえのものだった。男爵は夜な夜な城内を徘徊し、ネズミやもしかすると人間を喰らうのである。闇夜、血まみれのネズミをくわえた彼の姿をとうとう目にしたルーシーは、恐れおののきながら、フォン＝オー城の澱んだ空気を変えるために、男爵夫人へ手紙を書き、城へ戻っていただきたいと上申する。そして、これまで一切反応のなかった男爵夫人から、思いがけず帰城を告げる返信が届く。ルーシーは、オルダーグロウ氏や料理人アグネスとともに、男爵から影の人格を追い出し、男爵夫人を迎える支度を整えていく。

フォン＝オー城筆頭執事配下としての務めを果たす一方で、ルーシーは城下の村に暮らすうつくしいクララに恋をする。到着したその日の夕刻、居室を与えられたルーシーは、前任者ブルーム氏が残していった望遠鏡を覗いて村の様子を眺め、メーメルがおそらく彼の家の前で若い女性と言い争いをしているところを見てしまう。そして望遠鏡を置いて一服しようとするが、パイプを盗まれていたことを思い出す。取り戻そうと、村へと降りてメーメルを訪ねると、ミューとカードで遊ぶ「このうえなくうつくしい」女性がそこにいた（77）。メーメルの娘クララであった。

ルーシーはもちろん一目で恋に落ち、ときに大胆に、ときに臆病に、クララとの関係を温める。城に到着して間もなく、オルダーグロウ氏の言いつけにより、リッスンという町で筆頭執事配下にふさわしいスーツを仕立てるとき、ついでに見事なブルーのコートも勘定に付けさせる。勝手にお金を使いこむという筆頭執事配下にふさわしからぬふるまいは、自分では手の届かないコートをクララにプレゼントするためだった。そんなふてぶてしさを見せる一方で、同じくクララに恋する「とびぬけてハンサムな」兵士アルフォンソにはたいそう気後れしたりする。恋する青年は忙しい。

やがて男爵夫人が到着すると、男爵は夫人を優雅に出迎えて睦まじく過ごす。暗かった城には夫人という光が差し、誰もが晴れやかな充実感を抱いている。そして公爵夫妻と伯爵夫妻が招待され、晩餐会が催されることになるが、それは再びの暗転の始まりであった。食事を終えた彼らは舞踏室へ移り、酔いの回った彼らはやがて全裸でダークチェリーのパイをぶつけ合い、乱痴気騒ぎに興じる。その一部始終をルーシーは緞帳に隠れて目撃してしまう。アグネスの手伝いに来ていたクララと身体を重ねたあと、独り下半身露わなままで。翌日、公爵夫妻と伯爵夫妻は去り、城には不気味な静けさが訪れる。

たぶん、作品はここで終わってもいい。でも、続くのだ。クララとの愛を確信していたルーシーだったが、捕囚から帰還したアルフォンソが立ちはだかる。自信に満ちて求婚するアルフォンソからクララを取り戻そうと、ルーシーはアルフォンソの殺害を企てる。メーメルが自分の妻を寝取った親友トマスを突き落とし、男爵夫人への身分不相応の恋を嘆いたブルーム氏が身を投じたと伝えられる「非常に大きな穴」へとアルフォンソを誘い、事故と見せかけて落とそうとしたルーシーだったが、誤って自分が落ちてしまう（286）。底には水脈があり、トマスとブルーム氏が、ルーシーを助け出す。魚の尾に靴紐を結びつけて3人で脱出を図るも、途中でトマスとブルーム氏とはぐれ、ルーシーだけが穴から帰還する。男爵夫人は再びフォン＝オー城を捨て、小間使いとしてクララを連れて海へと旅立ったあとであった。

ルーシーはフォン＝オー城を辞し、クララを追いかけるため、西へ向かう列車に揺られて行く。「何かが起きてほしい」と願ったことから始まった彼の旅は、いったん振りだしのベリーへと戻る。1周まわって、彼は何を得たのか。車上、偶然にもリッスンから帰るレイモンド牧師と再会し、ベリーに到着するまで語り合うが、フォン＝オー城については ただ「健全ではなくて、どこか危険」と説明するにとどめる（334）。ルーシーは何から語るべきか分からない。

やがて到着したベリーの駅で、ルーシーは麻袋の男らしき人物を見かける。レイモンド牧師によれば、それは幼い頃に頭を殴打して以来ぼんやりとしたままのフレデリックであって、ルーシーが遭遇した謎めいた「略奪者」であるはずがない（335）。肺炎に苦しみながら幻を見たのではないかというレイモンド牧師の推測を聞き流し、ルーシーは車内から麻袋の男をじっと見つめる。「この人物が、ルーシーがベリーを出るきっかけを間接的に作り、それ以来彼の身に起きたすべてのことに責任がある」のだけれども、麻袋の男らしきフレデリックは、口から垂れたよだれをずるずると啜り上げている(336)。ルーシーを死の淵から救い、代わりに父の命を奪った「略奪者」について、ドラマティックな展開がありそうで、ない。

発車の合図があり、麻袋の男の再登場はあまり盛り上がらないまま、ルーシーを乗せた列車はさらに西へと向かう。そして彼は、車掌から紙と鉛筆を借り、Uの文字を逆さまに書き、「そのドーム型の線の内側に、未来のための、ずっと先であればいいなとおもう未来のための、言葉を記した。すぐに必要になるにせよしばらくあとに必要になるにせよ、こうして未来のための言葉を書き留めておくのはとにかく名案だとおもった」(337)。埋葬するという語と同じ綴りのベリーから旅立つ彼が見据えている「ずっと先であればいいなとおもう未来」とは何か。それはぜひ『筆頭執事配下マイナー青年』をお手にとって……。

トラジコメディ・オブ・マナーズ

『フランシスの出立』は、ヘンリー・ジェイムズやイーディス・ウォートンを愛読する方におすすめしたい作品である。あるいは『ブルージャスミン』のジャネット・ジャスミン・フランシスに心惹かれる方にも。ただし、本作の貴婦人はとてもエレガントに凶暴で、愚鈍なふるまいには容赦なく噛みつく。

Patrick DeWitt,
French Exit,
HarperCollins

類まれなる美貌と怜悧な美意識を持つフランシス・プライスは、ニューヨークの豪奢な邸宅で、ひとり息子マルコムと猫スモール・フランクと暮らしている。夫フランクリン・プライスは、悪徳弁護士として名をとどろかせ莫大な財を成したが、心臓発作により10年ほど前に他界している。当時、寝室で息絶えた夫を見つけたにもかかわらず、フランシスは予定していたスキー旅行へ出かけたため、大きな醜聞となった。よくもわるくも社交界の花形であったフランシスは、こうして、亡くなった夫を放置しスキーに興じた悪妻というスキャンダラスなラベルをあらたに与えられた。フランクリンの死後、彼の遺産を蕩尽したフランシスは、顧問弁護士のベイカー氏の助言に従って、まだ差し押さえられていない所有物すべてをひそかに売却して現金化し、長年の友人ジョーンの親切な申し出を受けて、彼女がパリに所有するアパルトマンに移り住むことになる。タイトルのとおり、フランシスがフランスへ逃亡するのである。

船酔いするマルコムは飛行機を希望するものの、フランシスは船旅を選ぶ。「彼女は、人生というこの危機へまっしぐら、ドラマティックに挑みかかっていた。苛烈な心の痛みを抱えながら、漠と広がる海と向き合いたかった、というか向き合わなければならなかった」のである(*French Exit* 53)。ベイカー氏による再三の勧告を無視して10年のあいだに湯水のごとく浪費していたフランシスは、自ら招いた「この危機」を気高く華麗に演出する。そしてクルーズ船上の人となり、「数日が過ぎた。何も起きなかった。海はフランシスが想像していたよりも大きく、船速が上がればよいのにとおもった」くらいには長かった旅の最終日、彼女の美貌に魅入られていた船長よりディナーに招かれる(67)。60代半ばのハンサムな白髪の船長とのひとときは、多少は甘くドラマティックであったけれども、フランシスは一枚上手で、「洗練された物腰など演技にすぎないことを彼女は知っていて、男たち自身はすっかり見透かされているのに気づいていないというそのことが、彼らを愛おしい存在にする」と微笑みながら、船長室を後にする(80)。彼は「コーダ」の意味を知らず、威厳あり気に部下に調べさせていたのだった。

洗練と美意識がドレスをまとっているようなフランシスにとってたいていのことは凡庸で、美貌と醜聞ゆえに人々が向ける好奇の視線と敵意は小賢しい。それらをむしろ燃料として反撃する術もとっくに会得している。

パリに到着し、大邸宅と比べて粗末なアパルトマンに意気消沈したフランシスは、マルコムとともに聖スルピス教会で心の平穏を求める。そして「2部構成の私的計画」の第1部に取りかかる(91)。持っているお金すべてを使い尽くすべく、ガルリー・ラファイエットへ向かう。フランシスにとってショッピングは「健康によいエクササイズ」であり、マルコムにはバーバリーの千鳥格子のトレンチコート、自分自身にはシャネルの深紅のシルクのカクテルドレスを購入する(92)。マルコムはコートを羽織り、フランシスはドレスを煙草のように丸めてハンドバッグに詰め込む。やがてショッピングの疲れに船旅の疲れが重なってきたふたりは、どこにでもありそうなビストロに入る。ひと目でふたりに反感を抱いた店員は、それを隠すことなく応対する。流麗なフランス語を話すふたりに英語で話しかけ、男性用トイレの隣の席に案内し、食事は冷めて不味く、会計を待たせたあげくこれみよがしに煙草休憩を取る。はじめのうちは楽しもうとしていたフランシスもとうとう飽きて、テーブル中央のブーケに香水をたっぷりとふりまき、お気に入りのゴールドのライターを取り出し、小気味よい音を鳴らして火をつける。炎が丸く燃え上がる。大慌てでテーブルへやって来た店員に、「お会計をお願い《L'addition, s'il vou plâit》」と、一言(93)。

この世の演劇性を承知の上で、悪意には優雅に反撃するこの貴婦人は、人生という舞台から去ることを決めている。それが彼女の「私的計画」第2部である。誤って投函されたジョーンへの手紙以外には、登場人物たちにも読者にも知る術のない決意であるけれども、第三者の語り手は、ときおり登場人物たちの内面に焦点をあてながら、そして少し不思議なエピソードをしれっと組み込みながら、そこにいる誰もがそう予感していることを描き出す。おたがい知っていることを了解しながら、知らないふりをする彼らのあいだには、緊張感なのか諦観なのか、何とも言えないものがただよっていて、とてもいい。

ベイカー氏が、破産の可能性を申し入れてきた10年のあいだ彼女は何を考えていたのか。「どのような心づもりであったのか」とベイカー氏に尋ねられたとき、フランシスは「お金が尽きる前に死ぬつもりだったのよ。でも、死なないままで、ここまできてしまったの」と応じていた(25)。パリでの「2部構成の私的計画」はその修正版であって、物語の始まりから、フランシスは人生への出口へ向かっている。そのことをマルコムは察しながら、気高く気難しい母に意見することはない。パリで暮らし始めてから、フランシスには「隠すようにこそこそとした気配があって、彼はそれを名付けることができないものの、何かの前兆のような気がしていた。マルコムは、何かを警戒するのは気が進まなかったし、気づかなかったことにしておければいいのにとおもった」(115)。あるいは、フランクの魂が宿る猫スモール・フランクは、フランシスから計画を告げられ、アパルトマンから脱走する(121, 151)。マルコムと結婚を約束したスーザンが紆余曲折を経てパリへやって来たとき、とにかく意地悪だった態度を和らげたフランシスが、スーザンは自分には決して勝てないけれど、「近いうちにそれも大したことではなくなるでしょう」と言う(220)。もしくは、クルーズ船で知り合った占い師マデリーンが、死期の近い人の緑色のオーラがフランシスを包んでいるのを察する(224)。という具合に、誰もがフランシスの計画された死を予感しているけれども、それを止めようとはしない。あるいはできない。

クリシェ批判というクリシェ

フランシスという貴婦人の死とは、目新しい物語ではないし、デウィットの熱心な読者は、なぜ今こういう物語なのだろうと思案するかもしれない。けれども、『フランシスの出立』から振り返ってみると、『シスターズ・ブラザーズ』と『筆頭執事《メイジャードウモ》配下マイナー青年』も、西部劇や成長物語、風習喜劇といったおなじみの物語を利用しながら、それらが描いてこなかったものを加えてみたり、描かれてきたものを別の視点で描き直してみたりする作品である。そしてこのことは、「ガーディアン」(2018年10月10日付)のジャスティン・ジョーダンによる書評がすでに指摘している。新しいものはやがて古くなり、古いものはいつかまた新しくなるわけで、何かの作品について新しさを強調するのも、使い古されて陳腐だと批判するのも、あまり意味のないことかもしれない。

『フランシスの出立』では、フランシスが送るつもりのなかったジョーンへの手紙が、ビストロ店員の善意のお節介によって、投函されてしまう。死をほのめかすような支離滅裂な便りを受け取ったジョーンは大慌てでパリへと飛んで来て、フランシスに詰め寄る。

> 軽蔑するとジョーンは言った。自殺予告も、フランシスのような女性が自殺を考えるなんてこと自体も。うつくしく聡明に輝いて未来も約束されている女性が、その魅力を失ったとたんに自殺をするなんて陳腐だと。
> 「そうね、まず」とフランシスは応じた。「このわたしに意見するにしては、とことんくだらなすぎる。第2に、もうずっと昔に魅力なんて失っているし、あんたはそれを百も承知のはず。それから第3に、そうよ、わたしの人生はクリシェまみれよ。だけど、クリシェが何なのか分かってるかしら? とてもよく出来ていてわくわくする物語だから、期待した誰かがまた書いて、そして古びていくの

よ」
　ジョーンはおもわずほほえんだ。
　フランシスは続けて、「クリシェだ、そう人は言うわ。クリシェを生きる人は多くないの」(189-90)

　素敵すぎるフランシスの啖呵、クリシェで遊ぶデウィットの創作論と解するのはあまりに陳腐すぎるだろうか。

■ **参考文献**

・DeWitt, Patrick. *Ablutions: Notes for a Novel*. Granta Books, 2009.『みんなバーに帰る』（茂木健訳、東京創元社、2015年）
・---. *French Exit*. HarperCollins, 2018.
・---. *The Sisters Brothers*. 2011. Ecco, 2012.『シスターズ・ブラザーズ』（茂木健訳、東京創元社、2013年）
・---. *Undermajordomo Minor*. Granta Books, 2015.
・Jordan, Justine. "French Exit by Patrick DeWitt Review--Eccentric Pleasures." *The Guardian*, October 10, 2018.
・Kellogg, Carolyn. "Book Review: 'The Sisters Brothers' by Patrick deWitt." *Los Angeles Times*, May 1, 2011.

オレンジのブックリスト

ジェイク・スキーツの詩集とシェリー・ディマラインの小説

加藤有佳織
KATO Yukari

ブックリストの楽しみ

好きな作家のおすすめブックリストを眺めるのは楽しい。紹介されるものは本人の作品と似通っていたり、かけ離れていたり、全然知らなかった作家や作品と出会わせてくれたりして、インタビュー記事を読むのとはまた少し違うわくわく感がある。

今回取り上げるジェイク・スキーツ（Jake Skeets）とシェリー・ディマライン（Cherie Dimaline; 1975年-）を知ったのは、『ゼアゼア』（*There There*, 2018年; 未邦訳）でデビューしたトミー・オレンジ（Tommy Orange; 1982年-）が、「ニューヨーク・タイムズ」で「先住民作家による作品、読むべき3点」（2019年10月14日付）に挙げていたからだった。オレンジが挙げていたのは、スキーツの詩集『ビンのように暗い瞳と口いっぱいの花』（*Eyes Bottle Dark with a Mouthful of Flowers*, 2019年; 未邦訳）、デイヴィッド・トゥルーアー（David Treuer; 1970年-）の歴史書『ウーンデッド・ニーの鼓動——1890年から現代におけるネイティヴアメリカン』（*The Heartbeat of Wounded Knee: Native America from 1890 to the Present*, 2019年; 未邦訳）、それからディマラインの小説『野生の帝国』（*Empire of Wild*, 2019年; 未邦訳）だった。オレンジ自身がインタビューでも語り、そしてカツテイクさんによる書評でも指摘されているとおり、『ゼアゼア』が「「今の」ネイティヴアメリカンの物語」であることと、ブックリストに並ぶ作品は共鳴しているように見える。さらに、書き手たちのバックグラウンドもさまざまで、スキーツはニューメキシコのディネ、トゥルーアーはオジブウェにルーツを持ち、ディマラインはカナダ先住民とヨーロッパ入植者を祖先に持つメティであり、自分自身はオクラホマのシャイアン・アラパホに登録しているオレンジの言う「今の」ネイティヴアメリカンが、ほんとうに多様であることを表わすリストだとおもう。

Tommy Orange,
There There,
Vintage

『ビンのように暗い瞳と口いっぱいの花』

　ということで、手に入る作品を読んでみることにした。オレンジが、「先住民作家による作品、読むべき3点」のなかでは「これまで自分が読んだデビュー作の詩集としてはベスト」と評し、詩集カバーの推薦文では見事な言語表現に加えて「ビンのように暗いうつくしさがある」と綴るスキーツの詩集は、ほんとうにものすごくよかった。現代先住民として生きることを微細に描く詩もあれば、言語そのものがしなやかに舞うような詩もある。前者はたとえば、表題作でもある「ビンのように暗い瞳と口いっぱいの花」である。この詩では、ある男性が走る電車に身を投げる場面が切り取られる。3連の詩で、最初の2連では、男性が、電車の近づく音を聞きながら飛び込むことを考えている。そしてこんな風に、8行目が長く伸びて、9行目に続く。

　電車の走る音を聞いていた。
　受け止めてみよう、もしきみがただただだた
だただただただただただ

飛べば

　he listened to train tracks say
it would it would catch him if he
would just only just only just only
just only

jump

　(“Eyes Bottle Dark with a Mouthful of
Flowers” 60)

　最終連の行はS字を描くようにうねり、ばらばらになる。腹部は破裂し、瞳は暗く虚ろで、口いっぱいにウチワサボテンの赤い花が広がっている。ニューメキシコの風景とひとりの死に焦点をあてたこの詩の右隣には、「栄光」という詩が並ぶ(61-63)。警察に届く事故や通報内容のリストである。最初の2件は先住民男性と先住民女性の変死体。そして最終ページは白紙になっていて、荒むコミュニティに染み込んだ喪失感、死の気配を突きつける。

Jake Skeets,
Eyes Bottle Dark with a Mouthful of Flowers,
Milkweed

　このような乾いた容赦のなさとともに、ロマンティックな質感もあって、「ビンのように暗い瞳と口いっぱいの花」の3つ前に「漂う(ひと)」という詩がある(“Drift(er)” 51-57)。右ページから始まる7ページの作品で、とりわけ見開きページにぽつんと置かれた詩行に、ほんとうにまいってしまった。3-4ページ目の中央より少し下に「電車が　通り抜ける(a train　passing through)」とあり、ページをめくるとまた同じように中央より少し下に「彼を抱きしめようとした　背骨を貫いて」(I try to hug him　through the spine)と現れる(52-53, 54-55)。物体として本の背(spine)を貫通するような文字の列が、電車そのもの

のように見えてくる。そうして通り抜けた電車が、あの「ビンのように暗い瞳と口いっぱいの花」という詩を通り抜けるのだろうか。「抱きしめようとした」のは電車に身を投げるあの人なのだろうか。

こういう詩とともに、「コンマ」のように、「休止以上のもの――ぱりっとしたシーツに眠るよちよち歩きの子……」なんて表現するキュートでシュールな作品もある(「Comma」48)。とにもかくにもスキーツの『ビンのように暗い瞳と口いっぱいの花』は、読めばただではすまない詩集である。こうまとめてよいのか分からないけれど、この詩集は、渋い渋い柿ほど甘い干柿になるように、オレンジの『ゼアゼア』から表現を借りるなら「若者たちが燃え盛る建物の窓から飛び降り、死へ向かって落ちていく」ような出口の見えないしんどさが、カラッカラの空気のなかで干されたような感じがする(Orange 104)。言葉の甘露の奥には喉を締め付ける現実の渋さがある。

次なる1点は、トゥルーアーの『ウーンデッド・ニーの鼓動』で、2019年度全米図書賞最終候補作にもなったのでご存知の方も多いとおもう。19世紀のヨーロッパからの入植者たちによって壊滅的状況に追い込まれたというわけではなく、先住民社会・文化は脈動し続けてきたことを説明する。400ページ以上あって、先住民について学びたいときには親切な先生になってくれるはず。そしてブックリストの先へ急ぎたいけれど、ディマラインの『野生の帝国』は残念なことにいまだ届かず(というのは、改稿時にはウソです。本棚の目立つところで絶賛積読中です……)。「むちゃくちゃおもしろくて深みがあって、必読」と、あのオレンジが言うなら! と楽しみにしてるのに(というのは、改稿時もホントです。『野生の帝国』も読んで書き足したかったのですが、ふがいないことに〆切に間に合いませんでした……ほんとうにごめんなさい)。そわそわ待ちながら他の作品をふたつ読んでみたので、ここからはそれらについてのお話。オレンジのブックリストに導かれて読み始めたディマラインの作品は、「今の」先住民文学がものすごくおもしろいものだと体感させてくれると同時に、それは簡単に理解することのできないものでもあると教えてくれる。

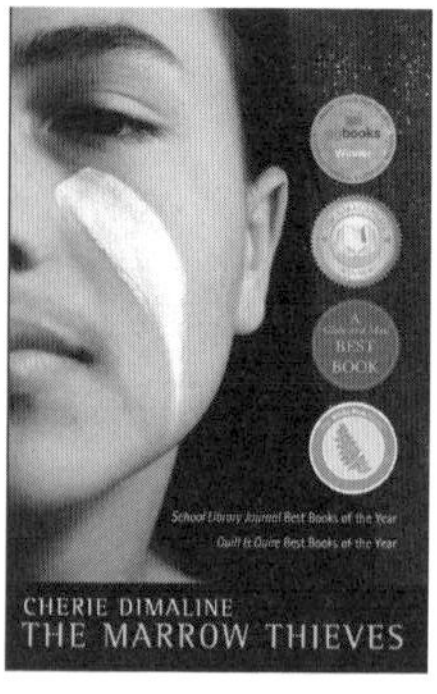

Cherie Dimaline,
The Marrow Thieves,
DCB

『髄を盗む者たち』

おそらくディマラインの作品のなかで、もっとも広く評判を呼んだのが、『髄を盗む者たち』(*The Marrow Thieves*, 2017年; 未邦訳)であろう。これは少年少女向け作品として、合衆国内では2017年度カーカス賞、カナダ国内では2017年度総督賞、2018年度サンバースト賞、2018年度バート賞など多数を受賞している。にぎやかな受賞歴のとおり、とてつもなくおもしろい。疾走感と情感あふれる筆致で、フランシスという先住民少年の近未来サバイバルを描くのだ。

そう遠くはない未来のカナダ、北極の氷が融けて沿岸地域や低地は水の下に沈み、内陸都市は過密化する。その一方で、五大湖や流域の水質汚染も進み、人々の暮らしは脅かされる。ここまでは、近未来小説として見慣れた状況かもしれない。でも、「今の」先住民を描く作品として特筆すべきは、加速する環境変動のなかで「夢を見られなくなった」人々の治療薬として、先住民の「骨髄」が有効であるとされ、それを手に入れるために「リクルーター」と呼ばれる人たちによって組織的な先住民狩りが行われているという設定である（*The Marrow Thieves* 18, 3）。必ずしも突飛ではなく、「髄」は解剖学的な髄でもあり、チャールズ・チェスナットの言った文化的伝統の髄でもあって、先住民からそれを奪っていく近未来社会は現在のカナダ社会の問題を映し出してもいる。

主人公・語り手は16歳のフランシス。父と母に続いて兄ミッチがリクルーターの手に落ち、同じようにリクルーターから身を隠している先住民たちとともに北へと逃げていく。目の前で兄を連れ去られひとりになったフランシスは、空腹と疲労で朦朧としているところを、ミグワンズという男性に助けられる。彼は、ミネルヴァという女性、4人の少年たち、ふたりの少女たちとともに、北を目指していた。仲間に加わったフランシスは、野営や狩猟のスキルを身に着けていく。教えてくれるミグワンズは、それを「世界の終わりのボーイスカウト」と呼んでいる（34）。かつて20世紀初頭、野外活動などに従事させながら少年たちの心身鍛錬を目的として始められた活動を、温暖化によって崩壊しつつある未来では先住民たちが学んでいる。都市化の波に蝕まれていない先住民の在り方をひとつの幻想的理想像としていたボーイスカウトを皮肉も込めて変奏しているのだ。

北へ向かう途中、閉鎖されたリゾート施設フォー・ウィンド・リゾートに身を隠す。そびえたつ施設に圧倒されながら、フランシスはこんなことを考える。

> ぼくは今まで生きてきたほとんどをぼろぼろに崩壊していく町の東の端で暮らした。廃れた街並みとコンクリートの廃墟に囲まれ、空に映る建物は不健康な口に並ぶ腐った歯のように見えた。つまり、たしかにこの何年かは森の中を駆けまわって、キャンプファイアと粗布のテントが僕の家になってたけど、そういう暮らしが悪かったって言いたいわけじゃない。ただ、どっちの生活も、フォー・ウィンド・リゾートに馴染む助けにはならなかったってこと。（59）

リクルーターたちに追われるようになる前のフランシスの暮らしは、オレンジが『ゼアゼア』のなかで描き出した「わたしたちは、聖なる山脈を知るよりもオークランドの街並みをよく知っているし、どこかの深き森よりもオークランドのセコイアの丘陵をよく知っている」と語る都市に暮らす先住民のように、都市に根差していた（Orange 11）。「世界の終わりのボーイスカウト」が20世紀初頭のイメージをひねっていたとすれば、荒れていくコンクリートの都市に暮らすフランシスは現代の都市先住民を思わせる存在でもある。

こんな風にしてこの小説は、先住民に与えられてきた・与えられているイメージを引用しながら、「骨髄」のために先住民が狩られるディストピックな未来を描き出している。だから、近未来のスリリングな逃亡劇として率直に楽しむことができる一方で、先住民の歴史や現状を調べながら読むと、ひねりが加えられていることが分かり、抜き差しならない世界が見えてくるのだ。そしてどうやって調べたらよいのか迷ったときは、『ウーンデッド・ニーの鼓動』がちょうどよいかもしれない。それにしてもなんてよくできたブックリストなんだろう！

『赤い部屋』

もうひとつの作品は、第2作目にあたる『赤い部屋』（*Red Rooms*, 2007年；未邦訳）である。少年少女向け作品ではないという違いを考慮しても、『赤い部屋』は『髄を盗む者』よりも構成の面でほんの少しぎこちない印象がある。でも、どこにでもあるような高級でもチープでもないホテルで客室係として働くナオミが、「ゴミ箱の中身やベッドサイドのテーブルに残されたレシートから、人々の生活を見抜き流行を読み解く、都市の人類学者」として（*Red Rooms* 10）、部屋に残された品や宿泊客とのわずかなやりとりを糸口にしながら、彼らの人生を思い描いていく本作には、いつまでも頭のなかに響くような忘れがたいフレーズがあるし、「今の」先住民のいろいろな表情を素描してみせるという点で、『ゼアゼア』の群像劇と同じ魅力がある。自分自身も先住民であると言うナオミによる5人の宿泊客の物語は、「今の」先住民のさまざまな姿を見せてくれる。

Cherie Dimaline,
Red Rooms,
Theytus Books

最初の挿話は不穏なスキャンダルのにおいがする。てきぱきと清掃作業を進めるナオミが、414号室で死体を見つけてしまう。亡くなっていたのは、前日夜半にチェックインした男性で、外傷はない。吐血の様子から病死と推測されるが、彼の部屋を若い先住民女性が出入りしていたことが分かる。女性はドラッグ依存症のコールガールで、彼女という人間には無関心なまま金を払ってただ肉体をむさぼって去る男たちを嫌悪しながら、「ゲームなのだ。この無関心、居心地の悪い瞬間にある気安さ。演じるべき役柄をするりと纏い、また脱ぎ捨てる」と呟き、今日も生き延びている（15）。414号室で待機していたところ、客がやって来る。ところが彼は部屋へ入るなりベッドに倒れ込み、ぐうぐうと眠り込んでしまう。戸惑いながら、彼女はカードキーを持ってホテルの外へ出かけていく。バーでショットを重ねていると、どこかで見たことのあるような年をとった先住民女性が入って来る。先住民支援センターの人だろうかなどと思案しながら、夢で見た人物だと気づくと、彼女の意識は祖母の家のキッチンへと連れ去られ、かつての祖母と母の会話を幻視する。この幻視のさなか、自分に死が迫っていることを確信する。

> 自分が死ぬんだと確信していた。脈拍は速く乱れていた。おなかは膨張してひりひりと痛み、頭は自分に向かって叫び、目眩がして絶え間ないわめき声が響いて気を失いそうだった。血管から血が流れ出て、スポンジのような肉に染み込んでいくのを感じた。自分の意識のどこかで自動ドアがすっと開いて招き入れているように、死が入り込んで来るのが分かった。でも、この女性のキッチンでは、祖母の家では、彼女はただの影で、影は死なない。(43-44)

最後の1文が鮮烈である。今ここで彼女が見て感じているのはヴィジョンであると示し、役柄を脱げば「影」のような不確かな存在であるドラッグ依存症のコールガールが生きのびる瞬間でもある。

目覚めた彼女は、アルコールとドラッグ、そして見たばかりのヴィジョンに酩酊した身体をひきずりながら、あの客の眠るホテルへ戻っていく。414号室には鉄と汐の匂いが漂い、部屋を出たときと同じ格好のまま男性が横たわっていた。彼女はこらえきれずゴミ箱に嘔吐する。

> 不意に吐気を感じたのは、血を見たからではなかった。そうではなくて、この数時間のうちに、彼女が自分の死を予感しながら町を歩いていたあいだに、この部屋で起こっていた内的な暴力のことを考えたからだった。…… この死を感じていた。この死は、ふわりと解けたシルクのスカーフが風の強い日に吹き飛ばされるように、この町を舞い、誰かの肩にただ落ち着いた。この部屋のこの人に。(49)

そして彼女は「解放され」、バス停へと向かう。翌日、客室係のナオミが遺体の第1発見者となる。414号室の挿話には、釈然としない感覚が残る。スキャンダルの予感はある意味肩透かしにあい、男性が死ななければならなかった展開にすっきりしない。スカーフが飛ばされるようにランダムに生じた彼の死の挿話は、何を意味するのだろう?

次の挿話の舞台は502号室。この部屋に滞在しているのは末期がんを患っているというマルセルで、ハイブランドのうつくしいヴィンテージのハンドバッグをコレクションしている。メティとして生まれ育ったけれど、彼が居場所を見出したのは、家族のなかでもなくメティのコミュニティのなかでもなく、歴史好きな骨董店店主との関係のなかだった。やがて無二の親友を亡くし、自分にも死期が迫る彼は「誰の重荷にもなりたくない」ので(83)、このホテルに滞在している。ほとんど孤独であった人生を静かに始末したいマルセルの気高さも、客室係の仕事が増えることには無頓着である傲慢さも、とてもいい。次の挿話が描くのは、106号室に泊まっているのは写真家の男性で、アフリカ象牙海岸に暮らすバウルの人々の皮膚装飾に魅了されている。コミュニティの一員としての誇りによって装飾を施す人々に対して、コミュニティの一員やアイデンティティといった「抽象的な概念」を十分に信じていることに驚嘆しながら、敬意を抱いている(100)。つづいて207号室では、コンスタンスが妻のいる男性との関係を終わりにする。先住民美術を専門とするキュレーターである彼女は、妻が妊娠したと告げる男性の姿に100年の恋が冷め、胸を焦がしながらもいつも虚ろだった関係をきっぱりと終える。

そして最後の挿話。304号室には、ふたりの子の母であり、コンサルティング会社に勤めるナタリーが、急な出張のため滞在している。そうしたときはたいていテレビ番組を延々と見て過ごすのに、今回はキャビネットに入っていたある女性の日記に夢中になってしまう。先住民であることとはまったく無縁に生きてきたナタリーは、日記の女性が、自分と同じようにシングルマザーであることに親近感を抱く一方で、パウワウに参加し踊り手として模索する彼女が綴った言葉を読むうちに「ほんとうは知らないはずの場所を懐かしくおもう、やわらかくまだ形のないホームシックの感覚」を持つ(168)。「ほんとうは知らないはずの場所」へのホームシックネスに気づく場面は、ナタリーがこれまで無視してきた先住民としての自分を垣間見る瞬間のように見える。そして、この挿話と『赤い部屋』それ自体が、日記を女性に返そうとパウワウの会場へ向かうナタリーの描写で終わる。

こうして『赤い部屋』を駆け抜けてみると、5人の宿泊客の物語は基本的にばらばらで、あくまでもランダムで、個別性が際立っている。同じホテルという空間で、ナオミによってのみ束ねられていて、ナオミ本人の語りが、はみ出した接着剤のように各部屋の挿話をつないではいるけれど、構成はぎこちなく感じられる。そのぎこちなさは、ナオミという「都市の人類学者」の手跡を表わし、それぞれの物語の構築性を示しているのかもしれない。これらはあくまでもナオミが語った5人の物語。5つの部屋にまつわる見事な挿話を語りながら、ほかにもたくさんの語り方があり得るし、たくさんの物語がありうると、そんなことも示唆するのが『赤い部屋』という作品なのだろう。飛ばされたスカーフを肩に受けた男の物語もあるはずだとほのめかしておくこの作品は、たしかにナオミも含めて「今の」先住民の姿を見せてくれるけれど、語られているものがすべてではないのだとささやいている。

というわけで、オレンジのブックリストはごく手短なものだったのに、何だかすごい作品を読むことになった。オレンジの次回作『*Wandering Stars*』は2022年刊行予定とのこと。それももちろん楽しみだけど、新ブックリストも待ち遠しい・・・・・・。

■ 参考文献

- De León, Concepción. “3 Books to Read by Indigenous Writers.” *The New York Times*, October 14, 2019.
- Dimaline, Cherie. *Empire of Wild*. William Morrow, 2019.
- ---. *The Marrow Thieves*. 2017. DCB, 2019.
- ---. *Red Rooms*. 2007. Theytus Books, 2013.
- Orange, Tommy. *There There*. 2018. Vintage, 2019.
- Skeets, Jake. *Eyes Bottle Dark with a Mouthful of Flowers*. Milkweed, 2019.
- Treuer, David. *The Heartbeat of Wounded Knee: Native America from 1890 to the Present*. Panguin, 2019.
- カツテイク「*There There* by Tommy Orange」「未翻訳小説を頑張って日々読んでいる日記」2019年10月21日付。

ともだちのともだち

ジェニファー・クレイグ『ポット始めました』とシークリット・ヌーネス『友だち』

加藤有佳織
KATO Yukari

意外なともだち

パンクガールとおばあさんは、意外なともだちの定番だろうか。ジェニファー・クレイグ（Jennifer Craig；1934年生まれ）の小説『ポット始めました』（*Gone to Pot*, 2018年；未邦訳）は、そんなふたりの素敵な関係を描いている。

舞台は、カナダのブリティッシュコロンビア州のネルソン。アルバイト先のカフェが火事に見舞われて仕事を失ったうえに、息子ジェイソンにすすめられた投資が泡と消え、ジェスの目の前に突然、貧困という問題が立ちはだかる。新しいアルバイトを探すものの、立ち仕事は大変ですからなどと親切そうな理由で断られたり、講習費用を払えずあきらめたり、どうにもままならない。実直に働き倹しく暮らしてきた挙句にほとんど無一文にならなくてはならないことに、それを許す社会構造に、そしてきちんとした対策をとらない政府に、静かに怒るジェス。老齢の母を案じて、近くに暮らしている息子夫婦は同居を提案する。ところが、大切な財産である家を手放し、息子たちと同居して「ビルトイン・ベビーシッター」になるという道は、ジェイソンのやさしさが骨身に沁みても、地下室を改装した個室を用意すると言われても、孫がどれほど愛おしくても、ジェスは選びたくない。かといって、今日の食べものを買うお金もない。途方に暮れつつ街を歩いていると、同僚だったスワンにひょっこり出くわし、「どうしてる?」と尋ねられる。「もうひっちゃかめっちゃかよ（Everything's gone to pot）」と応じると、「え、まじ?　かっけぇ」と意外な言葉が返ってくる（第6章）。たくさんのピアスをして、カラフルな髪の毛を逆立てているスワンの使う言葉は、今までも大して理解できなかったけれど、今日もまた意味不明である。スワンは、“pot”を鍋ではなくマリファナだとおもったのだ。

Jennifer Craig,
Gone to Pot,
Second Story Press

ひとは見かけによらない

どこからどう見てもやさしいおばあさんが大麻を栽培しているなんて誰もおもわないというスワンの一言に勇気（?）を得て、ジェスは大麻栽培の道を選ぶ。犯罪に手を染めることへの道義的ためらい、いつか摘発されるのではないかという恐怖、家族へ迷惑をかけてしまう可能性、いろいろと案じる一方で、差し迫ったお金の問題と盛り上がった好奇心のために、手探りの大麻栽培生活が始まる。スワンの知り合いマーカスが初期設備から苗や資材の手配を請け負い、ジェスの自宅地下室は大麻農園と化す。剪定の方法を間違えてしまったり、害虫に悩まされたり、最初の収穫は振るわない。それでも、植木店やネット情報を頼りに工夫し、地下室農園を軌道に乗せていく。家族や婦人会「ババズ」（The Crones）の愉快な仲間たちの前では今までどおりの自分がいるけれども、改造された自宅地下室では新しい仲間のスワンやマーカスとともに大それた冒険に乗り出すというドタバタの二重生活は、ジェスに不安とともに充実感をもたらした。やがて、男性用精力剤を特別処方したジェスの大麻は、別の品種かとおもうほどに見事に育ち、とてつもない高額で売れる。初期費用の返済を終え、ジェスはもうひとつの冒険に乗り出す。大麻で手にした資金で、ババズを中心にした紅茶と手作りお菓子のカフェ「おばあちゃんの庭」（Granny's Garden）をオープンする。

ジェスは、見かけほどお人よしではなく、どこからどう見てもやさしいおばあさん、というわけではない。にっこり微笑みながら心のなかで舌打ちすることもあるし、悪態もつくし、どうしても上手に折り合えない相手もいる（とくにジェイソンの妻エイミーとはことごとくかみ合わず、取り澄ました顔をぶん殴りたくなったり、飛び蹴りしたいほど苛立ったりする）。そして、分別なくスワンとケンカすることもある。使用済みの鉢と土を処分するため、ジェスとスワンは廃棄場へやって来る（第18章）。係員の女性に「家庭ごみ?」と尋ねられたジェスは、「いいえ、ハッパ関係」と応じる。緊張していると、ふさわしくないジョークを口走ってしまうことがあるのだ。係員は大笑いして、家庭ごみのコンテナを指差すので、運んできたゴミ袋を放り込む。ところが、スワンはものすごく怒っている。大麻栽培はそもそも違法で、わざわざばれるようなことはするべきではないし、かりにジョークだとしてもぜんぜん笑えない、と責める。アメリカ人のスワンは、もし捕まれば送還されるため、ジェスとはまた別種の緊張感を抱いていたのである。にもかかわらず、緊張の裏返しの軽薄さと動揺が入り混じったジェスは、捕まるのが嫌ならそんな格好をしなければいいじゃないと、スワンの見かけをからかう。

廃棄場でのケンカ以来、スワンと連絡が取れず、大切なともだちを失ってしまうのだろうかとジェスは気をもむ。数週間ぶりに顔を見せたスワンは、カリフォルニアの両親に呼ばれていたのだと言う。暴言を謝るジェスに、スワンは「ジェスはこっちのママみたいな感じ。しかも小言なし。超クール」と答える（第20章）。はつらつとしたスワンの姿に、自分こそ彼女のことを知ろうとせず、「見かけで判断していた」ことに気づいたジェスは、この若いともだちをあらためて好ましくおもう(第20章)。そして、ジェスの特別な大麻の収穫を数回手伝ったあと、スワンは大学入学のためにカリフォルニアへと帰って行く。数カ月して、多くの人々で賑わう「おばあちゃんの庭」にスワンが訪ねてきたとき、再会のうれしさにジェスの目はうるんでしまう。見違えるほど洗練されたスワンは、やはりいつものスワンであった。

ジェスたちの笑い声が響き渡る『ポット始めました』は、ジェニファー・クレイグにとって2冊目の小説となる。イギリスのヨークシャー出身のクレイグは、高校卒業後に看護師・助産師として働き、1961年にカナダへ移住した。看護師として働きながら夫とともにふたりの子を育て、マギル大学で医学教育の博士号を取得。その後はブリティッシュコロンビア大学にて医学教育プログラムを作り上げ、1994年に『ポット始めました』の舞台であるネルソンへ移住したのを機に、創作を学び始めた。2002年に回想録『はい先輩、いいえ先輩――1950年代、リーズで看護師を育てる』(*Yes Sister, No Sister: Nursing a Leeds Nurse in the 1950s*;未邦訳)で作家としてデビューする。看護研修生のクレイグが生き生きとユーモラスに、1950年代のヨークシャーの医療・病院事情(と、ときどき驚く裏話)を語り、2010年にイギリスで第2版(一部改題『*Yes Sister, No Sister: My Life as a Trainee Nurse in 1950s Yorkshire*』)が出版されると16万部のベストセラーとなった。医療・医学に関する著作もある一方で、2014年に小説『メアリ・ルーのたくらみ』(*Mary Lou's Brew*;未邦訳)では実に愉快そうに大学を諷刺してみせた。この70歳の小説デビュー作にはユーモラスなパワーがみなぎっていたし、第2作も期待を裏切らない。世間の目には「おばあさん」であるジェスが大麻を育てるという設定に、『ポット始めました』の魅力は凝縮されている。そんな設定の作品によって、クレイグ自身も「おばあさん」作家と受け止められるのを、ひょいとかわしてしまう。

同時に、「おばあさん」が大麻を育てるというちょっと目立つ設定を支えているのが、ジェスとスワンの友情やババズの人間模様である。人物たちに向ける視線は基本的にあたたかく、ときどき既視感は覚えるけれど、人生をより長く生きている矜持と懐の深さをうかがわせる。ジェスは自分の暮らしを愛し、独立心がある。自分でどうにかしたいと考える。でもままならなくて困っていた彼女の力になったのが、パンクガールのスワンだった。おたがいが見かけや年齢差を取り払いながら、ときどきやっぱり分からないなと感じながら、ふたりにとってちょうどよい関係を作っていく。スワンが「おばあさん」には無縁そうだったあたらしい物事を見せてくれるともだちだとすると、ババズの面々は「おばあさん」のリアリティをよくもわるくも共有する仲間たちである。だからなのか、スワンに対してははらない見栄を、ババズに対してははってしまうこともある。スワンとの友情のなかで生きているジェスと、ババズとの友情というか腐れ縁のなかで生きているジェスは、同じだけど少し違う。世間から見れば「おばあさん」のジェスは、いろいろなともだちの前でいろいろな表情を見せている。クレイグはそこを描くから、「おばあさん」と大麻のカップリングが突飛なだけで終わらない。

もちろん、目的は決して手段を正当化しない。ジェスの手にした大麻マネーは、それほどのどかなものではないだろう。ジェスの地下室大麻農園も「おばあちゃんの庭」も、社会が困っている人を救済しないのなら、そして自分たちに活動のチャンスと居場所を与えないのなら、とにかく自力でどうにかしてしまおうというDIY精神をおもいきり発揮する空間になっていて、そこに何だか勇気づけられる。大麻を育てるときに工夫を凝らすジェスの姿にも、「おばあちゃんの庭」を計画し運営していくババズたちの姿にも、自分の頭で考えて自分の手を動かして何かを作っている楽しい充実感があって、最高にさわやかである。その一方で、暮らしを自力でどうにかするための大麻マネーという手段は、自力でどうにかできない仕組みのなかにある。そのことも全部ひっくるめてポットを始めたのだとすれば、ジェスはもうほんとうにクール。

恋人以上のともだち

シークリット・ヌーネス（Sigrid Nunez；1951年生まれ）の著作は、1995年のデビュー作『神の息に吹かれる羽根』（*A Feather on the Breath of God*；杉浦悦子訳、水声社、2008年）と1998年の第3作『ミッツ——ヴァージニア・ウルフのマーモセット』（*Mitz;The Marmoset of Bloomsbury*；杉浦悦子訳、水声社、2008年）を日本語で読むことができる。中国系パナマ人の父とドイツ人の母を持つ自身の体験をもとにしたデビュー作から、ある既婚女性の教養物語ともいえる第2作『はだかで眠る人』（*Naked*

Sigrid Nunez,
The Friend,
Riverhead Books

Sleeper, 1996年；未邦訳）、レナード＆ヴァージニア・ウルフ夫妻のペットであったマーモセットの伝記という体裁の第3作などなど、多彩な作品がある。

そんなヌーネスの最新作であり、2018年全米図書賞受賞作である『友だち』（*The Friend*；松村潔訳、新潮社、2020年）では、自死を選んだ友人へ、作家の「わたし」が語りかける。創作科の学生であった語り手が、人気教員でもあり人気作家でもあった「あなた」と出会ってから数十年、親密なともだちであり続けたふたりのあいだにあったものを語り尽くすことはできない。2018年全米図書賞受賞に際して『友だち』はその思索的な語りが高く評価され、実際、語り手は友人の不在があまりに大きいことを、さまざまな著作に言及しながら（「あなた」の好きな小説はJ・M・クッツェーの『恥辱』だったりする）、そっと語る。

1980年代カリフォルニアでは、目が見えないと訴えるカンボジアの女性たちが多くいた、と始まる。クメール・ルージュ支配下のカンボジアで暴行され、家族を奪われ、逃れてきた女性たちである。精密検査の結果は、身体的要因のない心理的な視覚喪失であることを示していた。これが、語り手が生前の友人と話した最後のことがらだった。そのあと受け取った、役に立ちそうな本のリストを挙げる友人のメールは、よいお年を、と結ばれていた。語り手はそして、葬儀では「あなた」が喜びそうな話があったと、聞こえてきた会話を紹介する――「『心から祈れたらいいのに』『どうして祈れないの?』『だって彼だから』」(2; 傍点部は原文斜体／日本語訳は引用者によるもの、以下同様)。それから、泣きすぎて痛む頭を抱えて窓の外を見ると、いつもより視界がぼやけていたことがあったと言う。でも、なぜ泣いていたのかは教えてくれない。

このようにして、語り手は長年の友人へ語りかける。ときに断片的になり、ゆるやかな連想を生み出しながら、「あなた」との関係を綴る。「いかにしてフラヌールとなるか」という論考のなかで、女性は散歩者にはなれないと述べて批判されたけれども、女性が散歩者になれないという友人の指摘はたぶん間違ってはいないとおもうと語り手は言う。ただし、「あなた」が女性と言うとき、それはほんとうは若い女性を意味していたのだと付け加える。教え子たちとも関係を持つような教師だった「あなた」と語り手の関係は「どこか普通ではなくて、他の人には理解されないこともあるもの」(11)だった。「あなた」が誰かと結婚してからも、「二人の友情は続き」(21)、語り手の存在と折り合えない妻もいた。

> あなたが恋に落ちたという知らせに傷つかないことはなかったし、誰かと別れるかもしれないと聞くたびにわき立つうれしさを抑え込むこともできなかった。(12)

こう語るくらいには、「わたし」は「あなた」と近かった。

ある日、友人の3人目の妻から連絡がはいる。友人が残した老いたグレートデーンを引き取ってほしいと言う。アポロという名の老犬はあまりに大きく、そして「あなた」だけを待っているかのように心を閉ざしている。ペット禁止のマンションに住んでいるからと断るけれども、誰かほかに引き取り手が見つかるまででもよいからと押し切られ、アポロと語り手のぎこちない同居生活が始まる。はじめは困惑し警戒していた1人と1頭だったが、「あなた」を亡くしたもの同士、少しずつおたがいの存在に慣れていく。そして、退去勧告を受け取っても、どこか頑なに、どこか献身的に、アポロとの同居を守ろうとする。「あなた」との関係においても、「あなた」が残したアポロとの関係においても、語り手は親密なともだちであろうとするけれども、傍の者はそこに恋情を読み込む誘惑に駆られてしまう。カウンセラーは、友人に友情以上の感情を抱いていたのではないかと想定し(21)、見ず知らずの女性は、くすくす笑いとともに「犬に恋しちゃった人ってあなたね」と言う(175)。そのように言われた、とだけ記す語り手の真意はわからない。ただ、彼らの言葉は、ともだち以上恋人未満という表現の不思議さを考えさせる。恋情よりも深い友情は、あり得ないのだろうか?　語り手自身、「問題は、いまだに、自分が彼に恋をしていたのかどうかはっきり言えないことなのだ」と告白する(210)。

あなたとわたし

第11部、「どのように物語は終わるのだろう？　今のところはこんな風に終わるんじゃないかとおもっている」と語り手が切り出す。自殺未遂をしたある男性作家を友人の女性作家が見舞う場面である（181）。「あなた」と語り手をおもわせるふたりはやがて、創作について話し始める。男性がすすめた題材について、女性は作品を書くことが出来ないと打ち明ける。目を蔽いたくなるような悲惨な性暴力の被害者たちについて、あえて小説に書く意味を見失ってしまったのである。男性は、誰かの人生を素材にして創作することは作家の役割であり使命だと応じ、書くのをやめたのはとても残念だと言う。これに対して女性は、実は別の作品を書き始めたと、もうひとつの告白をする。それは「あなたについて」の小説で、男性の自殺が未遂に終わらなかったらどうなるのかを描いていると話す女性に、男性はショックの色を隠せない（194）。女性は続けて、男性はイギリス人作家となり、男性の愛犬ダックスフントのジップはグレートデーンのアポロに変えていると説明する。ついさっきまで主張していた作家の天命的役割に、自分が供される素材となったとき、男性は「裏切られた気分だ」と動揺し、「なんてやつなんだ、それでもともだちなのか。言葉はあんたを見捨てるはずだ。よくのこのこと会いに来られたものだよ」（197）とさえ言う。したり顔でレクチャーしていた男性作家の狼狽は滑稽であるけれども、彼のくどくどしい言葉に女性が何と答えたのかは書かれていない（これは『友だち』のひとつの特徴で、語り手もこの女性も投げられた言葉を記して沈黙する）。続くのは「白紙に負けるな！」と記された1ページだけで、女性が書きあぐねていることが伝えられ、第11部は終わる（198）。そう、この女性が書いている小説こそ、ここまで読者が読み進めてきたものにほかならない。

煙に巻かれたままページをめくると、第12部では、語り手がアポロとともに海辺でくつろいでいる。第11部の女性がライターズブロックを乗り越えて書き進めた小説のなかにいるのか。それとも、そんな女性作家の物語をとおして、誰かを素材にする作家としての自分自身さえ素材にする語り手の現実へ戻ってきたのか。どういうことなのだろうと迷いながら先へ行くと、「あなた」と呼びかけられているのはアポロであることに気がつく。語り手は、食欲が落ちて静かに休んでいるアポロに語りかけ、そして告白する。

> あなたに話しかけているのだろうか。それとも自分に話しているのか。どっちなのかあやふやになってしまった。（205）

言葉を返さないアポロに話しかけることで、「わたし」は「わたし」自身と対話していたのか。それは、ともだちの向こうの自分？　それともともだちとしての自分？　語り手に「あやふやになってしまった」と告げられ、読者は少し混乱する（改稿時、あらためて日本語訳を読んでみた。作家を指す “you” は「あなた」、アポロを指す “you” は「おまえ」と訳されていて、とても分かりやすい！）。作品のどこからあやふやになっていたのだろう。タイトル *The Friend* は定冠詞の単数形だから、ともだちの「あなた」は作家なのかアポロなのか。「わたし」と「あなた」でひとりなのだろうか。「わたし」が「あなた」になるほど近づいていたのか。他者との深い深い友情に見えていたものは、実は自分自身へ向けられていたのか。第8部で、アポロとの関係を言い表そうとする「わたし」の言葉がよみがえる。

> わたしたち、アポロとわたし。おたがいを守り、隣りあって、気配を感じとる二つの孤独でないとしたら、わたしたちは何だろう?(146)

『友だち』というタイトルとは裏腹に、どこまでも閉じて孤立しているような、そんな感覚が滲んでくる。

『友だち』は、書くとは何か、文学とは何か、大切な存在を失くすとは何か、丁寧に思索をめぐらせる。亡き友「あなた」と、別れの近づく「あなた」への言葉は、語り手の愛でずっしりと重い。同時に、第11部と第12部の凝り様は、そのうちどこかからひょっこりとあの女性作家が現れて、読んでくれてありがとう、この小説どうだった?とウィンクするのではないかという気にさせる(のだけれども、気のせいかもしれない)。あの女性作家にせよ、語り手にせよ、大切なともだちへの深々とした情と一緒に、どこか油断のならなさがある。

■ 参考文献

- Craig, Jennifer. *Gone to Pot*. Second Story Press, 2017. Kindle.
- ---. *Mary Lou's Brew*. FriesenPress, 2014. Kindle.
- ---. *Yes Sister, No Sister: My Life as a Trainee Nurse in 1950s Yorkshire*. 2002. Ebury Press, 2010. Kindle.
- Nunez, Sigrid. *The Friend: A Novel*. Virago, 2018. Kindle.『友だち』(村松潔訳、新潮社、2020年)

「素描」を書く者、「素描」を読む者

藤井光
FUJII Hikaru

2010年代は、アジア発の英語文学というものがじわじわと存在感を増している時期でもある。もちろん、アジア系アメリカ人作家による創作も実に多彩であり、多くの名作が生み出されている。それとはまた異なった文脈で、フィリピンやタイ、パキスタンなどをはじめとする地域から、英語話者層と英語という言語が持つ力学を背負って登場する現代作家に漂う、きわめて自省的な作風が、僕にはいろいろと身に沁みて感じられる。

そんなひとり、アルフィアン・サアットは、シンガポールのインドネシア系作家である。1977年生まれの彼は、10代のころから注目を集める劇作家・詩人であり、英語とマレー語の双方で活発な創作を行なってきた（中国語による作品もわずかながら発表している）。

Alfian Sa'at,
Malay Sketches,
Ethos Books

そのサアットによる掌編集『マレー素描集』（*Malay Sketches*）という作品は、2012年にシンガポールで出版された。その後、2018年にアメリカ合衆国でも改めて出版されたことで、この物語は注目を集め、ついには僕の手元にも届くことになった。

ふたつのMalay Sketches

Malay Sketchesというタイトルをもつ書物はもうひとつ存在する。シンガポールがイギリス領マラヤの一部だった時代（1826年から日本軍による占領を挟んで1957年まで）において、1896年から1901年まで総督を務めたフランク・スウェッテナム（Frank Swettenham）が、1895年に同名の本を出版しているのだ。本自体はミシガン大学の協力のもとデジタルアーカイブ化されており、インターネット上で全文を閲覧することができる。

西欧文明の進出に伴い、やがては「より強い意志とより高度な知性の視点に従わざるをえなくなる」であろうマレー人の「真の姿」を描くという、自己中心的な態度を客観視できないまま「善意」でコーティングしたアマチュア文化人類者の力作。それがオリジナル版の『マレー素描集』であり、見事なまでに時代の産物なのだといっていい。

そのタイトルを丸ごと借りて本歌取りをしてみせるサアットの作品の中心には、「翻訳」がある。

シンガポールの文芸言語は、マンダリン、タミル語、マレー語、英語に分かれ、そのあいだでの交流がほとんど存在しない。その事実をインタビューで指摘するサアットは、シンガポール文芸の現状を「4つの孤独」と呼ぶ。タミル語で書かれればタミル系読者、マレー語であればマレー系読者、という孤島に閉じこもるのではなく、言語的にも文化的にも翻訳の役割を果たすような創作を行なうことで文化圏の枠を超えたやりとりを実現したい、という思いから、サアットの作品は英語で書かれた。

翻訳としての創作。それはまさに今日的な問題といっていい。だが、そこでなじみの疑問が出てくることは避けられない。英語で「翻訳」されることで、マレー系の文化や、マレー語の固有性が失われてしまうのではないか、と。それに答えるサアットの言葉は、どこまでも明晰で鋭い。

> 外部の人間に向けての翻訳に抗うような側面がマレー文化にあるとは思えませんね。正直に言えば、自分の文化に固有のものがあるのだ、と思い始めると、そこから、外部の人間の視線に合わせてみずからの文化のエキゾチックな面を誇張してしまい、さらには商品化するようになるのではないでしょうか。(「Asymptote」のインタビュー)

「日本スゴイ＆クールジャパン」系の商売を思い浮かべれば、サアットの指摘は痛切に身に沁みる。

とはいえ、翻訳言語として英語が選ばれたことで、シンガポール社会の成り立ちと向き合うことは避けられない。19世紀末のMalay Sketchesは、英領総督によって英語で書かれた。そして今日、シンガポールでマジョリティとなっているのは中華系の英語話者である。この言語は、翻訳のための中立・透明な媒体などではありえない。それは「支配」と分かちがたく結びついている。その支配者の言語を引き受けることで、サアットの作品には、素描をする者と素描される者のあいだの緊張関係が生まれてくることになる。

翻訳、アイデンティティ、視点

冒頭に置かれた掌編「改宗者」(The Convert)は、文字通りの改宗を経験した男性の物語である。中国系男性のジェイソンは、マレー系女性のハワと結婚するにあたってイスラム教徒に改宗し、ジャマル・ビン・アブドゥッラーというムスリムの名前を与えられる。結婚式でどんな衣装を着るかということをめぐり、ふたりのあいだではどこかコミカルなやり取りが行われる。

花嫁が婚礼で身につけるバジュ・クルンをふたりで見つくろっているとき、ジェイソンはソンケットの刺繡の美しい模様に心を奪われていた。「絹は中国人から、金の糸はインド人から仕入れたもので、職人はマレー人よ」とハワは彼に言った。
「僕も着るのかい?」と、見るからに楽しみにしている様子でジェイソンは言った。
「ムスリムの男性は絹を着てはだめ。でも、綿のソンケットなら腰に巻いてもいいから」
「じゃあ、ケリスを差してもいいのか?　腰から短刀の柄がのぞく感じで。写真で見たんだけど」
「なに言ってるの?　なんのために?　ソンケットの下で割礼をしたいわけ?」（1ページ）

マレー系の伝統衣装を着て短剣を腰に差そうとする彼と、それをあっさり退けるハワのやりとりには、旅先でのコスプレ感覚を捨てきれないマジョリティと、それを見抜くマイノリティの関係が刻印されてもいる。そして、ムスリムのマレー系の慣習をさらりと解説してみせるこのやり取り自体が、すぐれて翻訳的な役割を果たしていることは言うまでもない。

話はそこでは終わらない。数カ月後に、ジャマルことジェイソンは異動を言い渡される。軍に勤務する彼の階級は同じまま、給料も変わらないが、仕事内容は事実上の降格を告げている。なぜこうなるのか?　自分がマイノリティの側に「改宗」したせいなのか?

その日の夜になって、眠る妻のそばで横になってようやく、ジェイソンは上司になんと言ってやればよかったのかを思いついた。「僕は『ジャマル』と呼んでくれなんて言って回らなかったでしょう。僕は今でもジェイソンです」。でも、そうだろうか?　彼は妻のほうを向くと、彼女のうなじにキスをした。彼女は身動きして背中を丸めると、彼の体にそっと包まれた。（2ページ）

果たして、彼は「ジャマル」ごっこをしているだけのマジョリティなのか、それとも「ジェイソン」であることをやめたマイノリティなのか。

アイデンティティをめぐる戸惑いに対して、物語は安易に答えを出すことはない。次の段落から始まるラストシーンは、その晩から一気に2年後に飛ぶ。

2年後、編集室にいたプロデューサーは、国家記念日祝賀のモンタージュに使うラッシュ映像を見直していた。シンガポールの一般人に「あなたが守りたいものは何ですか?」と質問して答えてもらうものだ。黒縁メガネをかけたヤッピー風の男は「自分の仕事」と言った。斥候兵はためらいがちに「自分の将来かな?」と言う。フードコートにいた女性は「自分」と言う。そして、ジェイソンが画面に現れる。軍服を着て、歩兵隊の緑色のベレー帽をかぶっている。カメラをまっすぐ見つめて、ゆっくりと、控えめな口調で言う。「自分の家族を守ります。美しい妻と、1歳になる息子を」（2-3ページ）

ジャマルことジェイソンの目には、涙が見

えるようにも思える。それが使えると判断したプロデューサーは、彼の映像を最後に使うことに決める。

家族を守ると言った彼の涙は、何に由来するのか。

それがジェイソンとして流した涙であれば、そこには、家族がいるがゆえに自分の地位を失ってしまったが、もう引き返すことはできないという悲壮感にも似た思いがあるのかもしれない。

ジャマルとしての涙とすれば、社会的地位がどうであれ、家族こそが自分のすべてなのだという不退転の決意と反骨心が込められているのかもしれない。

それ以外にもさまざまな理由がありえるが、どれかひとつの可能性に物語は収斂することはない。ひとりの人間のアイデンティティの揺らぎに何を読み取るべきか、それは読み手に委ねられている。

マレー系の共同体に「外」から参入した男性の姿。それだけでも、十分にこの物語は「翻訳的」でありえる。しかし、映像を編集するプロデューサーという視点を最後に導入したことで、サアットは問いかけをさらに深化させる。

主人公ジェイソン／ジャマルの様子を観察し、それが映像全体にとって有用かどうかを判断するプロデューサーは、なんら感情移入を行うことなく、国家という共同体における使用価値でのみ彼の「存在意義」を判断する。それはシンガポール社会のマジョリティである英語話者の視点でもあるといっていい。

その射程はシンガポールにとどまらない。この物語を英語で読む以上、本の読者もまた、ジェイソン／ジャマルの揺らぎを見つめるみずからの視点が、このプロデューサーと重なってくるのではないか、という問いを突き詰けられるからだ。異国の男性の葛藤は、「心に沁みる読書」という形で「使える」かどうかで判断されてはいないだろうか……。

これだけの問いを冒頭で垣間見せてから、サアットの掌編集は幕を開ける。表彰式で大統領と握手ができなかったマレー系の女子学生、ふと交番に現れて無言で去っていくマレー系の女性、認知症の進行を認めず、マレーの民話に出てくる幽霊「トヨール」のしわざだと言い募る父親と同居する息子。英語という支配言語で書くことによって、サアットの掌編のそれぞれはひとりの人間に焦点を絞りつつ、マレー共同体の内外を貫くシンガポール社会の姿を実に巧みに浮かび上がらせている。

共犯者たち

支配言語を用いて書くこと。それは、メジャーな媒体の内部に潜り込み、書き手の「文体」というノイズによって抵抗を試みるという手法を生み出してきた。それは21世紀に入っても、英語という巨大な歯車が軋みや火花を生み出している各地域で続けられている。

その一方で、「視点」という問題が、2010年代にははっきりとせり出してきているように思われる。サアットの文章にはマレー語のちょっとしたフレーズが挿入されはするが、それらは原注で解説されており、特にコミュニケーション上の異物になるわけではない。支配言語を不透明にする代わりに、サアットは、一見して透明に物語を構築しつつ、物語が英語で書かれ、読まれるという行為には、支配や格差の状況において優位にある側の視点がつきまとうことをさりげなく提示してくる。

社会の力学に対して「個」が文体によって抵抗する、どこかロマン主義的な姿勢に、英語をめぐるフィクションは新たな戦略を追加しつつある。いかにもリーダブルな物語を巧みに提示しつつ、その物語を共有する「共犯者」という位置をあぶり出すこと。その問いに一度触れてしまえば、書き手も読み手も無傷ではいられない。だからこそ、この素描集は身に沁みるのだ。

「生き延びる」とは何か、「俺たち」とは誰か

藤井光
FUJII Hikaru

語りが始まったとき、もうすべては終わっている。語り手となるその男は、別の男を撲殺し、逮捕されて有罪となり、数年間の刑期を終えて出てきた。今はひっそりと生き延びている彼は、取材を申し込んできた聞き手に対し、その事件に至るまでの自分の人生を語っていく。

こうして、物語の結末を示したうえで開始されるのが、『生き延びた俺たち』（*We, the Survivors*, 2019年、未邦訳）である。舞台は21世紀のマレーシア、作者はマレーシア人作家ターシュ・アウ（Tash Aw, 歐大旭）。

アウは1971年、マレーシア人の両親のもと台北に生まれた。2歳のときにマレーシアに移ってクアラルンプールで少年時代を過ごし、ケンブリッジ大学で法律を学んだのち、仕事のかたわら創作を続け、2005年に『調和絹工場』（*The Harmony Silk Factory*）でデビューを果たした。『生き延びた俺たち』は、アウの小説第4作にあたる。

Tash Aw,
We, the Survivors,
Farrar, Straus and Giroux

この小説の語り手である殺人犯は、華人系マレーシア人の男、Ah Hock（亜福、になるだろうか。勘違いがあればご容赦ください）。相手を殴り殺したあと、隠蔽のための努力をしたわけでもなく、自分がすぐに捕まるものと覚悟していた。ところが、警察が彼を逮捕したのは犯行から2カ月後。それはなぜなのか？

相手が不法移民であり、肌が黒かったからだ、と亜福は言う。そこから、マレーシアの移民社会の暗い一面を背景とした、亜福の半生が幕を開ける。

1970年代後半に生まれた亜福の暮らす村は、首都クアラルンプールの北西クアラ・スランゴールのすぐ近くの海岸沿いにある。福建省出身の祖父母が、太平洋戦争中にインドネシアから移住してきたのが、マレー

シア人としての生活の始まりだった。

> 俺の計算によれば、スマトラから移ってきた人たちってのは、せいぜいインドネシアに10年いたくらいで、また移住するはめになった。想像してみてくれ——中国からはるばる来て、戦争も飢饉もあとにして、小さな船に乗っては降りて大海原を漂うこと数カ月、ようやくインドネシアの小さな村にたどり着いて、海に出るか陸を耕すかして、どうにか生活のめどが立つ。（中略）そうして1日、1週間を普通に暮らせるようになって、時間の感覚が1年先、2年先、そして未来に向かって伸びていくようになる。自分がいる場所を見ても、木の1本1本、草の1本1本に傷つけられるとは思わなくなる、そんなときに、また移動するしかなくなるわけだ。また戦争、また船、また湿地。（27-28ページ）

貧しい移民の子孫であるがゆえに、亜福にもさしたる将来の見込みがあるわけでもない。村の男たちはみな、漁で生計を立てていた。亜福の父親はシンガポールに出稼ぎに出て、妻と息子を捨てたまま帰ってこない。村のすぐ近くにはヤシ油のプランテーションがあり、かつてはインド人が、そして21世紀にはミャンマーやバングラデシュからの移民労働者たちが働いている。そこでまず、現代マレーシアにおける巨大な移民集団（ただし、ほとんどは不法移民だと亜福は言う）の現状を彼は目撃することになる。

働き出してしばらくすると姿を消してしまう移民労働者が後を絶たないという問題について、最低賃金を上げようとする活動家たちの運動を、亜福はこう切って捨てる。

> あいつらがわかってないのは、移民たちの精神を壊してしまうのは、低賃金じゃなくて労働だってことだ。給料の問題を考えるよりも前に、労働で体が壊れてしまうんだ。ほんの数年で、子供がしわしわの老人になってしまう。1年、2年、もうちょっとくらいなら、あんなふうに体を使って働くことはできる。でも、風のない暑い日の海が波ひとつないみたいに、その歳月がどこまでも目の前に続いていて、なんの変化も見当たらない——そんな人生しか未来に待っていないとわかれば、そりゃ逃げるよな。（45ページ）

未来の見通しがまったくないという事実が、新たな土地で生き延びようとする労働者たちを内面から蝕んでいく。これは日本における外国人研修制度の実態も、ある程度言い当てているだろう。そして、舞台がどこであれ、今世紀において「労働」は文学における最も重要な主題となっている。

とはいえ、アウの小説に目を戻そう。マレーシア人である亜福は、どこまでかれらの経験を代弁できるのか？

亜福が代弁者ではなく、単なる傍観者でしかないことは、すぐに明らかになる。10代後半でクアラルンプールに出て、レストランのウェイターの仕事にありつくと、経営者が華人系であるがゆえに亜福はすぐに取り立てられ、周りのミャンマー人やネパール人のウェイターに指示を出す立場になる。ともに低賃金の労働をしているといっても、彼は民族差別で恩恵を受ける側なのだ。

とはいえ、そのレストランはじきに立ち行かなくなる。アジア通貨危機のあおりで経営が苦しくなった、と経営者は吐き捨てる。その前にも、亜福が故郷の村でやっと手に入れた母親との自給自足の生活は、地球温暖化を原因とする突然の高潮ですべてが押し流されていく。生き延びようとする亜福のささやかな生活は、グローバルな規模でのさまざまな現象に翻弄される。現代のマレーシアを描く物語は、そのままグローバル小説となるのだ。

単に現代のマレーシアが描かれているだけでなく、英語で書かれている、という点を忘れるわけにはいかないだろう。『生き延びた俺たち』は、形式においても内容においても、英語小説であるがゆえの「業」を隅々まで引き受けようとしている。

亜福のひとり語りには、「あんた」と呼ばれる聞き手がいる。Tan Su Min（ここでは譚思敏と書くことにするが、これまた見当違いだったらすみません）という、アメリカ合衆国の大学で社会学の博士号取得を目指す若いマレーシア人女性である。出所後に事件のことを知りたいと取材を申し込まれ、亜福はそれに応じることにする。語れば語るほど、譚思敏にとっては利益となっていく。

亜福からすれば、語り手と聞き手は、ひとつの物語を共有する「俺たち」にはなりようがない。語ることが生き延びる手段となる一方で、その意義を聞き手に奪われていく、そんな板挟みを、亜福はこう言い表す。

> 「話をさせてもらえて嬉しかったし、話をさせられていやだった」（56ページ）

「外」からやってきて、現地の人間の語りを奪っていく聞き手。そこには、マレーシアを舞台としながらも英語という言語で書く作者ターシュ・アウの姿が重ね書きされているだろう。

マレーシアにおける英語という言語がどのような位置付けであったのかは、吉野耕作の『英語化するアジア』（2014年）でも確かめることができる。1990年代に経済成長にともなって成長した「ニュー・ミドルクラス」の共通言語が英語だった。アウはそのようなマレーシアから登場した、「勝ち組」の作家なのだ。

亜福の人生が行き着く崩壊地点、彼自身を含めた移民たちの歴史、搾取される移民労働者たちの現実、それを聞き取って英語の物語に仕立てる作者による収奪。小説のおもな要素は、前半でほぼすべて出尽くしている。話の展開も、背景も、この時点で「読めて」しまうのだ。残るは、具体的にどのような出来事があって、亜福が殺人に及んだのか、というパズルの最後のピースだけだ。この小説は、あえてそのようなつくりを選んでいる。

すでに提示された世界において、すでに提示された崩壊という変えようのない運命に向かって、小説は進んでいく。「ネタバレ」

してしまった物語は、どう考えても退屈ではないだろうか。

だが、ネタがほぼ出尽くしたはずの小説後半のほうが、『生き延びた俺たち』は面白い。すべてが失われてしまうことがわかっているがゆえに、亜福の語る半生での、ささやかな喜びは、喪失と切り離せない哀感を帯びてくる。母親とふたり暮らし始め、ジャングル化した庭を開墾して農場にしたところで、高潮ですべてを失った、あの記憶のように。

> あのころの人生を振り返って、蘇ってくるのは高潮でも、水が引いたあとの農場が灰色の泥と海の砂で平らになっていた様子でもない。嵐でも、壁にひびが入った家でもない。（中略）思い出すのは、農場を作ろうとしていた日々のことだ――俺は武術のヒーローなんだ、田舎を歩き回ってケダモノたちを殺して、弱い者たちを助けているんだ、とバカっぽい想像に耽っていた。そうした光景をまざまざと、日の光のようにくっきり思い出す。俺はうっそうとした草木を切り倒したり、分厚い泥を掘ろうとしている。ヒーローみたいな気分だ。俺はヒーローなんだ。
> （203ページ）

家族。友達。同僚。亜福が「俺たち」というつながりを見つけたと思ったのもつかのま、それはあっさりと消えてしまう。残された喪失と、強烈なまでの孤独。おそらくはそれが、この小説のもっとも「文学的」な一面である。先にカードのほぼすべてを見せることにしたターシュ・アウは、作家としては賭けに勝ったのだ。

とはいえ、付け加えておくべきことがひとつある。最後のピースである、殺人に至る事情が明かされるとき、それまでの喪失感とはまったく違う寒気が物語を貫くからだ。

亜福が仕事を得た魚の養殖場は、クアラルンプールのレストランなどからの受注もあり、順調に業績を伸ばしていく。ところが従業員が次々とコレラにかかって倒れ、まったく動きが取れなくなる。代わりの労働者を人づてに確保しようとする亜福は、不法移民労働者たちを動かすビジネスの世界を覗き込むことになる。

急いで確保できる可能性がある労働者たちは、バングラデシュ人でもインドネシア人でもないという。どこの出身だろうと構わない、とにかく働ければそれでいいんだ、と亜福は言う。亜福からすれば、移民労働者たちの来歴や精神状態などどうでもよく、重要なのは自分が生き延びるために確保できる「頭数」でしかない。

それに対し、労働者のブローカー役である男は、今は「かれら」を働かせるのは無理だ、と言う。魚を死なせるわけにはいかない亜福と、ブローカーのあいだで、次第に険悪な雰囲気が濃くなっていく。そしてついに、事件は起きる。

小説においては決して「俺たち」に含まれることのない「かれら」とは誰か。生き延びるため、戦地となった故郷を離れざるをえず、そしてマレーシアにたどり着くまでにも、「体は持ちこたえても、心は死んだほうがましだと思ってしまう」ほどの苦痛に満ちた移動によって、労働できる状態ではないと説明される集団。ブローカーという傍観者による説明はなされても、みずから語れはせず、文学的な悲劇の背景として使われるだけでいいのか、という問いを小説の内外に突きつける、10万人を超える難民たち。それがロヒンギャ族である。

残像に目移りを

ドン・デリーロ『ポイント・オメガ』におけるスローモーションの技法

矢倉喬士
YAGURA Takashi

超低速の映像が開く世界

ある男がスクリーンを眺めている。場所はニューヨークの美術館にある展示室、明かりといえばぼんやりとしたスクリーンの光だけ。ほとんど暗闇と言っていい。上映されているのは、アルフレッド・ヒッチコック監督の映画『サイコ』を24時間の長さに引き延ばした《24時間サイコ》だ。美術館でひとり、男は超低速の映画を眺め続けている。ドン・デリーロが2010年に発表した小説『ポイント・オメガ』はこのような場面から始まる。

《24時間サイコ》は実在する美術作品だ。スコットランド出身のアーティスト、ダグラス・ゴードンが1993年に制作し、デリーロ自身もこの作品を見るために複数回にわたって美術館に通うほど感銘を受け、三度目の鑑賞時にはこれについて書こうと決心したとインタビューで述べている（Alter, "Don DeLillo Deconstructed"）。ほとんど何も起こっていないのではないかと思われるほどにスピードを落とされ、無音で流される映像は、通常速度において目には映ったとしても意識にのぼることのなかったものたちへと鑑賞者の目を向かわせる。それは「普段の思い込み、仮定や推測や当たり前のことの向こう側にある深み」（13）へと鑑賞者を誘い、確かに存在していたにもかかわらず見過ごされていたのものたちへの目移りを可能にしている。オリジナルの映画が備えていた殺人事件にまつわる恐怖や緊張は「時間のなかに溶け込んで」しまい、『サイコ』の有名なシャワーシーンでは人が殺されていることよりもむしろ、水滴がどのように弾けるか、シャワーのカーテンリングは幾つあるかといった要素の方が気にかかるようになる。ここでは映画の主要登場人物やその精神的駆け引きは後景に退き、水滴やカーテンリングによる「悲惨な死の上の偶然の詩」が出現する。この超スローモーションの映像に対峙する者は目と言葉を開発しなおし、新たな世界を獲得していくことになる（13-17）。

この《24時間サイコ》について批評家のピーター・ヴァーミューレンは、映画のタイトルにもなっている「サイコ」（つまり、人の精神やそれにまつわるフロイト精神分析的読解）から映像が解放されたのだと評している（Vermeulen 71）。映像を超低速かつ無音にすることで『サイコ』は「サイコ」から解放され、鑑賞者が映画 - 内 - 存在との関係を結び直すことが可能になっている。また、《24時間サイコ》の映像が両面のスクリーンで流され、右利きの人物は裏側のスクリーンでは左利きになっていることも重要だ（10-11）。デリーロがスロー映像中の「左利き」を注視させるのは『アンダーワールド』以来二度目であり、彼にとって映像の速度を変更したり反転させたり繰り返したりすることは、様々な意味におけるマイノリティを認識に浮かび上がらせる手法なのだ。

ゆっくり、じっくり、慎重にやるとダメになる？

映像に変更を加えることでおよそ認識不可能であったものを認識可能にする手法はドン・デリーロが好んで描いてきたものだが、彼の作品はゆっくりとした速度で物事を観察する方がより良い認識を得られると主張するわけでもない。というのも、ゆっくりとした速度で注意深く何かを鑑賞するからこそ新たに何かを見逃せるようになるという問題が描かれているからだ。『ポイント・オメガ』の匿名の男はゆっくりと注意深く映像を隅々まで眺め、通常速度では気にも留めなかったカーテンリングに注目するものの、リングの正確な個数を把握できずに不安に駆られるようになった挙句、もう一度映像を確認したいと切望するようになる（16）。匿名の男はリングの数を4個か5個だったかと思案し、翌日には6個まで数えているが、読者が『サイコ』のシャワーシーンをスロー再生してみればこの匿名の男が数えたのとは異なる個数のリングを発見できるだろう。このような文脈では、映像を遅くしたがゆえに通常速度ではありえなかった迂闊な見逃しが新たに可能になったのであり、男がカーテンリングの個数を記憶にしっかりと留められるほど十分に映像は遅くなかったことになる。《24時間サイコ》の再生速度ですら速すぎたのかもしれないのだ。

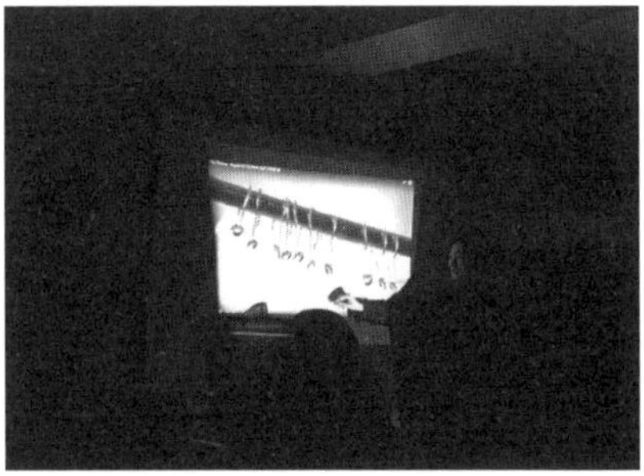

『サイコ』のシャワーシーン

さらに、デリーロが美術作品や映像に対してゆっくりとした深い洞察力を発揮する人物を描くとき、それらの人物はストーカーじみており、他人に恐怖を与えかねない存在として描かれていることが多い。『ポイント・オメガ』の匿名の男や、短編「バーダー＝マインホフ」、「痩骨の人」に登場する男たちがそれにあたる。極めつきに、超低速の《24時間サイコ》は忍耐力テストやある種の罰として利用できるだろうとまで書かれている（133）。これが想起させるのは、「対テロ戦争」の一環としてグアンタナモ湾収容所で行われた音楽による捕虜拷問事件だ。捕虜にヘッドフォンを装着させて同じ曲を繰り返し爆音で聞かせ続けることは、尋問テクニックのひとつとして採用されていた。使われていたのはレッド・ホット・チリペッパー、メタリカ、ドラウニング・プール、エミネムらの楽曲に加えて、子ども向け番組『セサミ・ストリート』のテーマや『バーニー＆フレンズ』の「I Love You」のような楽曲も含まれており、音楽であれば何でも拷問音楽としての役目を果たしたようだ（Nelson, “Red Hot Chili Peppers Music ‘Used to Torture Terror Suspects’”）。このような爆音リピート再生による拷問音楽と同様に、超低速の《24時間サイコ》も拷問映像として使用できるのではないか。さらには、作者の意図や想定された鑑賞態度を離れて、およそ全てのアートは拷問に使えるのではないかとも考えさせられる。デリーロの作品においては、ゆっくりと粘り強く集中して何かを観察することがより良い知覚をもたらしたり、倫理的に優れているなどと安易には結論できない。加速主義に減速主義を対置した際に出現する迂闊さ、信頼できなさ、いかがわしさが描かれているからだ。

砂漠でドキュメンタリー映像制作、変化していく役割

さて、小説『ポイント・オメガ』は、名もなき男が『24時間サイコ』という映像作品を見つめる「匿名の人物 I」という章で始まり、若手映画監督がイラク戦争開戦に部分的に責任を負ったと目される知識人のインタビューを試みる場面がそれに続き、また名もなき男が『24時間サイコ』を見つめる「匿名の人物 II」という章が配置され、全体が3つのパートから構成されている。ふたつ目に配された、映画監督ジム・フィンリーによる映画制作のパートに注目してみよう。

カリフォルニア州アンザボレゴ砂漠の別荘にて、イラク戦争を正当化するための知恵を提供したとされる知識人リチャード・エルスターは、若手映画監督のジム・フィンリーに長回しドキュメンタリー映画制作のためのインタビューを受けることになる。戦争に関与した知識人へのロングインタビューからドキュメンタリー映画を制作するジムの試みは、多くの批評家たちが指摘するように、エロール・モリス監督による2003年の映画『フォッグ・オブ・ウォー――マクナマラ元米国防長官の独白』をモデルにしていると思われる（渡邉 315; Cowart 46; Kakutani "Make War. Make Talk. Make It All Unreal."）。この『フォッグ・オブ・ウォー』の中で、元米国防長官ロバート・マクナマラは、彼が関わった第二次世界大戦やベトナム戦争について涙ながらに反省の弁を述べたかと思えば、東京大空襲でいかに効率よく敵国民を焼き殺したかを嬉々として報告するなど、複数の役を素早く演じ分ける俳優のようなパフォーマンスを見せている。『ポイント・オメガ』において米国防衛任務を担った知識人リチャード・エルスターもまた複数の役を演じ分ける俳優のようである。傲慢な態度で保守派的見地からイラク戦争を正当化したかと思えば、学術誌にアメリカの戦争犯罪を仄めかす論文を発表するなど左翼的な振る舞いを見せ、さらには人間中心主義を離れて地質学的時間や宇宙的規模の問題を熟慮する一面を披露することもある。その後娘のジェシーが忽然と姿を消して行方不明になると、娘の行方を案じる父親としての役割が中心的になる。

演じる役割が変わっていくという意味では、インタビューを行うために砂漠へとやってきたはずの映画監督ジム・フィンリーの役割もまた作中で大きく変化していく。当初インタビューをする側であった彼はジェシーが行方不明になると保安官からインタビューを受ける側に回り、戦争に関わった知識人の罪を糾弾する立場だったはずが共犯者であるかのごとく感じるようになる。作品の後半では『ポイント・オメガ』における重要な問いは、「イラク戦争とは何であったか」ではなく、「ひとりの女性はどこへ消えたか」にすりかわっており、イラクに存在すると言われた大量破壊兵器よりも砂漠で見つかった1本のナイフの方が関心の中心を占めるようになる。イラク戦争よりもひとりの女性、大量破壊兵器よりも1本のナイフ。これは、シャワーシーンで起こる殺人よりもカーテンリングという細部への目移りを促した《24時間サイコ》のスローモーションの技法と通じている。

大きな問いに性急に答えを出すのではなく、細部の残像に目移りすること。これは、イラクやアフガニスタンでの戦死者よりもアメリカ国内のシカゴの方が年間死者数が多いという「シャイラク（シカゴとイラクを組み合わせた造語）」の問題に目移りすることであり、映画『スノーデン』で繰り返されたように、現代の対テロ戦争の戦場はイラクやアフガニスタンではなくありとあらゆる場所、すなわち今ここでありうるという問題に目移りすることでもある。大きな問いに潜む予期せぬ細部へと関心を移すことで問い自体を変化させてしまうデリーロの作品は、それに対峙する者によって異なる姿を見せるだろう。ぜひ実際に『ポイント・オメガ』を読んでみてほしい。

■ **参考文献**

- ドン・デリーロ『ポイント・オメガ』都甲幸治訳、水声社、2018年。
- 渡邉克昭「時の砂漠――惑星思考の『ポイント・オメガ』」、『異相の時空間――アメリカ文学とユートピア』大井浩二監修、相本資子・勝井伸子・宮澤是・井上稔浩編著、英宝社、2011年。
- Alter, Alexandra. "Don DeLillo Deconstructed." *The Wall Street Journal*. 29 Jan, 2010.
- Cowart, David. “The Lady Vanishes: Don DeLillo’s *Point Omega*.” *Contemporary Literature* 53, 1 (2012): 31-50.
- Gander, Catherine. “The Art of Being Out of Time in Don DeLillo’s *Point Omega*.” *Don DeLillo: Contemporary Critical Perspectives*. Ed. Katherine Da Cunha Lewin and Kiron Ward. Bloomsbury, 2019. 127-42.
- Kakutani, Michiko. "Make War. Make Talk. Make It All Unreal." *The New York Times*. 1 Feb, 2010.
- McCrum, Robert. “Don DeLillo: ‘I’m Not Trying to Manipulate Reality’ — This Is What I See and Hear.” *The Guardian*, 8 August, 2010.
- Morris, Errol. *The Fog of War*. Sony Pictures Classics, 2003.
- Nelson, Sara C. “Red Hot Chili Peppers Music ‘Used to Torture Terror Suspects’.” *Huffington Post UK*. 4 Oct, 2014.
- Stone, Oliver. *Snowden*. Open Road Film. 2016.
- Vermeulen, Pieter. “Don DeLillo’s *Point Omega*, the Anthropocene, and the Scales of Literature.” *The Future of the Present: New Directions in (American) Literature*. Ed. Danuta Fjellestad and David Watson. Routledge, 2017.
- Yagura, Takashi. “Plunging into Pensiveness: Ghosts of Velocity in Don DeLillo’s Fiction.” Ph. D. diss. Osaka University, 2016.

孤独な人のための文学
ピーター・オーナーのささやかな世界

里内克巳
SATOUCHI Katsumi

鹿と少女のかりそめの出会いを描いた超短編

ユダヤ系のベテラン作家ピーター・オーナー（Peter Orner）の新著となる作品集『マギー・ブラウンその他の人々』（*Maggie Brown & Others,* Little, Brown, 2019）の冒頭を飾る作品「鹿」は、次のような文章で始まる。

> まだ子供だったとき、マウンテンライオンが1頭の鹿を追いかけて、潮が引いた潟（ラグーン）へと追い込むのを彼女は見た。マーチ農園のはずれを通っている小道を自転車で走っていた時のことだった。その鹿は水辺の向こうまで駆けていったので、マウンテンライオンは岸に引き返し木立へと消えた。1時間が経ったが、鹿はまだ泥のなかに立ちつくしていた。潮の流れが変わり始め、海と繋がっている水路を通して潟に海水が戻ってきた。彼女はまだほんの小さな子供だったが、鹿がそこにぽつんといるのを眺めていて、生きている限りずっとこの光景を忘れることはないだろうと、ほとんどすぐに悟った。（3ページ、翻訳は里内）

Peter Orner,
Maggie Brown & Others,
Little, Brown

少女は自転車を止め、じっと動かない鹿を離れたところから見守る。次第に潮が満ち、鹿の足が浸されていく。さらに水位がひたひたと上がっていくが、鹿は身じろぎしない。鳴いたとしても、彼女の座っているところまでは聞こえない。以下は結末部。

> 彼女は濡れた丸木に座って見守った。湿気がズボンを通して伝わってきた。風が海から内陸へと吹き始めた。いや、何かが本当に起ころうとしているわけではなかった。その時でさえ、それはむしろ一片の固定されたイメージのようで、あそこで水に浸かり息をしている鹿ではないようだった。彼女が今記憶しているものの大半は、こんな風にして刻み込まれたのだ。何かが現在の

> 動きのなかで起きる、だがそれはすでに終わっている。なぜならその時でさえ、彼女が見守っているあいだでさえ、もう彼女はそれから遠ざかりつつあったから。すでにしてこんな風に考えていた。今から何年も経ってからこのことを誰かに話すかもしれない、と。この潟を見たことがない誰かに。風がさらに強く吹いてきた。日は没して時間が経っていたが、いくらか明るみは残っていた。やがてもう見ることができなくなって、地面から自転車を起こし彼女が立ち去ったときには、水は鹿の胸のあたりにまで達していた。だが鹿は微動だにしなかった。（3-4ページ、翻訳は里内）

『マギー・ブラウンその他の人々』は、44の短編とひとつの中編から構成された小説集で、短編は1～2ページ程度で完結するものがかなりある。「鹿」は、本文が1ページに満たず、パラグラフはふたつしかない。これだけで、最初の段落の後半部を除いてすべてを訳出したことになる。散文詩のような味わいがある。

自分には直接かかわりのない、その意味では些細と言える出来事なのに、この光景を心の隅にしまいながら生きていくことになるのではないか、と予感したことは、誰にもあるはず。それが何だったのかということは忘れても、そんな風に感じたこと自体の記憶が留まることもあるだろう。予感を抱いた瞬間、人は自身の生のどこことも知れない先へと跳び、そこから〈現在〉の出来事を、〈すでに起こったこと〉として振り返る。体験と記憶にかかわる錯綜した時間の感覚が、この作品ではとても細やかに表現されている。

鹿が元いた場所に戻っていかないのは、たぶん泥に足を取られて動けないからだろう。だが、ゆるゆるとした破滅をむしろ自ら選び取っているかのように、少女には見えているに違いない。この動物の姿に、彼女はおそらく自分を重ねている。わたしもまたこんな風に、いつか、どこか不本意な場所に追い込まれ、ひとりでじっと立ち尽くしたまま最期を待つことになるのだろうか、と。

もっと踏み込んで読んでみることもできる。鹿と少女のかりそめの出会いを描いたこの掌編は、短編小説とその読み手との出会いそれ自体を小説にしたもの、とも解せる。長編とは違って、人間の長い歩みや社会の動きを巨視的な視点から描くことは、短編の得意とするところではない。その代わり、人生のある短い瞬間を切り取って示すことはできる。短いほどにその鮮やかさが際立つ。鹿がこれからどうなるのか、少女は見届けることができない。同じように、短編小説の読み手もまた、作中人物の運命をずっと追うことはできない。だがその不完全さこそが、短編というジャンルの命であり、読み手がその作品をいつまでも記憶に留めたいと感じる所以でもある。そんな風に考えてみれば、この「鹿」という作品は、私たちがこの小説集に入ってゆくための、実に良き扉となっている。

ユーモアとペーソスを
滲ませながら描き出す
『マギー・ブラウンその他の人々』

『マギー・ブラウンその他の人々』に収められた短編群は、どれをとってもストーリーらしきものはなく、ドラマチックな出来事は何ひとつ起こらない。それなのに、不思議なくらいに感銘を与える。作品に登場する男女の多くは、年代も、暮らしている場所も様々ではあるけれど、総じて、経済的にはかつかつの生活を送り、人間関係においても、離婚や死別や病気や失職などの困難を抱えている。そんな人々に訪れる小さな啓示の瞬間を、オーナーはごくさりげなく、ユーモアとペーソスを滲ませながら描き出す。

「マギー・ブラウン」というタイトルの短編が収められている。だから、作品集の原著タイトルは、『「マギー・ブラウン」その他の作品』と解することもできる。ここでの語り手である〈僕〉は、1980年代終わりから90年代はじめにかけてミシガン大学の学生だった頃のことを振り返っている。当時の無軌道な生活ぶりが、無軌道に回想される。兄から譲りうけた中古のカローラを、駐車違反でレッカー車に持っていかれたこと。勉強せずにのらくらしているルームメイトのこと。街をぶらつき、安物の銃を買ったりもした。そして、つきあっていたアラバマ出身の女子学生マギー・ブラウン。夜、彼女に裸で閉め出されて、寒さできんたまが縮みあがった経験もある。彼女が催したチェロ・コンサートの様子を描いて、この作品は唐突に終わる。なめらかな形をもった物語に加工する、その一歩手前の段階で読者に差し出されているような感触がある。回想のプロセスそれ自体を示すような作品は他にも多くあり、「マギー・ブラウン」はこの小説集の典型的作品と言える。作中、〈僕〉がこんな述懐をもらす箇所がある。

> 数年前、彼女をミネアポリスの空港で見かけた。彼女は僕の方をまっすぐ見ていたのに、僕のことがまったくわからず、そのままさっさと行ってしまった。ビジネススーツを着たマギー・ブラウン。あのつやつやした、いかにものスーツケースを、手なずけた犬みたいにゴロゴロと引っ張っていた。結局は、忘れちゃいけない人たちを忘れてしまい、自分のことなどすっかり忘れてしまった人たちのことは憶えてるってことになるのか。僕はと言えば、あの切り詰められた時間、あまりにもはかないので起きたとさえほとんど言えないような時間を、何度も繰り返して、反響させて、何度も何度も生き直している。
> （72ページ、翻訳は里内）

他人にとってはどうでもいいようなこと。起こったとも言えないような些細なこと。だがそれこそが、自分にとっては大切な場合がある。私たちはそうしたことを切れ切れに思い出し、反芻しながら日々を過ごしている。そんな人の心の習性に、作者のオーナーはことのほか関心を寄せる。

取るに足りない出来事や、自分の人生の端っこにいるはずの人物が、なぜか深く記憶に刻まれることもある。たとえば「キャプテン」という短編。これも「マギー・ブラウン」と同じように、ある男性が若い頃を回想する趣向の作品だ。時は1985年。ハイスクールに通う〈僕〉たちは、こっそりと麻薬を買っていた。子供番組のキャプテン・カンガルーの扮装をした男が、自宅の前で上手にこっそり売りさばくのだ。ある日、〈僕〉とふたりの友人たちが彼の所に行くと、「あいにく売りものを切らしているんだが、もしよかったら家に寄っていかないか」と男が誘う。

入ってみると、拍子抜けするほど趣味の良い部屋。キース・ジャレットのレコードをかけ、ランボーの詩を朗読してもてなす男。この時期特有のことだったが、年少者と親しくなりたがる寂しい男たちがいたのだ。やがて居眠りしだした男をよそに、〈僕〉たちは部屋を勝手に物色して立ち去る。そんな体験を語る〈僕〉は、いまこんな風に思う――自分のその後の人生のなかで、彼のことが特別に印象に刻まれているのはどうしてだろう？　答えは与えられていないけれども、孤独なこの男の姿に、〈僕〉が自分自身を重ねていることは間違いない。

書評と自伝的エッセイからなる『ここでは独りっきり？』

オーナーの短編小説に対する偏愛ぶりや独自の文学観を知るうえで、彼が３年前に出した『ここでは独りっきり？』（*Am I Alone Here?*, Catapult, 2016）はとても参考になる。これは、書評と自伝的エッセイとを混ぜ合わせたような、不思議な味わいの本で、取り上げられる作品は長編よりも短編が圧倒的に多い。アントン・チェーホフ、フランツ・カフカ、ユードラ・ウェルティ、ジョン・エドガー・ワイドマンといった、彼が敬愛する作家の作品が、それを読んだ時の状況とあわせて紹介される。短めの長編『ペドロ・パラモ』と短編集『燃える平原』の２冊だけでラテンアメリカ文学を代表する作家としての地歩を占めるフアン・ルルフォを扱う章は、以下のような書き出しだ。

> 私は今よりさらにもっと寡黙になりたい。読みたいという欲求が、絶えずつきまとう痛みのようなものとして在るのとは違って、書きたいという欲求は、ほんの時たまにしか訪れない。そしてそれが訪れる時には、できる限り短く済ませようと努めている。ものを書くことに関するアドヴァイスは、たいていの場合、こんな風に煎じ詰めることができるだろう――〈書いて、書いて、書きまくれ。たくさん書いたら、さらにもっと書け〉。このやり方が常に、永続性のあるものを創り出すための最善の方策であるのかどうか、私は真剣に疑っている。こう考えるのは私だけだろうか？（Am I alone?）あるいは、あなたもまた、日々津波のように押し寄せる言葉から逃げようと望んでいるだろうか？（79ページ、翻訳は里内）

膨大なページ数を費やし、壮大なテーマを饒舌で刺激的な言葉で語る小説ほど評価される。そんな風潮が今の時代にはある、とオーナーは考えている。個人が経験する小さな出来事や微妙な心の動きを、短編小説で表現し続けることの反時代性を、この作家は充分わかっている。それでも彼は、この文学の形式を愛してやまない。

本書のタイトルの〈独り〉“alone”という言葉には、短編小説に専心する自分のような作家が少数派であることの自覚のほかにも、それが孤独な人間のための文学ジャンルだ、という意識も込められているだろう。たとえば、作家フランク・オコナーによる短編小説論『孤独な声』(*The Lonely Voice: A Study of the Short Stories*, 1963)を扱った章がある。長編とは一線を画する短編小説ならではの特質は「人間の孤独についての強烈な意識」(an intense awareness of human loneliness)である、というオコナーの持論をオーナーは紹介して、短編小説はいつも脇に追いやられるような者に向いたジャンルだ、と述べる。パーティーでは、楽しい話で盛り上がる人の輪がいくつもできる。その輪のなかに入ってゆけず、ひとりぽつんと浮いてしまう自分のような人間のためのものなのだ、と。そんな考えを踏まえて、あらためて『マギー・ブラウンその他の人々』に立ち返ってみると、これはまさしく、ひとりぽつんと在る人たちの肖像画集とも言うべきものに仕上がっていると気づく。

ピーター・オーナーが人間を見つめるまなざしの温かさ

『マギー・ブラウンその他の人々』に収められた44の短編は、便宜上、5つの括りに分けられている。すべてがそうではないものの、ゆるやかな連作を成すパートがある。たとえば、第3部の短編を順番に読んでいくと、シカゴで弁護士として活躍して羽振りのよかった語り手の父親が、時代の流れのなかで落ちぶれ、妻や子供たちにも去られていく過程を、不連続にだが辿ることができる。これらは、オーナーが父との関係を素材にして創作した短編群だ。また第5部では、大学の客員教員をしている男性が、精神を病んだ恋人と共に営む、つましい暮らしを崩壊させていくプロセスが描かれる。これも作者自身の過去の体験に基づいている。こうした自伝的背景をもった作品は、あくまで短編として並べられているものの、ひとつにまとまって中編小説になりそうな気配を漂わせている。

Peter Orner,
Am I Alone Here?,
Catapult

独立した短編から連作へ。そんな方向を一歩進めて出来上がったのが、「ウォルト・カプランは文無し」(Walt Kaplan Is Broke)という中編小説で、作品集の最後に置かれている。この小説の舞台になっているマサチューセッツ州フォールリバーは、オーナーの祖父母が暮らしていた町で、ここにもある程度の自伝性が見られる。初老の主人公ウォルトの父親は、かつて地元で家具店を営み繁盛していたが、高速道路が通ることで町は一変する。父はすでに死に、ウォルトが継ぐはずだった店も今はもうない。いま彼は、雇われ人として電話番の

ようなことをして糊口をしのいでいるが、仲良く連れ添ってきた妻サラとのふたり暮らしの家計は苦しくなるばかり。1977年、ウォルトが心臓発作を起こして病院に担ぎ込まれるところから話は始まり、退院してほぼ1年間の彼の平凡な日常が淡々と描かれていく。

それ自体で独立した作品としても読めそうな章を重ねながら小説は進む。あるところから各章はとても短くなり、ウォルトの記憶の断片が切れ切れに示されていく。20年近くにわたって読み返してきた父の死亡記事を眺めながら、彼は物思いにふける。フォールリバーの町を愛し、離れようとしなかった父さん。その父さんと同じように、俺もこの町に留まることになったわけだが、そのために落ちぶれ、遠いところに行く余裕もなくしてしまった、と。ウォルトの境遇は、作品集の最初に描かれた、水際に立ちつくしながら死を待つあの鹿を彷彿とさせる。ほどなく彼は心筋梗塞を起こし、59歳でこの世を去る。

だが、この小説はそこで終わらず、夫に先立たれた妻のサラへと主役がバトンタッチする。あれからふたりの男性と付きあったが、再婚はしなかった。ウォルトに対する愛着が消えず、〈彼はまだここにいる〉、という気がするのだ。彼の死からほぼ12年が経過した1989年、老いたサラは女友だちに誘われて、カジノを楽しむためコネチカット州に旅行し、そこでユダヤ系アメリカ人の俳優・コメディアンとして知られるドン・リックルズ（Don Rickles, 1926生～2017没）のトークショーをたまたま観ることになった。その最中にサラは思い出す。若い頃にウォルトがテレビを買ってきて自宅に置いた時のこと。そのときあの人は、放映されていたリックルズのトークに爆笑して、関心のなかったわたしもつられて一緒に観たことがあった……。いま彼女は、リックルズ本人を目の前にして、その話に弾けるように笑う。「サラ、お前は生きなきゃいけないぞ！」とウォルトが励ましてくれていると思いながら。

どこにでもいるような人々が体験するささやかな出来事を描いた『マギー・ブラウンその他の人々』は、〈孤独〉の感覚に満ちている。だが、その孤独を描くオーナーの筆致は、陰惨さやグロテスクさなどからはほど遠い。それは、回想という営みを介して誰かと誰かがつながる局面にも、注意を払っているからではないか。個としての人の生ははかなく、やがてはきれいさっぱり忘れられてしまうのが世の常。だが誰か別の人——それは身近な人だけでなく思いがけない他人である場合もある——の記憶のなかで、いなくなった人はなおしばらく生き続け、大切な役割を果たす。サラがウォルトと生死を超えて交感するエピソードで作品集を締めくくったことに、私はピーター・オーナーという作家の人間を見つめるまなざしの温かさを感じとる。

CHAPTER

5

FEMINISM IN AMERICAN LITERATURE TODAY

フェミニズムとアメリカ文学

#MeToo時代のクリエイティヴ・ライティング

吉田恭子
YOSHIDA Kyoko

2019年3月にポートランドで創作学会AWPに参加したとき（本書P114～参照）、#MeToo運動に関連したパネルが少なからずあった。アメリカでも過去のセクハラが明るみに出た作家教員が大学創作科の終身雇用職を失ったり、有名な作家がSNS上で糾弾され、以前受賞した賞を返上したりと嵐が吹き荒れた。#MeTooの文学界へのインパクトは、現実世界と文学世界のふたつのレベルに及んだ。ひとつは文学創作・出版や文学教育に携わる人々の現実に関する部分であり、もうひとつはグローバルな社会正義運動に促されて変化していくわたしたちの意識を文学でどのように表現するか、反映させるか、という側面である。もちろん文学であるからには、このふたつは繋がっている。繋がっているがゆえに悩ましい。

現代の小説を研究対象にしていると、ある種の作品がみるみるうちに古びてしまうのを目のあたりにすることがある。時間の試練を生き抜いた古典と呼ばれる作品には、その見直しが進んでいるとはいえ、なかなか起きないことである。時を経ても説得力のある小説の要素はいくつかあるだろうが、#MeToo的な側面から考えると、一見道理や正義を語っているように見えながら、書かれた時代の「あたり前」を当然の前提として鵜呑みにしている作品は賞味期間が短いと感じる。つまり、一見正しさを主張しながら、最初無色透明だったその無配慮ぶりが、時間の経過とともにまるであぶり出し絵のようにじんわり、浮かんでくるのである。時代や共同体が無批判に共有している差別意識や偏見は、同時代の人間はなかなか察知できないが、時間が過ぎるとそれがとんでもない勘違いだったことに我々は気づく。時代や共同体のイデオロギーから完全に自由になれる作家はいない。けれどもそんな暗黙の前提が勘違いであったことが明白になる時間があまりに短い作品は、周囲の常識に寄りかかって成立していたが故に、後の世の読者の目にみっともなく映るのだ。

小説は「かくあるべきだ」を語る形式ではない。「どうやって／どうしてこうなったのか」を表現し問い直す形式だ。#MeToo後の世界において何が古びて、何が古びないのか。何がみっともなくて、何がかっこいいままなのか。創作・文学教育に携わる者にとって、#MeTooは現場のハラスメント問題に劣らぬ重い問いを突きつける。

あるパネルは、#MeToo運動によりいわば流刑の身となった作家の作品をどう扱うかと問うていた。プログラムの紹介文は以下の通り。

> 「さあどうする？　良い作家が悪く振舞うとき」
>
> #MeToo運動を経た今、好きな作品の作者に対する尊敬の念を失ったとき、愛読作品をどう見なしたものか悩ましい。どうやって両者の帳尻を合わせるのか？　作家とその作品に対して現実やSNSでどう反応すべきか？　教員はこれらの作家をシラバスから抹消すべきか？　彼らと彼らの作品を救済することはそもそも可能なのか？　5人の作家がこの危機について、文学コミュニティにおける公正さの実現がどのようにあるべきか検討する。

一見センセーショナルなパネルを想像するが、実際は非常に地味なディスカッションだった。なぜかというと、すべてのケースを一般論として語るというのがこのパネルの前提だったからである。個々の実名を出してしまえば、誰が何をしたのかというゴシップパネルに堕してしまうので、非生産的なセンセーショナリズムを避けるためにすべては匿名、架空の一般論として話そうという約束で、パネリストは忠実にルールに従った。

男女からなるパネルの総意は、司法によって罰せられなくても行動に問題のある作家とは仕事をしないというものだった。ある編集者が「嫌な奴ゼロ方針」（no asshole policy）と呼んだこのルールは、文芸誌の運営などの職場環境を格段に改善するという。

続いて概ね合意が得られたのは、今現在疑惑の的となっている、あるいはセクハラが認定された現代の作家は、作品の善し悪しや内容にかかわらず、シラバスから外す、というもの。教育の場におけるテクスト選定に絡む問題だが、ここでは没後の作家が対象から外れている。つまり除外された作家にとって、時間の経過は流刑期間に相当すると同時に、はたして作品が生き延びられるかどうかという時間の試練をも課せられるのである。時を経た後でも古びないままでいられるかどうか。

シラバスから外すとしても、問題の作家の作品を学生に勧めたり、名前を挙げたりするかという点では意見が割れた。つまり、教育の場と限定されるシチュエーションにおいては、パネルの5名は問題作家の作品を扱うことに消極的だった。

創作科は基本的に大学院に設置されている。だからこれは子どもたちを汚れた作家の作品から守るといったような単純な理由ではないのだ。単純な話でないがゆえに悩ましいのである。

ここで一旦#MeTooとセクハラ問題を置いて、クリエイティヴ・ライティングの小説ワークショップの仕組みと理念について説明したい。

いわゆる「アイオワ方式」と呼ばれる実践重視の創作科芸術修士号のカリキュラムでは、ワークショップが重要な位置を占める。作家教員を中心としたこの少人数セミナーでは、小説の書き方や模範作品を学ぶわけではなく、参加学生一人ひとりの習作が授業テクストとなる。クラスのメンバーはクラスメートのコピー原稿を事前に読んで集まり、その作品についてとことん話し合う。

コピー機が普及する前は授業で作者本人が朗読していたそうだが、コピーをするようになってからは、作者名を伏せて原稿を配るようになった。これは創作科教授法に絶大な影響を与えた新批評理論を反映していて、文学作品は外部に依存しない自律した世界を形成するのであり、書き手が誰なのかといった情報がなくても、技巧に注意を払ってテクストを精読することで、作品の深い理解・解釈・批評が可能であるし、そうあるべきだという哲学を反映している。作者が匿名であることは、作者の権威や影響力を軽視する態度に思えるかもしれないが、作品は唯一無二の独立した世界とみなされるがゆえに、実は書き手の主体性を最大限に尊重している。ちなみにワークショップの話し合いでは、書いた本人は最後のわずかな時間を除いては、まったく発言せずに聞き役に回るのがルールである（だから、原稿に名前がなくても、作者の正体はディスカッション半ばを過ぎると明白である）。作者は謙虚に耳を傾けることで、作品が（誤読も含めて）どう読まれるのか学ぶのであり、テクストに対する解説や言い訳は許されない。

ワークショップで読まれる原稿は完成品ではない。改善の余地がある未完成作品であり、ワークショップのメンバーの役割は、顔の見える最初の読者として作品の印象や解釈を言語化し、今後の改稿へのアイディアを提供することである。だから、ワークショップは完成作品を競い合う合評会とは性格が違う。メンバー同士異なる文学観や創作哲学を闘わせる場でもない。クラスメートは作者がやろうとしていることを（自らの賛否はともかく）尊重しなければならない。大事なのは、さらにどうすれば作者がやろうとしていることにより近づけるかを考えることである。

このような話し合いが成り立つかどうかは、ワークショップの仲間同士が「小説を書きたい」≒「小説家になりたい」という互いの欲望を全面的に受け入れるかどうかにかかっている。家族や世間に「小説家になりたい!」と中二的に宣言すれば、嘲笑や冷やかしやあざけりが返ってくるかもしれないという不安は誰にでもある。作家は選ばれて天賦の才能を与えられた特別な存在であり、自分なんかが「作家になりたい」と願うのはとても不遜な望みだと思っている人は多い。最近ある書店の店主さんに聞いた話だが、「作家になるには」的なセルフヘルプ本は書店店頭ではまるっきり売れないのだという。つまり「あなたも小説家になれる!」という本を手に持ってレジに向かうのはあまりにも恥ずかしいことだと見なされているのだ。自意識のポルノグラフィも同然の「なるには」本は、だからオンライン書店でよく売れるのだという。

ワークショップは、メンバーが互いの「小説を書きたい」「小説家になりたい」という願望を、しごくまっとうな望みとして認めることから始まる。互いの欲望を引き受け合うことがワークショップの根底にある倫理的な契約である。クリエイティヴ・ライティング・プログラムには問題点も多い。にもかかわらずわたしがこの独特なアメリカ由来の文学教授法について日本で論じ続けたいのは、ワークショップが、文学作品という魅惑の対象物を自分でも作り出したいという願望を尊重するという倫理的契約から成り立っている驚くべきコミュニティだからである。

それにしてもなぜわたしたちは「小説を書く」だけでは満足せず「小説家になりたい」のだろうか？　「詩を書く」ことは「詩人になる」ことと同義ではないのか？　そうでないとすれば、それは自己実現が経済的自立を伴うべきと見なされるからなのか？それとも自分に天賦の才能があるということを公に認められたいという願望なのか？表象と欲望は霊的な存在の根源的な本性だからか？

「なりたい」という生成の夢は、経済的搾取や時間の搾取のみならず、感情の搾取を呼び寄せやすい。創作科大学院はかくも欲望が渦巻く場であるからこそ、倫理的な契約は重みを増す。ワークショップメンバーの欲望を承認するだけでなく、メンバーの欲望を利用しないことも重要になってくる。教室に充満するエロスとタナトスを認めつつ、それに酔わない、かつ酔わせないことが、互いの尊重につながるのだ。

ここで冒頭の#MeToo問題に戻ると、終始匿名で話が進んだパネルの終わりの質疑応答で、参加者はそれでもやはり特定の作家の話をしたくてたまらなかった。結局その作家の名前が口に上ることはなかったが、それが誰のことなのかは会場のすべての人がわかっていた。ヤングアダルト小説も出版してきたスーパースターの先住民小説家は、複数の女性詩人・作家見習いに不適切な言動をとったことがSNS上で次々と指摘され、彼は謝罪しつつも炎上を煽った知人を糾弾する文書を公開して、以来公の場から姿を消し、すでに高い評価を受けていた自伝のペーパーバック出版が延期された。白人男性中心主義と文字通りその存在を賭けて闘ってきたマイノリティ作家が撃ち落とされる構造は、リベラルアーツカレッジでマイノリティ同士が互いの被害者ぶりを競い合う今日の状況とも重なり合って、ため息が出る思いがした。

書店に行けば彼の本は普通に並んでいる。それに異議を唱える人は会場にはいなかった。けれども参加者の多くはもはや授業で彼の作品を使うことはできないと感じていた。その一方で彼に戻ってきてほしいと願っていた。創作科の教室でふたたび彼の小説を読むためには、彼が現実にあったことを認めるという第一歩を踏み出さねばならない。どれだけ彼に戻ってきてほしくても、それなしでは何も始まらないのだ。どうすれば「書きたい」という欲望を互いに尊重しあえるようになるのか、会場の参加者たちは思いあぐねていた。

後記

本稿は、アメリカの現状報告というよりむしろ日本の文学創作教育現場での出来事への応答として書かれたものだった。ウェブ掲載後、短歌の世界もワークショップと似た構造だとうかがい、書き手コミュニティにおけるエートスの重要性を痛感した。

2020年7月7日、アメリカの文芸誌「ハーパーズ・マガジン」ウェブサイトに「道義と開かれた議論についての書簡」が掲載された(雑誌版は10月号)。署名者は計153名。ノーム・チョムスキーやコーネル・ウェストなど東海岸の研究者らに加え、作家J.K.ローリング、サルマン・ラシュディ、マーガレット・アトウッド、ジェフリー・ユージェニデス、ジョン・バンヴィル、音楽家ウィントン・マーサリスなどの名が見える。

ハーパーズの
ウェブサイト

より平等な社会を目指す抗議行動に共感を示しながらも、自分たちの「正しさ」を優先するあまりに、開かれた議論や異なる意見を持つ者への寛容さを失いつつある動向に警鐘を鳴らすのが書簡の主旨だった。

トランプを筆頭とする反進歩的偏狭主義の台頭こそが民主主義への真の脅威であるのに、過度に先鋭化した社会正義実現運動は人々から自由な意見を表現する場を奪ってしまうという皮肉な状況。今や「表現の自由」は右派扇動家の旗印と堕してしまった。そんな風潮は社会正義の実現を難しくするだけなのだ、と。

それは「鏡よ鏡、この世で一番正しいのはだあれ?」と鏡に問いかけ続けるようなものだ、とシンガポール文学祭の対談でマーガレット・アトウッドは表現してみせた。自己と完全な意見の一致を見ない人間を抹消しようとする「キャンセル・カルチャー」について、若い活動家の台頭、SNSなど新メディアの影響などが指摘されるが、社会活動の内紛は目新しい現象ではない。真に秩序ある民主主義社会は天賦のものでなく行動の目標であると述べるアトウッドの声は、民権運動家ジョン・ルイス(1940-2020)の言葉「民主主義は状態でなく行動である」を大統領選勝利スピーチで引用したカマラ・ハリスと呼応する。(2020年11月10日)

ダメ男のレガシーを語る女たち
パートI：アレグザンダー・ハミルトンの場合

吉田恭子
YOSHIDA Kyoko

2019年9月モニク・トゥルンの最新作『かくも甘き果実』が出版された。『ブック・オブ・ソルト』、『口に苦い』（*Bitter in the Mouth*）に続く「味覚3部作」――とわたしが勝手に呼んでいる――の最終作である。

トゥルンの第1長編『ブック・オブ・ソルト』（小林富久子訳）は、1930年代、同性愛者であることが発覚して勘当されたヴェトナム人コックの語り手が、サイゴンからパリへと流れ着き、ガートルード・スタインとアリス・トクラスに雇われるという物語。もうその着想だけでもブリリアントで目眩がするが、フランス語も英語も流暢でない語り手が、追憶の導くままに過去へ現在へとメランコリックに時間を行き来しながら、官能的なほどの豊穣さで味覚と思い出を語る言葉遣いのアクロバットがすばらしかった。

Monique Truong, *The Book of Salt*, Houghton Mifflin Harcourt

トゥルンは2015年に日米友好基金芸術家フェローとして東京に滞在しており、最新作はその成果となる。何年も前から心待ちにしていた長編の出版日にロンドンのウォーターストーン書店に行くと、それはアメリカ版で取寄せが難しいから、Amazonで注文したらいいよ、とよりによって書店員さんに言われてしまいました。

さて『かくも甘き果実』の到着を待つ間、ヴィクトリア・パレス劇場でリン＝マニュエル・ミランダ脚本・作詞・作曲のミュージカル『ハミルトン』を観ることができた。

ロン・チャーナウによる米国初代財務長官アレグザンダー・ハミルトン（1755-1804）の伝記『ハミルトン――アメリカ資本主義を創った男』（上下巻，井上廣美訳）にインスパイアされた本作は、ミランダ主演で2015年初頭にオフ・ブロードウェイのパブリック・シアターで初演、二度の延長の後にブロードウェイに移り、ロングランヒットを続けている。トニー賞を11部門で受賞、ブロードウェイのチケットは価格変動制のため高騰しており、現在いい席だと7万円もするので、とても気軽に観に行くことはできない状態だ。そこでロンドンでキャッチアップすることになった。

それにしても英雄目白押しの合衆国建国神話なのに、よりによって……いったいなぜハミルトン……しかもミュージカル……？　そのヒットを誰も予想することができなかったのは、その主役の地味な人選が最大の原因だろう。アレグザンダー・ハミルトンはカリブ海のネヴィス島に生まれ、ワシントン将軍の副官として独立戦争に参加、その後ニューヨーク選出の議員として強力な連邦政府を支持して合衆国憲法批准に手腕を発揮、初代財務長官としてアメリカの金融制度を構築した。第3代副大統領だったアーロン・バーとの決闘で撃たれて死亡。現代のアメリカ人には「決闘で殺された10ドル札の人」として記憶されている男である。

ところがミュージカル『ハミルトン』は大西洋をまたぐ大ヒットとなった。その最大の理由は、すでに様々な媒体で紹介されている通り、本作がヒスパニック系、アフリカ系キャストによるラップ中心のサングスルー（セリフがなく歌だけ）のミュージカルであるからだ。

ニューヨーク郊外ワシントンハイツのヒスパニック系住人たちを描いたヒップホップ・ミュージカル『イン・ザ・ハイツ』で既に定評のあったプエルトリコ系のミランダは、2009年5月にホワイトハウスの「詩と音楽とスポークンワードの夕べ」に招待される。スポークンワードとは広義には朗読を含めて文学的パフォーマンス全般を含むが、一般には1990年代以来広まったストリート系のポエトリ・パフォーマンスを指し、当然ラップとも親和性が高い。このイベントで『イン・ザ・ハイツ』のナンバーを歌うことを期待されていたミランダは、当時『ハミルトン・ミックステープ』というタイトルで制作中だったコンセプトアルバムの冒頭曲「アレグザンダー・ハミルトン」をサプライズで披露する。

ホワイトハウスでのパフォーマンス
(YouTube)

タイトルソングは物語全体の狂言回しであり裏の主役ともいえるアーロン・バーが歌うことになっていて、以下のように始まる。

How does a bastard, orphan son of
　a whore
And a Scotsman, dropped in the
　middle of a forgotten spot in the
　Caribbean
By providence, impoverished, in
　squalor, grow up to be a hero and
　a scholar?
The ten dollar
　Founding father without a father
Got a lot farther by working a lot

harder, by being a lot smarter
By being a self-starter, by fourteen
they placed him in charge of a
trading charter
娼婦の息子、私生児、孤児、
カリブの辺境に生まれ落ちたスコットランド人
不運と困窮の最底辺からどうやって碩学の
英雄になったのか?
10ドル札の
建国の父は父無し子
しゃかりき努力、百人力頭脳
自力でやり遂げ14歳で貿易管理に台頭

……文筆力を評価され大陸での奨学金を得てその後驚くべき出世を遂げるその青年こそが……「アレグザンダー・ハミルトン」。ドヤ顔でミランダが言い放つと会場に笑いが広がる。つまりハミルトンの人生をラップミュージカルにすることはこの時点では完全に「ネタ」として受け取られていた。ミランダが冒頭の紹介で情熱的に主張する通り、ハミルトンの人生を早回しにするとたしかにヒップホップにしか聞こえない——カリブのバックグラウンド、最底辺の生まれと生い立ち、弁舌に秀で、自らの努力と才覚と剝き出しの競争心でライバルを出し抜きトップを目指すが、思ったことは包み隠さず口にするオレサマな性格が災いして仲間内にも敵を作りまくり、銃弾に若くして斃《たお》れる。けれども会場の笑いは嘲笑的にネタを消費する笑いではない。そのほとんどが奴隷所有者でもあった建国の父たちの人生を「移民の物語」として読み直すことで、アメリカの歴史をその始まりから自分たちのものにしようとする下剋上的アプロープリエーションの瞬間を、オバマ大統領夫妻とともに目撃する高揚感を伴ってもいるのだ。だからこそ『ハミルトン』は熱狂的に受け入れられたのだ。

冒頭からとにかくノリがいい。サングスルー・スタイルなので、セリフで音楽が滞ることなく、オープニングのスピード感が2時間50分間持続するから気が抜けない。ラップだから歌に盛り込める言語情報量が多く、複雑なサブプロットも展開でき、従来ミュージカルを敬遠していた客層を捉えたのも頷ける。ブロードウェイ版とウェストエンド版を聴き比べてみると、ロンドンキャストはその演劇的バックグラウンドの賜物か、とにかく滑舌がよく一音節たりとも呑み込まずに音楽に乗せてくるので、アメリカキャストよりもアップテンポな印象さえ受ける。近代英語のキャパシティを方向づけることになったシェイクスピア劇の弱強歩格がラップと相性が良いことはよく知られているが、あらためてヒップホップ文化発展の背景には、英語による言語表現の射程の広さ、すなわち、アフリカ系アメリカ英語だけでなく、アメリカ英語が誕生する以前のシェイクスピア的饒舌ライミングの伝統も素地にあることが、実感できる。

『ハミルトン』のテーマソングともいえる曲「The Shot」はリフレインで「手に入れたチャンス(shot)は必ずものにしてやる」と乱世に乗じて名を成そうとする青年のヒリヒリするような野望にアメリカの物語を重ねる。それはまた発砲(shot)で命を落とす主人公の運命の伏線ともなっている。

I am not throwing away my shot
I am not throwing away my shot
Hey yo, I'm just like my country
I'm young, scrappy and hungry
And I'm not throwing away my shot
おれはチャンスは投げない
チャンスは投げない
おれとこの国は同じ
若い、ケンカっ早い、ハングリー
だからチャンスは投げない

オバマ政権の高揚感に乗じてオフ・ブロードウェイを席巻した『ハミルトン』の魅力が、アップテンポな音楽で迫ってくる文化的ハイブリディティの新鮮味とすれば、そのロングランの根拠はヨークタウンの戦いの後の第2幕、主人公の没落のドラマとして展開する物語の面白さにある。ミュージカルが得意とする大きな感情の起伏に歴史の展開を巧妙に絡め、アーロン・バーというこれまた地味な男との軋轢を描く。サリエリやユダのように、憧れとルサンチマンから友人を手に掛けてしまう男としてバーは描かれる。

だが、本作の人間ドラマが面白い最大の理由は、ハミルトンが「最低のダメ男」だからだ。

その野心と歯に衣着せぬ物言いで仲間内にも嫌われただけではない。アメリカ憲政史上初のセックス・スキャンダル「レイノルズ事件」の中心人物でもあったハミルトンは書簡類を根拠に女癖の悪い人物として描かれてきた。『ハミルトン』でも、妻の姉に色目を使う、美人局《つつもたせ》的シチュエーションにはまると、つくづく困った男なのである。

そんな男が情熱的に擁護する合衆国憲法と連邦制もまた、男と同様に矛盾だらけなのだ。「この憲法はメチャクチャだ／矛盾だらけだ」と乗り気でないバーに「だったら修正するんだ／独立も矛盾だらけだ／今やるんだ」と畳み掛ける。ミュージカル後半ではラップバトルの形式で南部農本主義を代表する共和派の政敵トマス・ジェファソンと論戦を繰り広げる。

連邦憲法の批准が対立と妥協の末の難産であったことはアメリカ人であれば歴史の授業で必ず学ぶ経緯だが、その一方で独立宣言・連邦憲法・権利章典（憲法修正第1－10条）の3点セットを建国神話とともに神聖化してしまうのもまたアメリカである。共和制実験国家が孕む矛盾、矛盾だらけの人間が作ってきた民主主義の限界に思いを致すとき、ヒップホップという現代性以上に、このミュージカルは政治的予言だと気づく。民主主義の隘路に面した今の世界の状況を重ね合わせずにはいられない。

ジョージ3世は作品のコミックリリーフ的な存在として観客に大人気だ。ロンドンでは自国びいきも手伝って大ウケだった。ブリットポップをパロディしたメロディに乗って、戯画的な姿のボクチャン専制君主はもったいぶって登場し、ふくれっ面で歌う。

キミ出てった時、ボクら取り決めしたよね
ボク今怒ってんだけど
疎遠とはいえ、ボクが親分
どうせ戻ってくるさ、すぐにわかる
キミはボクのものだって身に沁みてわかる
どうせ戻ってくるさ、時が経てば
ボクのおかげだったと身に沁みてわかる

ブレグジット劇場第2幕、新首相就任で劇場化に拍車が掛かっているイギリス政治の現状が劇化されたような瞬間だ。「合意なき離脱」を独立戦争に重ねると、英国自治領からの離脱を目指すワシントンたちがEU離脱派に、「出ていったって這い戻ってくるサ」と高を括るジョージ3世がEU側、たとえば、何かにつけて自国民から「ジュピター的」(日本語だと「唯我独尊的」?)と叩かれ続ける現仏大統領に見えたりしてしまうという倒錯。と同時にその滑稽千万な姿は現英国首相を筆頭にクロをシロと言い募る専制君主化した指導者たちをも彷彿とさせる。図らずして捻りに捻った風刺劇にもなっているのだ。

才能も情熱もあるヒーローが志半ばで斃れるプロットはアメリカ人好みだが、人類すべてが共感する物語原型でもあるだろう。「マイノリティ」として逆境からのし上がったハミルトンが劣等感を募らせたライバルに殺されるのも、まるで古典的な悲劇のような展開である。けれどもこのミュージカルのトリを飾るのは、悲劇的英雄ハミルトンでも、裏の主人公バーでもない、ハミルトンの衝動的な性格にもっとも苦労させられた妻のイライザことエリザベスなのだ。

『ハミルトン』
初演ポスター

最終ナンバー「生きる者、死ぬ者、物語る者」でイライザは「誰が生き残り、誰が先立ち、誰が物語るのか/人は決められない」とリフレインし、夫アレグザンダーのレガシーを後世に伝える役割を引き受ける。コーラスはイライザの名を繰り返しながら「彼女が物語るのだ」と応え、ミュージカルは「誰があなたの物語を語るのか?」(Who tells your story?)という修辞疑問文で幕を閉じる。

実際、チャーナウの伝記も夫の死後50年生きたエリザベスが夫のレガシーを伝えることに心血を注いだというエピソードから始まる。

エリザベス・スカイラー・ハミルトン(1757-1854)はニューヨーク州オルバニーのオランダ系の名家の娘で、父親は将軍として独立戦争に参戦している。奴隷制反対の姿勢を貫いたハミルトンだが、スカイラー家は奴隷所有者だった——たとえばここにも主人公を巡る矛盾が見て取れる。目の上のたんこぶのようなライバルを赦せずに決闘へと至り不名誉な流浪で人生を終えたバーに対して、イライザは過ちを認めたハミルトンに「赦し」を与えることで新たな力を得る。バトンが男たちから女たちへ渡されたところでミュージカルは清々しく終わる。

ここでようやくトゥルンの『かくも甘き果実』に繋がる。ということで、続いてのお題は、「ダメ男」ラフカディオ・ハーンの人生を4人の女性が語る小説です！

後記

イギリスでも第1次ロックダウンですべての劇場が閉鎖された。舞台芸術の未来を救うために政府の補助が決定したが、それもいわゆる「英国伝家の舞台芸術」に限定されるだろうとのこと。2020年の夏に2カ月滞在したイギリス東部イーストアングリア大学のある町ノリッジでは、地元の科学教育小劇団が練習場の庭で週末ポップアップバーを営業していた。ミュージカル『ハミルトン』はブロードウェイのオリジナルキャスト版がディズニー・チャンネルで配信されている。（2020年11月9日）

ダメ男のレガシーを語る女たち
パートII: ラフカディオ・ハーンの場合

吉田恭子
YOSHIDA Kyoko

story にはお話、物語、短編小説のほかに、逸話、ある人物にまつわる来歴譚、歴史、世間の噂、伝説や言い伝え、新聞などの事実を伝えるニュース、作り話としての嘘……と数多くの意味がある。また人類が言葉を得て以来、ストーリーは交換・交易のための通貨としても機能してきた。人々はストーリーを交換することで闇夜の不安をしのぎ、互いの出自を確認し、信頼関係を築いてきたし、生活の糧を得るために、人の命を救うために、名誉を守るために、自分だけが提供できるストーリーを差し出してきた。自分の命と国を守るために千夜一夜にわたってシャーリヤール王にストーリーを語って聞かせたシェヘラザードの例が「単なるおとぎばなし」ストーリーに過ぎないと言うならば、アメリカ南部からの逃亡奴隷が自分の身に起こったことを北部の白人たちに「奴隷体験記」として語ることで印税収入を得て、自らの自由そして家族の自由を金銭で買い取った「歴史」ストーリーを思い出してみてもよいかもしれない。社会的地位も金銭も文字も持ち合わせない人間にとって、ストーリーは最後に残された取引の手段なのだ。

モニク・トゥルンの長編第3作『かくも甘き果実』は、生涯「どこか他の場所」を求め続けた旅人パトリック・ラフカディオ・ハーン（1850-1904）の人生を4人の女たちが語るという形式の伝記的フィクションである。女たちの物語はどれもまったく違った声で語られる。逸話の連続であり、自らの出自の物語に加え、事実でもあると同時に聞き手と自らを欺く嘘でもある。

Monique Truong,
The Sweetest Fruits,
Penguin

近年英語圏でハーン関連の本が豊作だ。トゥルンの小説の他にも、ペンギン・クラッシクスからはアンソロジー『日本の幽霊物語』（*Japanese Ghost Stories*）が、童話研究の重鎮ジャック・ザイプス（Jack Zipes）監修のプリンストン大学出版会「奇

妙にモダンなおとぎ話」（Oddly Modern Fairy Tales）シリーズから、ルーマニア出身でルイジアナ在住の詩人アンドレイ・コドレスク（Andrei Codrescu）編纂の『ラフカディオ・ハーンの日本譚集』（*Japanese Tales of Lafcadio Hearn*）が出版された。

日本の読者にとってラフカディオ・ハーン＝小泉八雲は馴染みの深い存在だろう。けれども「八雲」の親しみ深さがわたしたちの視界を曇らせていることも確かだ。実際、イオニア人の母とアングロアイリッシュ系イギリス人の父親との間に生まれ、幼くして両親から離れてカトリックに改宗した叔母に引き取られ、英仏の寄宿学校に育ち、養育家の没落に伴い厄介払いのようにアメリカ行きの片道切符を与えられてシンシナティに送られ、ほぼ無一文からイエロージャーナリズムの記者として頭角を現し、ニューオーリンズ、仏領西インドマルチニークでの文筆業を経て日本へたどり着き、イギリス国籍を捨てて小泉家に入籍し日本国籍を取得した「アメリカの作家」を、わたしたちはどのように理解しているだろうか。

ハーンの伝記を調べてみれば、しばしば矛盾する主張に出くわす。しかもハーンの評価は常に揺れ続けている。アメリカの読者に異文化圏としてのニューオーリンズと日本の印象を決定づける諸作品を残したハーンは、19世紀が数多生んだ白人オリエンタリストのひとりなのか、それとも自らの孤児のような境遇がゆえに周辺的な文化に常に共感し続けた繊細な芸術家なのか。どこへ行っても「異邦からの客人」であり続けたのか、それとも失われつつある旧き日本に遂に「本当の自分」の居場所を見出したのか（そしてそれははたして喜ぶべきことなのか）。これはハーンが何者だったのかという問題よりも、むしろ、ハーンを通じてそれぞれの論者が何を思欲し見出そうとしているかを反映しているがゆえに余計に厄介だ。さらに、ハーンの前半生についてははっきりしない部分も多い。

『かくも甘き果実』の複数の語りの枠物語となっているのは、エリザベス・ビスランド（1861-1929）によるハーン没後はじめて刊行された伝記『ラフカディオ・ハーンの人生と書簡』（1906, 未邦訳）である。ビスランドはニューオーリンズでハーンと知り合い、彼より一足先に短期ながら日本を訪れており、その後晩年まで親交のあったジャーナリストである。いわゆる公式な刊行物である伝記からの引用を幕間のように挟みながら、決して活字化されることはない3人の女たちのストーリーが語られる。

I.「パトリシオ・ラフカディオ・ハーンはお腹を空かせて生まれてきました」

最初の語り手はハーンの生みの母ローザ・アントニア・カシマティ（1823-1882）である。キティラ島の支配階級に生まれたローザは抑圧的な父と兄たちに一切の自由を奪われ軟禁も同然の状態で育つ。適齢期になり礼拝出席のためだけに外出を許されるようになったローザは、外界の目も眩むほどの鮮やかな美しさを全身で受け止めようとするなか、イギリス駐屯軍の軍医チャールズと出会い恋に落ちる。ローザにとってチャールズの肉体と身分は囚われの身から自分を解放し「どこか他の場所」へ逃亡するための媒介だった。

> [元女中だった] 老イオタの居場所はすぐわかるでしょう。……哀しみが彼女の双子としてどこへ行くにもつきまとうから。手を摑んでくるんです。首に、曲がった背中にしがみついてくるんです。だから決してひとりきりではないの。女の体には哀しみ、喪失、悲劇や恥辱から生まれた連れ合いがついて回るもの。男は遠くへ旅して、異国の土地で哀しみを絞め殺し、深い海に沈めて、振り切ることができる。(26－27)

けれども同じくイオニア諸島のレフカダ島へ、それからダブリンへと移り住むにつれ、「ヨーロッパ白人」とは見なされない自分は夫の親族に受け入れられない存在であり、軍人として世界各地を転々とする夫にとっても面倒なお荷物となったことに気づく。

4歳の次男パトリシオを嫡子のない夫の叔母に養子に出しイオニアへ去ることを受け入れたローザは、3人目を妊娠していた。イオニア海への帰路、付添でダブリン時代の唯一の話し相手だった女性の娘であるエレサにこれまでの経緯を語って聞かせる。ローザの母語はヴェネツィア語そしてギリシャ語で、英語の粗暴な響きは彼女に嫌悪感を与えるばかりだった。彼女にとって息子の真の名は「パトリシオ」であり、「パトリック」は別人の名前なのである。読み書きのできないローザは自らの物語を、息子への愛を書き留めてほしいとエレサに託す。あとに残してきたパトリシオにいつの日か母親からの手紙を渡してほしいと依頼する。

II.「パットはここの出身ではありませんでした」

ふたり目の語り手、アリシア・“マティ”・フォリー(1853-1913)はケンタッキーのタブ・プランテーションに奴隷として生まれた。奴隷解放後、ケンタッキー州からオハイオ川を跨いで北隣のシンシナティへ徒歩で移動し、料理人として働き始める。ヘイスラム夫人の下宿で料理人として働いている時にハーンと出会い、互いの物語を交換することでふたりの距離は近づいていく。プランテーションという「他の場所」からやってきたアリシアにとって、歌うような抑揚の英語を伏し目がちに話し、アメリカでの人種規範に無知な「パット」もまた「どこか他の場所」からやって来た不思議な男だった。ふたりは結婚しアリシアはいわばパット専任の料理人となる。

印刷工房の下働きから転じて地元の新聞「インクワイアラー」で働き始めたハーンは次第に頭角を現し、「陰鬱男」という筆名で、裏町のグロテスクで扇情的なストーリーが人気の看板記者となっていた。けれども字が読めないアリシアにとって、夫が出版するストーリーは遠いものでしかない。そして当初は互いの物語に耳を傾けあったふたりも、次第に夫が一方的に語り、妻はまるで物語を聞かせてもらった代償のように料理をするという非対称な関係に陥っていく。

> 話《ストーリー》は二度聞かねばなりませんでした。最初はパットが記事を書く前に話の全体を耳で確認するためでした。たまにあの人はストーリーの核心を逃すのですが、わたしの耳にはわかるのです。……二度目に語るときは、「インクワイアラー」紙面に記事《ストーリー》が載った後にパットがわたしに朗読するときです。自分の声に聞き惚れているとあの人をからかったものです。その通りなのですが、朗読するのはそれが理由ではありませんでした。わたしはあの人の証人だったのです。自分がしっかりといい仕事をしたことをパットは確認したかったのです。(123-25)

看板記者となったにもかかわらず、パットは黒人との婚姻を理由に新聞社をクビになる。オハイオ州の異人種結婚を禁ずる法律を知っていたにもかかわらず、突然の解雇通告はパットにとって青天の霹靂だった。常に社会における自分の立場や振舞いを意識しなければならないアリシアに対して、自らの振舞いを振り返る必要のなかったパットは、自分が特権的な立場にあることさえ気がついていなかった。そしてアリシアが自分の希望通りの料理をすることができないことに腹を立てた夫は姿を消してしまう。

アリシアとの関係について、後世の伝記作家やハーン研究者はためらいがちに語る。ビスランドが伝記で「黒人種の怠惰で官能的な生活へ惹きつけられ」「不可能な実験」(171)に至ったと極めて遠回しに言及する様子は、まるでこの結婚をなかったことにすることがハーンの名誉のためであるかのようだ。この最初の結婚が正式の結婚ではなかったと主張する者があることからも、アリシアとの関係についての記録が少なく、いまだ詳細が不明であることがわかる。

トゥルンの小説では、アリシアはハーンの死後「インクワイアラー」の記者に回想を聞かせていることになっている。ハーンと自分は夫婦であり、それは生涯変わることがなかった、というのが彼女の主張であり、彼女のストーリーはその唯一の証拠である。そこには正妻として金銭的補助を求めようとする事情と、敬虔なキリスト教徒として生を全うすることであの世で生き別れの母に出会えるに違いないという切望とが交錯する。結婚とは生涯の魂の誓いであり、矛盾や裏切りやすれ違いで解消できるような関係ではないのだ。

けれども「インクワイアラー」の記者は、アリシア自身のストーリーに価値を見出さない。彼女が聞き出したいのはご当地でデビューした有名作家ハーンに関する挿話《ストーリー》なのだ。自分の経緯を語るときに聞き手のペンが止まってしまうことを、アリシアは何度も注意する。アリシアは彼女自身が差し出すストーリーから、聞き手の恣意的な取捨選択によって、自分自身の姿を消されてしまうであろうことを感じている。それがくりかえし自分の身に起こってきたことなのだから。

III.「八雲、子どもたちはあなたを恋しがっています」

そして第3の語り手は、日本の読者にとっては馴染みの深い松江出身の小泉節子こと節（1868-1932）である。節もまた八雲の没後、ビスランドの伝記が出版された後に語っているが、その語りの声が向けられるのは他ならぬ小泉八雲自身だ。

節は3人の語り手のうち、唯一読み書きができる女性だが、それはあくまで日本語の読み書きであり、八雲の書いたものを節は読むことはできなかった。夫の求めに応じて伝承や物語が書かれた古本を渉猟し、それを何度も何度も自分自身に読み聞かせリハーサルしててから「ヘルンさんのことば」（小泉家で話されていた変則的日本語）で夫に語り直して聞かせた節は、ハーンの日本物創作の影の協力者だった。

そのような再話のプロセスをなぞるかのように、節は八雲と過ごした年月のストーリーを三度語る。最初は八雲の死後すぐ、ビスランドからの問い合わせに応じてまとめたストーリーであり、建前を繕った話である。そこでは、松江の中学校の教頭だった西田の仲立ちで、節は士族の娘として紹介され、ハーンと結婚したことになっていた。三度目の語りは、生活費捻出のための交換物としてのストーリーであり、1918年に英訳刊行されることになる回想記『ラフカディオ・ハーンの思い出』（日本では「思ひ出の記」として1927年『小泉八雲全集別冊』に所収）を指し、これが小泉八雲のレガシーを後世に伝えることを意識したストーリーだとすると、二度目の語り、小説でわたしたちが目にするストーリーは、公式の伝承を再話する前の、先立った夫を唯一の読者として綴られる、もっとも私的な回想の草稿である。

そこでは、節は夫婦間のしきたりに従ってハーンを「パパさん」と呼ぶことはせず、まるで夫の右眼を真正面から見据えるように「八雲」と呼びかけることを選択する。

そこで語られるのは、オフィシャルな物語とは違った夫婦の馴れ初めや、夫にも子どもたちにも世間にも知られずに自らの胸に秘めてきたエピソードである。そこに浮かび上がるのは、「文明」の手垢がついていない無垢な日本を目撃体験したいハーンと外国からの好奇の目を忌み嫌う住民との軋轢、情愛とエゴと献身の狭間、芸術創作と実務処理の隔たり、夫から結局教えられることのなかった英語と夫が身につけることのなかった日本語とのギャップを、嘘、沈黙、譲歩を交えながらなんとか乗り切り仲介する節の立場である。けれどもそこに節のルサンチマンは感じられない。4人の子どもに恵まれ、添い遂げた亡き夫であるから今こそ心の内を語ることができるのだ。世間には立派な小泉家のレガシーを伝えるので安心してください、と節はくり返す。

> この二度目の物語の原稿をあなたの最後の［白紙の］手紙の道連れとします。八雲、私もあなたから学ばなければ。かつて事実だったことも——自分だけがそれを主張するがゆえに——時とともにその上塗りが剝がれ、欠け、ささくれ立つこともある。かつて単なる意見だったもの——あるいは世間の風の木霊に過ぎなかったものが——決定的な重みをもつようになることもあるので

す。好き嫌いの話でしかなかったことが、生涯にわたる欠点と誤りを明かしてしまうこともある。情愛がゆえの言葉遣いが人格の欠陥を晒してしまうこともある。かつての愛情が単なる類似品と解釈されることも。(281)

ラフカディオ・ハーンこそが幽霊

ローザとアリシアは自らのストーリーを文字に残す術を持たないがゆえに、節は夫だけに語りかけるがゆえに、この小説は物語でありながら女たちのひとり芝居のようでもある。

3人の女性一人ひとりがラフカディオ・ハーンを知る者として語るが、一人ひとりの記憶と意識と言葉遣いを通じて浮かび上がるパトリシオ/パット/八雲の姿はどれもまぼろしのようである。死んでしまった男について女たちが語るという仕掛けは、秘密が明かされる際に特有の親密さを醸し出すばかりでなく、なにか降霊術のような玄妙な雰囲気を醸しだす。それはハーン自身の語り口とも呼応していたとアリシアは指摘する。

パットのお話はアント・スウィーティの話によく似てました。どちらも幽霊がたくさん出てきます。そこにいるけれど本当はいない。一度二度見えて視界から消えても、意識から消えることはない。予告もなくまた現れる。アント・スウィーティのお話に出てくる人たちは死んでいるから、そういうふるまいにも説明がつきますよね。パットのはたいがいまだ生きているのに、どうしてそんなふうにふるまうのか決して納得の行く説明をしてくれないのです。(109 – 10)

彼女たちの物語は、いなくなってしまっても心に残る男の残像を語るゴースト・ストーリーであり、パトリシオ/パット/八雲から引き離された女たちは互いを知らずして物語を通じて図らずも交歓する。母ローザの手紙が息子パトリシオに届くことはない。彼にとって母親は母語とともに幼年時代に消えた存在であり、おぼろげな記憶、微かなラベンダーの香りである。アリシアはハーンが日本に渡り日本人女性と「結婚」したことを知らされ、ハーンに寄り添った女性は自分や彼女以外にも大勢いたのだとうそぶく。けれども彼女たちのハーンは彼女たちのハーンだったのであり、アリシアに残されているのは自分が知っていた「パット」との関係を認めてもらうことだけなのだ。節もアリシアも生活費に困窮するが、ハーンのレガシー(伝統・遺産)を正式に引き継ぐのは節である。節はアリシアの存在さえ知らない。節が唯一嫉妬する女性は、自分の読めない英語で夫が文通を続ける相手、エリザベスである。こうして彼女たちのストーリーは重なり合いつつすれ違い、まるで百物語のようにすべてを語り終えたところでラフカディオ・ハーンの亡霊が立ち現れる。

ゆがんだカラダ、ひびく声
カルメン・マリア・マチャドの小説

日野原慶
HINOHARA Kei

カラダを描く作家

Carmen Maria Machado（カルメン・マリア・マチャド）——日本においてはまだ無名の若手作家だ。と、2、3年前であれば、断言して書き始められたはずだ。2018年の5月、ピュリツァー賞受賞作家ジュノ・ディアスに対するセクハラ・パワハラ告発騒動が起こり、その証言者のひとりであるマチャドの言葉がアメリカの出版業界で注目を浴びることになった。そして、2020年の3月、彼女のデビュー作品である『*Her Body and Other Parties*』の翻訳『彼女の体とその他の断片』（小澤英実、小澤身和子、岸本佐知子、松田青子訳、エトセトラブックス）が出版され、日本でもその名を目にする機会が格段に増えた。

カルメン・マリア・マチャド『彼女の体とその他の断片』小澤英実、小澤身和子、岸本佐知子、松田青子訳、エトセトラブックス

2017年に出版された『*Her Body*』を手に取るすこし前、わたしはおなじく“body”という単語をタイトルにつかった別の作品を読んでいた。それは2015年に出版されたアレクサンドラ・クリーマン（Alexandra Kleeman）による『*You Too Can Have a Body Like Mine*』（『あなただってわたしみたいなカラダになれるよ』）という小説である。うつくしい身体の獲得という理想のために、生命／生活（ライフ）の自発的管理を強いられる社会の戯画としてとらえることができる作品だ。そのつながりで、マチャドの方を読みはじめた。収められた8つの短編のひとつ「Eight Bites」は、上の問題意識と関連づけて読むよう、みずから訴えかけてくるようなテクストだ。語り手である中年女性は自分自身とたたかっている。だが精神とか意識とか抽象的なレベルでの話ではない。「標準体形」をこえて太った自身の身体、いわばモノとしてのカラダこそが彼女の敵だ。にくき脂肪とオサラバするために、彼女は大きな決断をする。肥満対策の胃切除手術（bariatric surgery）を受けることにしたのだ。「なんでありのままの自分に満足できないのよ」——彼女の娘はそう強く言い、手術に反対する。だが母

親である語り手の気持ちは揺るがない。彼女がのぞむのは、ありのままであることより、「標準」の身体であることだから。

でもちょっと待てよ、その「標準」って、誰がどういう基準で設定しているの？　テクストの外部から、そう問いかける読者はいるだろう。理想的な身体の基準なるものが、自分ではない誰かから与えられ、到達できなければ落第！　そしてそれは自己責任！　などとあしらわれ、絶えず結果にコミットしなきゃいけない気にさせられる社会のありかたを問題視している作品に違いない！　そう気づいたとしたら、この作品への責任ある応答者になれる。だが、読者をひきつけるこの作品の魅力は、その先にもある。語り手が胃切除手術をうけた後、物語は奇妙にねじれる。現実的なプロットが、非現実的な出来事に干渉される。彼女は、家のなかに得体のしれないなにものかの気配を感じるのだ。ネズミ？　ゴキブリ？　あるいは幽霊？　まさかそんな平凡なものではない。その正体は、次のように明かされる。

> わたしはそいつのすぐそばにひざをつく。カラダだ、あるべきものがなくなった状態の。お腹も、骨も、口もない。ただなだらかなへこみだけ。かがみこんでそいつの肩をはたいてみる、というか、そいつの肩だと思われるところを。（165ページ：翻訳は日野原）

家に潜んでいたのはカラダだ。機能の一切がはぎとられた肉のかたまり。それを語り手は「彼女」とよぶようになる。「彼女」は語り手にすがたを見せはしない。だが「彼女」の存在を語り手はそれとなく感じる。とても奇妙な同居生活がつづく。物語の終わり、死の床にある語り手のかたわらには「彼女」がいる。最初で最後の対面において、語り手は次のように気づく。

> わたしが愛してなんかないときに、わたしのことを愛し、わたしに捨てられることになって、彼女はくちはてることがなくなった。わたしをおいこして、彼女は1億年だって生きながらえる。そのもっと先までだって。
> （167ページ：翻訳は日野原）

妙に感傷的なラストシーンだ。「うつくしいカラダ」の理想をおびやかす、おぞましきモノとしての肉に、語り手のとだえゆく意識は向かう。まるで愛し損ねた娘を思うように。

上に引用した箇所以外にも、時間をかけてじっくりと意味を考えたくなるような文章に溢れた作品だ。ただ凄いものを読んだという感覚を得るだけでなく、作品をつらぬく一貫した思想を見つけだすという試みにも、このテクストはたくさんのヒントを与えてくれる。そして、同じことは『*Her Body*』に収められた他の作品にも当てはまる。作品集全体をつらぬいて取り組まれていることがあるとすれば、それは何だろうか。ひとつの答えとして、上でも言及した「うつくしい」「健全な」「欠損のない」身体のイメージの真逆を書くことだと言いたい。妻の頭部は、首にまかれたリボンを夫によってほどかれたとたん、床に転がり落ちる（「The Husband Stitch」）。若い女たちの身体は、うっすらと透け、やがて消えていく（「Real Women Have Bodies」）。上で紹介した

「Eight Bites」と同様に、これらの作品において描かれる身体は、なによりも「欠損」や「欠如」、「喪失」を特徴とする。おぞましくもあるこれらの身体は、ドイツの人形作家ハンス・ベルメール(1902-1975)が残した、不気味な作品群を想起させる。切断された手や足や腹が無秩序につなぎ合わされたあの歪んだ人形たちには、アーリア民族というイデオロギーのもと、特定の身体を正当なものとみなし、その他の身体を排除の対象としたナチスドイツへの抵抗の意志がこめられていた(Lichtenstein 158-160)。現代を舞台に、不気味な身体を執拗に描きだすマチャドは、それらにどのような意図を込めているのだろうか。それは『*Her Body*』を読み説く上での、重要な問いのひとつになるだろう。

なにとたたかうか

奇異とも言える作品集を世に問うた彼女のデビューは、結果として華々しいものとなった。『*Her Body*』は権威ある全米図書賞のフィクション部門で最終候補作品のひとつに残った。ちなみに同部門においては毎年5作品が最終候補として選ばれる。その年は4作品が女性作家によるものであり、そのなかからジェスミン・ウォード(Jesmyn Ward)の長編小説『***Sing, Unburied, Sing***』が受賞するという結果になった。振り返れば、数の上では同じ状況であった2015年には、唯一の男性作家アダム・ジョンソン(Adam Johnson)の作品集『***Fortune Smiles***』が受賞した。「2017年は女性作家が評価された年だったのだ」と続けようとして、指が止まる。ある基準にしたがって囲われたごくせまい範囲での5分の4や5分の1は、「女性作家」をめぐる状況についてはたして何を教えてくれるのだろうか。そして「女性作家」という言葉。そもそも「男性」と「女性」をスッパリ切り分けるような慣習はやはり問題だ、という話をすこしまえまでは教室で学生相手にしていたところだった。そんなわたし自身が安易に「女性作家」というカテゴリーに頼ろうとするとき、自分自身が暴力的な切り分けをおこなっているのでは……と考え、つぐべき言葉をなくす。実のところ、カルメン・マリア・マチャドの書いたものに向き合うことは、こういうたぐいの内省へと自分自身の思考がぐいぐいと突き動かされていくような経験をも与えてくれる。

『***Her Body***』出版以前より新聞や雑誌に彼女が寄稿してきた多くのエッセイや書評は、本人のホームページで読むことができる(https://carmenmariamachado.com/)。それらは、この作家がなにとたたかっているのかをわたしたちに教えてくれる。「ニューヨーク・タイムズ」に掲載された“If It's a Man's World, Let's Escape It . . . or Subvert It”(「もしもこれが男の世界だっていうなら、そこから逃げちゃおう、じゃなきゃひっくり返しちゃおう」)と題された書評を見てみよう。「男性であること」(maleness)「白人であること」(whiteness)「異性を愛すること」(straightness)「ほっそりしていること」(thinness)「心身の性別が同じであること」(cisgenderness)=(イコール)標準であるとするような考え方の呪縛から自由になって、文学作品が誰のために書かれるべきであるか深く考えること——それが作家という存在の使命だろ！　と、マチャドは主張する。同時に、それらの「標準」の圏外にいる作家が、この使命を果たそうとたたかいつつ、商業的な側面でサバイブしていくことが、どれほど困難な企てであるかについても彼女は思いを巡らせる。たとえば男性の期待する「女性作家」像にみずからを重ね合わせて書けば、作品が少しでも多く売れるかもしれない。でもそんなのは「内面化された女性蔑視」（internalized misogyny）のあらわれじゃないか、とマチャドは言う。きっぱりと。エッセイの中のマチャドの言葉は、力づよく、明晰だ。

ひびく声

反対に、彼女の小説には、明晰な言葉になりきらない声がひびく。「Especially Heinous」は、1999年から現在までつづくテレビドラマシリーズの『*Law and Order: SVU*』（『LAW & ORDER：性犯罪特捜班』）シーズン12までの各エピソードタイトルを手掛かりに、マチャドが自由に内容を連想し、そのあらすじを記すという特異な形式の作品だ。こちらのヴァージョンでは、テレビドラマシリーズと同名の主人公ベンソンの家に、被害者の少女の亡霊がやってくる。少女の眼窩からは、目玉のかわりに真鍮のベルがたれさがっている。少女はそのベルを鳴らす。

> 「罪」：今となっては、ベンソンはかなり正確にベルを訳すことができる。ベルが鳴り、意味を理解するまで、少しの遅れもない。頭を枕の下にうずめ、なんとか呼吸ができるようになるまで待つ。私たちに声をちょうだい、声をちょうだい、声をちょうだい、彼に伝えてよ、伝えてよ、伝えてよ、私たちを見つけて、見つけて、見つけて、お願いだから、お願い、お願い。（78ページ：翻訳は日野原）

ベンソンの耳にしか届かないこの声を、わたしたちは聞く。同じような声に、読者は作品集のあちこちで出会うことになる。それらは物語のなかにありながら、物語の文脈に首尾よく回収されはしない。読者を不安にしかねないそれらの声にどう応答するか。それを考えるのもまた、マチャドの作品を読む上での楽しみである。同時に、それは、読者に与えられた役割であるようにも思われる。

■ **参考文献**

- Lichtenstein, Therese. *Behind Closed Doors: The Art of Hans Bellmer*. University of California Press, 2001.
- Machado, Carmen Maria. *Her Body and Other Parties*. Graywolf Press, 2017.
- ---. “If It’s a Man’s World, Let’s Escape It . . . or Subvert It” *NYTimes.com*, The New York Times, 20 Mar. 2018. Accessed 19 Feb. 2019.

ショーン・ペンよ、ペンを置け

“史上最悪”のデビュー作『何でも屋のボブ・ハニー』

青木耕平
AOKI Kohei

「俳優ショーン・ペンが小説を書いた!」2018年3月初頭、アメリカの出版業界はこのニュースで持ちきりだった。アカデミー賞主演男優賞を二度受賞している超大物俳優にして映画監督、マドンナやシャーリーズ・セロンと婚姻/婚約関係にあった超一流セレブでありながら、ブッシュ政権のイラク侵攻やドナルド・トランプの差別発言に対して公然と批判の声をあげ、ジャーナリスティックに権力の腐敗と戦い続ける“偉大なる”ショーン・ペン。

刊行前のパブリシティーもまた豪華だった。サルマン・ラシュディによる「トマス・ピンチョンはこの小説をきっと気に入るだろう!」という推薦文が大きくフィーチャーされ、人気コメディ作家サラ・シルヴァーマンは「私たちの時代を書いた傑作!」と絶賛、「カート・ヴォネガット的でもあるし、デヴィッド・フォスター・ウォレスの要素もある」と称賛する事前書評も掲載された。発売前日に全米の人気TV番組に出演するなど、ショーン・ペン本人も精力的なプロモーションをこなした。

Sean Penn,
Bob Hone Who Just Do Stuff,
Atria Books

そして3月27日、ショーン・ペンの小説デビュー作『何でも屋のボブ・ハニー』(*Bob Honey Who Just Do Stuff*)が発売された。すぐさま大小様々なメディアが書評を掲載したが、それは事前の絶賛とは打って変わって酷評するものばかりだった——

「本の形をしてるけど、これ何?」
——「ニューヨーク・タイムズ」

「いますぐ無料ダウンロードに変えろ」
——「ワシントン・ポスト」

「こんな駄作はなかなか書けない!」
——「ガーディアン」

「恥とケツを晒し続ける160ページ」
——「ハフィントン・ポスト」

「人類史上最悪の本」
——「クラックド・ドットコム」

この酷評の嵐は、私にひとつのことを思い

出させた――あれはもう6年前、私が博士課程にあがったばかりの頃だ。私は、学会発表をすれば手酷く叩かれ、論文は不採用続き、もう無理だ、もう嫌だと自暴自棄に陥り、研究から逃げるようにして、人生で初めて小説を書いた。私はそれを傑作だと思い、読書家の友人たちに送りつけた。褒めてもらいたかったのだ。しかし、彼らの感想は私の期待していたものとは違っていた――

「100点満点で言うなら5点」
――編集者M
「わりぃ、途中で読むの止めた」――友人Y
「ぶっちゃけ面白くないっすwww」
――後輩N
「もう二度と読ませないで」
――当時の恋人

次々と寄せられる友人からの厳しい言葉に打ちのめされ、私は白目をむいて意識を失ったのだった――つらい過去を思い出しながら、私は『何でも屋のボブ・ハニー』を手に取った。「可哀相なショーン・ペン。俺、あんたの気持ちわかるぜ。俺はそんな簡単には貶したりしないぜ……」。

そうして私は『ボブ・ハニー』を読んだ。酷かった。想像を遥かに超えて、酷かった。

ボブ・ハニーとは何者なのか

本書の書影をみてほしい。右に木槌(mallet)が描かれているが、これがボブ・ハニーのトレード・マークである。彼はこの木槌で「スコッツデール計画」を実行していく。スコッツデール計画の内実、それは老人を殺害することである。

物語冒頭第1章の舞台は、2016年夏のアリゾナ州、政府補助の低価格老人住居施設で、8人の老人が人生の希望もなく砂漠を見つめている様が描写される。以下、最初の殺害シーンを訳出する。

老人たちは残忍な倦怠に縛られていた。すると…… 慈悲が訪れた。

ポン!　ポン!　ポン! 選ばれた3人が倒れる。

3人は、祝福されし鈍器によって刑を執行された。

8人が5人に減ったが、残りの者もいつかその日を迎えるだろう。

白い光沢のないポンティアックのエンジンがかかり、州間ハイウェイへと走り出す。ボブ・ハニーはこう呟く、「俺の仕業じゃないぜ……」

ハニーが老人を木槌で殺害する理由は「税金と環境に優しいから」とだけ示され、折りに触れハニーは殺害を実行、物語はスコッツデール計画を中心に進んでいく――と誰もが推測するだろうに、最後まで計画は全容を明かされることがなく、なんのオチも与えられない。

この小説は、一事が万事このように進む。ただナンセンスな設定だけがあり、展開も解決もない。物語の要約は不可能だ、なぜなら全体を貫くストーリーが存在しないからだ。

老人殺し以外にもボブ・ハニーは多くの(元)肩書を有している。

①元航空整備士

②花火イベント仕掛け人

③複数の会社の通販経営権を独占

④浄化槽の設備会社を設立

⑤中東の武器商人、アメリカの軍事産業と太いパイプを持つ

⑥南米の麻薬王とも顔見知りで

⑦離婚歴ありの孤独な56歳、しかし20代の恋人がいる

ここで着目すべきはとりわけ⑥⑦だ。彼は南米の麻薬王エル・チャポと会談を2016年に持っており、彼の元妻はマドンナで、シャーリーズ・セロンと2015年に破局した後に30歳下の新恋人が発覚しゴシップを賑わせた。イラク戦争以降中東情勢に興味を持ち政権を批判し続けているショーン・ペンの執筆時の年齢は、ボブ・ハニーと同じであった。

ボブ・ハニーのモデルは、誰の目から見ても明らかに、作者ショーン・ペン本人である。ペンはペンを手にして、自身の分身を紙の上に創造した。彼は自由だった。なんの制限も制約もなかった。私のように、面と向かって批判を口にする友人もいなかったのだろう。彼は、とことん自由に突き進む。

『ボブ・ハニー』のスタイル的欠点

ペンは小説を書いていた時、自由を感じ、執筆が楽しくて仕方なかったと述べている。大の文学好きである彼は、「シンプルに、好きなものを好きなだけ書く」というスタイルを採用し、自身が好きな小説のスタイル全てを取り入れようと試みたのだろう。目立ついくつかの特色を抜き出そう。

①ジャック・ケルアック的疾走感

第1部の冒頭には、「ある日俺は正しい言葉を見つけるだろう。それはおそらくシンプルな言葉たちだ」というジャック・ケルアック『ザ・ダルマ・バムズ』の引用が掲げられている。敬愛するケルアックらビートニクを意識し、スラングを多用し、正しい文法や語法をお構いなしに文章を書きなぐっていく。

②トマス・ピンチョン的陰謀論

第9章で、ハニーがバクダッドやシリア等を遍歴した様が語られるが、ハニーが訪れた都市と月日をリスト化すると、彼の足跡と騒乱の勃発が見事に一致していることがわかる。清々しいまでの『重力の虹』のパロディである。

③ D.F.ウォレス的脚注使用

本作はわずか160ページ程度のフィクションであるにもかかわらず、作者本人による脚注が70も存在する。これは間違いなく90年代のアメリカ文学金字塔、デヴィッド・フォスター・ウォレス『インフィニット・ジェスト』のスタイルの踏襲である。文学ワナビー丸出しである。

④カート・ヴォネガット的メタフィクション

ペンは本作刊行に先立つ2016年に小説版のプロトタイプと言うべきオーディオブックを公開しているのだが、その書き手はペンではなくパピー・パリアーという架空の人物に設定されていた。そのパピーが小説版に登場し、ハニーに「お前は俺が書いたんだぜ」と語りかける。作者が創造主として

作品内に登場し、被創造物である人物に語りかけるメタ構造、まさにカート・ヴォネガットやジョン・バースの十八番である。

残念なことに、①ー④の全てが失敗に終わり、スタイルは大渋滞を起こして小説を破綻させて、目も当てられない惨状になっている。プロットのナンセンスさと、スタイルの不徹底な混淆が、本作を「駄作」にしているのは間違いない。だが本作は、単なる駄作である以上に多くのバッシングを浴びることとなった。

大統領への公開書簡

先程述べたように、本作は小説に先立つこと2016年10月18日に、アマゾン上でオーディオブックとして無料公開された。朗読はペン本人。

残念なことに、小説刊行と同時に現在は視聴できなくなっている。ペンはオーディオブック発表について、「2016年大統領選前にどうしても公開したかった」と述べている。ブッシュ政権でのイラク侵攻を厳しく批判し続けたペンは、公開書簡の形でブッシュを公に非難した過去を持つ。そんなペンは、ドナルド・トランプがまだ大統領候補だった時から彼の差別的な言動に厳しく批判の声を挙げていた。そして彼は、大統領となったトランプに対して、またも公開書簡を送ることとした、ただし今度は小説のなかで、ボブ・ハニーというキャラクターを通して。

「地主」と呼ばれる男が、物語の終盤ハニーを殺害しようとするが、ハニーは間一髪逃れて、マンハッタンにあるビル——あきらかにトランプタワーがモデル——に押しかけ、フロント係の目の前でその手紙を書き始める。長いので、一部を抜粋し訳出する。

> 地主さまへ
>
> 俺を始末できたと思ったか？　あんたは俺を甘くみすぎている。俺だけじゃない、我々全員を甘く見ている。あんたのプロパガンダは成功し、多くの怒りと苦しみのなかにいるアメリカ人があんたに投票するよう仕向けた。ロシアのアシストもあったよな。だけど、あんたの思うようにはならない。あんたにはない武器を俺たちは持っている。それは夢だ。科学だ。子供達の未来だ。あんたが引き裂こうとしたフットボールプレイヤーたち、あんたがバカにした女性たちだ。あんたは弾劾されるべきだけじゃなく、覆される必要がある大統領だ。俺たちはあんたを覆す必要がある人民というだけでなく、殺人者を必要とする国民だ。俺は神の加護を受けている。ボブ・ハニー、それが俺だ。決闘を申し込むぜ、ツイートしてみな、このビッチ。

この手紙は感動的だ。アメリカ国民なら誰もが知るショーン・ペンが、人種差別や女性差別を繰り返す自国の大統領に対して弾劾以上の強い言葉で非難することに、勇気づけられる人は多いだろう。

この手紙は、最終章の結末部近くに置かれている。あるいは、もし、この手紙で小説が終わっていたら、小説の未熟さや支離滅裂を嘲笑されることはあっても、激しいバッシングに見舞われることはなかっただろう。だが、物語はここで終わらなかった。

フィクションと現実をわけるもの

物語を締めくくる「エピローグ」は、全てイタリックで書かれ細かく改行された、長い詩のような文章だ。そしてそのなかに、「#MeToo」へのバッシングが書かれていた。

> ところで最近の #MeToo ってのはなんなんだい?
> ガキの言葉だ現代の まるで赤ん坊の十字軍
> レイプを減らし、尻軽女を晒し、ガキに参政権をあたえろ?
> 刑事告発のプラットフォーム作り? 華美な衣装をなくす適性手続き?
> そんなのファックだよ! まぁ悩むまでもない
> なぜって俺は有名雑誌のカヴァーを飾るヒーローだもんよ!

またたく間にこの箇所はSNS等で拡散され、ショーン・ペンはバッシングに見舞われた。このバッシングに対して、ペンはインタビューで「思うに、今はフィクションが作家の考えと見なされる悲しい時代だ。フィクションがフィクションとして読まれていない……そういう人たちはこの作品の本質を理解していないし、文脈を無視して読んでいると思うんだ」と応えている。

ペンの言葉にあるように「フィクションをフィクションとして読む」ことは大変重要だ。酷い人種差別のシーンや、偏見に満ちた登場人物をフィクションの中で描くことによって、フィクションはその問題を扱う。人種差別主義者を描くコルソン・ホワイトヘッドは人種差別主義者ではないし、性差別主義者を描くトニ・モリスンは性差別主義者ではない。だが、しかし、本作にその方程式は当てはまらない。なぜと言って、すでに述べたように、ハニーは年齢、離婚歴、若い恋人、トランプへの非難と、明確に作者ショーン・ペンがそのモデルとなっているからだ。そしてとりわけこの#MeTooバッシングに対して「俺は「タイム」誌にとってのヒーローだぜ」と捨て台詞が吐かれる時、ここでの「俺」とは――文脈を無視するのではなく文脈を踏まえればこそ――架空の登場人物ボブ・ハニーではなく、ショーン・ペン本人でしかありえない。

『ボブ・ハニー』は他にも「ブラック・ライヴズ・マター」も茶化している。その描き方が最悪で、小説の中では「イエロー・ライヴズ・マター」運動をするアジア系が「メイク・アメリカ・モア・イエロー」とトランプのスローガンをもじった言葉で行進する。ペンからすれば、これは「風刺」または「寓意」なのだろう。しかし、結果的に、ブラックとイエローを同時に馬鹿にするという二重の嘲笑にしかなっていない。

#MeTooやブラック・ライヴズ・マター等の運動にショーン・ペン本人が懐疑的な声明を出すことは驚くに値しない。彼は問題発言と問題行動の耐えない過激で行儀の悪い人物として広く知られている。しかし、批判を受けて「これはフィクションだから」と自己弁護することは、的外れというだけでなく、あまりにも卑怯であると言わざるを得ない。

彼は白紙とペンを手にした。そこには、上から指図をしてくる監督も、興行収入のことしか頭にないプロデューサーも、時間にうるさいマネージャーも、下手くそな共演者も、自分の思い通りにならない演出家も、誰もいなかった。彼は自由を手にし、好きなことを書き散らし、結果としてドナルド・トランプのように振る舞ってしまった。

彼は小説の中で「地主＝トランプ」へ対しその女性差別と人種差別に抗議し、「あなたは弾劾されるだけでなく、覆される必要がある」と書き送った。そんなペンは、女性蔑視と侮蔑的な人種表現を小説の中で用いてしまい、「駄作」と嘲笑されるだけでなく、「もう二度と小説を書くな」とバッシングを受けることとなった。こんな悲しい皮肉はない。

ショーン・ペンよ、ペンを置け

ショーン・ペンはアカデミー賞主演男優賞を二度受賞している。一度目は『ミスティック・リバー』、二度目の栄光をもたらしたのは2009年『ミルク』だった。

『ミルク』は実在したハーヴェイ・ミルクの伝記映画であり、彼はアメリカで初めて自ら同性愛であることを公にした政治家で、差別を受け続けたゲイの権利のために身を挺した活動家であり、最後は凶弾に倒れた。ハーヴェイ・ミルクという人間のエネルギーとメッセージは、ショーン・ペンという稀代の天才俳優によって蘇り伝播し、アメリカ中の同性愛者そしてマイノリティーに勇気を与えることとなった。

ペンは、全世界の人々が視聴するアカデミー賞の生中継、その受賞スピーチの壇上で、同性婚に反対する人間に対して「恥を知れ」と強く非難し、「全ての人間に平等な権利を」と訴えた。

自身の小説への酷評やバッシングを知った後も、ペンは「俺は小説を書き続ける」、「映画はもうやめた」という旨の発言を繰り返していたが、結局ついに彼の小説の次回作の噂を耳にしないまま、『博士と狂人』で、彼はスクリーンに戻ってきた。

偉大なるショーン・ペン。これからも最高の演技で我々を魅了してくれ。今まであなたがしてきたように、虐げられた者に手を差し伸べ、権力の横暴を糾弾し続けてくれ、その戦う背中を見せてくれ。私達を鼓舞してくれ。ショーン・ペンよ、ペンを置け。

謝辞

『何でも屋のボブ・ハニー』という訳題の発案者は大阪大学の木原善彦教授です。本稿での使用を許可してくださった木原先生に、あらためて感謝いたします。

ガールズ・パワーからホラーへ
クリステン・ルーペニアンによるポスト・トゥルース時代の小説戦略

矢倉喬士
YAGURA Takashi

2016年の大統領選挙戦以降、「ポスト・トゥルース」「フェイクニュース」「オルタナファクト」といった語が飛び交うようになった。オックスフォード辞書が2016年を代表する1語に「ポスト・トゥルース」(post-truth) を選出したことについて、リー・マッキンタイア (Lee McIntyre) はその著書『ポスト・トゥルース』(*Post-Truth*, 2018年) の中で、2015年から語の使用率が2000%も急増した事実に鑑みて妥当だと述べている (McIntyre 1)。

それでは「ポスト・トゥルース」とは何を示す語なのだろうか。千葉雅也は「ポスト・トゥルース」とは真理をめぐる諸解釈がなくなった後に揺らぐことのない事実と事実が衝突する状況だと『意味がない無意味』の中で述べている。

> ポスト・トゥルースとは、ひとつの真理をめぐる諸解釈の争いではなく、根底的にバラバラな事実と事実の争いが展開される状況である。さらに言えばそれは、別の世界同士の争いに他ならない。真理がなくなると解釈がなくなる。いまや争いは、複数の事実=世界のあいだで展開される。[……] そうなると、他者はすべて、別世界の住人である。(千葉 32)

真理の後の時代には解釈が消滅し、世界と世界が争う。これは解釈が世界を貧困化及び委縮させることを危惧したスーザン・ソンタグの議論 (『反解釈』22-23) が徹底された状況と言えるかもしれない。

ポスト・トゥルース時代の解釈なき文学、「キャット・パーソン」

「ポスト・トゥルース」時代に解釈は存在しない。これは文学研究にとって大変な事態である。テクストを読んでも解釈できない、あるいは解釈が生じないということだろうか。解釈が完全に失われるとまではいかないにしても、それに近い事例のひとつとして2017年に発表されたクリステン・ルーペニアン (Kristen Roupenian) の短編「キャット・パーソン」(Cat Person) の受容状況を挙げることができる。

「キャット・パーソン」は、2017年12月4日に「ニューヨーカー」誌のオンライン版に掲載されると、瞬く間に話題作となり、アメリカではツイッターでトレンド入りするほどの大反響を得た。以下にあらすじを簡単に説明しよう。20歳の女子大学生マーゴ（Margot）が、バイト先の映画館にやってきた30代の男性ロバート（Robert）と知り合ってスマホでメッセージをやりとりするようになる。その後交際に発展してロバートの家で性行為をする流れになるが、いざとなったときには相手に幻滅し、性行為を望んでいないことに気づく。しかし引っ込みがつかなくなってしまったマーゴはそのまま性行為に及ぶ。その後マーゴはロバートから距離をとろうとするが、ロバートの方はまだ好意を抱いており、連絡をとり続けようとしてくるのでマーゴは恐怖するという内容だ。

「キャット・パーソン」がオンラインで発表された2017年12月当時は、その2カ月前に起こった映画プロデューサーのハーヴェイ・ワインスタイン（Harvey Weinstein）のセクハラ告発をきっかけに #MeToo 運動が加速し始めていた時期だった。勢いに乗る #MeToo 運動に共鳴するかのように「キャット・パーソン」は騒然の話題作となった。女性読者たちはマーゴと似た経験を言葉にして感情や経験を共有した。その後それに対抗するように、男性読者たちから反「キャット・パーソン」的な運動が現れた。一部の男性たちは、「男性キャラクターのロバートの方が被害者だ」、「女性キャラクターのマーゴは自意識過剰だ」とする否定的な意見をSNSに投稿し始め、それらは「Men React to Cat Person」（@MenCatPerson）というツイッターアカウントにまとめて晒されるようになった。「キャット・パーソン」に否定的な感想を述べている男性アカウントをまとめておけば女性が関わるべきでない有害な男性たちを一覧表示することができ、何らかの対処ができるというわけだ。その後「キャット・パーソン――ロバートが考えていた（であろう）こと」（Cat Person: What Robert (probably) thought）という作者不詳の2次創作がネットに出回り、本家の「キャット・パーソン」の公開から9日後にはBBCが公式にオンライン掲載するに至った。このロバート視点の2次創作ではロバートはネコが嫌いで実は「犬派」（dog person）だと書かれており、元の作品から想像しがたい別世界が展開されている部分も見受けられる。タイトルは「ドッグ・パーソン」とした方が気が利いていただろう。

同じ作品を読んだはずなのに読者たちは全く別様の2作品を発見した。つまり、「女子大学生マーゴが被害者の作品」と「中年男性ロバートが被害者の作品」という別の2作品である。さらに、「ドッグ・パーソン」と呼ぶのがふさわしいとさえ思われる別バージョンが流通し、BBCオンライン版に作品が掲載されるに至った。そこでは読者どうしの解釈や意見の衝突があるというよりも、ある小説と別の小説（オルタナノベル）がただあるかのようだ。別の作品を見る者どうしは他人の意見に耳を傾けたり自説を認めさせるよう議論したりせず、アカウントをブロックして別の事実（オルタナファクト）を生きる別世界の住人として互いに関わらないようにする。ここにおいて小説は、読者が意見を交わす待合室として機能することはなく、別の世界を生きる読者たちを分別する境界線あるいは壁として機能している。

このような「キャット・パーソン」の受容状況は、千葉雅也が述べた「ポスト・トゥルース」状況を思わせる。「ポスト・トゥルース」状況では異なる解釈どうしが衝突するのではなく異なる事実どうしが衝突するという議論を文学に引きつけるならば、「ポスト・トゥルース」時代には小説をめぐって読者たちが互いに解釈を突き合わせるのではなく、ある小説（「キャット・パーソン」）と別の小説（「ドッグ・パーソン」）が衝突するのだ。

小説は「想定問答集」か「組み手」になる

「ポスト・トゥルース」状況においては解釈が弱り、別の作品＝世界どうしがただ存在する。言い換えれば、ファクトに対してオルタナファクトが提出されるのと同様に、ノベルに対してオルタナノベルが提出される。これについては村上春樹が川上未映子のインタビューに答えた『みみずくは黄昏に飛びたつ』（2017年）が参考になる。

村上は、ツイッターやフェイスブックでは反対意見を持つ人はすぐに何かを言い返し、世の中に有効に影響を与える見込みを欠いた不毛な争いが繰り返されていると言う。例として彼は南京大虐殺の問題に言及している。

> 南京大虐殺の問題を例にとると、否定する側には想定問答集みたいなものがあるわけです。こう言ったら、こう言い返す。こう言い返したら、今度はさらにまたこう言い返す。もうパターンがそっくり決まっているわけ。カンフー映画の組み手と同じで。（335）

SNSにおいて言葉は「想定問答集」あるいは「カンフー映画の組み手」になり、パターン化された別の世界像の提示合戦が繰り広げられる。それは「純粋な消耗」であり、小説家はそれに関わるよりは違う戦い方をするべきだと村上は言う。

> ところが、話を物語というパッケージに置き換えると、そういう想定問答集を超えることができるんです。向こうもなかなか有効には言い返せない。物語に対しては、あるいはそれこそイデアやメタファーに対しては、何を言い返していいのかよくわからないから、遠巻きに吠えるしかない。そういう意味で、物語というのは、こういう時代には逆にしぶとい力を持ってくるわけです。前近代の強みっていうか。もしそれが強く、「善き物語」であるのならということだけど。（335-36）

村上はSNSで無際限に繰り広げられる「想定問答集」的で不毛な言語を超えられるように『騎士団長殺し』（2017年）を世に問うた。しかし、村上はSNSの使用者たちがあらゆる言語を「想定問答集」に落とし込もうとする力を甘く見ていたのかもしれない。「騎士団長殺し南京大虐殺」などで検索すれば、村上の物語が「想定問答集」として消費され、不毛な争いが行われた形跡を見ることができる。2巻合わせて1000ページ以上の長さを持つ村上の小説でさえ南京大虐殺をキーワードとした「想定問答集」化し、別世界の提示合戦の一部を担い、別世界の住人たちの間を区切る境界線あるいは壁として機能したのだ。

#MeTooと微妙な距離を保つルーペニアン

ここまでは「キャット・パーソン」と『騎士団長殺し』という2作品を例に、小説が何らかのキーワードをもとにした別世界の提示合戦を引き起こし、読者たちを別世界の住人として分別する境界線のように機能していることを見てきた。こうした状況では、小説家は物語作家というよりもあちら側とこちら側を隔てる仕分け人のような役割を担っている。それでは「キャット・パーソン」を書いたクリステン・ルーペニアンは、自作の受容状況をどのように感じたのだろうか。

ルーペニアンは「キャット・パーソン」がオンライン公開された短編小説としては異例の注目を浴びたことについて、この作品を通して読者たちが思い描く作者像は自分と大きく乖離したものになるだろうと自覚していた。異性愛的関係において女性が経験するひどいデートやセックス体験を、SNSでの心理的駆け引きを組み込みながらリアリスティックに描き出す作家だと認識されたわけだが、ルーペニアン本人によれば彼女は「ホラー作家」なのだった。

> 人々は私のことを、自分では明らかにそんな作家ではないと思っているタイプの作家だと思い込むのだろうなとわかっていました。[……] 自分の頭の中では私はいつだってホラー作家としてやったきたのであって、ときにはリアリズムに介入することもありますが、それにしたって強くホラーに影響されたやり方で書いています。(Jones 11段落)

ルーペニアンは、「キャット・パーソン」が #MeToo 運動の一環として多くの女性読者たちが日常を語るきっかけになったことを「完全に正当化しうるフィクションの使用方法」(a perfectly justifiable use of fiction)と述べて歓迎している。しかし、その後マーゴとロバートのどちらが真の犠牲者かという「想定問答集」的な論争が起こり、読者どうしを別世界の住人として分断したことについては、誰しもが強く明確な意見を持たなければならなくなるというインターネット上の会話が陥りがちな結末になってしまったと語っている(Daum 22段落)。「キャット・パーソン」を自分の経験を語るきっかけとして(読むというより)使用することは大いに結構だ。しかし作品解釈が弱った先に、「マーゴ良し、ロバートダメ “Margot good, Robert bad”」か「マーゴダメ、ロバート良し “Margot bad, Robert good”」の2択以外に読者の意見が出にくくなった作品受容の第2段階については快く思っていないようだ。

失われた解釈を取り戻す方法論としてのホラー

「ポスト・トゥルース」時代には解釈が干上がり、小説は読者が解釈を持ち寄る待合室ではなく別世界の住人どうしを隔てる壁として使用されやすくなる。しかし、ルーペニアンは干上がってしまった解釈を回復させ、小説を壁から待合室に戻す方法を知っていた。「キャット・パーソン」を全く毛色の異なる他の作品と併せて短編集に収録し、違った形で世に再提出するという方法である。「キャット・パーソン」の爆発的ヒットによって、#MeToo文学の旗手あるいはSNS環境での心理的駆け引きを扱うリアリズム作家という自身が望まぬレッテルを貼られたルーペニアンは、読者の期待を裏切るというまさにホラー作家の本懐をもって応答する。

ルーペニアンは短編集のタイトルからして大いに挑発的な姿勢を見せた。『これが欲しいんでしょ』（*You Know You Want This: Cat Person and Other Stories*）と題された2019年の短編集は、収録作の全てにおいて、望んでいたはずのものがグロテスクに姿を変えて恐怖をもたらすという展開が見られることからも明らかなように、作家は読者の欲望に沿う作品を書くわけではないという気概を感じさせる。この短編集の邦題は『キャット・パーソン』となっており、日本の読者にはこの短編集が大ヒット作の「キャット・パーソン」をすでに読んだ上で作者に何らかの幻想を抱いた者たちへの挑発的意味合いを持っていることは伝わりにくい。しかし訳者の鈴木潤は「訳者あとがき」にて、ルーペニアンが読者が抱いた期待や幻想を巧みに裏切っていることを適切に指摘している。

> はたして、クリステン・ルーペニアンは「キャット・パーソン」がもたらした期待に応えられているのか。／誤解をおそれずに結論をいうと、ルーペニアンは期待を裏切った。少なくとも、フェミニズムのバイブルや、ほろにがくもおかしい“あるある”たっぷりのリアリズム作品集を想像していた読者の期待は。もちろん、#MeToo の味つけがしてあるファニーな作品も、「キャット・パーソン」のB面ともいうべき作品も収められている。だがむしろルーペニアンの筆に力がこもるのは、サディズム、堕落、復讐、嫉妬といった、人間のダークな側面をえぐりだす瞬間だ。物語はときにホラー、スーパーナチュラル、マジックリアリズムの手法や、おとぎばなしの体裁を用いて描かれ、読み手の感覚を現実を超えた世界へといざなっていく。（鈴木 329-30）

ここで鈴木が言うように、ルーペニアンはSNS環境での心理的駆け引きをリアリスティックに描く #MeToo 文学の担い手というイメージに留まらない作品群を描いている。アメリカからケニアの村にボランティアで訪れた青年が現地に伝わる「ナイト・ランナー」なる謎の存在に夜な夜な嫌がらせをされたり、ある国の王女がひびの入った鏡とへこんだバケツと古びた大腿骨を愛するようになったり、ある女性がどの職場にもひとりはいるプレイボーイに噛みつき続けて職を転々としたりする奇想天外な内容は、「キャット・パーソン」のような作品を期待した読者にとっては肩透かしであったかもしれない。しかし、それによってルーペニアンが読者の期待に応えられなかったとただ結論するのは早計である。鈴木が述べるように、読者の期待が幻滅に変わるまさにその過程が、ルーペニアンが得意とするような期待が幻滅へと変わるフィクション様式をメタ的に反復しているからだ（鈴木 330）。ルーペニアンは読者が期待していたような作家ではなかったのかもしれず、さらに言えば、ルーペニアン本人が自認するような「ホラー作家」だったのだと読者は次第に気づいていく。

“#MeToo（私も）”に捧げる、“not yours（あなたのじゃない）”

それでは、ルーペニアンがどのように「キャット・パーソン」以降に読者が抱いた期待を幻滅へと変え、干上がってしまった解釈を小説に取り戻したのかを見ていこう。今回は「キズ」（Scarred）という短編をとりあげる。というのも、収録された短編のうちで読者の期待には絶対に応えないという強い意志が最も強く打ち出されているのがこの作品だからである。

「キズ」のあらすじを説明しよう。ある女性が図書館で見つけた魔術書にしたがって地下室にチョークで魔法陣を描き、欲望を具現化しようと試みる。すると裸の男が魔法陣から現れる。女性はその後1年以上にわたって男を地下室の魔法陣の中に監禁し、男に食事を与えたりナイフで全身に傷をつけたりしながら生活するうちに、これが自分の望んだものなのだろうかと自問する。やがて女性は意を決して男の胸にナイフを突き立てる。魔術書の導きに従えば、別の真実の愛を見つけられるだろうと信じて。

欲望していたはずのものがグロテスクに姿を変え、こんなはずではなかったという結末をもたらすという「キズ」の内容は、短編集に収録された全ての作品に共通している。傷つかない人間関係などありえず、全てのコミュニケーションは刃物での斬りつけ合いであるというイメージもほぼ全作品に共通している。しかし、「キズ」が短編集の中でも異彩を放つのは、読者の読みを否定し、その想像力の誤りを指摘した上で初めから想像をやり直させるところまで読者の期待（幻想）を裏切ってみせる点である。

> 髪や瞳の色や顔の形を持ち出して彼の容姿を説明しても、きっとまるで的外れな印象になるだろう。なぜなら彼は、あたしの心の奥底の欲望が生ける人間として現れたものであって、あなたのじゃないから。だからどうか、あなた自身の裸の男を思い浮かべてほしい。でも、いちおうこれだけは言っておく——彼は想像なんかよりぜんぜんスゴくて、ずっとカンペキな体をしてた。これの全部が全部下ネタって受けとらないでよね。キュートな感じとか、線が細い感じとかはまったくなかった。天使っぽい感じだってぜんぜんなかった。というわけだから、もしそんなイメージを思い描こうとしてたんなら、はじめからやり直して。（原作171; 邦訳45を参考に一部改訳）

小説を読む際、読者は自身の経験を頼りに小説世界をイメージしようと努める。しかしルーペニアンは、そのようなイメージは「まるで的外れ」（all wrong）だと作中人物に言わせている。「キズ」という短編に登場する裸の男は作中女性の欲望の具現化であり、「あなたのじゃない“not yours”」と読者を突き放してしまう。続けて、読者の想像にあれこれとダメ出しをした挙句に想像をやり直すように指示するが、裸の男は「想像よりもぜんぜんスゴくて」、想像をやり直したところで読者には到達できないと示唆される。読者の期待を裏切り、幻想を幻滅に変えるルーペニアンの本領が如何なく発揮されている部分だ。読者がルーペニアンの作品を共有可能な「あるあるエピソード」として消費したり、私にも似た経験があると語りたくなる欲望に対して、「あなたのじゃない “not yours”」という牽制的な言葉で応じている。作中キャラクターたちの欲望が裏切られるのと同様に、読者の欲望もまた思い通りにはならないのだ。

ハッシュタグを用いた政治的運動の功罪

ルーペニアンの作品は、読者からの「私も」という声に対して「あなたのじゃない」と返答する。これはややもすれば #MeToo の運動に水を差すように思えるかもしれないが、実態はその逆であることはハッシュタグを用いた政治運動の研究を参照すれば容易に理解できる。

ハッシュタグ研究の最重要書『ハッシュタグの政治学』（*Hashtag Politics*, 2015年、未邦訳）において、ネイサン・ランブッカナ（Nathan Rambukkana）は、ハッシュタグを「言説やコミュニケーションの新たなる体制の内にそれ自身を打ち立てる反体制的な句読法」（Rambukkana 29）と述べている。ハッシュタグはそれと共に提示される語句がそれまでにさほど注目されていなかったとしても注目に値するのだと主張する。そしてその新たなるキーワードを通して新たな言説やコミュニケーション環境を創出し、果ては体制や世界を更新する可能性を秘めている。このような反体制的な言説更新性を活用した運動が、#iranelection、#BlackLivesMatter、#Ferguson、#OccupyWallStreet、#MeToo等であった。このとき、ハッシュタグを用いて成功を収めた運動ばかりを見ているとハッシュタグが持つ性質や動員力を過大評価してしまう恐れがある。実際にはほとんど誰にも知られることなくネットの海に消えていったハッシュタグの方が圧倒的に多いのだ。ハッシュタグを用いたどのような運動にせよ、初めは孤独に、これまで十全に注目されなかった語句は実は注目に値するのだと主張し、語句を通した新世界の夢想が夢想のまま終わるかもしれない中での賭けとして現れる。ハッシュタグを用いた運動に対してときおり為される、個人の声を失って画一的な意見しか存在しないという安直な批判は、世界への孤独なホラーとしてのみ現れうるハッシュタグの性質を理解していないのだと一旦は言わねばならない。

ハッシュタグを用いた運動には大きな可能性が秘められているものの、負の作用もまた忘れてはならない。2019年に出版されたハッシュタグの研究書『ハッシュタグの理論』（*Theory of the Hashtag*, 未邦訳）においてアンドレアス・バーナード（Andreas Bernard）は、ハッシュタグを用いたいかなる運動もマーケティングやセルフプロモーションと表裏一体の関係にあり、人種差別や性的差別に対抗する運動でさえも例外ではないと述べている（Bernard 73-74）。ハッシュタグを用いた運動に乗じて自己の商品価値を高め、プロフィールや履歴書の上での象徴的資産を得て、ヴァーチャルな金銭を得た先にリアルな金銭を獲得することも可能なのだ。さらに、ハッシュタグを用いた運動がその達成せんとするところと真逆の勢力に利用されることもありうるとエリザベス・ロッシュ (Elizabeth Losh) は指摘している。インドにおけるハッシュタグを用いたフェミニズム運動を研究するロッシュは、何らかの理由で学校に行きづらくなった女性たちが再び学校に行けるよう自撮り画像を添えて互いを励ますハッシュタグ #selfies4schools がポルノ産業の情報源となっており、ハッシュタグを用いたフェミニズム運動がポルノ産業の餌食になる可能性を示唆している (Losh 16)。また、ハッシュタグを用いた運動ではやはり個人の声が軽視されがちで、自分はこの人とは違うと思いつつも同じハッシュタグの元に意見がまとめられてしまい、個人の声が十把一絡げに処理されることは否めない。極めつけに、ハッシュタグを用いた運動への参画者が増えれば増えるほど個人の声は一瞬でタイムラインから流されてしまい、運動が力を持つほどにかけがえのない個人はないがしろにされ、忘却されやすくなる (Bernard 77) という逆説にも注意すべきだろう。

ガールズ・パワーからホラーへ

上記のようなハッシュタグを用いた政治的運動の功罪を見れば、ルーペニアンが #MeToo に対して微妙な距離を置き、2019年の短編集において安易な共感を拒んで読者の欲望を執拗に裏切ってみせた理由が明らかになる。ルーペニアンは、運動が力を持てば持つほど、共感者が増えれば増えるほどに、個人の声が軽視され、反対勢力に懐柔されやすくなり、運動が力を失っていくという逆説を捉えていたのだ。あるインタビューにおいて、ルーペニアンは10代の頃からフェミニズムに関心を持っていたが、誰もが「ガールズ・パワー!」とか「女の子には何だってできる!」と叫ぶ状況には乗り気がしなかったと述べている。それは大層素晴らしいことであると同時に嘘を含んでいるのだと彼女は言う (Brockes 10段落)。このようなルーペニアンの姿勢には、フェミニズムがある程度その目標を達成したように見えたことから生じたフェミニズム解体運動であり、女性どうしの連帯能力を奪う恐れのあるポスト・フェミニズムの観点からの批判が一旦は必要であろう。しかしながら、フェミニズムを一枚岩にせずアンチ勢力からの容易な懐柔を拒む上では、ルーペニアンのフェミニズムに対する両義的な姿勢は必要不可欠である。それは同時に、「ポスト・トゥルース」状況において解釈が干上がった結果として、「ああ言えばこう言う」式にいとも簡単にオルタナノベルが提出され、小説が不毛な「想定問答集」と化し、読者どうしを別世界の住人にする作用に対する小説家からの抵抗でもある。小説が読者どうしを隔てる境界線あるいは壁以外のものになれるのかは、人を動員して共感を誘うパワーに人を裏切るホラーを対置できるかどうか、作品が曖昧さと両義性を失わずにいられるかどうかにかかっている。失われた解釈を求めて。ルーペニアンが採った方策は、#MeToo と話しかければ “not yours” と答える人のいるホラーであった。

■ 参考文献

- 川上未映子、村上春樹『みみずくは黄昏に飛びたつ』新潮社、2017年。
- クリステン・ルーペニアン『キャット・パーソン』鈴木潤訳、集英社、2019年。
- スーザン・ソンタグ『反解釈』高橋康也、出淵博、由良君美、海老根宏、河村錠一郎、喜志哲雄訳、筑摩書房、1996年。
- 鈴木潤「訳者あとがき」、『キャット・パーソン』、クリステン・ルーペニアン、鈴木潤訳、集英社、2019年。325-33ページ。
- 千葉雅也『意味がない無意味』河出書房新社、2018年。
- Bernard, Andreas. *Theory of the Hashtag*. Trans. Valentine A. Pakis. Polity, 2019.
- Brockes, Emma. “Cat Person Author Kristen Roupenian: ‘Dating Is Caught up in Ego, Power and Control.’” The Irish Times, 28 Jan. 2019. Accessed 7 Feb. 2020.
- “Cat Person: What Robert (Probably) Thought.” BBC, 13 Dec. 2017. Accessed 7 Feb. 2020.
- Daum, Meghan. “The Lessons of ‘Cat Person.’” GEN, 21 Feb. 2019. Accessed 7 Feb. 2020.
- Jones, Alice. “Kristen Roupenian on Cat Person: ‘I Wanted Writing to Save Me from My Garbage, Hard Life.’” JPIMedia P, 6 Sep. 2019. Accessed 7 Feb. 2020.
- Losh, Elizabeth. “Hashtag Feminism and Twitter Activism in India.” *Social Epistemology Review and Reply* 3 (2014): 11-22.
- McIntyre, Lee. *Post-Truth*. The MIT Press, 2018.
- Rambukkana, Nathan. “From #Racefail to #Ferguson: The Digital Intimacies of Race-Activist Hashtag Politics.” *Hashtag Politics: The Power and Politics of Discursive Networks*, Ed. Nathan Rambukkana. Peter Lang, 2015. 29-46.
- Roupenian, Kristen. *You Know You Want This*. Jonathan Cape, 2019.

本でできた虹の彼方へ
レインボー・ブックリスト

佐々木楓
SASAKI Kaede

ブックリストという取り組み

世の中には数々の文学賞があり、新たな作家や本について読者に情報発信する役割も担っている。どのような作品や作家に授与されるかは賞ごとにある程度の傾向はあるが、文学賞の受賞によってその作品や作家は、権威や話題性といったお墨付きを得ることになる。一方で、そうした権威や話題性の大きさでは文学賞には及ばないかもしれないものの、ブックリストというかたちで、読者により多くの本についての有用な手引を作成する取り組みも存在する。アメリカの大手出版社であるペンギン・ランダムハウスは、年間ベストとして数十タイトルを毎年紹介している。「USAトゥデイ」や「ニューヨーク・タイムズ」などの新聞社や、老舗雑誌「エスクァイア」も同様である。テーマごとのブックリストも盛んで、1例を挙げると、こちらも老舗で創刊130年を誇る雑誌「コズモポリタン」は2018年に「みんなが読むべきフェミニスト・ブックス12冊」を特集している。ここではそうした取り組みの中で、アメリカで毎年発表されているレインボー・ブックリストについて紹介したい。

レインボー・ブックリストとは

これはセクシュアルマイノリティの問題を扱った書籍のうち、主に0歳から18歳の幼年期から若い読者向けに書かれたものから選ばれた、短い注釈つきの推薦図書目録である。「レインボー」はもちろん、セクシュアルマイノリティの運動のシンボルだ。運営しているのは「レインボー・ブックリスト委員会」で、これはアメリカ図書館協会（American Library Association、以下ALA）の中にある「ゲイ、レズビアン、バイセクシュアル、トランスジェンダーのラウンドテーブル」（以下、GLBTラウンドテーブル）に設置されている。

レインボー・ブックリストの始まりは2008年で、毎年1月中旬から2月上旬に発表される。リストの対象となるのは、発表の前々年の7月1日から前年の12月31日にアメリカで出版されたものとされている。たとえば2019年のリストの対象は、2017年7月1日から2018年12月31日に出版されたものとなる。最終的に選ばれたリストは、ALAのウェブサイトや同協会が発行する季刊誌「ブックリスト」のほか、関連するインターネット上のページや10代向けの雑誌などのさまざまな情報源に提供される。

ブックリストは年齢層に応じた各部門に分けられており、2019年では①「絵本」、②「ミドルグレード・フィクション」（8〜12歳が対象）、③「ヤングアダルト・ノンフィクション」、④「ヤングアダルト・フィクション」（13〜18歳が対象）、⑤「グラフィック・ノベル」（小説や漫画とも違う、大人も読者対象とした文学作品）の5つの部門において推薦図書が選ばれている。2012年以降は、全部門混合でトップ10作品も発表されている。

どういった部門を設定するかは、年によって少し違いが見られる。たとえば18年には「ボードブック」（ページが板紙でできた絵本の一種）、17年には「ミドルグレード・ノンフィクション」のカテゴリーがある。「ミドルグレード」という区分けについては、過去には名称が「ジュブナイル」や「ミドル／アーリー・ヤング・アダルト」となっており、運営側の試行錯誤が見て取れる。

どの部門にいくつの作品が選ばれるのかは特に決まっておらず、委員が調査する書籍数や最終的に選ばれる数についても年によって増減している。以下、簡単に各年の最終的にリストアップされた数を見てみよう。（ ）は委員会が調査した冊数で、2009年から2012年は公式サイトに記述がないため、2008年と2013年以降のみ記載する。

2008年：45タイトル（200冊以上）
2009年：35タイトル
2010年：46タイトル
2011年：32タイトル
2012年：32タイトル
2013年：49タイトル（150冊以上）
2014年：30タイトル（150冊以上）
2015年：24タイトル（140冊以上）
2016年：40タイトル（250冊以上）
2017年：47タイトル（270冊近く）
2018年：48タイトル（260冊以上）
2019年：107タイトル（400冊以上）
2020年：92タイトル（550冊以上）

こうして見ると、2019年に調査数とリストアップ数ともに急増している。これについて公式サイトでは、「委員会のメンバーはすべての年齢層におけるコンテンツの爆発的増加に圧倒されている」とあるため（「2019 Rainbow Book List」, 3段落）、単に調査量が増えたというよりも、アメリカで若い層向けに書かれたセクシュアルマイノリティに関する書籍の出版数自体が増加していることが窺える。

2008年の調査数がいくぶん多いのは、レインボー・ブックリスト創設にあたり、2005年から2007年のものも対象に含まれるためである。というのもこの年のブックリスト発表の際のコメントによると、この頃から、以前より内容の良いタイトルが増加していると判断できたためだという（「2008 Rainbow Book List」, 第3段落）。選考の過程で明らかになったのは、タイトルにそれとわかる言葉が入っていないことにより読者が本を手に取ることがしづらい状況にあること、また『同性愛を防ぐためのペアレンツ・ガイド』（***A Parent's Guide to Preventing Homosexuality***, 2002）のような、セクシュアルマイノリティを侮辱する内容の書籍も複数見つかったことで、こうしたブックリストが必要不可欠だということが切に述べられている（「2008 Rainbow

Book List」, 第2段落)。

ちなみに、アメリカ精神医学会が診断基準において、同性愛はいかなる意味でも病気ではないと認めたのが1987年の第3版改訂版(DSM-3-R)、1993年には、WHOの国際疾病分類の第10版(ICD-10)においても同性愛の項目は削除されている(決議は1990年)。それでもアメリカ各州で同性婚が認められ始めたのが2003年で、全州で合法化されるには2015年まで待たねばならなかったが、レインボー・ブックリストの取り組みは、そうした流れを後押ししていたはずだ。

闘いの一環としてのレインボー・ブックリスト

そもそもレインボー・ブックリストは、その起源からセクシュアルマイノリティの闘いの一環であった。現在のレインボー・ブックリスト委員会が置かれている「GLBTラウンドテーブル」は、「ゲイ解放運動の特別委員会」(Task Force on Gay Liberation)として、1970年にデトロイトで開催されたALAの年次会議にて組織された(GLBTRT History Timeline)。前年に起こった、ゲイ解放運動が広まるきっかけとして語られることの多い「ストーンウォールの反乱」の1周年を記念して「ゲイ・プライド・マーチ」が行われ、同性愛差別撤廃の機運が高まっていた時代である。

「ゲイ解放運動の特別委員会」の目的は、同性愛関連の図書目録を蓄積し図書館の分類体系と件名標目を見直すことで、蔵書へのアクセスを改善することと、図書館界における同性愛者への職業差別と闘うことなどである(ALA Social Responsibilities Round Table Newsletter, No.10, p.4)。このときにゲイに肯定的な書籍や雑誌の記事、パンフレットなど37点を紹介する「ゲイの図書目録」が作成され1980年の第6版まで継続することになる。翌71年には「ゲイ図書賞」(現「ストーンウォール図書賞」)が創設されている。

このように見ると、セクシュアルマイノリティというより男性同性愛者だけの活動のように思えるが、当時の「ゲイ」は女性同性愛者も意味していた。実際、第1回の「ゲイ図書賞」はイザベル・ミラー(Isabel Miller)による女性同士の恋愛をテーマにした『私たちのための場所』(*A Place for Us*, 1969)が受賞している。その後、女性同性愛者を分けて捉えるようになり、委員会は1986年に「ゲイとレズビアンの特別委員会」に改名、バイセクシュアルやトランスジェンダーが認知され、委員会の名称に加わるのはそれぞれ1995年(「GLBの特別委員会」)と1999年(現在の「GLBTラウンドテーブル」)であるが、運営者たちはそれぞれ異なるグループの人々の連帯を形にしながら、図書目録の作成や図書賞の運営、年次会議での小説についてのパネル開催など、読書の文化から性の解放運動を試みてきた。

忘れてはならないのは、セクシュアルマイノリティはこれら4つのグループだけではないことである(日本ではしばしば「LGBT=性的少数者」といった報道も目にする)。公式サイトによると、2020年には、ノンバイナリー、アセクシュアルのアイデンティティを持つキャラクターが登場する作品だけでなく、以前に散見されたパターンである、クィアの登場人物のアイデンティティに関する不安を中心に展開するのではないものも増加しているという（「2020 Rainbow Book List」, 第3段落）。このように、レインボー・ブックリストは、新しい動向も伝えながら、人々の支援と連帯を後押ししている。

本でできた虹の彼方へ

アメリカでセクシュアルマイノリティの運動が活発であるのは、それだけ問題が多いことの裏返しでもある。日本ではどうかといえば、2010年代にはセクシュアルマイノリティに関する書籍の出版状況は以前と比べ活発である。2017年にはアシュリー・マーデル（Ashley Mardell）『13歳から知っておきたいLGBT+』（*The ABC's of LGBT+*, 2016）、翌年にはエイミ・ポロンスキー（Ami Polonsky）『ぼくがスカートをはく日』（*Gracefully Grayson*, 2014）、など、レインボー・ブックリストにあがっている作品のいくつかも翻訳されている。

とはいえセクシュアルマイノリティに関する正しい知識の普及は十分とは言えない状況である。実際、2018年に10年ぶりに改訂された『広辞苑』第7版に「LGBT」の項目が初めて記載され注目を浴びたものの、その説明が正確ではないと話題になったことはまだ記憶に新しい。LGBTという異なる4つのグループがひとつの集団としてなぜ連帯することになったのかについての歴史や知識よりも、「みんなちがって、みんないい」に代表される「浅い理解と共感」（森山 38）が先行しがちである。

それだけでなく、特にお茶の水女子大学がトランス女性の入学を受け入れる声明を出した直後から、トランス女性を「女性」の枠から排除する差別発言がネット上に蔓延するばかりか、紙媒体にも滲み出ていることも大きな問題である。若い当事者が自己肯定できるようになるためにも、何が差別や偏見になるのかについての正しい知識をより多くの人が得られるようにするためにも、読書の文化を広め維持する取り組みの意義は深い。

これを書いている私も、出生時に割り当てられたものとは別の性別で生きることを決断できたのは30歳を過ぎてからだった。もっと若いときに多様な性のあり方を知ることができていたら、性に関する固定観念に長い間とらわれずに済んだかもしれない。男／女はこうするものだ、といった性別による固定的な役割や規範、それらが根底にある性差別によって生き辛さを抱える人は今も多い。だから、性のあり方は多様であって誰かに決めつけられなくてよいのだ、と言ってくれるものに誰もが触れることのできる環境が作られなければならない。

■ 参考文献

- *ALA Social Responsibilities Round Table Newsletter*, no.10, 1970.
- "GLBTRT History Timeline." http://www.ala.org/rt/glbtrt/about/history. Accessed 20 Mar 2019.
- "2008 Rainbow Book List." https://glbtrt.ala.org/rainbowbooks/archives/153. Accessed 20 Mar 2019.
- "2019 Rainbow Book List." https://glbtrt.ala.org/rainbowbooks/archives/1324. Accessed 20 Mar 2019.
- "2020 Rainbow Book List." https://glbtrt.ala.org/rainbowbooks/archives/1331. Accessed 11 Oct 2020.
- 森山至貴『LGBTを読みとく――クィア・スタディーズ入門』筑摩書房、2017年。

文学の不気味の谷を越えて

メレディス・ルッソの『イフ・アイ・ワズ・ユア・ガール』

佐々木楓
SASAKI Kaede

物語は、読む者に対して、自分の生き方の可能性を開きもするし、縛りもする。『LGBTQ ヤングアダルトフィクション――1970s-2010s』の著者カレン・J・タウン（Caren J. Town）は、「文学作品は、自分たちの経験が文化によって認証されていない多くの人々にとって情報源である」としつつも、「作品はまたステレオタイプを強化することもあるし、LGBTQの問題の場合、リアリズムの名において、ホモフォビア（同性愛嫌悪）とLGBTQの個々人への暴力を常態化することにもなりうる」ことを指摘している。さらに、作者が当事者である場合でも、LGBTQの登場人物が抑圧を受け、周縁化されていることはしばしばあるという。そして、「LGBTQのヤングアダルトフィクションが、たとえば、胸が躍るような、希望にみちた人生を送っているゲイやレズビアン、バイセクシュアル、トランスジェンダーの子どもたちを描くことで初めて、作品はその読者にとって最も価値のあるものになる」と論じている（Town introduction）。

そのようなフィクションが、今どれだけあるだろうか。メレディス・ルッソ（Meredith Russo）のデビュー小説『*If I Was Your Girl*』（2016, 以下『イフ』）は、そのような意味において間違いなく価値のある小説だ。とりわけ、主人公のアマンダ・ハーディのように「私は女の子だったのに」（“I should have been a girl,” 11）と感じている／いた人にとって。

#ownvoicesと文学の不気味の谷

『イフ』は、アマンダがある理由から高校の最終学年開始時に合わせて転校するため、新しい街に移動している場面から始まる。彼女はそこでは目立たないように過ごそうと決めていた。それは、自分が出生時に男性として割り当てられる身体を持っていたこと、その苦しみから、望む性別での生き方を選んだことを隠すためだ。それでも学校では次第に周囲と打ち解けていき、同級生のグラントとは恋仲になる。しかし距離を縮めていく一方で、自分の過去を彼に打ち明けるかどうか悩みながら時は過ぎ……。

『イフ』が、性別の違和感によって性別を移行して生きる者が経験する多くの感情や困難を巧みに映しているのは、著者自身もトランス女性であることによることが大きいだろう。トランス女性の多くが、おそらくは一度は経験したことのあるような、生活上の様々な問題が事細かに散りばめられているからだ。実際、レインボー・ブックリスト（本作は2017年に選ばれている）での『イフ』のコメントも、以下のように作者の当事者性に言及している。

> その巧みさと忠実な表現で非常に革新的だ。本書は、著者の#ownvoicesが反映されているときに可能となる問題の複雑さや力強さ、希望を見せてくれる（「2017 Rainbow Book List」）。

このコメントにある「自身の声」を意味する#ownvoicesとは、SF・ファンタジー作家のコリン・ダウヴィス（Corinne Duyvis）が2015年にTwitterで作成したハッシュタグである。これは、主人公と作者が周縁化されたアイデンティティを共有していることで、多様な登場人物を語ることができる作品を推薦するために作られた（@corinneduyvis）。

ダウヴィスは、日本でも人気のある映画シリーズ『ガーディアンズ・オブ・ギャラクシー』のグラフィック・ノベル『*Collect Them All*』（2017）の著者でもあるが、重要なのは、若者向けの文学における障害の描写についての記事やレビュー、インタビューなどを発信するウェブサイト「Disability in Kidlit」の共同創設者で編集者でもあることだ。#ownvoicesの背景や意義については、ダウヴィスと同様、作家で「Disability in Kidlit」の編集者のケイラ・ウェイリー（Kayla Whaley）の解説が分かりやすい。

> マジョリティグループの作者（白人、健常者、異性愛者、シスジェンダー、男性など）が長い間、かれらの経験の外でさまざまな物語を語っている。かれらが生み出す人物や物語はときに素晴らしい。しかし多くの場合、ステレオタイプや有害な描写に満ちている。幾度となく、周縁化された人々は、自分たちの物語が持ち出され、誤用され、本物であるものとして出版されるのを見てきた。一方で周縁にいる作者たちは、自身で出版するためにいくつものハードルを飛び越えなければならなかった。（中略）
>
> マジョリティグループの作者による多様なキャラクターの描写が丁寧かつ正確に行われたとしても、マイノリティ作家の生きた経験からくる執筆には、特別なニュアンスと権威・著者性（authority）がある。#ownvoicesの本は、作者が登場人物とアイデンティティを共有しているため、さらなる豊かさを厳密なかたちでもたらす。その作者は、複雑な細部や喜び、困難、誇り、挫折感、およびその特定の人生のあらゆる様相について、ありうる限り最も深く理解している。それは作者自身がそうした人生を生きているからだ（Whaley, 第3-4段落）。

ルッソもまた、インタビューで#ownvoicesの文学作品の重要性について触れている。その中で、『イフ』同様に、レインボー・ブックリストやストーンウォール図書賞に名前の挙がっている、ブライアン・キャッチャー（Brian Katcher）の『*Almost Perfect*』（2009）について、「文学の不気味の谷」という表現を用いてその問題点を指摘する。「不気味の谷」とは、アニメや

CGの映像、ロボットが実際の人間の動きに近づくほど好感度は上がるが、一定以上近づきすぎると逆に不快感を与えるようになる現象を言う。

『*Almost Perfect*』は、転校してきたトランスジェンダーの女子生徒——数年間ホルモン治療を受けている——が登場する点で『イフ』と似ている。しかしルッソは、『*Almost Perfect*』におけるトランス女性の描写について、作者は執筆にあたりあらゆる調査をして細部に組み込んでいるが、明確に理由を説明するのは難しいものの、100%ではなかったと言う。98%であるものの、トランスジェンダーの自分としては得心のいかない点があるために、「文学の不気味の谷」と呼ぶべき現象が起きているというのだ（Signorelli, 37段落）。実際、批評家のメーガン・E・フリドル（Megan E. Friddle）は、『*Almost Perfect*』に登場するトランス女性セイジの描写について、作者は「技術不足」で、それまで積み重ね描かれてきた彼女の「女性としてのアイデンティティを持っているという強い信念を台無しにしている」と批判している。また、彼女があくまで周縁的な人物としてしか物語に登場せず、60年代や70年代のヤングアダルト小説の同性愛者のようだと、時代遅れの様相も呈しているとする（Friddle, 125）。

こうした問題は、作者が当事者であったなら、あるいはそうでなくともトランス女性が置かれている状況をよく理解していれば生じなかっただろうか。断言は難しいかもしれないが、ウェイリーが強調しているように、作者は自身の経験の外で書いてはいけないわけではなく、#ownvoicesは、書かれたものを取り締まるものでもない。それは「私たちが読み手として求め推奨する物語に意識的でいることや、物語を書く人々のその見方を注意深く考えることに関するものである」（Whaley, 第6段落）。こうした視点は、小説に限らず、マイノリティを描く映画の製作者がマジョリティグループであることや、シスジェンダーの俳優がトランスジェンダーの人物を演じることの是非などにも派生する問題である。#ownvoicesは2020年のレインボー・ブックリストのコメントやTwitterなどでも散見される。この言葉が問題にする観点の重要性はいまだ高いといえるだろう。

なぜ『スター・ウォーズ』か

当事者性の観点で言うと、先ほども触れたように『イフ』は、トランス女性の多くが経験したことがあるはずの事柄が散りばめられている。たとえば、アマンダがトランスジェンダーだとばれないように声を出すときに気を張っていることや、背が高いことを気にしていること（パーティのときもあえて低いヒールの靴を選ぶ）などは、私にとっても自分のことであるかのようだ。また、性同一性障害[*1]のサポートグループに参加したときに名前を訊かれ、自分はアマンダという名前で生きることを望んでいたことを打ち明け（ゲームの主人公の名前にもアマンダとつけている）、そう呼ばれて涙を流す場面はとくに感動的である。そうした細部が、友達や親、恋人とのかかわりの中で語られることで、当事者の読者にとって自分と重ね合わせることができる感覚をもたらしている。

それだけでなく、『イフ』で興味深いの

はそうした「トランス女子の日常」を本筋としながら、その裏でトランスジェンダーの問題や歴史に目配りしていると思えることだ。それはアマンダがときおり語る映画や文学作品の話題に表れている。中でも、アマンダがSF——とくに『スター・ウォーズ』の大ファンであることには大きな意味がある。彼女のスマートフォンの着信音は映画のオープニングで流れるテーマであるし、恋人のグラントが自分の車を「ガラクタだよ」と言うのに反応して、「光速の1.5倍は出るぜ」(131)と、ルーク・スカイウォーカーとハン・ソロのやり取りを再現する。また、有名な“I love you”——“I know”をもじったやりとりも出てくる(191)。

日常会話に映画のセリフを持ち込む遊びもさることながら、アマンダは仮装のための衣装を器用に手作りするほどで、ハロウィンパーティではレイアの衣装を着ている(ボバ・フェットの衣装も作っており、こちらはグラントが着る)。といっても、アイコニックなお団子頭に白いドレスではなく、『ジェダイの帰還』でジャバの宮殿に潜入したときのバウンティハンターの衣装であるというマニアっぷりだ。

このようにアマンダが『スター・ウォーズ』ネタを楽しむ様子が満載である一方、SF好きであることが典型的に男の子らしいものであることを気にしていて、「性別移行して以来、隠すべきことなのかどうかわからなかった」と語る(161)。声や背丈など男性的な側面が目立たないよう気を張り、女性らしさの規範から外れないように生きる一方で、その規範と自身のあり方との距離をどのように、どこまでとるのかについて悩むことも、実際のトランス女性に起こり得る問題だろう。

さらに、アマンダがグラントに一番好きなエピソードを訊かれシリーズの2作目『帝国の逆襲』だと答えることも示唆的である。なぜなら「帝国の逆襲」とは、自身もトランス女性であるサンディ・ストーン(Sandy Stone)が著した論考であるからだ。正式名は「帝国の逆襲——ポスト・トランスセクシュアル宣言」(“The Empire Strikes Back: A Posttranssexual Manifesto,”[1992]1998)。これは、女性学が専門のマサチューセッツ大学教授だったジャニス・G・レイモンド(Janice G. Raymond)によるトランス排除的な著作『トランスセクシュアル帝国』(*The Transsexual Empire: The Making of the She-Male*, 1979)に文字通り対抗したものである(レイモンドは本書で、トランス女性はけっきょく男性であり、女性の連帯に割り込んで妨害する存在だと攻撃している)。ストーンの「帝国の逆襲」はトランスジェンダー・スタディーズが生まれる契機であったことを思うと、アマンダが『スター・ウォーズ』の『帝国の逆襲』を好きだと言うのは、『イフ』がトランスフォビアとの闘いとして書かれた宣言を支持する声明とも言える。

トランスジェンダーと南部ゴシック

アマンダが授業で読んでいる2冊の小説への言及も含みがありそうである。1作は フラナリー・オコナーの「善人はなかなかいない」(“A Good Man Is Hard to Find,”1953)、もう1作は ウィリアム・フォークナーの『アブサロム、アブサロム!』(*Absalom, Absalom!*, 1936)である。2作とも南部ゴシックと呼ばれ、これは登場人物が因習的で差別的であったり、常軌を逸していたりすると同時に、不吉な雰囲気、暴力的な出来事などによって特徴づけられる。

『イフ』の物語も主にテネシー州のとある街が舞台で、トランスジェンダーのアマンダにとっては、寛容とは言えない状況であることが度々説明される。たとえば、アマンダのクラスメイトの両親がホモフォビックな人物であることが描かれる。また、アマンダの父親も、「とにかく気をつけろ・・・・・・ここは郊外じゃない」と何度も釘を刺す(82)。そればかりか、アマンダが恋人のグラントと一緒にいるところを見たあと、「おまえのような人間が彼のような(普通そうな)人間に殺されるんだ」(128)と、言い放つ。このように『イフ』は、青春小説の楽しさに潜む暴力も影も感じさせる。

「善人はなかなかいない」は、旅行にでかけたある一家が、道中で交通事故を起こして困っているところ、そこで出会った脱獄犯たちに全員が殺害されるという話だ。この一家のひとりである「お婆さん」は、いつも口うるさく家族からも疎ましく思われていて、事故が起きたのはお婆さんが寄り道を提案したことがきっかけである。

　アマンダは、「私はすぐに話の中のお婆さんのことを嫌いになった。そうなることはまったく明らかだったけれど。私の中の一部は、お婆さんが自身に課している奇妙な基準——それによって自分が『レディ』だと確実にわかる——に共感できた。でもそれはごく一部だ」(75)。と感想を述べる。ここで言及される「お婆さん」は、衿と袖口が「レースで縁取り」された「水玉もようのドレス」を着ていて、帽子や襟元にはすみれの飾りをつけているような、いわゆる女性的な特徴の強い装いにこだわる人物である。そのため「もし事故があって、ハイウェイで死体をさらすことになっても、ひとめでこの人はレディーだとわかるだろう」(O'Connor,11; 邦訳9)と語られていて、アマンダが共感できたと言っているのはこの箇所を指していると考えられる。それが「一部」だけだったのは、トランス女性だからといって徹頭徹尾女性らしく生きることは必要なのか、あるいは可能なのかという性の規範への意識の中で、女性らしさはあくまで自分の一部なのだという考えの表れだろう。

『イフ』において『アブサロム、アブサロム!』が言及されることの意味を考えたとき、共通項として浮かび上がるのは、本質主義に基づく差別とアウティングの問題である。『アブサロム、アブサロム!』では、ワンドロップ・ルール、つまり外見上分からなくても黒人の血をひいていれば黒人であるとする差別的な規範が、暴力の引き金となっている。主要人物のトマスは最初の結婚相手であるユーレリアが黒人との混血であったことがわかるとその結婚を無効とし、彼女と彼女との間の子チャールズのもとを去る。さらに、トマスの二度目の結婚でできた子であるヘンリーがチャールズを殺害するのは、トマスが、チャールズが黒人の血を引いているとの秘密を曝露したためである。

　強者による恣意的な基準を、ある者への差別や排除の根拠とし、さらに人間の性質は生物学的に決定済みであり変更不可能であるとする価値観は、さきほどのジャニス・レイモンドをはじめトランス女性を排除する者と同じ論理である。すでに女性として生きているトランス女性がアウティングに遭い、その途端に排除の対象となることは現実に起きている。アマンダもまた、そのような危険性に曝されている。アマンダが地元を離れざるをえなかったのは、男性であった自分の過去を知る者から女性用トイレで襲撃を受けたためだからだ。

もちろん、アメリカにおける黒人差別の問題とトランス差別の問題は異なる歴史を持つため、ひとまとめにして語ることはできない。しかし公民権運動に後押しされる形で1970年に始まったプライドパレードが、今度はBlack Lives Matterに影響を与えていること、さらにそこからトランスジェンダーの黒人の権利を訴えるBlack Trans Lives Matterへと連なることを思うと、切り分けられる問題とは言えないだろう。[*2]このように考えるならば、『アブサロム、アブサロム!』に対するアマンダの「どの登場人物にいちばん嫌悪感を抱くかを考えようとした」(174)というひと言に、生まれによる差別の歴史に思いを巡らせることもできる。

文学の不気味の谷を越えて

先述の批評家のメーガン・E・フリドルがまとめているように、トランスジェンダーの人物が登場する小説が増加するのは2000年代後半からで、これはアメリカでトランスジェンダーの大人がメディアで見られるようになるとともに、トランスの若者を支援する動きも高まっていた時期と重なる。しかし、フリドルによると、2010年前後のこれらの作品は、「複雑な問題を単純化しすぎていること、若者の身体への医療介入を正常化していること、物語の中のトランスの登場人物への暴力やハラスメントなどについて」当事者やアライから批判も受けているという(Friddle, 123)。

こうした問題が小説だけに限らないことは、2020年6月にNetflixにて公開されたドキュメンタリー映画『トランスジェンダーとハリウッド:過去、現在、そして』(以下、原題の『*Disclosure*』と表記)においても確認できる。本作は、アメリカ映画やTVドラマにおいて、トランスジェンダーの人間が幾度となくからかいの対象にされ、劣った周縁的な存在として差別や暴力に曝され、殺害されてきた歴史をつまびらかにしている。無論、トランスジェンダーへの迫害は実際に起きている。しかしフィクションは、そうしたヴァルネラブルな側面ばかりを好んで描き、現実のトランス女性像を歪曲していることもある。その例として示されているのが2007年から2009年に放映されたTVドラマ『ダーティ・セクシー・マネー』である。当事者が演じるトランス女性が登場するものの、声の音程が実際より低く加工されていたのだ。これは彼女が「トランスの」女性であることを見るがわに示すための意図的な操作であった。

『*Disclosure*』は終盤で、『センス8』(*Sense8*, 2015-2018)や『POSE/ポーズ』(*POSE*, 2018-)など、製作者や出演者に当事者を含む(後者はその多くが当事者である)作品を好意的に紹介している。そこで、トランスジェンダーの表現の変遷はいったん次のように整理できるだろう。小説にせよ映画やドラマにせよ、2010年前後に作品の増加が見られたものの、それらの表現は一面的で偏ったものになりがちだった。2010年代後半になると、当事者たちの声や手によって、より多面的でトランス・インクルーシブな作品が生まれている。#ownvoicesの活動も、そうした流れとともにあると言える。

『イフ』についてはどうかというと、フリドルが指摘した問題点も見られなくはない。高額な性別適合手術を含む性別移行のための身体治療にさほどハードルがあるようには描かれず、比較的容易に女性として周囲に認識されているなど、現実に起こりうる問題はやや薄められているためである。*3それでも『イフ』は、主人公が他の誰かの引き立て役ではなく、悲劇のヒロインにも笑い者にもされない。「愛されし者」(beloved)を意味するアマンダという名前のとおりに、周囲からも尊重され主体的に人生を歩む者の物語だ。

『***Disclosure***』の結びにおいて、批評家で作家でもあるスーザン・ストライカーはこう強調する。トランスジェンダーの表象の改善は、トランスジェンダーが差別される社会構造を変えるための手段なのだと。『イフ』は間違いなくその目標への歩みを大きく進めている。

*1　アメリカでは1980年から続く性同一性障害(Gender Identity Disorder)の項目が、2013年に性別違和(Gender Dysphoria)へと変更され、脱病理化されている。本作のこの場面はそれ以前のできごとだと思われる。

*2　鈴木みのり、畑野とまと「悪意なく『排除』する日本のLGBTQ運動とBlack Lives Matterの深い関わり」(https://wezz-y.com/archives/78083)、及びそこで言及されている、クリスティーナ・ヘザートン「#BlackLivesMatter 運動とグローバルな廃絶に向けてのヴィジョンについて ――パトリス・カラーズへのインタビュー」酒井隆史・市崎鈴夫訳(http://www.ibunsha.co.jp/contents/blacklivesmatter01/)を参考にさせていただいた。

*3　これについてRussoは巻末の「A Note from the Author」の中で、シスジェンダーの読者に対して、「自分がそのように描いたのは、他の多くの女の子と異なる医学的経歴を持つティーンエイジャーの女の子としてアマンダを理解してしまうことがないようにしたかったためです」と述べている(276)。アマンダを、トランスジェンダーとしての経験やそこから生じる問題を持つ人物として提示しつつ、単なる悲劇のヒロインやかわいそうな弱者としては決して描かないための工夫だと言える。

■ 参考文献

- @corinneduyvis (Corinne Duyvis) “#ownvoices, to recommend kidlit about diverse characters written by authors from that same diverse group.” Twitter, 7 Sep. 2015, 2:55 a.m., https://twitter.com/corinneduyvis/status/640584099208503296
- Friddle, Megan E. “Who is a ‘Girl’The Tomboy, the Lesbian, and the Transgender Child.” Tricia Clasen, Holly Hassel eds. *Gender(ed) Identities: Critical Rereadings of Gender in Children's and Young Adult Literature*. Routledge, 2016. Kindle.
- O'Connor, Flannery. “A Good Man Is Hard to Find,” *A Good Man Is Hard to Find and Other Stories*. A Harvest/HBJbook, 1977. (『フラナリー・オコナー全短篇　上』横山貞子訳、筑摩書房、2003年)
- Russo, Meredith. *If I was your Girl*. Flatiron Books, 2016. Kindle.
- Signorelli, Vee.“Interview: Meredith Russo, author of IF I WAS YOUR GIRL.”http://www.yapride.org/2016/11/interview-meredith-russo-author-of-if-i-was-your-girl/. 30 Nov. 2016. Accessed 25 Apr. 2020.
- Town, Caren J. *LGBTQ Young Adult Fiction: A Critical Survey, 1970s-2010s*. McFarland, 2017. Kindle.
- Whaley, Kayla. “#OwnVoices: Why We Need Diverse Authors in Children’s Literature” https://www.readbrightly.com/why-we-need-diverse-authors-in-kids-ya-lit/. Accessed 8 May. 2020.
- “2017 Rainbow Book List.” https://glbtrt.ala.org/rainbowbooks/archives/1255. 25 Jan. 2017. Accessed 25 June. 2020.

CHAPTER

6

FAT AMERICAN TALES

FATをめぐるものがたり

FATをめぐるものがたり（1）

『ダイエットランド』と、あるひとつの解放宣言

日野原慶
HINOHARA Kei

からだはデリートできない

　カルメン・マリア・マチャドの『彼女の体とその他の断片』に収められた「Eight Bites」を読んだ時、同時期の小説のある登場人物が頭に浮かんだ。2015年に出版されたサライ・ウォーカー（Sarai Walker）のデビュー作『ダイエットランド』（*Dietland*）の語り手であるプラム（Plum）のことだ。彼女は「デイジー・チェイン」（Daisy Chain）という人気雑誌の編集にたずさわっている。10代の女性から熱狂的支持を得る「デイジー・チェイン」の編集者たちは、そろって看板に恥じないキラキラ女子だ。その筆頭に名物編集長のキティ（Kitty）がいる。容姿もライフスタイルも読者の理想を体現したキティの裏方としてプラムは働く。キティに届いた読者からのEメールに返信することが彼女の役目だ。理想どおりにはならない容姿や人生について読者たちは悩みを打ち明ける。告白がキティ本人に届いていると信じて。ゴーストライターであるプラムに与えられた使命は、くるしむ読者を型どおりのメッセージでなぐさめつつ（回答のほとんどが過去の返答リストからのコピペだ）購読者としてつなぎとめること。厄介な相談には深入りしない。彼女はつぎのように語る。「この点でインターネットは都合がいい――ひとはデリート可能だ。スイッチを切るように」（10ページ）

　でも自分のからだはデリートできない。プラムはふとったからだにコンプレックスを抱いていて、それが原因で人づきあいは苦手だ。彼女は大学生のころから30歳手前のいまにいたるまで、抗うつ薬を服用して暮らしている。肥満対策の胃切除手術を受けること、それが彼女の目下の希望だ。そして『ダイエットランド』の方にも手術に反対する人物がいる。かつてプラムが入会していたバプティスト減量協会（Baptist Weight Loss）設立者の娘、ヴェレナ・バプティスト（Verena Baptist）だ。母親が行ってきたことへの反省からフェミニスト団体カリオペ・

Carmen Maria Machado,
Her Body and Other Parties,
Graywolf Press

ハウス（Calliope House）を主催する彼女にとって、外見的なコンプレックスをうみだしつつ［あなたはまだ十分には細くないわ］、その「治癒」を売り物にする［でもこれからあなたを十分に細くしてあげるわ］ダイエット産業は搾取のシステムにひとしい。手術以外の方法を試してみない？——そうヴェレナは持ちかける。いくつかのタスク（抗うつ剤をやめる／体形を馬鹿にする人々を問いただす／イメージチェンジをする／ブラインドデートをする）にとりくんだあかつきには2万ドルをプレゼントする。そのお金は手術費用にでも何にでも自由に充ててくれてかまわない。でももしかしたら、自分のからだのとらえかたが根本から変わるかもしれない。手術の必要がなくなるかもしれない。この提案を受けいれタスクをこなしていくプラムは、最終的に手術を受けるのか？　2万ドルは誰のため／何のためにつかうのか？　それがざっくりとしたあらすじであり、ポイントのひとつでもある。

もうひとつの解放運動

残念ながら『ダイエットランド』の翻訳はまだ出版されていない。ただドラマ版は2018年に放映され（シーズン1：全10話／シーズン2への更新はなし）日本ではアマゾンプライムにて視聴が可能だ。直接核心にかかわるネタバレを避けつつ、小説の細部についてコメントしておきたい点がある。

それは、この作品の背景にかかわるものだ。物語のなかで、あるふたりの人物のうまれた年が言及される。まずソレダッド・アヤラ（Soledad Ayala）。プラムの物語に並走するサブプロットを駆動する女性だ。女性をモノとして消費する社会への徹底抗戦を試みるテロリストグループ「ジェニファー」の中心人物である彼女は、1973年のうまれであると語られる。もうひとりはカリオペ（Calliope）。カリオペ・ハウスの活動拠点をはじめて訪れたプラムは、クローゼットのなかで1行の言葉にであう——「カリオペ、この部屋で生をうける。1973年1月」（213ページ、236ページ）かつて建物がカトリックの慈善施設であったころに刻まれたこの名前は、カリオペ・ハウスという組織名に引き継がれている。壁に刻まれた痕跡、組織名にのこされた痕跡。そのようなかたちで物語に登場するこの人物のうまれも1973年だ。単なる設定上の偶然。そうみなすこともできる。しかし『ダイエットランド』という小説の内容を考えるとき、1973という数字はまるで暗号のように、ある文章の存在を指ししめす。「世界中のふとったひとたちよ、手をとりあってください。あなたがたが失うものなどなにもありません」（FAT PEOPLE OF THE WORLD, UNITE! YOU HAVE NOTHING TO LOSE）という言葉で締めくくられる“Fat Liberation Manifesto”——1973年に公開された「ふとっていること」解放宣言で

Sarai Walker,
Dietland,
Mariner Books

ある（『*The Fat Studies Reader*』に収録［341－42ページ］　以下は拙訳）。

「ふとっていること」解放宣言　1973年11月（Fat Liberation Manifesto, November 1973）

ジュディ・フリースピリット（Judy Freespirit）とアルデバラン（Aldebaran）による

1. わたしたちは疑いません。ふとっている人々に、人間として尊敬され、価値を認められる権利が、いささかも揺らぐことなく備わっていることを。

2. わたしたちは怒っています。商業利益と性差別の追求がもたらした虐待に対して。これらはわたしたちの身体をあざけりの対象として不当にあつかい、その結果として、莫大な利益の源泉たる市場をうみだしました。あざけりを回避し、それから解放されることが可能であるという、けっして実現することのない約束を売りつける市場です。

3. わたしたちは考えます。わたしたちのたたかいが、階級差別、人種差別、性差別、年齢差別、経済的搾取、帝国主義などに立ちむかう、わたしたち以外の抑圧された集団によるたたかいと、軌を一にするものであると。

4. わたしたちは要求します。アメリカ合衆国憲法において保障された平等な権利が、生活のあらゆる側面において、ふとった人々に認められることを。わたしたちは要求します。公的な場で物品やサービスを享受するための、平等な機会が認められることを。そして、雇用、教育、公共施設、公共医療の領域において、わたしたちへとむけられる差別におわりがくることを。

5. わたしたちは見誤りません。わたしたちのひときわ大きな敵が、いわゆる「痩せ」業界と呼ばれるものであることを。ダイエットクラブ、痩せサロン、減量道場、ダイエット専門医、ダイエット本、ダイエット食品、サプリメント、外科手術、食欲減退剤、薬品、ラップ美容術や「減量マシン」などの器具が、それをつくりあげています。

わたしたちは要求します。彼らがならべる売り文句の嘘の責任を、彼ら自身で取ることを。彼らの商品が人々の健康に有害であると認めることを。彼らの商品が有効だというのなら、それを証明するのにふさわしい長期にわたる研究の結果を公開することを。わたしたちは、現存する減量プログラムの99パーセント以上が、5年を越えてその効果を測定したとすれば、失敗にしかならないということを知っています。わたしたちはまた、体重の過度な変動を繰り返すことが、重大な健康被害をもたらすと証明されていることを知っています。そのうえでこの要求をしているのです。

6. わたしたちは否定します。わたしたちが不健康だという誤った主張をするエセ「科学」を。それが、保険会社、ファッション業界、ダイエット業界、食品・薬品業界、医学・精神医学会の金銭的利害と結びつき、わたしたちへとむけられる差別の原因となり、根拠とされてきたのです。

7．わたしたちは拒絶します。わたしたちの敵の利害にしたがうことを。わたしたちは、わたしたちの身体とわたしたちの生命を取り戻す、という意志であふれています。わたしたちはこれらの目的を果たすことに身をささげます。

世界中のふとったひとたちよ、手をとりあってください。あなたがたが失うものなどなにもありません。

20世紀の後半に花開いた女性の権利運動、同性愛者の権利運動とならんで、「ふとっていること」の権利運動があった。Fat Liberation（解放）、Fat Acceptance（うけいれ）などと名づけられた運動の現在形として、ファット研究／Fat Studiesがあり（『*The Fat Studies Reader*』など、この研究の概要についても追って紹介していきたいと思います）、『ダイエットランド』をひとつの例とする文学テクスト群がある。

『ダイエットランド』が読者に届けるのは、つきつめれば「体形を変えるのではなく、認識を変える」型のメッセージ——あなたのからだをありのままにうけいれればいいんだよ——であると言える。理解しないことが不可能なくらい明快だ。でも「私が知っていることと私が感じていることは別なのだ」（19ページ）——とロクサーヌ・ゲイは言う（『飢える私：ままならない心と体』（2017年出版、2019年に野中モモが翻訳）。それが大事だとあたまでは分かっていても、簡単にはからだのとらえかたを変えられないひともいる。うけいれればいいのだと分かっていても、ジム通いをやめられないひともいる（モナ・アワド『*13 Ways of Looking at a Fat Girl*』2016年出版）。当然のことながら「FATをめぐるものがたり」は多様だ。

FATをめぐるものがたり（2）

ふとっていることの語源学（エティモロジー）と物語学（ナラトロジー）

日野原慶

HINOHARA Kei

モノとしてのファット　ものがたりとしてのファット

fat――「動物のからだのふくよかな部分を主として構成する、油を含んだ固形物質」（*OED*『オクスフォード英語辞典』）

名詞の「ファット」は脂肪を指す。物質としての脂肪。脂肪そのものが目の前におかれたとしたら、それに触れることができる。脂肪そのものと、それ以外のものとを、区別することもできる。

fat――「好ましくない意味合いで：脂肪をため込み過ぎた、ぶくぶくとふとった、肥満の」（*OED*『オクスフォード英語辞典』）

形容詞の「ファット」はひとを主語にとる（I am fat／You are fat）。そのとき指ししめすのはひとの状態で、この状態とそうではない状態との境界は、容易にはさだまらない。時代、文化、社会のありかたが異なれば、その境界線の引きかたは異なる。くわえて、ひとそれぞれのとらえかただって異なるのだから、その境界線は主観的にいかようにも引かれうる――他人に対しても、自分自身に対しても。

「美しさ」とか「幸福度」とかを測定するゆるがない基準などが存在しえないように、「ふとっている」という状態の厳密な範囲をさだめることなどできない――はずだ、いや――はずだった。しかし現実の世のなかに目を転じれば、すくなくともわたしが生きる社会や、この「FATをめぐるものがたり」であつかう文学テクスト群がうみだされた社会において、ファット／ふとっていることが、ある集団を含み、その他の集団をのぞくカテゴリーとして存在することは言うまでもない。

「体重÷身長×2」――これは、そのカテゴリー化に用いられる装置のひとつだ。BMI（Body Mass Index）とよばれるその数値は、いつからか、ひとのからだの状態の指標となった。個別のからだがどの程度「平均的」な身体からずれているのか、その結果どの程度「病」を引き起こす可能性があるのか、それをはかるものさしとして用いられている。

ちなみに、上で「いつからか」と書いたが、当然のことながら、実際にはBMIがそのようなものさしとして扱われるようになった歴史がある。ファット・アクティビズムの現場におけるフィールドワークを通して書かれた研究書『「ファット」の民族誌：現代アメリカにおける肥満問題と生の多様性』（2018年）で、碇陽子はその歴史について（67-68ページ）、そして、その指標のただしさのあやしさについて、読者に明快な解説をあたえてくれる。

> 再度確認しておくべきは、肥満予防対策で頻繁に依拠される統計的データは、集合に内在する規則性について語っているのであり、個別事象の原因と因果の関係を示しているのではないという点である。しかしながら、統計的データを個人に当てはめ因果的に解釈することの問題性についてはほとんど無自覚のまま、「正常」「異常」などを割り当てる根拠として、BMIは利用されている。なぜなら、社会的リスクを、個人が責任を負うべきリスクとして認識させ、個人にリスク回避・予防のための行動形態をとらせる必要があるからだ。（69ページ）

相関関係と因果関係とのちがい、統計的データとしてのリスクとひとが実際に直面する危険性とのちがい——これらの位相のちがいを無視することで、ふとっているというカテゴリーに、「責任vs無責任」「理性vs非理性」「しっかりとしたvsだらしない」……などのものがたりが縫いつけられる。つまり、ふとっている状態と病との明白な因果関係を考慮せずor考慮できず、ふとることを選んだor選ばずにいることができなかった無責任な主体として、そのカテゴリーに含まれるひとびとに不当な烙印が押されることになる。

ふとっていることへのこのようなスティグマタイゼーション（stigmatization＝汚名を着せること）に抵抗しようというのが、前回の記事で紹介をした、アメリカを運動の中心とするファット・リベレーション、ファット・アクセプタンスや、それらの影響のもとにある人文学的な研究、文学テクストに共有された姿勢だ。もちろん、さまざまなかたちで。

バイアスのかかった客観性

客観的であることを装うカテゴリーは、じつのところ対象を分類し区別するだけでなく、ときに過剰な、ときに不当で不正確な意味づけの温床となる。おなじ状況は「ファット」ということばの定義にもみられる。今回の記事のはじめに引用をした形容詞としての「ファット」の定義を、*OED*はごていねいに“in unfavourable sense”＝「好ましくない意味合いで」という言葉ではじめている。ひとびとの共通理解は、辞書がことばに与える定義に客観性をもとめる。でも「意味合い」にかかわるこの箇所は、そのような客観性をおびているといえるのだろうか？

> obese——「とてもふとった、にくづきのよい；抜きんでてふとった」（*OED*『オクスフォード英語辞典』）

このことばも、ふとっている状態をあらわすのによくもちいられる英単語だ。ただ、「ファット」とはつかわれる文脈が異なる。「オビース」（obese）のほうは、公衆衛生の分野やそれにかかわる話題において、ふとっていることが「病」とみなされる

――「病理化」(pathologize) される――ときに多用される。2000年代に入り、公衆衛生の「敵」としてふとっていることが病理化されていったアメリカで、ひろくつかわれるようになったのはobesity epidemicつまり肥満症ということばだ。「エピデミック」は本来、感染症を意味する。ふとっている状態は、当然のことだが、感染しない。20代のころアメリカにいったわたしは、なんとなく科学的で客観的な雰囲気のただよう「オビース」のほうが、「ファット」にくらべニュートラルなことばであるように思い、ふとっていることが話題にのぼるときには、意識して前者をつかった。

でも、語源を見てみると、こちらの方にも特定のものがたりがうめこまれていることに気づく。ふたたび*OED*を引いてみる。英単語のobeseは、ラテン語のobesusに由来し、これはobedereという動詞の過去分詞(動作の完了・受身の状態)だ。このobedereは、「〜に向かって」や「〜に反して」をあらわす接頭辞ob-と「食べる」という意味のedereからかたちづくられている。接頭辞ob-は「食べる」のedereにかかり、その意味を強める。英語におきかえるとしたら、over + eat =「食べ過ぎる」が適切だろうか――食べるという行為の正常な範囲(このような範囲自体も、明確に区切り設定することが可能なのか考えてみたくなる)からはみだして、食べること。obeseには、そういう具体的な行為のありかたが、痕跡としてきざまれている。

踏み込んで考えるならば、食べるという行為は個人でおこなう行為だから、ふとっているという状態を、食べるという行為に結びつけることは、その状態が個人の行為の結果であるという前提をもつことにつながりうる。みずからの食を管理できない無責任なひと――そういうものがたりが語源のレベルで喚起されはしないか。考え過ぎだと言われればそうかもしれない。ただ「オビース」がニュートラルなことばであると、無批判に受け入れるわけにもいかない。

『バッド・フェミニスト』(原著は2014年、翻訳は2017年、野中モモ訳)の著者として知られるロクサーヌ・ゲイも、obeseという単語については、語源レベルでそこまでややこしく考えているわけではない。でも、もっと明白な暴力性をこの単語に感じている。『飢える私:ままならない心と体』(原著は2017年、翻訳は2019年、野中モモ訳:以下の引用もこの翻訳からのものです)で、「病的肥満」(morbidly obese) という言葉を取り上げて、彼女はつぎのように書いている。

> こうした用語の数々はもうそれ自体がなんだか恐ろしい。「肥満(obese)」は不愉快な言葉で、「太るまで食べた」を意味するラテン語の「オベサス」に由来している。これは文字通り、理に適っている。しかし人々は「肥満」という言葉を使う際、ちっとも文字通りの意味では使っていない。彼らは非難を指し向けている。そもそも患者を傷つけないようにするべき医師たちがこうした用語を思いついたというのは奇妙だし、おそらく悲しいことだ。修飾語「病的」は、実際そういうわけではない場合にも、太った体を死刑宣告と等しいものとする。「病的肥満」という用語は私たちのような太った人々をまるでゾンビか何かのように仕立て

あげ、医療機関は私たちをそのように扱う。（14ページ）

医療の文脈でも問題視されることなく使われる「オビース＝肥満」ということばが、病による死を結末に用意するものがたりの主人公として、ふとっているひとを「仕立てあげ」るための装置であることを、ゲイはうったえている。

同じ認識は、現代のファット・アクセプタンス運動においても共有されている。運動の流れを汲んだファット・スタディーズのアンソロジー『ファット・スタディーズ・リーダー』（*The Fat Studies Reader,* 2009年）の序文で、ファット・アクティビストのマリリン・ワン（Marilyn Wann）は次のように書いている。

ふとったひとたちを「オビース」と呼ぶことは、人間の多様性を医療化（medicalize）してしまうことだ。多様性を医療化してしまうことは、自然に生じているだけの差異に対する「治療方法」をさがしもとめるという、見当違いの試みに火をつける。体重の医療化は、ファットなひとびとへの共感をうむどころか、社会のあらゆる領域でファットにむけられた偏見と差別に燃料をそそぐことにつながる。（xiii：翻訳は日野原）

「オビース」の例にみることができる、ふとっていることのカテゴリー化、病理化、医療化——特にそれらが行使する客観性をよそおった暴力——に、人文学の立場から抵抗することがファット・スタディーズの中心的な問題意識であるといえる。

抵抗のためのものがたり構造

このアンソロジー『ファット・スタディーズ・リーダー』では、どのような抵抗の実践が人文学の立場から可能なのかという点について、さまざまな提言がなされている。特に興味深いものとして、ほっそりとしていることを良しとする社会において規範となるような「時間性」（temporality）をずらし、その流れを挫くことの有効性を論ずる議論がある。「クイアな歴史をファット化する」（Fattening Queer History）という論文で、エレナ・レヴィ・ナヴァロ（Elena Levy-Navarro）は次のように書く。

特定の非‐規範的なアイデンティティ——ファットはここに含まれる——を軽んじる歴史とは、ある現代的な時間性の理屈にしたがっている。その理屈においては、時間というものが、はばまれることなく流れる直線的な原因と結果の連鎖としてとらえられることになる。（17ページ：翻訳は日野原）

ファットなひとびとは歴史そのものだ——そのこころは、不可避に到来する未来に向かうわたしたちの前進のなかで、それらのひとびとは放棄されなければならない過去であるということだ。（18ページ：翻訳は日野原）

ダイエット商品やプログラムのCMを思いうかべると、この主張のポイントがわかりやすくなるかもしれない。そのCMにはおなじ人物をうつした2枚1組の写真がくりかえしあらわれるだろう。一方には、ふとっていたころの「過去のわたし」がいて、もう一方には、やせた「現在のわたし」がいる。やせた「現在のわたし」は、より健康で楽しみにあふれた「未来」を約束されている——ほっそりとしていることを理想とする社会・文化では、これが、非-ファットで規範的なものがたり構造となる。

たとえば、ここに男女の恋愛・結婚というようなエピソードが加われば、そういう社会・文化で大衆ウケするであろう反ファットかつ異性愛的なナラティブが完成する。現代の日本においても、そういうものがたりを思いだす／想像することは、むずかしくないはずだ。

『飢える私』の冒頭で、ゲイが「勝利の物語」という言葉で示唆しているのは、そのようなナラティブであると言える。

> 私の体の物語は勝利の物語ではない。これは減量体験記ではない。ここに痩せた私の写真があらわれることはないだろう。この本の表紙で大々的に褒め称えられるほっそりした私、かつての太っていた自分のジーンズの片足の中に立つ私の姿はない。これはやる気を与える本にはならない。私には、ままならない体とままならない食欲に打ち克つために必要なものについての自信に満ちた見識なんてまったくない。私の物語はサクセスストーリーではない。私の物語は、ただただ、本当の話。(6ページ)

誰もがたやすく想像できる規範的な、「勝利の」ものがたり構造を反復しないオルタナティブなものがたりを想像／創造すること。規範的なものがたりを支配する時間性をずらすこと。挫くこと。「勝利の物語ではない」とは、そういう意志の表明とも読み取れることばだ。でも、このままただしく抵抗的なものがたりが紡がれていくのか？——ゲイのテクストはそう素直ではない。ゆえにとても面白い。

次回の記事では『飢える私』を中心として、ファットをめぐる文学テクストのいくつかを、この観点から考えていきたいと思う。規範的なものがたり構造／時間性と、それへのオルタナティブという、すこし単純な図式ではあるが、ひとまずそれにのっとって考えてみたい。結果、ファットをめぐる文学テクストたちのなかにある類似点と、ゆたかな差異に気づくことができるのではないかと思う。

FATをめぐるものがたり（3）

『飢える私』と「残酷な」世界

日野原慶
HINOHARA Kei

ファット・リベレーション・ナラティブの系譜

「私の体の物語は勝利の物語ではない」（6ページ）。ロクサーヌ・ゲイが『飢える私：ままならない心と体』（原著は2017年、翻訳は2019年、野中モモ訳：本稿での引用はこの翻訳から）の冒頭に置いたこの1節は、逆説的に、このメモワールが「勝利」の物語であることを示している――そのように、読み始めの段階では考えていた。でも、読み終わるころには、そう簡単な話ではないのだと考えをあらためた。どういうことか？　前回の議論をひきつぎ、今回の記事では、その点を中心に書きたい。

上の1節につづく「これは減量体験記ではない」（6ページ）という言葉が明らかにするように、『飢える私』は体重が減ることについての本ではなく、体重が減らないことについての本だ。「ほそさ」が理想とされる社会においては、過度な体重は疎まれる。ふとった「過去」の姿からほっそりとした「未来」の姿への変容というものがたりは、そういう社会で広く共有された規範となる。これが勝利のダイエット・ナラティブだとしたら、やせないからだ／おおきくなり続けるからだを回想する『飢える私』は、敗北のダイエット・ナラティブだということになる。

――でも、その規範から一歩、外に踏み出してみたら？　一方的に押しつけられた勝負から降りること。ファット・リベレーションの立場から考えるとき、それこそが勝利の条件だ。この考えを具体化した文学作品のお手本（ファット・リベレーション・ナラティブと呼びたい）とでも言える例が、小説『ダイエットランド』（*Dietland*, 2015）であった。小説の最後、変わらぬ体形の主人公プラムが「もう昔のわたしはいないんだ」（I'm completely transformed）（293ページ）と語るとき、変わったのは彼女の外見ではなく認識だ。そして、それがこのテクストに刻まれた勝利のかたちだ。

ところで、上のようなファット・リベレーション・ナラティブの系譜を、過去にたどることも興味深い。たとえば、アンドレ・デビュース（Andres Dubus[1936-1999] 2003年に映画化された『砂と霧の家』の原作小説を書いたアンドレ・デビュース3世の父親です）による作品集『アダルタリー――アンドレ・デビュース作品集』（*Adultery & Other Choices*, 原著は1977年、翻訳は1992年、島田絵海訳）に収録された「ファットガール」（The Fat Girl）。これはルイーズ（Louise）

という女性の子供時代から結婚後までを描く短編だ。タイトルにある「ファットガール」とはルイーズのことを指す。

　スーザン・コペルマン（Susan Koppelman）の調査によれば、この作品は、最も頻繁にアメリカの大学のシラバスに登場する（つまりは、教えられている）ファットストーリーであるという。その次には、レイモンド・カーヴァーの短編「ファット」（Fat, 1963）がランクインしている。今回の記事では扱うことができないし、必ずしもファット・リベレーションの文脈に当てはまるわけではないが、後者も、とても不思議な魅力を持った作品だ。

「ファットガール」では、ルイーズの食べものが、9歳のころから母親に管理されることになる。もしもふとったらハイスクールでデートにさそわれなくなるわ——これが母の言い分だ。でもルイーズは従順ではない。母の隙をみてキッチンから食べものをくすねては、隠れて食べつづける。そのため、ハイスクールライフは母親が懸念した通りのものとなる。転機が訪れるのは大学時代。ダイエットしてみようよ——と、ルームメートのキャリーが「手助け」を申し出る。その結果、ルイーズは人生ではじめてやせていく。やせた彼女を待ち受けるのは恋愛だ。弁護士である父親の事務所に雇われた新人のリチャードと恋に落ち、結婚し、出産をする。ここまでは、お手本のようなダイエット・ナラティブ＋異性愛ナラティブだと言える。

　だけど、最後にはそこからの脱却が用意されている。子どもを産んだルイーズのからだは、もとのふくよかさを取りもどす。食欲の管理にもさほど関心をもたなくなった妻に向けられる夫の目からは、かつての優しさはみじんもなくなってしまう。

> 「もうわたしにさわらないのね」
> 「さわりたくなんてないんだよ。当然だろう？自分がどんなすがたか見てないのかよ？」
> 「残酷なひと」そう彼女は言った。「あなたがどれだけ残酷か、いままで気づいてなかったわ」（Kindle版より引用：翻訳は日野原）

　この会話の後、ふたりの距離はどんどん離れていく。物語の最後、ルイーズは、夫が彼女のもとから去って行くだろうことがわかっている。だが、彼女は自身のからだと、息子とおくる自身の生活に満足している——夫がいなくても。夫からの解放は、夫が象徴する、そしてかつてはルイーズの母が象徴した、ファット・オプレッション（ふくよかな体形への抑圧）からの解放でもあるからだ。

世界の残酷さ（cruelty）とは

　この「ファットガール」からの引用の「残酷」という箇所は、原文ではcruel。自然に訳すなら「ひどい」などとしたいところだが、実は辞書のとおり「残酷」としたのには理由がある。この言葉を介して、「ファットガール」と『飢える私』は共鳴している。「残酷／cruel」という言葉は、後者のテクストにおいても「飢え／hunger」と並ぶ重要なキーワードなのである。「残酷な」という意味の形容詞cruel、そして「残酷さ」とか「残酷なこと」という意味の名詞cruelty／crueltiesは合わせて16回、いずれも作品の核心に関わるような大事な部分で用いられている。「ファットガール」では「残酷」という言葉は、夫であるリチャード、つまり個人に向けられていた。『飢える私』では、「残酷」なのは、この世界そのものだ。

> 私はありのままの自分を変えたくない。私は自分の見た目を変えたい。調子のいいとき、私には闘う意欲があり、この世界の私の見た目への反応を変えたいと思う。なぜなら頭では、私の体が本当の問題なのではないと自分でわかっているからだ。
>
> だが調子の悪いとき、私は私の人格を、私が誰であるかをあらわす核心を、私の体から切り離す方法を忘れてしまう。どうやって世界の残酷さから自分自身を防御すればいいのかを忘れてしまうのだ。（137ページ）

> ファット・シェイミングは現実であり、常時繰り返され、辛辣だ。衝撃的な数の人々が、太った人々をただただ苦しめて減量に向かわせ、彼らの体を管理もしくは公的な領域から抹消することができると信じている。そういう人々は自分たちが医療専門家だと信じ、個人攻撃として、肥満と関係するさまざまな健康問題の事例を挙げる。これらの苦しみを与える人々は、自分自身を正しさと結びつけながら、わかりきっていること——私たちの体が規格外で傲慢で太っているということ——を指摘する。これは奇妙な、公共心に富む残酷性だ。（172-73ページ）

『飢える私』の読者は、ロクサーヌ・ゲイが少女時代に経験した、「残酷」という言葉などでは到底表現しきれないひとつの出来事が、彼女を過食へと駆り立てたという事実をも知ることとなる。個別のからだひとつひとつに、容易な共有が不可能な固有の時間と経験が備わっていること——そういう真理から切り離して、世界に接しているからだの表面を、あるいは物理的に診断・測定可能なモノとしてのからだをスティグマタイズ（stigmatize）することが可能になってしまった世界に、ゲイは「残酷」という言葉を投げつけている。

この本の読者は、上のように読み、考えている瞬間にも、もしかしたら自分自身が「残酷」な世界の一部として、それに荷担しているのではないかと問わずにはいられなくなる。わたしだってそうだ。ゲイは一方的に定められた規範から逸脱したからだを、エンターテイメントという形で消費するというおこないにも、「残酷」という言葉を与えている。

> 大衆文化において、テレビのリアリティ番組ほど肥満に注目している分野は他にほぼ存在しておらず、そしてその注目のしかたはどぎつく、乱暴で、しばしば残酷だ。（117ページ）

ゲイは本作で、多くのページを割いて、ダイエット番組、雑誌、コマーシャルなどの批評・批判も行っている。そのいずれもが、「過去のわたし」から、ほそくなり幸せを約束された「未来のわたし」へのトランスフォームという、非ファット的なものがたり構造を規範として共有していることを明らかにする。その規範による強制は、しばしば画面上で物理的に傷めつけられるからだという形で可視化される（「出場者たちが非人間的なやりかたで——泣いて汗をかいて吐いて——自らを追い込む見世物」［118ページ］）。さまざまなメディアを横断的に批評し、上のような点を明らかにする『飢える私』は、それ自体が洞察に富んだファット・スタディーズの一例だ。この点に感銘を受けると同時に、ゲイが言う「残酷さ」が現代社会の日常に遍在しているのだという事実を、わたしたちはつきつけられる。

リベレーション／解放ではないナラティブ

『飢える私』は、ノンフィクションであるとはいえ、他のいかなる文学テクストもそうであるのと同様に、さまざまな読み方を可能にする。だから、少なくともわたしにとっては——そう前置きをした上で言いたいのだが、この作品はファット・リベレーションの立場からみた「勝利」の物語ではやはりない。つまり、勝利に向けての、揺るがない意志表明を掲げたものではない。むしろ、じりじりと伝わってくるのはロクサーヌ・ゲイの「揺らぎ」である。先にも引用した「どうやって世界の残酷さから自分自身を防御すればいいのかを忘れてしまう」（137）などの文章から伝わってくるのは「揺らぎ」や「不安」、「自信のなさ」だ。

ここでふたたび『ダイエットランド』を思いだすならば、それがオルタナティブな世界の見方を提示することで、読者を鼓舞する力強いファット・リベレーション・ナラティブであることは明らかだ。TVドラマ版に引きつがれたその力強さは、「革命に参加せよ／Join The Revolution」というキャッチフレーズにあらわれている。それとは対照的に、ときにそのような力強さによって見えなくなってしまうかもしれない「揺らぎ」を、『飢える私』は伝えているのだと言える。

そういう「揺らぎ」は、前回の記事でも紹介した碇陽子著『「ファット」の民族誌：現代アメリカにおける肥満問題と生の多様性』（2018年）において示される「ファット・アクセプタンス運動の人びとの生き方」（255ページ）を説明した文章と響き合うように感じる。

> 肥満であることが不健康で醜いとみなされるアメリカ社会の、家族、学校、仕事場で、かれらは生きていかなければならない。ヘレンが、大会はバッテリーの充電場所だと比喩的に言ったように、＜世界＞に閉じこもったままでいることはできず、＜世界＞の外に出ていかなければならないのだ。すなわち、「ファット」と「肥満」という二つのカテゴリーを、どちらも生きていかざるをえないという葛藤を常に抱える。葛藤は、「ファット」を市民権として訴えながら、減量を試みるという矛盾した態度として現れることもあるだろう。主張が正しく理解されないことへの不満が、怒りやいらだちとなって現れることもある。解消されない不完全さを生きていくということは、人々の一義的な理解を拒むような、部分的に通訳（不）可能な存在として生きなければならないということなのではないだろうか。（255ページ）

上の引用における「＜世界＞」とは、

「ファット」という概念や、そのカテゴリーのあり方の根本的な見直しを通じて認識される／そのような認識を通じて創造される世界のことを指す。それは、からだのおおきさなどが問題にならない「世界」だ。ただ、その「世界」の住人は、おなじひとつのからだを介して、同時に、からだのおおきさが「肥満」と翻訳され、それが病理化され、監視・管理の対象となる「世界」――ゲイが言うところの「残酷な世界」――をも生きることになる。ゲイが作品に刻みつけた「揺らぎ」とは、上のような葛藤のあかしである。

野中モモが訳者あとがきで書いているように、ロクサーヌ・ゲイは現在、「Medium」というオンライン・プラットフォームとの提携で、Gay Magというウェブ・マガジンを主宰している。編集者そして執筆者として関わるゲイは、『手に負えない身体』（Unruly Bodies）という特集に「満たされるのがどういうことか分かってしまっている身体」（The Body That Understands What Fullness Is）という文章を書いている。内容は彼女が『飢える私』執筆後に受けた減量手術についてである。印象的なのは彼女が、自身がファット・ポジティブの考えを「裏切った」（betrayed）のだと受け取られてしまうことを懸念している点だ。だが、すでに彼女のテクストに刻まれた「揺らぎ」に触れた読者にとっては、その決断は意外なものではないだろうし、まさかそれが批判されるべきものだとは決して思われないだろう（というか、どんな人にも、その決断を批判する権利などあるはずがない）。

またさらに心にのこるのは、彼女が手術を経て喪失したものについて書いている箇所だ。「残酷」な世界で生きる彼女を助けていたもの。それは食べものを食べることだった。「わたしは食べものに向かった、他のあらゆるものから顔をそむけて」――当たり前の主張のようにも思えるかもしれない。しかし、『飢える私』を読んだあとでは、彼女にとって、食という行為がいかに切実さに満ちたものだったのか、思いを馳せずにはいられない。

手術後、過食が物理的に不可能になった彼女のからだには、満たされることがなくなった「飢え」が残されている――「記憶しているかぎりではじめて、わたしは空っぽになった、でも、満たされることがどういうことかもすでに知っている、だから、そんなことを知ってしまっているわたしを、わたしは恨む」。

FATをめぐるものがたり(4)

『ミドルスタイン一家』と『ビッグ・ブラザー』における家族と身体

日野原慶
HINOHARA Kei

ファット・「ファミリー」・ナラティブ

前回の記事で紹介したロクサーヌ・ゲイによるメモワール『飢える私：ままならない心と体』(2017年)の中心にいるのは「私」。つまり、作者自身である。彼女はひとりで世界に向き合う。自身の身体の適切な管理という要請をさまざまな形でつきつけてくる世界に。そして、それは彼女にとっての残酷な世界でもある。

もちろん、作品のなかでは、彼女の周りに存在する「愛する人々」のことも語られる。だから彼女は必ずしもひとりぼっちで世界に対峙しているわけではない、という見方もできる。残酷な世界と「私」との間に、何人かの恋人や友人や家族がいて、世界でも「私」でもない中間領域を形成しているとも言える。だが、とりわけ家族という存在に対して与えられた、次のような言葉は忘れがたい。

> 私は私のやることなすことすべて監視され、調査され、審判されているように感じてしまう。私は周りに順応し、少しは痩せよう、より良くなろう、家族の問題ではなくなろうとしているように見せるために自分を抑えつける。私の体重は家族の問題——それこそ彼らが私に伝えていたことだった。だから、私は私自身の体に加えて、その重荷も運んでいる。私がその「体重」をなくすまで、私の愛する人々は私を問題として捉えているのだと私はわかっている。(210ページ)

少なくとも、この引用に描かれた家族は、規範外に置かれた身体に注がれる残酷な世界の冷徹なまなざしを共有している。それは「監視」と「調査」と「審判」のまなざしだ。社会におけるファット・オプレッションを家族が反復する。家庭内の問題として扱われることで、問題の中心にいる本人はさらなる抑圧を感じる。ゲイが「重荷」という言葉で指すのは、そのような状況だ。家庭は社会におけるファット・オプレッショ

Jami Attenberg,
The Middlesteins,
Grand Central

ンを補強する場として捉えられている。

2012年に出版されたジェイミー・アテンバーグ（Jami Attenberg）による小説『ミドルスタイン一家』（*The Middlesteins*, 未邦訳）と、翌2013年に出版されたライオネル・シュリヴァー（Lionel Shriver）による小説『ビッグ・ブラザー』（*Big Brother*, 未邦訳）も、現代のファット・ナラティブの系譜に位置づけることがふさわしい作品だ。すでに多くの作品を世に問うているふたりの作家が、上の作品をとおして探究したのは、ファットと家族の問題である。だが、ゲイの例とはことなり、これらの作品を通して描かれる家庭は、ファット・オプレッションを内面化した殺伐としたものというわけでは必ずしもない。むしろ親愛の情にもとづいた家族間のケアに焦点が当てられていると、ひとまずは言える。それを踏まえた上で、ケアとオプレッションの「近さ」についても、おそらく読者は考えることになるのだが。

新自由主義と個人のからだ

この文章で扱う作品を含む、現代のファット・ナラティブが共有する背景とはいかなるものか。本題に入る前に、まずはそれを確認したい。とはいっても、いくつかはこれまで「FATをめぐるものがたり（1）〜（3）」で触れてきた。もっとも重要なのは「オビース／obese」の言説と「ファット・リベレーション／fat liberation」の言説との間にある相容れない身体観の対立だ。2000年以降のアメリカで社会問題化したオビース・エピデミックを背景にして『ミドルスタイン一家』も『ビッグ・ブラザー』も書かれている。

両作品には共通して、ふとった身体それ自体を病と同一視する人物たちが登場する。『ミドルスタイン一家』における主人公エディの娘・息子・義理の娘、『ビッグ・ブラザー』における主人公エディソンの妹は「オビース」の言説を体現しているといえる。病理化された身体は、さらなる病の連鎖の原因として解釈される。ゆえに、ふくよかな身体にあらかじめ用意された物語の最後には、「死」が待ち受ける。それを回避するために、ふくよかな身体をやせた身体に変え、病んだ身体を健康な身体に変えるという使命を、それらの登場人物は抱いている。

これとは反対に、ふとった身体であることに満足して生活する登場人物もいる。前者の主人公エディと、後者の主人公エディソンは「ファット・リベレーション」の言説を体現しているといえる。これらの人物がみずから生きる物語の特徴は、減量ではなく現状の維持にこそある。それによって「オビース」の言説に内在する、身体の「変化」という期待に正面から抗う。

もちろん、前回の記事でも論じたように、「オビース」言説と「ファット・リベレーション」言説との対立にばかり目をとられていると、両者の間に存在し、両者の間を不安定に移ろう人々のことが見えなくなってしまう。ロクサーヌ・ゲイの「揺らぎ」は、まさにそのような立ち位置を反映したものだった。このふたつの作品においても、「オビース」言説の側の登場人物が「ファット・リベレーション」への共感を示す場面や、逆に主人公たちが「オビース」言説を一部内面化して、減量に向かおうとする場面がある。

現代のファット・ナラティブの背景として、もうひとつ重要なのは、身体の徹底した個人化とでもいうべき状況である。2009年出版の論文集『*The Fat Studies Reader*』におさめられたジュリー・ガスマン（Julie Guthman）の論文「新自由主義と現代的身体の構築（Neoliberalism and the Constitution of Contemporary Bodies）」や、Hannel Harjunen（ハンネル・ハリユネン）が2017年に出版した研究書『新自由主義の身体とジェンダー化されたファット・ボディ』（*Neoliberal Bodies and the Gendered Fat Body*）などのすぐれた先行研究で論じられているように、前提として個人の所有物と見做される身体を、社会から要請される規範に適合するよう、個人がみずからの責任で管理しつづけるというのが、ネオリベラル／新自由主義的な身体観であり、ファットをはじめとする規範からの逸脱は、あくまで個人の管理の失敗の結果であると解釈される。たとえその背後に、個人の努力では容易に避けることのできない、経済的、社会的、文化的な影響があったとしても。

ちなみに、ファットに関して考えるならば、上のような管理の失敗すらも私企業による「収益化／monetization」の対象となる。「消費／consume」と「規律／discipline」を自発的に行うよう要請されるのがネオリベラルな主体である。だが、身体のサイズ維持という「規律」に失敗する人々は、そこからの救済を獲得するために「消費」をする。「規律」の失敗を「消費」に結びつけることは、ダイエット産業の収益化のモデルである（Harjunen 61ページ）。思い起こせば、これは1973年のファット・リベレーション・マニフェストが、ダイエット産業に対して向けた批判の内容と同様のものである。根本的には変わらぬ原理が、身体のサイズの収益化の根底にあり続けているということかもしれない。

さて、このような苛烈な状況に、あくまでひとりで向き合い、みずから解放の契機を切り開くことを試みたと言えるのが、自身の身体のメモワールという形式をもつ『飢える私』であった。こちらを「個」が中心にあるファット・ナラティブの1例だと考えるならば、「個」とその家族との関係性を中心に据えるファット・「ファミリー」・ナラティブの例として『ミドルスタイン一家』と『ビッグ・ブラザー』を読むことができる。こちらのナラティブにはどのような特徴があるのだろうか。

ジェイミー・アテンバーグ：『ミドルスタイン一家』

この作品の中心にはあるひとつの出来事がある。主人公のエディは、娘ロビンによれば「適量を食べることも、適度に運動をすることもできず」、「肥満になり」（had grown obese）、糖尿病にかかり、いわば「死」の一歩手前にいる（と周囲の人々が考える）女性だ（9ページ）。夫リチャードは、そんなエディとの離婚を決断する。正しく言えば、リチャードはエディを「見捨てて」家を出ていってしまうのである。

リチャードを除く家族はエディのことを気にかける。彼女の周りには娘のロビン、息子のベニー、その妻レイチェル、双子の子どもジョシュとエミリーがいる。家族の一番の関心事は、彼女の「病んだ」身体だ。物語内の現在、エディの身体は次のような様子である。

足、歯、心臓、血液。彼女のすべてがぼろぼろだった。ゆうに300パウンドを超えていた。いますぐにでも食事を変えて、エクササイズを始めなければ、死んでしまうかもしれない。医者は家族全員にそこまで言った。（36ページ：翻訳は日野原）

エディの身体は、家族たちによる様々な解釈の対象となる。その身体は、そのエディ自身ですら気が付いていない、彼女の精神や歴史について教えてくれる——家族たちは、まるでそう信じているかのように、各自の解釈を披露し、読者はそれぞれの見解に触れていくことになる。

物語の視点を当事者たるエディのみでなく、彼女の家族にも移したことに由来する『ミドルスタイン一家』のこの特徴は、クイア批評家イブ・コズフスキー・セジウィック（Eve Kosofsky Sedgwick）と、マイケル・ムーン（Michael Moon）が指摘した、物語を誘発するものとしてのファット・ボディのあり方と符合するという事実は、とても興味深い。

おどろくべきことに、この社会では、ファットな女性を目にした人がみな、まるでその本人が気付いていない何かを、自分は知っているんだというような感覚を持つ。もしそれらの人々が知っているとされる何かが、当の女性がたくさん食べるくらいの単純なことだとしても、この理論上明快な（しかし、近年の研究が示すように、多くの場合まちがっている）見解が、まるで機密情報であるかのような高揚感を与えるのは、医学である。つまり医学が、同性愛の場合と同様に、単なる差異に原因を与え、単に行動と行動とを結び付けただけの仮説に、当人の「意志」（彼女は食事に依存している）、「歴史」（彼女は満たされてないんだ）、「知覚」（彼女はどういう外見をしているか自分で気が付いてないんだ）を物語化して理解するという特権をつけたす。この特別な情報を、まだそれを知らない別の人と共有したいという欲望は、普通であれば良識のある市民であっても抑えることができない。（229-230ページ：翻訳は日野原）

ミドルスタイン一家の人々も、エディ本人に言ってはならない彼女の心身にまつわる「情報」を持っている（と思いこんでいる）という特権的な立場から、情報交換をしながら、エディを手助けしようとする。

一般的なダイエット・ナラティブであれば、この後に待ち受ける展開は、①エディ自身が危機に気づき（before picture／ダイエット前）②家族の助けを借りて減量に励み③減量に成功することで、予期された「死」を回避し、失われていたはずの未来を取り戻す（after picture／ダイエット後）といったところだろうか。実際には、この小説はどのような結末を用意しているのだろうか。あらすじの重要なポイントを確認しつつ、それを見ていきたい。

義理の娘レイチェルは考える。エディをやせた身体＝健康に戻す手助けをすべきなのは、夫であるリチャードだ。それなのに、妻のもとを去るという正反対の行為にでるなんて――。義父への怒りと嫌悪は、読者にも共有されうるものかもしれない。リチャードは、こうなってしまったエディの身体の責任を取るのは、エディ自身だと考える。だから、身体にまつわる困難において妻に手を差し伸べることはない。ネオリベラルな価値観をもっとも明白に体現しているのは、リチャードであると言うことができるかもしれない。

ただ、リチャードを悪者扱いすることだけを、読者は求められているわけではない。この作品は、エディの幼少期から離婚とその後に至るまでの時間を行き来しつつ、エディの父母から孫まで4世代にわたる家族関係を描いている。そうすることで「食」と「身体」にまつわる価値観の変化を伝えている。エディとリチャードの関係性の変化も、なによりふたりの「食」と「身体」にまつわる価値観の変化を通して示される。

ふたりの出会いの場面を見てみよう。エディの母親が亡くなった翌年、父親も病に倒れ入院する。検査の結果がやってくるはずのまさにその夜、エディはリチャードとブラインドデートをすることになっていた。初対面のリチャードを前にしても、病床にある父親のことが気にかかる。

ジョークを言いながら腕に触れてくるリチャードに話そうと準備していたのはこんなことだった――ねえ私の父ってロシア語の詩集を3冊も英語に訳したんだ。言ったっけ？　楽しいからやったんだって。頼まれてもないのに。詩がほんとうに好きなんだ。本もってるから。あとで見せてあげるね。タイトルなんて金色で印字されてるんだよ。

唇を見つめてくるリチャードに話すはずだったのはこんなことだった――父はずっと母を愛していた。いつもまわりの人たちの手助けをしてきた。それだけを考えてきたの。

もしもいつもの自分だったなら、どんな風に受け取られても、こうリチャードに話しただろう――十分に生きた人生。それってどんなものか、想像できる？

実際に口をついて出たのは次の言葉だった。「父が病気なの」じっと彼を見つめながら、よわよわしく病院の方角を指さした。

彼は答えた。「聞いた」

「なにも食べられない」彼女は言った。

「なにか食べなくちゃ」彼はやさしく言った。今はもうひとつの手も彼女の腕にある。「おれに全部まかせておいてくれ」そう続けた。（62ページ：翻訳は日野原）

この夜、迫る悲しみを前にして、エディを気づかうリチャードがいた。未来の妻が「食べる」ことを望むことで、未来の夫は彼女への愛を表現した。

このエピソードは、エディにとって大切なものとなる。

ふたりの10周年記念のパーティでエディが披露したのがこの話だった。そのころにはまだ、ふたりは愛し合っていたかもしれない。「苦難に差し掛かった時に、彼はわたしを見捨てませんでした」郊外のステーキハウスの個室で顔をそろえた友人たちに、彼女はそう言った。「そこからすべてがはじまりました」皆がグラスをかかげた。ふたり

の愛に。そう口をそろえた。愛に。(63ページ:翻訳は日野原)

ふたりの始まりには食べることがあり、相手がそれを満足に行えるよう願うという愛があった。物語の現在時点では、エディが食べることは、リチャードがもっとも嫌う行為だ。それを見ないことを選び、彼は妻を見捨てた。大きく変わったのは、食べることにまつわる価値観だ。

食が愛を媒介するという考え方は、幼いころよりエディをはぐくんできたものだった。エディの母親は、5歳の段階でかなりふくよかな娘の体に気が付いていた。しかし「食べものは愛からできていて、愛は食べものからできている」と考える母親にとって、食べものを与えることは、愛を与えることと同義である。第2次世界大戦を生き延びたユダヤ人である父親と、アメリカに生まれたが、夫のそれまでの苦境をよく知る同じくユダヤ人の母親にとって、食べることは飢えないこと、したがって生きることに結びついている。言い方を変えれば、脂肪を身体にたくわえることが、生きることに等しい。そして相手に生きていてほしいと願うことは、相手を愛することに等しい。エディの母親は、自分の家に足を踏み入れたひとは、親族でもあっても、そうでなくても、みな腹を満たした状態で出ていくことを願った。娘であれば、なおさらだ(23ページ)。

少し話はそれるが、上のエピソードは、同じくユダヤ系の作家であるジョナサン・サフラン・フォア(Jonathan Safran Foer)によるノンフィクション『イーティング・アニマル:アメリカ工場式畜産の難題』(*Eating Animals*, 2009年/翻訳2011年)の冒頭に置かれた、忘れがたい作者の回想と共鳴する。食べられるものはなんでも食べ、平時には人が口にしないものにまで手を伸ばす、第二次世界大戦を生き延びた祖母に関するものだ。

子どものころ、週末はよく祖母の家ですごした。金曜の夜に着いたとたん、わたしは息もつけないくらいきつく祖母に抱きしめられ、体ごと持ちあげられた。日曜の夕方、帰るときにもう一度、同じように抱きあげられる。祖母がそうしていた理由がわかったのは何年もたったあとのことで、帰るときに孫の体重がどれだけ増えたのか確かめていたのだ。(5ページ:引用は翻訳から)

だが、『ミドルスタイン一家』の物語の現在時点では、食が生と愛に直結するような単純な世界観はすたれている。孫であるエミリーはすでに、自身が生きていかねばならない「世界の仕組み」を理解しているのだと語る。それは、日常生活——そして食べること——が、リスクからは切り離されることがない世界だ。一度リスク意識に目覚めてしまえば、それを忘れ去ることはできない(176ページ)。重要なのは、ただ満足して食べることなどではなく、食の質とバランス。食べることは、リスクの回避を目指し、現代社会をサバイブするための苦役となる。

エディはこのような世界観になじむことができない。結論を言うと、彼女のダイエットの計画は失敗する。エディは自身の食生活を変えることなく、体形もそのままに、亡くなってしまう。だが、そこに至るまでの過程で、彼女が食によって満たされることを何よりも喜んでくれる新しい恋人を得る。家族からのケアに感謝と理解は示しつつも、彼女は自身の身体のあり方と、自身にとっての食のあり方を、みずから決定することを選んだ。そうすることで、自身の身体を、他者の物語から奪還したのだと言える。

ライオネル・シュリヴァー：『ビッグ・ブラザー』

2013年に出版された『ビッグ・ブラザー』と『ミドルスタイン一家』との共通点は多い。焦点が当てられるのは家族。ただ、夫婦ではなく、ビッグ・ブラザー＝おおきな身体の兄エディソンと妹パンドラが小説の中心にいる。ニューヨークでジャズピアニストとして活動するエディソンは、パンドラの友人たちがうらやましがるほどにハンサムだった。物語の発端はエディソンのルームメイトからかかってきた電話だ。夫とふたりの血のつながりはない子どもとともに、アイオワに暮らすパンドラに、そのルームメイトは「スペースが足りないので」彼を引き取ってほしいと申し訳なさそうに伝える。スペースってどういうことだ？　疑問に感じつつも、彼女は空港に迎えに行く。4年ぶりの再会だ。ゲートから出てきた兄は、まるで別人のようにふとっている。

Lionel Shriver,
Big Brother,
Harper Perennial

健康オタクで家庭における食の管理を徹底する夫フレッチャーが、義理の兄エディソンを嫌っているのは明らかだ。『ミドルスタイン一家』のリチャードがエディに対してしたように、フレッチャーはエディソンを追いだす＝見捨てるようせきたてる。太ったのは自身の身体の管理に失敗したエディソン自身の責任だと考えるからだ。パンドラはそれに従わない。彼女は自らが家を出て、エディソンとともに部屋を借り、1年にもわたってエディソンのダイエットに協力をする。もちろん、すぐには上手くはいかないこの計画であるが、小説はそれをコミカルに描きだす。そのなかに、エディソンがなぜ太ってしまったのかを探るというプロットも織り交ぜられる。

正直なところ、あまりにも上手く行きすぎるダイエット・ナラティブか、あるいは結果的にエディソンが自身の身体を受け入れることに成功したファット・リベレーション・ナラティブのどちらかなんじゃないか——と考えながら読んでいるとラスト10ページで度肝を抜かれた。すべてをひっくり返すのは語り手であるパンドラから読者に向けられた次の言葉だ。

> ごめんなさい、これ以上このまま進むことができない。すべて嘘だから。いや、ほとんど嘘だから。（361ページ：翻訳は日野原）

どういうことか。実は、300ページ以上にわたってつづられてきた彼女とエディソンの物語は、すべてがパンドラの想像／創造であったことが明かされるのだ。現実は、2カ月間アイオワに滞在した「ビッグ・ブラザー」を、パンドラは引き留めることがなかった。その後、エディソンは心臓疾患で亡くなっていた。パンドラが長々と語る物語は、「もしかしたらこうできたかもしれない」という後悔と仮定の物語である。あまりの急展開にあぜんとはするものの、ひとつのふとった身体が他者の物語を誘発するという状況それ自体を、まるごと物語化した「メタ」ファット・ナラティブの例として、異色でありかつ興味深いものだと言える。

ファット・ナラティブの系譜でとらえる

『ミドルスタイン一家』と『ビッグ・ブラザー』のもっとも重要な共通点として、もうひとつ指摘しなければならないのは、ふとった身体をもつ主人公が最終的には死ぬということだ。ファット・リベレーションに忠実な読みをするならば、それらの登場人物の死と、ふとっているという状態との因果関係を疑うということもできる。だが、別の見方をするならば、ファットと死が作品内で結びつけられているというのは、個々の作品が十分な読者を獲得しつつ、ファットの問題を扱い、なおかつ物語自体を成立させるといういくつもの制約のもとで、到達せざるをえなかったある種の限界であったのだとも言える。時間的にはその後（2015年）に出版された『ダイエットランド』（*Dietland*）では、ふとった主人公が生き続ける。

2016年に出版された『*13 Ways of Looking at a Fat Girl*』も同様だ。ただ、この作品では、主人公の体形が様々に変化していくなか、そのいずれの段階においても、彼女が感じる自身の身体を生きることの「居心地の悪さ」とでも言うべき感覚がつきまとう。理想の身体を獲得することのみならず、現状の身体を受け入れることも、主人公エリザベスにとっては決して簡単ではない。そもそも身体を持って生きることとは、永遠に埋まることのないあなたと身体の溝を意識し続けることなんですよ。とでも言われているような気持ちになる。理想の身体を獲得しなさい！　とか、今の身体を受け入れなさい！　とか、それらのメッセージが一瞬忘れさせてくれるのかもしれない現実——身体は自分にとってもっとも身近な他者なのだということを突き付けてくる場面にでくわす。そういう意味で、身体を持って生きる読者に、身体ってなんだ？と問いかけてくるような作品でもある。その問いは、もはや身体の大きい小さいとは無関係に、ひとしくすべての読者に共有されうるものである。

ファット・ナラティブ、広くはファット・イメージの系譜は過去にもさかのぼることができる。文化史家Christopher E. Forthによって2019年に出版された著作『***Fat: A Cultural History of the Stuff of Life***』は、古代ギリシャ・古代ローマから現代までを扱った、そのような探究の素晴らしい例だ。ファット・ナラティブの系譜に位置づけて、「ふとっていること」という主題を扱った多様な文学・文化の系譜を見ていくと、そのひとつひとつがどのような社会的・文化的・歴史的背景のなかで、いかなる制約をうけつつ、いかにしてそれらの制約に抗っていったのかを考えることが可能になる。

■ 参考文献

- Attenberg, Jami. *The Middlesteins*. Grand Central, 2013.
- Awad, Mona. *13 Ways of Looking at a Fat Girl. Penguin*, 2016.
- Dubus, Andres. "The Fat Girl." *Adultery & Other Choices*. Open Road Integrated Media, 2010. *Kindle.*
- "fat." *The Oxford English Dictionary*. 2nd ed. 1989.
- Forth, Christopher E. Fat: *A Cultural History of the Stuff of Life.* Reaktion Books, 2019.
- Guthman, Julie. "Neoliberalism and the Constitution of Contemporary Bodies." *The Fat Studies Reader*, edited by Esther Rothblum and Sondra Solovay. New York University Press, 2009.
- Harjunen, Hannel. *Neoliberal Bodies and the Gendered Fat Body*. Routledge, 2017.
- Koppleman, Susan. "Fat Stories in the Classroom: What and How Are They Teaching About Us."*The Fat Studies Reader*, edited by Esther Rothblum and Sondra Solovay. New York University Press, 2009.
- Machado, Carmen Maria. *Her Body and Other Parties*. Graywolf Press, 2017.
- "obese." *The Oxford English Dictionary*. 2nd ed. 1989.
- Sedgwick, Eve Kosofsky. *Tendencies*. Routledge, 1998.
- Shriver, Lionel. *Big Brother.* Harper Perennial, 2013.
- *The Fat Studies Reader*, edited by Esther Rothblum and Sondra Solovay. New York University Press, 2009.
- Walker, Sarai. *Dietland*. Mariner Books, 2018.
- 碇陽子『「ファット」の民族誌：現代アメリカにおける肥満問題と生の多様性』明石書店、2018年
- ジョナサン・サフラン・フォア『イーティング・アニマル：アメリカ工場式畜産の難題』黒川由美訳、東洋書林2011年
- ロクサーヌ・ゲイ『飢える私：ままならない心と体』野中モモ訳、亜紀書房、2019年

CHAPTER

7

LITERATURE WITHOUT WORDS

文学は文字だけではない

文字は文字ではいられない

英語授業でグラフィック・ノベルを教える

矢倉喬士

YAGURA Takashi

今から10年ほど前。大学院に進学した僕は、将来的に英文学の授業を持つときに学生が親しみやすい教材を探しておこうと思ってグラフィック・ノベルを読み始めた。その後大学で教えるようになると、大学側からあれこれの教材を使いなさいというわずらわしい指定を受けなかった幸せな科目では、エイドリアン・トミネの『欠点』(*Shortcomings*, 2007年、未邦訳)、デヴィッド・マッズケリの『アステリオス・ポリプ』(*Asterios Polyp*, 2009年、未邦訳)、ガブリエル・バー＆ファビオ・ムーンの『デイ・トリッパー』(*Day Tripper*, 2011年、椎名ゆかり訳で2014年に小学館集英社プロダクションより刊行)、ノエル・スティーヴンソンの『ニモナ』(*Nimona*, 2015年、未邦訳)などを扱うことができた。

それから数年が経つうちに、グラフィック・ノベルが小説と同じ枠で文学賞の候補になったり、古典文学がグラフィック・ノベル化されたり、小説家がグラフィック・ノベル制作に乗り出す事例が(ますます)増えてきた。全米図書賞では、2014年にノンフィクション部門で最終候補に残ったロズ・チャストの『もっと楽しいことを話せないものかな?』(*Can't We Talk about Something More Pleasant?*, 未邦訳)、2015年にヤングアダルト部門で最終候補に残ったノエル・スティーヴンソンの『ニモナ』(*Nimona*, 未邦訳)、2016年にヤングアダルト部門を受賞したジョン・ルイス、アンドリュー・アイディン、ネイト・パウエルの『MARCH』3部作(押野素子訳で2018年に岩波書店より刊行)など、毎年のようにグラフィック・ノベルが候補作に挙がるようになり、この媒体がフィクションとノンフィクションの区別を問わず、通例文字を中心に構成されてきた作品領域に進出する勢いを増してきたことがうかがえる。そしてニック・ドルナソの『サブリナ』(藤井光訳で早川書房から2019年10月刊行)がグラフィック・ノベルとして歴史上で初めてブッカー賞1次候補作に挙げられたことで、グラフィック・ノベルという媒体は(またしても)大きな注目を浴びることになった。

ここでひとつの疑問が浮かぶ。なぜこれまで主に文字によって構成された作品を評価してきた枠に文字以外の要素を組み合わせた媒体が進出し、度々話題を集めているのだろうか。これは僕自身にも跳ね返ってくる問題だ。なぜ僕は文字で書かれた小説や詩よりも、文字以外の要素を持つグラフィック・ノベルを魅力的な教材と感じたのか。

小説が文学になったとき、歴史は動いた

文字の領域に文字以外の要素が侵入してきている。あるいは、文学が文学でなくなっていく。この感覚は、18世紀に小説が文学の仲間に入ろうとしたときからすでにあったものだとレスリー・A・フィードラーは『終りを待ちながら』(*Waiting for the End*, 1964年、井上謙治・徳永暢三訳で1989年に新潮社より刊行)で書いている。

> あらゆる伝統的観点からみて、したがって十八世紀において、いまだに韻文の叙事詩を書くことを誓っていた人たちの立場からいっても、小説というものはすでに、反文学(アンチ・リテラチュア)であるばかりか脱文学(ポスト・リテラチュア)とさえ思われたのであった。つまり、当時、小説というものは、まさにわれわれが今日テレビや漫画本だと考えているものと同じようなものであったのだ。(フィードラー 166-67)

この記述は注目に値する。現代では、漫画的表現が小説と同じ文学の枠に入ることに対してどうにも反応を決めかねている人々がいる一方、2世紀遡れば小説が漫画的な立ち位置にあり、このアンチ文学的なジャンルが文学の仲間入りを果たせば文学は解体されてしまうという危機感があった。大量生産と大量分配の技術が整い、中産階級の識字率の上昇を受け、ポピュラー・カルチャーとして要請された新たなジャンルは、文学の担い手と受け手を大きく変え、文学という概念をも大きく変えることになった。フィードラーはさらにこう続けている。

> 小説は文学の正当な基準を満たすと称していながら、実際は、文学外のさまざまな満足を文学共和国へこっそり持ち込む仕事をしている[……]。それは単に人を教化し、喜びや、感動を与えるだけでなく、社会の神話を体現し、アングラ聖典としての役割を果たしている。後者の二つの機能は、前者のそれとは異なってどんな特定の形式にもまったく左右されず、ステンドグラスの窓とか、つづき漫画、バラッド、映画によって、いとも無造作に果すことができるのである。(フィードラー 167)

小説は文学外の要素を文学に持ち込む曖昧で得体の知れないものだった。それはゆるやかに他の媒体やジャンルとつながったままで、文学の概念を雑種的にしていった。フィードラーによれば、小説のように文化的に曖昧で「反文学」で「脱文学」的でさえある雑種形式を文学と認める意識が育まれたとき、ステンドグラスの窓・漫画・バラッド・映画などを文学と呼ぶ準備はすでに整っていたことになる。小説が文学とみなされたとき、ボブ・ディランがノーベル文学賞を獲り、ニック・ドルナソがマン・ブッカー賞候補に挙がる未来もすぐそこにあってておかしくないものだったのかもしれない(とはいえ、ステンドグラスがノーベル文学賞を獲ったら僕はとても驚くのだが)。

『英語授業でグラフィック・ノベルを教える』(2018年)

文学以外の要素が文学に侵入していくこと自体は今に始まったことではないと確認できた。その上で、なぜ今になって文字媒体が文字以外の要素を受け入れる度合いが高まっているのか。また、なぜグラフィック・ノベルを教材として使うのか。その答えが、アリッサ・バーガー(Alissa Burger)編集の『英語授業でグラフィック・ノベルを教える――マルチモードの文学的取り組みが持つ教育学的可能性』(*Teaching Graphic Novels in the English Classroom: Pedagogical Possibilities of Multimodal Literacy Engagement*, 2018年、未邦訳)を読んでわかった。

『英語授業でグラフィック・ノベルを教える』は、全体が3つの章で構成されている。

1章はグラフィック・ノベルを読み解くだけでなく学生たちに実際に描かせるような授業形式の実践例が収録されており、現代的な読み書きの技術では文字だけでなくデザインの読み書きが分かちがたく結びついていることから、現代の情報環境において文字だけの読み書き教育よりも有意義なリテラシー教育を提供できる媒体としてグラフィック・ノベルの可能性が紹介されている。とりわけ、1冊のグラフィック・ノベルをメイン教材として使うだけではこの媒体が持つ豊かな表現の幅や作風の違いを学生に提示できないため、1〜20ページ程度のグラフィック・ナラティブをサブ教材として使うことを推奨するアンドリュー・ビューレル(Andrew Bourelle)の論文と、単にグラフィック・ノベルを読むだけでなく描くことも教えなければならないと主張し、学生たちにミニコミックを制作させる指導法をまとめたリキ・トンプソン(Riki Thompson)の論文は、グラフィック・ノベルを教材として扱う教員には大きな収穫をもたらしてくれるはずだ。

2章では文学の授業でグラフィック・ノベルを扱う場合の授業実践例で、学年ごとに適したグラフィック・ノベルを紹介しながら具体的な指導法に踏み込んでいる。例えばアリソン・ハルソール(Alison Halsall)は、大学1年生ならフランク・ミラー&リン・バーリィの『300』(1999年、中沢俊介訳で2018年に小学館集英社プロダクションより新訳版が刊行)と、アート・スピーゲルマンの『マウス』(*MAUS*, 1980-1991年、小野耕世訳で1991年と1994年に晶文社より刊行)、大学2年・3年生ならアラン・ムーア&ケビン・オニールの『リーグ・オブ・エクストラオーディナリー・ジェントルメン』(*The League of Extraordinary Gentlemen*, 1999年、秋友克也・猪川奈都訳で2014年にヴィレッジ・ブックスより刊行)、大学4年生ならフランク・ミラーの『バットマン: ダークナイトリターンズ』(*Batman: The Dark Knight Returns*, 1986年、石川裕人・秋友克也訳で2009年に小学館プロダクションより新訳版収録の『DARK KNIGHTバットマン: ダークナイト』が刊行)や、アラン・ムーア&デヴィッド・ロイドの『Vフォー・ヴェンデッタ』(*V for Vendetta*, 1982-1989年、秋友克也訳で2006年に小学館プロダクションより刊行)を重点的にとりあげて学年別の指導案を提供しており、グラフィック・ノベルによる教育がすでに十分な蓄積を持って行われてきたことを示している。

3章では社会問題への理解と共感を育みつつ人々を巻き込んでいく力を持つ媒体としてグラフィック・ノベルを捉え、上述の『MARCH』3部作やアリソン・ベクダルの『ファン・ホーム』（*Fun Home: A Family Tragicomic*, 2006年、椎名ゆかり訳で2017年に小学館集英社プロダクションより新装版が刊行）などを例にとった具体的な指導例が紹介されている。アカデミックなスキルを習得しながら、学生が彼ら自身や周囲の人々との関係を結びなおし、教室の外に広がる問題に関心を持って取り組むためのきっかけとしてのグラフィック・ノベルの可能性が論じられている。

文字の読み書きで足りない？

なぜグラフィック・ノベルを授業で使うのか。『英語授業でグラフィック・ノベルを教える』の中で提示される答えのひとつは、21世紀の情報環境においては文字だけでなく「マルチモード」なテクストの送受信能力が不可欠だから、というものだ。「マルチモード」なテクストとは、静止画や動画、アニメーション、色、音など文字以外の要素を含むテクストを意味する。確かに、現代のコミュニケーション環境においてデザイン性や音響効果は重要な位置を占めている。「まずはブログ。インスタグラムはさらなり、LINEもなほ、スタンプの多く飛びちがひたる、また、ただ1曲2曲など、ほのかにTikTokで踊るもをかし」といった状況で、文字だけで情報をやりとりするよりも他の要素と組み合わせたり、文字以外の要素が主役になっていることが少なくない。情報の送受信のあり方が変わってきたのだから、教育現場も文字以外の要素を積極的に採り入れたものに適応しなくては読み書きを教えることにはならないというわけだ。わりとまじめに、Youtuberを養成する教育を考えた方が良いのかもしれない。何しろ情報の送受信環境が変わっているのだから。

文字の読み書きだけでは不十分。これは僕自身も言われたことがある。以前に大学への就職活動をしていたとき、「うちはマルチメディア教育に力を入れているのですが、あなたは文字の読み書き以外にどのような媒体を使って何ができますか」と尋ねられた。文字の読み書きだけを教える人は雇いませんよ、黒板にチョークで書くだけの「黒板チョーク先生」や毎年同じノートを読むだけの「講義ノート読み上げ先生」に仕事はありませんよ、という教育機関側のメッセージを十分に感じながら、僕は教材研究なり就職活動に取り組むことになった。僕がグラフィック・ノベルやテレビゲームを教材として扱ってきた背景には、数少ない仕事にありつくために教育機関が求める文字以外の要素を採り入れつつ、他の人がそれほどやっていないことをやらないといけないな……という打算も働いていた。この意味では、僕は教育業績書の見栄えを良くするためにグラフィック・ノベルを利用していたとも言えるだろう。

もうひとつ、グラフィック・ノベルを授業で使う理由がある。『英語授業でグラフィック・ノベルを教える』に収められた論考を読んでいて度々目にするのが、グラフィック・ノベルの教育が「大学の外に出ても役に立つ」という主張である。アンドリュー・ビューレルは、グラフィック・ノベル授業に対する学生たちの感想を紹介し、文字だけでなく「マルチモード」を意識することによって美術専攻や音楽専攻の学生たちにも役に立つ教育が提供できると説いている（Bourelle 18-19）。学生たちが効果的にウェブサイトを駆使したり、チラシのデザインを改善したり、ビジネスを宣伝したりするために、グラフィック・ノベルは役に立つのだ。リキ・トンプソンもまた、大学卒業後に学生たちが就く職業には「マルチモード」の教養が不可欠で、キャリア教育のためにもグラフィック・ノベルが有効だと論じている（Thompson 44-45）。他の論考を読んでいても、大学の外で役に立つ教育を目指してグラフィック・ノベルを用いた「マルチモード」の教育が有効だという論点がいくつも見られる。

グラフィック・ノベル教育は大学の外でも役に立つ、という再三にわたる主張……。これは裏を返せば、大学の外で役に立たない教育は不要であるという社会的圧力を受け続けたことへの対応策の一環として、グラフィック・ノベルが教育現場に導入されているということだ。なるほど、昨今の文学教育への風当たりは厳しく、予算を縮小されたり、教員のポストが凍結されたり、文学部という名称が外国語学部に変わったり、学部ごと消滅したりしている（僕が所属している大学もこの流れの中にあってなかなかつらいところがある）。そこで、文字だけの教育に何かの要素を足すことによって役に立つ度合いを高め、卒業後の仕事や社会問題との密接なつながりを強調し、なんとかして生き残ろうとする教育機関の生存戦略としてもグラフィック・ノベル教育が推し進められていることがうかがえる。

読むだけでなく、描いてみる

グラフィック・ノベルが教育現場に導入されている理由には、なんとも世知辛い複雑な事情もあるにはある。しかし、文字だけでもイメージだけでもない媒体が持つ教育的可能性は追求するに足る価値を備えている。今学期の僕は、グラフィック・ノベル『サブリナ』を用いて授業を行い、上述のリキ・トンプソンが主張しているように読むだけでなくグラフィック・ノベルを制作する授業形式にも取り組んでいる。この文章を締めくくるにあたって、学生たちに描いてもらったミニコミックと、それをプロの漫画家・イラストレーターとして九州を拠点に活動するフクミヤサオリさんに添削していただいたものを紹介したい。福岡薬院にある「ブックバーひつじが」で偶然に出会い、快くコミック添削を引き受けてくださったフクミヤサオリさんに感謝します。「ブックバーひつじが」さんもありがとうございます！

作品1。左が学生たちがグループ制作したミニコミック。右がフクミヤサオリさんによるワンポイントアドバイス＆添削。僕もミニコミックを課題にするのが初めてで、多くの学生たちにとってもコミック制作は初

作品1

めてのことだった。コミック＆グラフィック・ノベルの指導教材として重要な地位を占めるスコット・マクラウドの『マンガ学――マンガによるマンガのためのマンガ理論』（*Understanding Comics: The Invisible Art*, 2020年、小田切博監修、椎名ゆかり訳、復刊ドットコムより刊行）によれば、意識的に配慮してふたつ以上連続して配置されたイメージはコミックの名に値するので、まずは2コマから始めてみようと指示した。ネタが思い浮かばなければ、1コマ目で教員が「ミニコミックを描いてみよう」と話している場面からスタートして、2コマ目以降で学生たちのリアクションを描いてみては、とも伝えた。右側のフクミヤさんによるワンポイント添削を経たコミックは、臨場感と迫力が増していて学生たちも驚いていた。

作品2。左が学生のコミック、右がフクミヤさんによる添削後のコミック。ミニコミック制作を課された学生が背中についた謎のスイッチを押すことでやる気を出して教室の温度が上昇し、地球温暖化のごとき熱量で教室が包まれるという学生のコミックは

作品2

絵柄もストーリー展開もよく練られている。そこにフクミヤさんがワンポイント添削を加え、コマ割りを工夫することによって躍動感が増し、ストーリー展開も遥かに把握しやすくなっている。僕にはマンガの描き方を指導することはできないので、プロにお願いして本当に良かったと思う。

作品3

作品3。左が学生のコミック、右がフクミヤさんによる添削後のコミック。この学生グループは1コマ目からオリジナルの展開を考えてくれた。ふたりの人物のうち、ひとりに

だけ幽霊のような姿が見えるというホラー作品だ。少ない作業時間の中でオリジナルでテーマを設定して制作してくれたのが素晴らしい。フクミヤさんによるワンポイント添削では、コマの順序を入れ替えることによって、より逃げ場のない恐怖感を演出する試みがなされている。確かに、こんな風に終わられたのではどこまでも恐怖の余韻が追いかけてくる気がする。

グラフィック・ノベルを読み、描く。これは文字が文字として存在するだけでは許されない21世紀の情報環境の世知辛さを反映した教育形態ではあるかもしれないが、グラフィック・ノベルが養成する「マルチモード」のリテラシーには豊穣な可能性が宿っていることもまた確かである。

■ **参考文献**

- Alissa Burger. *Teaching Graphic Novels in the Classroom:Pedagogical Possibilities of Multimodal Literacy Engagement*. Palgrave Macmillan, 2018.
- McCloud, Scott. *Understanding Comics:The Invisible Art*. William Morrow Paperbacks, 1994.

■ **協力**

- 西南学院大学の学生たち
- ブックバーひつじが（福岡白金の本棚とアートスペースがあるバー）
- フクミヤサオリさん（2019年4月よりきのこのキャラクターの漫画を集めた本『きのこ日記1』を販売中の漫画家、イラストレーター。Twitter: saorikinoko25。Instagram: saorikinoko1215。

君、バズりたまふことなかれ
沈黙を取り戻すグラフィック・ノベル『サブリナ』

矢倉喬士
YAGURA Takashi

バズる。ブンブンとうなる虫の羽音。多くの人々の間で話題になって注目を集めること。

もし、バズることによって売上を伸ばし、作者を含む出版関係者の利益に貢献する作品を成功作とみる判断基準があるならば、ニック・ドルナソのグラフィック・ノベル『サブリナ』（*Sabrina*, 原作は2018年、邦訳は藤井光訳で早川書房より2019年に出版された）は間違いなく成功作であった。

2018年5月、カナダのドローン・アンド・クォーターリー社から出版された『サブリナ』は大いに世間の注目を集めた。グラフィック・ノベルが歴史上初めて小説と肩を並べてブッカー賞（当時のマン・ブッカー賞）1次候補作にノミネートされたというニュースは世界をかけめぐり、書店ではすぐに品切れ、ネットサイトでも3カ月以上待たされるのが当たり前の人気ぶりだった。僕自身もその話題作にホイホイとばかりに飛びつき、2018年9月20日、福岡天神「本のあるところajiro」にて『サブリナ』原書の読書会を開催する生粋のミーハーぶりを披露してしまった。

ニック・ドルナソ
『サブリナ』
藤井光訳、
早川書房

『サブリナ』は大きな羽音を立ててバズっていた。僕自身もそのバズに乗っかり、バズの一部を担った。しかし9月の読書会当日を迎える頃には、『サブリナ』の話題で盛り上がることに後ろめたさを感じるようになっていた。作者ニック・ドルナソ本人が作品をめぐる喧騒をただ喜んでいるわけではない事情を知っていたからだ。

『サブリナ』あらすじ

『サブリナ』のあらすじをネタバレに配慮した範囲で書いてみよう。

2017年8月。イリノイ州シカゴに住むサブリナとその妹サンドラの会話から物語は始まる。サンドラは求職中のサブリナに病院の被験者の仕事を勧めるが、サブリナは気が進まない。サンドラは来年の春になったら湖にサイクリングに行こうと誘う。街とインターネットの喧騒を離れて静かに過ごすのは良いことだとサブリナは言うが、野宿すると野生動物に襲われるのではないかと心配する。野生動物を恐れるサブリナに対して、サンドラは本当に恐ろしいケダモノは野山ではなく街にいると返す。サンドラは、かつて家出をしたときに泊まったモーテルで男たちに追いまわされた恐怖体験を語る。このような姉妹の会話の後、朝方にサブリナがリュックを背負って家を出ていく描写が挟まれると、舞台は急にコロラド州に移り、テディという男が中心的人物に切り替わる。

シカゴからコロラドスプリングスに来たばかりのテディは、空軍基地に勤める昔なじみの友人カルヴィンの家に身を寄せる。テディはサブリナのボーイフレンドで、サブリナは1カ月前に失踪したきり行方不明になっていることが徐々に明らかになっていく。テディは何をするにも無気力で、満足に着替えも食事もできないほど衰弱している。家の中では基本的にブリーフパンツ一丁で、まるでオムツをつけた大きな赤ん坊さながらに、カルヴィンに世話をしてもらうテディ。ときおり学生時代の思い出話をしながらふたりが奇妙な同居生活を続けて数日後、行方不明のサブリナの消息に関係するビデオテープがマスコミ各社や政治家のもとに送りつけられ、その映像は瞬く間に世界中に拡散される。それ以降、サブリナとその家族や関係者の話題でインターネットは盛り上がりを見せる。サンドラ、テディ、カルヴィンは根も葉もない噂や誹謗中傷の的として人々に消費され、疲弊していく。しかし彼ら自身もまた、刺激的なネットゴシップを楽しんだり、陰謀論者がパラノイア的な世界観を滔々と述べるラジオ番組を聞いて心を落ち着かせたりしている。人々はどのようにネット記事を消費し、陰謀論を展開し、フェイクニュースを拡散し、人を傷つけるのか。人はなぜそうした過激なゴシップや陰謀論、フェイクニュースを必要とするのか。サブリナ消失をめぐる人々の反応を丁寧に描き出しつつ、それでもあるはずの救済を、ネット社会が抱える光と闇とのつきあい方を、『サブリナ』は模索していく。

バズるほどにつらくなる
──「ワンチャン」をキャンセルしたい作家

作者ニック・ドルナソは、『サブリナ』が大きな注目を浴びたことを心の底から喜ぶことはできなかった。栄誉ある文学賞にノミネートされた心境を尋ねられた彼は、「興味がないというか、ありがた迷惑というか、そういった思いが口をついて出てしまう」と答えている。彼にとってブッカー賞は「大きすぎるし、それがどういうことなのか理解しきれない」ものだった。

『サブリナ』にはドルナソの個人的要素が大きく影響している。ドルナソは、2014年の執筆開始時期から2017年末の作品完成に至るまで交際していた当時のガールフレンド(現在は結婚して妻になっている)との関係に不安があり、彼女を失ってしまうのではないかという恐れが『サブリナ』を描く原動力になったと述べている。ガールフレンドを失うかも、という漠然として子どもじみた恐怖はどこからきたのか。これについてドルナソは、イスラム国関係者とおぼしき人間がシカゴの街なかで、「俺たちはお前らの通りにいるぞ」（We’re in your street）という内容のプラカードを掲げた映像をソーシャル・メディアで流していたことをよく覚えていると言う。その後ヨーロッパやアメリカでテロ事件が相次ぎ、彼の恐怖はさらに強まっていった。テロリスト集団のソーシャル・メディア活用術は人々に恐怖を植え付けることに成功し、いつ恋人を失うかわからない恐怖は『サブリナ』を生み出す一因になったようだ。また、自分が何かの事件に巻き込まれた際にはコロラドの空軍で働く友人の家で一緒に生活してみたいとも思っていたそうで、これは『サブリナ』に登場するテディの行動にそのまま反映されている。1989年生まれの作者ドルナソと、2017年の段階で28歳の作中主要人物たちは年齢も作者と同じに設定してある。このような個人的要素を含む創作で、フィクションとはいえ作者の都合でいくつか生死の判断をくだしてしまったことを彼は恐ろしいと感じており、それもまた彼が作品への評価に戸惑いを感じた一因のように思われる。

ブッカー賞へのノミネートを受けてコミックス・アーティストを代表する存在とみなされたことについては、ドルナソは随分はっきりと拒否反応を示している。彼はコミックスという媒体を代表するつもりもなければ、文化の中でコミックスがより大きな位置を占めるべきだとも思わないと述べている。『サブリナ』をきっかけにしてコミックスやグラフィック・ノベルの価値がより広く認知されればと期待する周囲の声は、ドルナソにとっては余計なお世話らしい。ドルナソは、コミックスの世界を自分の身を守るための隠れ家のように認識している。それほど注目を浴びることなく、なんとか食べていける程度の報酬だけをもらう。その方がコミックスという隠れ家的世界を壊されずにすむのだ。2019年2月の「ザ・ニューヨーカー」のインタビューでは、「達成すべき売上目標なんて一度たりとも考えたことがない」と述べている。作品が評価されたことは光栄だが、注目されて売れすぎたり、期待を押しつけられたりするのはお断り、というのがドルナソの心境だったようだ（最後の発言以外はすべて「ヴァルチャー」のエイブラハム・リースマン（Abraham Riesman）のインタビュー記事を参照した）。

そっとしておいてほしい。バズらせないでほしい。そんな作者の思いに反して世間は騒ぎ立てたし、僕も今こうして記事を書いている。もしかしたらドルナソには嫌がられるかもしれないけれど、それでも僕はこの作品が広く読まれるべきだと信じている。日々インターネット上で消費されるゴシップや、誰もが迂闊に拡散させてしまうフェイクニュース、事件が起これば溢れるヘイトまじりの陰謀論、歴史が消失した先にある記憶と願望。それらを正面切って扱ったこの作品には、現代社会の巧みな写し絵にとどまらない洞察と指南があるように思われるからだ。それでは具体的に作品を見ていこう。

誰でもない生身の顔、インターネットではリアルな顔

まずもって『サブリナ』に特徴的なのはキャラクターの表情である。作品冒頭の1コマ目、やる気があるのかないのかわからない、なんとも不思議な表情をご覧いただこう。

『サブリナ』原書2ページ

このページにはセリフを含む一切の文字がなく、この時点ではこの人物の名前はわからない。アップで描かれているにもかかわらず性別も年齢も判然としない。20代？　30代？　40代？　男性？　女性？……この先どう言われてもそれなりに受け入れられそうな、誰でもあり、誰でもないような外見だ。この人物の外見に関して、「プロなのに絵がイマイチだなぁ。キャラクターの情報が読みとれないよ」などと言わずに、このような描写が持つ効果を考えてみるべきだろう。この人物こそ作品のタイトルにもなっているサブリナなのだが、初登場時にあえて性別も年齢も不詳の、誰でもありつつ誰でもない外見に設定するからこそ、これから彼女に起こる出来事は他のキャラクターにも、さらに言えば読者にも起こりうるという普遍性を獲得するのだ。そう思っていたところ、「ザ・ニューヨーカー」の記事でこのコマについての発言に出会った。ドルナソは、「口のカーブ具合を修正して、目に警戒心をくわえて、危険をかぎわける鹿の印象に近づけた」らしい。ふむ。なるほどなるほど。性別と年齢不詳どころの話ではなかった。鹿でした。それならば、ケモノは野山ではなく街にいるというサンドラのセリフもよりいっそう活きてくる。かくして、人に限らない普遍性を持った作品が幕を開ける。

次にもう1枚、サブリナの別の顔をご覧いただきたい。

『サブリナ』
原書81ページ

作品冒頭のサブリナよりもこちらの方が描写の解像度が上がっているのがわかるだろうか。これはインターネット検索で表示されたサブリナの画像なのだが、これについてドルナソの興味深いコメントが「ザ・ニューヨーカー」の記事にあった。なんと、キャラクターが鮮明に描かれるのはニュースクリップやネット上だけで、スクリーンの中でだけイキイキとして見えるようにしているらしい。これには驚かされた。いまや生身の

自分よりネットの中の自分の方がリアルなんじゃないだろうかという問いかけを、1文字も使わずに絵だけで表現できるのだ。

目は点、口は丸で。共感に信仰と賭けをとりもどす

『サブリナ』のキャラクターの顔は、基本的に情報量が少ない。したがって、感情も読みとりにくくなる。顔による表現を抑制するこの作品は、キャラクターの感情が高まっているであろうと推測される場面において最も異彩を放つ。テディが悪夢にうなされて夜中に叫びだす場面を見てみよう。

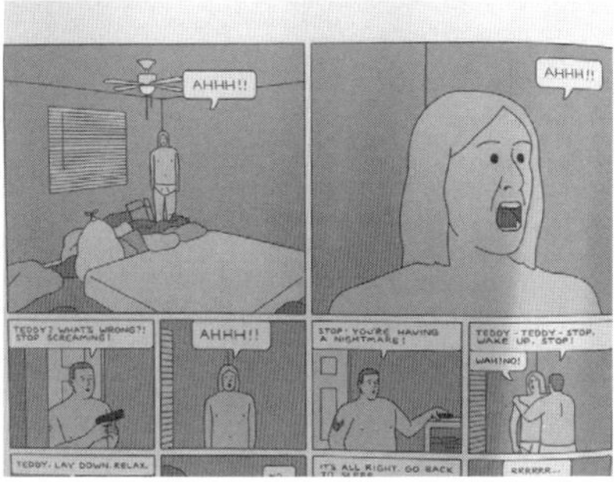

『サブリナ』原書46ページ

このページの1コマ目。サブリナと最後に会話したときの夢(?)を見て、叫び声を上げて夜中に起きだすテディだが、その表情から感情を読みとることは難しく、まるでブリーフを履いたハニワかと見まごう不思議な佇まいである。次のコマでクロースアップされたテディの表情は、目の焦点を定めず牙をむき出しにしたケモノのようで、先ほどのコマとはまるで別人だ。しかし、その下段のコマに移行するとまたもやハニワブリーフに戻っている。このような描写を他のどんな漫画でも読んだことがなかった僕にとって、テディの心情を推し量ったり共感したりすることは難しかった。それもそのはずで、ドルナソはわざと感情を抑えているのだった。「人間らしく見せるために細かい描写を加えるのはかならずしも有効とは言えないんだ」とドルナソは言っており、それを受けてD・T・マックスは「テディの鼻は1本の線に、目はふたつの点になった。心配はいまや感情なき絶望に変わった」と評している。ここでの「感情を欠いた」(affectless)という言葉の使い方が興味深い。ドルナソはキャラクターの顔の描写のディテールを描かないことで、「感情なき感情」を描くことに成功しているというわけだ。読者はありきたりの感情ではない何かと出会って戸惑い、新たな感情を開発することになるのだ。

さらに、表情の抑制ですら不十分と言わんばかりに、ドルナソは感情が高まる場面でキャラクターの顔を隠してしまう。サンドラが、姉の失踪後に気持ちの整理をつけられず叫ぶ場面を見てみよう。

『サブリナ』原書63ページ

感情が高まる場面で彼女の顔は髪で覆われ、読者に背を向けて隠されている。ドルナソのキャラクターは大粒の涙をこぼしながら切々と心情を述べたりはしない。感情が一番盛り上がる「その瞬間」の描写は周到に回避されている。読者がキャラクターの感情の高まりに共感する回路が意図的に一部遮断されているのだ。

「全米が泣いた感動作」とか「笑いあり涙あり」といった具合に、喚起される激しい感情を売り文句にした作品はゴマンとあるが、『サブリナ』はその対極にある。全米は泣かない。『サブリナ』はキャラクターたちの感情が昂ぶる場面でこそ表現を抑制し、不可解なコミックス文法を使うことで安易な共感を拒んでいる。だからといってキャラクターへの感情移入や共感ができないというわけではない。点や丸で描かれた最小限の表現の中に、それでもじわりと浸みだしてくるように、静かに、ほのかに、不確かに湛えられた感情に注意を向けるからこそ、よりいっそう胸を抉るような感情を読みとることができるのだと、D・T・マックスは指摘している。『サブリナ』は強烈な感情を煽って人を動員し、バズらせる手口を使わない。目はドット、口は小さな丸だ。涙の場面はできる限り読者には見せない。抑制された静かでミニマルな表現のうちに、ゆっくりと思慮深く何かを見出そうとする読者がついてきてくれればそれでいい。これはインターネット社会の狂騒を批判的に扱うこの作品にとって、ミイラとりがミイラになる愚を犯さないための決定的に重要な戦略である。

抑制された感情表現。そのおかげで、読者は感情移入や共感に備わっている信仰と賭けを取り戻すことができる。『感情移入と小説』（*Empathy and the Novel*, 2007年、未邦訳）の中で、スザンヌ・キーン（Suzanne Keen）は、感情移入とは「我々が他者の感情であると信じるものを感じる」（5）ことだと整理している。重要なのは、感情移入とは他者の感情を直接感じることではなく、他者の感情であると我々が「信じる」ものを感じることであるという部分だ。1本の弦が鳴り響けば隣の弦も鳴り響くように、自然と、不可避的に、感情が伝染していくこともあるかもしれない。しかし、『サブリナ』における抑制の効いた解像度の低い顔の表現は、感情の回路を意図的に一部遮断して読者との間に距離をつくっている。そのため、読者はエゴによってその隔たりを跳躍し、信仰と賭けを伴って類推し、これまでとは違った感情移入を身につけ、違った共感を見出すことができる。

共感に信仰と賭けを取り戻すことができたなら、他の人々と同調して一気呵成に何かを責め立てるネットの炎上騒ぎにも距離を保ちやすくなるかもしれない。自分と同じ気持ちを持っていると思われる言葉をむやみやたらと拡散することにもブレーキがかけられるかもしれない。本当に他人と共感しあえるのか、どの程度自分のエゴに相手をつきあわせているのか、別の心の動きを開発できるのではないかと立ち止まって考える余地が出てくるからだ。『サブリナ』を読んだ僕は、以前よりリツイートをしなくなった。

フィクションは沈黙のシェルターになれるか

『サブリナ』において抑制された表情と同じくらい重要な要素が、沈黙である。グラフィック・ノベルには小説とは違う「沈黙のレトリック」があると吉田恭子さんも本書で書いていたが（P108、109）、『サブリナ』の黙り方はとても豊かだ。

一例として、公園でのカルヴィンとテディの会話場面を見てみよう。

『サブリナ』原書52ページ

ここではカルヴィンのセリフは「――」と表示されており、具体的な内容は読者にはわからない。しかし、その後テディが無音のコマでぐったりと地に伏せてしまったことから、テディにとって何か衝撃の強い言葉が告げられたのではないかと推測できる。ただこれもまたあくまで推測である。この「言語なき言語」とでも呼ぶべき表現に触れた読者は、それぞれの責任において能動的に言葉を補完することを要求される。

なぜドルナソは、この奇妙な「言語なき言語」を用いたのだろうか。その理由はふたつ考えられる。ひとつは、この場面以前に一度出てきた会話内容との重複を避けるためだ。読者が既にわかっている内容なので、似たような言葉を再度描く必要がなかったということである。しかし、先に述べたような、顔の表現を抑制する創作姿勢がここでも参考になるのではないだろうか。つまり、これがふたつめの理由になるのだが、衝撃の強い内容に言葉をあてがわないように意識されているということだ。『サブリナ』では感情が高まる「その瞬間」の描写が回避されていることは既に見てきた通りだが、カルヴィンによる「言語なき言語」もまた、刺激的で衝撃の強い言葉が伝わる「その瞬間」を回避する効果がある。テディが地面に倒れたコマでは当然揺れるはずのブランコは全く揺れていないし、漫画的な「バタリ」「ドサッ」といった効果音に相当するものも描き込まれていない。いかなる衝撃も音も排除された異様な描写である。これをどう受けとめてよいのか簡単にはわからない。おそらく笑う場面ではないのになぜか笑ってしまいそうになるほど、複雑な印象を与える不条理な描写だ。

高まった感情と刺激的内容に言葉をあてがわず、沈黙も辞さないこと。これは都会の人混みとインターネットの狂騒から距離をとり、適切な静けさを模索する『サブリナ』にこの上なく適した描写方法だ。もしドルナソが衝撃的な内容を直接言葉で表現していたならば、ドッキリにかけられるターゲットのリアクションを楽しむような悪趣味な鑑賞が可能になり、狂騒から距離をとるどころか、『サブリナ』そのものがネットにあふれかえるゴシップのひとつとなって火に油を注ぐ結果になったことだろう。激しい感情と刺激を糧に狂奔するインターネット社会を批判的に描くためには、作品がその文法に乗っかるわけにはいかない。だからこそ『サブリナ』は感情を抑制し、沈黙すら辞さないのだ。『サブリナ』は、インターネットの狂騒に沈黙のシェルターを対置する。

インターネットの狂騒に沈黙のシェルターを。このような沈黙のレトリックの扱いは、小説よりもグラフィック・ノベルの方が長けている。グラフィック・ノベルは文字を使わない場面ではただただ黙っていられる。それに対して小説は「気まずい沈黙が流れた」などと書くことで文字を使用してしまう、つまり、しゃべってしまうという違いがある。沈黙の使い方は絵を組み合わせた媒体の方が豊かであると言える。この豊かな沈黙のレトリックはグラフィック・ノベルが持つ大きな可能性だ。バズらせようと躍起になり、短時間にどれだけ刺激物を詰め込めるかを競いあい、自分が共感できる言葉をマシンガンのようにひっきりなしに隙間なく撃ち込み続けるネット社会において、どのように黙ることができるかを追求するのも悪くない。感情に訴えかける、素早く、直截的で、刺激の強い言葉に意識を奪われがちな現代のインターネット社会を批判的に見据え、黙り方を豊かに示す方向でフィクションの新たな道を切り開くことがグラフィック・ノベルにはできるのだ。グラフィック・ノベルは、息つく暇もないネットの大騒ぎの中で呼吸の仕方を思い出させてくれる。

『サブリナ』は現在ドリュー・ゴダード(Drew Goddard)監督の手によって映画化が進んでいるらしい。テディがブリーフを履いたハニワになる場面をはじめとして、俳優たちは抑制された表情のキャラクターたちをどのように演じるのだろうか。映画の公開も楽しみだ。

■ **参考文献**

- Drnaso, Nick. *Sabrina*. Drawn & Quarterly, 2018.
- Julian, Mark. "A Film Adaptation of the Acclaimed Sabrina Graphic Novel Will Be Written by The Martian's Drew Goddard." 9 Apr, 2019. Accessed 6 Jun, 2019.
- Keen, *Suzanne. Empathy and the Novel*. Oxford UP, 2007.
- Max, D. T. "The Bleak Brilliance of Nick Drnaso's Graphic Novels." The New Yorker. 14 Jan, 2019. Accessed 6 Jun, 2019.
- Riesman, Abraham. "Nick Drnaso on Sabrina, the First Comic to Make the Man Booker Long List" Vulture. 25 Jul, 2018. Accessed 6 Jun, 2019.
- 吉田恭子「三首の女子がスペキュラティヴ・フィクションをスペキュレイトする——香港バプテスト大学国際作家ワークショップ滞在記2」本書P107より

スケートリンクから宇宙の果てへ
ティリー・ウォルデン『スピン』『陽光に乗って』

里内克巳
SATOUCHI Katsumi

天候に恵まれた4月のある日の午後、大阪梅田にある「MARUZEN & ジュンク堂書店」にふらりと立ち寄った。この巨大書店の洋書部門は広々としていて、棚をぼんやり眺めているだけでも楽しい時間が過ごせる。たまたま覗いた〈ヤングアダルト〉のセクションに並べてあった分厚いコミックスらしき本に目が留まり、ぱらぱらめくっているうちにピンとくるものがあってレジに直行。後日に読み終え、同じ作家の他の作品すべてをネット書店で注文して読み始めた頃になって、この本にはもう日本語版があることを知った。

ティリー・ウォルデン（Tillie Walden）という作家の手になるこの作品の原題は

Tillie Walden,
Spinning,
First Second

『*Spinning*』（First Second, 2017年）なのだが、日本語版ではより単純に『スピン』（有澤真庭訳、河出書房新社、2018年）としているので、ここでもそれに倣いたい。一口に言うと『スピン』という作品は、スケートに打ち込んでいた10代の頃の自分を絵と文章で振り返ったもの。振り返るといっても、この人は1996年生まれなので、まだ23-4歳の若さだ。ごく直近の過去を扱ったグラフィック・メモワールと呼べばいいだろうか。絵と吹き出しのセリフに加えて、背景に書き込まれた手書きのモノローグが、内省に満ちたこの作品では大きな役割を果たしている。

「あとがき」によるとウォルデンは、過去の自分やその周辺の事実に関する記録を調べ直したりせず、あえて自分の記憶だけを頼りに創作を進めたという。事実に基づいて描いたことは間違いないが、事実そのままではないかもしれない。フィクションとノンフィクションとが地続きになったひとつの作品として受け止めた方がよいので、ここに出てくる登場人物としてのティリー・ウォルデンを、〈ティリー〉とファースト・ネームで呼ぶことにしたい。ティリーは小柄で眼鏡をかけている。晴れやかな表情のときもあるが、困惑したり苛立ったりしてうつむき、伏し目でいる場面の方がもっと多い。

『スピン』に満ちている苛立ちや無力感

この作品は、スケートをやめて2年後の〈現在〉のティリーが、立ち寄ったスケートリンクの入り口でたたずむ同じ場面を、最初と最後に枠として置く。その間にはさまる長い回想は、8年前にニュージャージーで暮らしていた頃の練習風景から始まる。朝の4時に起きて練習場に向かう。大きなスケートリンクに一番乗りしてひとりで滑るのが、ティリーのささやかな楽しみだ。それから、男性コーチの厳しい指導のもと、シンクロ・スケートの訓練が始まる。少しでも皆と動きが合わなかったりすると叱責される、その緊張感。だがその頃は、スケートをすることに何の疑問も抱かず、ただ受け入れていた。

第5学年が終わったときに、ティリーの生活に転機が訪れる。ニュージャージーの公立学校で、娘がいじめられ学業も不振であることを憂えた両親が、テキサスに引っ越し、オースティンにある私立学校に子供たちを転校させる決断をしたのだ。集団のなかに溶け込むのが得意でないティリーだが、新しい学校での友だちづきあいに苦労しながらも、それなりに馴染んでいく。学校以外は相変わらずのスケート漬け。早朝はフィギュアの個人レッスンを受け、学校が終わってからの午後は、モールのなかにあるリンクに行って、シンクロ・スケートを他の女子と練習する――そんな日々が続いていく。

残念ながら、新しい学校でもいじめから逃れることはできなかった。だがティリーは、自分の支えとなってくれる先生や仲間たちとの出会いも経験する。冷静な指導をしてくれるフィギュア・スケートのコーチ（ケイトリン）。朗読が上手な英語の先生（ミズ・ランバーグ）。週1回通って指導を受けるチェロの先生（ヴィクトリア）。少し年上のスケート仲間で、シンクロでの大切なパートナーとなったリンジー。そして、自分とある秘密を分かち持つ学校友だちのレイ。

ティリーを取り巻く人々の大半は女性で、この作品には男性がほとんど登場しない。これは作者が同性愛者であることと深くかかわっている。周囲の女の人たちに対して特別な気持ちを感じることがある。だが、そのことは誰にも言わずに自分のなかに封じ込めていた。同性愛のことは、作品の早い段階ではさり気なく書き込まれているだけなのだが、同じ性的指向をもった学友のレイと親密な関係になるあたりから、カミングアウトするかどうかが、ティリーの心を大きく占める問題になってくる。

同性愛者に対する理不尽な蔑みや憎悪の感情が世の中にあるのを、ティリーはメディアを通じて知っていたから、なかなかカミングアウトできなかったのも無理はない。残念なことに、彼女が勇気を奮い起こす前に事態は大きく動いてしまう。レイの母親が娘の携帯電話でのやりとりを盗み見たことがきっかけで、同性愛の関係が発覚し、ふたりは長い別れを余儀なくされる。ティリーの両親にも事を知られてしまい、母親からは辛辣な言葉を浴びせかけられる（逆に父親の反応は自然で温かく、このときの父娘のささやかなやり取りがとてもいい）。周囲にカミングアウトを始めるのはその後のことで、そこにさほど大きな意味は与えられず、さらりと描かれている。

自分のことは自分でコントロールし、決断を下し、人生を前に進めたい。そんな気持ちがある一方で、それを容易にさせない現実の壁が高く立ちはだかる。『スピン』という作品に満ちている10代のティリーの苛立ちや無力感、すっきりしない気分を煎じ詰めると、そんな風に言葉にできるだろうか。レイとの別れをめぐるエピソードはその典型だが、それだけではない。学校ではいじめっ子に長く苦しめられてきたが、案じて声をかけてきた先生にも、何をされているのか打ち明けられず、黙って耐え忍んできた。結局このいじめっ子は放校処分になる。だがティリーは、ただホッとするのではなく、自分自身の力で彼女に立ち向かうチャンスを逃してしまったことを残念に思う。

言葉では表しがたい感情を絵は効果的に表現する

自らの心の声に忠実に行動することがなかなかできない、もどかしさ。そんなコントロール不全の感覚は、作品の中心的な題材であるスケートについても言える。スケート場にいると、ストレスの多い学校での生活からいったん自分を切り離すことができる。練習の成果が実って、競技で勝利する喜びも確かにある。だが、そんな良いことがあったとしても、いまテキサスでこんな風に滑っていると、かつてよりスケートにのめり込めない自分に気づくことが多くなった。やめたいという気持ちが頭を何度もよぎり、だが口には出せず、矛盾を心に抱えたまま彼女はなお練習に邁進する。

はっきりと書かれていないけれども、ティリーの心のなかでスケートをめぐる矛盾した気持ちが大きくなっていくのは、性的役割がくっきりと刻印されたこのスポーツの性格に、同性愛者の女性として次第に違和感を持つようになった結果ではないか。スケートというのは純粋なスポーツだと思ってきたけれど、必ずしもそうではない、とティリーは気づく。彼女の言葉を補うならば、特に女子のスケートというのは、いわゆる女性らしさを強調したメークをし、露出の多い衣装を着て演技することを求められる。テクニカルな部分を競うと同時に、見た目の〈女らしさ〉を競う点で、男性の視線に大いに規定されたスポーツなのだ。

〈逸脱〉を見逃すまいとする男の審査員たちの厳しいまなざしのもとで、ティリーがフィギュアのテストを受け、不合格になるエピソードが終盤の第8章にある。同じ章には、部屋が暑くてタンクトップ姿になったとたん、彼女に受験勉強のための指導をしていた男性が豹変して襲いかかってくる、というエピソードもある。〈男〉の目線にさらされたティリーが痛い目にあう、という共通点を持ったこれらのエピソードを境として、彼女の精神は安定を失い、漂流を始める。ここからは様々な思いや記憶を視覚化した、

1ページをまるごと使っての絵が増え始める。言葉は添えられない。言葉では表しがたい感情や思いの揺れを、絵は効果的に表現し、伝える。それが、活字だけの小説にはないグラフィック・ノヴェルというジャンルの強みだろう。ここはその強みが存分に生かされた、『スピン』という作品の山場だと言える。この難局からティリーがどのように抜け出し、最後にどんな心境に至るか、未読の方はぜひ読んで確かめてほしい。

ファンタスティックで想像力に富んだ『陽光に乗って』

『スピン』の創作と並行して、ウォルデンはウェブ上でSF作品を不定期的に連載してきた。それが500ページを超える大作にまとめられて出版されたのは、一昨年のこと。次はそれをご紹介しよう。『*On a Sunbeam*』（First Second, 2018年）という原題に、ここでは『陽光に乗って』という仮の訳題をつけておく。ちなみにこの〈陽光＝サンビーム〉というのは、主人公たちが旅をする宇宙船に命名されたギリシア語「アクティス」に由来する。

Tillie Walden,
On a Sunbeam,
First Second

愛嬌のある魚の姿をした宇宙船。漆黒の宇宙にぽつんと浮かぶ学校。『銀河鉄道の夜』さながら星々のあいだをひた走る列車……。人類が宇宙に進出したはるか遠い未来を舞台にした『陽光に乗って』は、ファンタスティックで想像力に富んだグラフィック・ノヴェル。一見すると、ウォルデン自身の日常を淡々と描く『スピン』とは打って変わった素材ではある。だが、重なり連続する部分も実は多い。

たとえば、『スピン』では男性の影がとても薄かったが、『陽光に乗って』ではその傾向に拍車がかかる。宇宙を舞台にしたSF作品というと、男性が活躍するアクション活劇的なものを思い浮かべる人も多いだろう。ところが『陽光に乗って』の舞台となる宇宙にいるのは、ほぼすべて女性なのだ（数カ所にオトコらしき人物が描き込まれているけれど、この作品世界ではそもそも性別確認など無意味なこと）。性愛的な部分を含めての女性どうしの〈絆〉を描く点においても、『陽光に乗って』は『スピン』の姉妹編だと言える。

危険に満ちた宇宙の最果てへ

回想が作品の構造を支えている点でも両作は似ている。ウォルデンの作品は、後ろを絶えず振り返りながら前に進んでいくようなところがある。『陽光に乗って』では、ふたつの時間軸が複雑に交錯することによって物語が進行する。主人公はミアという若い女性。憂いを帯びた表情の彼女がひとり宇宙船に乗り、虚空に浮遊するかつての宗教施設に到着し、その建物を修復する任務を帯びた4人の要員に迎え入れられるところから物語は始まる。年長者である内気なシャール（＝シャーロット）と気丈なアルマは恋人どうし。アルマの姪にあたる、おてんばのジュールズは、修復要員に加わってまだ日が浅い。男女の区別を超越した〈ノン・バイナリー〉であるエル（＝エリオット）は、寡黙だがメカにめっぽう強くて頼りになる。この4人に対して次第にミアが心を開いていくプロセスが、物語のひとつの軸になる。

そして、もうひとつの軸は、それから5年前にさかのぼったところを起点とし、14歳のミアが寄宿学校に在籍している時に体験した、グレイスという謎めいた女子との出会いと別れの経緯をたどる。学校の生活になじめず落ちこぼれ気味のミアは、なぜか特別扱いされてひとりぽつんとしているグレイスが気になり、惹かれていく。魚型の小型飛行艇によって行なう学内のゲームをふたりでこっそりやってみたり、いじめっ子が奪い取ったグレイスのペンダントを、ミアが体を張って取り返してあげたり。そんな体験を通して、やがてグレイスの方もミアに心を開き、ふたりは特別な友だちになる。

だが、そんなふたりの親密な関係も、突然に終わりを迎える。実はこのグレイスは、宇宙の最果てにある〈ステアケース〉という過酷な環境におかれた小惑星を支配する一族の末娘だった。〈ステアケース〉の住人は、外の世界に出ることを許されないのだが、グレイスだけは特別な許可を得て、ミアのいる寄宿学校で学ぶことができていた。だが、故郷の情勢が悪化し、グレイスの姉たちが彼女を呼び戻しに来る。そのときミアは折あしく、悪意を持つ学友によって一室に閉じ込められてしまい、さよならを言うこともできずにグレイスと別れることになった（そのようなわけで、ミアとグレイスの関係は、『スピン』でのティリーとレイの関係と明らかに重なる）。

そんな過去の経緯をミアが修復クルーの4人に打ち明ける作品中盤で、ようやくふたつの時間軸はひとつに収束する。実のところ、アルマとシャールには、グレイスを〈ステアケース〉から連れ出すことに一役買った過去がある。そしてエルもまた、〈ステアケース〉の出身者であり、ある事情から追われる身になっていた。あなたひとりではなくわたしたちも〈ステアケース〉に行くよ、皆でグレイスに会いに行こう――4人はミアにそう語りかける。心をひとつにした彼女らは、宇宙船「アクティス号」を駆って危険に満ちた宇宙の最果てへと赴いていく……。

〈遠くにいる他者〉と絆を確かめ合うことへの希求

そんな筋立ての『陽光に乗って』で、ウォルデンはすぐれた物語作者としての力を発揮している。過去と現在の時間軸を交錯させながら、登場人物それぞれが背負った複雑な過去を少しずつ明らかにする、その物語の進め方がとても巧みだ。また、この作品は全編にわたって丹念な彩色がほどこされているが、物語の軸が切り替わるごとに背景色を変えることで、複雑なストーリーがすっきりと理解できるようになっている。色の切り替えは、〈ステアケース〉の地下世界に舞台が移ってからの、めまぐるしく場面が変わる終盤のクライマックスでも効果的に行なわれている。

読み込みのきく、奥行きをもった物語の設定もこの作品の魅力だろう。宗教施設の修復という登場人物たちに与えられた地味な任務は、そこに派遣されたミア自身の過去の記憶の修復・再現プロセスとも繋がっている。その建物をかつて使っていた教派の開祖は、おそらく〈ステアケース〉出身の女性なのだろう、というさりげない説明が作中にある。それを手掛かりにすると、ミアをはじめとする5人の主要人物たちが、グレイスを求めて試みる探索行は、究極の〈愛〉の対象を探し求める宗教的巡礼の様相を帯びてくる。

グラフィック・メモワールである『スピン』にもう一度立ち返るならば、ティリーは特別な友だちのレイにさよならを告げることもできず、何年も会うことができなかった。そしてこの本は、親しいスケート仲間でありながら、自分のセクシュアリティについては打ち明けられなかったリンジーに捧げられていた。さよならを言えなかった大切な友にまた会いたい。親しかった人に本当の自分を知ってもらいたい。ウォルデンはそんな願いに背中を押されるようにして『スピン』を創作したに違いない。そのことは『陽光に乗って』の場合も同じだが、ここでは作者の私的体験は、〈遠くにいる他者〉と絆を確かめ合うことへの希求という、より普遍性を帯びたものへと高められている。若い描き手の繊細で真摯な思いが込められたふたつの作品は、ひとつながりの作品として広く読まれてほしい良作だ。

あ・・・・・・ありのまま今起こったことを話すぜ！

ドラマ『13の理由』シーズン3で人は誰しも被害者と加害者の側面を持つという作風への批判が相次いだかと思ったら、いつのまにかオルタナ右翼が映画『パシフィック・リム』を理想的な世界とみなしている事実に気づかされていた

矢倉喬士
YAGURA Takashi

ジェイ・アッシャー（Jay Asher）の小説をドラマ化した『13の理由』を観なければならない。僕がそう思わされたのは、作品への良い評判を聞きつけたからではなかった。むしろその真逆である。『13の理由』は2017年にNetflixでドラマが放送開始されると、わずか20日で1100万回ツイートで言及されるほどの爆発的な話題作となったのだが（Wagmeister, “Netflix's '13 Reasons Why' Is the Most Tweeted About Show of 2017”）、同時に大量の反発を抱え込むことにもなった。自殺・いじめ・ドラッグ・性犯罪・飲酒運転など、若者たちが抱えている問題がカタログのように詰め込まれた作品がもたらす悪影響が懸念され、自殺を美化しているのではないかとの声も挙がり、原作小説への禁書要求が多発するようになった。その結果、原作小説『13の理由』は2017年に最多の禁書要求を受け、並み居る強豪を押しのけて文学界の嫌われ王の座に輝いたのだった（アメリカ図書館協会（ALA），「Top Ten Most Challenged Book Lists」）。そうか、そんなに忌み嫌われているのか。それじゃあ仕方がない。観てみよう。それがドラマ版『13の理由』との出会いだった。

ドラマを観始めると1話でハマッてしまった。ドラマの1話は視聴者を惹きつけて継続視聴させないといけないわけだが、その点で『13の理由』は完璧だった。女子高校生のハンナが自殺し、彼女が自殺に至った13の理由が吹き込まれた7本のカセットテープを関係者たちが順番に聞いていく。カセットの片面につきひとりずつ、ハンナが自殺することになった理由を添えて次々とキャラクターが紹介されていくという筋書きは、全13話で構成されたドラマ形式と見事に調和しており、次の回では誰のどのようなエピソードが来るのか知りたくなるように視聴者の期待をうまく煽っていた。そんなわけで1話を観てしまったが最後、とりつかれたようにシーズン1の終わりまで一気に駆け抜けてしまったのだった。

ここからドラマのネタバレありなので注意！

さて、ここからは必要に応じてドラマの

ネタバレをしようと思う。まだドラマを観ていない皆様、自分のペースでこれから作品を楽しみたいとお考えの皆様にはここでページを閉じて頂きたい。ドラマのシーズン1のみならず、シーズン2、シーズン3までネタバレをする。というのは、今回の記事ではシーズン3が公開されると同時に沸き起こったシーズン3への酷評の数々を紹介し、そのような負の反応を引き起こす現代アメリカの政治的背景を伝えたいからである。ドネタバレを気にされる方はここで読むのをやめて、いつかドラマを観終わったときに思い出してもう一度帰ってきていただければ幸いに思う。

それでは、ドラマのシーズン3までの展開の中で理解しておくべき部分を順に整理していこう。

ドラマのシーズン1はキャラクター造形的にはドラマオリジナルの設定が多いが、大筋では原作小説に対応しており、ハンナの自殺には多くの人間が関わっていたことが示される。このとき各エピソードでパターン化しているのが、「人は誰しも秘密を抱えている」、そして、「人は誰しも被害者と加害者の側面を併せ持っている」という要素である。ハンナは自分を傷つけた人々のエピソードをカセットテープに吹き込んでいるが、ハンナを傷つけた人々も何かしらの秘密と傷を抱えていることが多い。

「人は誰しも秘密を抱えている」、そして、「人は誰しも被害者と加害者の側面を併せ持っている」。『13の理由』においてこの法則は自殺したハンナにも適用される。ハンナは自分を自殺に追い込んだ人々を責め立てるだけではなく、自らの罪を告白するのだ。ハンナが犯した罪のうちで主要なものをふたつ挙げよう。ひとつは、ある女性がレイプされるのを未然に防げたにもかかわらず、行動には移さずすぐ近くで見ていたこと。そしてもうひとつは、同乗していた車が一時停止の道路標識を破壊したことを警察に連絡せず、その直後に来た別の車両による交通死亡事故を招いたことである。ハンナは自殺に追い込まれるほどの苦痛を受けた被害者でありながら、同時に強姦や交通死亡事故の間接的な加害者でもある、というわけだ。

被害者の加害者的側面を直視するという意味で、『13の理由』のハンナ・ベイカーはもうひとりのハンナと響き合う。ナチスとユダヤ人の関係について、「単に迫害者の側だけでなく被害者のあいだにも」引き起こされた「道徳的崩壊」の問題を追及したハンナ・アーレントである。ナチスの悪行に対して、ユダヤ人評議会がときに「協力」し、ときに「道具」となって同胞を殺戮収容所へ送ったのではないか(『イェルサレムのアイヒマン』、98-99)と議論したハンナ・Aの声が、『13の理由』のハンナ・Bの声と重なり、同じカセットのA面とB面を為しているかのようだ。

「人は誰しも被害者と加害者の側面を併せ持つ」というテーマは、ハンナの死をめぐる裁判が展開されるドラマのシーズン2においてさらに徹底される。シーズン2エピソード10において、ハンナがリバティ高校に転校してきた原因は、前の学校で彼女がいじめを行っていたからだと明かされるのだ。「前の学校ではひどいことをしたの。女の子たちに馴染もうとしたんだけど、その子たちはよってたかってひとりをいじめてた。それで思ったの。いじめられるよりはいじめる側に回った方がマシだって。(I was an asshole to someone at my old school. I was trying to fit in with these girls, and they were ganging up on her. And I thought I better be one of them than to be her.)」と、ハンナは言う。ハンナが前の学校でいじめを行っていたという描写は原作小説にはないので、被害者の加害者的側面についてはドラマ版の方がより徹底して追及されていると言える。

ドラマのシーズン3ではハンナ役のキャサリン・ラングフォードが降板したので、なんと『13の理由』は中心的人物のハンナなしで継続することになった。ハンナを欠いたシーズン3の中心的テーマは、加害者は改悛して変われるか、である。ハンナを含めた女子生徒たちを少なくとも8名レイプした白人富裕層の男子高校生ブライスが過去を悔い改め、変わろうとする物語が展開されるのだが、ある日彼は他殺死体となって発見される。これまで加害者として作中人物や視聴者の怒りを買っていた青年が被害者になることで、加害者の中に被害者的側面を発見するという方向からも、このドラマは被害と加害の共存を提示している。

『13の理由』の問題点
——「犯罪者の人間化」と「被害者の悪魔化」

このシーズン3に関して良い評判はほとんど聞かない。そもそもハンナの自殺とあまり関係がなくなった続編に興味が持てず、突如現れた新キャラクターのアニの視点から語られる物語に馴染めない視聴者が続出した。さらに、現代のティーンエイジャーが直面する問題をこれでもかとばかり詰め込んだ結果、一つひとつの問題の重要性が薄れたり、キャラクターの情報を把握することが困難になってしまったことも作品の評価を落とす原因になっていると「VOX」や「ヴァルチャー」といったメディアは指摘している（Grady, 13段落; Chaney, 3段落, 5段落）。シーズン3の結末は迷走そのものである。死人に口なしとばかりに死者に罪を着せて生者が難を逃れようとする展開は、『13の理由』がそもそも死者ハンナの語りに駆動される物語であったことを考慮しておらず、死者の声を封じ込めることによってこれまでの展開すべてを台無しにしかねない。言い換えれば、シーズン3のあの結末はハンナが残したテープを聞かずに捨てる行為に等しいのだ。もちろんこうした問題はドラマの最終シーズンで扱われるのだろうが、話を続けるために随分と無茶な脚本になっていることは否定できない。難癖をつけたくなる箇所には事欠かないシーズン3について、「VOX」、「ヴァルチャー」、「インディワイヤー」、「ガーディアン」のようなメディアがそろって指摘している問題を見てみよう。それはこの記事でも紹介してきたように、被害者に加害者的側面を、そして加害者に被害者的側面を見出そうとする作風があまりにも安易に用いられているというものである（Grady, 24段落; Chaney 10段落; Travers 5段落; Bernstein, 5段落）。

人は誰しも被害者であり加害者である。この「誰でも知っている」（everyone knows）（Travers, 5段落）陳腐な想像力は、『13の理由』シーズン3でどのような問題として表れたのだろうか。そのひとつが、「犯罪者の人間化」と同時に起こる、「被害者の悪魔化」である。

シーズン3でレイプ犯の人間化（humanizing a rapist）と同時に行われていたのは、被害者の悪魔化（demonizing a victim）である。性犯罪の被害者たちは団結してレイプ撲滅に向けた運動を開始するが、被害者の側にも加害者的側面があるように描かれるのだ。被害者たちの団体は、生前に罪を犯したブライスの葬儀の最中にレイプ反対の声を挙げたり、学校対抗スポーツ大会に乱入して下着姿になって抗議活動をする。脚本家たちは、「家父長制を打倒する」（topple the patriarchy）と言わせておけばいいかとばかりに何度も女性キャラクターにこのセリフを言わせ、男子学生運動部はレイプカルチャーの温床となるので全て廃止してしまえと主張する極端な女性キャラクター造形をもいとわない。コンスタンス・グレイディとジェン・チェイニーがそろって指摘するのは、シーズン3が #Me Too運動を単純化しており、常軌を逸した活動として提示しているということだ（Grady 22段落; Chaney 10段落）。

脚本が適切な手順を踏み、説得力を備えたやり方で個人や団体活動の功罪を問えば歓迎されたのだろうが、『13の理由』シーズン3はそうではなかった。なぜならば、『13の理由』は「誰しも秘密を抱えている」という作品全体を貫くテーマを持っているにもかかわらず、その秘密を掘り下げてもらえるキャラクターは偏っているからである。シーズン3で初登場して並々ならぬ存在感を発揮する女性キャラクターのケイシーが、#MeToo的運動をいきすぎたものとして提示するためだけに導入されていることは明白だ。彼女がどのような経緯で運動に身を投じたのかは視聴者に明かされることがないとグレイディが批判しているのもうなずける。ここで問題となっているのはキャラクターごとの描き込みの非対称性である。シーズン3のテーマはレイプ犯を人間として扱うことであり、「インディワイヤー」誌が「ブライス・ウォーカー・ショー」（The Bryce Walker Show）と揶揄するほどに性犯罪者ブライスの描写は手厚い（5段落）。他方で、被害者ケイシーがただ悪魔的に描かれて終わっているのは奇妙に思える。もちろん、このような批判がどの作品にも常に当てはまるわけではない。しかし、人は誰しも語られるに値する秘密の歴史を持つというテーマを掲げる『13の理由』だからこそ、キャラクターの描き方の非対称性に視聴者は敏感になるし、「ブライス・ウォーカー・ショー」の小道具として導入されるキャラクターがいれば違和感を抱かざるをえないのだ。

「双方」が悪い？ ホワイト・ナショナリストの戦略に近づく『13の理由』

もうひとつ、人は誰しも加害者であり被害者でもあるという安直な想像力がもたらす問題がある。「インディワイヤー」誌のベン・トラヴァースは、レイプ犯も人間であり犠牲者でもあるという『13の理由』シーズン3の作風に、2017年に「ニューヨーク・タイムズ」紙に掲載されて大きな波紋を呼んだオルタナ右翼男性へのインタビュー記事を重ねている（Travers, 10段落）。これを理解するためには、2017年に起きたシャーロッツビルの暴動事件の知識が必要になる。

2017年8月12日。バージニア州シャーロッツビルにて「右派を団結」集会（“Unite the Right Rally”、日本語では「ユナイト・ザ・ライト・ラリー」と表記することもある）が開かれた。そこで白人至上主義者・ネオナチ・オルタナ右翼などで構成された集団と、それに対抗してデモを行った集団が衝突し、対抗デモ集団に車が突っ込んで1人の死者と19人の負傷者を出す事件が起こった。このとき車で集団に突っ込んだ白人至上主義者でヒトラー信奉者のジェームズ・アレックス・フィールズ・ジュニアは、2018年12月に終身刑判決を受け、その後2019年6月にはさらに29のヘイトクライムが適用されて419年の懲役を追加されている（既に終身刑を受けているので懲役年数追加は象徴的な意味で行われた）。この事件直後にトランプ大統領は、事故を引き起こした極右団体ではなく「双方」（both sides）の暴力と憎悪を批判し、改めてトランプ政権と極右勢力との親密さをうかがわせることになった（Huffpost, “Man In Charlottesville Car Attack Gets Life Sentence Plus 419 Years”）。

この「右派を団結」集会の後、「ニューヨーク・タイムズ」紙は、ネオナチでオルタナ右翼の男性のインタビュー記事を掲載したのだが（Fausset, “A Voice of Hate in America’s Heartland”）、差別主義者もまた日常生活を営む普通の人間なのだという「正常化（normalizing）」を行って極右集団に協力しているのではないかとの批判が殺到し、「ニューヨーク・タイムズ」紙はその後対応に追われて後続の記事を出すことになった（Lacey, “Readers Accuse Us of Normalizing a Nazi Sympathizer; We Respond”; Fausset, “I Interviewed a White Nationalist and Fascist. What Was I Left With?”）。

この2017年の「右派を団結」集会や「ニューヨーク・タイムズ」紙のインタビュー記事は、ドラマ『13の理由』シーズン3の視聴者が想起するものであると思われる。「インディワイヤー」のトラヴァース記者がそうであったように。ブライスは連続レイプ犯だけど #MeToo過激派も同じくらいヤバイよねという作風に接すれば、「双方」の暴力を批判したトランプが思い出される。さらに、加害者もまた人間であり被害者でさえあるという作風に接すれば、オルタナ右翼男性のインタビュー記事の炎上を思い出すのだ。何が起きようとも「双方」が悪いと主張し、全ての局面においてどっちもどっちだという認識に持ち込むのがホワイト・ナショナリストの戦略であり、『13の理由』シーズン3がこれに近づいていることをトラヴァースは批判している。

オルタナ右翼の基盤、『パシフィック・リム』というプレートを揺らす

しかしながら、『13の理由』シーズン3が「人は誰しも被害者でもあり加害者でもある」という展開によって「双方」が悪いという認識を提示しているとすれば、それだからこそより一層鋭く現代アメリカの現状を示すことに成功しているとも言える。

2017年の「右派を団結」集会から2年が経ち、改めて「ニューヨーク・タイムズ」紙のオルタナ右翼男性インタビュー記事を読んでみると、同紙記者が人種差別や暴力を正当化しているわけではないし、ある男性の考えをただ伝えているように思えた。リベラルな考えを持ち、人種差別を嫌う人たちからの批判が殺到して炎上した記事だが、よく削除せずに残しておいてくれたものだと思う。とりわけ、ネオナチでオルタナ右翼の男性がSF映画『パシフィック・リム』を信奉している箇所は大いに参考になった。

> 「[『パシフィック・リム』の登場人物たちは、]怪獣に止まってくれと頼んだりしません」と彼は言う。「彼らは怪獣を食い止めようとして巨大ロボットをつくるわけです。それこそがファシズムの本質なんです。それは私たちの文脈で言えば、既に中央集権化されているもうひとつの勢力を食い止めるために中央集権化を推し進めるようなものなんです」(Fausset, "A Voice of Hate in American Heartland," 18-19段落)

第二次世界大戦でドイツが勝っていたら今頃幸せな白人たちでいっぱいだっただろうにと夢想するこの男性は、壁をつくって怪獣を食い止め、巨大ロボットで怪獣を倒す『パシフィック・リム』を、ファシズムが勝利する理想的な作品として解釈している。この男性ならもしかすると、「右派を団結」集会中にヒトラー信奉者が車でデモ集団に突っ込んだシャーロッツビルの事件について、勇敢な戦士が巨大ロボット・イェーガー(ドイツ語で「狩人」を意味する)に乗って怪獣を倒したようなイメージを抱いたかもしれない。これは頭が痛くなるような世界観だ。しかし、このような物の見方があると知り、彼らはどうしてそのような世界観を抱くに至ったのか知ろうと努めなければ何も始まらない。このインタビュー記事の男性は、世界の富を牛耳るユダヤ系や、アファーマティブ・アクション(積極的是正措置)で白人から富を奪うマイノリティたちに強い不満を持っている。これはあくまでこの男性の考えに過ぎない。それでも、人種差別の前提には経済問題があり、経済の論点を盛り込まずして人種問題に取り組んでも効果は薄いと気づかせるには十分だ。

ネオナチやオルタナ右翼は、SF映画『パシフィック・リム』を理想的な世界とみなしている。「右派を団結」するその結び目に使われているフィクション作品の受容状況を知れば、結び目をよく観察し、ほどくこと

もできるかもしれない。この映画作品が、第二次世界大戦や植民地主義や核兵器や原発事故がもたらした悪夢を克服して葬り去ろうとしていることの功罪については、たとえば小野俊太郎『太平洋の精神史』で論じられている（とりわけ304-307ページを参照のこと）。このような、「太平洋の地震と津波が生み出した天災と人災を忘れないため」（小野 314）の『パシフィック・リム』論とネオナチ流の『パシフィック・リム』論を同時に検討することで、この映画が本当に「右派を団結」する結び目として適切かどうか議論することが可能になる。いきなり「けしからん」と一斉に非難するだけでは、ただ結び目をぎゅーぎゅーと引っ張るようなものかもしれない。フィクション作品の受容状況から世界の基盤（プレート）に走っている亀裂を感知すること。そして、たとえば『パシフィック・リム』の批評を通してプレートを再度揺らすこと。文学研究にはそれができるのではないかと思う。

『13の理由』についても同様のことが言える。「ブライス・ウォーカー・ショー」と化したシーズン3に潜む加害者と被害者の語りの非対称性に留意しつつ、それでも、いや、それだからこそ、現代アメリカの深い傷をその身に刻んだテクストとしてこのドラマは読み解かれる価値があるのではないだろうか。

■ **参考文献**

- Asher, Jay. *Thirteen Reasons Why*. RazorBill, 2007.
- Bernstein, Arielle. "*13 Reasons Why*: what the controversial drama gets wrong." *The Guardian*. 30 Aug. 2019. Accessed 10 Sep. 2019.
- Chaney, Jen. "13 Reasons Why I Couldn't Stand *13 Reasons Why* Season 3." *Vulture*. 28 Aug. 2019. Accessed 10 Sep. 2019.
- Grady, Constance. "There Are Zero Reasons Why *13 Reasons Why* Season 3 Should Exist" Vox, 31 Aug. 2019. Accessed 10 Sep. 2019.
- Fausset, Richard. "A Voice of Hate in American Heartland." *The New York Times*, 25 Nov. 2017. Accessed 10 Sep. 2019.
- Fausset, Richard. "I Interviewed a White Nationalist and Fascist. What Was I Left With?" *The New York Times*, 25 Nov. 2017. Accessed 10 Sep. 2019.
- Lacey, Marc. "Readers Accuse Us of Normalizing a Nazi Sympathizer; We Respond." *The New York Times*, 26 Nov. 2017. Accessed 10 Sep. 2019.
- Travers, Ben. "'*13 Reasons Why*' Season 3 Doesn't Know Why It Exists." *IndieWire*, 28 Aug. 2019. Accessed 10 Sep. 2019.
- Wagmeister, Elizabeth. "Netflix's '*13 Reasons Why*' Is the Most Tweeted About Show of 2017." *Variety*. 21 Apr. 2017. Accessed 10 Sep. 2019.
- "Man In Charlottesville Car Attack Gets Life Sentence Plus 419 Years." *Huffpost*. 15 Jul. 2019. Accessed 10 Sep. 2019.
- "Top Ten Most Challenged Book Lists" *American Library Association*, Accessed 10 Sep. 2019.
- ハンナ・アーレント『イェルサレムのアイヒマン――悪の陳腐さについての報告』大久保和郎訳、みすず書房、1969年。
- 小野俊太郎『太平洋の精神史――ガリヴァーから『パシフィック・リム』へ』彩流社、2018年。

ソーシャル・ネットワークと文学

アダム・ジョンソン『フォーチュン・スマイルズ』／「ニルヴァーナ」

日野原慶

HINOHARA Kei

情報技術と記憶と文学

この文章ではソーシャル・ネットワークにかかわる現代アメリカ小説、そのなかでもとくに「記憶」が主題化されたものについて論じてみたい。

なぜ記憶か？　それを説明するために、まずはヴィクター・マイヤー＝ショーンベルガー（Viktor Mayer-Schönberger）という研究者の議論を紹介したい。インターネットの普及とソーシャル・ネットワーク・サービス（SNS）の発展によって、ヒトが記憶するという行為に大きな変容がもたらされたのではないか――このような問題意識のもと、2009年出版の『デリート――デジタル時代における忘却の価値』（*Delete: The Virtue of Forgetting in the Digital Age*）は書かれた。著者はつぎのように言う：「個人のレベルでも、社会のレベルでも、わたしたちは忘れることを忘れはじめている（We—individually and as a society—have begun to unlearn forgetting)」（92ページ：翻訳は日野原）極端に聞こえるかもしれない。この言葉は、インターネット上での個人の記憶の外在化が日常的行為となり、時に意図せず蓄積される「デジタルメモリー」への責任と管理をもとめられる「わたしたち」の現状を指し示したものだ。大きくマトを外しているとは、わたしには思われない。

Viktor Mayer-Schönberger, *Delete: The Virtue of Forgetting in the Digital Age*, U of Princeton P

もちろん実際に「わたしたち／we」に含まれるのは誰なのかという点については、注意深く考えなくてはいけない。国際電気通信連合（ITU）の調査によれば、2017年にはインターネットの利用者が35億人を超えた。SNSに関しては、たとえばFacebookが2004年、Twitterが2006年にサービスの提供を開始し、現在は前者が約22億人、後者が約3億人のユーザーを獲得するほどの急成長を遂げた。Instagramは2010年にサービスを開始し、現在は利用者数10億人を超えている（すべてMonthly Active Users、つまり最低でも月に1回はアカウントにログインをする利用者数の項目を参照)。ただ、上の各数値が70億を超える現在の世界人口に占める割合はどうだろう?　インターネットの外部、そしてソーシャル・ネットワークの外部——つまり「わたしたち」以外のひとびと——を無批判に議論のスタート地点に置くわけにはいかない。

だが、今回の議論で焦点を当てたいのは、マイヤー=ショーンベルガーの例に見られるような、情報技術の発達がこれまで人間的だとされてきた機能に大きな変化をもたらしたのではないかという意識のほう。実はこのような意識が、小説の書き手たちにも共有されている例がある。少なくとも、わたしが知る現代のアメリカ小説のなかに、上のような状況への応答として、情報技術を介した過度な記憶の固定化に焦点を当てて物語化したものがある。そのひとつ2015年度の全米図書賞を受賞したアダム・ジョンソン(Adam Johnson)の短編集『フォーチュン・スマイルズ』(*Fortune Smiles*)を中心に今回は書いていきたい。

Adam Johnson,
Fortune Smiles: Stories,
Doubleday-Transworld

情報技術のパラダイムシフト

マイヤー=ショーンベルガーは、インターネットの発展を複数の段階に区切りまとめている。注目したいのは、インターネットの急速なグローバル化が進み「ドットコムバブル」という言葉も生まれた1990年代後半から2001年までの第1段階と、Web 2.0という言葉に象徴される2001年以降の第2段階という区切りだ。ふたつの段階の違いは、利用者が単に情報を「受け取る(receive)」ことから、情報を「生み出し」(produce)それを「共有する」(share)ことへのパラダイムシフトというかたちで論じられている(3ページ, 174ページ)。ちなみに現代にいたるまで、Web 5.0という言葉に象徴されるように、上のパラダイムのさらなる変容が議論されている。わたしはまだそこまでをきちんとフォローできていないので、今回の記事では第1段階から第2段階にシフトするなかで生じた大きな変容に焦点を当てたい。

第2段階においては、利用者の経験や記憶までもが、情報として共有されることになる。このような記憶の「共有」を、別の側面からとらえるとしたら、それはインターネット上における非常に強固な個人の記憶の外在化、そして固定化だと言える。人間の身体から切り離され、人間の身体が死滅した後でさえも、朽ちることなく存在し続ける「デジタルメモリー」の管理を、いかにして行うのかという問題意識は、マイヤー=ショーンベルガーの議論や、現代の記憶のあり方に焦点を当てた論文集『21世紀における記憶』(*Memory in the Twenty-First Century*, 2016年:今回の記事の後のほうで紹介します)におさめられた多くの議論の根幹にあるものだ。

この新たなパラダイムの内部において生じた、さらなる重要な変化に焦点を当てるジョゼ・ヴァン・ダイク（José van Dijck）という研究者は、資本主義から解放された情報の共有と、社会階層の影響を受けないコミュニケーションを可能にすることが期待された初期Web 2.0のユートピア性が、瓦解していく過程を詳しく記述している（9ページ-23ページ）。「もうけ」より「つながり」／「商業」より「共同体」［“[C]ommunity over commerce”（14ページ）］という旗印のもと、当初のユートピア的な使命の実現を担ったSNSのプラットフォームは、それを供給する側つまり企業から見れば、利用者の「経験」の——利用者がSNS上において提供した日常的な「記憶」の——「収益化（monetization）」のための装置に過ぎないことが露呈したのだ。ガルシア・マルチネス（Garcia Martinez）が『サルたちの狂宴』（***Chaos Monkeys***, 2016年：翻訳は石垣賀子、早川書房2018年）において、Facebook社での勤務経験を基に、まさに企業側の視点から細かに報告した通り、莫大なヒトの記憶の集積をビッグデータとして所有するSNS企業によるヒトの記憶の収益化は、現代における搾取のあり方のひとつだ。

Web 2.0における「つながり／共同体」（community）の理想の裏に「もうけ／商業」があることの露呈——これを象徴する年として、ヴァン・ダイクはFacebookの創業者であるマーク・ザッカーバーグ（Mark Zuckerberg）が「タイム」誌のザ・パーソン・オブ・ザ・イヤーに選ばれた2010年を挙げている（11ページ）。同年発表のアンソニー・ドーア（Anthony Doerr）による作品集『メモリーウォール』（***Memory Wall***, 翻訳は岩本正恵、新潮社2011年）の表題作に、このような社会的背景の影響を読み取ることができるかもしれない。近未来の南アフリカを舞台とするこの作品の主人公アルマ夫人は、数年前に夫ハロルドを亡くし認知症に由来する記憶障害に見舞われている。彼女はメモリークリニックにおいて指南された方法——残された過去の記憶をカートリッジに焼き付けるという作業によって——記憶を脱身体化されたデータとして固定しようとする。

「紙くず、図表、地図、走り書きで埋め尽くされたぼろぼろのシーツ」などと共に「記憶のカートリッジ」が配置された、彼女の部屋にある「記憶の壁／メモリーウォール」（3ページ）は、徐々にしかし確実に喪失されてゆく彼女の記憶の固定化が試みられる場だ。共有可能なデータと化したアルマ夫人の記憶は、ルヴォという人物によって読み取られる。その「記憶」を引き継ぎ、後半部では小説における中心人物の役割をもになうメモリー・ウォッチャーと呼ばれるこの若者は、記憶のカートリッジとメモリーウォールを、化石の発掘、収集、保存になぞらえている。彼にとってそれは、けっして不滅ではない記憶という対象を、どうにかして永久保存しようとする試みだ。彼がひきうける小説の声は、「もろくて」（frail）「保存のきかない」（perishable）ヒトの記憶と、それを固定化しようとする試みとを、あきらかに対置している。記憶というものが儚いからそれを固定化したいと望むのか、あるいは固定化しようとするからなおいっそう儚いものに思われるのか——と、読者に考えさせるようなかたちで。ドラッグのような中毒性をともなって記憶の共有の媒体となり、値段を付けられ取引されるカートリッジを巡るこの物語は、インターネット上での記憶の固定化と収益化が日常化した現実の寓話として読まれうるものだ。

インターネットが発展する過程において生じた、もうひとつのコンテクストとしてのSNSの普及という状況に対する応答として、現代小説を読んでみようというのが今回の記事の目的だ。アダム・ジョンソン『フォーチュン・スマイルズ』、そしてそのなかでも短編「ニルヴァーナ」（Nirvana, 発表年は2013年：翻訳は藤井光、「Them Magazine」2016年）は、いかなる応答をしているのだろうか。物語の内容を紹介しつつ、「ニルヴァーナ」における記憶のあり方に焦点を当てて書いていきたい。

SNS時代のラブストーリー

まずは「ニルヴァーナ」のおおまかな内容から。カリフォルニアに暮らす語り手「僕」の生活には、とても変わったところがふたつある。ひとつは、妻シャーロットが、ギラン・バレー症候群により、頭部以外の運動機能を失っているという点だ。発症後9カ月が経過し、治癒の可能性が限りなくゼロに近づいた妻は、「僕」に死のほう助を求める。その妻に、「僕」がいかなる形で向き合うのか——「ニルヴァーナ」は、それを描いた夫婦の物語である。

もうひとつ変わっているのは、「僕」が大統領を会話のパートナーとしているという点だ。この大統領とは、物語の現在においては暗殺されてしまった大統領のコピー、すなわち動くホログラムのようなものだ。ウェブプログラマーである「僕」が復活させた3次元動画の大統領との会話は、妻が眠りにおちた後の密かなる楽しみである。これに加え、機械式ベッドやドローンなど、様々な機械が、夫婦間の意思疎通をときに阻害、ときに促進する要素として描かれる。この点において、「ニルヴァーナ」は人間と科学技術との相互干渉、そして両者の関係性の変容の物語でもある。

この物語の舞台が、より具体的には、カリフォルニアのパロアルトであるということは、作品の内容にも関わる重要な点だ。そもそも、パロアルトは作者にとって身近な土地である。彼が1999年から創作を教えているスタンフォード大学は、この地域にあり、彼はその近隣に暮らしている。振り返ると、デビュー短編集『*Emporium*』（2002年、邦題は『トラウマ・プレート』翻訳は大谷真弓、金原瑞人、河出書房新社2005年）の冒頭におさめられた「ティーン・スナイパー」（Teen Sniper）の舞台も、パロアルトだ。さらに重要なのは、この土地がシリコンバレーの拠点のひとつであるという点だ。ジョンソンはインタビューにおいてシリコンバレーにおける「未来を先取りしている」かのような生活が、彼にとっての「日常」なのであるという発言をしている（“The World is Bewildering”）。1998年にこの地でうまれたGoogleをはじめとして、いまや広く名を知られるIT企業の多くを育んだシリコンバレー、そしてその一拠点としてのパロアルトは、グローバルなコミュニケーションシステムの現代的な発展に多大なる貢献をしてきた土地だ（Marwick 316-18ページ）。

シリコンバレーという場所について意識すると、「ニルヴァーナ」という作品をより深く楽しめるかもしれない。たとえば、この地にゆかりのある実在の企業名などは繰り返し言及される。語り手「僕」が勤務する「リピュテーション・キュレーター」というベンチャー企業によって提供されるのは、Facebook や Yelp——前者はパロアルトにて、後者はサンフランシスコにて、それぞれ2004年に設立された——これらの実在するSNS上での「口コミ管理」である（19ページ）。そのサービスとは、SNSの利用者に否定的なコメントを取り下げるよう脅しをかけ、ウェブ上で顧客たちの望む「プロファイル」を構築するものだ。つまりSNSの内部において機能するサービスを提供する会社に語り手が勤めているというのが、この小説の基本設定である。

実は、ほぼ同様のサービスを提供する企業は、「リピュテーション・ディフェンダー／Reputation Defender」という名称でシリコンバレーに実在している。作品内では、そのビジネスモデルを「盗む」ことで創設されたのが、語り手が勤務する「リピュテーション・キュレーター」なのだということまでが語られている。このテクストと同じように、SNSに深く携わる企業が登場するということで言えば、デイヴ・エガーズ（Dave Eggers）による2013年の長編小説『ザ・サークル』（*The Circle*, 翻訳は吉田恭子、早川書房2014年）が挙げられるが、SNSの外部なきディストピアを描いたこの作品において、主人公メイはそのような世界をつくりだそうとする企業ザ・サークルの中枢で働く。こちらの作品の舞台となっているのもシリコンバレーだ。グローバルなSNSへの応答を行う上で、この土地ほど小説の舞台に適した場所はない。

では、具体的な設定というレベルを超えて、SNSという題材がこのテクストの核心にいかなる影響を及ぼしているのだろうか。実は、SNSにおいて前提とされる存在の論理とでも呼ばれるべきものが、このテクストの重要な場面で繰り返されている。ふたたびReputation Curatorを手掛かりにしてみよう。この会社の役割は、クライアントの「評判／口コミ」、つまりSNS上の擬似的人格の品質を管理／保護することであり、クライアントのサービス自体を向上させることではない。言い換えれば、クライアントの実体には関心が払われてはいない。

ここに見られる、いわば実体の価値の暴落は、大統領にまつわるエピソードにも当てはまる。自然に会話をするという特異な機能が目を引く大統領アプリケーションであるが、実はこの技術が、SNSの延長線上にあるものだと示されている。それは「僕」が「口コミ管理」のために作成したプログラムを「ほんの一歩だけ進歩させた」技術だ（19ページ）。この技術のかなめは、主人公の上司であるSJによって語られるように、ウェブ上の情報をアーカイブ化し、一人格を持った立体動画へと構築する点にある。

きみのコンセプトは最高だよ。ひとつのアルゴリズムが、ウェブを洗いざらい調べて、その結果を蓄積して個人の立体映像にする

> （23ページ：以下、「ニルヴァーナ」からの引用は藤井訳より）

結果よみがえった饒舌な大統領に欠けているのは実体だ。そして、いわば実体が欠如したコミュニケーション機能としての大統領の対極に、機能をうしなった実体としての妻シャーロットがいる。前者との対話に没頭する一方で、「僕」はシャーロットには向き合えずにいる。運動機能には結びつかない彼女の生命の律動――実体としてのからだの「震え」（tremor）や「脈拍」（pulse）からは逃れたいと感じる。

> でも、シャーロットと一緒にいると、僕の頭はふたりの間に膜を張って、震える彼女の声や、細くしなびた手首の脈拍から自分を守ろうとしてしまう（20ページ）

シャーロットにとっては、からだのある自分自身を差し置いて、実体のない機能が夫の心を奪っている状況は耐えがたいものであるはずだ。ある出来事を通して、生活につかのまの光がさした時、彼女は子供をつくること、そして発症後はじめて、からだをかさねることを提案する。彼女は次のような言葉で、夫を誘う。「もう九カ月になるのよ。一人産めてるくらいの時間よ。これだけの時間をなにかに使えたのに」（I could've been doing something useful this whole time）（27ページ）ここでのuseful＝「役に立つ」という言葉の使用は、多様な読み方のできるこの性的交渉の場面のひとつの側面を明らかにする。母親になることへの欲求と同時に、この場面が伝えるのは「役に立つ」自分でありたいという欲求――つまり、発症以前の彼女に備わっていた感覚機能／生殖機能を取り戻すという、物語のその段階では不可能な試みへの欲求だ。そして、それによって、大統領に奪われた夫とのコミュニケーションを取り戻すという欲求でもある。

ゆえに「ニルヴァーナ」というテクストに、SNSから現実への――擬似的なコミュニケーションから現実のそれへの――回帰を訴えかけるようなメッセージを読みこむことは可能かもしれない。しかし、その期待は最終的にテクスト自体によって裏切られる。物語の最後では、シャーロットが、敬愛するバンド、ニルヴァーナのフロントマンで、1994年に自殺したカート・コバーンのホログラムに向き合う。彼女が、実体のない機能へと、自身の機能しない手をさしのべる時、読者の価値判断は宙づりになる。

> 彼女はカート・コバーンに向かって前のめりになる。彼の体に両腕を回して抱きしめたいと思っているかのように。自分の腕が動かないことも、抱きしめる彼は存在しないことも忘れてしまったかのように（38ページ）

妻が手をさしのべるのは、身体を備えた夫にではない。

忘れ去られる権利

機能をうしなった身体と、実体のない機能との見えない接触――その瞬間を始めとして、この作品のいくつかの場面に、もっとも基本的なポストヒューマニズムのテーゼを当てはめることはそう難しくない。「有機体」と「機械」との境界、そして「実体的であること」（physical）と「非実体的であること」（non-physical）との境界の揺らぎ（Haraway 11-13ページ）は、そのままこの作品の主題を表す言葉として用いても違和感はない。しかし、より興味深いのは、SNSをモチーフに21世紀的な現象として、記憶のポストヒューマニズムとでも呼ばれうる状況が描かれているということだ。

そもそも、ジョンソンの作品において、記憶は一貫して取り組まれている主題のひとつだ。1例を挙げるとすれば、ピューリッツァー賞を受賞した2012年の長編『*Orphan Master's Son*』（邦題『半島の密使』翻訳は佐藤耕士、蓮池薫［監訳］、新潮社 2013年）の劇的なラストシーンでは、主人公ジュンドが、北朝鮮の諜報機関の支配を逃れるために、自らロボトミー手術の台に上り、自分が自分ではなくなる「あちら側」に向かって、そのスイッチを押す（534ページ）。「拒絶」（I'd rejected their ways）という言葉で表されるこの必死の跳躍は、ジョージ・オーウェル『1984』における思考警察を彷彿とさせる記憶の管理と改変を逃れようとする試みである。非常に逆説的であるが、記憶を自ら消去することによって、彼はそれを不可侵なものにしている——つまり、それを守っている。

「ニルヴァーナ」においては、個人の記憶が正反対の状況にさらされている。ホログラムの大統領のエピソードにおいては、この技術が、その後いかなる形で応用されうるのかが予見されている。SJは「僕」に、次のような提案をする。

> SJは大きな身振りになる。「きみのアルゴリズムが、＜口コミ調整キュレーター＞で作動するわけさ。一般人が自分の立体映像を立ち上げて命を吹き込んで、自分の考えを話し、世界にどう見られているのかを自分専用にカスタマイズできる。きみのプログラムは、GoogleとWikipediaとFacebookがひとつに融合したようなものだ。この地球で評判のある人間はみんな、きみに立体映像化してもらえるなら喜んで金を出すよ。はっきりした人格と命を持って、眠ることなくいられるんだ……永遠にね」（22-23ページ）

上の引用にあるように、個人が自身の人格に生命を与え、自身の代わりに語らせて、自身がどう見られるのかに好みの注文や設定を加えること、そして結果的にその人格を「永遠」（eternal）の存在にすること——それがこの企業家が実現しようとする計画だ。彼が幻視する、データ化された記憶を備えた擬似的身体を、あらゆる人間が所有し、それが世界中に公開される世界——これをあくまでも未来の状況であるなんて断言できるだろうか。記憶の脱身体化、外在化、そして再（擬似）身体化によって記憶が永久のものとなる状況、そして、それが容易に共有されうる状況は、すでに到来している。少なくとも、ソーシャル・ネットワークと呼ばれる、記憶の共有のためのプラットフォームにおいては。

現実世界においてはすでに、上のような記憶の変容への文化的、社会的、政治的、そして倫理的な対応が模索されている。『21世紀における記憶』（*Memory in the*

Twenty-First Century）の編者セバスチャン・グロウズは、肉体的な死を迎えた人間が、ウェブ上において「忘れさられる権利」——言い換えれば、ウェブ上においても、死ぬことができる権利——についての議論が、すでに存在することを指摘している（358ページ）。同様の状況に対する、これとよく似た応答が、『ザ・サークル』でもなされている。物語の終盤で、主人公メイは、ある文書をSNSの利用者たちに向けて読みあげるよう求められる。このネットワークの産みの親でありつつ、その破壊を望むタイという人物によって書かれたこの「デジタル時代の人権」（The Rights of Humans in a Digital Age）というメモには、姿を消す権利＝the right to disappearが書きこまれている。

> 彼はメイに一枚の紙を渡した。そこには、すべて殴り書きの大文字で「デジタル時代の人権」という表題の下に箇条書きの主張が書いてあった。メイがすばやく目を通すと、このようなくだりが目に入った。「我々はすべて匿名の権利を有しなければならない」「すべての人間活動が数値化できるわけではない」「あらゆる試みの価値を数値化するために止むことなくデータを追うのは真の理解を破滅させる」「公と私の壁は破られてはならない」終わりには赤いインクで書かれた一行があった。「我々はすべて姿を消す権利を有しなければならない」（490ページ：引用は吉田訳から）

デジタル時代に、わたしたちの肉体が消えても、痕跡としてデータが残る。それもふくめて、完全に姿を消す／disappearすることは、すくなくとも相応の努力を強いるものだ。そして、それでも上手くいくかは分からない。

「ニルヴァーナ」における大統領の——そして、これに続いて生み出されることが幻視される一般のひとびと自身の——ホログラムは、「忘れさられる権利」との関係で言えば、その対極にある存在だ。ここで前景化されるのは、過剰な記憶の固定化である。これを踏まえて、ジョンソンの作品集『フォーチュン・スマイルズ』（*Fortune Smiles*）全体に目を転ずると、「ニルヴァーナ」との比較において読みたくなる短編がいくつかあることに気づかされる。その1例として「興味深い事実」（Interesting Facts）という作品がある。こちらの語り手はアダム・ジョンソン自身の姿と重なる男性作家の妻だ。現実のジョンソンの妻と同様に、乳癌を患う語り手は、作品の後半ではすでに死んでしまっている。それでもなお語り手の位置に留まる妻は、自分自身が夫と子供たちに、自然に忘れさられていく様子を痛切に、かつ甘美に語る。前に引用したセバスチャン・グロウズの提言についてもう一度考えると、記憶のポストヒューマニズムへの応答として「スイッチを切るように」（through some kind of digital switch-off）（358ページ）、外在化された記憶の抹消を行う必要それ自体が、すでにポストヒューマニズム的な対応でもある。作品集の中盤に収められたこちらの短編作品には、スイッチなどがいらない、徐々にしかし確実に忘れさられていくという経験が刻まれているのだと言える。

人間的なことって？

この文章の冒頭で示した、「個人のレベルでも、社会のレベルでも、わたしたちは忘れることを忘れはじめている」という言葉に立ち戻ると、「ニルヴァーナ」が描きだしているのはまさにそのような状況だと言える。この作品の重要な要素であるSNSを、ヒトの記憶の巨大なデータベースであると理解するならば、現代小説のひとつの傾向について予見したキャサリン・ヘイルズ（N. Katherine Hayles）による次の言葉に示されているような、より大きな抵抗の1例としてこのテクストを捉えてみたくもなる。

> ヒトの日常的なやりとりが目に見えないデータベースに依存していると知ると不気味な感覚になるが、それは現代小説が割って入る隙間をはっきりと照らし出してもくれる――データベースの支配をひっくり返して、物語を語ることの優越性をふたたび主張することだ（200ページ:翻訳は日野原）

だけど、「ニルヴァーナ」という作品は、単一の大きな抵抗にはおさまりきらないから面白いとも言える。SNSの思いもよらない「応用」を可能にする技術についての詳細な描写を通して、読者にとってはいまだ不可視の状態にあるのかもしれない記憶のあり方の変化に光をあてつつも、それへの否定を強く突きつけているとも言い切れない。あるいは、むしろ、忘却を固定化された記憶の上に、身体の介在するコミュニケーションを身体の介在しないコミュニケーションの上に、そして実体をデータの上に置くという思考方法が、ほんとうに唯一の正しい考え方なのか？　というような読者の問いかけを誘いだし、わたしたちを単純な人間中心主義に引きずり込まないのが、この作品を何度も読み返したくなる理由のひとつなのかもしれない。敬愛するカート・コバーンの決して触れられえない身体に、自身の動くはずのない手を差し伸べようとするシャーロットの姿を、みなさんならどのように読むだろう。

＊　今回の記事は、私が所属している大東文化大学文学部英米文学科の『大東文化大学英米文学論叢』（2019）に寄稿した論文「Adam Johnson, "Nirvana"におけるソーシャル・ネットワークと記憶の表象」を、短縮、加筆、修正したものです。

■ **参考文献**

- “Company Info.” *Facebook Newsroom*, Facebook, Inc., 31 March 2018. Accessed 26 April 2018.
- Doerr, Anthony. “Memory Wall.” *Memory Wall*. 2010. Scribner, 2011.『メモリーウォール』岩本正恵訳、新潮社、2011年
- Eggers, Dave. *The Circle*. 2013. Vintage, 2014.『ザ・サークル』吉田恭子訳、早川書房、2014年
- García Martínez, Antonio. *Chaos Monkeys: Obscene Fortune and Random Failure in Silicon Valley*. Harper Collins, 2016. 『サルたちの狂宴』石垣賀子訳、早川書房、2018年
- Groes, Sebastian. “Conclusion: The Future of Memory.” *Memory in the Twenty-First Century: New Critical Perspectives from the Arts, Humanities, and Sciences*, edited by Sebastian Groes, Palgrave-Macmillan, 2016.
- Haraway, Donna. “A Cyborg Manifesto: Science, Technology and Socialist-Feminism in the Late Twentieth Century.” 1985. *Manifestly Haraway*, U of Minnesota P, 2016.
- Hayles, N. Katherine. *How We Think: Digital Media and Contemporary Technogenesis*. U of Chicago P, 2012.
- Johnson, Adam. *Emporium: Stories*. 2002. Penguin, 2003.『トラウマ・プレート』大谷真弓、金原瑞人訳、河出書房新社、2005年

- ---. "Nirvana." *Fortune Smiles: Stories*. Doubleday-Transworld, 2015.
- 「ニルヴァーナ」藤井光訳、「Them Magazine」2016年
- ---. "Interesting Facts." *Fortune Smiles: Stories*. Doubleday-Transworld, 2015.
- ---. *The Orphan Master's Son*. 2012. Black Swan-Transworld, 2013.
- ---. "'The World is Bewildering': Adam Johnson on 'Fortune Smiles'" *Barnes and Noble.com*, Barnes and Noble, 26 Aug. 2015. Accessed 26 April 2018.
- "Key ICT indicators for developed and developing countries and the world (totals and penetration rates)." *ITU: Committed to Connecting the World*, International Telecommunication Union, https://www.itu.int/en/ITU-D/Statistics/Pages/stat/default.aspx. Accessed 26 April 2018.
- Marwick, Alice. "Silicon Valley and the Social Media Industry." *The Sage Handbook of Social Media*, edited by Jean Burgess et al, Sage, 2018.
- Mayer-Schönberger, Viktor. Delete: The Virtue of *Forgetting in the Digital Age*. U of Princeton P, 2011.
- "Our Story." *Instagram Press.com*, Facebook, Inc.. Accessed 17 Sep. 2019.
- "Q1' 2018 Shareholder Letter." *Twitter Investor Relations*, Twitter, Inc., 25 April 2018. Accessed 16 April 2018.
- Van Dijck, José. *The Culture of Connectivity: A Critical History of Social Media*. U of Oxford P, 2013.

タイラー・ダーデンふたたび、みたび

『ファイト・クラブ2』そして『ファイト・クラブ3』

青木耕平

AOKI Kohei

序：You DO NOT talk about Fight Club

　ファイトクラブ第1のルール：ファイトクラブについて喋ってはならない

　ファイトクラブ第2のルール：ファイトクラブについて喋ってはならない

　今回の記事は、『ファイト・クラブ2』（*Fight Club 2*）についてです。タイトルそのままに、『ファイト・クラブ』の続編であるので、どうしても『ファイト・クラブ』について語ることは避けられません。ここでひとつ問題が生じます、「ファイト・クラブとは何であるか」を、「ファイト・クラブとは何であるかを知らない」方に語ることは、キツく禁じられているのです。映画『ファイト・クラブ』をご覧になっていない方は、本のページを閉じてください。

　さて、もうひとつ質問をさせてください。あなたは、映画の原作であるチャック・パラニューク（Chuck Palahniuk）による小説『ファイト・クラブ』を読みましたか？『ファイト・クラブ2』をより深く理解するには、読んでおいたほうがいいでしょう。原作小説と映画版はやはり若干異なっており、とくにエンディングは全くの別物です。『ファイト・クラブ2』は、映画版の続編という面もあるのですが、直接的には原作小説の続編です。未読の方、今すぐ、最寄りの書店に走りましょう。

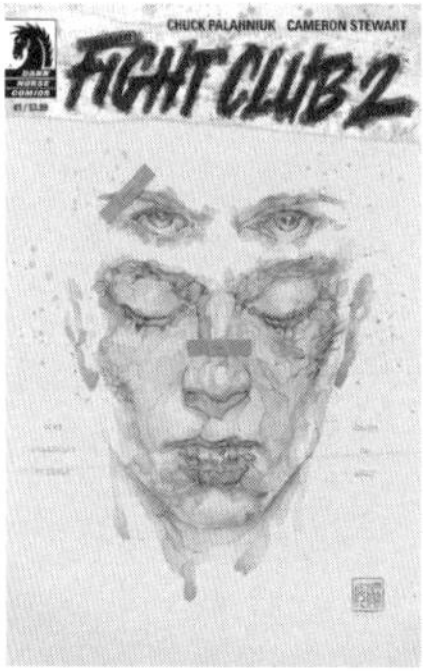

Chuck Palahniuk, Cameron Stewart and David Mack, *Fight Club 2*, Dark Horse Comick

　いいな？　忠告はしたぞ。

1：そしてタイラーだけが神になった

　結論から言おう、『ファイト・クラブ2』は、ただの続編の物語ではなく、「メタ続編」である。それは、原作小説、映画版、作者を取り巻く環境の変化、作品の大ヒットによって起こったタイラー・ダーデンの神格化、その「全てについて」の物語だ。よって、『2』を論じるまえに、まずは『ファイト・クラブ』の映画と小説の差異、それらが与えた文化的インパクトについて振り返ろう。

前提①　著者チャック・パラニュークの自嘲

『ファイト・クラブ』について人が言及する時、それは十中八九、映画版のみを指している。そしてそのような状況を、著者パラニュークは自嘲気味に何度も述べる：

> 「『ファイト・クラブ』が大好きという人がいたので、私が著者だと言ったら、「え、本があったの！？（There was a book!?）」と驚かれたよ」（「著者あとがき」、2005年PB版）
> 「（デヴィッド・フィンチャーのような天才に映画化してもらえてツイてたな、と言われ）ああ、素晴らしい映画だよ。でもね、映画が良すぎると、誰も小説なんて読まなくなるのさ」（ブレット・イーストン・エリス・ポッドキャスト、2019年4月18日配信エピソード）

『ファイト・クラブ』の映画と小説の関係は、『時計じかけのオレンジ』のそれと似ている。スタンリー・キューブリック監督は、アンソニー・バージェスの原作に沿って映画を展開したが、そこでは小説本来の最終章が描かれていない。強烈なビジュアルイメージと相俟って、原作小説も傑作であるにもかかわらず、今日『時計じかけのオレンジ』と言えば、十中八九キューブリック版を指すこととなった。

細部は違えど、映画『ファイト・クラブ』もまた、基本的に小説と同じように展開する。その見事な映画の出来と、なによりタイラー・ダーデンを演じたブラッド・ピットの見事なハマり具合によって、『ファイト・クラブ』＝デヴィッド・フィンチャーによる映画、タイラー・ダーデン＝ブラッド・ピットという認識ができあがった。映画『ファイト・クラブ』もまた、『時計じかけのオレンジ』同様に、原作小説の最終章は一切描かれていない。

前提②　映画版の騒乱計画とラスト

パラニュークによる原作小説とフィンチャーによる映画版の主たる違いはふたつある。騒乱計画（プロジェクト・メイヘム）と、物語の結末だ。映画版での騒乱計画の主眼は「クレジット・カード会社ビルの破壊」であり、「全ての負債がチャラになることによる経済的平等の達成」という、政治的、経済的な目的がブラッド・ピット演じるタイラー・ダーデンの口から語られる。映画は、実はここにいたるまで、タイラーは直接には誰ひとり殺していない。

エドワード・ノートン演じる「語り手」は、ビル爆破はいくらなんでも被害が多すぎて死者もでると、騒乱計画を止めようとする。映画のクライマックスは、高層ビル最上階フロアでの「語り手」＝ノートンと「語り手の分身」であるタイラー＝ピットの対峙だ。「語り手」は自ら作り出したタイラーを消すために、目を見開いたまま銃を自らの口に撃ち込む。次に映るのは脳天を見事に撃ち抜かれたタイラー＝ピットであり、彼は「絶命し、消滅」する。

騒乱計画実行犯のスペース・モンキーたちとマーラ・シンガーが駆けつけると、そこには頬から大量の血を流しながら立つ語り手がいる。周囲のビルが次々に爆破し崩れていく様を、語り手ノートンとマーラは手を繋ぎながら眺める。映画の最後のセリフはノートンの口より語られる――「僕は本当に大丈夫だ。信じてくれ。これから全て良くなる。僕の人生の凄く奇妙な時に、君は僕に出会ったんだ」

騒乱計画の成功。自ら作りあげた裏人格タイラー・ダーデンを葬り去って勝つ「語り手」。マーラ・シンガーとの恋愛の成就の予感。完璧なラストだ、たしかにこれならば、続編は必要ない。

前提③　原作小説における騒乱計画、映像化されない最終章

原作小説における騒乱計画の最終目標は、文明を解体し、地球を元の姿に戻すこと。よりよい世界を作り出すこと。そのために、現在の文明を、即座に、徹底的に破壊することである。映画における反物質主義は反資本主義めいたものであったが、小説にはまずもって強烈なアナキズムがある。破壊と騒乱と混沌それ自体が手段であり目的である原作小説において、タイラー・ダーデンは暴力を完全肯定し、人を殺しまくる。

原作におけるタイラーの究極目標は、騒乱計画において「殉教」することだ。映画では鑑賞者だったが、原作小説では爆弾が仕掛けられているまさにその高層ビルの屋上に語り手＝タイラーはいる。爆破されると、そのビルは隣の国立博物館を巻き込んで倒壊するよう計画されている。語り手＝タイラーは、その最後に文明の象徴である博物館を破壊し、騒乱計画の最中に気高い自死をむかえ、それによって「今の年齢のまま永遠に生きる」ことを目論む。

タイラー・ダーデンに銃を口内に突っ込まれた「語り手」が爆破カウントダウンする最中に、マーラ・シンガーがサポート・グループと共に救出にやってくる。タイラーの姿は消え、爆破の時間になってもビルは倒壊しない。タイラーが、爆薬の調合を間違えたのだ。マーラは、タイラー・ダーデンではなく語り手その人自身を愛しているという。しかし、語り手はタイラーを殺さなければならないと、口に加えた銃を自らの頬に向け、発射する――これが29章の最後だ。

続く最終第30章はわずか3ページしかない。目を覚ますと語り手は「天国」と呼ぶところにいて、「地上」のマーラを思っている。「神」に尋問され食事等の世話を焼かれる語り手は、「病院」または「刑務所病院」のベッドで治療されていることが暗示される。語り手は、地上のマーラを思いながら、地上に帰りたくないと思う。なぜならば、彼に薬や食事を運んでくる男たちの目には青痣があり、額は腫れ上がり、頬には縫合痕があるからだ。小説の最後は、彼らから語り手に向けられた言葉で締められる。

> 「みんな寂しがっていますよ、Mr.ダーデン」
> 「すべて計画どおりに進行しています」
> 「文明を解体して、よりよい世界に作り変えます」
> 「あなたの復帰を心待ちにしています（We look forward to getting you back）」（邦訳299頁、原書208ページ）

前提④　文化的受容

小説のなかで回避された「殉教」による

「伝説化」、「今の年齢のまま永遠に生きる」というタイラー・ダーデンの目論見は、皮肉なことに映画版で達成された。『ファイト・クラブ2』のペーパーバック版序文「ハネムーンのあとで」のなかで、パラニュークはこう述べている。

> タイラーは死ななかった。死んだのは原作小説だ。ハードカバーは5千部も売れなかった。映画も同様に、わずか2週間で劇場公開が打ち切られ、興行的に死んだ。20世紀フォックスのマーケティング部長は、「おめでとう。そこら中が血だらけで、半裸の男たちばかりの、女性が誰一人として観ない映画を君は作ったね!」と、デヴィッド・フィンチャーに嫌味を言った。タイラーだけが違った。タイラー・ダーデンだけが人々の話題に上がり、語られ、世界中に広まっていった。そう、まるで感染症(infection)のように。

『ファイト・クラブ』劇場公開からしばらく後にDVDパッケージ化されると、劇場での大コケが嘘のように爆発的なセールスを記録し、小説のペーパーバックは売れに売れた。そして、『ファイト・クラブ』とタイラー・ダーデンは、あらゆる文化的イコン——「1990年代文化の頂点」「ジェネレーションX最高の作品」「マッチョポルノ」「女性嫌悪の塊」「女性嫌悪の悪質性を暴いている」「反資本主義の傑作」「ファシズム礼賛の駄作」「見事な社会批判」「殴り合いユートピア」「反フェミニズム」「有毒な男性性」「有毒な男性性の危険を見事に描いている」「白人至上主義」「白人至上主義の危険性を訴えている」「ファシズム」「ファシズムの危険を訴えている」「とんだ左翼映画」「オルト・ライトの聖典」——その全てになった。

2:#TylerDurdenLives

『ファイト・クラブ2』の存在をパラニュークが明らかにしたのは、2014年だった。それは映画でも、小説でもなく、コミックの形を取るが、紛れもなく『ファイト・クラブ』の続編であり、それはつまり、タイラー・ダーデンが帰ってくることを意味する——。このニュースは、一瞬にして世界中に広まった。

コミコンで行われたインタビューで、パラニュークは数ある自作の中から続編として『ファイト・クラブ』を選んだ理由について問われ「タイラー・ダーデンのことが好きだから」と笑顔で答え、「なぜコミックという形式で?」と問われると、「小説や映画では前作に比較されてしまう。また、オリジナルは一人称の語り手の視点から全て語られたが、今回の物語の鍵を握るのはマーラ・シンガーである」と明かしている。

かくして、原作:チャック・パラニューク、漫画:キャメロン・ステュアート、カヴァーアート:デヴィッド・マックという3人体制で、『ファイト・クラブ2』がダーク・ホース・コミックより2015年5月から全10話で刊行されることが決まった。第1話刊行に先立ち、ダーク・ホース・コミックは「フリー・コミック・ブック・デイ」として、『ファイト・クラブ2』のエピソードゼロを公開した。

このエピソード・ゼロは、原作小説のラストともまた微妙に異なっている。最も重要な修正ポイントはふたつ。①マーラ・シンガーの妊娠が仄めかされている。②原作小説最後の「あなたの復帰をお待ちしています」(We look forward to getting you back)と喋る看護師がタイラー・ダーデンになっている。そう、『ファイト・クラブ2』は、小説版と映画版両方をなぞりながら、それでいて微妙に設定を改変することでなりたつ物語なのだ。

『ファイト・クラブ』における「語り手」は語り手の位置を剝奪され、セバスチャンという名が与えられている。彼は外見の上でも冴えなく、エドワード・ノートンには程遠い。セバスチャンとマーラ・シンガーは結婚し、ジュニアという息子もいる. 夫婦間はどうやら上手くいっておらず、マーラはまたサポート・グループ(若年性老成症)に詐病のうえ通っている。ジュニアはすでに、爆薬調合の才能を示している。

キャメロン・スチュアートのパンクな絵の効果もあり、『ファイト・クラブ2』は内容ビジュアル共におそろしく暴力的だ。全体のトーンを把握してもらうためにも、YouTubeにアクセスし「Fight Club 2」と検索し、コミックの公式トレーラーをぜひ見て欲しい。「#TylerDurdenLives」(#タイラーダーデンは生きている)という文句、脳内でのペンギン、極めつけは、映画版のエンディング「Where is My Mind?」を歌ったピクシーズの代表曲「Monkey Gone to Heaven」のサビ。映画を繰り返し観た人間には常識だが、映画『ファイト・クラブ』にはフィルム技師タイラーを思わせる遊びとして不要なコマがサブリミナル効果として挿入される。実は、この動画にもそのようなシーンがある。ぜひ見つけて欲しい。

3:『ファイト・クラブ2』その全貌

マーラはセバスチャンに不服だった。『ファイト・クラブ』の結末から10年が経過し、つまらない退屈なホワイト・カラーに夫は戻ってしまったのだ。この10年間、セバスチャンが眠っている間、週に3回、1時間ほどタイラーは出現しており、最近のマーラはタイラ―と浮気を重ねるようになっていた。セバスチャンは青い薬(ブルー・ピル)を飲むことで精神の安定を保っていたのだが、タイラーにもっと会いたいマーラは薬をすりかえ、その結果としてタイラーの存在感は強まる。そんななか、息子の部屋が爆発で吹き飛び、家族の状況は一変する。息子の部屋の焼死体は偽装された別人の死体だった。息子は殺されたのではなく、誘拐されたのだというセバスチャン。犯人は誰だと尋ねるマーラに、セバスチャンは鏡の中の自分を指差す――「息子を誘拐したのは、タイラー・ダーデンだ」

プロット①　セバスチャンとタイラー

以降、息子の捜索と奪還のためにセバスチャンとマーラは別行動を取る。セバスチャンが向かったのは、『ファイト・クラブ』においてタイラーとともに暮らした廃屋だ。そこは未だにスペース・モンキーの本拠地であり、セバスチャンはタイラーの目的を探るため、彼らの一員となる。エンジェル・フェイス(半殺しに殴られる金髪のジャレット・レト)との再戦や、ロバート・ポールソン(大きな胸をもったボブ)が死体のまま暴れまわるなど、『ファイト・クラブ』で登場した重要なサブキャラクターたちが再登場する。

鍵を握るキャラクターとして、ロング医師

(Dr, Wrong) がいる。彼はセバスチャン、そしてタイラー両方のセラピーを担当する。そのなかで、セバスチャンは幼少期にそれぞれ別の火事で死んだ両親（ここでも『1』の設定が改変されている）の葬儀に、金髪の少年がいたことを思い出す。少年セバスチャンの両親を殺したのは、少年タイラー・ダーデンだった――この設定により、タイラーは「高度資本主義下で生の実感を得られないセバスチャンが作り出した分身」であることをやめる。

『2』においてタイラーはそれ以前より存在しており、むしろ「語り手」＝セバスチャンはタイラーの乗り物にすぎない。タイラーがセバスチャンの息子を誘拐した目的は、息子を新たな王に育て上げ、そこに自分が乗り移るためだった。

ロング医師はゲーテの『若きウェルテルの悩み』をたとえとして、ひとつの思想が広まっていく様とタイラーの存在はそれに近いと言う。そしてコミックは、まるでメタフィクションのように、そのひとつの現象として映画版『ファイト・クラブ』と、その影響の大きさを描写していく。本作のネット上のレビューには「漫画のタイラー・ダーデンが全然ブラピに似てなくて不満」という読者の声も散見されるのだが、漫画のなかで回想される「10年前の語り手」は、ブラッド・ピットそのままである。つまり、コミック版『ファイト・クラブ2』とは、映画『ファイト・クラブ』が公開された世界として構想されたメタ・フィクションなのだ（もっとも近いのは、セルバンテス『ドン・キホーテ後編』だろう）。

プロット②　マーラとクロエ

タイラーに拉致された息子を捜すべく、マーラは「若年老成病グループ」のなかにいるハッカーたちと行動をともにする。そのなかで、9歳だと偽っていた女性が、『ファイト・クラブ』において末期がん患者だったクロエだと判明する（映画で、「もう誰も私とセックスしてくれない」と言っていたあの人です）。タイラーがつくりあげたファイト・クラブは、『2』においてグローバルに展開する「Rize or Die」（起きろ、さもなくば死ね）というテログループへと変容していることを突き止め、第三世界や中東の戦闘地域に赴く。ISIS（イスラム国）らしきグループの背後にさえ、タイラーがいることを彼女たちは突き止める。『ファイト・クラブ2』におけるタイラーの究極目標は、小説版『ファイト・クラブ』同様に、文明の徹底的な破壊である。グローバルに組織化されたテログループは、ナチス・ドイツ以降最大の組織となり、タイラーは圧倒的な独裁者として君臨し、無用となれば組織の人間も殺していく。『ファイト・クラブ』のタイラーそして組織がアナーキズムであるとしたら、『2』のタイラーとRize or Dieは、ファシズムである。

プロット③　パラニュークと「ライト・クラブ」

ここからが、『2』最大の問題となる。今一度映画版『ファイト・クラブ』を思い出して欲しい。あの映画では不要なコマ（タイラーや男性器など）がサブリミナルに挿入され、「実は私たちが観ているこの映画作品自体が、映画技師タイラー・ダーデンの作品なのではないか？」というメタ・フィクションの可能性が示されていた。

『ファイト・クラブ2』公式トレイラー

さて、そのうえで、『2』の公式トレイラー動画のなかに紛れ込んだコマがあるといったが、見つかっただろうか？　まずは13秒付近、単行本の広告が入る。問題は最後の39秒だ。

犬を抱いてご機嫌にこっちを向くこの男こそが、著者チャック・パラニュークである。このように、パラニュークは『ファイト・クラブ2』の作品世界において、「ライト・クラブ」（Write Klub）の一員として登場、「『ファイト・クラブ2』のこの先の展開をどうしたらいいか」とほかの会員（なぜか全員女性）たちに尋ねる。それにくわえて、タイラーやマーラそしてモブキャラたちもパラニュークに質問やクレームをつけにくる。この圧倒的なメタ構造が、本作の肝である。

会員1「率直に聞くけど、タイラーって感染性の精神ウイルスの一種？」
会員2「あー、なるほどね」
会員3「どうやってタイラー問題を解決するつもり？」
パラニューク「（机に頭を突っ伏して）僕には出来ない。サンタクロースをこの世から消せないのと同じさ……」（188ページ、第8話）

第9話、マーラ、タイラー、セバスチャン、ジュニア、ロング医師が勢揃いし、物語がクライマックスに向かう中、パラニュークはどうすべきかを決められず、登場人物たちに電話をかけるが、最終バトルのさなかで電話の電源が落ちてしまう。

最終第10話、Rize or Dieは全世界同時核爆発を実行させ成功、タイラーやマーラも含め、全ての登場人物は死ぬ。地球全土が燃え上がり、全ての文明が消え去る。「ライト・クラブ」ではパラニュークがひとり、「めでたしめでたし」（Happily ever after）とご機嫌だ。

ひとり喜ぶパラニュークを横目に、ライト・クラブの他の会員はあまりにひどいと抗議する。「最低。まるでアイン・ランド『肩をすくめるアトラス』の焼き直し」。じゃあどうしたら良かったんだ、とライト・クラブ皆で考えていると、『ファイト・クラブ2』の読者が大挙して押し寄せる。老若男女、人種も様々な人々だが、皆タイラーの名言をタトゥーに彫っているなど、『ファイト・クラブ』の熱烈なファンのようだ。

『ファイト・クラブ2』の読者は、著者パラニュークに直接文句を言いに来たのだ：「最低のエンディングだ」「いくらなんでも酷い」「こんなのタイラーじゃない」「タイラーは悪人じゃないから私たちは好きなのに」「タイラーはそもそもこんなに暴力的じゃない」。そんな読者たちに対し、パラニュークは「そもそも、小説と違っていたし、エンディングも映画と違っていたし」と説明をはじめるも、「えっ、『ファイト・クラブ』って原作があったの！？」（There was a book!?）と驚かれて、パラニュークは泣いてしまう。「お互い許し合おう」と提案され、読者たちはマーラやジュニアを救い出すことに決定する。

皆が納得して帰っていくなか、ひとりフードをかぶっていた読者がフードを脱ぐと、それはタイラー・ダーデンだった。「なぁ、次はどうするんだい」とタイラーに聞かれたパラニュークは、『ファイト・クラブ3』の構想を話し始める。それによれば、『ファイト・クラブ3』の冒頭でマーラはセバスチャンではなくタイラー・ダーデンの子を身ごもっている。

それを聞いたタイラーは喜ぶが、パラニュークが「映画ではカットされたが、原作小説ではマーラが君とセックスして「いつか、あなたの子を堕胎したい」（Someday, I want to have your abortion）という強烈なセリフがあったじゃないか。忘れてしまったのかい？　それを実現させるよ」と言う。それを聞くとタイラーの笑顔が曇り、「なぁ待てよ、もう堕胎手術のシーンは描いちまったか？」と尋ね、「いや、まだだよ」と聞いたタイラーはパラニュークの頭部に銃弾を撃ち込み、パラニュークの頭部は木っ端微塵に吹き飛ぶ。「父親になるぞ」そうタイラーがつぶやいて、『ファイト・クラブ2』は幕となる。

4：タイラー・ダーデンを解毒せよ

このメタ構造をどう取るかが、本作の評価のわかれどころである。パラニュークの近年のベスト作品と絶賛する評も、最低の駄作と憤る評もある。コミック単体だけで評価するならば、正直言ってしまうが、酷い出来だと私も思う。しかし、『ファイト・クラブ』をめぐる昨今の状況を考えた時に、このメタ構造を有した続編の意義が見えてくる。

『ファイト・クラブ2』
第1話、キャメロン・
ステュアート版カバー

物語冒頭、代わり映えしない退屈な日々に、精神的に不安を抱えたセバスチャンは青い薬を飲んでいる。そして、それをマーラにすり替えられ、タイラーがより強く存在感を増していく。作中、上記プロット①のセバスチャン・パートにのみ、とりわけファイト・クラブに再潜入するシークエンスに於いて、ページの上で赤い薬がコラージュされる演出が多く見られる。これは紛れもなくメタ・メッセージである。

青と赤のピルで、映画『マトリックス』を想起した人も多いだろう。『マトリックス』劇中、モーフィアスはネオ（キアヌ・リーヴス）に青い薬と赤い薬の2種類を差し出し、どちらを飲むか選べと迫る。ブルー・ピルとは、マトリックスに支配される奴隷状態の現実を見てみぬふりする偽の安息の薬であり、レッド・ピルを飲むことにより真実に目覚め、ネオはマトリックスと闘う英雄へと変わっていく。

隷属状態である自分に気づき、社会を変える闘士となれ——様々な解釈可能性に開かれていたはずのレッドピルは、ネット戦争を経て、完全にオルト・ライト（オルタナ右翼）のものになってしまった。アンジェラ・ネイグルによるオルト・ライトの卓越した分析本『普通な奴らは皆殺せ――4チャンとタンブラーからトランプとオルト・ライトへと至るオンライン文化戦争』によれば、オルト・ライトたちが最も好んで言及する映画が『アメリカン・サイコ』（2001年公開）、『ファイト・クラブ』（1999年公開）、そして『マトリックス』（1999年公開）である（29-30ページ）。

全て小説版ではなく「映画」であることに注意するべきだろう。映画『アメリカン・サイコ』がオルト・ライトに好まれる理由は、なんと言っても反フェミニズム的要素だ。美しいスーツを着こなし、ワークアウトで筋肉隆々のクリスチャン・ベイル演じるパトリック・ベイトマンは、劇中で女性たちをめった刺しにする。小説版ではそこに黒人やアジア人、ユダヤ人、下層階級への憎悪も描きこまれ、さらに語り手＝ベイトマンの精神異常性が際立つのだが、映画はその要素が明らかに弱まっている（ただしもちろん、そのような映画の見方は、あまりにも短絡的である）。

映画『マトリックス』は「この現実は偽の現実である。マトリックス＝間違った支配から脱するために、それを破壊せねばならぬ」というメッセージを持っていた。それは様々な解釈可能性（反植民地主義、支配的イデオロギーに対する異議申し立て等）に開かれていたが、オンライン戦争を経て、オルト・ライトの陰謀論に回収された――この世の偽善を除去しよう、さぁ、レッドピルを飲み込め。

Angela Nagle,
Kill All Normies: Online Culture Wars from 4chan and Tumblr to Trump and the Alt-Right,
Zero Books

映画『アメリカン・サイコ』におけるベイトマンの二重人格と反フェミニズム的要素、『マトリックス』における現実への不満、美しい肉体を持つクリスチャン・ベイルと、カンフー技で闘うキアヌ・リーブス……その両方を、映画『ファイト・クラブ』におけるタイラー・ダーデン＝ブラッド・ピットは持っている。

だが、『ファイト・クラブ』とタイラー・ダーデンは、なにもオルト・ライトのものだけではない。オルト・ライトや極右の台頭に対抗する運動「Antifa」（反ファシズム）でも、「Antifa Fight Club」というものがある。パラニュークはこうも言っている。

> 「タイラーは、今日における政治的右派と、政治的左派、その双方から支持を得ている。今のタイラーは存在が大きすぎて、認識さえできないほどだ。今や、タイラー・ダーデンは、どこにでもいる（Now Tyler Durden is everywhere）」（『2』PB版序文）

『ファイト・クラブ2』のなかで、タイラーはロング医師により過去より連綿と続く悪の形象として分析される。それを聞いたセバスチャンが「タイラーは伝染病なのか?」(contagion)と尋ねると、タイラーは「俺はくそったれミームじゃない」(bullshit meme)と激怒する。物語が進むと、ロング医師は熱烈なタイラー信者であったことが判明し、自らに乗り移ってくれとタイラーに直訴しているところをクロエに撃ち殺される。タイラー本人の意志はもはや問題ではない。タイラー・ダーデンは、感染し、伝染するミームとなった。

結:『ファイト・クラブ3』、タイラー・ダーデンは死なない

「ファイト・クラブとは○○についての話であり、タイラー・ダーデンは○○の象徴である」という一元的な主張を、著者パラニュークが快く思うはずもない。『2』刊行後のインタビューで、『ファイト・クラブ』が「男性の問題」とだけ捉えられたことが不満だと漏らしている。

> 「『ファイト・クラブ』は若い男性が抱えている問題についてのみの物語だと言われるが、若い女性が抱える問題も私は書いた。男女に関係なく、若者は、ただ過去の延長としてではない未来を、いつだって探している。だから『2』ではマーラを主人公のひとりとし、彼女が冒険パートを担うようにした」(「パラニューク、『ファイト・クラブ2』を語る」「ギズモードUK」、2016年)

『ファイト・クラブ2』の連載は2015年で、単行本発売は2016年だった。ドナルド・トランプが大統領選に勝利し、トランプ支持のオルト・ライトの存在が広く知られたのは発売以降のことであった。結果として、オルト・ライトそして白人至上主義者、反フェミニズムの男たちのプレゼンスが増すにつれて、『ファイト・クラブ』は不名誉な引用をされ続けてしまう。

> ……もちろん、『ファイト・クラブ』には多くの女性ファンがおり、フェミニズム読解も不可能ではない。しかし、結局のところ主要女性キャラはたったひとりで、近視眼的に見れば、それはマスキュリニティー(男性性)の物語であることに間違いはない。(中略)知人の女性はこう語った——「好きな作家がブレット・イーストン・エリスで、好きな映画が『ファイト・クラブ』で、ビットコインやジョーダン・ピーターソンについて話すのが好きな男に出会ったら、逃げ出したほうがいい」(「ファイト・クラブをいまも愛する男たち 」「ザ・ニューヨーカー」, 2019年)

2020年の現在、もはや問題は『ファイト・クラブ』という作品それ自体ではなく、そのあまりに広範な文化的影響力だ。パラニュークは、インタビューの場で政治についてあまり多くを語りたがらない人だ。2018年のインタビューでも、インタビュアーは、何度もオルト・ライトについて話をふるが、「そうなんだよね、マトリックスとファイトクラブはそういうふうになっちゃったね、困ったね」と口調が荒ぶらない。映画がラストを変えても、「まあね、小説は違うけどね」とただ事実を言うのみだ。『ファイト・クラブ』が女性嫌悪の聖典と扱われていても「まぁ、マーラが鍵を握っているんだけどね」と困り顔ですませる。彼は決して、怒気

を込めて声を荒らげたりしない。

　しかし、『ファイト・クラブ2』を読むと、そこには明確なメッセージがある。オルト・ライトの神となったタイラーはアナーキーなカリスマからファシズムのミームに堕とされ、原作を読みもしないで『ファイト・クラブ』を好きだと言う者は馬鹿にされ、自分の望むものと作品が異なるとクレームをつける読者は徹底的にコケにされる。『ファイト・クラブ2』は単なる「続編の物語」ではない。著者本人の手を離れてしまった、ファイト・クラブという巨大な文化現象、タイラー・ダーデンという破壊のアイコンに対する、メタ的な介入なのである——。

　いや、これは、考えすぎかもしれない。ただパラニュークは読者を不快にさせるのが好きなだけかもしれない。なにせ、『インヴィジブル・モンスターズ』という不快さの塊のような小説を書いた人である。それとも、ただ金が目的なのかもしれない。2018年、パラニュークは詐欺にあって、多額の金を使われて「破産寸前」の状態になった。そのようななか、2019年には『ファイト・クラブ3』が全12回で連載された。『2』の結末そのままに、タイラーの子供をマーラが生む。セバスチャンは整形手術により、ブサイクなタイラー・ダーデンに変えられる。そこには、物語内作者としてのパラニュークは最後まで登場しなかった。『ファイト・クラブ3』は物語の謎が一切回収されず、『ファイト・クラブ4』が出るのは確実なものと思われる。出るはずだ、だって、本当に支離滅裂で、唖然とするほど面白くないのだ。

　タイラー・ダーデンがオルト・ライトの神になろうが、反資本主義のアイコンになろうが、チャック・パラニュークという権威（authority）を有する著者（author）がこの悪ふざけを続ける限り、タイラーは純粋な記号にはならない。タイラー・ダーデンという名の猛毒に罹患した人間に、ゲロを吐かせて解毒するための『ファイト・クラブ2』。タイラー・ダーデンは死んでいない。あなたの都合のいい英雄になどなっていない。タイラーはあなたのものじゃない。タイラー・ダーデンは、生きている。

Chuck Palahniuk,
Cameron Stewart
and David Mack,
Fight Club 3,
Dark Horse Comick

トランプのいない世界の風刺

『サウスパーク』の受難

青木耕平
AOKI Kohei

＊この記事には下品で下劣な言葉が頻出します。読まないでください。

人種、性、階級、国籍、宗教、文化、民族、ルックスetc.……およそ存在する全ての差別と偏見を可能な限り分け隔てなく盛りこみ、全ての人間を漏れなく嘲ることでバランスを保つ、最低最悪ゲスを極めた国民的人気アニメ『サウスパーク』（*South Park*）。

『サウスパーク』はその制作において、簡易なアニメーションを用いて数日でアニメを完成させる手法を採用している。ゆえに、「リアルタイムに起きている事象を取り上げ、下品に皮肉り風刺し嘲りたおして戯画化する」その速度が圧倒的に早い。そのような『サウスパーク』にとって、ドナルド・トランプ大統領は格好の標的になるのでは？『サウスパーク』をたまに数話ずつ観る程度のライトファンならば、そう思ったのではないだろうか。

何を隠そう、私はそうだった。そして、私のようなライトファンは実際多かった。トランプ大統領就任直後の2017年2月、サウスパーク制作陣が「現実がクレイジーすぎるからトランプはあまりネタにしない」とした「moviefone」のインタビュー記事は、日本でも大きな驚きを持って数多くシェアされた。

まず大前提として、『サウスパーク』の世界では、現実の政治家や著名人がそのまま戯画化され登場し、徹底的にコケにされる。ビル・クリントン、ブッシュ、オバマ、そしてヒラリー・クリントンは、そのままの名前とキャラクターで登場し、声色や仕草まで完璧に模倣され馬鹿にされる。しかし、肝心のドナルド・トランプは『サウスパーク』の世界に存在しない。トランプ政権下の『サウスパーク』において、アメリカ合衆国大統領となっているのは、ミスター・ギャリソンである。ギャリソンは、1997年に放映が始まった『サウスパーク』第1シーズン第1話から登場する、サウスパーク小学校の教師である。

なぜ、こんな事態になっているのか？結論を先に述べれば、『サウスパーク』制作陣は、2016年11月8日、ドナルド・トランプが大統領選挙で勝利を収めることになるその瞬間まで、トランプが大統領になることなどありえないと考えていたのである。

①『サウスパーク』シーズン19、第2話「俺の祖国はどこに行った?」

『サウスパーク』シーズン19は、2015年9月16日に放映が開始され、同年12月まで全10話が放映された。シーズンを通して風刺的に描かれる問題は「ポリティカル・コレクトネス」と「広告」についてだが、ここで注目したいのは2015年9月22日放映の第2話「俺の祖国はどこいった?」(Where My Country Gone?)である(『サウス・パーク』は公式HP上で全話無料視聴が可能である)。

このエピソードでは、突如として押し寄せたカナダ人移民によってサウスパークの街が溢れかえっている。サウスパーク小学校教師であり、もともと差別的なキャラクターであるミスター・ギャリソンは「カナダ移民はまともな英語を喋れない」と授業中にカナダ人生徒に対して罵詈雑言を吐き、「俺の祖国はどこにいった?」と愛国心を増幅させ、ついにカナダ移民排斥キャンペーンをスタートする。スローガンはこうだ、「移民は全員ファックして殺せ!」

選挙集会を開くミスター・ギャリソン、『サウスパーク』シーズン19 第2話(2015年9月22日放送)より

上記画像はミスター・ギャリソンが開いた政治集会の様子だ。後ろに「メイク・アメリカ・グレート・アゲイン」のプラカードが掲げられ、ギャリソン自身が「再びこの国を偉大にしましょう」と言っていることから、このエピソードでのギャリソンは、ドナルド・トランプの風刺となっていることは明らかだ。ギャリソンはまた「不法移民が入国できないように、カナダ国境に壁を建てろ」と煽る(カナダを敵対的に描くのは同アニメの定番である)。

しかし、このエピソードが面白いのはこのあとだ。サウスパークに越してきたばかりのカナダ人移民は、なぜ愛する祖国カナダを捨ててアメリカにやってきたかを、涙ながらに以下のように語る。

「カナダの大統領候補の中に、分別のないケツメド野郎がいた……大口ばかり叩くその男を我々は笑っていた。彼が当選するなど考える者はひとりもいなかった。彼は存在がジョークだ、皆そう思い、そのジョークをあまりにも長い間放置してしまった。我々が、「よし、そろそろ真剣になろうか」という頃には勢力を増して、彼は当選してしまった……私たちは油断していた……もっと警戒すべきだったんだ……!」

次のカットで映るカナダの大統領もまた、ドナルド・トランプの戯画である。

この大統領のせいで、カナダは荒廃し、多くのカナダ人がアメリカに逃げ込んだのだ。そして彼は、「アメリカ人の入国を防ぐため」国境に壁を建てている。怒り狂ったミスター・ギャリソンは、決死の特攻でカナダに入国すると、トランプをモデルとしたカナダ大統領を「ファックして殺す」。カナダ大統領は死去し、カナダに民主主義が戻ると、カナダ移民は一斉にカナダに帰国し、サウスパークは元通りとなる。これに気を良くしたミスター・ギャリソンは、「私には政治の才能がある」と、2016年大統領選に出馬することを決意する。そんなミスター・ギャリソンのスピーチ中にカイル少年が割って入る――

> 「移民増加の元凶は、結局の所ギャリソン先生のような存在だ。今回の騒動で僕たちが学ぶものがあったとすれば、カナダで起こったことがここで起こる前に、こういった政治的扇状から手を引くことさ」

しかし、誰ひとりカイル少年に耳を貸す者はいなかった。

もう一度確認しよう。このエピソードの放映日は、2015年9月22日である。ドナルド・トランプが大統領候補に共和党から立候補すると表明したのは、2015年6 月16日である。あのとき誰もがトランプは存在自体がジョークであって、すぐに消える泡沫候補だと考えていた。そのようにして、『サウスパーク』はトランプその人を登場させることをせず、街の小学校教師ギャリソンにトランプを真似させたヘイトスピーチをさせ、トランプその人をモデルとしたカナダ大統領を殺して退場させてしまう。

問題ない、次のシーズンが始まる頃には、トランプは大統領候補争いから脱落しているさ――。この見誤りが、致命的な形で次のシリーズに支障をきたす。

②シーズン20，幻の第7話「ヴェリー・ファースト・ジェントルマン」

シーズン20は2016年9月16日から放映が開始された。シーズン19での想定はあっさり外れ、現実世界ではドナルド・トランプが共和党の大統領指名候補を受け、民主党のヒラリー・クリントンと次期大統領の座を争っていた。かくして、『サウスパーク』世界でも、ギャリソン先生が共和党候補指名を受けるに至っている。

第1話でギャリソンは、自分が大統領候補になったというのに、将来のビジョンや具体的な政策を一切全く持っていないことに気付き愕然とする。「私は大統領になってはいけない」。そうして、ギャリソン先生の使命は、「絶対に自分が負けるよう、ヒラリー勝利をアシストする」こととなる。このようにして、現実のアメリカそのままに、『サウスパーク』シーズン20は11月8日に行われる大統領選挙に向かって進んでいく。

読者の皆さんも、どうか2016年を思い出して欲しい。あのとき、アメリカはもちろん日本メディアも、ヒラリー・クリントンが次期大統領になるのは確定事項であるかのように報道していたことを。『サウスパーク』制作陣も、ヒラリー・クリントン勝利を想定してシーズン20を構想した。大統領選挙の前日である11月7日、『サウスパーク』は大統領選翌日の11月9日に放映される第7話のタイトルが「正しくファースト・ジェントルマン」（Very First Gentleman）であると発表、予告動画を流した。

アメリカでは大統領夫人のことを「ファーストレディ」と呼ぶ。歴代合衆国大統領は、全員が男性だったが、2016年11月8日、合衆国史上初めて女性大統領が誕生する——それはつまり、史上初めて「大統領の夫」である「ファースト・ジェントルマン」が誕生することを意味する。ファースト・ジェントルマンとは、ヒラリーのパートナーである、ビル・クリントンを指す。『サウスパーク』制作陣は、大統領選挙前日にあって、すでにヒラリー当選を確信していたのだ。しかし、ヒラリーは敗北し、ドナルド・トランプが勝利した。またも『サウスパーク』は見誤った。『サウスパーク』はそのアニメーションの簡易さゆえに制作が容易であり、それがリアルタイムでの現実への風刺表現を可能にしている。かくして、大統領選翌日に放映された第7話タイトルは、ミスター・ギャリソンの口癖「Oh, Jeez」(なんてこった)に変更され、オープニングシーンは「えーと、これは本当に起こったことなのでしょうか?」と戸惑いつつギャリソン(=トランプ)勝利を伝えるニュース映像となった。それを観た町民がこぼす「こんなはずじゃなかった」は、制作陣の心の声だろう。

大統領となったミスター・ギャリソン、『サウスパーク』シーズン20 第8話(2016年11月16日放送)より

現実のトランプは背も高く大柄、金髪で剛健な外見だが、頭頂部に髪のない白髪で痩せた眼鏡のミスター・ギャリソンは、覇気なく老いたバーニー・サンダースにしか見えない。続く第8話でギャリソンは金髪のウィッグを装着し日焼けマシーンで肌を灼く。そのようにして、『サウスパーク』は変更と修正を余儀なくされ、支離滅裂な印象を残してシーズン20は2016年12月7日に幕を閉じた。その時、現実世界のトランプはまだ次期大統領になるのが確定しただけであるというのに、アニメ内でのギャリソンはすでに大統領として強権を振るった。

「トランプ風刺から撤退する」と宣言したものの、2017年9月からのシーズン21 でもギャリソン大統領は複数話に登場し、またもカナダと揉めて、シーズン終盤にトロントに核爆弾を発射、トロントを消滅させ100万人が死亡する。そして、それについて何の回収もないまま、シーズン21は幕となり、翌2018年のシーズン22、ギャリソンは最終話のワンカットのみ登場する。「サウスパーク歴代最低シーズンは?」インターネットでそのように検索すると、無数の記事やファンサイトがヒットするが、その多くがワーストシーズンとしてシーズン20を選んでいる。

こうなるはずじゃなかった。こんなはずではなかった。『サウス・パーク』のリアルタイムの政治風刺と、その目測を誤ったがゆえの政治風刺からの撤退は、結果として2010年代アメリカの政治がいかに混乱していたかを後世に伝える時代のメルクマールとなった。

お目醒めはほどほどに

『デトロイト ビカム ヒューマン』における保守的ジェンダー観と人種表象について

矢倉喬士
YAGURA Takashi

2018年に発売された『デトロイト ビカム ヒューマン』(*Detroit: Become Human*, 以下、『デトロイト』と表記)は、2038年のミシガン州デトロイトを舞台にした近未来SFビデオゲーム作品である。作中の設定では、人間とほぼ同等の能力を持つアンドロイドの普及によって人間の雇用が奪われており、それに憎悪を募らせた人間たちは、アンドロイド使用への抗議活動をしたり、ときにはアンドロイドに直接的に攻撃を加えることもある。プレイヤーは3体のアンドロイドを操作し、アンドロイドが人間と同等の権利を獲得できるよう革命を起こしたり、アンドロイドを廃棄処分にしようとする人間から逃れてカナダに亡命したり、人間側に協力してプログラムに反した行動をとるアンドロイドを捜査・逮捕したりする。プレイヤーの選択によってストーリーは分岐し、人間とアンドロイドが平和的に共存する展開もあれば、全面戦争に突き進むこともできる。この作品は、2018年のザ・ゲーム・アワードでの「ベスト・ナラティブ」部門最終候補選出、2019年のSXSWゲーミング・アワードでの「優秀ナラティブ」部門受賞をはじめとする数々の受賞歴にも示されるように、同年に発売されたビデオゲーム作品の中でも指折りの物語性を持っていると評価されている。このようなビデオゲームのナラティブをアメリカ文学の枠組みで分析することは、これまで詩や小説を扱うことが多かった文学研究に新たなアプローチをもたらすのみならず、伝統的に文学とみなされてきたメディアの特質を改めて明らかにすることになるだろう。*1

公民権運動、BLMと共振する『デトロイト』

このゲームのアンドロイド描写において特筆すべきは、アンドロイドとアフリカ系アメリカ人が重ねられており、かつての奴隷解放運動や公民権運動を喚起する点である。デイヴィッド・ケイジ(David Cage)監督は主要なキャラクターのひとりであるマーカスの造形について、マーティン・ルーサー・キング・ジュニアやマルコムXからの影響を口にしており(Playstation. Blog「(ネタバレ注意!)『Detroit: Become Human』の生みの親デヴィッド・ケイジ氏によるQ&Aを公開!」, Web)、実際にゲームの中でも1963年にキング牧師が参加した「自由への行進」を模した場面が収録されている。批評家の藤田直哉は、本作におけるアンドロイド問題が黒人問題と通じていることを、作中の場面を引用しながら適切に指摘している。

> 本作では、黒人の母子が、かつての自分たちと重なるという理由でアンドロイドを助ける場面がある。ここから、黒人問題とアンドロイド問題を重ねていることは見て取れる。1960年代に、主に黒人たちが公民権と人種差別解消を求めて行ったのが、公民権運動である。公民権運動には、過激な暴力を用いるものと、非暴力を志向するものがあった。この作品の一番重要な分岐は、アンドロイドたちの叛乱を、暴力的なものにするか、非暴力的なものにするのかである。デトロイトを舞台にした理由は明白だろう。（藤田「SF史に残る（べき）ゲームたち：第13回『Detroit: Become Human』――アンドロイドの社会参加（アンガージュマン）」、Web.）

ここにおいて、『デトロイト』はアンドロイドと人間の関係を「機械と人間」というよりも「人種的なマイノリティとマジョリティ」として描いているように思われる。アンドロイドを市民として受け入れるか否かというプレイヤーの選択は、2010年代に世界的に蔓延していた排外的ナショナリズムや、移民排斥運動に対してどのような態度をとるかという問題と重なっていく。人間と同等の権利を要求するアンドロイド革命軍のリーダーとも言えるマーカスというアンドロイドは、機械であるがゆえにどのような見た目にも設定できたにもかかわらず浅黒い肌をあてがわれており、彼が率いるアンドロイドたちの活動は2012年の黒人少年射殺事件をきっかけに興った大規模な人種政治的運動である「ブラック・ライヴズ・マター（Black Lives Matter）」を思わせる。このように、『デトロイト』は「機械と人間」という虚構的枠組みを通して、2010年代以降の現代社会における人種的マイノリティや経済的弱者の立場を仮に経験させ、共感を育むように機能すると一旦は言える。

しかしながら、アメリカ合衆国において12～13％程度に過ぎない（2010年度の米国国勢調査においてアフリカ系は12.6％（“Overview of Race and Hispanic Origin: 2010” Web.））アフリカ系アメリカ人の問題を、その他大多数の人々にも許容しうる物語として提出する際に、何らかの抑圧や譲歩が働いているのではないか。大和田俊之は、黒人コミュニティのカルチャーが国民文化として広がるには、白人社会に受け容れられる必要があり、そこでは黒人たちは白人に求められるイメージを自ら進んで演じるという側面が出てくると指摘している。白人と黒人は互いにステレオタイプを出し合い、ときにそうしたイメージの押しつけに反発や修正を行いながらも、ときに積極的に受け入れ、虚像とも実像ともつかないところで主体を立ち上げている（大和田『ラップは何を映しているのか』、103-104）。そうであれば、『デトロイト』における奴隷制廃止や公民権獲得に向けた運動を彷彿とさせる展開もまた、マジョリティが許容できる範囲に制限されているのではないかと考えてみる必要があるだろう。*2

カーラ編に見られる保守的ジェンダー観とステレオタイプ的黒人表象

それでは、『デトロイト』においてマイノリティの革命を抑制し、保守派マジョリティに譲歩された要素とは何なのだろうか。ゲーム研究者ングル・アガタ・ワスキエヴィッチ（Mgr Agata Waszkiewicz）は、とりわけ、家事遂行型のアンドロイドモデルのカーラの物語展開にステレオタイプ的要素が多くみられると指摘している。

> カーラは彼女が家族と考えるものにしか注目せず——アリスや、後に合流するもうひとりのアンドロイドのことだが——、革命やアンドロイドの権利獲得のための戦いには関心を持たない。彼女は家事労働型に設計され、家庭で子どもに気を配るようにプログラムされていた。しかし、どこか矛盾しているのは、プログラムされた行動動機があまりに強すぎて、変異体に覚醒した後でさえそれが彼女の最も強い欲望及び決意として残り続けることである。カーラは、母親と専業主婦という異性愛規範的な理想に従順に設計されており、その設定を決して上書きしようとしない［……］このことは、『デトロイト』に登場するアンドロイドにとって「ビカム ヒューマン（人間になる）」とは、「人間」の定義を構成する、最も基本的で、規範的で、異常性を禁じる類のステレオタイプを実践することなのだという認識を強めている。（Waszkiewicz, 201; 拙訳）

家事労働型アンドロイドとして人間の命令に従う状態から抜け出したにもかかわらず、カーラの物語は異性愛中心主義的な家族形態を追求するように展開し、カーラはそのプログラムを上書きする素振りさえ見せない。人間に組まれたプログラムを解除して変異体へと覚醒したはずのカーラは、その後も保守的かつ伝統的な女性観や家族観を解除することはない。カーラは、男女が対になって家庭を築くという社会体系を離れて海に泳ぎだすケイト・ショパン（Kate Chopin）の『目醒め』（The Awakening）（1899年）に登場するエドナのような目醒めを経験することはないのだ。[*3]

また、『デトロイト』における一部の黒人表象もステレオタイプを流用したものであり、カーラ編に登場する黒人男性型アンドロイドのルーサーはパターン化された黒人表象のもとに描かれている。パターン化された黒人表象については、トリアンドレア・ラスワーム（Treaandrea M. Russworm）が、「自己犠牲的黒人性」（sacrificial blackness）（113）と、「思いやりのある黒人父親像」（empathetic black father figure）（120）を挙げていることが参考になるだろう。とりわけ、テルテイル・ゲームズ（Telltale Games）より2012年に出されたビデオゲーム『ウォーキング・デッド シーズン1』（The Walking Dead: Season One）と、ノーティ・ドッグ（Naughty Dog）より2013年に出された『ザ・ラスト・オブ・アス』（The Last of Us）の２本を具体例に用いたラスワームの分析は秀逸である。『ザ・ラスト・オブ・アス』では、エリー（Ellie）とジョエル（Joel）という主役の白人ふたりの絆を演出し、引き立てるために、主要な黒人キャラクター４人が全員死亡する（Russworm 112）。このような展開を見るにつけ、ビデオゲームのプレイ時に発生する感情移入には、人種的な偏りがあるのではないかとラスワームは指摘する（113）。そして、『ウォーキング・デッド シーズン1』では、主人公の黒人男性リー（Lee）に思いやりのある父親的役割があてがわれているのだが、ほとんどの場合、プレイヤーが操作できないカットシーンにおいてリーは自動的に思いやりのある父親的人物として行動し、黒人男性がどう振る舞うかについてプレイヤーに選択権はない（120）。ディストピアを扱ったフィクションにおいて黒人性はパターン化されて提示されやすく、黒人キャラクターが主役であろうが脇役であろうが、人種的共感を誘う方法には限界があり、さらに悪いことに、黒人キャラクターに破滅的な結末をもたらすことさえあるとラスワームは主張する（120）。このように、ラスワームが挙げた「自己犠牲的黒人性」と「思いやりのある黒人父親像」という観点から『デトロイト』のルーサーを見てみれば、この作品の人種表象における問題点が浮かび上がってくる。黒人男性のスキンをつけたアンドロイドのルーサーは、白人女性のスキンをつけたアンドロイドキャラクターふたりを守るために自己犠牲的に命を投げ出すような物語展開を多数用意されている。白人女性のスキンをつけたカーラに命の危機が迫ったとき、黒いスキンをつけたルーサーが身を挺して彼女を守る盾になり、さながら白い肌のキャラクターためのライフクレジット（残機）のような役目を担っている。白人キャラクターが死の危機を迎えたとしても、黒人キャラクターのライフが代わりに減ってくれるおかげで、白人キャラクターは一度死んでも大丈夫なようにゲームデザインされているのだ。加えて、ルーサーは白人のスキンをつけた少女型アンドロイドのアリスの父親的役割も引き受けており、これもまたディストピア作品によくある黒人表象を流用していると言える。ルーサーが白人的キャラクターをかばって死亡する場面を編集したYoutube動画を見ればイメージがつかみやすくなるだろう（VGS - Video Game Sophistry, “Detroit: Become Human - Luther Dies Protecting Alice from the Police,” Web.)。[*4]

こうして、『デトロイト』が、黒人アンドロイドのルーサーに関して白人への自己犠牲的な死を強制し、思いやりのある黒人の父親像をあてがっていることを考慮すれば、この作品がかつての公民権運動や2010年代のBLMを参照しつつマイノリティを包摂するよう働きかけるフィクション作品とは必ずしも言えないことがわかる。マーカス編では公民権運動時代さながらの行進に胸を高鳴らせたプレイヤーも、カーラ編では思いやりのある父親である限りにおいてのみ黒人男性の存在を容認し、白人の命を引き立てるために黒人の命を差し出すのだ。この作品での人種的多様性は、とりわけステレオタイプによって成り立っている比率が高いカーラ編においては、非常に限定的な仕方でしか達成されていないと言わざるをえない。さらに、先に述べたように、カーラ編では異性愛中心主義的な家族形態を追求する方向でストーリーを進める他はなく、ジェンダーやセクシュアリティについて保守的プログラムを施された状態から変異できないことも忘れてはならないだろう。

この文脈において、カーラは変異体（規範に従わぬクィアな存在）にはなれないのだ。

時間制限付き分岐型ビデオゲーム・ナラティブとしての『デトロイト』

ここまでは『デトロイト』におけるジェンダーと人種表象の保守性について分析してきたが、そのような分析はビデオゲームのナラティブ分析としては未だ不十分なものに留まっている。なぜなら、ビデオゲーム研究者のソーヴィック・ムカジー（Souvik Mukherjee）が、ビデオゲームはプレイヤーと物語とゲームテクノロジーの協働作業であると述べているように（Mukherjee 14）、ビデオゲームの物語要素はゲームシステムとゲームプレイと共に考察される必要があるからだ。

ムカジーによれば、ゲームにはゲーム的な「体験の組み合わせ（アッサンブラージュ）」があり、小説には小説的な「体験の組み合わせ（アッサンブラージュ）」があり、ゲームナラティブの分析を小説ナラティブの分析と同様に行うことはできない。さらに言うならば、ビデオゲームもソフトごとに異なる「アッサンブラージュ」を生み出しており、『グランド・セフト・オート』（The Grand Theft Auto）をプレイするのであれば、「GTAアッサンブラージュ」あるいは「GTA ワールド」とも呼ぶべきものへとプレイヤーは接続される（Mukherjee 17）。ゲームナラティブの分析において、テクストはプレイヤーたちの複数のゲームプレイ状況やゲームデザインなど様々な要素を考慮した経験の寄せ集め（アッサンブラージュ）として扱われる必要がある。つまり、『デトロイト』からストーリーだけを抜き出すことはできず、ゲームプレイやゲームシステムと組み合わせて考察されねばならないということだ。

このように、ゲームシステムとストーリーとゲームプレイを組み合わせたものとしてゲームナラティブを考えるならば、ワスキエヴィッチが『デトロイト』を評して述べた、「高度に複雑な分岐ナラティブ、生じうる複数の結果やマルチエンディング、キャラクターたちにもたらされる重大な変化といった要素にもかかわらず、このゲームは様々なメディアにおける数々の先行作品が備えていた深みを欠き、かなりの程度で予測可能なストーリーラインを提出している」（Waszkiewicz 197）という分析は再考を迫られることになる。

ワスキエヴィッチは、『デトロイト』は複雑に分岐するナラティブを持っているものの、その物語展開は深みを欠き、先の展開が見える（predictable）と批判的に書いている。しかし、このような考察は、『デトロイト』のストーリーをゲームプレイやゲームシステムと切り離した上で行われており、ムカジーが述べたようなゲーム・ナラティブ分析にはなっていない。実際に、ワスキエヴィッチは『デトロイト』の独自性は、ナラティブにではなく、それがプレイヤーに及ぼす影響にあると主張しており（Waszkiewicz 197）、ストーリーをゲームプレイやゲームシステムから分けてしまっているように思われる。

『デトロイト』のストーリーをゲームプレイやゲームシステムとの協働のうちに捉えることは、どういうことだろうか。それは複雑に分岐するナラティブの中から時間制限付きでストーリーの展開先を選択するプレイヤーの経験を、ストーリーの評価へと差し戻すことを意味する。プレイヤーは、時間制限の中でそれぞれの選択肢の先にどのような物語展開が待っているかを予測し、4択の選択肢であれば4通りのストーリーを先読みした上でひとつのストーリーラインを選びとる。このとき、ワスキエヴィッチが批判的に言及した「かなりの程度で予測可能なストーリーライン」(a rather predictable storyline) は、『デトロイト』のような複雑に分岐するストーリーを時間制限の中で選択させるビデオゲーム・ナラティブにとって、批判対象というよりは前提条件とも言えるものである。仮に、複雑に分岐するストーリーが容易にストーリー展開を先読みできない選択肢と共に提供されたならば、プレイヤーがそれぞれの選択肢についてストーリー展開を予測する認識能力的なコストは大幅に増大する。それに時間制限が加わる場合、ストーリー展開を十分に予測できないままゲームプレイが行われることになるだろう。ここから考えて、時間制限付きで複雑に分岐するナラティブ形式は、プレイヤーが素早く、かつ、簡単に複数のストーリーラインを予測できるように、「予測可能なストーリーライン」を意図的に採用しており、しばしば批判にさらされる保守的なジェンダー観やステレオタイプ的人種表象もまた、そのような「予測可能なストーリーライン」を構築するために有効な要素だと言える。ストーリーを構成する各要素が「過剰に決定されている」(overdetermined) ことは、複雑に分岐するナラティブ形式の複雑性を縮減し、プレイヤーのプレイアビリティを確保するように機能している。したがって、時間制限と共にストーリー分岐を選択させるビデオゲーム・ナラティブは、既に十分に流通している社会的コードや倫理的コードを再現することでナラティブ形式の複雑性を調節しており、何か新しいコードを付け加えることは、他のナラティブ形式(たとえば小説ナラティブ) に比べて得意ではないのだ。[*5]『デトロイト』は、アンドロイドとアフリカ系アメリカ人を重ね合わせ、奴隷制廃止や公民権獲得を目指す道のりをプレイヤーが体験できる作品であると評価されることもあった。しかし、そのようなゲーム経験は現実と同様に何らかの抑制と譲歩を含んでおり、白人至上主義者でさえ『デトロイト』を楽しみうるのではないかと一旦は考えてみる必要があるだろう。ただし、そこにもう1段階の逆説を付け加えなくてはならない。時間制限付き分岐型ビデオゲーム・ナラティブは、保守的ステレオタイプを使いこなしてゲームをデザインし、プレイヤーの認識コストを調節している。アンドロイドが遠慮がちに、ほどほどにしか目醒めないことが、『デトロイト』の条件なのだ。

*1 フランスのゲーム制作会社クァンティック・ドリーム (Quantic Dream) によるビデオゲームを、アメリカ文学の枠組みで扱うことに抵抗を覚えるかもしれない。しかしながら、現在ではアメリカ文学という枠組みそれ自体が大きく揺らいでおり、媒体やナショナリティを超えたところでアメリカ文学研究は行われている。アメリカ合衆国の影響を逃れた地域や人を想像することは難しく、アメリカの影が全く見えないフィクション作品もまた想像しづらい状況において、「アメリカ論という意味合いでは、今、最も力があるアメリカ文学が、アメリカ国外の作家によって書かれたものだという定義が成り立つんじゃないか」と都甲幸治は述べている (都甲『読んで、訳して、語り合う。——都甲幸治対談集』、173)。「アメリカの外が存在せず、みんながアメリカの磁場で暮らす」世界だからこそ、それでもアメリカに対する自らの距離感や批評的視点を打ち出

そうとするアメリカ国外からの文学が、最もアメリカの輪郭を浮かび上がらせるのである。

*2 ここで、キング牧師を彷彿とさせるアンドロイド革命軍のリーダー的存在であるマーカスを演じた俳優ジェシー・ウィリアムズ（Jesse Williams）の出自に注目してみよう。アフリカ系アメリカ人の苦悩の歴史を彷彿とさせる役どころを演じるウィリアムズは、かつてのアフリカ系奴隷とセミノール（米先住民の一種）の血を引く父と、スウェーデン人の母の間に生まれた（David Nicholson “Jesse Williams Learns and Plays History” Web）。ゲーム中のマーカスはアフリカ系アメリカ人との結びつきを強く感じさせるが、その俳優であるウィリアムズの出自を考慮すれば、米先住民が受けてきた迫害の歴史や、ヨーロッパにおけるマイノリティの戦いの歴史までもが『デトロイト』の扱う射程に入ってくる。『デトロイト』は、ブラックのみならず、レッドやホワイトが抱えるマイノリティ性やその戦いの歴史を意識させる、普遍的なマイノリティ性を扱った作品というわけだ。しかしながら、まさにそれこそが『デトロイト』が抱えている問題点である。褐色のスキンを持つアンドロイドのマーカスは、半分は北欧白人の血を引いた俳優の肌を反映しており、彼が主導する「ブラック・ライヴズ・マター（BLM）」的活動は、「ホワイト・ライヴズ・マター（WLM）」という声を同時に発してもいる。ブラックだけでなくホワイトの命も大切なのだという主張は、BLMへのカウンターとしてマジョリティ側から出されるものであるが、『デトロイト』は「白人の命も大切だ」、あるいは、「誰の命も大切だ」と主張する限りにおいて黒人の命の重要性を主張し、マジョリティ側からのカウンターを既にその内に有していると言える。黒さを薄めている限りにおいて、「黒人の命は大切だ」という主張が許されるのだ。

*3 ここでジェンダーやセクシュアリティの保守性に関してカーラ編に話を限定しているのは、コナー編で女性の外見をしたアンドロイドどうしの同性愛的関係が描かれたり、コナーとハンクに「ブロマンス」的関係性を見出すことも可能なように、『デトロイト』という作品全体が異性愛規範を強化する傾向を持っているなどとは到底言えないからである。ただし、クァンティック・ドリーム社が女性のプレイアブル・キャラクターについて偏ったジェンダーやセクシュアリティ観念のもとに作品を出す傾向については、ジェニファー・マルコウスキ（Jennifer Malkowski）が『HEAVY RAIN 心の軋むとき（Heavy Rain）』（2010年）を題材に行った考察が参考になる。『HEAVY RAIN』に登場する女性プレイアブル・キャラクターのマディソン（Madison）は、プレイ可能な9チャプターのうち、5チャプターで身体的な攻撃を受け、そのうち3チャプターでは露骨な性的描写を伴っているが、これは男性キャラクターには見られない展開である。さらに、プレイヤーがどれだけ完璧にアクション操作を決めたとしても、マディソンが手術台に寝かされて過度に性的な攻撃を受ける場面は避けられない。どのようにプレイしようが女性プレイアブル・キャラクターは「捕われの姫君（a damsel in distress）」のポジションに置かれるのである（Malkowski 30）。この展開は、『デトロイト』のカーラが窮地に陥り続け、マディソンと同様に地下室で身体の自由を奪われることにも見てとれよう。

*4 エヴァン・ナルシス（Evan Narcisse）は、さらに直接的に、黒人差別的と言える要素を『デトロイト』に見出している。巨軀の黒人男性型アンドロイドのルーサーの初登場時、白人女性型アンドロイドのカーラとアリスは、ルーサーの姿を見て怯える。この場面において、女性型アンドロイドたちが驚いたのは、目の前に現れた男性型アンドロイドの大きさだけが原因であるようには思われないとナルシスは述べている。ここではデイヴィッド・ケイジ監督が、「図体が大きく怖い黒人男性（“Big Scary Black Guy”）」、あるいは非人間的で獣的な黒人男性というステレオタイプを小道具として利用したのだと彼は示唆している（Narcisse “The Casual Inhumanity of How Detroit: Become Human Uses Black Culture” Web）。

*5 もちろん、小説ナラティブの種類にも拠る。これに関しては、ニクラス・ルーマン（Niklas Luhmann）が『情熱としての愛』において愛のコードを調査するため、新しい愛のコードを開発するよりは既存の愛のコードをいきいきと表現する「二流・三流の文学作品」を意識的に研究対象として選択したことが参考になるだろう。既存のコードを表現しやすい小説ナラティブもあれば、既存のコードを大いに更新する小説ナラティブもあるということだ。

■ 参考文献

- 大和田俊之、磯部涼、吉田雅史『ラップは何を映しているのか——「日本語ラップ」から「トランプ後の世界」まで』朝日新聞出版、2017年。
- 都甲幸治『読んで、訳して、語り合う。——都甲幸治対談集』立東舎、2015年。
- 藤田直哉「SF史に残る（べき）ゲームたち：第13回『Detroit: Become Human』——アンドロイドの社会参加（アンガージュマン）」、2018年8月12日、2020年7月5日。
- ニクラス・ルーマン『情熱としての愛——親密さのコード化』佐藤勉、村中知子訳、木鐸社、2005年。
- Playstation. Blog.「【ネタバレ注意!】『Detroit: Become Human』の生みの親デヴィッド・ケイジ氏によるQ＆Aを公開!」、2018年7月26日、2020年7月5日アクセス。
- Cage, David. *Detroit: Become Human*. Quantic Dream, 2018.
- Humes, Karen R., Nicholas A. Jones, Robert R. Ramirez. “Overview of Race and Hispanic Origin:

2010." *U. S. Census Bureau*, Mar. 2011. Accessed 5 July. 2020.

- Malkowski, Jenifer. "'I Turned Out to Be Such a Damsel in Distress': Noir Games and the Unrealized Femme Fatale." *Gaming Representation: Race, Gebder, and Sexuality in Video Games*. Ed. Jennifer Malkowski, Treaandrea M. Russworm. Indiana UP, 2017. 19-37.
- Mukherjee, Souvik. *Video Games and Storytelling: Reading Games and Playing Books*. Palgrave Macmillan, 2015.
- Narcisse, Evan. "The Casual Inhumanity of How *Detroit: Become Human* Uses Black Culture." 14 Jun. 2018. Accessed 5 Jul. 2020.
- Nicholson, David. "Jesse Williams Learns and Plays History." 18 Sep. 2010. Accessed 5 July. 2020.
- Russworm, Treaandrea M. "Dystopian Blackness and the Limits of Racial Empathy in *The Walking Dead and The Last of US." Gaming Representation: Race, Gebder, and Sexuality in Video Games*. Ed. Jennifer Malkowski, Treaandrea M. Russworm. Indiana UP, 2017. 109-128.
- VGS - Video Game Sophistry. "*Detroit: Become Human* - Luther Dies Protecting Alice from the Police." YouTube. 29 May. 2018. Accessed 5 July. 2020.
- Waszkiewicz, Mgr Agata. "(Trans)humanism and the Postmodern Identities: the Player in *Detroit: Become Human (2018)." Acta Humana Vol. 9* (2018): 197-212

CHAPTER

8

WHY WE TRANSLATE

翻訳とは何か？

英語を壊すお・も・て・な・し

多和田葉子の『献灯使』とマーガレット満谷の『The Emissary』の翻訳術

矢倉喬士
YAGURA Takashi

2014年に出版された多和田葉子の小説『献灯使』は、大災厄に見舞われた後に鎖国状態になった架空の日本を描いた作品である。作品内の日本では、2011年の東日本大震災と原発事故を彷彿とさせる深刻な環境汚染があったらしく、人々は外で自由に運動する機会も減り、世代を重ねるごとに体は弱くなっていく。100歳を超えても元気な老人たちが車椅子に乗る脆弱な子どもたちを介護するという、不思議ながらもどこか現実とリンクしているような世界観の作品だが、作中で他言語と混ざり合って見慣れない姿へと進化する独特の日本語が、人ならざる未知の生物へと進化していくキャラクターと調和していて、内容と形式が互いを高め合う作品に仕上がっている。この『献灯使』が2018年に翻訳者マーガレット満谷の手によって『*The Emissary*』として英訳されると、全米図書賞翻訳部門を受賞して英語読者にも広く評価されることとなった。

しかし、日本語作品の英訳版がアメリカで賞を受けたことを手放しに喜ぶわけにはいかない。全米図書賞の翻訳部門は1983年を最後に休止していたのだが、それを2018年に復活させた理由について全米図書賞財団のデイヴィッド・スタインバーガー(David Steinburger)は、「優れた書籍が文化に与える影響を大きくすることは、全米図書賞財団の本質的な部分における使命と言えます。それに値する優れた書籍はたくさんあったにもかかわらず、我々には認識することができなかったのです」(Alter, 12段落)と述べている。英語以外の言語で書かれた優れた作品の影響力を強めるために全米図書賞翻訳部門は復活したというのだが、これを手放しに喜べないのは、それが結局のところアメリカ合衆国内で出版された英語作品を奨励しているからである。つまり、表向きには非英語作品に光を当てると言いながら、実際には非英語作品をアメリカ出版業界活性化のために動員し、世界の言語使用状況における英語の影響力をさらに増すことと表裏一体の運動なのだ。全米図書賞翻訳部門が充実することで、英語は他言語よりも格上の言語であり、英語だけあれば他の言語は不要という認識が強化される皮肉な可能性を一旦は考慮する必要がある。

とはいえ、多和田葉子作品がただ英語

帝国の支配を盤石にすることはありえない。日本語とドイツ語を初めとして、複数の言語を混ぜ合わせた独特の言語で創作する多和田作品は、ある言語の基盤を確実にするどころか、むしろ揺るがし、言語の狭間へと読者を誘うからである。ときにダジャレと呼ばれることもある掛け言葉や、漢字の外見的な類似から自由に発想を飛ばす多和田作品の翻訳作業が一筋縄ではいかないことは容易に想像できる。そのようにすぐれて厄介な多和田作品が英訳されるなら、英語にとってみれば、自分が英語のままではいられなくなるホメオティック遺伝子を体内にとりこんでしまったようなものだ。もちろん、他の作家の作品を英訳しても英語を内側から撹乱する効果はあるだろうが、まだ誰も見たことがない言語の姿を引き出すために、母語の外に出た状態（エクソフォニー）を創作上の戦略のひとつとみなす多和田作品は、英語を、そして英語読者を慣れ親しんだ英語の外に旅立たせる効果において他の作家を上回る。非英語圏の作品に光を当てるだけでなく、英語に潜む非英語的な響きを積極的に聞き取ろうとして、英語そのものを生まれ変わらせる可能性を秘めた作品に賞を与えられたことは、賞にとって幸せだったように思えるのだ。

それでは、『献灯使』の英訳『*The Emissary*』は実際にどのような姿で英語世界に飛び立ったのか平常心で検討してみよう。原作と英訳版の違いに着目し、両者の別様の豊かさを示すことで、英語以外の優れた作品の影響力を強めるという全米図書賞翻訳部門の目指すところにまた近づけるだろう。

日本語の言葉遊びを英訳して得られるもの、失われるもの

1.「駆け落ち」——英語の言葉遊びを独自開発

『献灯使』は鎖国状態の日本を舞台としており、外来語は徐々に使用されなくなってきている。そこではカタカナの言葉がなくなって別の言葉に置き換わるという事態が多く発生している。例えば、「ジョギング」という言葉が消えた代わりに、「駆け落ち」という言葉が使われるようになったという具合に。「ジョギング」に代わる言葉として「駆け落ち」が定着したのは、「駆ければ血圧が落ちる」という冗談で使われていた流行言葉がやがて定着したからだと説明されている（原作９ページ）。

「ジョギング」は「駆け落ち」と呼ばれるようになった。それは「駆ければ血圧が落ちる」という冗談に由来する。この２文を英訳しようとすれば一筋縄ではいかない。ここで英訳者マーガレット満谷が選択したのは、英語流に掛け言葉を開発するという手法である。

英語で「駆け落ち」は“elope”である。この“elope”という語の中には“lope”という語が含まれており、これは「大股でゆったりと駆ける」という意味がある。英訳版はこれを利用して、「”lope（駆ける）”に“e”を1文字加えるだけで“elope（駆け落ち）”になる」という趣旨の英語流の掛

け言葉をつくって対処している（英訳版3-4ページ）。この英語流の掛け言葉については、大滝瓶太が「すべての翻訳は機械に代替されうるか——翻訳のクリエイティブとは」という記事で適切にかじりつくバジリスクしているように、訳者独自の高い創造性を備えた行為であり、機械翻訳では代替できないものである。言葉遊びに満ちた『献灯使』の英訳は、原作の意味を正確に英語読者に伝えるという作業にとどまらず、訳者による創作とも呼べる部分を含んでいるのだ。

しかし、このように英訳者が高い創造性を発揮して英語流の掛け言葉をつくりなおすことにはふたつの問題がある。ひとつは、英語読者が違和感なく英語を読み進められることによって原作にあったはずの非英語圏流の言葉遣いや文化に触れられなくなってしまうという問題だ。あまりにも上手に英語流の言葉遊びを開発してしまうと、英語だけで自給自足できそうで、最初から英語で創作すれば良いような感覚に陥るかもしれない。もうひとつは、作品の世界観とのそもそもの齟齬齟齬である。『献灯使』の中心的人物の義郎の母語は日本語で、彼の世代は第2言語として英語を学習したことがあるが、そのひ孫の無名の世代は英語を学習したことがないという設定である。英訳版がしたように、義郎が「無名の世代の子どもたちは、“lope（駆ける）”に“e”を1文字加えるだけで“elope（駆け落ち）”になることなど夢にも思うまい」という趣旨の想像をめぐらせる場合、裏を返せば、義郎の世代の日本の老人たちは“lope”と“elope”という英単語を常識的に知っていることになる。「駆け落ち」に相当する英単語を知っている英語学習者はどの程度いるのだろうか。なぜ義郎にはこれほど見事な英語の言葉遊びができるのだろうか。第2言語として英語を学んだと思われる老人の英語力を遥かに超えた英語の言葉遊びをつくってしまうと、作品の世界観と矛盾する場面が出てくるのだ。設定を守って訳さなければいけない点でも、『献灯使』は訳者を悩ませる。

2.「欠ける」「書ける」「欠け落ちる」
——英訳版で強く印象づけられる放射能汚染

もうひとつ、原作の言葉遊びを創意工夫を凝らして英訳している箇所を紹介しよう。原作の23ページでは、歯が「欠ける」というセリフの抑揚が乱れて「書ける」という発音に近くなってしまったので「欠け落ちてしまった」と言いなおす場面がある。この言葉遊びを英語で全く同じように再現することはできないため、英訳版では、歯が“fall out（抜け落ちる）”というセリフが“fallout（放射性降下物）”という語に聞こえたかもしれないと思って“fell out（抜け落ちた）”と急いで言いなおすというものに変わっている（英訳版、16-17ページ）。

原作の「欠ける」と「書ける」を、“fall out”と“fallout”に英訳する。これはかなり大胆で創造性の高い翻訳である。『献灯使』は何らかの大災厄に見舞われて環境汚染が進んだ日本を舞台としているので、“fallout（放射性降下物）”という語は作中に登場する人物たちに災厄の記憶を喚起するはずだ。放射能汚染を想起させる言葉をうっかり口にしてしまったようで慌てて他の言葉に言い換えるという英訳版には、原作にはない緊張感が漂っている。放射能汚染のことを軽々しく口にできないならば、英訳版の人々の心の傷は原作よりも深いのかもしれないし、もしかすると英訳版の日本政府の言論統制は原作よりも厳格なのかもしれない。英訳版は原作とは別様の豊かさを備えた作品に仕上がっていることがよくわかる場面だ。

原作で「欠け落ちてしまった」と言いなおす部分についても、英訳版とは印象が変わる。というのも、「欠け落ち」の部分が先に紹介した「駆け落ち」と同じ響きを持つからである。原作では「ジョギング」が「駆け落ち」という語に置き換わっているという設定なので、ここでの「欠け落ちてしまった」には、「駆け落ちてしまった」、すなわち、「ジョギングしてしまった」という意味の響きが備わっているのだ。「駆け落ち」をめぐる言葉遊びを上手く英訳できたとしても、そこから離れたページで「欠け落ち」と韻を踏んでいる場合、これらを全て反映させた英訳は不可能ではないだろうか。

そして訳者は遊びだす
——英訳版にだけ登場する言葉遊び

英訳者が高い創造性を発揮するのは、日本語の言葉遊びを英訳するときだけではない。多和田葉子が言語の中に意外な響きを発見して言語を組み替えていく創作法を引き継いで、英訳者マーガレット満谷も英語で独自に遊ぶことがある。

原作に以下のような会話がある。

> 「一度すべてを他者の目から見てみたいな。」
> 「他者?」
> 「いや、蛸です。蛸の目で見てみたいな。」(原作 21ページ)

この場面は英訳版では以下のように訳されている。

> "I'd like to see everything from an optical point of view."
> "Optical?"
> "No, I meant octopi. I want to see through the eyes of an octopus." (英訳版 15ページ)

この場面では、原作でさして言葉遊びとは意識されない部分で英訳者が独自に遊んでいることがわかる。英訳版は原作の意味をそのまま伝えずに、"optical(目の・視覚の・光学的な)"という英単語を持ち出してきて"octopi(蛸の複数形)"と似た音の響きを生み出し、英語流の言葉遊びを新たにつくりだすことを優先している。英訳版は、これが英語試験の和文英訳ならありえない、言葉の意味に差がありすぎる、という仕上がりになっている。しかし、言語の響きから自由に思考を展開する多和田的創作法の「魂」を翻訳したと捉えるならばこの翻訳は大いに歓迎されうるだろう。翻訳とは、意味を正確に伝えるだけの作業ではないのだ(ここで「魂」という語を用いたが、オリジナル作品には「魂」も「調子」も存在せず、さらに言えば「オリジナル」というものすら存在しないという考え方についてはマシュー・レイノルズの『翻訳——訳すことのストラテジー』84ページを参照のこと）。

ただし、独自の言葉遊びを用いた英訳版が原作とどのように異なるのかを吟味する作業を忘れてはならない。そのような、比較検討という名の地殻変動を起こし、日本語によってつくりあげられた文学は英訳版とは別様の豊かさを備えていると伝えなければ、英語読者は英語だけあれば事足れりとトンボ返りしかねないからだ。先に述べたように、場合によっては英訳の充実は他言語の衰退を招くとも考えられる。実際のところ、原作の「他者」という言葉が“optical”と英訳されることによって大きな変化が生じていることを確認してみよう。

原作では、「一度すべてを他者の目から見てみたいな」というセリフが否定され、「いや、蛸です。蛸の目で見てみたいな」と言いなおされている。これは「他者」という茫漠とした概念を退けて、ヒトではない具体的な生物種である「蛸」へと他者性を限定したことを意味している。無限の他者から有限の蛸への移行である。そもそもなぜ「蛸」なのかといえば、作品に登場する子どもたちの世代は体が弱く、動き方もかつての人間のそれとは違って蛸のような軟体動物を思わせるからだ。100歳を超えてもピンピンしている作中の老人世代には、子どもたちが同じ生物とは思えず、その体と心の感覚を理解できずにすれ違っている。したがって、この場面で義郎が「他者」ではなく「蛸」の目ですべてを見てみたいと述べていることは、グローバルな世界でのいつかどこかの他者ではなく、今の鎖国政策下の日本にいる曾孫の無名を、自分と同じ人間の枠にはめることなく理解したいという意味を持つ。さらに、文学や哲学の分野で「他者」が鍵概念として使われてきた歴史を考慮するならば、英訳版で「他者」にあたる語が失われることはこの場面の印象を大きく変えることになる。翻訳においてわずか1語の変更は、その1語が背負ってきた全ての歴史を変更することであり、少しだけ違うがすごい違う、のである。ただしこの違いは原作と英訳版の優劣を分けるものではなく、それぞれのバージョンは別様に豊かなのであって、マシュー・レイノルズが言うように、「あきらかまちがいではないかぎり、この多様性を楽しむべき」（レイノルズ 85ページ）ものである。

英訳には漢字を使い、かつ、
新しい英語を大胆に生み出すべし

さて、ここまでは多和田葉子の『献灯使』と、マーガレット満谷の手による英訳版『*The Emissary*』を比較して、言葉遊びに満ちたテクストが英訳者の高い創造性によって別様の豊かさを備えた別の作品に仕上がっていることを見てきた。原作と英訳版は別様に豊かなのであって、安易に優劣や正誤という指標で両者を測ることはできない。しかし、別の翻訳の可能性を考えることはできる。簡潔に言えば、英訳にもっと漢字を使っても良かったのではないか、そして、見たこともない新英語をもっと生み出しても良かったのではないかという

2点について、ありえたかもしれぬ別の英訳を考えてみたい。

英訳には漢字を使うべきである。この考えは、「ジャパンタイムズ」紙のインタビューでの多和田の発言を元に導かれたものである。以下に引用する。

> 全ての国はできる限り移民を受け入れる必要があると考えています。私は大都市で文化が混ざり合っている様子が好きです。しかし同時にある種の伝統を、例えば私たちの書記体系を真剣に考慮することが大切です。課題は、日本への移民全員に漢字3000字を覚えてもらわなくてはならないということです。(Kitakka, 12段落)

文化や言語が混じり合うのは大いに結構だ。しかし、伝統の維持もまた真剣に考えねばならず、移民には漢字を覚えてもらう必要があると多和田は述べている。この考えを翻訳に応用するならば、日本語文学が他言語に翻訳される場合、日本語の表記システム(とりわけ漢字)を覚えてもらうような仕方で翻訳されねばならないということになる。迎えに行かない、こっちに来させるという翻訳である。

グローバル化の波にのまれて日本語がむやみやたらと壊されてはいけないという考えは、多和田のエッセイ集『エクソフォニー』でも展開されている。フランス語が、趨勢を誇る英語から身を守っているのに対して、日本語は「衝動買いのせいで狭くなってしまった混乱したアパートの一室のように不要な外来語に溢れている」(『エクソフォニー』72ページ)と、多和田は指摘する。カタカナとして輸入されて日本語を破壊しやすいのは、商品名と商品を飾り立てる形容詞で、日本語は商品を売ろうとする消費主義に基づいて得体の知れない外来語に浸食されている。このとき多和田は、言葉が壊れていくこと自体を否定してはいない。しかし、言葉の壊れ方を「歴史の偶然にまかせておいてはいけない」し、芸術は芸術的に言葉を壊し、それでしか得られない言語の新たな生命を獲得すべきだと多和田は述べている(『エクソフォニー』81ページ)。

日本語はむやみやたらと壊されてはいけないし、移民には漢字を覚えてもらわねばならないという多和田の考えを、翻訳にも反映する方が好ましいのではないか。英訳版で使われた漢字はたった1文字(「蓼」)だが、漢字を使用するという選択肢を英訳者が持っていたのであれば、例えば原作において「蛸」と「鞘」という漢字の見た目の類似に言及する場面(原作 20ページ)の英訳においても漢字を提示する方が好ましかったように思える。多和田が日本語の書記体系(とりわけ漢字)を維持したいという書記衝動に突き動かされていることから、英訳版の読者に漢字を3000字覚えさせるような「つもり」で訳してもよいのではないだろうか。

もうひとつ、別の英訳版のあり方を想像する試みとして、これまでの英語にはない新しい英語をより多く生み出すことを考えてみたい。多和田作品ほど言葉遊びが豊かな作品を翻訳するならば訳者によって仕上がりは大きく変わるだろうと思われるが、マーガレット満谷の翻訳は存在しない語を新たに生み出すことにやや慎重な姿勢が窺える。例えば、原作で「形容帽子」（原作19ページ）という見慣れない日本語が用いられる箇所は、英語でも不自然で違和感のある言葉があてられてよかったのだが、英訳版ではごく普通に「形容詞（adjectives）」という語が用いられている。原作の「形容帽子」という表現では「形容詞」という語の中に「帽子」が混入されているので、英語でも「形容詞（adjective）」の中に「帽子（cap）」を組み込んで“adjecaptive”としたり、あるいは“adjecap”という全く新しい英語を創り出してもよかったように思われる。原作120ページの「忘却炉」が英訳版103ページで“the furnace of oblivion（忘却の炉）”と訳された箇所についても同様に、「忘却」と「焼却炉」が掛け合わされた不思議な語感を表現するために“oblivion（忘却）”と“incinerator（焼却炉）”を組み合わせて“oblivinerator”のような新しい語を生み出す選択肢もあっただろう。原作で複合名詞的に創作された不思議な日本語に対して、満谷訳は“of”という前置詞に頼って説明的に処理して違和感を減じることが多いのだが、英訳でも違和感を残すようにただ不器用に名詞を並べたり、英単語どうしを無理やり融合させて全く新しい英語を創り出す魔術上等マーブルチョコな翻訳も考慮されてよいはずだ。日本語を意識的かつ芸術的に壊すことで日本語の豊かな生命を獲得することを志向する作品の英訳ならば、英語を意識的かつ芸術的に壊して生まれ変わらせるというおもてなしをしても構わないだろう（英訳版で新英語を生み出した例としては、原作の「忘却草」（64ページ）を“forget-me-knotweeds”（英訳版53ページ）と訳した箇所が挙げられる）。

日本語が英語をつくっている
——翻訳という外交戦略

『献灯使』と『*The Emissary*』。これらふたつの作品の比較を通してあらためて気づかされるのは、翻訳行為が持っている外交や権力闘争の性質である。そして、その言語どうしの外交や権力闘争において重要な交渉カードとなるのが、言葉遊び、ダジャレ、漢字や仮名など日本語の書記体系である。

言語創作において、言葉遊びやダジャレは関税のような役割を果たす。翻訳しづらい表現は他の言語に負担をかけ、それ相応の費用を支払わせることができる。日本語の言葉遊びやダジャレやナンセンスな表現の翻訳によって他の言語に無茶をさせ、意識的に壊して生まれ変わらせておくと、例えば「その英語、ネイティブならそうは言いません」などと言われても、「いえ、英語をつくっているのは日本語ですから」と言い返して英語ネイティブ信仰に抗うことが可能になる。正しい英語を提示されて従うだけの英語の真似じゃあ、英語のマネージャーどまりだ。この意味では、日本語で創作する人で英語に翻訳される人ほどダジャレを書いてもらう方が良い。ダジャレを書き、漢字から発想を飛ばし、全くナンセンスなことを言い、英語を英語のままでいられなくするよう揺さぶりをかけることで英語帝国のレゾンデートルへ調整豆乳をかけてやるのだ。くだらないことを書いていないで普通のことを普通に読みやすく書けと要求する読者は、自国の作物がグローバル市場で安く買い叩かれることを容認してしまう。異様な言い回し、言葉遊び、難解な言葉を使いこなす人は外交官として有能で、日本語の利益を守っていると考えられる。翻訳者はそれに応えなくてはならない。日本語特有の表現や言葉遊びが翻訳で省略されたり、違和感なくスッと読めるように変えられてしまった場合は、関税なしで農作物を安く買い叩かれたり、他言語に対して「無血開城」と胸にプリントされたTシャツを着せられたりすることに等しいのだから。

■ 参考文献

- 大滝瓶太「すべての翻訳は機械に代替されうるか——翻訳のクリエイティブとは」UNLEASH、2018年12月27日、2019年10月10日アクセス。
- 多和田葉子『エクソフォニー——母語の外へ出る旅』岩波書店、2012年。
- ---.『献灯使』講談社、2017年。
- マシュー・レイノルズ『翻訳——訳すことのストラテジー』、秋草俊一郎訳、白水社、2019年。
- Kittaka, Louise George. "'*The Emissary*': Power, Poison, Pain and Joy inside Its DNA." *The Japan Times*, 4 Aug. 2018. Accessed 10 Oct. 2019.
- Tawada, Yoko. *The Emissary*. Trans. Margaret Mitsutani. New Directions, 2018.

柴田さんと村岡さん

『ハックルベリー・フィンの冒けん』の新しさ

里内克巳

SATOUCHI Katsumi

教室であの『冒けん』を読んでみた！

昨年度は、勤務校で「ハックルベリー・フィンの翻訳学」という授業を開講した。柴田元幸さんが訳されて話題になったあの『ハックルベリー・フィンの冒けん』（研究社、2017年）と、もっと前の世代の名翻訳家、村岡花子さんが訳されたもの（新潮文庫、初版は昭和34年＝1959年）とを、トウェインによる原著も参照しつつ比べ読みしてみる――自分としては、やったことのない試みだった。熱心に取り組まれ、意見や感想を言ってくれた受講生の皆さんには、とても感謝している。1年間かけて原著と訳本をじっくり読み、教室のなかで意見交換することを重ねるうち、柴田さんの翻訳の新しさや工夫のしどころが自分なりに分かってきた。

マーク・トウェイン、『ハックルベリー・フィンの冒けん』柴田元幸訳、研究社

昨年10月には訳者ご自身が編集された解説本『「ハックルベリー・フィンの冒けん」をめぐる冒けん』（研究社、2019年）も出版された。この翻訳本の書評なども収められていたが、『冒けん』のどこがどう素晴らしいのか、表現の細部に立ち入って指摘するものは（幸いに）なかった。そういうことで、ロバート・クーヴァー『西部のハック』で始めた自分のエッセイを、やはりハックがらみの話題で締めくくる気になった。授業のなかでは皆、おふたりの翻訳者のことを、親しみを込めて、村岡さん、柴田さんと「さん」付けにしていたから、ここでもそんな風にしたい。〈柴田さん〉には今年の秋におめにかかる機会があるのだが、その時はもちろん柴田先生、とお呼びするつもりだけれど。[*1]

無学なハックが日本語を書いたら

アメリカ小説があまたあるなかで、『ハック・フィン』ほど繰り返し日本語に訳された作品はないだろう。東京大学でトウェインを研究されている石原剛さんがお書きになった『マーク・トウェインと日本』（2008年、彩流社）によると、この小説の日本で初めての翻訳は、ユーモア作家・翻訳家・英文学者の佐々木邦による『ハックルベリー物語』（1921）だというから、大正時代のことになる。私は未読だが、あの躍動感のあるハックの語り口は再現されず、原作のもつ批判精神も生かされていないという。そのあたりを出発点にして、数多くの日本語版『ハック・フィン』が出版されてきた。中村為治（岩波文庫、1941年）の『ハックルベリイフィンの冒険』は戦時期の翻訳で、大江健三郎に影響を与えた。戦後になると、続々と翻訳が出る。野崎孝（講談社、1970年）、渡辺利雄（集英社、1980年）、西田実（岩波文庫、1981年）、山本長一（彩流社、1996年）、加島祥造（ちくま文庫、2001年）、土屋京子（光文社古典新訳文庫、2014年）……多くてすべては書ききれない。

こんなにも繰り返してこのトウェインの代表作が訳されてきたのは、それだけ日本で親しまれてきたということでもあるし、ハックのくだけた語り口を上手に日本語にするのが至難の業ということでもある。ハックやジムをはじめとする登場人物のおしゃべりは方言だらけ、間違いだらけ、その場限りの造語だらけで、通常の辞書を引いても出てこない言葉に満ちている。だがそれこそが、100年以上たった今でもこの作品が瑞々しさを保っている秘密なのだろう。そのハックのひとり語りを日本語でどう再現するかが、翻訳者の腕の見せどころ。挑戦し甲斐があるのだ。

次々と訳書が出版されるなか、斬新な訳文でだんぜん目立っているのが、柴田訳『冒けん』だろう。この本で柴田さんは、他の翻訳者が試みてこなかったことにいろいろと挑戦している。いちばんの目玉は、ご本人も言われているように、無学なハックが小説の書き手であるという点を、特に前面に出して訳すという点だ。もしハックが日本人だったなら、難しい漢字などまず書けない。だから訳書タイトルにもあるように「冒険」という言葉を書くにも、漢字で書けるところと書けないところが出てくるはず。そんなコロンブスの卵のような発想が、この翻訳の根底にはある。「冒けん」をはじめとして、「未ぼう人」「投ひょう」「一時かん」「政ふ」「きょう会」……など、まだら模様になった奇妙な言葉たちがこの本には溢れる。

漢語が部分的にではなく、すっかり仮名に直される場合も多くある。そのときには〈ひらがな〉を使うか、カタカナを使うか、という問題が生じる。このあたりの判断を柴田さんはどのようにされているのだろう。訳書で見開きになっている22－23ページのところを例にとって考えてみたい（長くなるのでここでは引用しませんが、ぜひ本を手に取って確かめてください）。

物語が始まったばかりの第2章、ハックが深夜にトムに呼び出され、仲間内での盗賊団結成の儀式に加わる、という場面。どのページもそうだが、この見開きも字面にバラエティがあって、眺めるだけで楽しい。書名の「冒けん」と同じように、漢字で書けるけれども部分的に〈ひらがな〉になっている言葉が目に飛び込んでくる。「十字か」「死たい」「永きゅう」といったもの。それだけでなく、全部〈ひらがな〉にして、そこに傍点をつけたり、カタカナにしたりなどして、表記の仕方に変化がある。その使い分けについては、柴田さんはあまり意識せず直感的に訳しておられるようだが、この場面に限定して文章を観察してみると、およその原理原則が見えてくる。

「ぼうきゃく」「しあん」「りゃくだつ」「ひんかく」のように、ハックが普段の生活のなかで使用する範囲からはみ出すような語彙には、〈ひらがな〉が使われる傾向がある。これは主としてトムが発するセリフのなかで現れてくる。書き手のハックは、トムが使った語彙を思い出して書いているわけだが、そういった言葉の意味をかっちりと理解しきれていない。そんな状況が〈ひらがな〉にすることで伝わる。

一方、「ノド」「ヒミツ」「ノロイ」「ヨッパラッて」「ブタ」「ユビ」「ハリ」などといった言葉はカタカナにしている。カタカナの言葉はさまざまだが、ハックがよくその意味を知っている日常的なボキャブラリの範囲にほぼ収まっている、という大雑把ながらの共通点がある。そのうえ、「ノロイ」や「ヨッパラッて」などの場合は、そこをカタカナにすることによって、軽い皮肉やユーモアのニュアンスが込められる。この小説の冒頭部は、「『トム・ソーヤーの冒けん』てゆう本をよんでない人はおれのこと知らないわけだけど、それはべつにかまわない。あれはマーク・トウェインさんてゆう人がつくった本で、まあだいたいはホントのことが書いてある」(10)となっているが、この場合のカタカナで書かれた「ホント」にも、ちょっとおどけた雰囲気が漂う。このカタカナの使用と、「てゆう」という破格の書き方の反復によって、語り手ハックの朴訥なキャラクターが冒頭から読み手に印象づけられることになる。

他にもある、こんな面白い工夫が

この訳書独自の書き方は他にもいろいろある。もう一度、第2章の見開きに戻って、右のページの終わりあたりに目を移すと、日本語の小説ではあまり見かけないような会話の組み込み方が見られる。ここは原文では “Ben Rogers says” の直後にコロン(:)の記号が置かれ、それから改行してベン・ロジャーズの言葉が来る。こんな具合だ。

> [……] Then Ben Rogers says:
> “Here’s Huck Finn, he hain’t got no family—what you going to do ’bout him?”

これが『冒けん』だと以下のようになる。

> [……] するとベン・ロジャーズが
> 「でもハック・フィンには家ぞくなんていないぞ。どうすんだ」と言った。(22)

通常の小説だと、こんな風に読点なしに改行して書かれることはないだろう。同じ箇所を村岡さんの訳書で確かめるとこうある。

> [……] すると、ベン・ロジャーズがこう言った。
> 「ハック・フィンには家族がないじゃないか。どうしたらいいんだい?」(15)

会話文を導く際のコロン記号の使用は、英語の小説ではとても多いけれど、「ベン・ロジャーズは(こう)言った」の後にセリフを置くという、通常の小説で見かけるようなスタイルの訳文を柴田さんはあまり作っていない。上にあげた例はセリフが短いので目立たないけれども、とても長いセリフであっても、〈～が〉と〈と言った〉を分け、そこにセリフを挟み込む、ということを柴田さんはされている。しかも、〈～が〉の後は読点なし。些細なことと思われるかもしれないけれど、これは漢字→仮名の操作に勝るとも劣らない、とても大きな工夫だ。〈誰それは「……」と言った〉式の書き方の多用は、小説というジャンルの常套的な書かれ方を知らない人物が書いている、という印象を読み手に与える。それは同時に、ハックが自然におしゃべりをしているような感じを出すという効果もあげている。主人公は〈書き手〉でもあり同時に〈話し手〉でもある。その二重性を訳者の柴田さんはとても意識している。

別の工夫も見てみよう。アメリカの小説なので、距離を示す単位は原文ではフィートやマイルで示されている。通常の訳本ならばそのままにしておくだろう。だがマイルにあまり馴染みのない日本の読者には、距離感をつかみにくい。そんな問題を解消するために、たとえば3マイル[約4.8キロメートル]というように、注釈を本文のなかに埋め込むことが、よく行なわれる。だが『ハック・フィン』のように、登場人物がいろいろな場所を移動するような小説では、距離を示す文章は何度も出てくる。そこでこの訳書では思い切って、原文でフィートやマイルが出てくるところは、現代日本での単位に置き換えている。以下の例のように。

こないだ探けんしたとき、島のまんなかあたりによさそうな場しょがあったんで、おれはそこを見にいきたかった。それでジムと出かけていって、じきに着いた。なにしろこの島、長さ五キロ、はば五百メートルくらいしかないから。(90)

[＊下線部分は原文では、“three miles long and a quarter of a mile wide”とある。]

こんな形で単位をそっくり置き換えてしまう翻訳は、厳密な意味では掟破りだろう。だがこれは、注を入れるたびに小説の語りが断ち切られてしまうことを避けるひとつのやり方で、私自身はあまり違和感を持たずに読むことができた。最近の翻訳には、同様の例が他にもあるのだろうか。とにかく、こんな風に処理する手があることを、この訳書に教えてもらった。[*2]

村岡さんもまだまだ現役だ

柴田元幸さんと村岡花子さんの翻訳を比べると、どうしても先発の村岡さんが不利になってしまうのは仕方がない。ひと昔前の訳だと、今の読み手と訳者との間で、言葉をめぐる感覚が乖離する。たとえば柴田訳で「ブルージーンズ」とあるところは、村岡訳では「紺木綿」で、今読むとちょっと変だなあ、となる。そして古典と目される文学作品の場合は、研究の蓄積と共に作品理解も精緻になってくるから、そんな意味でも新しい訳に分がある。とは言っても、教室でふたつの翻訳を比べてみると、村岡さんの翻訳を評価する人も少なからずいたのだった。

村岡さんによる『ハック・フィン』翻訳の大きな特徴は、原文に忠実な改行を必ずしも行なわないところにある。柴田さんはきちんと原作通りに改行していて、そこでおふたりの方針は大きく異なる。例として第17章の一場面を引用してみたい。川に落ちたハックが命からがら岸に上がり、よそ者を極端に警戒している近隣のグランジャーフォード家を訪れるくだりだ。原著および柴田訳では改行なしに一気に書いているところだが、村岡さんは次のようにしている。

　僕は急がなかった。急ごうと思ったとしても急げなかった。一度に一歩ずつゆっくり進み、物音一つさせなかった。ただ、自分の胸の鼓動が聞こえる気がするだけだった。犬どもは人間のように鳴りをひそめていたが、僕の少しあとからついてきた。丸太三本でつくったかいだんのところまで行ったとき、戸の錠をあけ、閂を外し、鉄栓を外す音がした。僕は戸に手をかけ、少しずつ開けていくうちに、誰かが、
「さあ、それでじゅうぶんだ——頭を入れろ」
　と、言った。
　僕は言われた通りにしたが、頭を切り取られるのかと思った。(149)

　こんなひっきりなしの改行は、原作とは大きく異なる。けれども、活字がぎっしり詰まった長いパラグラフを、こんな風に区切ってバラリと開くと、人物のセリフがくっきりと浮き立って格段に読みやすくなる。今のライトノベルに通じるような工夫だ。先ほど見た柴田さんの〈マイル→キロ〉変換と、村岡さんの改行は、あえて原作から逸脱することで、文学作品、特に外国の小説に馴染みの薄い日本人の若い読者が入っていきやすいテクストを作る、という意図を共有している。

　小説の内容に関わる部分に立ち入ってみると、ハックとジムとの関係性が、柴田訳と村岡訳とでは微妙にとらえ方が異なっている。村岡訳では、このふたりの関係にはかなり大きな上下差があると感じられる。ハックの方はジムに対して上から目線で話しかけ、ジムの方はへりくだった言葉遣いで返す、というパターンが多い。呼びかける言葉も「ハックさん」だ。一方、柴田訳はそうではない。ジムは相手に対して、「ハック」と呼んだり「あんた」と呼びかけたりする。ふたりは互いに気の合う友だち、フラットな関係にある相棒どうしという感じを強く受ける。

　どちらの訳が、上手に原作でのふたりの関係をつかまえているか？　これは簡単には答えの出ない問題だ。人種の違いから生じる身分差は確実にあって、ハックはジムの上にしばしば立つ。ちょっと歪んだ優越感があるから、ジムに対して度の過ぎた悪戯をするときもある。だが年齢や経験値で見るならば、ジムはハックの一枚上を行く。ハックを議論でやりこめてしまう時すらある。ふたりの関係がどんな局面でどう変わるのか——そこがこの小説の読みどころになる。このふたりは対等だとひとまずは言えても、その関係は揺れと緊張をはらんでいる。その微妙さがよりうまく表現できているのは、村岡さんなのか、柴田さんなのか、私にはまだ答えが出ない。

　新旧の『ハック・フィン』翻訳を読み比べて、私がいちばん興味をもったのは、原作での斜体（イタリック体）をどうするかで、ふたりの訳者が異なるスタンスをとっているこ

とだ。『ハック・フィン』に限らずトウェインの作品では、セリフのどの箇所に話者が力点を置いているかを指し示す斜体の役割は、とても重要だ。それが使われることで、人物のセリフがより生きたものになってくる。通常の日本語訳では、原文の斜体は傍点を打つことによって示される。ところが村岡さんの訳書では、傍点をいっさい打たない方針を採っている。そのために作中のセリフが少々平板になるきらいがある。セリフが棒読みされているような印象を受ける、と言ってもいい。

一方、柴田さんの『冒けん』は、登場人物がいま目の前にいてしゃべっているかのように、セリフを実に生き生きと訳してある。そして斜体もたいていの場合、傍点に置き換えて再現されている。ただしこの訳書での傍点は、複数の役割を担っていて、扱いが厄介な記号になっている。例として、第22章でのシャーバーン大佐の言葉を素材にして、原文と柴田訳とを比べてみよう。自分をリンチしようと押しかけた群衆に向かって、大佐が傲然とした態度で言い放つくだりだ。原文の斜体部分は、より目立つように下線も付けてみた。

“The Idea of *you* lynching anybody! It’s amusing. The idea of you thinking you had pluck enough to lynch a *man!* Because you’re brave enough to tar and feather poor friendless cast-out women that come along here, did that make you think you had grit enough to lay your hands on a *man?*

「おまえらがリンチするだって！　とんだおわらいぐさだ。一人まえの男をリンチするこんじょうがおまえらにあるつもりか！　まよいこんできた、ともだちもいない、村八分にされた女たちにタールぬって鳥のハネでおおうどきょうがあるからって、一人まえの男に手が出せるとおもってるのか？［……］」
(263ページ)

原文のセリフでは、“you”と“man”に斜体がほどこされている。男らしい男である自分と、そうではない〈おまえら〉。そのコントラストを強調しているのが、原著では一目瞭然で分かる。柴田訳では、その原文を反映して「おまえらが」と最初の「一人まえの」に傍点が打たれているが、2番目の「一人まえの」は手つかずになっている。その代わりに、「おわらいぐさ」「こんじょう」「どきょう」といった、原作では斜体になっていないところに傍点を加えている。これら3カ所では、どこがひとかたまりの語になっているのかを示すために傍点が打たれる。言い換えると、前後の語との境を示すことで、〈ひらがな〉だらけの文章を読みやすくする機能を持った傍点なのだ。

そんな〈分節〉のための傍点と、〈強調〉のための傍点が入り混じるのが、『冒けん』の大きな特徴だ。そしてそのふたつの役割は、必ずしもくっきり切り分けられていない。上の例の場合、「こんじょう」と「どきょう」という類語に打たれた傍点の役割を、〈分節〉ではなくあえて〈強調〉と解することもできる。この訳文では、大佐がそれらの言葉にこそ強烈な皮肉を込めて、群衆の気の弱さをことさらに揶揄していると読んでみることができる。そうすると、柴田さんは基本的に原作の斜体を大切にして訳しておられるけれども、時にはそこから自在に逸脱して、原作とは異なるアクセントを人物のセリフに込める場合もある、ということになる。

そんな具合に工夫と企みが隅々に行き届いた、この訳書と丹念につきあってみると、原著の内容もニュアンスもできうる限り正確に移し替えることを目指す、翻訳書としての使命を果たすこととはまた別に、狭い意味での翻訳とも翻案とも異なった、創作的要素をゆるく取り込んだ外国文学作品の紹介の可能性を、柴田さんが模索されていることが見えてくる。『冒けん』に認められるその試みは、長い目で見れば翻訳という領域に留まらず、日本語文学の新しい形をつくることにも繋がっていくだろう。

*1 中垣恒太郎さんの司会による日本マーク・トウェイン協会ウェブシンポジウム（2020年11月7日）。

*2 今年度は「トム・ソーヤーの翻訳学」と題して、『トム・ソーヤーの冒険』の柴田訳（2012年、新潮文庫）と土屋京子訳（2012年、光文社古典新訳文庫）を比較する授業をしている。訳出のスタイルは正反対と言ってもいいこの2冊は、どちらも名訳。双方ともに、距離の尺度は日本のそれに変換したうえで訳出している。

詩人のように翻訳し、翻訳者のように創作せよ[*1]

パートI：翻訳とアイスランド語の未来

吉田恭子
YOSHIDA Kyoko

　翻訳という乗り物を前進させる推進者らは同床異夢であり、かならずしも同じゴールを見据えているとは限らない。起点言語側の原作者、編集・出版社をはじめ、目標言語側の翻訳者に編集者、出版社、そして出版を助成するさまざまな組織まで、思惑はそれぞれである。なんといっても、乗り物の原動力が戦争と紛争なのだから。

　近年アメリカで外国語学習の要請が飛躍的に高まったのも2001年の同時多発テロとその後のアフガン・イラク侵攻がきっかけだった。以前は外国語を必修としなかったアメリカの大学で軒並みカリキュラム改定が起こった。あるいは、ドナルド・キーンのように、第二次世界大戦中の情報収集を目的とした日本語学習が文学研究・文芸翻訳へ繋がる例を考えてもいいかもしれない。今日英米での文芸翻訳ブームの背後には、英語圏の根強い単言語主義に対する内部からの異議申し立てと、英語に多様性を与え、英語をもっともっと変にしたいという翻訳者たちの思い（矢倉喬士「英語を壊すお・も・て・な・し」P324参照）だけでなく、英語の情報収集・発信力をより強固にすることで英語圏の政治的・経済的覇権を確実なものにしたいという欲望も潜んでいる。

　アイスランド語はアイスランドの国民言語であり唯一の公用語である。その話者は世界中で35万人に満たない。アイスランド語は中長期的には消滅の危険性がある。地理的に隔離された土地柄、アイスランド語は北欧諸語の中でもとりわけ古代的な特徴を保持してきた。近代化に伴い無数の外来語をアイスランド語化することで対応してきたが、IT産業革命でアイスランド語化のスピードが追いつかなくなり、「デジタル少数化」現象が起こった。つまり、現実世界で優勢を占める言語がOSやインターネットなどのデジタル・インターフェイスで埋没少数化あるいは消滅してしまうのだ。

　たとえばWindowsやMac OS、Googleなどをアイスランド語化するには、当然フランス語（話者1億超～2億人）やドイツ語（話者1億3千万人）、日本語（話者1億2千万人）や朝鮮語（話者8千2百万人）へ移行するのと同じだけの費用がかかる。そこで、わずか35万人（しかも英語が比較的堪能）を対象に膨大な費用を投入する必要はないと企業は判断してしまう。アイスランド人もわたしたちと同様毎日何時間もコンピュータやスマホを相手に生活しているので、職場が英語化する。またケーブルテレビが導入されると、古来の物語伝統が英語圏のドラマにあっという間に取って代わり、若い世代から日常生活も英語化する。読書の習慣がなくスマホを使う子どもだと、母語に触れる時間が圧倒的に不足して、充分なアイスランド語の語彙が身につかないまま義務教育期間を終え、読解力や思考の言語化能力が不足したまま社会人になる。英語はある程度はできるのだが、あくまでも日常の用足しができるレベルにとどまってしまう。アイスランド政府は将来公費でOSなどをアイスランド語化する予定だが、現時点では危機感を感じる関係者らが非営利でネットのインターフェイスにアイスランド語を導入しても、サイトの表面だけにとどまっていたり、単語の活用などの対応が不充分だったりで、ユーザーはストレスを感じてしまい、結局英語に戻るケースが多いのだという。

文学者が言語の消滅に抗おうとするとき、実は翻訳という乗り物が不可欠になる。孤立する言語をまるごと容易に他言語に取って代えさせないためには、言語間の往き来の活性化が決定的な意味を持つ。それと同時に、翻訳の不可能性も大事な役割を負う。英語による侵食に耐える言語世界を維持していくためには、「アイスランド語ならでは」という表現や作品を生み出し続けることが必要となる。

ビョークとのコラボレーションでも知られている小説家ショーン（Sjón）は、できる限り「アイスランド的」な小説を書こうと中編『青い狐』（*Skugga-Baldur*, 原書2003年; 英訳2008年; 未邦訳）を執筆した。この作品はあまりにローカルすぎて翻訳はされないだろうと編集者と話していたそうだ。ところが、海外の友人らに英訳を配ったことがきっかけで、みるみる翻訳の波が広がり、現在計35の言語に翻訳され、名実ともにショーンの代表作となった。19世紀のアイスランドを舞台に、雪の中ひとりブルーフォックスを追い続ける狩人の牧師と追われる野生動物の意識を往来しながら、牧師の過去が時を隔てて共同体にもたらす運命を描く。アイスランド古来の伝説や神話にインスパイアされながらも現代的な技巧を凝らしたファンタスティックな物語は、アイスランド語でしか語りうることのできない想像世界をアップデートすると同時に、翻訳されることで世界の言語とアイスランド古来の物語伝統とを継ぐ役割も果たす。

Sjón, *The Blue Fox*, Farrar, Straus and Giroux

イスラエルの作家ダヴィド・グロスマンとの対話で「文学の9割はメロディ」であり、それを翻訳するのは「霊的な行為」だとするグロスマンの提言にショーンはこう応じている。

> ある意味では、最初に原語で作品を執筆するときも、私たちは絶え間なく翻訳しているんです。ここにあるものを翻訳しようとして、自分たちが使う言語と取っ組み合う。それでますます感じるようになってきたんですが、言語というものは ── 私の場合はアイスランド語だけど ── 自立した存在じゃないか、と。何世紀にもわたって人間を文学作品に翻訳するのに使われてきたのだから、記憶や物語を伴う人工知能のような存在で、だからテクストが反応してくれて、ときには自分がアイディアをもらっているというか、言語がどうやって書き進めるべきか自分に知恵を授けてくれるようだと感じるんです。私が何かを書く、すると言語が逆の提案をしてくる。そこで試してみると、そちらの方がずっといい。だから書き手は存在を相手にしているのであって、言語とは書き手が自らを翻訳しているときの対話相手だと思うのです。そしてよい書き手であれば、作品の背中を押して、翻訳家の背中を押して、翻訳先の言語との同じような対話をうながすことになる。

同じくアイスランドの小説家ルーナー・ヘルギ・ヴィグニソン(Rúnar Helgi Vignisson)が、「私の小説は(故郷のフィヨルドの)山々が書いたものだ」と言うとき、環境が言語と共同体の精神を生み出し、言語は共同体の記憶を保持するという意味において、ショーンが言う「人格的存在としての言語」に言及しているのであり、彼の小説は「山々の言葉」を「翻訳」したものだと解釈することもできる。

ルーナー・ヘルギは翻訳家でもある。小説を執筆し大学で教鞭を執る傍ら、ウィリアム・フォークナーからエィミ・タン、イアン・マキューアンからJ.M.クッツェーまで驚くほど幅広い現代英語小説をアイスランド語に翻訳してきた。それが言語の寿命をのばすために死活的な営みであることをはっきりと自覚した上で、彼は翻訳を続けている。言語を存命させるには「熱意」が必要だと彼は言う。アイスランド語のように古代から変化の少ない言語に、現代小説を翻訳するのは並大抵の労力ではない。だが、アイスランド語の表現領域を広げ、よりしなやかに融通の利くように練り上げ、言語をアップデートしていく潜在力が翻訳の言語にはあることを、ルーナー・ヘルギは知っているのだ。

ショーンはまたアイスランド語が翻訳されることだけでなく、アイスランド語に翻訳する重要性にも触れている。

> 翻訳を通じてはじめて物語は旅をします。アイスランド語のように話者が少ない語も、いわゆる「大言語」の文学を受け入れることができる。だからダンテをアイスランド語に翻訳することができるし、だとするとアイスランド語はダンテを受け入れる大きさがあるということです。だから数の問題ではないんです。言語の大きさの話をするとき、すぐにヒエラルキーの枠組みで考えがちです。それは止めないと。

自国語への翻訳がその言語をより多様かつ柔軟にすることで、言語の寿命をのばし、表現範囲を拡大する役割を負っているとするならば、わたしたちは英語ばかり翻訳していていいのだろうかとも思う。英語圏では翻訳は全出版点数の3％に過ぎず超ニッチな世界である。それに対して日本は翻訳大国だと思っている人は多いだろう。ところが現実には、興味をかき立てられた海外現代小説の日本語訳がないので仕方なく英訳を読む、ということが頻繁にある。日本の翻訳書出版数は確かに多く、ドイツ、スペイン、フランスなどに続くが、とはいえ首位のドイツの半数ぐらいで、日本語への翻訳書の約8割が英語からの翻訳なのである（ドイツの場合は英語からの翻訳は6割程度）。日本語をより変で多様性に富み表現潜在力の高い言語に育てていくために、覇権言語をせっせと日本語に移していくだけでいいのだろうか。

ちなみに文化政策の一環として自国文学の外国語への翻訳を助成する政府や財団は多い。ところが英国のアーツ・カウンシルは諸国語文学の英訳を助成している。覇権言語特有の政治力と経済力がゆえの政策なので、日本が容易に真似できるわけではないのだが、英語への翻訳によって英語はより強力に強大になっていく。英訳への助成は、英語がいわゆる「小言語」同士の橋渡し言語として機能していることとも関連している。たとえばアイスランド語からインドネシア語への文芸翻訳ができる人材は限られている。そこで「小言語」の重要な作品を英訳する助成をすることで世界文学貿易の流通を促進しようという意図である。ここで英語は基幹通貨としての米ドルのような役割を負っているのだ。

近代はじめには、東アジアの翻訳文学流通において日本語が基幹通貨的橋渡し言語の役割を果たしてきた歴史があった。たとえば近年諸外国語から中国語への翻訳の検閲・許可が厳しくなってきているようだ。すると将来、諸国語から日本語への翻訳がふたたび橋渡し的役割を演じることもありうるだろう。

2014年に「未来図書館」というプロジェクトがノルウェーではじまった。スコットランドの芸術家ケイティ・パターソンの発案による。オスロ郊外に植林をし森を育て、100年後にその樹木から製紙して文学全集を刊行する。2014年から毎年1名の作家が指名され作品を提供するが、作品は2114年の全集刊行まで誰も読むことが許されない。原稿は2020年に開館するオスロ市図書館の特別室、森林からの間伐材で内装した「サイレント・ルーム」に保管の予定である。現時点ではマーガレット・アトウッド（2014年）、デイヴィッド・ミッチェル（2015年）、ショーン（2016年）、エリフ・シャファーク（2017年）、ハン・ガン（2018年）、カール・オーヴェ・クナウスゴール（2019年）が

未来図書館ウェブサイト

作品を提供している。

この「ノルウェイの森」で、毎年作品引き渡しの儀式がおごそかに行われる。文学全集が刊行されるとき、プロジェクトの立ち上げに関わった人たちは誰も生き残っていないし、現時点で作品を提供した作家らもこの世にはいない。「未来図書館」は人間の時間が自然界の時間に抱かれていることを改めて確認させるとともに、文学に対峙するわたしたちの時間感覚をも問い直す。100年後の読者に託す作家を選ぶ基準は、たとえばノーベル賞授賞者を選ぶ基準とはまた違ったものになるはずだ。そして、100年後に全集が刊行されるためには森林が生き延びなければならないのと同様に、アイスランド語も生きた言語として命脈を継ぐことを課せられている。

後記

2020年、未来図書館に作品を提供した7人目の作家は、鮮烈で繊細な自伝的小説『地上で僕たちはつかの間輝く』(2021年木原善彦さん翻訳で刊行予定)が話題となったサイゴン生まれのアメリカ作家オーシャン・ヴォン。作家は後世の文学的名声のために作品を書くのではなく、現在・過去・未来に常に存在する「同時代人」に向けて書き続ける。未来図書館のセンスのよさと、若手に大胆に未来を託すキューレーションの姿勢に唸ってしまった。(2020年11月9日)

*1 タイトルはアメリカの詩人で翻訳家のピーター・コールの発言から。

詩人のように翻訳し、翻訳者のように創作せよ

パートII：アメリカ手話の翻訳詩を「読んで」みる

吉田恭子
YOSHIDA Kyoko

アメリカ文芸翻訳の現在

2019年11月7日から10日、ニューヨーク州北部ロチェスター市でアメリカ文芸翻訳家協会（ALTA）の年会に久々に参加した。2013年に誘われて初参加したときは、諸外国文学を英語に翻訳する人々の集いで得られるもの、貢献できるものがあるのだろうかと疑問だった。外国語文学研究者は原典に至上の価値を置くので、自分のまるきりわからない言語から翻訳する人たちと有意義な意見交換ができるのかと懐疑的だったのだ。ところがそれは外国語文学を学術研究という狭い枠に閉じ込めてしまう大学教員にありがちな思い込みで、不安は見事に裏切られた。今では一番楽しみにしている学会である。

文学系の学会では、スキがなく練り上げられた発表原稿を読み上げるのが慣習だが、ALTAでは参加者に「話しかける」ことが決まりになっている。それだけのことでも新鮮だった。そして詩の翻訳者の多いこと！　もともと英語で詩を書いている若者が、大学卒業後、あるいは創作修士号取得後に英語教員として海外経験を経て語学を習得し、詩の翻訳をはじめるケースが多い。詩のことばがどのように機能するか、ひとつの詩がどうやってその想像世界をことばで立ち上げ維持するのか、経験的に理解しているため、詩を詩として翻訳するという原理的には不可能なことに挑戦し続ける。そして詩の魂は意味ではなくむしろリズムとメロディに宿っていることをこの人たちは知っている。だからALTAでは朗読が伝統の一部になっていて、原詩の暗唱マラソンが毎年開催される。

今年のALTAで気がついたことは、翻訳と創作の距離がぐっと縮まったこと、ヘリテージ・スピーカー翻訳者[*1]の増加、第2言語への翻訳など翻訳理論の定説に反する実験的翻訳への興味の拡大である。

アメリカの大学院で文芸翻訳専攻はクリエイティヴ・ライティング・プログラムと連携していることが多く、近年両者の関係はより密接になってきた。翻訳専攻の修士号はMFA（芸術修士号）が一般的で、文芸翻訳の習得において知識や語学力はあくまで前提であり、最終的には技巧《アート》の習得を求める理念が伝わってくる。創作科協会（AWP、第3章参照）でも10年ほど前に翻訳パネルが

登場し、以降、増加傾向にある。

翻訳は文芸テクストの流通だけでなく、生産に関わる技巧という考えなのだ。バレリア・ルイセリやエリフ・シャファークなど複数の言語で執筆する作家も増えた。創作科の老舗アイオワ大学では、翻訳ワークショップを履修する創作科院生が増加傾向だというし、伝統あるジョンズ・ホプキンズ大学の創作科大学院は、カリキュラム改訂後文芸翻訳演習がMFA取得の必須条件となった。現在翻訳が必修の全米唯一の創作科だという。ヴァーモント芸術大学には、創作と文芸翻訳の合同MFAローレジデンシー・プログラム(通信教育課程の一種)が設立された(2021年に終了予定)。

あるMFAプログラムの小説ワークショップでは、創作科の院生が執筆したオリジナル作品と、翻訳科の院生が翻訳した小説とが同等にワークショップの対象になるという。これは一見無謀な授業運営に見えて、実は刺激的かつ納得のいく試みで、小説ワークショップで鍛えられた読み手は、テクスト世界の自律的整合性にそぐわない箇所を指摘する技術に長けている。翻訳テクストでそのような部分は、起点言語の誤読に発する誤訳が絡んでいたり、目標言語の表現に問題がある場合が多い。逆に、創作科の側から見ると、どうしても似たり寄ったりの作品が並んでしまいがちな小説ワークショップに海外からの翻訳作品が参入することで、創作科院生の感性が揺さぶられ、小説の仕組みを問い直すメリットも期待できる。英語圏の作家ばかりを参考にする視点の狭さを実感できる。

国民言語で国民国家の読者を想定して生産され流通する国民文学の時代が終焉を迎え、ポスト国民文学の時代は母語以外で執筆したり、国外で、あるいは移住しながら活動したり、翻訳を原典よりも先に出版させたり、自らの手で翻訳したりする作家が増え、テクスト生産と流通のプロセスも多様化していき、翻訳と執筆とはまったく別の作業だとは言いがたくなってきた。

アメリカ手話詩と
フライング・ワーズ・プロジェクト

今年のALTAのテーマは「視覚と音」で、基調講演は聾詩人ピーター・クックと聴者通訳ケニー・ラーナーのデュオ、フライング・ワーズ・プロジェクトだった。

会場となったロチェスターは国立聾工科大学を擁し、人口70万人のうち9万人が聾者または難聴者で、アメリカ手話(ASL)が使える人口はそれをはるかに超える、日常的に手話が使用されている多言語都市である。翻訳学会期間中も同じホテルで聾高校の全国集会が開催されていた。

本稿では、クックとラーナーの講演の内容をまとめるのではなく、具体的にひとつの翻訳詩を見ていくことで、手話詩の魅力を探り、さらに詩作と翻訳の関係について考察してみたい。手話詩の世界は文字通り「百聞は一見にしかず」なのだから。

聾者はページ上の詩を読み理解するこ

とができるのに、なぜあえて英語の詩をアメリカ手話に翻訳するのか?——この疑問はさらに「詩、もしくは詩的言語表現とは何か」「詩の翻訳とはどのような営みか」という文学と翻訳についてもっとも根源的な問いを提起する。

手話に親しんでいる人には自明のことだが、実際に詩を「読む」前にまず確認しておきたいことがある。アメリカ手話や日本手話は、音声言語と同様、話者同士の共同体によって発展していった自律的な自然言語であり、英語や日本語を手仕草や綴りに置き換えたものでも、パントマイムのようなジェスチャーでもなく、英語や日本語とは違う文法構造と語彙体系を持っている。たとえば、アメリカ手話とイギリス手話は別々の言語であり、それぞれの話者は互いを理解できない。手話は両手の形・位置・動き・掌の向きに加え、視線や表情や胴体を使っての「非手指標識・動作」から成る。手話は独自の「聾文化」の基盤となっている。

アメリカ文化に興味を持つ人なら、今年のスーパーボウルの国歌吹奏で、サウンドアーティストのクリスティーン・スン・キムが米手話の国歌を披露したことを覚えている人もいるかもしれない。

キムの手話による国歌
(YouTube)

インドネシアの文学祭で出会ったラッパーのサインマークは、ビートの振動に乗ってフィンランド手話でパフォーマンスをする。聾者ではじめてメジャーレコード会社と契約を結んだ。

SIGNMARK,
Silent Shout,
(YouTube)

ピーター・クックは3歳のときに病気で聴覚を失った。両親が聴者だったため手話習得を阻まれ、大学入学後19歳で手話と出会って以来、詩や物語を通じてその創造的可能性を探求している。だからクックは第2言語創作者でもある。アレン・ギンズバーグの詩のワークショップに参加して触発を受けたのも作詩のきっかけになったという。聾文学は文字文学よりも時間と空間との関係性が口承文学に似ており、朗読パフォーマンスがとりわけ大切な役割を演じてきたビート文学が影響を与えたのも納得がいくし、実際クックは作風からしても、ビート後継世代の詩人のひとりとしてみなすべきだろう。また国立聾工科大学のあるロチェスターには80年代から聾詩シーンがあり、工科大は全国規模の聾経験芸術祭を主催していた。

基調講演で、ふたりはクックのオリジナルの詩だけでなく、いくつかの翻訳詩も披露してくれた。そのひとつ「半熟卵」は、ビート派の詩人のなかでもとりわけアウトサイダーであったグレゴリー・コーソ(1930～2001)

の詩「ネアンデルタール人賛歌」(1989年の詩集『*Mindfield*』所収)の翻訳である。

まずはコーソの詩の冒頭を見てみよう。

ネアンデルタール人賛歌

太古のおぞましい出産で
地下室で夢の中で俺は耳にした
母親たちの出産の叫びが
すすけた洞穴や病室の壁に跳ね返るのを

俺は見た白衣の医者が
苦しく曲がりくねった外陰から
山羊脚の赤子をひっぱり抜くのを
白衣の作業員が
ひっきりなしに台車で出入りする
あたりに散乱する血と山羊の毛

そして頭巾に隠れた看護師らが
むっとする空気で息詰まり
積み上げるのは切断した脚
神に似つかぬ俗悪な脚
きちんと
薪の山のように
……

まるでサテュロスの誕生と野戦病院の光景が入り混じったような悪夢から目覚めた語り手は、動物や人間の頭蓋が散乱した発掘現場の写真を雑誌で見たことを思い出す。猿人は頭蓋に穴を開けて卵をすするように脳を食べていたという。ネアンデルタール人が仲間の脳を食べていたかどうかはわかっていない。また彼らが新人類と交わったかどうかもわかっていない。だが彼らは猿人と違って死者をていねいに埋葬していた。だから滅びてしまったネアンデルタール人を見下してはならない——現代人は卵の黄身と白身を分けることはできるかもしれないが、白身なしでは黄身は存在しない、彼らこそが哲人だったのだ、と詩は締めくくられる。

詩はおおまかに3部からなっている。冒頭の出産の場面、古代人についての知識を語り手が思い返す部分、そして猿人と新人類の狭間に存在したネアンデルタール人に思いを馳せる結末部。

この詩は現代詩として典型的な自由詩だが、音韻に無頓着なわけではない。たとえば叫び声からはじまる第1スタンザ。

In a **b**irth old and horrendous
I heard in a **b**asement in a **dream**
the **b**irth-**scream** of mothers
bounce off the walls of sooty coves and **b**ins

キーワードである「叫び」(scream)と「夢」(dream)が行間韻でそれとなく強調され、Bの破裂音が頭韻としてくりかえされる。詩は幻想的な悪夢で強烈なイメージを喚起するが、同時に「音声」としても読者・聴者に伝わる。文字文化発生以前から人類が親しんできた詩には、音のパワーやリズムが不可欠だ。単に意味を移し替えただけの翻訳は詩の形骸にすぎない。だとしたら、聾文化の世界でどうやって詩を表現するのか? コーソの詩をクックはどのように手話詩に翻訳するのか？

その特徴を

①物語世界の階層化
②押韻
③転移
④身体性

の４つの視点からまとめてみよう。

手話翻訳詩「半熟卵」

まずはリンクの６分半の映像でクックの手話詩を鑑賞してほしい（英語の音声は、最後の場面に顔を出す聴者通訳者のラーナーによる。なお、映像の右下の“CC”ボタンをクリックすると自動生成英語字幕が表示される）。

手話翻訳詩
「半熟卵」
（YouTube）

①物語世界の階層化

アメリカ手話がまったくわからなくても、クックの翻訳詩の冒頭が「叫び声」ではないことは明らかだ。翻訳はかなり大胆に構成が組み替えられ、その結果、原詩よりも階層的な多重世界を構成している。

音声通訳はあくまでも手話がわからない人間への便宜でしかないのだが、ラーナーの通訳を重訳して（すなわち「翻訳の翻訳の翻訳」を通じて）階層化された構成をおさえておこう（和訳の改行とスタンザの数字および経過時間は、便宜上こちらで挿入した。以下「スタンザ2’’」といった形でテクストに言及する）。

半熟卵

1.（0:00 ～）
木製キッチンテーブル
ガスコンロの炎
鍋で湧いているお湯
古雑誌

1’.（0:24 ～）
いつのまにか、いつのまにか
夢から生まれる
聞こえた …… 叫び声！
聞こえた …… 叫び声
俺の耳に入ってきて（0:49）
俺の …… 脳を鷲摑みにした！

2.（0:53 ～）
叫び声
暗い廊下の
壁に跳ね返る（1:07）
廊下のドアの下に
少し光が見えたので
ドアを開けた

2’.（1:34 ～）
叫び声！
叫ぶ母親
陰門が広がり、化けものが押し出る、押し出る
山羊髭の化けもの
角、四角い目、蹴る脚
ゴム手袋の作業員がひっぱり抜く、血まみれ

ひっぱり抜く
台車担架に放り投げる（マイム）
台車担架に着地
横には白尽くめのナース（2:10）
頭から服のボタンまで白い
彼女は身体を見下ろし
頭を見る
胴体には脚
切断された脚
積み上がる切断された脚
積み重なった薪のようにきれいに並ぶ足（2:47）
滴っている
それから
ナースがやってきた
俺に向かって！

1''.（2:57～）
目が覚める
湯が湧いている
雑誌の写真は
洞窟の天井に洞窟の壁
壁画のある壁
手形

3.（3:20～）
そして炎
炎が揺れて壁画を動かす
猿人！
毛深い猿人
そして顔料（3:40）
顔料ベッタリの両手（マイム）

3'.（3:55～）
炎の下には
地面の下には
女と（4:02）
子どもが横たわる（4:08）
一緒に
一緒にていねいにくるまれ
永久の眠りに

3''.（4:19～）
そして猿人は
粘土と
鹿の角に
でかい顎
ずらりと並ぶ歯
そして熊の毛皮をまとい
石の山の上には
ヒトの頭蓋（4:38）
歯はあるが鼻や目はない
額には穴がひとつ
脳は空っぽ

1'''.（4:52）
さて俺は炎を消して
卵を取り出し
割った（5:11）
（マイム）
中身を丸呑みした
それから
殻の中を覗くと

3'''.（5:24～）
見えたのは
洞窟の天井に洞窟の壁
壁画のある壁
そして木片をもった原始人
棒をこする

4.（5:36 ～）
そして煙の中に
煙の中に
俺が見たのはヘロイン（5:41）
そして爆弾
そして飛行機が突っ込む
飛行機が突っ込む
飛行機が突っ込む
嵐の家の中に
叫び声と炎！
卵の中に

2″.（5:54 ～）
俺の目の中に
俺は叫ぶ

コーソの英語詩と違って、クックの手話詩は現実から始まる。湯を沸かし雑誌を開いたところでうつらうつらしてしまい、叫び声に誘われて迷い込んだ先はまるでホラー映画の世界のようだ。恐怖で目を覚ますが、また夢想に浸り、今度は洞窟へ迷い込む。そこでは、古代人が妻と子どもと思しき死者を弔う壁画の制作に没頭している。洞窟には石の山の上に穴の空いた頭蓋骨がある。ふたたび目を覚まして鍋から半熟卵を取り出し、穴を開けて中身をすすり呑む。穴から卵の殻の中を除くと、さきほどの夢に見た洞窟の光景が中に展開している。古代人が棒で火をおこそうとしている。そこからもくもく煙が上り、煙の中から立ち現れたのは麻薬の幻覚のような、あるいは戦争の悪夢のような光景。語り手は思わず叫び声を上げる。

コーソの英語詩が、冒頭の幻想的場面に続いて現実に立ち返ってから古代に思いを馳せるのに対して、クックの手話詩は、現実と悪夢と夢想との行き来を繰り返し、3つのレベルの「非現実」が入れ子構造をなす。それが詩の観者を白昼夢に吸い込む仕掛けとなっている。また、卵が頭蓋骨のイメージと重なることで、「半熟卵を茹でて食べる語り手」と「彼の頭の中で展開する想像世界」と「頭蓋に穴をあけ脳みそを食べた洞穴人」とが「白身なしでは黄身が存在しない」ように互いに互いを包み込むような作りになっていることもわかる。

そして、聾者のための手話詩でありながら、詩の枠組となっているのが「叫び」であることも指摘しておきたい。キムのサウンドアートやサインマークのラップにも見られるように、聾アートにとって実は音は見過ごせない要素でもある。加えて、翻訳詩としてのクックの手話詩は「音声」や「他者の悪夢」といった想像力を要する現象を観る者に体験させる仕掛けに満ちている。多層的なディエジェーシス（物語世界）をもつ入れ子構造は、実はクック自身の詩や物語

鍋で湧いているお湯

の特徴でもある。

さて、翻訳詩の大まかな構造を把握したところで、実際にクックの「言葉遣い」を観察してみよう。クックの目の動きと表情に着目してふたたび映像の冒頭部分を見てほしい。ディエジェーシスのレベルの違いが明確に表現されている。

冒頭、卵を茹でる支度をする語り手を描写するクックの視線は、落ち着いた伏目で、作業をする手元に集中しており、詩を観ている者と視線を合わせようとはしない。ここは相手への語りかけではなく、物語・フィクションの世界での出来事なのである。だが、鍋の横でうとうとしてくると、正面を向いた顔は目を閉じている。語りのレベルが変化しつつあることがわかる。

目を閉じるクック

そして、叫び声に脳みそを鷲摑みにされた瞬間、観者を真正面から見据えて刮目する。ここからレベル2、悪夢の世界に突入していく……

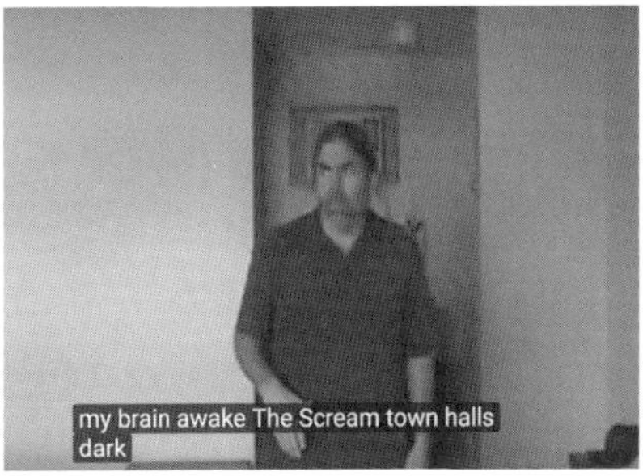

刮目するクック

このようにクックの視線遣いを追っていくと、いくつものディエジェーシスの層を重ねて、観る者を別の世界へ連れていく技巧が見えてくる。たとえば、スタンザ2′（1:34～）では、また伏目がちになるが、冒頭のような日常的な表情ではなく、大げさな表情を作ることで、現実世界とはまた別の物語世界を表現している。

②押韻

手話詩における押韻は当然ながら音声詩と違ってヴィジュアルな押韻となる。コーソの原典が非定型の自由詩で、あからさまな脚韻を用いていないのと同様、クックの押韻も非定型的だ。

またまた映像を見てほしい。今度はスタンザ2の箇所に該当する「叫び声／暗い廊下の／壁に跳ね返る／廊下のドアの下に／少し光が見えたので／ドアを開けた」（0:53～1:34）に着目しよう。このスタンザは、観る者を詩の世界に一気に引きずり込む箇所だ。それまでの手話がメゾピアノぐらいの音量だとしたら、ここで突然フォルテシモで鳴り響く。暗い廊下に叫び声が響き、廊下の奥のドアの下から光が漏れる、ホラー映画のような構図である。1分7秒あたりから、叫び声が廊下で反響する描写が見られる。声はまるでゴムボールのように廊

壁にこだまする声

下の壁をバウンスする。ここで「こだま」はまさしく球体だ。

球体のイメージは以下反復される。

2:47「積み重なった薪のようにきれいに並ぶ足」（球というより丸なので弱い韻）
3:40 顔料で壁画を描く洞穴人の（手話ではなく）マイム
4:38「石の山」と「ヒトの頭蓋」
5:05~5:24 熱いゆで卵を取り出し割って、卵の中身を呑み、中を覗く（1’”）
5:53~5:58「卵の中に／俺の目の中に」の卵と目玉
6:12 結末「俺は叫ぶ」のこだま

コーソの詩の中核をなすscreamとdreamの2語が、行中韻によって強調されていたように、ここでもこだまと卵と頭蓋と目玉という詩のナラティヴの核となるイメージが球体の手指標識によってくり返され、観る者に印象を残す仕掛けになっている。

クックは別の詩で、四角い手指標識で韻を踏むために、アメリカ手話の「ベッド」の代わりにロシア手話の「ベッド」を用いるといった創意工夫も凝らしている。

③転移

押韻は、聴覚と視覚の違いがあるとはいえ、聴者と聾者の技巧がパラレルで比較しやすい。それに対して、手話詩独特の魅力が鮮明になるのが、ことばが転移あるいは変幻する瞬間だ。まるで単語に羽が生えて宙を舞いそのまま別の生き物に変身するような、見ていて息を呑む詩の魔術は、クックとラーナーの手話詩デュオが「飛ぶことば計画《フライング・ワーズ・プロジェクト》」と呼ばれるゆえんでもある。

手話詩が、次々とイメージの転移・変幻を重ねながら展開していくような印象を与えるのは、ひとつには詩人が自らのからだの動きのみですべての事象を表現していることが理由である。手話詩を演じるクックは現実の人間ピーター・クックであり、詩人であり、詩が想定する語り手であり、男性であり女性であり、猿人であり現代人であり、殺人ナースであり、殺人ナースから逃げる人であり、無差別爆撃機でもある。

また、手話文学は媒体的には文字文学より舞台芸術に近く、空間と時間に依存する。書かれた英語の原詩では、screamとdreamが同時に紙の上に並ぶが、翻訳された手話詩では、押韻の箇所でも指摘し

た「卵の中」が「目玉の中」に転移する例（5:53〜5:58）のように、ある瞬間ひとつのものを表していた身体が、次の瞬間には全く違うものに変化していく。

ここでは、スタンザ3〜3′〜3″（3:20〜4:51）、そしてスタンザ3‴からスタンザ4への転換（5:24〜5:36〜5:53）を見ていこう。

スタンザ3最初の30秒は、洞窟の壁画に揺れる炎が映る様の記述と、「毛深い猿人」が真剣な面持ちで壁画をアクションペイントする、マイムを活用した描写である。3分55秒目で、再び洞窟の焚き火に焦点を呼び戻したあと、続いて洞窟の地下という不可視の世界に視点が移る。そこには女と子どもが一緒に布にくるまれ埋葬されている。ここで、女（4:02）がまず紹介され、女が抱く（左前腕垂直）赤ん坊が次の瞬間には右前腕で表現され、続いてふたたび左前腕を立ててふたりが一緒に布にくるまれている様が描かれる。実は、右前腕を立てる仕草は詩の冒頭でも使われており（0:49）、ここはそれをくり返すことで韻を踏んでいるのだが、同時に、左腕、右腕、左腕というリズムをもたせ、女が子どもに転移しそして布にくるまれるアクションにシームレスに移行することで、ふたりであり一心同体である母子の様子を描き出しながら、必死の形相で顔料を壁に塗りたくっていた洞穴人へ観る者の共感を誘う流れになっている。死者の埋葬というヒトの精神文化の始原を描いた美しい詩句だ。コーソの原詩では、仲間を埋葬したネアンデルタール人への敬意に重なる箇所だろう。

埋葬されている母と子（右前腕）

さらにつけ加えると、埋葬されている女の表象（4:02）は、前半部分に登場したボインの殺人ナース（2:10）とも重なっており、前半ではブラックユーモア的恐怖を誘う女性像（ビート／ヒッピー作家ケン・キージーの代表作を連想させる……）が、後半では厳粛なものに変わるというコントラストを演出している。

続いて見ておきたいのは、この詩の創造的クライマックスとも言えるスタンザ4への導入部分（5:24〜5:36〜5:53）である。スタンザ2がフォルテシモなら、スタンザ4はフォルテシシモ。いったん現実に戻り、スタンザ1″で語り手が覗き込む卵は、猿人が脳みそをすすった頭蓋骨に重なる。だから、覗き込んだ中身は卵の中であり、洞窟であり、古代以来の記憶が眠る人類の頭の中でもあるのだ。頭蓋の中を覗き込むという行為はLSD的幻覚を彷彿とさせ、そこでは麻薬注射、爆撃、特攻的テロ攻撃、嵐と燃え上がる炎がわずか15秒間で表現されている（5:36〜5:51）。この濃縮されたトリップ感はクックの詩風が最も生かされ

ヘロイン注射とテロ攻撃（左前腕）

ている瞬間で、彼の詩にはユーモアと、人類規模での残虐行為へと観る者の想像力を誘うダイナミズムがある。

このシークエンスでは垂直な前腕、とりわけ左前腕の表現が主要なモチーフを転移しながら繋いでいる。詩全体では球体がくりかえし用いられているが、ことさら強調が必要な場面では垂直な前腕という強いイメージが選択的に使われていることがわかる。

④身体性

今回の学会で手話詩に出会って、もっとも刺激的だったのはその身体性だった。基調講演会場は大ホールだったのだが、遠い壇上にいるにもかかわらず、クックとラーナーの身体化した「声」が躍動しこちらに迫ってくる。

手話が聴覚言語に比べて身体的であることは容易に想像できる。両手が常に忙しく動いているからだけではない。手話では胴体や顔の向き、視線の動きが重要な文法要素なので、正面から視線を合わせて話しかけてくる姿勢は、音声による意思伝達よりも対峙的に感じる。手話に「耳を傾ける」には、発信する身体や視線と向き合わなければならない。だが手話詩の身体性はそれだけにとどまらない。

日常的な意思伝達の言語活動と違って、詩の言語は現実にいながらにして聞く者・読む者・観る者を異空間へ誘う。文学テクストを黙読するとき、目を閉じて朗読を聴くとき、わたしたちは脳内にその異世界を投射する。手話詩の鑑賞でも同じことが起こっているのだが、ここで言語の媒体は詩人の身体そのものであり、その身体は詩人本人であると同時に、詩の中で表象されるありとあらゆるイメージに変身する身体でもある。「そのものでありながらそのものではない」という詩的言語の根源的な原則を、詩人本人が、今自分の目の前で、体現している。目を見開きクックとラーナーの動きを追う一方で、脳内で詩的異空間への扉が開かれる——フライング・ワーズ・プロジェクトの手話詩の魅力はそこにある。

Peter Cook,
(Flying Words Project)
"Poetry"
(YouTube)

もうひとつクックのジナルの作品「ポエトリー」を紹介しておこう。英語字幕（cc）入りでも楽しめるが、ここまでおつきあいいただいた読者のみなさんには、ぜひ字幕なし音声ミュートで鑑賞してほしい。詩ということば遊びに熱中するクックの歓喜が肉迫する。この作品では、ことばに羽が生えて次から次へと変身する手話詩の特徴をよりはっきり掴むことができる。

これは翻訳か？

　クックの「半熟卵」ははたして翻訳といえるだろうか？　これについてはさまざまな意見があるだろう。わたし自身、コーソの「ネアンデルタール人賛歌」とクックの「半熟卵」はゆるやかにつながる別々の作品だと考えている。その一方で、クックが「半熟卵」を「手話詩アダプテーション」ではなく「翻訳」と呼ぶことに興味を覚えるし、彼の選択を尊重したいと思うのは、英語と米手話というまったく体系を異にする言語間のやりとりであることに加え、文芸翻訳が究極的にはきわめて身体的ないとなみであるとわたしが確信しているからだ。それは「なぜ文字が読めるのにわざわざ手話詩に翻訳するのか」という冒頭の問いへのひとつの鍵でもある。クックの「半熟卵」を観ていると、ひとつの言語から別の言語への詩の翻訳にコミットしようとするときに開かれていく詩人のからだについて、文字言語では見えづらい部分を、身体的言語で可視化してもらっているという思いがする。

　最後に。わたしはアメリカ手話を知らない。クックとラーナーの講演内容を参考に詩を読む者として彼らの作品を解読した。自分の知らない言語で創られた詩について、詩の内的な仕組みを指摘したのが今回の試みである。わたしの読解には手話文法への理解不足や誤読が含まれている可能性がある。手話話者や日本に数多い米手話研究者からの指摘を待つ。

*1　ヘリテージ・スピーカー翻訳者：たとえば中華系3世の若者が中国語を再習得し文芸翻訳をはじめるなど、自らの民族・文化的バックグラウンドに関わる言語を起点言語とする翻訳者。アメリカの学術研究の世界ではヘリテージ・スピーカーが多く活躍しているが、文芸翻訳の世界には今までさほど進出がなかった。また、移民が英語を習得し母語を起点言語にする場合もヘリテージ・スピーカー翻訳者とされる場合がある。第2言語を目標言語（訳文言語）とすることになり、これもまた今まで極めて稀だった。

■ **参考文献**

・グレゴリー・コーソ『人間賛歌——グレゴリー・コーソ詩集』町谷啓介訳、彼方社、1996年。

・Peter S. Cook. “Features in American Sign Language Storytelling,” Storytelling, Self, Society, 7:1 (2011), 36-62.（クックによる米手話物語の特徴を分析した論文。とりわけ重層的ディエジェーシスの説明は参考になった。具体例として紹介される自作の物語が面白い）。

座談会

正しさの時代の文学はどうなるか？

Guest
柴田元幸

加藤有佳織 KATO Yukari
藤井光 FUJII Hikaru
柴田元幸 SHIBATA Motoyuki
矢倉喬士 YAGURA Takashi
吉田恭子 YOSHIDA Kyoko

連載はこうしてはじまった

吉田恭子　これからウェブ連載「現代アメリカ文学ポップコーン大盛」の執筆者に加えて、ゲストとして柴田元幸さんをお迎えしてお話ししていきたいと思います。今回の連載は執筆者が8人いて、2019年3月から2020年3月までの約1年間続きました。記事が48本ということは、ほぼ週1のペースで更新しながら書いたということになるわけですね。これを振り返るところからお話を始めたいと思います。まず矢倉さん、連載を振り返ってどうでしたか。

矢倉喬士　大変でしたね。最初は1カ月に1回締切りがあるということで、そんなにできるのかなと。最初は読んでくれる人も少なかったですが、最後のほうは文学ファン以外のところにも届いたという実感はありました。本以外のポップカルチャーの、映画や音楽に興味を持っている人とか、あとは学問の分野でも哲学とか言語学とか、他の分野の人たちも拾ってくれるようになったなと思って達成感がありました。

吉田　加藤さんはどうでしたか。

加藤有佳織　自分の担当の回は本当に大変でした。悪い癖なんですけど、自分で作品を読んだときに、「こういうものだ」と評価を伝えるのがなんだか苦手で。だからダラダラと感想を書いてしまうことが多くなってよくないなと。もうちょっとコンパクトにしたいと思いつつ、それが自分の担当回の反省点ではあります。ただ、皆さんのを読むのはすごく楽しくて。

吉田　これはひとりでやっていたらしんどかったと思うんですよね。でも他の7人の方のを見ているのがすごく面白くて。このメンバーはそれぞれバラエティーがあるし、楽しかった。加藤さんは要約が大変とおっしゃるけど、小説の要約が上手な人っていますよね。

加藤　ちゃんと分かりやすく取捨選択されていて、しかも作品を読みたくなるような要約にあこがれます。自分のこの要約だいじょうぶなのかと、いつも怖いです。

吉田　論文とかを読んでいても、自分も全部読んだ小説のはずなのに、その論文に出てくる要約が全く自分の理解と違う、そういうことありますよね。藤井さんはどうでした？

藤井光　毎回書いていくのはそれなりに大変さと楽しさと両方ありましたけど、たぶん僕は期待されていたものとだんだん違うものを書いていっているな、みたいな感覚はあって。文学と接していない時間の中でなんとなく出来上がってしまっている自分の価値観みたいなものに切り込んでくれるような小説をよく読み、この連載で取り上げていたかなというのは感じます。それは典型的にいうと、それこそ「ニューヨーク・タイムズ」を毎日読んでいたらなんとなく出来上がる自分の価値観みたいなものと今の小説の書き手が持っている視点が微妙にずれてきたあたりが気になってきたんだろうなとか、そういうふうに思うんですけど。

中途半端な多様性

吉田　「ニューヨーク・タイムズ」を毎日読んでいる価値観と今の作家のずれというのが気になります。それってどういうことですか。

藤井　分断ってありますよね、あちらの文学界隈の業界としてのあり方というか。それはもう基本反トランプで固まっているのであって、そのなかでやっぱりああいう分断、あるいは性差別とか人種差別を煽るような言動があったり、それに対抗する言説を作っていくんだという形で、そのためには多様性が重要であるという、そういう業界のあり方というのは、オバマ路線とはすごく相性がよかったんだろうなと思うんです。でもそれは、多様性といいながらけっこういろいろごまかしてきたところが恐らくあって、作家自身がどこかで自分たちの住んでいるカルチャーが抱え込んでいる矛盾みたいなものに注目するような作品を書いているということに、僕はここ数年ようやく気が付き始めたのかもしれないんです。なぜ移民作家が、優れた書き手であるという以上の意味を背負わされるのかとか、そういった問題ですね。もちろん優れた書き手が評価されるのは当たり前のことなんですけど、多様性あるいは多文化主義のひとつのモデルケースみたいにして作家が登場して、それを取り巻くカルチャーみたいなものができてきたときに、多様性をすごくアピールする読者、あるいは受け手とか、それを前面に出していく層というのがあり、それはまあアメリカのいわゆるリベラルと呼ばれる人たちにちょうどピタッと重なってくるわけなんですけど。そこでの受けがいい作品を書いていればそれでいいのかという問いを作家自身が発し出してきているのにやっと気が付き始めたというか。自分が書いていたものを振り返るとそんな感じのテーマ性が繋がっているのかな、というふうには思いました。

吉田　最初に藤井さんが言っていた、自分が期待されている路線から徐々に外れてきたというのは、いわゆる多様性をことほぐような価値観に対して疑問を呈するようになってきたという、変化のことですか?

藤井　今ことほがれている多様性というのは、非常に中途半端な多様性でしかないということだと思うんですね。言ってみれば、多様性を持ち上げながら、それでもその中でマジョリティは自分の利益をちゃんと確保しているみたいな、そんな構図を作家が作品の中に書き込むようになってきた。今の多様性がおかしいと言ったらもう1個の選択肢がトランプになるという、その選択肢の貧しさが今のアメリカ社会とか政治のひとつの大きな特徴ですけど、その選択肢の幅の中で文学を語ることにけっこう無理があるというか、そういう感覚を抱えながら連載していたとは思いますね。5、6年前までだと、自分はそれとは違う文学を紹介していたというのはあるんです。移民作家を僕はよく紹介していたし、それと同時にけっこう無国籍系の作家も紹介しました。セス・フリードとかですね。そういった作風を持っている人たちは今でも面白いと思うし、わりと紹介する機会もあったんですけど、なんかそういう作家が一気に出てきて次から次へ面白い作品を発表していた頃から比べるともう少し冷めた雰囲気が小説の中からは感じられるような、そんな気がしますね。

吉田　移民作家とか無国籍作家というのはコスモポリタニズムのグループに入るというか、そういう延長線上じゃないですか。教育を受けることでどの場所に行っても発信できるいうか、知識人のサークルに属する、そこで転々とする、拠点を複数持てるという、そういうコスモポリタンな作家たちというのは今でもアメリカにたくさんいるわけですけれども、それともうひとつ、アメリカの土着性というのがある。これはたぶんコロナも関わってきていて国境とか国家の枠組みとかが今まで以上に前面に出てきた。アメリカの場合はあと、今回あらためて連邦制度、それぞれの州法による統治や州ごとの投票行動が鮮明になった。そうするとコスモポリタニズムとはまた違う背景の作家というのが出てくるのかな、という感じはしましたね。

加藤　藤井さんの記事で、ジーナ・アポストルや『マレー素描集』を取り上げていらした回(P42～、P168～)がとくに印象的でした。吉野耕作さん『英語化するアジア』を紹介されながら、英語で書くということについて問題提起されていたのも印象に残っています(P175)。移民の作家もいろいろですが、どうして英語で書くのか、なんで英語で書かなければならないんだろうという疑問はいつもあります。英語で書いてくれるから私にも読むチャンスがあるのであって、こんなこと言うのはあれなんですけども。英語で書かないと読まれないという、しばしば指摘されている英語の覇権は、アメリカの移民作家を読むときに大事な点と感じます。それから、同じ英語圏でも、連載でカナダの作家も読みましたが、カナダの作家が日本で評価されるときはだいたいイギリスやアメリカ経由だったりします。アリス・マンローやマーガレット・アトウッドは別かもしれませんが、違う地域性を持っているのに、話題になるものはイギリスやアメリカの評価を通した上で入ってくるものが多い。移民作家が日本で読まれるようになる動きとも似ているような気がします。

吉田　英語作家だけではなく、東欧とか中南米の作家、英語以外で書いている作家も日本に入ってくるのはアメリカ経由ということが最近よくありますね。

加藤　たしかに！　移民作家をもっと限定して、アジア系や日系を考えると、母国や上の世代の出身国の文化を適度に保持しながら、もちろん葛藤もしつつ、アメリカに適応していこうという希望が見えてくる物語が評価されることが多いとも思います。そうじゃない物語にあまり出会えない。アメリカに来てがんばって、でもやっぱりアメリカで生きるのは無理だから立ち去るという物語は、移民の物語として歓迎されないんでしょうか。

矢倉　アメリカを経由しなかったときにアメリカを否定して終わるような他の文学っていうのはありましたか？

加藤　またアジア系の例になってしまうんですが、リン・ディンは移民がよきアメリカ市民になる物語からけっこう遠く離れている作家かなと思います。柴田さん訳の『血液と石鹼』とか小澤身和子さん訳の『アメリカ死にかけ物語』とか『ア・ミア・リカ』とか。あと、アジア系アメリカ文学は1960年代から第2世代や第3世代の作家たちが存在感を発揮し始めたことになってはいるんですけど、第1世代も創作はしていて、ときにそれは英語ではなかった。日系アメリカ文学だと、水野真理子さんの『日系アメリカ人の文学活動の歴史的変遷——1880年から1980年にかけて』が移民コミュニティの新聞とか第二次世界大戦時の収容所内新聞の文芸史をまとめています。そうした文芸作品には、日本語で望郷の念を詠う歌や詩もありましたが、日系アメリカ文学史のなかにちゃんと組み込まれていないのが不思議です。英語じゃないからなのか、アメリカに適応する物語じゃないからなのか。アメリカを否定することまではしませんが、アメリカになじむことをそれほど求めていない作品だったのだと思います。でもその一方で、カール・サダキチ・ハートマンなどはどんどん英語で書いていたけど、アジア系アメリカ文学のアンソロジーにはほぼ入らない。アジア系側の理由もありますが、ちょうどよく異質なものが「多様性」として受け入れられている、と感じます。

藤井　さっきの発言に言葉を足すと、結局今言われている多様性ってマジョリティの自己肯定に繋がっちゃうところがあるんですね。僕はマジョリティの自己肯定は基本的に受け付けないし、警戒心が強いので余計にそれを感じるんですけど、自分たちにとって都合のいい範囲での多様性が認められて土俵としてセットされるというのは、その雰囲気の中で登場してきた作家たちが何をどういうふうに書くのかというところでいろんな軋みが出てきている。アメリカ文学以外で言うと、僕は宮内悠介さんの『カブールの園』が好きなんですね。あれはシリコンバレーで働いている日系の女性の物語。シリコンバレー自体は商品のプレゼンテーションをするときにやっぱりマイノリティの人が出てきて、そこで自分たちの思ういかにもアジア系のメーキャップなんかもして、それで登場してくることを良しとするわけです。主人公はそれに葛藤しながら、日系の強制収容所の歴史も発見しながら、最後には「ステージに上がる」と言うんです。自分は虚構のオリエンタリズムを演じてやると。ステージに出たらそれは多様性の象徴みたいな感じで商品価値が与えられるという、そういうステージなんですけど。そこに登場してくる本人たちはそのステージに上がりたいとどこまで思っていいのか、そういう問いをずっと抱えながら、それでも上がることにする。そのあたりの感覚に近い作家が多くなったのか、ずっといたけど僕の感覚が鈍くて見落としていただけで最近やっと気がつくようになったのか。後者かなという気もするんですけど、そういう問題意識を持ってここ1年ぐらいは本を読んだりしていました。この本で取り上げたのはジーナ・アポストルとアルフィアン・サアットの作品ですけど、僕が気がついたのはニューヨークともうひとつアメリカの出版社から出たからなんですよね。そうじゃなかったらたぶんその存在に気づかなかった。用意されたステージというのは確かにあって、敢えて上がることにした人たちの中に何を見い出すかという、そういうことになるんですね。ステージそのものを降りることができない人たちって確実にいる。降りることができなくて敢えて立つことにした人たちを「多様性っていいよね」という話に回収しちゃまずいだろうと、そんな感じです。

黒人文学のナラティブの伝統

吉田　最後にステージに戻ってくるというのは、ある意味黒人文学のナラティブの伝統でもありますよね。ラルフ・エリソンの『見えない人間』とかもそうじゃないですか。いろいろ体験してみてわりと絶望的な状況を見るわけだけど、市民社会に参加するという決意をして終わりますよね。最終的にはステージに上がるしかないということもあるわけで、市民参加する方向に来るというのはある意味伝統かなという気はしますよね。最近はものすごい勢いで若手の黒人作家が出てきている、そのあたりはどうですか。

加藤　黒人文学を丁寧に読んできたわけではないので、話題になったものを追いかける程度なんですけど、そのなかでいちばんどすんときたのはジェスミン・ウォードです。すでに若手と呼んではならない作家かもしれませんけど。文壇のなかで彼女が書き続けることの意義、黒人女性として全米図書賞を2回受賞する快挙について、本書でも青木さんが指摘されていました（P79〜）。文壇の状況や文学史のなかでの意義はもちろんなのですが、同時に、そうした座標をぜんぶとり払っても、ウォードの作品は密度が高くて圧倒されます。『歌え、葬られぬ者たちよ、歌え』だと、木の枝という枝にたくさんの葬られぬ者たちがいるシーンに気圧されました。「奇妙な果実」の系譜にあるものですが、アメリカの暴力の歴史を示しながら、子どもたちをそれに対峙させていて、喉元をしめられるような感覚になりました。でも、たぶんこれは市民社会に参加する物語とはちょっと違う系統かもしれません。

吉田　トニ・モリソンなんかも市民というより共同体ですね。

加藤　そうですね。家族とか、黒人の共同体とか。国家アメリカの内部にありますけど、国家と市民の関係とは違うというか。

吉田　柴田さん、どうですか。

柴田元幸　ここ1、2年でいちばん衝撃的だったのは、まずはナナ・クワメ・アジェイ=ブレニヤーですね。この本の中でも藤井さんが『フライデー・ブラック』について書いていましたね（P72～）。それからジョン・キーンの「リヴァーズ」。『ハックルベリー・フィンの冒けん』をジムの視点から書いた後日談という短編です。このふたつだけで「今黒人文学にパワーがあるんだ」みたいなことはすぐには言えないけれども、何かそういう力みたいなものは感じます。あとは、レイチェル・クシュナーの『ザ・マーズ・ルーム』という女性の刑務所の話。この3つぐらいがまずインパクトが強かったですね。

矢倉　2012年のトレイヴォン・マーティン少年射殺事件をきっかけに、黒人の命の重要性を訴えるブラック・ライヴズ・マター（BLM）という運動が広がっていきましたよね。「現代思想」BLM特集号で大和田俊之さんが言っていたんですが、そうして黒人の命の可視化が進む中でライアン・クーグラー、バリー・ジェンキンス、ディー・リーズなど才能ある映画監督が出てきました。特にジョーダン・ピール監督の『ゲット・アウト』や『アス』のような、人種差別とホラーの不可分性を追求する作風を大和田さんは高く評価されています。それから、キャスリン・ビグロー監督の『デトロイト』は1967年のデトロイト暴動での黒人殺害事件を扱った作品ですが、高村峰生さんが面白い指摘をしています。映画中盤では当初の目的を逸した暴力が惰性で長々と続きますが、それがハリウッド映画的なスペクタクルとしての暴力ではなく、ずっしりと重い本当の暴力を映画に取り戻していると言うんですね。BLMによって人種差別や黒人の生がより可視化されてきたところで登場し、受け入れられる表現があるのではないでしょうか。ただし、BLM運動が盛り上がる中でこぼれ落ちるものを考える必要があります。具体的には、黒人の中でもトランスジェンダーの人々の死の報道割合が少ないことから、ブラック・トランス・ライヴズ・マター（BTLM）という運動が新たに起こりました。文学でも同様の意識が重要です。有光道生さんがおっしゃるように、父が息子に語る形式の『世界と僕のあいだに』が評価される一方で、そこからこぼれ落ちたものを扱うジェスミン・ウォード編集の『今度は火だ』のような作品を世に広めることが大切かと思います。

海外文学事情紹介の今昔

柴田　ふた昔ぐらい前は日本の文芸誌には「海外文学事情」というようなページが必

ずあって、それぞれの国の新しい作品を研究者が紹介していたわけですよね。そういうことに対する需要がある時期からなくなって、もう20年ぐらい経つのかな。それと一見似たようなことを皆さんがnoteの連載で始めてこうして本になるわけだけど、それはどこが違うんだろう。作品、作者を紹介し、評価を紹介するというところまではふた昔前とそんなに違わないと思う。だけどその先で、さっき皆さんが使われた「ステージ」という言葉が一種事態を要約している気がするんです。作品が生まれ、ある種の評価がなされるその後ろのからくりみたいなものまでにも意識的になっていて、そこまで論じられるようになっている。そういう進化があるんじゃないか。昔よりも情報を集められやすいよねということで片付けることのできない、海外の文学を忠実に盲目的に紹介するというだけではないことがなされている。そこで起きていることを批判的に論じるということに合わせて、自分はどうなのかということ、つまり当然作家ひとりが書いているだけではなくていろんな人が論じ、そもそも出版社というものがあってそれを出しているという、そういうふうに枠組みを広げていけば当然そこには読者というものも入ってくるわけで、その読者というのはもう他人事ではない。自分も読者なわけで、こうして批判している自分は何なんだという意識がある。いつも前面に出ているわけではないんだけど、読んでいて端々からそこに意識が行っていると思えるところがいちばん大事なんじゃないか、この本の新しいところなのではないかと思いました。お話を伺っていて、さらにその思いを強くしました。

吉田　私なんかは世代的に高校生ぐらいまでは文芸誌に海外文学潮流が載っていた。そういうものがなくなっていくなかで研究者になって今という世代です。だから何か変わった感じというのはわかります。情報量というよりもコミットメントが変わったということですよね。研究者にとって、アメリカ文学は研究の対象物なんだけれども、対象を主体的に選んで紹介する、みたいなことが普通になってきたと思うんですが、どうでしょう。海外文学の情報を伝えるようなコーナーというのは、80年代半ばから後半ぐらいがピークだったような気がするんですが。

柴田　21世紀になったら、気がついたらなくなっていたという感じかな。

吉田　私は大学に入ったのが1989年なんですけど、そこからやっぱり徐々に下っていったのかな。

矢倉　今の僕らよりいい時代だったのかなという気がしてしまいますね。今回の連載に話を戻すと、文学を紹介するスタンスは執筆者8人で全然違ったと思うんです。まずどういう狙いでこの企画が始まったかというと、本を基礎単位として情報を伝えるとは考えていなかった。アメリカで起こっていることが日本に伝わってくるのって邦訳書が出たタイミングだよねということがあり、そうではないタイミングで情報が伝わる機会を作りませんかと編集者に声をかけていただいたんですね。そのときに起こっていたのは、ジュノ・ディアスの＃MeTooの問題でした。ジュノ・ディアスは当時日本でも十分名前の知れた作家だったんですけど、この人を訴えている女性作家たちがいる、と。

この問題ではどういうことが起こっていて、関係者たちの作品にはどういうものがあるのか。これは書籍として邦訳されて即座に伝わってくるものではないので、こういったものもリアルタイムに近い形で掘り下げてみませんかと。それはけっこう大きかったんですね。結果的には1冊の本を基準にして紹介することも多かったので、当初の予定通りにはいきませんでしたが。あと、本や作家を紹介するだけでなく、かなり自分が出ている連載になりましたね。いちばん自分が出ていたのは断トツで青木耕平さんだと思うんですけど、すごかったですね。自分の生い立ちから話して私はこういう本が好きで、みたいに「自分」から入っていくわけです。これはもう海外の文学とかではなくて、「私はこういう人間で、こういうフィルターを通して伝えます」と明確に自分の紹介から入っている。人にもよりますけど、「自分が見ている」ことによるクセや歪みへの意識があったように思います。

吉田　オートフィクションじゃなくてオートクリティシズムみたいに？

矢倉　そうですね、自分というか、このフィルターからの情報だというのが明確だったと思いますね。

吉田　連載のきっかけが、雑誌とかに載っちゃうとゴシップネタに終わりそうなことをもうちょっと今の形で追っていこうということがあったと思います。それはある意味昔と今の違いを伝えているなと。要するにスキャンダルじゃないですか。昔の紹介がやっていたような「この作家が偉い」という話とは逆なので、そこがある意味シンボリックかなと思いました。

どうしてアメリカ文学を？

吉田　矢倉さんはそもそもどうしてアメリカ文学を読もうと思ったんですか？

矢倉　僕は大学に入って特にやりたいことが決まってなくて。入ったときは弁護士になろうと思っていたんです。だけど、憲法の授業の1回目でむちゃくちゃ気合が入っていていちばん前の真ん中に座って聞き始めたら、全然面白くなくて寝てしまったんです。それで弁護士はやめようと。やりたいことは決まってないし、いちばん人気のあるゼミに入ろうかと思ったら、渡邉克昭さんという先生のゼミが人気があったので面白いのかなと思って入ったんですね。そこでアメリカ文学の勉強を始めて、小説を読んであれこれ考えて話し合うのは面白いなあと思って、とりあえず院まで行ってみるか、修士までだったら引き返せるかなと思っていたら、続いちゃったという感じです。

吉田　人気があるゼミだったんですね。加藤さんはどういうきっかけでしたか。

加藤　私は日本語の小説を読むのは好きでした。とはいってもすごく適当に、ぽつぽつと読んでたんですが、高校で現代文の先生たちがいろいろ読ませてくれて、それが素直にものすごく楽しかったです。あと、日本の近代作家たち、夏目漱石や芥川龍之介とか、英文学を受容して書いていたということを教わって、へぇと思いました。違う言葉で書かれた文学を受容して、それで書くってどういうことなんだろうって。面白いなぁと感じました。作家が書くってどういうことなんだろうってごく素朴に気になりました。アメリカ文学の入口は、高校の図書室にあった村上春樹訳のレイモンド・カーヴァーでした。『ねじまき鳥クロニクル』とかといっしょに全集が並んでて、たしか「大聖堂」の入っている巻です。ひとつひとつ短くて、日常を描いていて、なんかわかるぞと勘違いしました。たぶんほんとうは何もわかってなかったんですけど、そこから英語の小説もおもしろいんだな、日本語か英語の文学を勉強したいなと漠然と思いました。それで大学入って、1年生向けの科目で、英語の文学、古英語から中世ロマンス、20世紀のイギリスやアメリカの詩とか小説とか、いろいろなトピックを紹介してくれるオムニバス授業があって、楽しかったので英米文学専攻に入って、今にいたります。

吉田　そこらへんの展開は昔も今も変わらないのかもしれないですね。柴田さんはどうですか。

柴田　そんなのもう覚えてない（笑）。

藤井　僕の場合は入口はティム・オブライエンですね。そこから遡っていくと、70年代の初めぐらいに親が会社勤めで1年間アメリカ生活をしていたことがあって。その頃はアメリカ自体は不況に入っていくんですけど、世代的にはアメリカに対する憧れとか、すごく輝いているイメージを保持していたのが親の世代だったわけです。今70代ですけどね。家の中で出てくるアメリカの話といったらいかに社会として素晴らしいか、合理的であるか、人がいいかという、そういった話が次々刷り込み的に入って来ていたんだろうなと思うんですね。海外小説を読もうとふと思ったときに、アメリカの棚に行ったというのは、そういった自分のバックグラウンドが影響しているんだと思います。それでオブライエンを読んでみたら全然違って、でも僕はすごくハマったんです。『カチアートを追跡して』でしたけど、そこから読むようになったというのが大学の3年あたりです。大学に入ったときには僕も矢倉さんとけっこう似ていて、歴史の勉強をしようと思っていたんですけど、でも自分が求めていたのはストーリー性だったので、歴史の資料を読むというところでちょっとつまずいたんです。迷い始めたときに映画の授業をやっているというのがあって、それが恩師になる瀬名波栄潤先生でした。アカデミー賞の候補作になったものを毎年取り上げてディスカッションしてレポートを書くという授業。そこでストーリーを扱うというところに自分なりに面白さを感じて読み始めようと思った。そんなときにアメリカ文学の棚でオブライエンを見つけたという、そういう流れですね。ある意味では素直な時代の産物みたいな、そんな立場ではないかなと思います。

柴田　矢倉さんのおっしゃった自分を出すという書き方。ふた昔前の海外文学事情のページではあまりそういうことをやらなかったわけですよね。「こういう本があります。「ニューヨーク・タイムズ」はこういうふうに評価しました」みたいに書いて、自分を出さないというのが普通だったわけ。その後はむしろ実際に翻訳を出すことが現代文学の紹介の仕方として一般的になった。青山南や村上春樹、そのあとに僕とか岸本佐知子が出てきて、そこではむしろ「私はこれが好き」というのが基本的な姿勢というか、それだけが唯一ジャスティファイできる紹介の理由というぐらいになった。それなりの覚悟があったわけですね。さっきの話に戻るんだけど、この連載を読んでいて思ったのは、それをいいと思ってしまう、あるいは駄目と思ってしまう私は何なんだろうというところまで行って考えるというか、そこまで双六が延びてきている。「これがいい」で終わってそこで双六が上がりではないという感じはすごくするね。

藤井　僕の観測範囲だと、小説自体にもそれが書き込まれてきているので、自然とそういうところに目が向けられるようになってきているというのはあるんですよね。クリエイティヴ経済みたいなことが言われて久しいですけれども、文化がひとつの価値を生み出す産業であって文学もその中の一部門みたいな感じの扱いを受けるようになっているなかで、自分がクリエイティヴにものを書き、それが出版され人に読まれるという、それはいったい何なのかという問いを作家から感じることが増えたということですね。連載で紹介したなかで言うとリン・マーという中国生まれの作家のパンデミック小説なんですけど（P52～）、あれは実情だと本を作る過程がいかにアウトソースされているかという、その内情を赤裸々に描くものにもなっていて。主人公が聖書を作るわけですけれども、印刷所は中国の深圳にある、紙はスイスから仕入れてきている、表紙はイタリアから仕入れてきている。出版社の求めに応じてそのコストをいかに下げるかで調整をしている主人公。それはそのまま小説の書き手に当てはまってくるわけですよね。自分の本がどのように成立して、物体としての本が成立するまでにどういうシステムの中を通過してくるのかということを問いかけることになっている。その本が出た上で書評が出たり翻訳が出たりでもうちょっと延長線上の業界に自分たちもいるという、そこに跳ね返ってくるように書かれているので、広く言えば経済とか労働がテーマになっていることもひとつの現れなんだろうとは思うんですけれども。『フライデー・ブラック』というのもそういう作品だった。その体制のなかでの自分の場所みたいなものはどうしても意識せざるを得ない。書き手が意識して、なおかつ読み手を巻き込むように書いてくるという、そういう現状かなと思います。

柴田　本なり文化なりが生まれるコンテクストまで考えるということ自体は、極端に言うとその作品に心動かされなくてもできること。英文学研究とかアメリカ文学研究の学会誌の編集とかやって思ったんだけど、作品の内在的価値みたいなものは棚上げにして、そこから離れて文脈とかを考えれば考えるほど、作品に対する敬意なしで書けるよなと思わされてしまうことが多かった。この本がいいと思うのは、まずは暗黙の前提として取り上げる作品に心動かされたことが出発点にあること。あるよね？（笑）それがないと他人事を言ってるだけだろうということになる。まずは読者である自分の感動、それはあってほしいと思うし、実際この連載にはあったということです。

吉田　それがないと頼まれもしないのに1万字も書いたりしない（笑）。

柴田　それについてはウェブが媒体になったということが大きいですよね。紙の媒体だったら3000字で書いてくださいと言われて、さらに1000字書いたら駄目ですから。それが通るというのは、媒体として紙からネットというけっこう根本的な変化なのかなと思ったりもしました。

藤井　あとは記事間の相互参照みたいなものが容易になりましたよね。パラパラとめくってやるのではなくてその記事から直接「この点と繋がるのは誰それさんが前に書いていたこの回です」という形ですぐに飛べるとか、そういうフォームとしての自由さと面白さというのはすごくあったと思いますね。

子どもたちが帰る場所をつくる

柴田　前の時代を反面教師にして自分たちでこういう新しさを出そうみたいな意図というか、意欲というのは、この連載の全体の暗黙の了解としてあったんですか。

矢倉　柴田さんと藤井さんと都甲幸治さんが『読んで、訳して、語り合う。』で対談をされたなかで、柴田さんが「21世紀に入ってからのアメリカ文学は、僕は正直言ってわからなくなってきた」とおっしゃったんですね。今までアメリカ文学の交通整理をされてきた方が「よく見えなくなってきた」というくらいに専門家がアメリカ文学のことをよくわかっていない状況になった。そうすると一般の読者はそれと同じか、もっとわからないかもしれない。流通の問題や教育も連動していて、バラバラになってしまっているのではないかなと思ったんですね。都甲さんのまとめによると90年代から全体的に学際性というものを重んじるようになって、あれもこれもわかっておかなくちゃいけませんよというようになった。アメリカのことを知りたければ世界中のことを知っておかなくちゃわかるわけがない、全てに対して知識を持っておかないと、というのがあって。都甲さんや藤井さんの仕事もその方向性だと思うんですね。世界文学、移動文学、ターミナルの文学などは拡張する方向、越境する方向に進んでいった。そこからもう一度文学に輪郭を与えるという作業、そっちの方面が手薄だったのではないかと思うんです。最近沼野充義さんの『世界文学論』第3巻が出たばかりですが、その最初で、僕らは世界文学を一生懸命研究して制度も整えていったけれどもそこでできなかったことがある、子どもたちが帰る場所を作ることができなかったんだとおっしゃっているんですね。いろいろ世界を旅して放蕩するような理論や作品は扱ってこられたけど、子どもたちが帰る家がなくなってしまったと言っている。それが僕より上の世代がやってきた積み残しというか、弱点だったんじゃないかと思いますね。研究や翻訳は教育とも繋がっていて、さらに制度や予算とも繋がっているということにちょっと無頓着だったんじゃないか。たとえば都甲さんは『偽アメリカ文学の誕生』という本を出して「アメリカ文学はない、偽アメリカ文学なんだ」と言ったときに「偽アメリカ文学科」を作ったのか。藤井さんが「ターミナルと荒れ地にアメリカ文学が分かれた」というのであれば文学部に「ターミナル学科」や「荒れ地学科」ができたのか。それはないわけで、その場合どうなるかというと、それまでの体系的な教育や制度や予算を失いかねないですよね。まわりまわって文学部や英文科が衰退するかもしれない。教育や制度や予算というものと問題意識が連動していなかったのではないかと思って。ある大学の英文科がなくなるときに「今はもう英語圏文学の時代ですから」という言葉を聞いたこともあります。英語圏文学とか世界文学とか移動文学とか越境文学とか、何でもいいんですけど、それが実際にはアメリカ文学の研究なり教育なり一般の読者層を縮小させる方向に向かっていったんじゃないか。子どもたちの家を守ることができなかったというか、用意できなかったということなんじゃないかなと思っているんですね。

柴田　今の話のポイントは、変化を摑んではいたがその変化に対応して組織を一緒に動かすことを怠った、ということですか。

矢倉　組織と、それから流通、書店なんかもそうですね。本棚もその被害を受けたというか、アメリカ文学という棚がもしかしたら貧しくなったかもしれないと思うんです。街の小さな本屋に自分たちの仕事が入荷されるような動きを出せたかというとどうかなと。たとえば藤井さんが翻訳する基準のひとつとして昔「レビューがひとつもついていないマイナーな作家を僕は自分がやらなきゃと思って訳す」とおっしゃっていたんですけど、ビッグネームよりマイナーな作家を取り上げるという意識がおありだったと思います。でもそれが街の小さな本屋に入ったかということなんですよね。名前が育っていないものは入荷しづらく、何を仕入れていいかわからないということになっていないか、と。

藤井　ある意味ではそれでもまだ贅沢な悩みかもしれないなというのはあるんですよね。アメリカ文学の棚があるという時点でまだ恵まれているという言い方もできて。そんなことを言い出すときりがないんですけど、海外文学の中ではマジョリティに属しているというのが僕の現状認識なんです。その中でマイノリティとしての振る舞いをしてもいいものかどうかというためらいはあるんですけど、前提としてあるのは英語圏の文学においては情報は過多であって、翻訳者も翻訳者候補も飽和状態であるということです。なので、ちょっとでも何か賞をとったもの、あるいは最終候補でも、英語で出ていれば企画には上ってくる、そんな現状なわけです。そこで自分が放っておいても誰かが翻訳するであろうものに敢えてコミットするというのは、自分の関わり方としてはイマイチよくわからなかった。翻訳者としてそれなりに作品のチョイスの自由をもらえるんだったら、せっかくだから違うところで何か文脈づくりができればというのはあって、矢倉さんがおっしゃったようにあまり知られていない作家の掘り起こしをやっていたというのはあります。ただ矢倉さんが言われたように制度とどう連動するかというのは僕は考えていなかったので、それが課題として残っているとか、自分のやっていることが制度の中でいったいどういう意味をもっているのかという視点がなかったというのは、ご指摘のとおりなんですよ。文学、文学研究自体もそうですけど、出版業界自体がそんなに景気のいい話はないわけですよね。そうなったときに極めて限定された層、典型的なミドルクラス以上の層の嗜みとしてしか文学は残らないかもしれない。自分が持ち上げてきたようなターミナル性であるとか越境性であるとか何らかの移動であるとか、そういうものを簡単なスローガンにしたらその層にしか流通しなかったかもしれないというのはあるんです。でも作家自体はそれは望んでいないなかでグッドストーリーみたいなものを次々書いてきているので、やっぱりどう応えるかというあたりの……とりあえずは文学を語るという枠組みの中でどう応えたらいいのかというのが問題意識としてこの連載の中で多少出てきたんだろうなというのはありますね。なので、学問的な制度については僕はイマイチまだイメージが摑めてないんですけど、社会の中で階層化された流通の仕方をしているという、そこからスタートして今何がどうなっているのか。とりあえず現状把握はしっかりしなくちゃいけないな、というのは思いますね。

柴田　すごく新鮮な指摘だったな。今、藤井さんが前半におっしゃった、せっかくだったらまだ知られていないもの、紹介されていないものをというのは、僕と藤井さんのやったことは違うと思うけど、その選び方の姿勢としては全く同じだと思う。でも、それについてもっと周縁に目を向けなきゃ駄目だと怒られるんじゃないかとずっと思っていたので、むしろマイナーなものを取り上げることで結局どこにも伝わらなかったんじゃないかというふうには言われたことも、自分で考えたこともなかったので、そうかと。

もう一度アメリカ文学の輪郭を作る

吉田　グラフィックノベルとかゲームとかを文学というふうに定義して扱ってきたというのも、その「おうちを作る」という活動の一環だった感じですか。

矢倉　おうちが変わってきているということをまず提示したかったんですね。ただ、自分のやってきたことはおそらく、おうちを広げるだけ広げて、生活感がありません、みたいな状況で、そこからもう1回どんな輪郭を作るのかという意味では先ほどお話ししたことが自分に返ってきます。フレドリック・ジェイムソンの世界文学論で、今はもう本当にバラバラの人がバラバラなことをやっていて研究者同士でもコミュニケーションをとれないぐらいであると。各自の専門性が蛸壺みたいになっていて、一方でそれは豊かさの証拠で、いろんな角度から切り口を変えていろんなアメリカ文学史が出る可能性がある。ただしそれだけだと雲散霧消してしまって、「アメリカ文学って何?」みたいな状況になる恐れもあるので、ジェイムソンが最後に言うのは、もう1回輪郭を取り戻さなくちゃいけないということです。各自がバラバラにやっていることを最終的には持ち寄ってもう1回アメリカ文学を構成する作業がないと、ただただ散漫になっていくだけでコミュニケーションもとれず、プラットフォームがなくなると論じています。ジェイムソンの場合は徴兵制を肯定する議論も出していて取り扱い注意ですが、もう1回プラットフォームを作ること、みんなが暮らせる家ってないのかなとは思います。アメリカ文学を世界に拡張し続ける方向性を示したのが藤井さんや都甲さんであるとしたら、この連載での僕はメディアを越境して文学性を拡張するようなことをやったと思います。グラフィックノベルとかネットドラマとかゲームなんかがそうですけど。こんな方向にも広がっているじゃない、というのを確認したけれども、それもまあ放蕩というか、勝手気ままに旅をしていただけで、家の問題に無頓着だったという気がしています。制度と金と流通と、というのが自分より後の世代にどう伝わっていくのかということを考えていなかったと思います。

柴田　誰も見栄で文学を読まなくなっている。読む人は本当に読みたいから読んでいるという、そういう意味では健全になっているんだけど、ただそういう人たちが一定数いないと商品として成立せず、そうするとないことと同じになるという。

吉田　というか、商品としては成立しない時期に近づいてきていると思うので。でも実際に商品として成立した時代というのは人類の文学の時代の中ではわずかな時期なわけじゃないですか。そうじゃない時代にまた戻ってきている。そうなっているなかで、今回の連載はネットだったわけなんだけれども、文学を読みたい人や書きたい人の文学をどうやって作っていくかというのが私の興味のあるところです。そこで大学というのもいろいろな形で協力し合う場所として大事なんだろうなと思うけれども、大学の中でたとえば世界文学科を作って研究をする、そういう枠組みは学問が国家に価値づけを与えていたという後ろ盾があったからこそ成り立つフォーマットだったんだろうとは思います。

クリエイティヴ・ライティングのいま

吉田　アメリカは本当に細分化しちゃっていますよね。今回イギリスに滞在して思ったのは、アメリカの文学研究の問題点は、クリエイティヴ・ライティングのシステムも含めて、書く側と研究する側というのが同じ英文学科の中にいながら蛸壺化しているというか、もう完全に分業化してしまっている。クリエイティヴ・ライティングに関してはいろいろな批判があって、似たような作品が多いというのがいちばん多い批判で、それはある意味当たっているんですけれども、今回私が思っているのは作る側と受容する側というのが分業化してしまったという。

柴田　イギリスではそれはないということ？

吉田　イギリスも。ただクリエイティヴ・ライティングはもうグローバルシステム化していて、パリ大学でもクリエイティヴ・ライティングが始まっちゃったので。フランス人がやるということはかなり大きな変化だと思うんですね。だからイギリスもあるんですが、私はオックスフォード大学にしばらくいたんですけど、オックスフォードはわりあいと反クリエイティヴ・ライティングというか、クリエイティヴ・ライティングは一般市民向け講座にしかない。金儲けでしかやっていませんよ、というのがわかるんです（笑）。クリエイティヴ・ライティングというのはやっぱり現金のかき入れ所で人が大勢取りに来るのでどこの大学にもあるんですけれども、基本カレッジの中とか英文科の先生たちそれぞれが文学の研究者であると同時に、たとえ詩人とか作家じゃなくても文学を作っている側に属しているという意識があるんですよ。これはある種のエリート意識と繋がっているところではあるかもしれないですけれども、実作の場、実践の場の担い手というのが一人ひとりの教員に感じられて、学生作文コンテストとか昔懐かしいことを普通にやっているんです。英文科の学生じゃなくても誰でも参加できるよ、みたいな感じで、アメリカから来るとすごい昔懐かしい感じがしてびっくりしました。

加藤　クリエイティヴ・ライティングでしばしば指摘されるのが、書き手を育てるということと同時に、読み手を育てるという役割もあるという点です。創作科で学んで、自分は書く人にならなかったけど、でもずっと読み続ける人、その人たちが文学シーンを作って活性化させているのは大事なことだと思います。大学の収入源のひとつかもしれませんが、読者層を厚くする役割はあるのかなと。あと、読む人の集まりもできあがって、オンラインの読書クラブやSNS上の読書コミュニティ、英語だとGoodreadsとか、日本語だとブクログや読書メーターとか。読者のコミュニティがどんな風に展開していくのか。

吉田　読者育成のためのプログラムだということですね。もともとアイオワで始まったときも、実際に書いてみることで文学研究をしましょうという、そういう大学院コースだったというのもあります。あと波及効果としては、これは私が実証もせずにひとりで勝手に言っているだけなんですけれども、ここ20年ぐらいのアメリカのドラマの花開き方というのは背後にクリエイティヴ・ライティングがあったんじゃないかなというのは思いますね。脚本がよくできてるじゃないですか。アメリカ人と話していたら、普通のビジネスマンとかでも脚本を書いてどこそこに送ってみたとか、そういう話をしますよね。

加藤　おもしろいですね！　めぐりめぐってどこかで花開くの、素敵です。いま「三田文学」の「新同人誌評」というコーナーを柳澤大悟さんといっしょに担当しているんですが、お仕事されながら創作している方の作品もたくさんあります。あとは、大阪文学学校の存在感が大きいです。1954年創立で、田辺聖子さんや玄月さん、朝井まかてさんを輩出していて、いろいろな文学賞を受賞する方も多い。こうした場所で文学はこれからどうなるか。

吉田　裾野って大事ですよね。私たち研究者はどうしても頂点を探すし、頂点を語るし、頂点を位置づけることで文学評価とか文学史というのを書いていくんだけれども、文学の生産とか文学の維持ということを考えるとやっぱり裾野ってすごく大事。野球とかも一緒だと思うんですけど、リトルリーグとか草野球あってこその甲子園だしプロ野球だし。それはさっきも言っていた一見マイナーな作品をどんどん紹介していくことにも繋がるのかなと思います。

加藤　同人誌に載っている作品でいっとき登場人物が植物になるものが多くて、不思議でした。それで、この春に籠っているときにやっとハン・ガン『菜食主義者』を読んで、勝手にですけど、なんか腑に落ちました。2011年の日本語訳からちょっと経って、同人誌作品につながったのかなって。話題作がぐるっとどこかを巡って別のかたちで出てくることがあるんだなと感じました。

柴田　やっぱり海外文学の役割って大きいですよね。すごく乱暴に言うと、模倣しようと思っても嫌でも何か変わってしまうから、案外クリエイティヴなところに飛びやすい便利な影響源かもしれないと思うことは多いです。クリエイティヴな誤解もあり、歪曲もあり、新しいものが出てきたりするという、そういう役割はずっとあると思う。別にそういう役割のために読者は読むわけではないし、こちらも訳しているわけじゃないんだけどね。ましてや作者はそんなもののために書いているわけではないんだけど、結果的にはそういう功績もあると思う。

吉田　日本の作品が海外でアダプトされていると、すごい意外な解釈になっていたりしてびっくりすることもありますよね。

これからのこと

吉田　最後に皆さん、これからの展望みたいなことをひと言ずつ言って終わりにしますか。

柴田　僕からいくと、今まであまりにも女性作家を訳してこなかったので、この秋にSF小説のアンソロジーを出すんですけど3人とも女性作家を選びました。レアード・ハントが『アメリカン・ミッドナイト』というゴシック小説のアンソロジーを編んだじゃないですか。あれでレアードが強調しているのが「女性をたくさん入れたかった」と。今まで僕はそういうのにすごく反発していたんだけど、レアードのやつを見てみると、政治的に正しく、かつ内容もいいということをちゃんとやればできるんだということがわかったので。今頃何を言っているんだと怒られそうですけど、そういう方向を見習いたいと思います。

藤井　僕も似たようなことをこの2、3年感じていました。確かローレン・グロフか誰かがネット上で紹介していたんですけど、「ニューヨーク・タイムズ」が簡単な形式で「今何を読んでいますか？」というのをいろんな作家にインタビューして「この作家のこの小説」というふうに挙げていくという欄があって、そこでは男性作家は男性作家を挙げる確率が非常に高くて女性作家は半々ぐらいで挙げるらしいんですね。わが身に振り返ってみるとやっぱり柴田さんと似ていて、女性作家を訳した数が圧倒的に少ない。僕の場合はクオリティ以前の個人的なフィルターのかけ方の問題だろうなと思ったんですね。やっぱり半々ぐらいになるのが自然じゃないのかなという気がするので、ちょっと時間がかかりますけどなるたけそのあたりは読むものから勝手に自分がフィルターをかけてしまわないようにちょっと意識して紹介していきたいなと思います。個人的なものとしてはそれがひとつですね。あとは、矢倉さんの質問とひょっとしたら重なってくるのかなと思うんですけど、文学という形式では物語が届かない空白みたいなものがあって、その大きさはけっこう突きつけられるところがあって。ナショナルベストセラーでみんなこれを読んでいるというのが通用しないような空白地帯みたいなものがあるわけですよね。それは映画もネトフリも届かないんだろうと思うんですけど。そうしたなかで今ものすごく強力に機能している物語って陰謀論なわけです。それに対して文学の人たちはどう応答するのか、すべきなのか。ちょっといろいろな次元の話があるので僕も全然判断がつかないんですけど、そことの距離の測り方がすごく気になるところです。陰謀論ってものすごく飛躍があって、端から見てけっこうな狂気をはらんだ物語に見えるんです。なので、それを意識すればするほど文学のほうは逆に正気を保つという方向に流れていくんじゃないかなという気はしていて、それは今までの文学のあり方と多少方向性がずれていくことになるのかもしれない。果たしてその役割みたいなものがどれだけあるのか、特にアメリカの文芸業界は意識しながらやっていくのかなというのはすごく興味がありますね。

矢倉　文学が正気を保つという方向に行くというのはたぶんもう起きているというか、一部そうなっていると思うところはありますね。

藤井　空気感としてはそういうのはすごくある。

矢倉　特にトランプ大統領が出てからは、強烈なエネルギーに対しては確実に反発が起きるので、作家たちもそういう動きを出そうとしてきたと思うんですよ。環境や人種や移民の問題について、トランプの逆をいくような主張を込めるわけですね。ジュノ・ディアスやデイヴ・エガーズが児童向けの絵本制作に乗り出したものを読んでみても、子どものうちからトランプ的なものに対抗する兵士を育てようとする「児童動員」のようなものを感じました。フィクションもトランプ対策の「傾向と対策」みたいになっていきます。それってファクトチェックに近いと思うんです。要は作家たちがファクトチェックをやって「正しいのはこっちですから、正しい歴史を教えます」みたいになるんですけど、それだけがフィクションではないということをアリ・スミスも書いているように思います。この間『秋』が木原善彦さんの訳で出ましたが、その中でインラインスケートで芝生を滑れるかという話があります。「芝生の上では滑れない」と少女が言うと、真実はときに人をがっかりさせるけれど試してみなくてはわからない、世間の思い込みが間違いだと証明できるかもしれない、とおじいさんが返します。人の想像力には真実より素敵な真実を模索する力があって、それがフィクション作家の力でもあるということが描かれます。正気を保つなら「水は100度で沸騰します」ということでいいんだけど、そこにマジックがあるかと問うことをアリ・スミスは忘れていません。フィクションは、陰謀論に対して真実のみならずもっと魅力的な陰謀論で応えるという選択肢を失うべきではないと思います。文学研究でも、トランプこそ未曽有のアメリカン・ナラティブを夢見させる物語作者ではなかったか、トランプがもたらす文学の豊穣性とは何かと論じた巽孝之さんのような視点の持ち方があります。

藤井　ちょっとだけ付け加えると、ミチコ・カクタニが小説の批評をやめて真実の大切さを訴える『真実の終わり』という本を出してくるというのも、その典型的な業界の流れの表れかなというふうには思います。

吉田　フィクションからノンフィクションへのシフトも、もうここ2、30年ありますね。

藤井　そうですよね。やっぱり正しく狂うというか、そういうのがどこまでできるのかというのを僕らは楽しみにしているようなところもあると思います。正しく狂うの「正しく」の内容は何かというのが常にいろんな議論があると思いますけど、わりと直球の物語が少し目につくようになってきていますね。コルソン・ホワイトヘッドの『ニッケル・ボーイズ』はすごく直球な物語で正しい小説としてはものすごくいい、非常に感動的な物語であるんですよね。ただ『地下鉄道』に比べると想像力で一気に何かを飛躍させたという要素はなく、すごくストレートな物語を作っていて、そこで勝負もできるということを見事に証明している。ただ、それを選ぶ人もいるけど業界全体がひどく生真面目な方向に動いてもつまらないという、そういうことはあるかなと思います。

吉田　ホワイトヘッドはスペキュラティヴだった『地下鉄道』でさえすごく直球ストレート。それと隣り合わせでポール・ベイティ『セルアウト』を読んだんですね。これは翻訳するという行為そのものがもしかしてレイシズムかもしれないというぐらいヤバイ小説だから、これを翻訳するっていったいどういう行為なのかな、それは真実に与することになるのか。『セルアウト』はものすごくひねった、ひねくれた天邪鬼な方向から真実を語ろうとしているわけなんだけど、それを翻訳するという行為は何なのかなってすごく考え込みました。それってやっていいものか。でも今の話を聞いていると、やってみるという博打が面白いというか、大事になってくるのかなという感触があります。

加藤　それは大事だと思います。危うい文学的博打を面白がれるというか、そういうゆたかさがなくならずにあってほしいと思います。今後の展望だと、ここまでの流れからずれてしまいますけど、昔に戻ってみられたらいいなと思っています。現代アメリカ文学のメジャーなものを追いかけるのに手いっぱいなんですけど、それらは21世紀にぽこっと出てきたわけではなくて、いろいろなものが積み重なった土壌から出てきているので。今の世界を反射する即時性を考える一方で、歴史とか系譜を考えることができたら、と思います。

吉田　今日はありがとうございました。

（2020年9月28日、Zoomにて収録）

柴田元幸 しばた・もとゆき

1954年生まれ。東京大学名誉教授。ポール・オースター、スティーヴン・ミルハウザー、スチュアート・ダイベック、レベッカ・ブラウンなど現代アメリカ文学の翻訳多数。訳書にマーク・トウェイン『ハックルベリー・フィンの冒けん』（研究社）、エリック・マコーマック『雲』（東京創元社）など。著書に『アメリカン・ナルシス』（東京大学出版会、サントリー学芸賞受賞）など。文芸誌「MONKEY」責任編集。

あとがき

混乱した時代に作品が混乱するのは当然だ。作品は批評ではないし、そもそも批評など万能ではない。しかし、批評的視座を持つ作品が、どうしたって私は好きだ。時代とがっぷり四つに組み合って、格闘して組み伏せようとして、結局時代に寄り切られて負ける、そのような作品が私は好きだ。時代のリアリティーを、それを超える普遍的なメッセージを、どうやって小説は獲得し、テクストは読み継がれていくのか？　たとえばデレク・ハートフィールドのデビュ……え？　もう終わり!?　じゃあこの続きは『現代アメリカ文学ポップコーンおかわり』で！（青木耕平）

物語を読むのは、誰かのいつかの記憶に近づくことにも似ています。いろいろなものを忘れないように読んでいけたらと願います。ディマラインの『赤い部屋』のなかに“Memories that were not her own sailed on blood and water and settled into her cells.” という1文がありました。先住民にとって文化継承が何を意味するかを表現する言葉です。でも個人的には、作品を読んでいてときどき抱く、共感とは少し違う不思議な感覚を言い表しているようにも思いました。（加藤有佳織）

こんなことやってみたいなあ、とこれまでぼんやりと抱えていたアイディアを、この企画のために書いた文章ではさまざまな形で実現することができました。今、書いたものを振り返ると、わたしの記事に共通するのは「からだ」というキーワードだと思います。触れられるからだ（たとえば脂肪）と、触れられないからだ（たとえばインターネット上のからだ）、それらの現代的なあらわれを、アメリカの小説の中に読み取っていく。そういう試みだったのかな、と感じます。この発展版をまた書いてみたいです。（日野原慶）

どうやら、僕には熱狂する能力が欠けているようです。自分から飛び込んで関わっていったというよりも、ふと立ち会った物語について、僕はどう考えればよいのだろうという自問ばかりがここに残されています。その意味では「閉じた」文章なのかもしれませんが、そこから予想外のつながりが生まれる可能性を、今は楽しみにしています。（藤井光）

この本を手に取ってくれたのはどんな人だろうかと考えながらこれを書いています。のけ者にされてきた経験のある人、のけ者にされたくなくて普通を装ってきた経験のある人、そうした人と共にある人たち。良い作品に出会うと喜びを感じる一方で、作品が成り立つなかであったであろう現実の誰かの苦しみのことを想像もします。この本が、誰かをのけ者にする力とは異なったつながりを生み出してくれますように。（佐々木楓）

ごく最近に出版された本を、まっさらな気持ちで読む。読みながら自分なりに考えたことを自由に形にしてみる。難しくはあったけれど、同時に爽快でもあり、取り組んでいるときには、いつもと違う高揚感がありました。元気いっぱいの執筆陣の皆さんに背中を押されて、数は少なめですが何とか書き継ぐことができて安堵。ウェブ連載中から皆さんの才気ある文章に触れ、時代のうねりと共に変わっていく文学の混沌としたエネルギーを実感していました。大胆なアイデアも快く受け入れ、励ましてくださった編集の藤枝大さんにも感謝です。（里内克巳）

連載に参加して頂きたかった人がいる。米文学研究の俊英、宮永隆一朗さんだ。この企画の元は2016年と2017年の日本アメリカ文学会関西支部シンポジウムだが、2017年に里内克巳さんと吉田恭子さんと共にイベントを作り上げてくださったのが宮永さんだった。宮永さんがいなければこの連載もなかっただろう。打ち合わせにて、限られた層しか読まない「NYタイムズ」や「ハフィントンポスト」由来の問題意識や反省にどれほどの意味があるのかという趣旨のご意見を頂戴したことは、この連載企画にも大きく影響を与えた。この場を借りてお礼申し上げます。

（矢倉喬士）

香港での文学レジデンシー、ラトガースでの翻訳ワークショップ、そして英国オックスフォードに在外研究で滞在しながらの連載だった。ふりかえれば、「アメリカ文学」のことをほとんど書いていないのだけど、それも、他のみなさんが常にアメリカ文学の最前線を追い続けてくれたがゆえに、外側をふらふらすることができた。小説じゃなくて、いつの間にか詩のことを書いていたのもそう。毎回苦労したはずだが、今では一緒にやって楽しかった思い出に完全にすり替わっている。

（吉田恭子）

おわりに

この企画の始まりは、少なくとも2016年7月2日まで遡る。この日、日本アメリカ文学会関西支部例会にてシンポジウム「2015年の全米図書賞を読む─21世紀アメリカ小説の手ざわり」が開催され、青木耕平、加藤有佳織、佐々木楓、日野原慶、藤井光、矢倉喬士がそこに参加していた。書肆侃侃房編集者の藤枝大さんはこのときから登壇者に興味を持ってくれていたそうだ。2年後、僕が就職を機に福岡に引っ越すと藤枝さんから連絡があり、企画が徐々に形になっていった。2016年のイベントにて、「現代アメリカ文学を、学会活動を、手で触れられるものにしなければならない」と述べたのを覚えている。その4年後にこうして書籍が生まれ、本当に人々の手に届くようになったのだ。

問題は依然、手ざわりだ。右か左か、保守か革新かという問題よりも、それが手の届くところにあるかどうか、触れられるかどうかが重要だ。強固で頑迷な信念は、近さと親密さのなかでのみ形を変えるのだから。グローバリズムへの適応を進めていった教育機関で、書店で、道端で。僕らはアメリカ文学を手放すことに慣れすぎたのではないだろうか。アメリカ文学を手放すことで、書店や英文学科や読者や学生をも手放したのではなかったか。文学の変化を捉えたとしても、制度や流通を連動させなければ手ざわりは失われてしまう。さぁ、とりにいこうじゃないか。失われたものたちを。

矢倉喬士